王水照　朱剛　主編

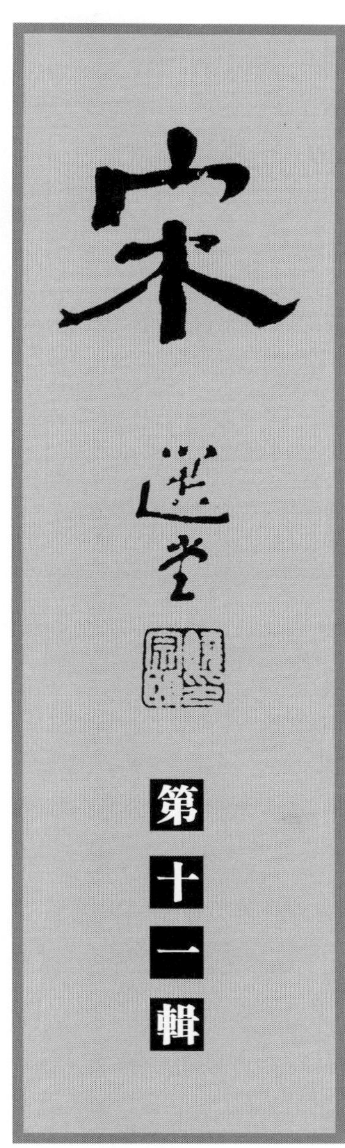

第十一輯

上海人民出版社

目録

宋代詩學中的“詩材(料)”説*

王治田

如何把握詩歌語言和題材的邊界——或者説,什麽樣的語言和題材宜於入詩,什麽樣的語言和題材則不宜入詩——是詩人寫作面臨的一個基本問題。然而,直到宋人這裏,纔對這個問題,有一個明確的認識。“詩材”或曰“詩料”,有時又稱作“材料”,也就是作詩的題材和素材,這是宋人開始集中討論的一個詩學術語[本文爲了行文簡便,統一稱作“詩材(料)”]。關於這個概念,前人已經有了初步的探討。淺見洋二從如何把握中國詩學觀念中詩人内部世界與外部世界的關係、詩人本人與他人之間關係的角度,對這些具有“詩歌素材”意義的詞語,在宋代詩學史上的意義進行了探討。① 董贇認爲,“詩材”“詩料”的説法,反映出宋人對自然的“材料化”認識,體現了宋人對於世界的實用性關照與詩歌製作新方式。② 這些看法都很有啓發意義。不過兩位學者的視野,主要還是集中在南宋,並未深究其源。“詩材(料)”的概念到底是如何提出的,又經歷了怎樣的變化? 這個概念在宋代詩學史上有怎樣的意義? 在後世又取得了怎樣的反響? 這些問題,都值得進一步的討論。

一、資書以爲詩:“詩材(料)”説的提出與私纂類書

對“詩材(料)”概念的討論,當發源於蘇軾(1037—1101)。在蘇軾這裏,“詩材(料)”的概念,尚有鮮明的“學問化”色彩,與時人自纂類書、以資詩興的活動有着密切的關聯。蘇東坡批評孟浩然:“韻高而才短,如造内法酒手,而無材料。”(《後山詩話》引)③ 此語常爲評論孟浩然者所引,然少有學者注意及其中“材料”一詞的深意。聯繫到東坡嘗謂錢濟明(生卒年不詳)云:“凡讀書,可爲詩材者,但置一册録之,亦詩家一助。”④ 那麽,這裏的“詩材”,著重强調在讀書中獲得的創作素材或材料。蘇軾批評孟浩然之詩“無材料”,正是因爲在他看來,孟詩雖呈現出極高的才情,却缺乏足够的學養。葉燮(1627—1703)對蘇軾的看法表示了贊同,並云:“誠爲知言! 後人胸無才思,易於冲口而出,孟開其端也。”⑤ 指出後人

* 本文爲國家社科基金重大項目“中國古代類書敘録、整理與研究(19ZDA245)”、中華學術外譯項目“宋代城市研究(21WSHB012)”的階段性成果。

學孟浩然者，如冲口而出，却缺乏學問上的涵泳和積累。當然，也有論者提出不同的看法。如元明之際的劉績云："余不然之。襄陽詩如酒，至味存焉。總有材料，亦著些子不得。"[⑥]指出孟浩然詩、情韻高遠，並不是缺乏讀書積累的"材料"，只是不以炫博爲能而已。無論如何，他們都承認了孟浩然詩不以"材料"見長的事實。這裏説的"材料"，不同於一般的詩歌素材的概念，而是强調詩人在寫作時，詩歌語料與題材的豐富與多樣性，而這種多樣性在很大程度上，需要依賴閲讀和積累而獲得。另外值得注意的是，蘇軾談到詩歌素材的積累時，强調了"抄書"的動作（所謂"但置一册録之"），這和唐人編纂"隨身卷子"、自撰類書的做法很相似，下文即將詳細談到。

其後，蘇軾的同鄉後輩唐庚（1070—1120）云："《詩》疏不可不閲，詩材最多。其載諺語如'絡緯鳴，懶婦驚'之類，尤宜入詩。"[⑦]按：《詩經・唐風・蟋蟀》孔穎達疏："里語云：'促織鳴，懶婦驚。'"[⑧]唐庚又云："《樂府解題》，熟讀大有詩材。余詩云：'時難將進酒，家遠莫登樓。'用古樂府名作對也。"[⑨]"將進酒""登樓曲"均爲樂府詩題，被唐庚拿來做對仗。這兩個例子都是用來説明，詩人於平時的閲讀中所積攢的材料，在創作中得以運用。唐庚詩學東坡，又因鄉里和遭遇與蘇軾相似，被稱爲"小東坡"。[⑩]其所謂"收拾詩材"之説，當是受到蘇軾的影響。

蘇東坡、唐庚等人强調在閲讀中積攢材料，和他們注重學養的詩學主張有關，也和宋詩"學問化"的創作風氣相互呼應。王夫之（1619—1692）批評蘇、黄："人譏西崑體爲獺祭魚，蘇子瞻、黄魯直亦獺耳。彼所祭者，肥油江豚；此所祭者，吹沙跳浪之鱨鯊也。除却書本子，則更無詩！"[⑪]莫礪鋒指出蘇軾用典廣博的特點。[⑫]蘇軾尤以好用小説語、俚語入詩著稱。宋人朱弁（1085—1144）云："世間故實小説有可以入詩者，有不可以入詩者，惟東坡全不揀擇，入手便用，如街談巷説、鄙俚之言，一經坡手，似神仙點瓦礫爲黄金，自有妙處。"[⑬]唐庚對《詩經》孔疏中保留的俗語津津樂道，以爲可作入詩之材料，正是這種影響的體現。江西詩派"三宗"之一的黄庭堅（1045—1105）更是强調："詞意高勝，要從學問中來爾。"[⑭]他勉勵外甥洪駒父云："自作語最難，老杜作詩，退之作文，無一字無來處，蓋後人讀書少，故謂韓、杜自作此語爾。"[⑮]在他看來，一個詩人如果没有足够的學問素養，胸中没有一定的知識積累，即使是有再高的天分，也難以成爲一個大詩人。只有博學多知，纔能够做到"長袖善舞，多錢善賈"[⑯]，爲作詩提供足够的典故和詞匯材料。黄庭堅提出"點鐵成金""奪胎换骨"的理論主張，成爲江西詩派的詩學綱領。[⑰]想要達到豐富的典故儲備量，就必然要注重平時閲讀的積累，蘇軾提出的"詩材（料）"説，正與這種詩歌風氣與詩學主張相應。

需要指出的是，宋人主張從閲讀中積累作詩材料的主張，其實具有唐代文學的淵源。唐庚云："凡作詩，平居須收拾詩材以備用。退之作《范陽盧殷墓銘》云'於書無所不讀，然正用資以爲詩'是也。"[⑱]這裏轉引的韓愈（768—824）的話，出自其《唐故登封縣尉盧殷墓志》："無書不讀，然止用以資爲詩。"[⑲]韓愈這裏是在讚譽亡友的學識，但頗可反映中唐時人的一般風氣。按:《文鏡秘府論》引王昌齡(698—757)《詩格》云:“凡作詩之人,皆自抄古人詩語精妙之處,名爲‘隨身卷子’,以防苦思。作文興若不來,即須看隨身卷子,以發興也。”王利器校注云:“韓愈《贈崔立之評事》:‘隨身卷軸車連軫。’按《敦煌掇瑣》七三:‘《雜抄》一卷,一名《珠玉抄》,二名《益智文》,三名《隨身寶》。’《雜抄》一名隨身寶,即此意也。爾時,如《白氏六帖》《兔園册子》之類,亦此物也,所謂饋貧之糧也。”[20]唐人爲了在詩歌創作中左右逢源,要經常從古人文集中抄録一些文句和辭藻,以供“發興”之用。王利器提到韓愈的《贈崔立之評事》,其原句云:“崔侯文章苦敏捷,高浪駕天輸不盡。曾從關外來上都,隨身卷軸車連軫。朝爲百賦猶鬱怒,暮作千詩轉遒緊。摇毫擲簡自不供,頃刻青紅浮海蜃。”[21]這裏寫崔立之的才高博學,下筆如神,達到了日擲千篇的地步。崔立之能够做到如此,與其隨身攜帶、藉以發興的“隨身卷軸”是分不開的。在韓愈的筆下,崔立之的“隨身卷軸”竟然多到了用連軫駢行的車子來裝載的地步,這裏的敘述應當有誇張的成分。但值得的注意的是,韓愈在這裏並未以崔立之需要藉這些卷軸爲參考進行寫作爲怪,反而將此當作崔立之肯下苦工、善於積累的表現來頌揚。可見,中晚唐人對於寫詩需要勤作讀書筆記、積累素材的做法並不諱言。宋人“資書以爲詩”的詩學,其背後正以中唐詩人作爲遠源。

上文提到,蘇軾説,在讀書的過程中,遇到可以作爲“詩材”的,要“但置一册録之”。這裏用來抄寫“詩材”的册子,和唐人的“隨身卷子”,其實是一樣的東西。這和中唐以降,士人開始熱衷於自撰類書的風氣,也是分不開的。按:類書本爲文人積累辭藻、捃摭典故之用[22],然中唐以前之類書,多由皇室組織編纂,如《藝文類聚》《初學記》之類,少有文人自纂者。中唐以降,應科舉考試及個人寫作之需要,文人私纂類書之風盛行起來。其尤者,白居易的《白氏六帖》、元稹《類集》、李商隱《金鑰》、温庭筠《學海》、皮日休《鹿門雜抄》等,皆是。此風至宋代尤甚。秦觀嘗自撰類書《精騎集》,序言:“取經傳子史事之可爲文用者,得若干條,勒爲若干卷。”[23]云云,明其爲詩文寫作取材而作也。傅自得爲南宋類書《海録碎事》作序,言其所集録:“無慮十餘萬事,大抵皆詩才(按:同“材”)也。”[24]點明了類書爲詩人寫作積攢“詩材(料)”的作用。聯繫到蘇軾所説的“置一册録之”和唐庚所謂的“收拾詩材”的做法,應當也是一種自撰類書的行爲了。當然,今天並没有流傳下來二人編纂類書的直接證據。不過,關於蘇軾抄書的情形,可以找到旁證。《西塘集耆舊續聞》卷一記載了蘇軾抄《漢書》的情形云:“某讀《漢書》,至此凡三經手鈔矣。初則一段事鈔三字爲題,次則兩字,今則一字。”[25]這則材料通常作爲蘇軾讀書用功的證據。值得注意的是這段話裏的“題”字,也就是説,蘇軾並不是在原文謄録《漢書》,而是以三字、兩字或一字爲“題”,從《漢書》中摘取字句。這種文獻複製和生産的方法,其實就是中古時期“抄(鈔)”的行爲的遺存。按,童嶺指出,“抄”“寫”二字雖然在現代漢語中,意義不甚區分,然而六朝隋唐學術界之漢籍紙卷文化中,照本不動而謄録者謂之“寫”;部分摘録且可作改動者謂之“鈔”。[26]換句話説,不同於“寫書”那樣照相式的機械複製,古人的“抄書”包括抄寫者對原材料的截取、改寫乃至櫽栝,也當包括將原屬於不同文獻的相似内容進行拼接的工作。類書的編纂,無疑是屬於“抄”而非“寫”的工作。蘇軾抄《漢書》的著作,雖然並未流傳下來,但是我們從《宋史·藝文志》的“子部·類事類”下可以看到許多類似性質的著作,如洪邁《經子法語》二十四卷、《史記法語》八卷、《前漢法語》二十卷、《後漢精語》十六卷等。㉗這些著作部分尚有流傳,從今存面貌可見,正是從史書中截取兩字、四字類題目,以供文章之用的。㉘由此可以推想,蘇軾抄録《漢書》也是采取類似的形式。洪邁的這些書籍,在《宋史·藝文志》《文獻通考》中,皆著録在“子部·類事/類書”類之下,可見當時人正把這種著述形式看作是類書。這也説明了,“詩材(料)”作爲一個詩學概念,和宋人編纂類書的行爲,是分不開的。

二、江山之助:南宋人“詩材(料)”範圍之擴大

如上所述,北宋人談到“詩材(料)”,主要强調書本知識的積累,與宋人類書編纂的行爲有密切關係。南宋人也承襲了這一詩學觀念,黄徹(1093—1168)云:“李商隱詩好積故實。如《喜雪》詩云……一篇中用事者十七八……以是知凡作者,須飽材料。傳稱任昉用事過多,屬辭不得流便。余謂昉詩所以不能傾沈約者,乃才有限,非事多之過。坡集有全篇用事者,如《賀人生子》……《戲張子野買妾》……句句用事,曷嘗不流便哉!”㉙指出任昉、李商隱、蘇軾等人之詩,並不以用事多爲病,肯定了在閲讀過程中積累“材料”的重要性。詩僧文珦(1145—1210)詩云:“昔者聞盧殷,頗爲世所推。讀書過萬卷,盡以資於詩。”(《哭李雪林》)“盡將書傳資詩用,字字句句加磨礱。”(《周草窗吟稿號“蠟屐”爲賦古語》)㉚等,都沿襲了北宋人采用“詩材(料)”的涵義,本節對這一方面不作重點關注。筆者在此想要著重論述的是,南宋人在繼承北宋人陳説的基礎上,將“詩材(料)”的範圍進一步擴大,把自然風物囊括在内,從中可以看出兩宋詩學演變的一些端倪。

較早將“詩材(料)”的範圍擴大的,當是楊萬里(1127—1206)。他在《誠齋荆溪集序》談到自己在淳熙五年(1178)創作觀的轉變時,説道:“自此,每過午,吏散庭空,即攜一便面,步後園,登古城,采擷杞菊,攀翻花竹。萬象畢來獻予詩材。蓋麾之不去,前者未讎而後者已迫,涣然未覺作詩之難也。”㉛學者多注意到此篇文獻對於研究楊萬里個人詩風轉變的意義,但較少注意到其在南宋整體詩風嬗變中的地位。據楊萬里所言,他早年作詩學江西詩派,後學王安石,晚乃學絶句於唐人,但都不得要領。直到淳熙年間任官荆溪之後,纔做到自成一家,形成了“誠齋體”。㉜在這一轉變中,對“詩材(料)”認識的變化,起了非常重要的作用。簡言之,在此時的楊萬里看來,世間萬物,無一不可入詩;唯其如此,則詩人不再需要費盡心思去搜尋詩材,而是由造物主主動地將各樣的詩歌素材呈現在他面前。詩人由此得以建構一個“前所少見的具有生命靈性、知覺情感的詩化的自然世界”。㉝他的詩《郡治燕堂庭中梅花》:“詩翁遶階未得句,先送詩材與翁語。”㉞寫詩人到處尋覓“詩材”

未果,忽得梅花仙子現身、爲其解憂的欣喜。《瓦店雨作》:“詩人長怨没詩材,天遣斜風細雨來。領了詩材還又怨,問天風雨幾時開。”㉟上天見詩人没有寫作素材,故特意爲其安排了斜風細雨;但當風雨真的到來之時,詩人却又抱怨天氣不佳,盼望雨過天晴。這種戲劇性的矛盾心理的展露,真是“不笑不足以爲誠齋之詩”㊱的創作個性的體現。《過太湖石塘三首》其三:“松江是物皆詩料,蘭槳穿湖即水仙。”㊲在詩人看來,自然界無不充斥着寫作的素材,字裏行間透露出了一種世間萬物無所不能入詩的自信。前一首詩收於《荆溪集》,後兩首收於《朝天續集》,均作於楊萬里詩風轉變之後。

楊萬里對“詩材(料)”概念的創造性運用,在其他詩人那裏也得到共鳴。陸游(1125—1210)《冬夜吟》:“造物有意娱詩人,供與詩材次第新。”㊳《莆陽昭武延平送兵漸集戲書》:“野渡明丹楓,破驛吹黄榆。聊收作詩料,未用厭征途。”㊴旅途的風景爲詩人提供了作詩的素材,以此撫慰了詩人疲憊於舟車勞頓的心情。《倚杖》:“年來詩料别,滿眼是桑麻。”㊵山陰的鄉村景色,也成爲絶佳的創作材料。當因爲一些客觀原因,没有辦法盡情享受山川風物之美時,詩人會感到缺乏創作素材之苦。陸游《我夢》詩云:“百日京塵中,詩料頗闕供。此夕復何夕,老狂洗衰慵。”㊶詩人因在京城飽受風塵之苦,無法静下來領略山川之勝,故而没有作詩的靈感;一場夢之後,方有了作詩的興致。范成大(1126—1193)《中秋卧病呈同社》:“卧病窘詩料,坐貧羞酒錢。”㊷因爲自己卧病,無法外出賞玩風景,故而感到“窘詩料”——缺乏寫作的材料。這些詩都作於淳熙中葉之後,應當是受到了楊萬里的影響。

由此可見,與北宋人注重在書齋中尋找“詩材(料)”不同,楊萬里、陸游等人更多在自然中汲取靈感。在他們看來,目之所及、耳之所聞,無在不是創作的素材。他們感歎造物(上天)的慷慨,主動給他們提供了取之不盡的創作源泉。陸游詩中多有這樣的表達。如《舟中作》:“沙路時晴雨,漁舟日往來。村村皆畫本,處處有詩材。”《龜堂雨後作》:“詩材故不乏,處處起衰慵。”《縱游》:“亦知詩料無窮盡,燈火蕭疏過縣街。”㊸因此,“詩料滿前(目/路)”就成了他們的口頭禪。陸游《自江源過雙流不宿徑行之成都》:“詩材滿路無人取,准擬歸驂到處留。”《雜題》:“詩料滿前誰領略,時時來倚水邊樓。”《晨起坐南堂書觸目》:“詩料滿前吾老矣,筆端無力固宜休。”㊹類似的話頭在南宋詩人筆下並不鮮見。袁説友(1140—1204)《和南伯山行韻二首》其一:“滿目詩材供客子,一杯醽醁染衰顔。”㊺趙藩(1143—1229)《雨中遣興呈遠齋父子孫文昆仲》:“詩材滿眼費驅使,此事合輸劉與孫。”㊻《進之雪中見過明日歸湘潭再用前韻二首》其一:“詩材滿眼不能收,忽報君來爲舉頭。”㊼張鎡(1153—1221?)《暫歸桂隱雜書四首》其三:“詩料無窮滿目前,只須拈出見成篇。”㊽姚勉(1216—1262)《花下聞鶯》:“詩料滿前收不盡,海棠花下又聞鶯。”㊾

在南宋人的敘述中,“詩材(料)”經常和“畫本”相對舉。王之望(1104—1171)《同龐彦才晚酌於涵翠軒》:“千篇取足詩材剩,萬軸横陳畫笥開。”㊿王炎(1115—1178)《九日陪楊秘監游真珠園屬炎賦詩》:“湖山羅畫笥,風物獻詩材。”[51]將眼前的風物同時比作取之不盡的"詩材"與"畫本"(即繪畫的素材)。上文提到的趙藩有詩《題彦真天開圖畫》云:"詩材浩無窮,畫手羞用本。"《雨望偶題》:"漠漠青山雨,霏霏白鷺煙。詩材來遠近,畫本極中邊。"《題衢州城外包氏水閣示遠父成父二首》:"不惟畫本輸摩詰,更有詩材屬惠連。"《次韻見可書示二絶並以送行》其二:"詩材畫筆本同姿,造物嗔人可怨饑。"[52]在他看來,自然風物作爲詩歌素材,正如繪畫的原料一樣,這也成爲"詩畫一致"律的另外一種表述。[53]元人蒲道源(1260—1336)《悠然堂記》記敘堂外景物云:"或雄峙怒挐,峭刻舒肆,雲煙之點綴,草木之蔥蒨。千態萬狀,可喜可愕。其目前之畫本,胸次之詩材也。"[54]正是承襲了宋人的這種説法。這種强調"滿目詩材""詩材滿前"的説法,説明南宋人試圖突破北宋詩人在書本内尋找"詩材(料)"的限制,把詩歌取材的範圍,拓展到了觸目可及的自然空間。總之,南宋詩人在繼承北宋人"詩材(詩料)"詩學概念的基礎上,又對這一概念進行了豐富和擴充,體現出了極大的詩學創造力。

三、書本與風物:"詩材(料)"説雙重涵義之關係

需要再次强調的是,儘管南宋人對蘇軾提出的"詩材(料)"説作了發展,但並不意味着他們抛棄了"詩材(料)"特指閲讀中積累的素材的用法。一些詩論家會同時在書本材料與自然風物兩個意義上使用這個概念。以劉克莊爲例,他在用到"詩材(詩料)"一詞時,有時候是指觸目所及的自然風物。如《西風》其二:"西風何處無詩料,水際山顛亦去尋。"《戲書客舍》:"北戍寶藏惟檄草,南游稛載是詩材。"《黄慥詩》:"頃游江淮幕府,年壯氣盛。建業又有六朝陳跡,詩料滿目。"他在給《毛震龍詩稿》作序時説:"詩料滿天地,詩人滿江湖。人人爲詩,人人有集。然惟極天下之清,乃能極天下之工。"[55]顯然是對楊萬里、陸游等人"詩材(料)"用法的回應。但他也有在書本知識意義上使用"詩材(料)"一語的用例。如《翀甫侄四友除授制》:"有張端義者,獨爲四友貶制。自謂反騷,然材料少,邊幅窘,非善辭令者。"[56]强調了多讀書對於寫作的重要性。他在批評當時詩人的弊病之時,説道:"近歲詩人,雜博者堆隊仗,空疏者窘材料,出奇者費搜索,縛律者少變化。"[57]指出,如果缺乏書本材料的積累,則會犯空疏的毛病。

由上可見,綜合宋人對於"詩材(料)"概念的使用,宋人在談到詩歌素材時,往往具有兩個方面的指涉:一是詩歌語匯(典故、辭藻)的積累,當詩人强調要從書本閲讀中擷取"詩材"時,往往是指的這一方面;二是詩歌書寫題材的拓展與豐富,當詩人(尤其是南宋詩人)强調要從自然風物中拾取"詩材"時,又多是就此方面而言。劉克莊云:"以情性禮義爲本,以鳥獸草木爲料,風人之詩也;以書爲本,以事(按:即典故)爲料,文人之詩也。"[58]這裏的"料",即"詩料"的簡稱;基於"詩材(料)"兩方面的含義各有側重,形成了"風人之詩"和"文人之詩"的兩種寫作路徑。清人陳錫路(生卒年不詳)説:"唐子西云:'平居作詩,須收拾詩材以用。'此學人之言。陸放翁詩有云:'詩材滿路無人取。'此詩人之言也。"[59]這裏説的

"學人之言"即上云"文人之詩","詩人之言"即上云"風人之詩"。

"詩材(料)"這一概念的兩個方面看起來彼此没有關聯,却互相應和,共同回應了宋人對於拓展詩歌邊界的迫切需求。借用符號學的概念來解釋,作爲詩歌創作語匯的"詩材(料)"偏重於能指(*signifiant*)的層面,作爲詩歌寫作題材的"詩材(料)"則偏重於所指(*signifié*)的層面。按:"能指"和"所指"本爲符號學家索緒爾(Ferdinand de Saussure, 1857—1913)所提出。能指即聲音的形象(*image acoustique*),所指即概念(*concept*)。[60]羅蘭·巴爾特(Roland Barthes, 1915—1980)則説得更爲明確:"能指面構成表達面(*le plan d'expresssion*),所指面構成内容面(*le plan de contenu*)。"[61]雖然趙毅衡建議放棄"能指"和"所指"這樣的概念[62],但考慮到這對概念習用已久,且對於本文的分析不無適用,故筆者依然予以襲用。對於詩歌創作來説,辭藻、音韻、語匯乃是能指,而詩歌所表現的大千世界則是其所指,這樣可以很好地幫助我們理解"詩材(料)"兩方面内涵之間的應和關係。相應的,"詩材(料)"的概念,與宋人詩歌創新需求之關係,主要可以從兩個方面加以理解:

第一,宋人在描摹物象時,要努力找到新的角度、用新的語匯來進行書寫,可以理解爲對詩歌語言"能指"的拓展。歐陽修(1007—1072)在南都唱和(1050—1052)期間發起的聚星堂詠雪活動,便是典型的例證。參加者要創作詠雪詩,但是被要求"玉、月、梨、梅、練、絮、白、舞、鵝、鶴、銀等字皆請勿用"。也就是説,前人常用的那些詠雪字眼和意象[即"詩材(料)"],都不許使用。這就迫使詩人要進行語言的革新。後來到了嘉祐四年(1059),蘇軾又追和諸公之作,並且在歐陽修等制定的律令之外,又要求"不以鹽玉鶴鷺絮蝶飛舞之類爲比",可以説是因難見巧、刻意出新。由此形成了"禁體物語"的"白戰體"詩歌創作。[63]想要應對這樣的挑戰,必然是非多讀書所不能的。從中透露出的,是宋人想要拓展寫作題材、豐富寫作語言——即更新"詩材(料)"的强烈焦慮和迫切需求。换言之,宋代詩人不滿於基於"體物"的詩歌語匯,故此要刻意地"禁"而不用。在這裏,"白戰體"詩歌的寫作意義,可以從拓展詩歌語匯[即"詩材(料)"的"能指"意涵]的角度,得到新的理解。宋人甚至也不避諱采用本朝的典故和辭藻。趙翼(1727—1814)曾指出"劉後村詩多用本朝事"。他説:"詩人有用本朝事者,如《長恨歌》《連昌宫詞》之類,自古已然。若以本朝事作詩料以驅使,則唐以前無之。即唐人亦罕見。"[64]作詩不避"今典",乃是宋人的創作特色,趙翼以此肯定了劉克莊爲代表的宋代詩人,在開拓詩歌語匯和題材方面所作的努力。宋人敢於"用今",其實不止劉克莊爲然。趙藩《梅課》談到陸游夜夢故人爲"蓮華博士"及夢到萬頃荷花中,並以二事賦詩,便説:"此事甚新奇,可入詩料。"[65]以陸游的詩作爲"詩料",正是用本朝人事的案例。

第二,"詩材(料)"的提出,反映了宋人想要拓展詩歌表現題材之範圍的需要,從而將詩人目光所及延伸到前人從未觸及之角落,可以理解爲詩歌語言"所指"的拓展。宋初流行的"晚唐體",即以内容單調、意境褊狹爲特點。歐陽修《六一詩話》記載進士許洞(976—1015)爲難九僧云:"當時有進士許洞者,善爲辭章,俊逸之士也。因會諸詩僧分題,出一紙約曰:'不得犯此一字。'其字乃山、水、風、雲、竹、石、花、草、雪、霜、星、月、禽、鳥之類,於是諸僧皆閣筆。"[66]需要指出的是,這裏許洞要求九僧避忌的字眼,和前云歐陽修、蘇軾等主動回避的"體物"字眼,有很大的不同。按:"體物",語出陸機《文賦》:"賦體物而瀏亮。"李善注:"賦以陳事,故曰體物。"[67]似乎只是鋪陳物象的意思。但後人更多在比興意義上使用"體物"一詞,作"準確地描摹物象"來理解。《酉陽雜俎》卷十八:"庾信謂魏使尉瑾曰:'我在鄴,遂大得蒲萄,奇有滋味。'陳昭曰:'作何形狀?'徐君房曰:'有類軟棗。'信曰:'君殊不體物,可得言似生荔枝。'"[68]徐君房用軟棗來形容葡萄的味道,在庾信看來,不如説像生荔枝更爲準確。在這裏,體物不是對葡萄的味道進行直接陳述,而是要找到一個喻體(軟棗或荔枝)來比擬而形容之。同樣的,在歐陽修和蘇軾等的"禁體物語"詩中,"玉、月、梨、梅"等字眼,乃是作爲喻體出現,用來形容作爲本體的雪。因此,這些被禁止的"體物語",毋寧説更是具有能指意義的符號。然而,許洞禁止九僧書寫的字眼,則更多是直接作爲本體出現,因此有着不一樣的意義。換言之,由於"山水風雲"等物象,過多地成爲詩人描摹的對象,導致詩歌表現世界能力的匱乏,成爲宋初詩歌發展的一大障礙。因此,詩人開始積極嘗試突破類型化寫作的窠臼,拓展詩歌題材,寫前人所未寫、發古人所未發。這種意識在晚唐已有萌芽,詩人許棠(822—?)《白菊》詩末兩句云:"人間稀有此,自古乃無詩。"[69]自古詩人多寫黄菊,却很少有人吟詠白菊的,詩人對此感到訝異且不滿,並産生了賦詠白菊的念頭。這裏流露出的,是刻意尋求前人未嘗下筆的賦詠對象之精神。這種精神爲宋人所發揚光大。梅堯臣(1002—1060)有詩云《師厚云蝨古未有詩邀予賦之》,因爲前人没有賦詠過蝨子,所以梅氏要刻意爲之作詩。甚至梅堯臣會寫到《八月九日晨興如廁有鴉啄蛆》這樣的題材,頗有莊子所謂"道在屎溺"的幽默與詼諧感。[70]宋人似乎有一種"世間萬物,無一不可入詩"的自信,因此他們更加敢於去寫那些前人從來不會納入筆下的事物。今查《佩文齋詠物詩選》卷二百四十二以下諸種品物,多有前人未嘗吟詠,而自宋人方以此爲題進行賦詠之物,粗略統計並列表如下[71]:

食物	糕、酥、羹、湯、糖霜,乃至黄雀鮓、虎脯、天花、臘豬、豆腐等
草	銀茄、菘、菌、瓠、山藥、芋、蓴菜、蘿菔,蕨、薺等
木	榆、椿、烏桕、銀杏等
果	木瓜、栗、橙、楊梅、核桃、龍眼、橄欖等
花	蠟梅花、山茶花、山礬花、楝花、木棉花、瑞香花、茉莉花、夾竹桃花、月季花、酴醿花、凌霄花、山丹花、素馨花、蕙花、金沙花、鳳仙花、雞冠花、牽牛花、魚兒牡丹、紅錦帶花、海仙花、鬱李花、扶桑、月桂、寶相花、紫笑花等
藥	決明、薏苡、地黄、何首烏、天門冬、灼艾、芎椒、貝母等
禽鳥	獅子、狸,貓,竹鼬、畫眉、布穀、鵪鶉、天鵝,竹雞、五色雀、鵯鶋、白練、連點七、淘河、鸛、鸊鷉、風鴿等
昆蟲	蠅(秋蠅、凍蠅)、蠍虎、天水牛、蝸牛、鬼蝶、紅娘、水馬、鸂鶒等

需要指出的是,《佩文齋詠物詩選》的類目和選詩,不一定能準確反映宋詩創作的全貌。然而,“管中窺豹,可見一斑”,從這些題目可以看出,宋詩確實極大地豐富了詩歌的書寫物象。這些物象,或因太俗,或因太怪,基本不會納入唐人筆下。以表中列舉到的“糕”爲例,《劉賓客嘉話録》論“爲詩須用僻字,須有來處”云:“吾緣明日是重陽,欲押一‘糕’字,續尋思六經竟未見有‘糕’字,不敢爲之。”[72]因爲“糕”字不見經典,劉禹錫竟然不敢下筆。從這個例子可以看出唐詩中存在的“語言禁忌”。這一禁忌雖然未必被嚴格遵守[73],但確實對劉禹錫這樣崇古的詩人産生了很大的約束力。但這一禁忌特爲宋人打破。宋祁題《九日食糕》詩云:“劉郎不敢題餻字,虚負詩家一代豪。”[74]對劉禹錫的顧慮表達了不解。宋人如此拓寬詩歌題材的範圍,除了展示出“以俗爲雅”的文化品格之外,更流露出了强烈的博物趣味,所謂“以一物不識爲耻”[75]。除了上表所舉外,有些物事雖在前人已偶有賦詠,然至宋人,方得到較多關注,如茶、飯、面、粥之食,柿子、葡萄、檳榔之果,橙筍、海棠、水仙、罌粟之花,兔、鴨、提壺、鸜鵒之禽獸,蚌蛤、蛙、鼉、蜻蜓、蜘蛛、車螯之蟲,不一而足。由此可見,宋人在拓展詩歌寫作題材方面的努力。正如方回《二月三十日》所云:“詩材苦欠新。”[76]對習見寫作題材的不滿,促使他們要把詩筆觸及那些前人未到的角落,從而擴大詩歌寫作的“所指”。這也成爲宋人拓展“詩材(料)”的一個重要方面。

四、宋人“詩材(料)”説的理論困境與突破

從上文的論述可知,宋人之所以要提出“詩材(料)”的概念,與他們對宋初流行的晚唐詩風之不滿密切相關。宋人對“晚唐體”詩人提出了諸多批評,除了前舉歐陽修的例子外,宋末的方回(1227—1305)曾評論姚合詩説:“(姚合)所用料不過花、竹、鶴、僧、琴、藥、茶、酒,於此幾物,一步不可離,而氣象小矣。”[77]這裏的“料”,其實就是“詩料”。他又説:“自齊梁陳隋以來,專於風花雪月、草木禽魚,組織繪畫,無一句雅淡。至唐猶未盡革,而晚唐詩料,於琴棋僧鶴,茶酒竹石等物,無一篇不犯。”[78]主要是批判晚唐體,但抨擊的鋒芒却兼及到了齊梁以來到整個唐代的詩歌。當然,這種意象單一、語匯匱乏的弊病,尤以晚唐體詩人爲甚。這種缺點,在宋人那裏被稱作“蔬筍氣”,在僧詩中表現最爲顯著。[79]清代人陳祖範(1676—1754)即批評僧詩道:

> 夫人而可爲詩也,釋子之爲詩,獨難言之。夫酒食聲伎,豪俠冶游,神仙閨房,皆詩所取材也。而於僧也不類。憤激怨懟,流連繾綣,愬哀而悼屈,念往而傷離,詩家之至情也。而於僧也又不類。盡舍此而爲詩,爲詩不亦難乎?若只在僧言僧,取其可以得句先呈佛者(貫休語),毋亦近於偈語,與其所謂話頭,彼我對觀,猶儒門之道。學詩矣,又奚取乎爲詩?雖然,謂詩材與詩情,必資於前所云者,漢魏以下之詩則爾,非詩之本教也。[80]

可見,即使到了清代,僧人作詩還是難免會有“蔬筍氣”的毛病。在宋人看來,僧詩之所以有“蔬筍氣”,與他們束書不觀、學養不足有關係。劉克莊評“三僧”説:“祖可煞讀書,詩料多,無蔬筍氣。僧中一角麟也。”[81]祖可因爲注重在閲讀中積累辭藻和典故,所以他的詩語匯和題材十分豐富,没有一般僧詩所具有的清苦寒酸、意象單一的毛病,可以作爲反證。蘇軾之所以會批評孟浩然,主要也是因爲在他看來,孟浩然的詩歌具有與晚唐體類似的缺點,即題材、意象單一——只不過,孟浩然詩的境界要更爲闊大,所以纔能贏得“韻高”之譽。但即便如此,依然没有逃過蘇軾的譏評,由此可見宋人尖鋭的詩學眼光。

詩人想要擺脱晚唐詩人語言匱乏、題材單一的積弊,需要在詩學視角上來一個轉换。正如淺見洋二所云,傳統的詩論多强調詩歌應該來自詩人的内心,而宋人的論述中,却一再强調要向“外”來尋求寫作的靈感和素材。[82]這種看法在六朝以來的詩學中已有其淵源,但並未成爲詩人的主要關切,其所以在宋人這裏纔得到特别强調者,蓋出於宋代詩人在詩歌語言革新和題材拓展方面的迫切需要。换言之,想要在詩歌語言和題材方面取得突破,僅僅靠向内求諸性靈,是難以實現的。在這一背景下,“詩材(料)”的概念纔被提了出來,並爲宋人詩歌創作提供了無限的可能性。然而,“詩材(料)”的概念,片面强調了詩歌創作的外在的因素,而忽略乃至掩蓋了詩人創作反求諸内心的重要性,從而帶來了新的創作局限。

首先,從書本閲讀中獲取“詩材(料)”的看法,爲北宋人所提出,且在南宋詩人那裏依然得到延續,這在前文已經有所論述了。但是,一味在書本中“討生活”的做法,又容易造成詩意的淹没。正如王夫之批評蘇軾、黄庭堅云:“直亦獺(祭魚)耳。”“除却書本子,則更無詩”。[83]嚴羽(1192—1241)的“别材”説,即針對此而提出。《滄浪詩話》云:“詩有别材,非關書也。”這裏的“别材”,明天啓程至遠刻本作“别才”,後人轉引或從此,薛雪則謂當作“别裁”,皆非。[84]今按:古人“才”“材”二字或通用,本無庸多論,但後人引嚴羽此句作“别才”時,多將其理解爲一種特别的才能;加之後人多將“非關書也”易爲“非關學也”,如此,則將此句解爲詩歌關乎“天才”還是“學問”的爭辯,可謂離題愈遠。[85]如錢鍾書説:“曰‘别才’,則宿世漸熏而今生頓見之解悟也。”[86]藉用佛家語,把“别才”解釋爲一種獨特的詩學感悟能力。郭紹虞對此説多有批評,並解釋説:“重即目而不重用事,尚直尋而不尚補假,這即是所謂别才。”[87]强調了這句話的本義爲詩歌寫作要多於書本之外尋求素材,並不是排斥學問本身的意思。但郭紹虞將重點放在了對“非關學也”的批駁上[88],並未意識到“才”與“材”一字之差的微妙歧異,更未認識到“别材”之概念與宋代詩學中“詩材”之説的關係。周裕鍇認爲:“什麽是‘别材’?‘别材’就是指不重學力而一味妙悟的詩人。”[89]這一解釋指出“别材”非關書本學問之義,是正確的;但將“别材”的指向落在“詩人”上,並不準確。張健説:“(詩有别材),謂詩有特别的材料(花木鳥獸之類),與書本(典故)無關。”[90]這裏對“别材”的解釋聯繫到了宋人的“詩材(料)”説,可謂卓識;不過他把嚴羽説的“别材”之範圍,限制在了“花木鳥獸”,恐怕未必符合嚴羽原義。事實上,這裏的“别材”,即謂“特别的材料”,乃是就詩歌的寫作素材與靈感來源而言,强調要在書本之外的廣闊世界尋找寫作素材,包括而不限於“花木鳥獸”的自然界。

其次,南宋人將“詩材(料)”的範圍,擴展到了觸目可及的自然風物,可以看作是對北宋人詩學路徑的開拓,不過這又有墮入晚唐體沉溺於“風雲月露”之窠臼的危險。陸游等人在表達自然界“詩料”的無窮無盡時,偶爾也流露出苦吟的意味,或許可以看作是這一危險傾向的表露。《露坐》云:“詩材隨處足,盡付苦吟中。”[91]上句感歎眼前“詩材(料)”的富足,下句却流露出尋章覓句之苦悶;看起來相互矛盾的表述,透露出詩人複雜而糾結的心緒。這種“苦吟”的色彩,在推崇晚唐詩風的江湖詩人那裏,得到更多的呈現。[92]施樞(1235年前後)《春多日》云:“苦乏詩材無可借,更嫌酒病有餘酲。”(《江湖小集》卷二十三《芸隱倦游稿》)陳必復(1250年進士)《和客用韻》:“酒功書下下,詩料辦勞勞。”(《江湖小集》卷三十四《山居存稿》)林希逸(1193—1271)《郊行即事》:“行吟注意搜詩料,欲近前溪路忽迷。”(《江湖後集》卷十)江湖詩人的這種詩學取向,其實肇端於楊萬里標舉“晚唐異味”的主張[93]。换言之,推崇晚唐詩風,成爲南宋詩人企圖掙脱江西詩人籠罩的重要途徑。我們可以看到江湖詩人承襲楊萬里詩學的諸多痕跡。比如,他們會一再强調在江山之勝中處處都有“詩材(料)”。除了第二節舉的例子之外,尚有朱南傑(1238年進士)《春日呈(山肅)(山石)》其二所云:“詩料滿前吟不盡,主人樽酒未應空。”(《江湖後集》卷四十六)戴復古(1167—約1248)《醉吟》:“乾坤萬象供詩料,風月一樓爲醉鄉。”[94]但是,因爲他們取法晚唐,却只是拜賈島、姚合等人爲師,所以又難免染上了“苦吟”的毛病,可謂和宋初的“晚唐體”詩人同一聲氣。他們一面高唱“江山是處皆詩料”,却還是忍不住像李賀、賈島那樣,乘着瘦驢,在寒風中尋尋覓覓,作凄苦之態。葉茵(1199—?)《得春橋》:“策驢風雪中,東君獻詩料。”(《江湖小集》卷三十八《順適堂吟稿》)由此形成了晚宋流行開來的“浩然踏雪”的畫像。[95]家鉉翁(約1213—1297)《跋浩然風雪圖》云:“此翁據鞍顧盼,收拾詩料,喜色津然,貫眉睫間。”[96]被蘇軾嘲爲“有才無學”的孟浩然,摇身一變,成爲騎着蹇驢,在灞橋上顧盼愁吟的詩人形象。正如論者指出,在“灞橋風雪驢子上”尋覓詩思的説法,本出自晚唐鄭綮(?—899),但在宋元之際的詩人那裏,得到了廣泛的共鳴,被不斷地施諸丹青、形諸歌詠。[97]這一畫面有時又與李賀“驢背尋詩”的形象相重合。劉克莊(1187—1269)《夢中爲人跋畫兩絶》其二:“花身皆詩料,江山即句圖。暮歸錦囊重,壓殺小奚奴。”[98]宋元之際的王義山(1214—1287)《紫霞道人詩序》云:“贛川之江山草木,凡可以供吾詩料者,盡入道人奚奴囊中矣。”[99]典出李商隱《李賀小傳》:“恒從小奚奴,騎距驢,背一古破錦囊。遇有得,即書投囊中。”[100]在這些形象裏,詩人雖然也承認“詩料”遍布於天地之間,但却需要花大工夫、仔細尋覓,方纔能够得到。這裏需要説明的是,孟浩然“灞橋風雪”和李賀“驢背尋詩”的故事,雖然産生於晚唐,但在南宋詩人(尤其是江湖詩人)那裏,纔得到廣泛的共鳴,可見向自然界尋求“詩材(料)”的觀念,是南宋詩人較爲廣泛的共識。不過,這又陷入另外一個矛盾:既然是“詩材滿目”、俯拾即是,爲何搜尋起來又如此煞費心血呢?可見,把探尋詩意的眼光從書本挪開,放眼到無邊的山水風月,並未讓南宋詩人得到救贖。宋詩仿佛走了一個圈,從批評晚唐體出發,最後又回到了晚唐詩風的懷抱。北宋諸家好不容易掙脱了“琴棋僧鶴,茶酒竹石”(前引方回言)的禁錮,始以凌雲健筆,熔鑄經史百家言而噴薄之,遂成一代詩風;到了晚宋詩人,却又重新换上尋章覓句的愁容,作寒風凄然之態。

面對這一窘境,有見識的詩論家試圖通過回歸中國詩歌的“抒情傳統”,以尋求新的出路。在他們看來,似乎還是要回歸到以“吟詠性情”爲本的詩學起點,以詩人内在之靈心調和、統攝向外(無論是自然風物,還是書本知識)獲取的寫作材料。劉克莊在强調在閲讀中積累“詩材(料)”的同時,特别强調了性情的重要性。《韓隱君詩序》云:“或曰:‘古詩出於情性,發必善。今詩出於記問,博而已。’自杜子美,未免此病。於是張籍、王建輩,稍束起書帙、剗去繁縟,趍於切近。世喜其簡便,競起效顰,遂爲晚唐體,益下,去古益遠,豈非資書以爲詩,失之腐;捐書以爲詩,失之野歟?”[101]對“資書以爲詩”和“捐書以爲詩”兩派均加以批評,可謂持平之論。《答趙檢察書》:“書,其材料也;意,其工宰也。必多讀,然後能妙;必精思,然後能巧。”[102]同時强調了讀書和精思二者的重要。同樣,嚴羽在提出“詩有别材”説的同時,又强調:“非多讀書、多窮理,則不能極其至。”[103]看起來與前説相矛盾。但聯繫到前引劉克莊的説法便會發現,“作詩須多讀書,又不能爲書本所限”的詩學觀點,其實是南宋晚期詩論家的共識。這些評論,都可以看作在經歷了南宋詩人對“詩材(料)”説的豐富和發展之後的理論總結。總之,南宋晚期的詩論家如劉克莊、嚴羽等之所以重新强調“性情”對詩歌創作的統領作用,正是針對宋人詩學的這一弊病而提出,從而實現了對宋人“詩材(料)”概念的撥正與超越。

餘論:宋人“詩材(料)”説在後世的回響

宋人提出的“詩材(料)”説,雖然爲嚴羽等駁正,但在後人那裏依然得到强烈的反響,成爲中國詩學重要的組成部分。後代詩人談到“詩材(料)”的時候,也往往注重讀書和抄書工作,對於詩歌創作的重要性。元好問(1190—1257)記其父親讀書十法,第八條説:“八曰詩材。詩家可用,或事或語。别作一類字記之。”[104]這種將詩家可用語料,分類編排的做法,與唐人准備“隨身卷子”、自纂類書頗有相近之處。元代詩人揭傒斯(1247—1344)《詩法正宗》談到“詩資”時説:“王荆公謂杜少陵‘讀書破萬卷,下筆如有神’,是他自言入神處。韓文公稱盧仝‘於書無不讀,然止用以資爲詩’。山谷謂:‘不讀書萬卷,不行地千里,不可看杜詩。杜詩無一字無來處。’東坡謂:‘孟浩然如内法酒手,而乏材料。’蓋有才無學,如有良將而無精兵,有巧匠而無利器,雖才高如孟浩然,猶不能免譏,況他人乎?今人空疎,窘材料者,只是讀少、記少、講明少故也。如晉王恭少學雖善談論,未免重出,以至對偶偏枯,意氣餒薄,皆無以爲之資耳。”[105]這段文字頗有錯誤,如“盧仝”當作“盧殷”,等等。不過總體來看,從唐代的杜甫、韓愈、李商隱,到宋代的蘇軾、黄庭堅,勾勒出了注重“材料”、資書以爲詩的詩人譜系。同時,將學問的積累比作良將之精兵、巧匠之利器,突出了讀書博學對於詩歌創作的重要性。

當然,明清兩代人在使用“詩材(料)”一語時,對這一概念作了進一步的發展和辨析。主要有以下兩個方面:第一,關於“古典”和“今典”的問題。明代的前後七子主張“文必秦漢、詩必盛唐”,因此他們主張作詩要避免唐代以後的典故和辭藻(今典),以達成復古的效果。這就陷入了另外一種語言律令的牢籠。當時有人對此作出了批評。晚明公安派成員江盈科(1553—1605)《雪濤詩評》“用今”條:

> 故吾以爲:善作詩者,自漢魏盛唐之外,必遍究中晚,然後可以窮詩之變。必盡目前所見之物與事,皆能收入篇章,然後可以極詩之妙。若但泥於古而已,即如作早朝詩,千言萬語,不過將旌旗、宫殿、柳拂、花迎、金闕、玉階、晚鐘、仙仗,左翻右覆。及問之,則曰:“不如此,便不盛唐。”噫!只因“盛唐”二字,把見前詩興、見前詩料,一筆勾罷。如此而望詩格之新,豈非却步求前之見也歟?[106]

對七子進行了尖鋭的批評,主張要敢於“用今”,不必被唐以前的典故和辭藻所束縛。費經虞(1599—1671)《雅倫》卷十五有“何仲默戒人用唐宋事”條,並加按語云:

> 謂宋事必不可用,亦覺太拘。豈遂無一可入詩料?但宋人自談性命語録,皆用委巷之談,無可取者,豈止《世説新語》不可到?唐人小説亦何曾及他。筆力精細,如何用得![107]

這裏的“何仲默”即前七子的重要成員何景明,他禁止詩人使用唐宋時期的典故,因此被費氏所批評。可見,到了明代,依然有保守或開拓詩歌語言範圍的矛盾和論爭。清代人在總結前人經驗的基礎上,既重視讀書材料的積累,又注重生活經驗的體悟;既喜好用唐以前的“古典”,又不避唐以來的“今典”,可謂集古典詩歌寫作經驗之大成。朱彝尊(1629—1709)《鵲華山人詩集序》:

> 予少而學詩,非漢魏六朝三唐人語勿道,選材也良以精,稍不中繩墨,則屏而遠之。中年好鈔書。通籍以後,集史館所儲,京師學士大夫所藏弆,必借録之……歸田以後,鈔書愈力,暇輒瀏覽,恒資以爲詩材。[108]

從中可以看出他取法門徑不斷開拓的過程。

第二,元明以降人將本來專就作詩提出的“材料”説之適用範圍進一步擴大,提出作文的"文料"和作賦的"賦料"的概念,並對適宜於不同文類的"材料"也作了進一步辨析。元代人陳繹曾(生卒年不詳)《文筌》"漢賦法"條:"漢賦之法,以事物爲實,以理輔之。先將題目中合説事物,一一依次鋪陳,時默在心,便立間架,構意緒,收材料。措文辭。布置得所,則間架明朗;思索巧妙,則意緒深穩;博覽慎擇,則材料詳備;煅煉圓潔,則文辭典雅。"[109]提出了作賦也需要"收拾材料"的説法。江盈科《雪濤詩評》云:"夫詩則寧質寧樸,寧摭景目前,暢協衆耳衆目。而奈何以文爲詩,乃反自謂復古耶?余謂爲詩者專用詩料,爲文者專用文料。如制朝衣,須用錦綺,如制衲衣,須用布帛。各無假借,則其詩不求唐而自唐。"又,"詩自有詩料,著個文章字不得。"[110]指出,作詩所采用的"詩料"和作文所采用的"文料",各有不同,不宜混合。清人喬億(1702—1788)云:"作詩須辨材料,何者宜入近體,何者宜入古體,又何者宜入七古,而並不可入五古?"又"五古材料可入七古,七古材料如何輕入五古?"[111]深入辨析不同詩體之間,所采用的"材料"亦有不同。可以看作對"詩材(料)"説的進一步發展。

綜上所述,宋人提出的"詩材(料)"説,體現出他們拓展詩歌題材和詩歌語言的勇氣和信心。蘇軾提出"詩材(料)"説的時候,更多是就書本中擷取的典故、辭藻而言,這種活動和宋人"抄書"及類書編纂的活動有密切關聯。不過到了南宋以後,"詩材(料)"的範圍擴展到自然界一切可以爲詩人提供創作靈感的對象。如是,宋人在詩歌寫作的語料(辭藻、典故)和詩歌書寫對象兩個方面,拓展了詩歌寫作的邊界;借用符號學的觀點來看,這兩個方面,構成了"詩材(料)"説作爲詩歌寫作素材所藴含的"能指"和"所指"層面的豐富内涵,因而具有獨特的理論意義。"詩材(料)"説呈現出宋人堅信世間萬物無一不可入詩的信心,以及他們勇於爲詩歌語言王國開疆拓土的野心。"詩材(料)"説與現代詩學,也頗有相通之處。正如美國詩人華萊士·史蒂文斯(Wallace Stevens, 1879—1955)在《徐緩集(*Adagia*)》中所説的:"試想:整個世界皆是詩之材料;二,没有專門的詩歌材料(Consider: I. That the whole world is material for poetry. II. That there is not a specifically poetic material.)。"[112]這與南宋詩人的説法正可以相互印證。現代詩人馮至(1905—1993)在評介德語詩人里爾克(Rainer Maria Rilke, 1875—1926)的詩論時説道:

> "選擇和拒絶"是許多詩人的態度,我們常聽人説,這不是詩的材料,這不能入詩。但是里爾克回答,没有一事一物不能入詩,只要它是真實的存在者;一般人説,詩需要的是情感,但是里爾克説,情感是我們早已有了的,我們需要的是經驗;這樣的經驗,像是佛家弟子,化身萬物,嘗遍衆生苦惱一般。[113]

的確,詩人在面對世界的時候,難免會産生何者可以入詩、何者難以入詩的焦慮,這可以説是詩歌寫作無法避開的一個基本問題。"詩材(料)"説,正回答了詩歌寫什麽、如何寫的基本問題。在這個意義上,宋人提出的“詩材(料)”説具有重要的詩學意義,值得引起學者更進一步的重視和討論。

〔作者單位:中山大學中國語言文學系(珠海)〕

① 淺見洋二《詩來自何處,爲誰所有?——關於宋代詩學中的“内”與“外”、“己”與“他”以及“錢”“貨”“資本”的討論》《論“拾得”詩歌現象以及“詩本”“詩材”“詩料”問題——以楊萬里、陸游爲中心》。見氏著《距離與想象:中國詩學的唐宋轉型》,上海古籍出版社,2005 年,第 390—412、434—464 頁。

② 董贇《宋人對世界的實用性關照與詩歌製作新方式》,《新國學》第 20 輯,四川大學出版社,2021 年,第 75—87 頁。

③ 何文焕《歷代詩話》上册,中華書局,1981 年,第 308 頁。

④《竹莊詩話》卷一引《蒼梧雜志》。《宋詩話全編》第 10 册,鳳凰出版社,2006 年,第 10052 頁。

⑤ 葉燮《原詩・外篇下》,人民文學出版社,1979 年,第 65 頁。

⑥《霏雪録》,明弘治刻本。

⑦ 强幼安《唐子西文録》,《歷代詩話》上册,第 447 頁。

⑧《毛詩正義》卷六之一。阮元校刻《十三經注疏(清嘉慶刊本)》第 1 册,中華書局,2009 年,第 766 頁。

⑨ 强幼安《唐子西文録》,《歷代詩話》上册,第 447 頁。

⑩ 李壁云:“唐子西文采風流,人謂爲‘小東坡’。”關於唐庚善學蘇軾的情況,劉望之云:“唐子西善學東坡,量力從事。雖少,自成一家。”林希夷云:“唐子西,學東坡者也。得其氣骨,而未盡其變態之妙。”諸説見馬端臨《文獻通考》卷二三七,第 10 册,中華書局,2011 年,第 6457 頁。

⑪ 王夫之撰,戴鴻森箋注《薑齋詩話箋注》卷二,人民文學出版社,1981 年,第 120 頁。

⑫ 莫礪鋒《蘇詩劄記》,《唐宋詩歌論集》,鳳凰出版社,2007 年,第 316 頁。

⑬ 朱弁《風月堂詩話》,中華書局,1988 年,第 106 頁。

⑭ 黄庭堅《黄庭堅全集・别集》卷一一,第 1 册,中華書局,2021 年,第 1540 頁。

⑮ 黄庭堅《黄庭堅全集・正集》卷一八,第 2 册,第 425 頁。

⑯ 同上書,第 420 頁。

⑰ 關於黄庭堅“點鐵成金”“奪胎换骨”法及其詩學意義,參考楊慶存《黄庭堅“點鐵成金”“奪胎换骨”説新論》,《齊魯學刊》1992 年第 1 期;周裕鍇《“奪胎换骨”新釋》,《文史知識》2000 年第 9 期。關於“奪胎换骨”説的首創者,周裕鍇與莫礪鋒曾有爭論,見周裕鍇《惠洪與奪胎换骨法——一樁文學批評史公案的重判》,《文學遺産》2003 年第 6 期;莫礪鋒《再論“奪胎换骨”説的首創者——與周裕鍇兄商榷》,《文學遺産》2003 年第 6 期。

⑱ 强幼安《唐子西文録》,《歷代詩話》,第 447 頁。

⑲ 馬其昶《韓昌黎文集校注》卷六,上海古籍出版社,1986 年,第 409 頁。蜀本“資”上有“自”字。見劉真倫、岳珍《韓愈文集匯校箋注》第十五卷,第 3 册,中華書局,2010 年,第 1611 頁。

⑳ 宏法大師撰,王利器校注《文鏡秘府論校注》,中國社會科學出版社,1983 年,第 290—291 頁。

㉑ 錢仲聯《韓昌黎詩繫年集釋》上册,上海古籍出版社,1984 年,第 569 頁。

㉒ 張滌華《類書流别》,商務印書館,1985 年,第 35—41 頁。又見方師鐸《傳統文學與類書之關係》,天津古籍出版社,1986 年。

㉓《秦觀集編年校注》卷二四,下册,人民文學出版社,2001年,第528頁。

㉔ 葉廷圭《海録碎事·序》上册,中華書局,2002年,第3頁。

㉕《師友談記　曲洧紀聞　西塘耆舊續聞》,中華書局,2002年,第289頁。

㉖ 童嶺《"鈔"、"寫"有別論——六朝書籍文化史識小録一種》,《漢學研究》第29卷第1期,2011年3月。童氏此論,受吕思勉相關論斷之啓發:"鈔字之義,今古不同。今云鈔者,意謂謄寫,古則意謂摘取。故鈔書之時,删節字句,習爲固然。"見《兩晉南北朝史》下册,上海古籍出版社,2005年,第1370頁。此説亦得到了其他學者的回應,如蔡丹君《南北朝"鈔撰學士"考》(《中國典籍與文化論叢》2014年第16期)等等。

㉗《宋史》卷二〇七,第15册,中華書局,1985年,第5301頁。

㉘ 黄小霞《洪邁〈史記法語〉考述》,《新國學》2014年第10輯。

㉙《碧溪詩話》卷一〇。《宋詩話全編》第3册,江蘇古籍出版社,2006年,第2412頁。

㉚《全宋詩》卷三三一七、卷三三一九,第63册,北京大學出版社,1998年,第39538、39560頁。

㉛《楊萬里集箋校》卷八〇,第6册,中華書局,2007年,第3260頁。

㉜ 莫礪鋒《論楊萬里詩風的轉變過程》,《求索》2001年第4期。收入《唐宋詩歌論集》,第476—492頁。

㉝ 王兆鵬《建構靈性的自然——楊萬里"誠齋體"別解》,《文學遺産》1992年第6期。

㉞《楊萬里集箋校》卷一二,第2册,第616頁。

㉟《楊萬里集箋校》卷二九,第3册,第1505頁。

㊱ 吴之振、吴自牧、吕留良《宋詩抄·誠齋詩抄》卷首,第3册,中華書局,1986年,第2038頁。

㊲《楊萬里集箋校》卷二八,第3册,第1442頁。

㊳ 錢仲聯《劍南詩稿校注》卷一五,第3册,上海古籍出版社,1985年,第1218頁。

㊴ 錢仲聯《劍南詩稿校注》卷一一,第2册,第906頁。

㊵ 錢仲聯《劍南詩稿校注》卷三二,第4册,第2149頁。

㊶ 錢仲聯《劍南詩稿校注》卷二〇,第3册,第1573頁。

㊷《范成大集》卷四,上册,中華書局,2020年,第69頁。

㊸《劍南詩稿校注》卷四一(第5册)、五〇(第6册)、六四(第7册)。第2577、3001、3642頁。

㊹《劍南詩稿校注》卷五(第1册)、二三(第4册)、二五(第4册),第464、1720、1792頁。需要指出的是,錢仲聯在爲《自江源過雙流不宿徑行之成都》中"詩材"一詞作注時,引用了《唐子西文録》"平居須收拾詩材以備用"的説法,顯然出於誤解。陸游提到的"詩材",與唐庚所言,迥然異趣矣。

㊺《全宋詩》卷二五七七,第48册,第29942頁。

㊻《全宋詩》卷二六一七,第49册,第30405頁。

㊼《全宋詩》卷二六四〇,第49册,第30916頁。

㊽《全宋詩》卷二六八九,第50册,第31662頁。

㊾《全宋詩》卷三三九八,第64册,第40431頁。

㊿《全宋詩》卷一九四三,第34册,第21704頁。

51《全宋詩》卷二五六五,第48册,第29780頁。

52《全宋詩》卷二六二一、卷二六二七、卷二六三七(均在第49册),第30480、30633、30823、30833頁。

53 關於宋人"詩畫一律"的思想,參考韓經太《論宋人詩畫參融的藝術觀》,《天津社會科學》1993年第4期。章繼光《詩畫一體的觀念與宋人尚意的美學追求》,《中國文學研究》2003年第3期。劉石《"詩畫一律"的内涵》,《文學遺産》2008年第6期。

54《閑居叢稿》卷一四,元至正刻本。

(55)《劉克莊集箋校》卷二(第2册)、卷六(第2册)、卷九九(第9册)、卷一〇九(第10册)。第144、391、4180、4539頁。
(56)《劉克莊集箋校》卷一〇八,第10册,第4501頁。
(57)《後村詩話》前集卷二,中華書局,1983年,第31頁。
(58)《劉克莊集箋校》卷一〇六,第10册,第4413頁。
(59)《黄孄餘話》卷三“詩材”條。清《嘯園叢書》本,第二函,光緒二年(1876)刊。
(60) Ferdinand de Saussure. *Cours de linguistique générale*. Paris: Éditions Payot & Rivages, 1995:99.
(61) Roland Barthes, “Éléments de sémiologie,” *Communications*, 4(1964):105.
(62) 趙毅衡《符號學:原理與推演》,南京大學出版社,2016年,第88—89頁。
(63) 參考程千帆、張宏生《“火”與“雪”:從體物到禁體物——論“白戰體”及杜、韓對它的先導作用》,參見《中國社會科學》1987年第4期。周裕鍇《白戰體與禁體物語》,《古典文學知識》2010年第3期。任樹民《“白戰體”與中國文學體物傳統之建構》,《中國蘇軾研究》2019年第1期。
(64) 趙翼《陔餘叢考》卷二四,河北人民出版社,2003年,第493—496頁。
(65)《詩人玉屑》卷一九,下册,上海古籍出版社,1959年,第418—419頁。這裏提到陸游的兩首詩,分别見錢仲聯《劍南詩稿校注》卷五一(第6册)、八五(第8册),上海古籍出版社,2005年,第3066、4542頁。
(66) 歐陽修《六一詩話》。何文焕《歷代詩話》,上册,第266頁。
(67) 蕭統編,李善注,《文選》卷一七,中華書局,1977年,第241頁。
(68)《酉陽雜俎》卷一八,中華書局,1981年,第175頁。
(69)《文苑英華》卷三二二,第2册,中華書局,1966年,第1671頁。
(70) 這裏提到梅堯臣的兩首詩,見《梅堯臣集編年校注》卷一五、卷一九,上海古籍出版社,1980年,卷中,第283、516頁。
(71) 參考《佩文齋詠物詩選》,影印《文淵閣四庫全書》本,第1432—1434册,上海古籍出版社,1987年。
(72) 韋絢《劉賓客嘉話録》。收録於《唐五代筆記小説大觀》上册,上海古籍出版社,2000年,第794頁。
(73)《鶴林玉露·乙編》卷之三評論此事云:“然白樂天詩云:‘移坐就菊叢,餻酒前羅列’,則固已用之矣。劉、白唱和之時,不知曾談及此否?”中華書局,1983年,第170頁。所引白居易詩題爲《九日登西原宴望》,見《白居易詩集校注》,第2册,中華書局,2006年,第542頁。
(74)《全宋詩》卷二二三,第4册,第2576頁。
(75) 參看周裕鍇《宋代詩學通論》,上海古籍出版社,2007年,第146—147頁。
(76)《全宋詩》卷三四八四,第66册,第41476頁。
(77)《瀛奎律髓匯評》卷一〇,上册,上海古籍出版社,1986年,第340頁。
(78)《瀛奎律髓匯評》卷四七,中册,第1738頁。
(79) 關於“蔬筍氣”,參考周裕鍇《中國禪宗與詩歌》第二章第四節,上海人民出版社,1992年,第45—53頁。高慎濤《僧詩之“蔬筍氣”與“酸餡氣”》,《古典文學知識》2008年第1期。
(80) 陳祖範《素風和尚詩集序》。《司業文集》卷二,乾隆二十九年(1764)刻本。
(81)《劉克莊集箋校》卷九五,第9册,第4029頁。
(82) 淺見洋二《距離與想象:中國詩學的唐宋轉型》,第391—394頁。
(83) 王夫之撰,戴鴻森箋注《薑齋詩話箋注》卷二,第120頁。
(84) 相關的異文和討論,參考嚴羽著,郭紹虞校釋《滄浪詩話校釋》,人民文學出版社,1983年,第27頁;張健《滄浪詩話校箋》上册,上海古籍出版社,2012年,第129頁。
(85) 相關討論,見張健《滄浪詩話校箋》上册,第130—133頁。

(86) 錢鍾書《談藝録》,商務印書館,2011年,第233頁。
(87) 嚴羽著,郭紹虞校釋《滄浪詩話校釋》,第36頁。
(88) 在這一句中,"非關書也",或作"非關學也",郭紹虞對這一錯誤多有辯駁。見氏撰《試測〈滄浪詩話〉的本來面貌》,《照隅室古典文學論集》,上海古籍出版社,2009年,第131—137頁。又見《滄浪詩話校釋》,第33—35頁。
(89) 周裕鍇《〈滄浪詩話〉的隱喻系統和詩學旨趣新論》,《文學遺産》2010年第2期。
(90) 張健《滄浪詩話校箋》上册,第129—137頁。
(91)《劍南詩稿校注》卷五八,第6册,第3358頁。
(92) 關於江湖詩派對晚唐詩風的推崇,參見張宏生《關於江湖詩派學晚唐的若干問題》,《唐代文學研究》1994年。侯體健《"江湖詩派"概念的梳理與南宋中後期詩壇圖景》,《文學遺産》2017年第3期。
(93) 楊理論《晚唐江湖詩派的詩學向度》,《西南大學學報(社會科學版)》2014年第5期。
(94)《戴復古全集校注》,中國文史出版社,2008年,第212頁。
(95) 相關研究,參見王曉明《隱士哲學與騎驢詩人小議——以〈孟浩然騎驢圖〉題畫詩文爲例》,《中國美學》2016年第1期。
(96)《則堂集》卷四。《全宋文》卷八〇六七,第349册,上海辭書出版社、安徽教育出版社,2006年,第111頁。
(97) 尚永亮、劉曉《"灞橋風雪驢子背"——一個經典意象的多元嬗變與詩、畫解讀》,《文藝研究》2017年第1期。
(98)《劉克莊集箋校》卷一八,第3册,第885頁。
(99)《稼村類稿》卷四。《全元文》卷八〇,第3册,江蘇古籍出版社,1999年,第107頁。
(100) 劉學鍇、余恕誠《李商隱文編年校注》,第5册,中華書局,2014年,第2265頁。
(101)《劉克莊集箋校》卷九六,第9册,第4045頁。
(102)《劉克莊集箋校》卷一三四,第12册,第5385頁。
(103) 嚴羽著,郭紹虞校釋《滄浪詩話校釋》,第26頁。
(104) 元好問著,孔凡禮輯《詩文自警·先東巖讀書十法》。《元好問全集》卷五四,下册,山西人民出版社,1990年,第506頁。
(105) 揭傒斯著,顧龍振輯,《詩法正宗》。《揭傒斯全集》據《詩學指南》本影印,廣陵書社,2016年,第692頁。
(106) 江盈科《雪濤詩評》。《江盈科集》下册,岳麓書社,2008年,第699頁。
(107) 費經虞《雅倫》卷一五,康熙四十九年(1710)刻本。
(108)《曝書亭集》卷三九。《朱彝尊全集》第18册,浙江大學出版社,2021年,第938頁。
(109) 陳繹曾《文章歐冶·漢賦譜》。《歷代文話》第2册,復旦大學出版社,2007年,第1280頁。
(110)《江盈科集》,下册,第704、718頁。
(111) 喬億《劍溪説詩》卷下。《清詩話續編》第2册,上海古籍出版社,1983年,第1099頁。
(112) Wallace Stevens, *Opus Posthumous*, Samuel French Morse ed., New York: Knof, 1957:162.中譯見華萊士·史蒂文斯著,陳東飆、張棗譯《我們季候的詩歌:史蒂文斯詩文集》,華東師範大學出版社,2021年,第236頁。
(113) 馮至《里爾克——爲十周年祭日作》,《馮至選集》第二卷,四川文藝出版社,1985年,第158頁。

梅堯臣的詠蝨詩

[日] 大井幸
麥嘉倩 譯

前 言

題材選取範圍的擴張,是我們在梅堯臣(1002—1060)詩歌創作活動中所能見到的嘗試之一。"蝨子"作爲吟詠對象,在梅堯臣手中正式登上了詩歌的大雅之堂。從以"蝨古未有詩"[①]點明創作動機的詩題上,可以看到他自覺地、有意識地運用嶄新題材來進行詩歌創作的雄心。這首詩在探討梅詩題材的前人研究中常被提及[②],翻檢梅堯臣的其他作品,尚可發現另外兩首著意於描摹蝨子或以蝨子爲話題中心的詩歌(以下統稱爲"詠蝨詩")。值得玩味的是,三首詠蝨詩的創作集中在相對而言較爲接近的一段時期内。

至慶曆後期(慶曆四年—八年,1044—1048),梅堯臣的詩風已産生許多變化。如題材方面,將日常生活的細部吟詠入詩的傾向越來越明顯。其中選取的題目,大都是在以往的古典詩歌世界中不曾入詩人法眼的内容。就三首詠蝨詩的創作而言,梅堯臣絶不自我重復,而採取了各異的手法鍛煉詩材、描摹對象。那麽,在没有參考和典範的情況下,要如何將"未曾有"的事物引入詩中?或者説,該怎樣活用陌生的材料,以引發詩歌領域新的擴張?恐怕詩人那些研精覃思、沉吟推敲的痕跡,仍在文本之中等待發掘。本文將以梅堯臣的三首詠蝨詩爲分析對象,探討梅堯臣通過這三首詩的創作,期望達到怎樣的效果和目的。此外,筆者將進一步考察詩歌題材在梅堯臣手中的擴張過程,及其背後藴含的詩學意識。

一、蝨子進入詩的領域

慶曆五年(1045),梅堯臣在内侄謝景初(1020—1084,字師厚)的邀請下,破天荒地將蝨子作爲吟詠主題引入詩歌。[③]在這一時期,年齡相差近二十歲的兩人間常有游戲性的詩作往還[④]。這第一首詠蝨詩,也可看作梅謝二人游戲酬唱的一環。圍繞"未有詩"這一重點將"蝨子"作爲詠物對象時,梅堯臣必然在無前作參考的狀況下抱着"自鑄偉詞"的强烈意識進行創作。而發出邀約的謝景初,也一定正興致勃勃地注視着自己這位才思敏捷、時時在作品中加以靈活處置的叔父,看他如何挑戰這一頗爲棘手的全新題材。

師厚云蝨古未有詩邀予賦之

貧衣弊易垢,易垢少蝨難。
群處裳帯中,旅升裘領端。
藏跡詎可索,食血以自安。
人世猶俯仰,爾生何足觀。

梅堯臣在貧人的衣袍中,勾勒出了蝨子的小小世界。仔細一瞧,蝨子們的生存狀態,簡直與士大夫們别無二致:有像處士般寂寂無名、"群處裳帶"的蝨子;也有"旅升裘領",如新進士般意氣昂昂,仿佛從此平步青雲的蝨子。這麽看來,還有"藏跡自安"、隱者般的蝨子。爲詩人所細細描摹的蝨子生活,與士大夫們的人生縮影逐漸重合,形成了"蝨子—士大夫"的二重構造。爲使這一巧妙構造發揮效力,梅氏沿襲並化用了前代散文、辭賦中留下的蝨子描寫——雖如謝景初"未有詩"所言,"蝨"在此前從未被作爲詩的中心,但在其他文體中,其實並不缺乏記載蝨子的文獻。

若把視野放寬,就能看到一個基本事實:以昆蟲世界模擬人類世界,甚或用來比附宇宙本身的文章,在中國古典文學的語境中稱不上罕見。就蝨子來説,它與其他昆蟲的不同之處就在附着於人或動物身上的寄生性質。如果説蒼蠅或蟬與人類分享着同一個棲居世界,那麽對蝨子而言,它的世界存在於某個人類或動物的個體之上。正如阮籍在《大人先生傳》中所述:

> 且汝獨不見夫蝨之處於褌之中乎?逃於深縫,匿乎壞絮,自以爲吉宅也。行不敢離縫際,動不敢出褌襠,自以爲得繩墨也。飢則嚙人,自以爲無窮食也。然炎丘火流,焦邑滅都,群群蝨死於褌中而不能出。汝君子之處寰區之内,亦何異夫蝨之處褌中乎悲夫!而乃自以爲遠禍近福,堅無窮也。

蝨子的獨特性質,讓我們獲得了從外部觀照整個世界的可能性。這一觀照世界的設想,可追溯至更爲古老的《莊子》《韓非子》中去。[5]詩中描摹蝨子的小小世界並以此隱喻人類世界的寫作思路,無疑借用了這一超越式的觀照法。

蝨子這一存在,自古以來就與隱者有着切不斷的深厚關係。利用這一文化傳統,梅堯臣强化了詩中二重構造的表達效果。在魏晉時期的言談和逸聞中,常常會出現超凡脱俗的隱士,身着爬滿蝨子的衣物。[6]阮籍所描繪的"大人先生"也正是典型之一。梅詩首二句以一件弊而易垢的"貧衣"開頭,而其隱而未現的擁有者則一定有副與魏晉隱士重合的面龐。通過“貧衣之蝨”的設定,典型的隱士形象浮現目前,繼而又引導讀者走向阮籍筆下蝨子的小世界,直至結末“人世猶俯仰”一句,驚起猛回頭,點出詩人對人之一生的沉吟與觀照。阮籍《詠懷八十二首》其三十二中,有“去此若俯仰,如何似九秋。人生若塵露,天道邈悠悠”之句,與梅詩同以“俯仰”一詞,表達了“人生短促,倏忽即逝”的觀念。順便一提,《大人先生傳》中的主人公,是一位“以萬里爲一步,以千歲爲一朝”的超越式的人物。而梅詩結尾也流露出一種漠然萬物的達觀思想,令人想起大人先生式的隱者,與全詩基調十分調和。總之,通過利用古代文獻中的思想資源和文學意象,梅堯臣成功描繪出了古典詩歌中的第一群蝨子。

梅堯臣自覺意識到,自己正在選擇“詩”這一表現媒體吟詠一個全新的主題。只需把目光放在作品的詞語配置和構成上,我們就能感到他試圖活用詩歌自身特性的良苦用心。首先,詩中第三、四句(“群處裳帶中,旅升裘領端”)與第五、六句(“藏跡詎可索,食血以自安”)各爲兩組對句:前者並列蝨子的兩種狀態(分别比擬士人的在野與出仕),後者則將喚起隱者之思的兩種處世態度捉在一處。梅堯臣從蝨子身上提取出具有對照性的特徵,並工穩地將它們安置在了對句的兩端。此外,四句之中一組反義相對,一組同義相對,在不顯單調的同時,又構成了一重總括式的大對照(分處“廟堂之高”與“江湖之遠”的兩種生活方式)。整體來看,採用了以兩句爲小單位,四句爲大單位的疊套結構。

第三、四句中所用“群處”“裳帶”“旅升”“裘領”數詞,在前人詩文中幾乎不見蹤跡。[⑦]對於“未曾有詩”的蝨子而言,可供借鑒的詩語或熟套自然無處可尋。要想惟妙惟肖地描摹對象,就必須從零開始創製詩的語言。謝景初向梅堯臣發起挑戰時,恐怕也正是瞄準了這個難點。本詩在字詞的選擇、詞語的組合方式上,都顯示了詩人對於對仗結構的强烈重視。其中,“群處裳帶中”與“旅升裘領端”兩句相對,井然有序:“處”與“升”區分動静,“裳帶”與“裘領”各居上下,“中”和“端”則分處内外,每一組都蘊含了鮮明的對照關係。與安居而止的“處”字相反,“升”字内蘊着動勢(可用來表示蒸氣上騰的情形),相比於近義的“登”或“上”字,更具升騰直上的動態感。[⑧]“群”“旅”均有囊括、包羅以成“總體”之意。“旅”在詩歌中,很少能看到意爲“一同”的用例。但在《禮記・樂記》中,有“(子夏曰)今夫古樂,進旅退旅,和正以廣”的表達。據鄭玄注可知,“旅,猶俱也。俱進俱退,言其齊一也”。將“旅”置於動詞前的用法,尚見於《國語・越語上》:“(勾踐曰)吾不欲匹夫之勇也,欲其旅進旅退也。”以上用法均以“旅”形容共同行進的動勢,在詩中搭配“升”字使用,極爲妥帖。通過“旅升”這一如軍隊般整齊劃一、推進前行的動作描寫,彷彿讓我們看到大群大群的蝨子,正以黑雲壓城的攝人氣勢,在人體山脉上攀援攢動的情景。這一浩浩蕩蕩的蝨子軍團也與裳帶中安然“群處”的蝨子們形成了有趣的對照。爲細膩描繪蝨子這一小生物、追求詩歌形式下的絶佳表現效果,梅堯臣對詩中詞彙進行了匠心獨具的揀選、裁剪和配置。

最後來看詩歌的整體構造。在第七句中,詩人筆鋒一轉,以“人世猶俯仰”將視域從蝨子的微觀世界極度擴大,展現出對人間的關懷。又在結尾處再度將目光轉向蝨子,以"爾生何足觀"否定了它們食血安飽、碌碌無爲的生命價值。短短兩句便展現出令人目眩的視角切换。從首二句開始依次觀照,從人類的衣袍,衣中的蝨群,再到單只蝨子的小動作和生活態度,詩人對細部的刻畫漸次深入,聚焦視野也不斷收縮;直至漸入佳境的最後一刻,鏡頭聚焦却突然跳出了被蝨子視作圓滿世界的人類身體,透出"人生一世,不過彈指一瞬"的宏大觀照;最後舉重若輕,又把特寫鏡頭轉回到了一只小蝨子身上。將蝨子所處的世界凝縮爲一個人類個體,又不忘提示此外尚有更廣闊世界的寓言手法,顯然來自《莊子》及《大人先生傳》的記述。梅堯臣繼承了這一妙旨意趣,又以詩的形式將此中真味完全地展現了出來。也正是在層層鋪敘、結構謹嚴的詩歌形式中,如此成功的表達效果纔可能達成。

梅堯臣著力鑽研詩歌獨有的表達方式,以求創作出世上的第一首詠蝨詩。在"詩"的戰場上,他正面迎擊了"以詩賦蝨"的難題,向謝景初展現了自己精湛純熟的一身技量。

二、頭上之蝨與詩的精巧化

慶曆六年(1046),梅堯臣將兒子秀叔(長子梅增的幼名)頭上冒出的蝨子寫到了詩裏。⑨這首詩不單單是將"蝨"作爲一個全新題材來諷詠,還刻意設限,把蝨子定位在愛子"秀叔"的"頭上"。詩中的表現技巧也被磨礪得愈發精當。⑩與前作相比,梅堯臣同樣關注如何以詩的手法,將蝨子這一主題在詩中表現出來。不同的是,本作特别用力於表現技巧方面。

秀叔頭蝨

吾兒久失恃,髮括仍少櫛。
曾誰具湯沐,正爾多蟣蝨。
變黑居其元,懷絜宅非吉。
蒸如蟻亂緣,聚若蠶初出。
鬢搔劇蓬葆,何暇嗜梨栗。
翦除誠未難,所悪累形質。

從早早失去母親,也從此失去了悉心照料的孩童身上,我們能感受到詩人對幼子的憐惜,以及他在亡妻離去後的感傷。全詩在"吾兒"和"蟣蝨"的交替描寫中構建起來。一方面,詩人以多個典故的疊加,描繪出因思念亡母而不忍毀傷髮膚的孝兒形象;另一方面,通過第五句到第八句的鏡頭特寫,生長於特殊地帶的"頭蝨群體"也躍然紙上。從第九句開始,焦點回到了秀叔身上:父子二人雖欲斷髮除蝨,又因儒家古訓而躊躇不決。末句以"翦除誠未難,所惡累形質"的嘆息作結,收束全詩。詩中對蝨子的細緻描寫與層層鋪敘,既强調秀叔苦於頭蝨肆虐的悲慘遭遇,也表達出梅堯臣對幼子的深沉父愛。

相比前作,本詩在面對蝨子這一全新主題時,更重意匠經營。對"蟣蝨"的字形、字音、生態特徵、前代文獻中的描寫等要素爬羅剔抉,將之靈活運用於押韻、典故、對句等詩歌傳統表現技法中。對"蟣蝨"外貌和習性也凝聚巧思,採用了各種比喻及雙聲·疊韻詞進行描繪。來看看具體情況:

首先,"蝨"的字音被作爲韻字使用。觀詩中偶數句末可知,全詩櫛、質二韻通押,"櫛""蝨""出"三字歷入聲七櫛韻,"吉""栗""質"三字歷入聲五質韻[11]。再來看"蝨"的字形。第三、四句末尾分用"湯沐"與"蟣蝨"兩詞,其中"蟣"字原義指蝨卵,但此處與"蝨"字聯用,泛指蝨子。在"曾誰具湯沐,正爾多蟣蝨"的對句中,同句之中部首字構造相同,兩句之中部首字構造相對,形成了視覺上的對稱感。

接下來看與蝨子相關的典故。前作以"隱逸"主題貫穿全詩,活用相關意象,以蝨子的世界作爲人生縮影的靈感,想必來自阮籍的名作;詩中天地一指、人生一瞬的冷靜觀照,整體上流露出超凡脱俗的隱士色彩。梅堯臣從古典文獻中挑選具有統一性的詩材,如水中著鹽,不露痕跡。即便是對《大人先生傳》的明顯借鑒,也未曾有生搬硬套、直接移用文中的表現。相比之下,梅堯臣在《秀叔頭蝨》中毫不收斂,不遺餘力地搜集歷代記述,將異常豐富的意象、典故傾入詩中。在化用典故、排篇布局方面也頗費工夫。如詩中第三、四句,出自《淮南子·説林訓》"湯沐具而蟣蝨相弔,大廈成而燕雀相賀"的表述。在字句的排列、改編上,放棄了原典中相對的"燕雀",而採取了視覺上更有對稱效果的"湯沐"入詩。第五句"變黑居其元"依據《抱朴子》(原文已佚,見《文選》卷五三《養生論》李善注[12])"今頭蝨著身,皆稍變而白。身蝨處頭,皆漸化而黑"一段。梅詩以"變黑"代"化而黑",以"居其元"代"處頭",進行了用字調整。此處特意以"元"指"頭",勾連起《周易·乾卦》"元亨利貞"之意,與對句"懷絮宅非吉"中"吉"字相對,創造出占卜意義上的共通點。第六句典故來自上文提及的《大人先生傳》("且汝獨不見夫蝨之處於褌之中乎?逃於深縫,匿乎壞絮,自以爲吉宅也"),其中"壞絮""吉宅"二詞皆爲梅詩所本。詩中"宅非吉"與"居其元"相對,可知原文中作名詞用的"宅"字在此處用作動詞。而"懷絮"一詞常被疑爲"壞絮"之誤筆,但筆者以爲,或許梅堯臣有意將原文改作"懷絮"(意爲"蝨子被綿絮懷包"),以與出句"變黑"同爲動賓結構,使前後詞性相對、構造整齊,提高對仗的精密度。[13]

第十一句"翦除"一詞典出《東觀漢記》卷一二之《馬援傳》,乃馬援爲討伐山賊一事所進對策之語:"除其竹木,譬如嬰兒頭多蟣蝨而剃之,蕩蕩然蟣蝨無所復依。"文中"嬰兒頭多蟣蝨而剃之"的譬喻,與梅詩吟詠愛子頭上之蝨的主題十分貼切,移用過來正適合結束全詩,可使讀者會心一笑。本詩前四句致力於勾勒秀叔的孝兒形象。第一句"吾兒久失恃"本自《毛詩·小雅·蓼莪》之"無父何怙,無母何恃",透露出秀叔已失去母親的庇護。第二句"髮括仍少櫛"中,"髮括"意爲約束頭髮,是服喪時的一種禮儀,出自《禮記·喪服小記》"斬衰,括髮以麻。爲母括髮以麻,免而以布"一段。"少櫛"指不常梳頭的生活狀態,反映生者因至親離世而備受打擊的消沉模樣,見於《梁書》卷四七《孝行列傳》中荀匠的驚人孝行:"既至,家貧不得時葬,居父憂并兄服,歷四年不出廬户。自括髮後,不復櫛沐,髮皆禿落。"本詩末句"所惡累形質",顯然出自《孝經》第一章"(子曰)身體髮膚,受之父母。不敢毁傷,孝之始也"開宗明義式的宣言。梅堯臣以首二句爲孝兒形象張本,又在第十一句提出勢如破竹的"剃髮除蝨策",最後筆鋒一轉,黯然拒絕了此策的施行,可謂首尾呼應的絶妙收筆。相比於運用同類意象,營造統一氛圍的前作,本詩作法更具技術上的挑戰性:梅堯臣大膽吸收了分散於經、史、子各部的不同典故,通過裁剪鏤刻,妙筆點染,使本有胡越之隔、色彩各異的詩材供其驅策,表現效果饒有趣味,也展現出本作重視推敲字詞的特徵。

最後來看由比喻手法、雙聲·疊韻詞的使用而帶來的寫實性描寫。在第七、八句中,詩人以螞蟻、幼蠶爲喻,再現了蝨子群聚攀援的情景。"亂緣"是一個疊韻詞,表現蜂擁混亂的攀登狀。唐代薛能《桃花》詩中,雖有"亂緣堪羨蟻,深入不如蜂"的表達,但尚未自覺利用聲音上的疊韻性質。梅詩對句中"初出"二字構成一個雙聲字,指"剛剛出現"的樣子。蠶子在孵化後呈黑色,與頭蝨的體色一致,正好作一對比喻。在讀"聚若蠶初出"一句時,如果把"初出"看作日語中的擬態語⑭,腦海中很快就會浮現初生的黑色小蟲翻湧蠢動的景象。詩人認識到語言的聲音特性,將表現不同狀態的字組合成詞,以"亂緣""初出"帶來如日語中擬態詞般生動的表現效果。

相比前作,第二首詠蝨詩從不同方向入手,是梅堯臣"以詩詠蝨""以蝨入詩"的再次創新和自我突破。這一次,他將重點放在了詞彙的推敲上,凡是與蝨子有關的要素,只要能够應用於詩歌之中,都經過了詩人最充分的提煉與打磨。面對"古未有詩"、具有相當難度的主題,梅堯臣進一步以"頭上之蝨"自我設限,又選用韻部字數較少的入聲韻。在以上嚴苛的條件下,梅氏竟能以一向被視作與詩無緣的蝨子爲賦物之題,縱横無盡地拈出典故並加以裁截,不可不謂是揮灑才氣,炫示博學。可以想見,在對新穎主題、嚴格限制和精巧表達不斷發起自我挑戰的過程中,詩人也一定感到非凡享受。

三、捫蝨得蚤與詩的新穎化

在作於次年慶曆七年(1047)的第三首詠蝨詩中,跳蚤獲得殊榮,與蝨子一同被引入了詩的世界。這首詩以"蚤"爲韻脚字,從思路上或可窺見與第二首詠蝨詩(以"蝨"爲韻脚字)的連續性。或許可以想象梅堯臣的游戲心理:既然已經用蝨子作過詩,這回不妨拿跳蚤試試。⑮跳蚤與蝨子一樣,都是小小的、成群結隊的、棲居在人類衣物上,靠血液飽腹的昆蟲。由於性質的相似,人類常以"蚤蝨"這一詞組概括它們。如果翻閲宋代類書《太平御覽》中和"蚤"有關的條目,就會發現其中所引大都是關於"蚤蝨"的記述。但在第三首詠蝨詩中,恰恰是被視作同類的"蚤蝨"的不同之處,引起了梅堯臣的注意。詩人的慧眼,正注視、逼近着這微不足道的渺小存在。

捫蝨得蚤

兹日頗所惬,捫蝨反得蚤。
去惡雖未殊,快意乃爲好。
物敗誰可必,鈍老而狡夭。
穴蟻不嚙人,其命常自保。

首先,"本想捫蝨,反而捉到了跳蚤"的開頭,提示本詩所述不過是一件日常小事。蝨和蚤在人類眼中如此相似,又同樣討嫌,以致無論逮住哪個可惡的小家伙差不太多。詩人意外地捉住了跳蚤,心情愉快地以"兹日頗所惬"領起全詩,在這件無聊得有些庸俗的瑣事上略著筆墨後,從第五、六句開始,轉向了人生道理的啓示。生死有命,命運無常,誰也無法預見明天發生的事——蝨子因遲鈍而苟活,跳蚤迅敏却横遭慘死的事實,正爲這條道理作了注脚。作完這番令人深思的宣講後,末尾二句又翻出新意,否定了"物敗誰可必"的真理性。原來"鈍老而狡夭"的道理,不過是吸血蟲們微小世界内的限定法則。只要把視野拓寬,就能看到完全不同的景象:螞蟻在它們的王國裏,過着自己與世無爭而頤養天年的小日子。也就是説,蝨子也好,跳蚤也罷,只要不去吸食人血,又怎會落得如此下場呢?

本詩的後半部分較難理解。第五句中,"物敗"指萬物毁滅,但這一結局將在何時降臨在何人身上,是無法預測的。"必"字表示對某一傾向必然發生的斷定。如《莊子·雜篇·外物》有"外物不可必"(人之身外之物具有極强的不確定性,不可依賴)的表達。第六句中鈍者長生,狡者速夭,分别指的是僥倖逃生的蝨子和做了替死鬼的跳蚤。正如《説文解字》中"蝨,齧人蟲""蚤,齧人跳蟲"的釋義所言,兩者之間的决定性差異就在是否善於跳躍這點上。相比於體型更小、長於跳躍的蚤,蝨子是更加癡傻蠢鈍的存在(在阮籍《大人先生傳》中,它們藏身於衣服構成的火宅之中,直至活活燒死)。不過,這次的受害者却是敏捷靈巧的跳蚤。

螞蟻在第七句中突然登場。其文學背景來自後漢王充《論衡·變動篇》中的記載:

> 故人在天地之間,猶蚤蝨之在衣裳之内,螻蟻之在穴隙之中。蚤蝨螻蟻爲順逆横從,能令衣裳穴隙之間氣變動乎?蚤蝨螻蟻不能,而獨謂人能,不達物氣之理也。

其中,"衣裳之内"的"蚤蝨"與"穴隙之中"的"螻蟻"並舉出現。但這段文字旨在説明天地與生物之間的影響關係,與詩中第五句的生死無常論並無直接關聯,梅堯臣也只借用了視"蚤蝨"爲同類的搭配而已。這種利用典故却不用其意的做法,是本詩採取的一貫態度。

如詩題中"捫蝨"一詞,來自晉代王猛的著名軼事;"得蚤"一詞,見於三國曹植《令禽惡鳥論》一文。但詩人在使用時不對原作内容亦趨亦步,而僅僅抽出動作行爲本身。[16]這種創作態度與前兩首詠蝨詩大相徑庭,表明詩人有意與前人論説保持距離,從另外的角度利用典故。

詩中第五、六句與七、八句爲逆接的轉折關係。螞蟻的生存方式無法被納入"物敗誰可必"的理論框架,"其命常自保"的穴蟻對無常命運論而言顯然是個矛盾的存在。因此,第七、八句的展開正是爲了否定前二句的理路:蝨子和跳蚤的生死,不必歸因於命運這類飄渺無依的因素,其實只是咬人必遭恨的簡單道理罷了。如果我們把前兩句看作蝨蚤們對自己朝不保夕、隨時遭害的哀嘆,把後兩句讀作梅堯臣在一旁針鋒相對的嘲笑,或許更能感到本詩的諧謔趣味吧。

從筆者不憚煩言的解説可以看出,本詩的構成是比較複雜的。句與句之間的場景轉换略顯唐突,内容展開也出乎意料。爲進入抽象性的論理,詩的敘述焦點在第五句從捫蝨者轉向了反面的吸血蟲。第七句的"穴蟻"雖典出古代文獻,但與第五句的論點突然失去關聯,不免有些跳躍。因此在進行詩文釋義時,需對矛盾的文字作一些補充説明。本詩後半部分的理論,不見於與蝨子有關的前人論説,大概是梅堯臣基於自身生活實際和觀察所得來的切身體會。在將這些感觸訴諸筆端的過程中,梅堯臣製造出句與句之間的斷裂和不接續,爲詩的讀者或聽者帶來無法預測、充滿驚喜的體驗感。或許創作者本人也在爲自己的意圖能否傳達給讀者而凝神屏息、暗自興奮吧。

再看詩的表達方面。本作相比於前兩首詠蝨詩,幾乎看不到傳統詩歌,特别是律詩中常見的各類要素。一見便知的是,詩中多用虚詞,隨處可見副詞或接續詞,向讀者傳達微妙深意。第一句"兹日頗所愜"中的"頗"字意爲稍稍、少許;與第三句"去惡雖未殊"中的"未殊",一同表示"不過是小小日常瑣事"的輕巧情緒。第二句"捫蝨反得蚤"之"反"表示意料之外的驚訝,與第六句"鈍老而狡夭"中表示轉折的"而"相呼應。第四句"快意乃爲好"之"乃"含有"(達到某種條件後)纔……"之意,表現出"去惡"後的悠然態度。第八句"其命常自保"中的"常"和"自",也含有與全詩主旨攸關的語氣——穴蟻之所以能够保全性命,不是由於"偶然"而暗合於"常理",與第五句中不確定的"誰可必"構成矛盾。此外,"自保"之"自"體現了螞蟻謹慎處世的生存態度,凸顯出蚤蝨的慘死不過是自作自受而已。暗示着詩人所下的委婉判詞:"要是你們不去咬人吸血,又怎麽會招致如此結局呢?"

接下來看字詞的組合方式。詩中詞組大都採用"捫蝨""去惡""快意""物敗"這類動詞構造,以表達某種動作或狀態;對名詞進行修飾、描繪的構造幾乎没有出現。[17]因此,全詩會給人以一種一字一頓、結構鬆散的印象。讓我們重點來看第六句中"鈍老"與"狡夭"的表達方式。"鈍"與"狡","老"與"夭"各爲一對反義詞。調换過來,"鈍(遲鈍)"與"老(長壽)","狡(敏捷)"與"夭(早世)"也是相互矛盾的存在。詞組内在的邏輯關係,並非因"鈍"而"老"、因"狡"而"夭"的順接,而是雖"鈍"却"老",雖"狡"然"夭"的逆接轉折關係。梅堯臣將蝨子延命與跳蚤受過的啓示,乾脆利落地凝縮在兩個短詞之内。表達既切合題意,又富有原創性。唐代盧綸雖有"清冬和暖天,老鈍晝多眠"(《首冬寄河東昭德里書事貽鄭損倉曹》)一見類似的表達,但其内部構造並不複雜:二字並置,指年老體衰、遲鈍的狀態。在詩中詞語的選用方面,梅堯臣的煉字工夫可見一斑。

此外,從韻律和對句方式來看,本詩完全脱離了律詩的規則約束。即便是作爲古詩,也稍稍有些極端。全詩平仄關係如下:

1 兹日頗所慖　平**仄**平**仄仄**
2 捫蝨反得蚤　平**仄仄仄仄**
3 去惡雖未殊　**仄仄**平**仄**平
4 快意乃爲好　**仄仄仄**平**仄**
5 物敗誰可必　**仄仄**平**仄仄**
6 鈍老而狡夭　**仄仄**平**仄仄**
7 穴蟻不囓人　**仄仄仄仄**平
8 其命常自保　平**仄**平**仄仄**

五言八句總計四十字中,平聲十一字。仄聲二十九字,仄聲字約占全詩字數的四分之三。儘管"一邊倒"的原因之一是仄聲押韻,但韻脚字只占四字。而大半詩句中的平聲字只剩一字,再加上四聲中占比較少的入聲字在全詩字數中擁有四分之一的位置,如此不平衡的韻律構造,恐怕是詩人精心安排的結果。梅堯臣於慶曆八年(1048)接受晏殊(991—1055)提議,創作了全篇皆爲仄字的仄聲詩。或許他在這首詩的創作中也懷有挑戰性的意圖,在揀選字詞時盡可能地遠離律詩平仄規律。

然後是對句的問題。儘管有蝨子和跳蚤這樣極易湊成對的材料,但梅堯臣没有使用對句,而是像第二句"捫蝨反得蚤"、第六句"鈍老而狡夭"這樣,構成一句之中的對照。放棄鄰句對仗的平衡形式,應該是力避陳言的一種辦法。第三、四句雖然構成了鬆散的對偶,又以"雖"字帶來前後意脉的流動、承接,類似流水對,並非一般的並列句式。從中可以窺見梅堯臣對詩歌創新的不懈追求。

如上所述,本作與前兩首詠蝨詩相差極大,幾乎没有使用傳統的詩歌手法,而是選擇盡量偏離正軌,不拘泥於既定的詩歌形式,又對蝨子這一題材加以更爲細膩的觀察和剖析。本詩後半説理部分與第一首詩中談論人生的部分略顯類似。但與前作建立在厚重的文學傳統之上不同,《捫蝨得蚤》是詩人以自己活潑潑的生命體驗爲基礎,發掘蝨子的獨特魅力。昔日的文學遺産總有利用殆盡的一天,亦步亦趨無法爲詩歌帶來新的發展。好在詩人具備不斷發現、成就佳構的眼力。在不斷嘗試新作法的過程中,梅堯臣享受着創作的快樂,並追尋着詩歌的新天地。

四、三首詠蝨詩的共通點

如上文所示,梅堯臣在三首詠蝨詩中不斷嘗試,創作方法也依次變化。這裏想談一談三首詩的共通之處,並由此觀察以嶄新題材入詩的詩作性質,以及梅堯臣在詩中展現的基本態度。

首先,三首詩都試圖描繪生活中的蝨子。如本文開頭部分所言,在慶曆後期的詩壇上,興起了將事物放到日常生活中進行描摹的新動向。關於這一現象,已有諸多經典研究,筆者也曾在舊文中予以討論。[18]在這一時期被引入詩歌的新題材,不是珍貴的舶來品或新事物,而是那些早已爲人所熟視無睹、不曾激發起詩興的平常事物。這一主題選擇上的新態度,完全可以在三首詠蝨詩上得到驗證。

第一作雖未明確告知讀者,這是詩人日常生活的一方風景,却採取了一種極平易的筆調,使人容易聯想到詩人的日常。詩中貧衣之士的形象,與梅詩中頻繁登場的詩人自身的潦倒形象頗有重合之處。本詩的受贈者謝景初作爲見證者,他與梅堯臣共作的聯句詩中,曾有梅堯臣所描繪的自身形象,與詠蝨詩中的貧士大體相同。[19]對梅、謝二人而言,詠蝨詩中的貧士風姿,就像是詩人們日常生活的一塊切片,可視爲作者本人的自畫肖像。當然,蝨子本就是與人相伴的寄生蟲,或許描寫蝨子的詩歌也天然地容易走向日常化。但這並不是唯一的一種可能性。自古以來的文獻記述中,尚有吟詠出征士兵甲冑内湧出的蝨子、以蝨子引出王猛清談故事的做法。由此可見,把蝨子放進日常生活的寫法,不是不假思索的結果,而是梅堯臣的有意選擇。雖然詩人在處理三首詩時採取了不同的表現手法,但他始終没把蝨子當做特殊的存在,而只作爲日常生活的一部分來描繪。這一基本態度,彰顯了詩歌題材擴張的未來方向:在瑣碎生活的細部、無人在意的角落,梅堯臣發現了詩的處女地。

其次,三首詩都藴含諧謔趣味。梅堯臣的詠蝨詩向來被看作游戲之作,其諧謔性或許也是不言自明的。值得注意的是,這種諧謔性爲詩歌帶來了一種親切有味、從容不迫的氛圍感。如第一作開頭"貧衣弊易垢,易垢少蝨難"兩句,腔調裏多少透着些好笑。"少蝨難"是"蝨必多"的迂迴説法。如此安排,並非爲了牽强湊韻,而是以"難"與出句結尾、當句開頭的兩個"易"字相對,强化頂真手法的表現效果,銜接前後兩句的因果關係。對讀者而言,從"因貧衣弊"讀到"衣弊易垢"之後,大概會自然而然地推出"易垢多蝨"的表達。但詩人反其道而行,以"少蝨"接續"易垢",陡然一轉,横生趣味,更體現出自己拿蝨子無可奈何的心情。從作品的構思、選詞中,可以窺見梅堯臣詼諧、從容的創作狀態。在第二作中敘述愛子頭蝨的部分,固然可以感到父愛的真情流露;但那些絞盡腦汁的精妙表達、富有戲劇性的蝨子形象,以及寫實性的詳細描寫,却製造出了不少滑稽味道。第三作也是如此。嘲諷蚤蝨自食惡果的結尾充滿幽默趣味,虚詞的多用也帶來信手漫筆、略不經心的氛圍感，釀製出詠蝨詩閒適、雋永的獨特風味。

同樣是吟詠吸血昆蟲，由梅堯臣作於景祐元年(1034)的《聚蚊》詩展現出一望而知的鮮明差異：

> 貴人居大第，蛟綃圍枕席。嗟爾於其中，寧誇嘴如戟。忍哉傍窮困，曾未哀癯瘠。
>
> (第十一至十六句)

激憤與嗟嘆在詩人筆下噴薄而出，與《秀叔頭蝨》中嘆息幼子慘狀時流露出的溫情色彩截然不同。《聚蚊》詩末尾又以嚴肅的口吻，向蚊蟲發出"薨薨勿久恃，會有東方白"(第二十三、二十四句)的戰鬥宣言。這種對話體的結尾雖與第一首和第三首詠蝨詩類似，但不像對蝨子那種又氣又笑、無可奈何的責難語氣，對蚊子只有冷酷的宣言和無情的非難，告知它們在日出之後必將退散。總之，三首詠蝨詩所共有的諧謔性，與梅堯臣"詩本道情性，不須大厥聲"的詩學主張息息相通[20]；與以害蟲等類似事物爲吟詠主題的先唐古詩、唐詩及梅堯臣在慶曆後期以前所作的詩歌相比，也有相異之處。[21]或許慶曆後期的梅堯臣，在由諧謔生出的妙味中找到了新的審美價值。而且蝨子這類小蟲豸，本就與"高尚""典雅"等形容毫不相干，獨具個性。以它們爲題目，本就更容易孕育出諧謔性。或許也正是因爲這樣，詩人纔會被蝨子、被身邊的各種微小事物所吸引。這樣看來，將目光轉向日常並以之爲題、吟詠入詩的興味與衝動，大概本就與諧謔性深深相關吧。

結　語

慶曆後期這段不算太長的時期，是梅堯臣確立自身文學創作風格的至爲關鍵的五年。通過對此期間内集中創作的三首詠蝨詩進行分析，筆者試圖迫近梅堯臣詩歌的本質。

第一首《師厚云蝨古未有詩邀予賦之》，是將蝨子引入詩歌領域的最初嘗試。詩人充分利用詩體之外的相關文獻，抽取其中典故、意象，通過對句等傳統技法裁剪辭章。詩中二重構造和視野轉換的言說方式，工穩、準確的對仗手法和詞語配置，均展現了詩人的手腕與才能。但表現方式仍舊傳統，是一首在"以詩詠蝨"的前提下體物肖形、著題賦詩，自覺活用詩體特徵的作品。

第二首《秀叔頭蝨》另闢蹊徑，繼續追求詩的獨特表達。一方面將"蝨"的字形、字音、生態、文獻記述網羅殆盡，融於押韻、用典、對句等傳統詩歌表現技法中；另一方面，又以比喻、雙聲・疊韻詞的運用，生動捕捉蝨子的外貌特徵與生活習性。通過蝨子這一全新題材的運用，詩人磨練技藝，使詩歌的精巧雕琢達到新的高度。

筆者對於這首作品尚有在意之處：梅堯臣在詩中極盡變化、過分炫示技巧的原因爲何？如三、四句中"曾誰"和"正爾"的對仗内，詩人繼續嵌入人稱代詞"誰"與"爾"的對應，極盡工巧之能事。像這樣對詩歌細部字字用心的雕琢、不厭其煩的推敲,多少有些不太尋常。設身處地來想,文字的游戲固然是理由之一,無法戰勝唐詩的表達焦慮也值得關注:對梅堯臣而言,蝨子這一吟詠對象本不具備公認的美學價值,若不以更加徹底、更爲盡態極妍的方式進行呈現,則充其量不過是唐代詠物詩的東施效顰。且詠物詩慣常的優美整齊的形式本就與蝨子的卑俗難以調和。於是,第二作索性採取過剩誇張的修飾,以催生詼諧幽默的風味,也帶來了不錯的效果。畢竟,像唐代律詩那樣鍛煉到極致的優雅、精美的做法,本就難以應用於吟詠新的題材(日常生活中的各類事物)。

第三首《捫蝨得蚤》與前二作相反,擯棄前人論述,從親身觀察和體驗出發,追求詩體的獨特趣味。在描寫方面,梅堯臣幾乎不採取傳統詩歌技巧;在結構方面,製造意脉的區隔和斷裂,爲文本接受者帶來意想不到的新鮮效果。他盡可能地與已成套式的表達方式保持距離,專注於身邊的事物,從中發掘詩的魅力、開闢全新的創作園地。如果關注梅堯臣慶曆後期的詩歌,就會發現已少有新作繼續採用第二首詠蝨詩的作法。更多的作品與本作相似,不再使用律詩式的精美技巧,而在構思與敘述上别出心裁,令人回味良久。至少在慶曆後期,梅堯臣已在新的創作方法中,發現了不同以往的魅力與可能性。

包括蝨子在内,以日常生活中的新題材入詩的嘗試,究竟使梅堯臣的詩歌創作意識産生了多大的變化呢?通過作品分析,筆者注意到:梅堯臣將曾被認爲不能入詩的題材引入詩歌,並花費了大量的精力以持續思考如何利用詩體形式,如何産出優秀詩作。通過創作,他不斷試錯、比較、衡量,在實踐中捕捉詩的本質並不斷追問:在詩歌内容、形式和表現手法中,有哪些要素必不可少?又有哪些要素可以改變重組?經過摸索,梅堯臣意識到:儘管題材本身不具備直擊人心的魅力,但詩人自身可以通過細緻的觀察發現美感並將之創造出來。這一新的體悟,或許使他的洞察力變得更加敏鋭。

如果我們相信,將新題材引入詩歌的這一行爲,已成爲詩人重新認識詩歌本質、改變事物觀察方式的契機的話,那這一新的動向,也應該會對梅堯臣的其他詩歌創作産生影響。檢閲梅堯臣慶曆後期的創作,其中傳統題材的詠物創作,似乎並未産生明顯變化。這或許是由於該類詠物詩作品基數較小,且其中多數又以"雪"或"梅花"爲吟詠對象,作於梅堯臣與文人間的酬唱活動中。唱和詩的内容往往受詩人與原唱者關係、原唱詩歌内容等因素左右,因而難以對之施加分析。[22]因此,筆者將在討論梅堯臣慶曆後期的唱和詩時,繼續探討這個問題。再者,論及影響關係時不可忽略時間差的問題,梅堯臣慶曆後期以降的詩歌特徵,也將納入今後的課題之中加以留意。

(作者單位:日本佛教大學文學部
譯者單位:復旦大學中文系)

① 譯者注:即《師厚云蝨古未有詩邀予賦之》一詩。

② 筧文生『中国詩人選集二集　梅堯臣』(岩波書店、一九六二年)、「梅堯臣論」(『東方學報』三六、京都大學人文科學研究所、一九六四年)、吉川幸次郎『中国詩人選集二集　宋詩概説』(岩波書店、一九六二年)等著作。宋詩日常化的傾向已被言及,筧氏在論述中更指出該傾向在慶曆四年後明顯增强。

③ 文中所引詩歌文本及繫年,均參考朱東潤《梅堯臣集編年校注》(上海古籍出版社,2006 年新版,初版爲 1980 年)。梅堯臣詠物詩的具體創作時間缺乏確定的根據,依據底本的收録順序進行排列。正如該書解説部分所言,不排除混亂錯漏的可能(敘論二:如何進行編年)。在《四部叢刊》所收明代萬曆刻本《宛陵先生集》(以下簡稱《宛陵集》)中,本作收録於卷二四。

④ 梅堯臣與謝景初在慶曆四年八月至翌年六月停留汴京(河南省開封市)期間,常有熱情的往來。此後二人只有短暫性的照面機會和書信上的往來。因此,將本詩繫於慶曆五年是妥當的。梅堯臣與謝景初在前一年冬季,也曾共同創作《冬夕會飲聯句》[詳見拙作「梅堯臣の聯句について」(『中国中世文學研究』第七〇号、中国中世文學会、二〇一七年)]。在聯句中,梅堯臣也曾將自己褌中湧出的蝨子寫入詩中。在倚仗捷才、當場賦詩的競技活動中,抛開陳詞濫調,吟詠對象進入了生活場景的細節中。或許謝景初在邀請梅堯臣創作詠蝨詩時,心中恰好也想到了去年的聯句。此外,梅堯臣在這一時期還創作了不少充滿諧趣的詩歌,其中一首寫他與謝景初在書齋中聽到老鼠的響動。

⑤《莊子・徐無鬼》中有"濡需"典故,大致説藏身於豬毛中的蝨子貪圖眼前安逸,不知屠豬熏毛時自己也會葬身火海。《韓非子・説林下》中也有"三蝨食彘"的類似寓言。

⑥ 上文提到的《大人先生傳》中的大人先生即爲一個典型,與阮籍並稱"竹林七賢"之一的嵇康也留下了與蝨子有關的記述。在《與山巨源絶交書》(《文選》卷四三)中,嵇康以"性復多蝨,把搔無已"表明自己不堪仕宦的心跡。此外還有在謁見桓温時一面劇談,一面捫蝨的王猛,以及放浪形骸、不拘禮法,創作了《蚤蝨賦》的卞彬。

⑦ "裳帶"見於阮籍《詠懷詩八十二首》其三十八,"裘領"見於《荀子・勸學篇》。但不能確認這些用例是否對梅堯臣産生了直接影響。

⑧ 如伊藤東涯《操觚字訣》中對"升"字的釋義:"雲気ノ立ノボル類、気ノ進ム意アル也。……勢アル字也(譯者注:此段爲江户時代的訓讀文,大意如下:(升)指雲氣蒸騰之類,有氣的流動前進之意……是極有氣勢的字眼)。"表現出蝨群如雲氣蒸騰一般,一擁而上湧入衣領的情狀。

⑨ 收録於《宛陵集》卷二七。梅堯臣之妻謝氏去世於慶曆四年七月,梅堯臣又於慶曆六年夏季續弦再娶,詩中描寫愛子無母照料的狀況,由此可以推斷本作的創作時間。

⑩ 關於詩中對句技巧的分析已見於拙作「対句表現に見る慶曆後期の梅堯臣詩」(『日本宋代文學學会報』第五集、日本宋代文學學会、二〇一八年)。内容雖略有重復,本文重在對全詩進行綜合性的分析。

⑪ 譯者注:參照《廣韻》。

⑫ 這段李善注附於嵇康《養生論》"蝨處頭而黑,麝食柏而香"句下。《太平御覽》卷九五一所引《抱朴子》文字小異,"處頭"作"著頭"。

⑬ 筆者於拙作「梅堯臣の対句について」也有提及,朱東潤氏對這句有"諸本皆作'懷',疑當作'壞'"的校勘。各個版本均無異文。考慮到梅堯臣在这首詩的典故運用中常對原文加以改動,"懷絮"之"懷"很有可能是梅堯臣的有意選擇。

⑭ 譯者注:這裏的"擬態語",指日語中的一種特殊詞彙,構詞通常伴隨着音節的重復。在這一點上與漢語中的疊韻・雙聲詞類似。

⑮ 收録於《宛陵集》卷三〇。第三作無論在題目還是内容上,都找不到可供編年的線索,但可以肯定它必然作於第一作之後。本作與《秀叔頭蝨》之間的先後關係和創作間隔無法確定,但從詩人逐漸有意識地創作詠蝨詩的大方向來看,先吟詠蝨子、再擴充至跳蚤的思路大概是比較自然的吧。因此暫且先將這首作品作爲第三首詠蝨詩。此外,從詩體、句式、表現手法和内容上看,都能感到此詩與集中前後收録的作品有相似之處。根據前後關係,將這首詩繫於慶曆七年應該是穩妥的。相對來説,與前兩首詠蝨詩的創作時間還是比較接近的。

⑯ 王猛故事見於《晉書》卷一一四《苻堅載記下・王猛傳》:"桓温入關,猛被褐而詣之,一面談當世之事,捫蝨而言,旁若無人。"曹植《令禽惡鳥論》中的記述爲:"得蟢者莫不馴而放之,爲利人也。得蚤者莫不糜之齒牙,爲害身也。"《太平御覽》卷九五一引《續晉陽秋》中也有王猛故事的相同記載,"捫蝨"作"摸蝨"。

⑰ 這種現象也是宋詩的言語特徵之一。參見周裕鍇《宋代詩學通論》(上海古籍出版社,2007 年。初版爲巴蜀出版社,1997 年)中對宋詩言語方面的詳細分析。其中指出,宋人優先採用動詞而非名詞,青睞虚字的表達方式(戊編第二章《語詞的活力》)。

⑱ 詳見拙作「慶曆後期の梅堯臣詩について」(『中国中世文學研究』第六九号、中国中世文學会、二〇一七年)。

⑲ 上文提到的《冬夕會飲聯句》第三十四句與第三十八句分别爲"絮被令旋縫"和"裩蝨唯欲烘"(梅堯臣作),描寫了蓋着破綿被、褌中湧出蝨子的場景。詩中貧衣之士穿着的"裘"(見第四句),雖讀作"かわごろも"(毛皮製作的防寒衣),但也可指内充綿絮的布製衣物。如白居易《醉後狂言酬贈蕭殷二協律》中的"裘"即指綿衣[参见下定雅弘「白詩の衣服表現に見る「兼済」と「独善」—裘・「衣食」の衣・葛衣など—」(『白居易研究年報』第七号、二〇〇六年)]。

⑳ 引自《答中道小疾見寄》(慶曆五年作)。此詩常被作爲梅堯臣主張平淡詩風的例證。

㉑ 以蚊、虻之類的害蟲爲主題的詠物詩,主要見於中唐元稹、白居易、孟郊、劉禹錫等人的創作中。其内容大都是先描寫害蟲帶來的惡害,再抒發自身憤慨或嘆息。此外,賦體中也有描寫蝨子的作品存在。據説南齊卞彬曾作《蚤蝨》《蝸蟲》《蝦蟆》等賦譏刺時事。唐代有李商隱作《蝨賦》,陸龜蒙反其意爲《後蝨賦》。其中有"回臭而多,跖香而絶""小人趨時,必變顔色。棄瘠逐腴,乃蝨之賊"等句。要其主旨,不外乎由蝨子的習性、特徵出發,論説善惡。

㉒ 作於慶曆八年的《梅花》詩共有二首,此外還有《和梅花》一首,收録位置較爲鄰近(均見於《宛陵集》卷一二)。三首梅花詩均爲七言律詩,不常見於梅堯臣這一時期的創作。可以推斷,它們與前後所收的其他詩歌,大概都是梅堯臣在與晏殊的唱和活動中創作的。

歐陽修與中國古代的僧詩批評*

李舜臣

歐陽修盛年辟佛，攘斥“今之佛法，可謂奸且邪矣”[①]，慨歎“千年佛老賊中國”[②]，但又樂與釋子游處，晚年更自號“六一居士”，似有歸佛的趣向。這種抑揚不一的態度同樣體現在歐公對僧人詩歌的批評。他一方面爲釋秘演、釋惟儼的詩文集撰序鼓吹，又在《六一詩話》中引許洞“會諸僧分題”之事，批評九僧詩乃至整個僧詩的創作。这只篇片語，雖未成系統，却在後世産生了出人意料的反響。臺灣學者黄奕珍曾集中研討了歐陽修論九僧詩，不過其重心是揭示賈島與九僧詩的關係，意在凸顯賈島在僧詩史上的地位。[③]除此，更爲集中的討論則尚未見到。我們嘗試着將歐陽修的相關言論、觀念，置於中国古代僧詩批評史的語境中，挖掘其意義，祈請方家就正。

一、《六一詩話》的敘事策略與“九僧詩”批評

一般認爲，歐陽修的《六一詩話》是中國古代第一部詩話。雖然鍾嶸《詩品》、孟啟《本事詩》皆略具詩話性質，却畢竟未以“詩話”命名。自歐陽修首創此體之後，詩話遂風行詩壇，論者品賞月旦，皆好用之，“幾於家有一書”[④]。歐陽修自稱《六一詩話》是晚年退居汝陰時所撰，目的是“以資閒談”。既是提供燕閒談噱，則無關乎政體、經術，不必像高文典册那樣深切著明，也無需疏證章句般縝密細緻，惟信筆拈寫，不拘形跡，輕鬆寫意，方可引起人們的興味。因着這樣的寫作態度，歐陽修如是評述“九僧詩”：

> 國朝浮圖，以詩名於世者九人，故時有集號《九僧詩》，今不復傳矣。余少時聞人多稱之。其一曰惠崇，餘八人者，忘其名字也。余亦略記其詩，有云：“馬放降來地，雕盤戰後雲。”又云：“春生桂嶺外，人在海門西。”其佳句多類此。其集已亡，今人多不知有所謂九僧者矣，是可歎也！當時有進士許洞者，善爲辭章，俊逸之士也。因會諸詩僧分題，出一紙，約曰：“不得犯此一字。”其字乃山、水、風、雲、竹、石、花、草、雪、霜、

* 本文爲2020年國家社科基金重大招標項目“明清釋家别集整理與研究”(編號20&ZD269)階段性成果。

星、月、禽、鳥之類,於是諸僧皆閣筆。洞咸平三年進士及第,時無名子嘲曰“張康渾裹馬,許洞鬧裝妻”者是也。[5]

歐陽修述九僧之事,惟確記惠崇一人名,而遺其餘八人,四庫館臣以爲是“記憶偶疏耳”[6]。“九僧”在宋初聲名頗著,又有詩集傳世,依歐公之廣博,當不至於遺忘八僧名。退一步説,若他果真遺忘,但只需略施考證工夫,或徵請他人,考定九僧姓名,應非難事。稍早於歐陽修的楊億就曾指出:“近世釋子多工詩,而楚僧惠崇、蜀僧希晝爲傑出。其江南僧元淨、夢真,浙右僧寶通、守恭、行肇、鑒微、簡長、尚能、智仁、休復,蜀僧惟鳳,皆有佳句。”[7]所列釋子名,即有“九僧”中的五人。這段話見於《楊文公談苑》。是書由楊億口述、門人黄鑒記録、宋庠整理而成,亡於明中葉,但在宋代並非僻書,筆記、詩話、書志多有稱引或著録,歐陽修應知此書。他在這則詩話中所摘希晝一聯“春生桂嶺外,人在海門西”亦見於《楊文公談苑》,似亦可印證歐陽修很可能曾見及此書。職是之故,我們認爲,歐陽修未能盡列九僧之名,並非“記憶偶疏”,實不欲爲之也。

《六一詩話》因定位於“以資閒談”,重心在於“記事”,繁瑣的考證和精密的思辨顯然是多餘的,亦無必要。今檢其中29則,要皆以詩述事,略涉考證者,惟“李文正”一則。所載諸事,又多據傳聞、記憶述之,偏於戲謔、詩讖、捷對之類。例如,其評鄭谷詩云:“人家多以教小兒,余爲兒時猶誦之,今其集不行於世矣。”評周樸詩云:“其名重當時如此,而今不復傳矣。余少時猶見其集。”評謝伯初:“其詩今已不見於世,其家亦流落不知所在。其寄余詩,逮今三十五年矣,余猶能誦之。蓋其人不幸既可哀,其詩淪棄亦可惜,因録於此。”這三則詩話的用語、辭氣與所述“九僧詩”幾乎同出一轍。

這種依憑追憶、傳聞的“印象式”的敍事,既像“白頭宫女閑説天寶舊事”,充滿了濃厚的滄桑之感;又像“瓜棚豆架下的姑妄言之”,使述事處於“可靠”與“不可靠”之間。讀者不禁會追問“九僧”中的其他八人究竟是誰?他們的詩集下落如何?許洞“會諸詩僧分題”之事,是否值得採信?元豐元年(1078)秋,司馬光游萬安山玉泉寺,偶得九僧詩集,便針對歐陽修所述,在《續詩話》中補足了九人姓名及籍貫:劍南希晝、金華保暹、南越文兆、天台行肇、沃州簡長、貴城惟鳳、淮南惠崇、江南宇昭、峨眉懷古。[8]陳振孫《直齋書録解題》卷十五著録了“九僧詩一卷”,並稱:“歐公《詩話》乃云其集已亡,惟記惠崇一人。今不復知有九僧者,未知何也?”[9]對歐陽修不知九僧名略表不解。晁公武《郡齋讀書志》亦著録是書,則饒有意趣地爲九僧“閣筆”而開脱,以爲“若使諸公與許洞分題,亦須閣筆,矧其下者哉”[10]。而現代學者吉廣輿、許紅霞、王成龍、張艮等紛紛掇拾文獻,上下考索,儘管已逸出“閒談”的範疇,但實際皆是因歐陽修的“模糊敍事”而引發的研究。根據學者們的研究,我們可以推定:“九僧”大致生活於太平興國五年(980)至熙寧三年(1070)之間;其中多人參加了景德元年(1004)前後朝廷在汴梁組織的譯經工作,逐漸聚集成一個特色鮮明的詩人群體。據《宋史》記載,許洞曾於“景德二年獻所撰《虎鈐經》二十卷,應洞識韜略、運籌決勝科,以負譴報罷,就除均州參軍"[11]。蓋在本年或稍後不久,許洞在京師會集九僧分題賦詩。許洞才學自負,狂放不羈,好戲謔譏刺他人,連林逋、潘閬這樣的名流都是他嘲諷的對象。所以,張艮認爲:"許洞對九僧亦是差不多作了惡作劇般的戲耍,這當然也符合其人做事的一貫風格。"[12]綜合來看,儘管歐陽修憑藉着少時回憶、傳聞敘寫九僧詩事,但大體皆可採信。

與"模糊敘事"相比,《六一詩話》中透顯出歐陽修對九僧詩歌的態度,亦不甚明朗。歐陽修雖然對九僧詩集的亡佚、其名無聞深表慨嘆,並摘出兩聯佳句,但這並不意味他全然讚賞九僧之詩。歐陽修所摘兩聯是"馬放降來地,雕盤戰後雲"及"春生桂嶺外,人在海門西",並認爲"今之文士未能有此句也"[13]。這兩聯一屬宇昭,一屬希晝,的確可稱佳句,尤其宇昭一聯,還爲後來唐異《塞上作》一字不改地襲入。不過,宇昭這聯氣象雄渾,頗有風雲氣,實非典型的九僧詩。清人王士禛《居易録》卷十四似不滿歐陽修所摘兩聯,另摘出四十餘聯,類如"卷幕知來客,懸燈見宿禽""千峰臨積水,秋勢遠相依""路在深雲裏,人思絶頂歸""會茶多野客,啼竹半沙禽""微陽生遠道,殘雪下中宵""秋聲動群木,暮色起千山""高樹下殘照,寒潮平遠山""野禪依樹遠,中飯傍泉清"等清麗之句[14],殊異於宇昭一聯。歐陽修和王士禛所摘佳句之所以不同,固然有個人的審美異趣在,但更關鍵的是歐陽修僅憑有限的記憶而摘録,未能盡窺九僧詩,故難免偏頗。因此,晁公武説:"其詩(九僧)可稱者甚多,惜乎歐公不盡見之。"[15]

不過,歐陽修述九僧詩事,重點並非所摘佳句,而是他轉述的許洞"會諸詩僧分題"之事。兹事給人以强烈的印象:九僧若不犯許洞約定的山、水、風、雲、竹、石、花、草、雪、霜、星、月、禽、鳥14字,則幾乎喪失了作詩的能力。中國漢字數以萬計,而一般詩歌的篇幅不過數十字,除此14字竟不會作詩,這看起來的確令人咋舌。不過,若對現存的九僧詩歌略作分析,便不難發現這個説法絶無半點誇張。明末毛晉汲古閣刊行的《九僧詩》一卷,是迄今爲止收録最全的九僧詩集,在總共134首詩作中僅有8首未能犯以上諸字。而即便在這8首中,亦有不少類似此14個字的字詞。例如,保暹《早秋閑寄宇昭》:"深院無人語,長松滴雨聲。"《磻溪》:"不肯隨波自直鉤,一朝以道佐成周。"文兆《秋夜言懷》:"半生猶是客,昨夜更聞蛩。"行肇《卧病吟》:"流螢隱回廊,驚鴻度寒渚。"惟鳳《秋燈》:"病鼠驚空亢,寒螢聚缺牆。"宇昭《送曹商之宿州兼簡駱偃》:"島霧沉晴樹,汀煙入夜舟。""雨""波""汀"爲"水"之屬,"蛩""螢"則爲動植之屬,嚴格來説亦犯此14字。我們推測,許洞當年很可能事先讀到了九僧詩集,覺察到他們平素作詩即偏好使用這14個字,故而在分題賦詩時,特設此難題以陷其窘境。

這種特別偏好使用特定字詞或意象的詩人,在中國古典詩史上並不罕見。例如,杜甫喜歡寫"愁",許渾喜歡寫"水",羅隱詩中多用喜、怒、哀、樂、心、志等語,所以人們戲稱:"許渾千首濕,杜甫一生愁",或稱"許渾千首濕,羅隱一生身"[16]。這種現象從本質上説是個人生活境遇和氣質性情的體現,無關乎創作水平的優劣。九僧長年山居雲游,耳聞目擊者無非山水清音、風雲雷電、鳶飛魚躍,詩中多自然景物實亦在情理之中,只是由於許洞近乎

“惡作劇”般的戲謔,使得這種“創作偏好”看上去像是一種“創作缺陷”,給人造成了九僧詩歌題材狹窄、詩料逼仄的强烈印象。平心而論,詩人若脱離自己的生活境遇、個性氣質,一味迎合詩壇趣尚,恐怕會陷入更糟糕的境地。

表面上看,歐陽修只是如實地敘述許洞“會諸詩僧分題”之事,未下按語,未能亮明自家態度。但在《六一詩話》中的另一則記載中,他的傾向則比較鮮明:

> 楊大年與錢、劉數公唱和,自《西昆集》出,時人爭效之,詩體一變。而先生老輩患其多用故事,至於語僻難曉,殊不知自是學者之弊。如子儀《新蟬》云:“風來玉宇烏先轉,露下金莖鶴未知。”雖用故事,何害爲佳句也。又如“峭帆横渡官橋柳,疊鼓驚飛海岸鷗”。其不用故事,又豈不佳乎? 蓋其雄文博學,筆力有餘,故無施而不可,非如前世號詩人者,區區於風雲草木之類,爲許洞所困者也。

這則詩話是爲楊億、錢惟演、劉筠等西昆詩人喜用典故而辯護,但末後突然綴上“爲許洞所困者”作爲反例,明眼人一看所指即爲九僧。歐陽修認爲西昆詩人雄文博學、筆力縱横、無施不可,言下之意,與之相對的“九僧”則才弱學淺,筆法單一,格局狹窄。歐公“崇西昆而抑九僧”,應是其内心的真實態度。

總之,歐陽修《六一詩話》因採用了“模糊敘事”的策略追憶九僧詩事,使之處於“可靠”與“不可靠”之間,而且他對九僧詩的態度亦不甚明朗,這無形中增强了這則詩話作爲“談資”的效果,也極大程度地“釋放”了九僧詩的闡釋空間。在宋代,詩論家們由九僧而及整個詩僧群體,進而探討僧詩創作的一些理論問題。

二、歐陽修與僧詩批評術語的形成

中國古代的僧詩批評與僧詩創作的興衰基本同軌合轍。僧人作詩,始於東晉,但彼時支遁、慧遠等人的詩歌,長於敷陳佛玄義理,大抵“理過其辭,淡乎寡味”,因而尚未引起評論家的廣泛重視,惟鍾嶸《詩品》選入湯惠休等三人,且列入下品。僧人尚詩之風大盛於中晚唐,皎然、靈澈、齊己、貫休等人皆以詩鳴世,成爲了詩壇一股不可忽視的創作力量,“詩僧”一詞也因此應運而生。到了宋代,隨着詩話體的繁盛,詩評家更樂於在茶餘飯後品鑒僧詩,産生了不少總結僧詩特質的範疇和術語,僧詩批評從而漸趨成熟。

唐代的僧詩批評主要見於釋家詩文集序及詩歌選本之中。有些詩論家嘗試着描述這一新興詩群的群體特徵。例如,劉禹錫《澈上人詩紀》:“世之言詩僧多出江左。靈一導其源,護國襲之。清江揚其波,法振沿之。如么孤孤韻,瞥入人耳,非大樂之音。獨吴興晝公能備衆體。晝公後,澈公承之。”⑰“么弦孤韻”是指纖巧單調的小曲,非同於“天地同和”之大樂,前者嗚咽纖細,隱約入耳;後者萬響齊和,典雅莊重。劉禹錫用“么弦孤韻”評價靈

一、護國、清江、法振諸僧之詩,依稀概述出僧詩的某些特徵。不過,從總體上看,唐人評論僧詩大多仍是借鑒通常的詩學理論和範疇。例如,于頔評皎然詩曰:"極於緣情綺靡,故詞多芳澤;師古興制,故律尚清壯。其或發明玄理,則深契真如,又不可得而思議也。"[18]吴融評貫休之詩曰:"多以理勝,復能創新意,其語往往得景物於混茫自然之際,然其旨歸必合於道。"[19]劉禹錫還曾述及僧人的作詩心理和僧詩風格之間的關係:

> 梵言沙門,猶華言去欲也。能離欲則方寸地虚,虚而萬景入,入必有所泄,乃形乎詞。詞妙而深者,必依於聲律。故自近古而降,釋子以詩聞於世者相踵焉。因定而得境,故翛然以清。由慧而遣詞,故粹然以麗。[20]

劉禹錫認爲僧人作詩與禪悟的心理流程大體相似,即"因定入境""因慧遣詞",具有很高的啓發價值。但是,他用以評價僧詩風格的"清"和"麗",仍屬評價文人詩歌的術語。易言之,唐代尚未形成專指僧詩風格的批評範疇。

值得注意的是,中晚唐僧侣還撰有大量詩格類的著作,像皎然《詩式》《詩議》、齊己《風騷旨格》、虚中《流類手鑒》、神彧《詩格》、保暹《處囊訣》、景淳《詩評》等。這類著作應是僧侣們在推敲苦吟之餘交流創作心得的産物。他們經常援引自己的詩句作爲示例,以討論聲韻、對偶、句法、體式等作詩的普遍規則。例如,齊己《風騷旨格》的"詩有二十式"條,所舉之例多爲自己的詩句;虚中《流手類鑒》中屢言"己師",指的就是乃師齊己,表明他揣摩、仿效的正是齊己之詩。詩格在中晚唐叢林廣泛傳鈔,對提升僧侣的創作興趣和水平有着重要的意義:其一,因極重視詩歌韻律、句法、體式等形式方面的因素,僧人們更竭力地追求整飭、精緻的詩句,使"苦吟詩風"在叢林愈演愈烈。其二,正如張伯偉所指出,詩格發展到晚唐五代,除了對詩法、句法的重視,還"極其重視詩的'物象'","這種'物象',往往是融合了主客,包括了'意'和'象'兩面,而不是通常意義上的客觀景物。"[21]例如,賈島《二南密旨》中有"論物象是詩家之作用""論引古證用物象""論總例物象"諸條[22],虚中《流類手鑒》"物象流類"條,更詳盡地闡明各種物象的喻意,稱"善詩之人,心含造化,言含萬象。且天地、日月、草木、煙雲皆隨我用,合我晦明,此則詩人之言應於物象,豈可易哉?"[23]徐衍《風騷要式》亦有"物象門",並引虚中言"物象者,詩之至要者"。晚唐五代詩僧重視"物象"於此可見一斑,而這趣尚實際彌漫於整個晚唐詩壇。方回《瀛奎律髓》卷四十七即云:"晚唐詩料,於琴、棋、僧、鶴、茶、酒、竹石等物,無一篇不犯。"[24]

明乎此,我們便不難理解九僧詩何以"區區於風雲草木之類"。在文學史中,九僧一般被歸入與白體、西昆體對壘的"晚唐體"。他們不僅承續了晚唐五代僧詩的苦吟詩風,而且將晚唐詩人對物象的重視發展到極致。歐陽修敘述許洞會九僧分題之事,即極形象地描述出了九僧詩的這一特點,也形塑了晚唐以來詩僧的特點。在另一則關於詩僧的趣事中,歐陽修甚至還拈出"菜氣"一詞來評價僧詩。據惠洪《冷齋夜話》卷六載:

大覺璉禪師,學外工詩,舒王少與游。嘗以其詩示歐公,歐公曰:"此道人作肝臟饅頭也。"舒王不悟其戲,問其意。歐公曰:"是中無一點菜氣。"璉蒙仁廟賞識,留駐東京淨因禪院甚久,嘗作偈進呈,乞還山林,曰:"千簇雲山萬壑流,閑身歸老此峰頭。殷勤願這如天壽,一炷清香滿石樓。"又曰:"堯仁況是如天闊,乞與孤雲自在飛。"㉕

大覺懷璉,俗姓陳,福建漳州人,善詩文、書畫。歐陽修讀其詩以爲是"作肝臟饅頭"。"肝臟饅頭",蓋爲歐陽修杜撰之語,竟使博學如王安石亦不解其意,歐陽修便以"無一點菜氣"釋之。所謂"菜氣",是指和尚持戒茹素,散發出濃烈的菜氣,用以比喻僧詩"清寒蹇澀""不食煙火"的特徵。歐陽修以爲懷璉詩"無一點菜氣",則意味着其詩超脱了通常僧詩的特質。懷璉傳世詩歌僅存《上仁宗皇帝乞還山》《白雲謠送明教嵩禪師歸山》二首,雖亦不出於山水、煙雲之屬,却頗能黼黻宸翰,並非像持戒茹素的頭陀那樣"不食煙火"。據蘇軾《宸奎閣碑》載:

皇祐中,有詔廬山僧懷璉住京師十方淨因禪院,召對化成殿,問佛法大意,奏對稱旨,賜號大覺禪師。是時北方之爲佛者,皆留於名相,囿於因果,以故士之聰明超軼者皆鄙其言,詆爲蠻夷下俚之説。璉獨指其妙與孔、老合者,其言文而真,其行峻而通,故一時士大夫喜從之游,遇休沐日,璉未盥漱,而户外之屨滿矣。㉖

由此,大覺禪師雖身爲浮屠,但會通儒道,其人清峻通脱,其言文雅而真,喜與士大夫游,絶非拘守山林之枯禪衲子,故歐陽修讚曰"是中無一點菜氣"。但從另一個角度而言,歐陽修實際也曲折地批評了一般僧詩所具有的"菜氣"。

歐陽修不經意地拈出了"菜氣",是中國僧詩批評中較早用來專指僧詩特質的術語,雖有不少戲謔的成分,但總體看來歐陽修對整個僧詩基本持鄙夷態度,這與其主張的"文以明道"的文學觀是相貫通的,也與其對佛教的態度相一致。在歐陽修的基礎上,蘇東坡《贈詩僧道通》更拈出了"蔬筍氣"與"酸餡氣"兩個術語:

雄豪而妙苦而腴,只有琴聰與蜜殊(錢塘僧思聰,總角善琴,後舍琴而學詩,復棄詩而學道。其詩似皎然而加雄放。安州僧仲殊詩,敏捷立成,而工妙絶人遠甚。殊辟穀,常啖蜜)。語帶煙霞從古少(李太白云:他人之文,如山無煙霞,春無草木),氣含蔬筍到公無(謂無酸餡氣也)。香林乍喜聞薝蔔,古井惟愁斷轆轤。爲報韓公莫輕許,從今島可是詩奴㉗。

所謂"蔬筍氣""酸餡氣",與"菜氣"一樣,都是用僧人日常食物——蔬菜、竹筍以及發酸的菜餡——作譬喻,以特指僧詩之氣質。蘇軾認爲道通的詩超出這種固有的習氣,故讚曰"從今島可是詩奴"。這裏,蘇軾雖未言及歐陽修,但從表達方式看,明顯有仿效的痕跡。

"菜氣""蔬筍氣""酸餡氣"等批評術語的出現,使僧詩批評發生了重大的轉向。宋代以前,詩論家對於僧詩大抵讚賞者多而批評者少,但自此之後,批評、譏諷的聲音明顯增多。例如,葉夢得《石林詩話》云:

> 唐詩僧,自中葉以後,其名字班班爲當時所稱者甚多,然詩皆不傳,如"經來白馬寺,僧到赤烏年"數聯,僅見文士所録而已。陵遲至貫休、齊己之徒,其詩雖存,然無足言矣。中間惟皎然最爲傑出,故其詩十卷獨全,亦無甚過人者。近世僧學詩者極多,皆無超然自得之氣,往往反拾掇摹效士大夫所殘棄。又自作一種僧體,格律尤凡俗,世謂之酸餡氣。子瞻有《贈惠(道)通詩》云:"語帶煙霞從古少,氣含蔬筍到公無。"嘗語人曰:"頗解蔬筍語否? 爲無酸餡氣也。"聞者無不皆笑。[28]

葉氏幾乎全盤否定了中唐以來的詩僧,即便公認的"最爲傑出"者——皎然,在他看來"亦無甚過者";而近世以來的僧詩,更是格律凡俗,只能成爲世人譏諷、鄙夷的對象。任何範疇、術語都是人們長期固有觀念的產物,一旦凝定之後,便能迅速爲世人所接受和使用。"蔬筍氣""酸餡氣"這兩個範疇,實際上是中唐以來人們對僧詩不斷認識的結果,濫觴於歐陽修,而定型於蘇軾。自此之後,這兩個範疇逐漸成爲了後世最爲重要的僧詩批評術語,幾乎成爲了僧詩的"標籤",論者無不用之:或以無"蔬筍氣""酸餡氣"而稱讚僧詩,或以爲"蔬筍氣""酸餡氣"爲僧詩之正格。

三、歐陽修"兩釋集序"與釋家詩文集的編撰

歐陽修曾撰有兩篇僧人詩文集序——《釋惟儼文集序》和《釋秘演詩集序》,後世古文選本多予選入,堪稱歐公散文名篇。徐樹錚《諸家評點古文辭類纂》卷八引劉大櫆語曰:"歐公詩文集序,當以秘演、江鄰幾爲第一,而惟儼、蘇子美次之。"[29]沈德潛《唐宋八大家文讀本》稱:"歐公作兩釋集序,皆有奇氣。"[30]歐陽修的"兩釋集序",除具有很高的藝術價值之外,在釋家詩文編撰史上亦有重要的意義,也是釋家詩文集序的典範之作。

據劉德清《歐陽修紀年録》,《釋惟儼文集序》撰於慶曆元年(1041);《釋秘演詩集序》則撰於慶曆二年(1042),同年,歐陽修又撰有《本論》三篇[31]。可見,"兩釋集序"大抵是歐陽修排佛最爲激烈之時所作。歐陽修既力詆佛法,又何以爲僧人撰序呢? 原因蓋有兩方面:其一,二僧皆爲歐陽修好友石延年的方外至交。惟儼"非賢士不交",獨與曼卿"交最善";而秘演則"與曼卿交最久,亦能遺外世俗"。石延年去世後,秘演曾屢促歐陽修撰寫墓誌。據釋文瑩《湘山野録》卷下載:

> 歐公撰石曼卿墓表,蘇子美書,邵餗篆額。山東詩僧秘演力幹,屢督歐俾速撰。

> 文方成,演以庚二兩置食於相藍南食殿礵訖,白歐公寫名之日爲具,召館閣諸公觀子美書。書畢,演大喜曰:吾死足矣。[32]

歐陽修因感惟儼、秘演之風義,遂爲撰序文。其二,更重要的是二僧皆墨名儒行者。惟儼"雖學於佛而通於儒";秘演"善詩,復辨博,好論天下事。自謂浮圖其服而儒其心,若當世有勢力者,衣冠而振起之,必犖犖取奇節"[33]。從某種意義上説,二僧正是歐陽修所主張以儒家"禮義之本"而救佛教的體現。

"兩釋集序"以石曼卿爲引,未嘗不可視爲曼卿而作也。文中用了大量篇幅寫曼卿其人其志,既深悲其人之亡,復三歎其人懷才不遇,並由此而及二僧與曼卿交往中所表現出的氣節。而對於二僧之詩文,則僅著數語,稱秘演"喜爲歌詩以自娱,當其極飲大醉,歌吟笑呼,以適天下之樂,何其壯也";稱惟儼則云"若考其筆墨馳騁文章贍逸之能,可以見其志矣"。至於二人的僧行,則未著一語,反而嘆惜他們"既不用於世,其材莫見於世","既習於佛,而無所用",頗有不爲儒者所用之憾。沈德潛《唐宋八大家文讀本》卷一一稱:"同是借曼卿作引,而序秘演文以死生聚散著筆,序惟儼文以其有用世之志著筆,機局變化,略不相似。"[34]雖然寫法不盡相同,但"兩釋集序"非爲佛教鼓吹則一也。

歐陽修的涉佛詩文,旨趣大抵皆如此。其晚年爲惠勤所作《山中之樂并序》,雖"極道山林間事",但目的乃"以動蕩其心意,而卒反之於正"[35]。周必大評曰:"六一先生送佛者慧勤三章,雖極道山中之樂,而謂不可久者,蓋惜其才之甚良,自棄於無用,欲反之正耳。"[36]李淦更曰:"永叔《山中樂三章》贈惠勤,望其出佛而儒,持論甚正,從退之《送文暢敘》來。"[37]其實,不惟此篇從韓愈而來,歐陽修的涉佛詩文,很多皆極類似於韓文。例如《酬學詩僧惟晤》一詩云:

> 詩三百五篇,作者非一人。羇臣與棄妾,桑濮乃淫奔。其言苟可取,龐雜不全純。子雖爲佛徒,未易廢其言。其言在合理,但懼學不臻。子佛與吾儒,異轍難同輪。子何獨吾慕,自忘夷其身。苟能知所歸,固有路自新。誘進或可至,拒之誠不仁。維詩於文章,太山一浮塵。又如古衣裳,組織爛成文。拾其裁剪餘,未識衮服尊。嗟子學雖勞,徒自苦骸筋。勤勤袖卷軸,一歲三及門。惟求一言榮,歸以耀其倫。與夫榮其膚,不若啓其源。韓子亦嘗謂,收斂加冠巾。[38]

此詩作於慶曆七年(1047)[39],歐陽修已是文壇領袖,酬贈後學理應以鼓勵、揄揚爲基調,但他站在儒家詩學的立場,批評了惟晤學詩邀名,忘夷其身,並學韓愈勸諷惟晤不如返初服,加冠巾。其作法和旨趣,與韓愈《送浮屠文暢師序》似同一鼻孔中出氣,皆以"聖人之道而道之者"。

文學史上常將韓愈與歐陽修並稱爲"韓歐",這不僅是因爲他們都是詩文革新運動的

宣導者,而且思想主張、生平、交游乃至文風,亦多相似之處。明人鄭瑗《井觀瑣言》卷二云:

韓昌黎與歐陽六一,皆以文衛道者,其事跡亦頗相類。故韓之知己有裴、董,而歐之知己有富、韓;與韓並稱有柳子厚,與歐並稱有蘇子瞻。又如韓有孟東野,而歐有梅聖俞;韓有文暢、高閑、大顛,而歐有惟儼、秘演、惠勤;韓有樊宗師、李翺、張籍、皇甫湜、賈閬仙;而歐有尹師魯、石介、謝絳、蘇子美、石曼卿,恰恰相當,此亦奇也。[40]

韓、歐二人對待佛教的態度也非常相近。韓愈有《諫佛骨表》,歐陽修則有《本論》,二者"辟邪崇正,前後一轍,大有關於世道之文"[41]。佛門内部也經常將二人相提並論。《佛祖統紀》卷四十二云:"韓愈、歐陽修天性排佛,而不逢其君。使世宗得崔浩,則案誅沙門當有甚於太武之虐;使韓、歐逢三武,則毀像滅僧當不減於崔、李之酷。崔浩腰斬,德裕竄死,不令之終亦足爲報。魯直謂:退之見大顛,排佛爲沮。祖秀謂:永叔見圓通,排斥内銷。維韓與歐獲善於後,亦由知識道力有以回之耳。"[42]語雖激切,却很能説明韓、歐對待佛教的相同立場。

更令人稱奇的是,歐陽修有"兩釋集序",韓愈也有著名的"兩釋序"——《送浮屠文暢師序》《送高閑上人序》。韓愈的"兩釋序"屬贈序,文體和寫法都略異於歐陽修的"兩釋集序",打破了通常釋家贈序"以浮屠之説瀆告浮屠"的"陳言",直以儒家"聖人之道而道之",批郤導窾;而歐陽修則迂回委曲,於讚許、敬佩之詞之下,深爲惟儼、秘演汩没於浮屠而惋惜。從最終旨趣上看,這四篇"釋家序"可謂都是當着和尚的面駡佛教。

自佛教傳入中土,文人即始作釋家序,有經序、送序、字序、贈序、詩文集序之屬,多以闡明玄義、弘傳佛法、頌揚僧行、起信發念爲主,如前揭于頔、劉禹錫、吴融諸序皆類此。韓、歐四序雖爲僧人而作,但並不爲之鼓吹,反而對佛法頗多微詞。但令人略感意外的是,這四篇序在方内、方外産生的影響,遠遠大於一般的釋家序。

韓、歐這四篇序的意義,首先是使文暢、高閑、惟儼、秘演四位籍籍無名的僧人得以垂名後世。某種意義上説,中國古代詩文僧可謂"在夾縫中生存":叢林内部因有"不立文字,教外别傳"的宗旨,詩文被視作"外學""小道",正統僧傳罕登其名,即便少數像皎然、齊己等人亦被置於卷末的"雜科聲德";而在世俗觀念看來,和尚不念經,終日以詩文爲務,可謂不務正業。因此,詩文僧欲顯名耀世,較一般文人更難。宋濂《送天淵禪師濬公還四明序》云:

唐有柳儀曹而浩初之文始著,宋無歐陽少師而秘演之名未必能傳至於今,蓋理勢之必然,初不待燭照龜卜而後知之也。嗟夫!浩初、秘演,何代無之?其不白於當時,卒隨煙霞變滅而無餘者,豈有他哉?由其不遇夫二公故然爾[43]。

又如,清人樊澤達《咸陟堂詩集序》云:

使公(按:指釋成鷲)身生唐宋,與文暢、高閑、惟儼、秘演輩相周旋,得韓、歐諸先正親於其身而敘之,千百世後,見其志,欽其行,侈爲古今美談者,其聲施不更遠耶?㊹

再如,清人翁廣平爲釋德亮《雪床遺詩》所撰之序云:

自六朝來,以浮屠著名者衆矣;至唐宋,頗多長於辭章。然必有鴻儒碩望者表彰而著録之,其名始不朽,如文暢、高閑之見稱於韓文公,惟儼、秘演之見稱於歐陽公是也。㊺

唐宋時期兩位最著名的排佛文人,竟成了後人心目中詩文僧的"伯樂"。文人在爲釋家詩文集撰序時常以韓、歐自擬,意欲彰顯詩文僧之名。這看上去略有些"反諷"的效果。其中的原因,蓋有兩方面:其一,韓、歐雖持排佛之立場,又常悠游寺院、交接僧人,這種"模棱兩可"的態度更能引起叢林廣泛的爭議。在很多的佛教典籍中,韓愈與大顛、歐陽修與居訥的交往故事不斷被演繹和加工,其用意無外乎是欲造成二人轉歸釋教的事實。其二,假借名人以聲施於世,實爲自古之常理。司馬遷曾云:"閭巷之人,欲砥行立名者,非附青雲之士,惡能施於後世哉!"㊻韓、歐久居壇坫,又以善擢拔人才著稱,天下之人莫不得其一字一句以爲榮。

古代詩文僧亦諳熟這一道理。例如,清代釋胡照有《岩石詩鈔》三卷,其在自序即曰:"昔參寥、惠崇以詩畫名,非遇坡公,恐亦未能聲施後世。古人云:'蚊蟲終日經營,不能越階序,附驥尾則涉千里,攀鴻翮則翔四海。'斯言信哉!予以窮鄉耕山鋤壟之僧,本不敢求名當世,而大人先生枉駕山中者見予略能弄筆,輒贈高言。雖自顧碌碌,有慚獎許,而諸君子之不靳齒頰,欲拔幽潛,亦玉局之用心不敢没也。"㊼儘管很多詩文僧宣稱不以世諦文字傳世,甚至菲薄詩文,但實際上他們又經常徵請文人撰序,有的甚至達十餘篇之多,篇幅甚至較正文還長。例如,釋超悟《桐樹園集》僅六卷,竟有李文胤、錢光繡、孫榮旭、蔡啓僔、李象坤、林必登、周斯盛、董楨、張起宗以及超悟十篇序。又如,釋大汕《離六堂集》十二卷,正文前又有曾燦、王培、熊一瀟、張聰、屈大均、高層雲、唐化鵬、徐釚、吴綺、梁佩蘭、樊澤達、周在浚、陶煊、李方廣、毛際可及大汕十三篇序;又有及陳維崧、張彬、方文、王培、吴伯朋、魏憲、徐作肅、陳昌國、宋犖、童樞、黄河圖等人詩評十一則。如此多的詩序、題辭、詩評,在文人詩文集都非常罕見,且多溢美之辭,極盡獎掖之能事。這種現象很值得研究者注意。我們以爲,這很可能是僧人從韓、歐的"釋家序"深悟到聲施後世的"捷徑",故詩集的作者或者門人多向文人徵序。而文人向來喜與詩僧相交,至有謂"士大夫不與詩僧游,則其爲士大夫不雅"㊽,故亦樂於爲釋氏詩文集撰序。

四、小　結

歐陽修不僅以詩話的形式描述了九僧的創作，實際還形塑了僧詩的風格；他不經意中拈出的"菜氣"直接啓發了蘇軾提出"蔬笱氣""酸餡氣"，使之成爲後世僧詩批評中最爲重要的術語。而他在排佛最爲激烈之時所撰"兩釋集序"，與韓愈的《送浮屠文暢師序》《送高閑上人序》，在後世經常被相提並論，甚至成爲了釋家序的典範，亦使僧人深諳揚名於世的道理，一定程度上影響到釋家詩文集的編撰。歐陽修的僧詩批評大多是以隨感、戲謔的方式表達出來，但基於他在文壇的突出地位，相關片語只篇却在後世産生深遠的影響，儘管這些影響可能超出其本人的"期待"，甚至超出了他作爲"排佛"者的"本意"。

（作者單位：江西師範大學文學院）

---

① 歐陽修《居士集》卷一七《本論下》，李逸安點校《歐陽修全集》，中華書局，2001 年，第 293 頁。按，以下引歐陽修作品皆出此版本，不另注。

② 歐陽修《居士集》卷二《讀張李二生文贈石先生》，第 25 頁。

③ 黄奕珍《談詩・僧關係的一個面向：以歐陽修論九僧詩爲例》，載衣若芬、劉苑如主編《世變與創化：漢唐、唐宋轉换期之文藝現象》，臺北："中央研究院"中國文哲研究所籌備處，2000 年，第 461—484 頁。另外，周萌《宋代僧人詩話研究》（北京大學出版社，2017 年）主要探討宋代僧人所撰詩話，重心不同，未有涉略。筆者指導的碩士生何麗的學位論文《兩宋僧詩批評》（江西師範大學碩士論文，2010 年），雖有所及，但頗爲簡略，未設專章、專節論述。

④ 息翁《蘭叢詩話序》，郭紹虞編選，富壽蓀點校《清詩話續編》，上海古籍出版社，1983 年，第 769 頁。

⑤ 歐陽修《六一詩話》，何文焕輯《歷代詩話》，中華書局，2014 年，第 266 頁。按，下引《六一詩話》皆出此本，不另注。

⑥ 永瑢等《四庫全書總目》卷一九五，中華書局，2003 年，第 1781 頁。

⑦ 楊億、陳師道撰，李裕民、李偉國校點《楊文公談苑　後山叢談》，上海古籍出版社，2012 年，第 53 頁。

⑧ 司馬光《續詩話》，見何文焕輯《歷代詩話》上册，第 280 頁。

⑨ 陳振孫著，徐小蠻、顧美華校點《直齋書録解題》卷一五，上海古籍出版社，2015 年，第 445 頁。

⑩ 晁公武撰，孫猛校證《郡齋讀書志校證》卷二〇，上海古籍出版社，2011 年，第 1070 頁。

⑪ 脱脱《宋史》卷四四一，中華書局，1977 年，第 13044 頁。

⑫ 張艮《九僧詩名兩宋流傳辨析》，載《新国學》2016 年第 1 期，第 40 頁。

⑬ 歐陽修《試筆》第十七則"九僧詩"，《歐陽修全集》，第 1980 頁。

⑭ 王士禛《居易録》卷一四，《景印文淵閣四庫全書》第 869 册，臺灣商務印書館，1986 年，第 482—484 頁。

⑮ 晁公武撰，孫猛校證《郡齋讀書志校證》卷二〇，第 1070 頁。

⑯ 胡仔纂集，廖德明校點《苕溪漁隱叢話》前集卷二四，人民文學出版社，1962 年，第 164 頁。

⑰ 劉禹錫撰，卞孝萱校訂《劉禹錫集》卷一九《澈上人文集紀》，中華書局，1990 年，第 240 頁。

⑱ 釋皎然《杼山集》卷首,《景印文淵閣四庫全書》第 1071 册,第 777 頁。

⑲ 釋貫休著,胡大浚箋注《貫休歌詩繫年箋注》,中華書局,2011 年,第 1292—1293 頁。

⑳ 劉禹錫撰,卞孝萱校訂《劉禹錫集》卷二九《秋日過鴻舉法師寺院便送歸江陵(並引)》,第 394 頁。

㉑ 張伯偉《全唐五代詩格匯考》"前言",江蘇古籍出版社,2002 年,第 34 頁。

㉒ 賈島《風騷旨格》,張伯偉《全唐五代詩格匯考》,第 379—381 頁。

㉓ 釋虚中《流類手鑒》,張伯偉《全唐五代詩格匯考》,第 418—419 頁。

㉔ 方回《瀛奎律髓》卷四七,《景印文淵閣四庫全書》第 1366 册,第 535 頁。

㉕ 張伯偉編校《稀見本宋人詩話四種》,江蘇古籍出版社,2002 年,第 55 頁。

㉖ 蘇軾撰,孔凡禮點校《蘇軾文集》卷一七,中華書局,1986 年,第 501 頁。

㉗ 王文誥輯注,孔凡禮點校《蘇軾詩集》卷四五,中華書局,1982 年,第 2451 頁。

㉘ 葉夢得《石林詩話》卷中,何文焕輯《歷代詩話》,第 425—426 頁。

㉙ 徐樹錚輯《諸家評點古文辭類纂》,國家圖書館出版社,2012 年,第 458 頁。

㉚ 沈德潛選評,[日]川上廣樹纂評,魯林華點校《點注唐宋八大家文讀本》卷三,江蘇人民出版社,2018 年,第 47 頁。

㉛ 劉德清《歐陽修紀年録》,上海古籍出版社,2006 年,第 126 頁,第 132 頁,第 133 頁。

㉜ 釋文瑩撰,鄭世剛、楊立揚點校《湘山野録　續録　玉壺清話》卷下,中華書局,1984 年,第 59 頁。

㉝ 尹洙《河南集》卷五《浮圖秘演詩集序》,《文淵閣四庫全書》第 1090 册,第 24 頁。

㉞ 沈德潛選評,[日]川上廣樹纂評,魯林華點校《點注唐宋八大家文讀本》,第 47 頁。

㉟ 歐陽修《居士集》卷一五《山中之樂并序》,第 261 頁。

㊱ 周必大《文忠集》卷一九《豐城府君便山處士唱酬詩卷》,《文淵閣四庫全書》第 1147 册,第 193 頁。

㊲ 李淦著,劉明暉校點《文章精義》,人民文學出版社,1960 年,第 78 頁。

㊳ 歐陽修《居士集》卷四《酬學詩僧惟晤》,第 61 頁。

㊴ 劉德清《歐陽修紀年録》,第 211 頁。

㊵ 鄭瑗《井觀瑣言》卷二,《景印文淵閣四庫全書》第 867 册,臺灣商務印書館,1984 年,第 245 頁。

㊶ 唐介軒《古文翼》卷七,引自劉德清《歐陽修紀年録》,第 134 頁。

㊷ 釋志磐《佛祖統紀》卷四二,《大正新修大藏經》第 49 册,大正新修大藏經刊行會,1960 年,第 386 頁。

㊸ 宋濂《宋濂全集(新編本)》,浙江古籍出版社,2014 年,第 643 頁。

㊹ 釋成鷲撰,曹旅寧點校《咸陟堂集》卷首,廣東旅游出版社,2008 年,第 1 頁。

㊺ 釋德亮《雪床遺詩》卷首,道光元年(1821)續刻本。

㊻ 司馬遷《史記》卷六一,中華書局,1963 年,第 2127 頁。

㊼ 釋胡照《岩石詩鈔》卷首,嘉慶刻本。

㊽ 鍾惺著,李先耕、崔重慶標校《隱秀軒集》卷一七《善權和尚詩序》,上海古籍出版社,1992 年,第 251—252 頁。

宋徽宗朝的詩社活動與不同學源背景的作家交融

——以符離、許昌、豫章詩社爲中心

劉幗超

陸游《傅給事外制集序》云:"國家自崇寧來,大臣專權,政事號令不合天下心,卒以致亂,然積治已久,文風不衰,故人材彬彬。進士高第及以文辭進於朝者,亦多稱得人,祖宗之澤猶在;黨籍諸家爲時論所貶者,其文又自爲一體,精深雅健,追還唐元和之盛。"① 材料揭示了宋徽宗朝作家的兩種主要身份類型。前一群體爲博取功名,更多接觸到朝廷規定的科舉知識體系,而從哲宗紹述以來,這一體系極力消除元祐學術——尤其是文學的影響。後一群體作爲世家後裔,在家學淵源和交游圈的作用下親近元祐學術。② 兩個群體的學源背景存在差異,但此時的詩歌創作却有一定的相似性,與蘇黄兩家關係匪淺。正如劉克莊所説:"元祐後,詩人迭起,一種則波瀾富而句律疏,一種則鍛煉精而性情遠,要之不出蘇、黄二體而已。"③ 這既歸因於蘇黄自身的巨大吸引力,又是宋詩發展到一定階段後面貌的凝定,也與徽宗朝作家在詩禁、文禁背景下仍然傳習元祐學術有關。據現存資料,當時的科舉考試和太學、鄉校中雖以王氏新學爲標準,但也有舉子私下犯禁,學習"坡谷之書"。④ 並且兩種身份類型的士大夫相會於一地時,也有比較頻繁的交流唱和,在相互影響中,形成了比較近似的作品風格。

在酬唱活動中,詩社又有其特殊性:它並非偶然和單一次數的集會,而是在一段時間内活動較爲頻繁,乃至有固定的活動日期。每次活動以詩歌創作爲主要内容。雖有一定的開放性,但核心成員相對固定,數量也比較多。⑤ 這些特質使得詩社成員間的交流更加充分,形成了集團化效應。徽宗朝可考的詩社中,兩種身份類型的作家並存的詩社近十例,除本文所論的符離、許昌、豫章三詩社外,還有李綱、陳淵等人在沙縣的詩社,王銍與祖可、惠洪等詩僧的廬山詩社,以及趙鼎臣和蘇過等在太原任上,吕本中和張擴在濟陰任上的定期唱和、句法探討活動等。之所以關注三者,是因爲它們最具代表性:其中彙集了北宋末大多數重要作家,留傳至今的相關作品數量也較爲豐富,能見當日之盛況。這些代表性的作家作品也體現了徽宗朝唱和詩的發展趨勢,可見當時的文學生態和士大夫創作心理的複雜性。[6]

一、三詩社的成員身份與創作活動述論

對於符離、許昌、豫章三詩社的參與成員和創作活動,研究者已進行了一系列考察,得出了切實可信的結論。結合前人研究,本文先將成員身份、詩歌酬唱活動等相關信息述論如下,作爲詩歌考察的基礎。

(一) 符離詩社

崇寧二年至五年間,吕希哲謫居宿州(又稱符離),吕本中及其弟揆中隨祖父前往貶所。二人與當地的汪革、黎確、饒節以定期會課的形式探討詩文創作。據吕本中《師友雜誌》:"每旬做雜文一篇,四六表啓一篇,古律詩一篇。"[7]詩社成員中,吕本中與弟揆中是元祐故家子弟。汪革、黎確皆已登第,汪爲禮部經義試第一,時任宿州教授。黎確尚依妻家孫氏居,蓋未授官。饒節是活動於朝野之間的游歷者,元符年間(1098—1100)爲曾布之客,建中靖國初期上書引用蘇黄等人,不報,引去。崇寧年間又游太學,有能文之聲;客宿州,從游於吕氏祖孫。

除定期參加的核心成員外,還有一部分周邊詩人:符離士人夏倪,汪革的弟弟汪莘,臨川的謝逸、謝邁二兄弟,以及黄州的潘大臨。身處同地的夏倪、汪莘固然與核心成員交情匪淺,異地的二謝、潘大臨也參與到詩社活動中。據謝逸《汪信民頃赴符離約,謁告還家爲盛集,戲作詩嘲之,以助一笑,仍率諸友同賦》等詩,他對符離的雅集活動比較清楚,大概是當日詩歌酬唱、書信來往頻繁。吕本中《紫微詩話》也記録了潘大臨寄給饒節、夏倪二人的詩歌。潘於大觀元年逝世,謝逸、謝邁和吕本中皆有悼念組詩。他們之間的友情關聯,大概也是在符離詩社活動期間建立起來的。二謝學詩於黄庭堅,潘大臨與蘇軾、張耒等交游,都與蘇門有密切關係。

(二) 許昌詩社

許昌詩社是葉夢得知潁昌府期間主持成立的,活動時間大致是政和七年(1117)至宣和二年(1120)。參加詩社活動者,據陸友仁《研北雜誌》記載和後世學者考定,大約有十四五人。其中,葉夢得、韓瑨爲紹聖年間(1094—1097)進士,夢得於大觀年間(1107—1110)任翰林學士,頗負一時文名。而蘇迨和蘇過分別是蘇軾的次子、季子,蘇籥是蘇過之子,岑穰是蘇過的姻親。晁將之、晁説之,以及通過寄贈參與詩社活動的晁冲之都是澶州晁氏之後。他們由於家學和交游影響,多親近元祐學術。除晁冲之外,葉夢得等在場者還將相關作品寄予趙鼎臣、程俱等,趙於紹聖二年中宏詞科,與蘇過是太原任上的舊相識。程俱以外祖鄧潤甫恩蔭入仕,時任國朝會要所檢閲文字,又賜太學上舍出身,亦屬館閣之臣。

此外，許昌詩社中還有不少閒居當地的世家後代：韓維之子韓宗質、韓縝之子韓宗武，以及與韓瑨同輩的韓琯，皆屬桐木韓氏一族。王陶之子王實、王襄，前者又是韓維之婿。曾公亮之孫曾誠。葉夢得妹婿許亢宗等。成員的顯赫背景使許昌詩社的唱和活動在更加高品質、多樣化的場景中展開，呈現出士大夫階層的審美意趣和宦海浮沉之思。

(三) 豫章詩社

豫章詩社是三詩社中存續時間最長、人員流動變化最大的一個。據學者考證，在元祐後期，詩社的核心人物徐俯、李彭、四洪兄弟就開始唱和，直至宣和年間(1119—1125)纔落下帷幕。[⑧]這些核心人物都是元祐世家後裔：徐俯和四洪兄弟是黄庭堅之甥，李彭是李常的從孫。他們都曾學詩於黄庭堅，深受其影響。由於徽宗朝初期集中打擊元祐黨人，豫章詩社前期的活動時斷時續；崇寧五年毁元祐黨籍碑、遠謫汀州的洪芻歸來，詩社活動逐漸增多。而不同學源背景的作家交融，亦出現於此後：

一是大觀元年至四年間，王銍隨父王莘到江州任，在廬山與祖可、善權等結社，亦與徐俯、洪芻、李彭、張元幹等有詩歌往來。據王銍《洪駒父泛舟將過潁同張仲宗出餞席間留詩爲别且邀用韻》等詩，此間他應該來過豫章，未必盡是異地寄贈。王銍在徽宗年間未第未仕，然據其子王明清《揮麈三録》卷二稱："先大父大觀初從郎曹得守九江，自鄉里汝陰之官，有同年生宋景瞻者，姑溪人，其子惠直爲德化縣主簿，迎侍其父以來，先祖愛其清修好學，甚前席之，教以習宏詞科，日與出題，以其所作來呈……"[⑨]王莘樂於教人宏詞科，王銍亦作有《四六話》，可見其家族有深厚的詞科知識積累。

二是大觀四年至政和元年的集中唱和活動，向子諲《水調歌頭》("閏餘有何好")詞序記録了"大觀庚寅閏八月秋"的大型集會，張元幹《蘇養直詩帖跋尾六篇》(甲卷)稱他們"爲同社詩酒之樂"是在"大觀庚寅辛卯歲"，即本年與次年的兩年間。活動參與者除上列核心成員外，還有蘇堅、蘇庠父子，潘淳，向子諲、顧子美、汪藻、蒲庭鑒四位在當地爲官者，以及向子諲的外甥張元幹。這些成員中，蘇堅父子曾與蘇軾交游；潘淳學詩於黄庭堅，與徐俯、四洪關係密切；向子諲以向太后恩蔭入仕，不滿於崇寧初年的元祐黨籍碑事；汪藻少游太學，於崇寧二年登第，早負文名。這次活動可謂豫章能詩者的盛會，給參與者留下了深刻的印象。南渡後，汪藻《次韻過顧子美話舊因游惠山》回憶道："鍾陵當日盛游集，往往前輩風流存。嘯歌雖容阮籍逸，人物不數王融諼。"[⑩]

據現存資料，張元幹參與了兩次活動，與汪藻、王銍等人建立起深厚的交誼。另外，惠洪七律《東溪僧聽泉堂》與汪藻《次韻洪駒父集東山》和洪芻《同蘇伯固游東山寺》同韻，"東溪"與"東山寺"亦相類似，或許他曾隨王銍一起，與豫章詩社成員同游。

詩友關係一旦建立，就較爲長久和牢固。即便離開了詩社，彼此之間仍有詩歌寄贈、酬唱。大觀年間，吕本中發起"東字韻"唱和，將詩歌呈遞給已經出家的饒節(《寄壁公道友》《再次前韻》)、在臨川的謝逸、擔任楚州教授的汪革(《又寄無逸信民》)等，這些作家收到詩歌後,又有和作回贈,促進了唱和規模的擴大。葉夢得離任後,作《醉蓬萊・辛丑寓楚州,上巳日有懷許下西湖,作此詞寄曾存之、王仲弓、韓公表》一詞懷念詩社成員在許昌西湖邊的交游。南渡後,汪藻疏救遭受讒言的張元幹,使其免於更大的責難[11],足見年輕時建立的交誼甚爲篤厚。另一方面,詩社活動爲樂於親近元祐學術的士大夫提供了一種契機和示範,此後,他們也廣泛地與元祐黨人和其後裔交游,形成了更大規模的文學脉絡融合。最典型的是張元幹《幽岩尊祖事實》在宣、政年間獲得了諸多名流的題跋,其中洪芻、徐俯、陳瓘、游酢、劉路(劉摯之子)、吕本中、楊時、劉安世、蘇迨等都有元祐學術背景。[12]徐、洪是他在豫章詩社的舊識,其他人是詩社活動後結交的師友。可見豫章詩社是張元幹親近元祐文學和學術的開端,對其學術趣味的形成起到了促進作用。

二、次韻中的近體體式選擇與首句入韻情況

明確了三詩社的相關活動情況,我們進一步對活動中的詩歌作品進行考察,以明確通過文學交流而實現的創作共性。它體現在唱和詩的形式選擇、情感表達等方面,是對宋代詩歌酬唱傳統的繼承和發展。

本部分主要關注唱和中的近體詩。作者普遍採用了次韻形式,而且在體式選擇、詩韻使用方面都有一定的自覺性。統計現存作品,可得下表:

	五言律詩		七言律詩		五言絶句		七言絶句	
	首句入韻	首句不入韻	首句入韻	首句不入韻	首句入韻	首句不入韻	首句入韻	首句不入韻
符離詩社	0	0	12	2	0	0	14	3
許昌詩社	0	1	13	10	0	0	17	0
豫章詩社	1	33	28	12	0	0	5	0
總　計	1	34	53	24	0	0	36	3

三個詩社的近體詩體式選擇既有差别又有相似之處。差别在於:符離、許昌詩社多採用七言律絶,豫章詩社的五律數量較爲可觀,七言絶句相對較少。豫章詩社對五言律詩的偏愛有一定的特殊性:據筆者統計,在北宋的數次代表性唱和活動中,只有二李唱和五言律詩數量(47 首)超過豫章詩社,他如西昆酬唱(12 首),至和—嘉祐年間(1054—1063)的歐門唱和(5 首),元祐年間(1086—1093)的蘇門酬唱(27 首)都較該詩社少。而且從比例來看,五律在豫章詩社的現存作品中約占一半,在二李唱和中只占約 30%。現存的豫章詩社作品中,五律的創作者主要是洪芻、洪炎、洪朋三人,然從洪芻《次韻和彦章池上之作二首》《次韻師川題余荀龍壁間三首》,洪朋《師川賦梅花》等詩題來看,徐俯、汪藻也發起過五律體式的唱和。在王銍的《雪溪集》中,用於唱和的五律皆與豫章詩社成員有關,足見豫

章詩社形成了比較濃厚的五律酬唱氛圍,影響到成員的唱和詩體式選擇。

但即便偏愛五律,豫章詩社的五律創作數量仍略遜於七律,且如另二者一樣,都不選擇五絶作爲單首詩唱和的體式。若以五七言爲劃分標準,三個詩社七言律絶的總數都多於五言。這是三者在近體詩體式選擇上的共性,也與北宋唱和中近體詩分布的大趨勢相符。⑬

進而考察首句入韻的問題,五律和七絶比較明確,前者首句末字基本不入韻,後者首句末字基本入韻(包括體式允許的入鄰韻,後同)。七律的情況在符離、豫章兩個詩社也比較明確,首句入韻者遠多於不入韻者。許昌詩社則七律首句入韻略多於不入韻者,但不入韻的 10 首中有 9 首是晁冲之一人所作。這或許是因爲原唱首句不入韻,他在和作中採取了相應的形式。除此之外,其他作家的七律中唯獨 1 首首句不入韻。可見七言律絶首句入韻是唱和中的普遍規則,爲大多數作家所遵循。

最後是首句韻字的選擇問題。次韻要求和作所用韻字與原作相同,但首句畢竟有一定的特殊性:可與偶數句的韻字同韻,可入鄰韻,亦可不押韻。所以在次韻唱和中,近體詩和作的首句韻字既有同於原作者,亦有不同者。這種首句入韻而選用不同韻字的現象在歐門唱和中就有所體現,如梅堯臣《上元從主文登尚書省東樓》《自和》《又和》一組押"删"韻,首句末字皆爲"山",爲該部韻字。而歐陽修和作《和梅聖俞元夕登東樓》《再和》《又和》的首句末字分别爲"歡""喧""閑",皆與原作不同。從韻部來看,除"閑"入"删"部外,"歡"和"喧"皆爲鄰韻。但因歐門唱和中嚴格次韻的比例並不高,這種情況尚不多見。之後的蘇門唱和中,次韻成爲主要應和方式。且有時一次呈遞給對方多首作品,有時持續多個輪次、每輪每人創作數首。作者所受的形式限制就更嚴格。稍可融通的首句韻字演化出更多的表現形式,除和作用與原唱相同的韻字外,和作首句入韻而用不同韻字、原唱首句不入韻而和作入韻、多首和作中同時存在首句入韻和不入韻者等,在元祐年間的蘇門酬唱中都更爲常見。

現存徽宗朝三詩社的作品少有完整的唱和回合,但依舊可以發現與蘇門相似的特點。最明顯的是豫章詩社李元亮、李彭、汪藻、洪芻等人參與的"遲字韻"唱和。兹引詩題、首聯如下:

汪藻《次韻李元亮》:水宿山行十日**歸**,李侯應恨尺書遲。⑭
李彭《次韻答仲兄元亮》:楊柳江頭人跡**稀**,心隨鐘度遠山遲。⑮
李彭《用元亮韻寄駒甫》:才名緑發斗牛**垂**,天禄讎書何太遲。⑯
李彭《用元亮韻答師川篇末見寄》:蚤歲聞君萬人**敵**,定交已悔十年遲。⑰
李彭《復用遲字韻呈元亮》:去日關河雪打**圍**,縫裳密密恐歸遲。⑱
洪芻《次李元亮韻》:邂逅何曾十日**飲**,乖離細數七年遲。⑲
洪芻《再用前韻答李商老》:江南暮春鶯亂**飛**,平章風物憶丘遲。⑳

據詩題,應是李元亮首唱,汪藻、李彭、洪芻繼和。七首和詩的二四六八句均用“遲、時、詩、期”四韻字,“遲”在《廣韻》中屬“支”部,“時、詩、期”屬“之”部,可同用。首句末字無一相同,然“歸、稀、圍、飛”皆屬“微”部,大致能够判斷原作也是用了該部的韻字。那麽最起碼有三首詩是與原唱首句用同一韻部而韻字不同。再看李彭《用元亮韻寄駒甫》,首句末字爲“垂”,屬“之”部,與後四韻字實可同用。可見李彭用鄰韻“稀”創作一首後,又將首句末字回歸本韻,有出新鬥巧之意。最後是多首和作中的不入韻現象,洪芻的《次李元亮韻》首句末字爲“飲”,李彭《用元亮韻答師川篇末見寄》首句末字爲“敵”,皆爲仄聲,明顯不入韻。大概在完成了首句入韻的“最低限額”後,作家有時也渴望稍微自在地進行表達。況且李彭已有三首首句末字入本韻或鄰韻,不必考慮首句入韻與否,作品形式上的約束也會減輕。

他如原唱首句不入韻而和作首句入韻者,則有《紫微詩話》載汪革七律(“問訊江南謝康樂”)和謝逸《次韻汪信民見寄》、謝薖《次汪信民寄無逸韻》一組,三詩二四六八句押“魚”部韻。汪詩首句末字爲“樂”,不入韻;謝逸和詩首句末字“齬”,可入“虞”部,爲“魚”之鄰韻;謝薖和詩首句末字“居”,入“魚”部韻。這種首句末字由不入韻到入偶數句之鄰韻,再到入本韻的現象,説明越是後來者越對自己有嚴格的形式要求,以期超越前作。

王力先生指出,宋人近體詩首句入鄰韻“似乎是有意的,幾乎是一種時髦”[21]。但就本文涉及的三詩社唱和而言,則有首句刻意用“本韻”的現象。除上文列舉的李彭、謝薖外,蘇過有七律《次韻晁無斁與葉少藴重開西湖唱酬之詩》三首,七絶《次韻葉守端午西湖曲水》五首,程俱有七絶《寄謝葉翰林見招》二首、七律《酬潁昌葉内翰見招》,以及吕本中《游北李園三絶》的其一、其三,饒節《次韻吕原明侍講歡喜四絶句》的其一、其三,趙鼎臣《次韻夏倪均父見和轅字韻詩六首》其一、四、六等,首句末字皆押本韻。趙鼎臣作其一、其六還都用了相同的五個韻字:“墳、存、孫、門、轅”。這實際上是增加了近體詩韻字的數量,並縮小了韻字選擇範圍,要求更爲苛刻。另一方面,晁冲之 9 首和作首句皆不入韻,洪芻現存 15 首七律中,6 首首句入韻、9 首不入,再加上原唱、和作中同時存在首句入韻和不入韻的現象等,可見爭尖與通融並存是三個詩社唱和的常態,但爭尖的現象多過通融,且通融有一定限度:最起碼偶數句用韻要與原作保持一致,至多也只是一個韻字的空間。可見,不同學源背景的作家在彼此激勵、相互競爭的氛圍中將近體詩唱和推向嚴整化、艱深化,頗有“敢將詩律鬥深嚴”的意味。

三、以古今人詩文句爲韻創作組詩的現象

除了近體詩的體式和用韻情況外,三詩社活動中還有一個引人注意的現象,即以古今人詩文句爲韻進行組詩創作:南昌詩社有李彭的《喜遇洪仲本於山南,以“蟬噪林逾静,鳥鳴山更幽”爲韻作十詩寄之,兼呈駒父》,許昌詩社有晁説之的《以李約“交游晚歲重”爲韻作五絶句别韓二十七》和《説之方憂韓公表大夫疾,遽致仕,乃蒙傳視送陳州王樞密襄詩十

首，意典辭麗，忻喜，輒次韻和呈，以“公若登臺輔，臨危莫愛身”爲韻》，符離詩社則有夏倪以“天寒霜雪繁，游子有所之”爲韻，作十詩留别饒節。此外，李彭還有《予與謝幼槃、董瞿老諸人往在臨川，甚昵，幼槃已在鬼録，後五年，復與瞿老會宿於星渚，是夕大風雨，因誦蘇州“誰知風雨夜，復此對床眠”之句，歸賦十章以寄》組詩，表達對參與詩社唱和的謝薖的悼念之情等。

這種類型的詩歌較早見於蘇門成員：熙豐年間，蘇黄二人就以此寄贈和送别友人。元祐年間，又有張耒、黄庭堅分别以“既見君子，云胡不喜”爲韻賦八詩贈晁補之；晁補之和黄庭堅以“將窮山海跡，勝絶賞心晤”爲韻的十首詩；李廌以蘇軾舊詩“方丈仙人出渺茫，高情猶愛水雲鄉”爲韻作十四首呈遞給杭州知府任上的蘇軾。在徽宗朝以前，此類作品的作者除劉弇外皆屬蘇門，正是在蘇門成員的群體創作中發展起來的。

與前人相比，三詩社的作品有兩個相似之處：一是體式上，或採用八句篇幅的五言古詩爲主，或採用五言絶句；選用五古的情況多於五絶。這大概是因爲詩文句中有平有仄，選用古體詩押韻更加方便。而絶句有時用仄韻，有時鄰韻通押，比如晁説之《以李約“交游晚歲重”爲韻作五絶句别韓二十七》五首，“晚”“歲”二字皆爲仄聲，而且以“歲”爲韻的第四首，“歲”字爲“霽”部，另一韻字“貴”屬“未”部，是鄰韻。這更加符合古絶的形態特徵，所以説，從整體風貌上，這類作品是傾向於古詩的，但五絶的使用彌補了單首詩唱和中該體式缺席的遺憾。二是限韻所用的前人詩文句與新詩之間在主題、情感内容上有正向關聯，如前所列，山中紀行則以“蟬噪林逾静，鳥鳴山更幽”爲韻；贈别用“交游晚歲重”“天寒霜雪繁，游子有所之”；表達與友人的親密關係，用“既見君子，云胡不喜”等。前人詩文句爲當下創作規定了大致方向，當下之詩則是對前人詩句的擴寫，實現了對經典的重新演繹，兩者是明顯的互文關係。

同時，三詩社又體現出一定的新意。首先，蘇門成員的作品多爲單向呈遞，此時則注意多人間的溝通。比如李彭“蟬噪林逾静，鳥鳴山更幽”組詩同時寄予洪仲本、洪芻二人。“誰知風雨夜，復此對床眠”組詩表達對謝薖的悼念，同時引起臨川共同好友——董瞿老的創作欲望。而詩題提到“與謝幼槃、董瞿老諸人往在臨川”，董瞿老或能進一步將詩帶到臨川諸人間，繼續擴大唱和活動的範圍。又如晁説之“公若登臺輔，臨危莫愛身”組詩，這是他看到王襄原作後主動次韻的，詩中同時提到韓瑨致仕和王襄創作，想必完成後也是呈遞二者。這樣的創作方式能够實現更多作者之間的勾連，使創作活動不局限於詩社成員内部，而具有更廣的影響力。第二，徽宗朝出現了限韻詩句與當下創作相反相成的關係。古典與今情之間未必正相關，詩作内容著力彌合二者間的鴻溝，揭示悖反表面下的實質相通之處。最典型的是以“公若登臺輔，臨危莫愛身”爲韻所作的組詩。[22]“公若”二句出自杜甫《奉送嚴公入朝十韻》，是唐代宗即位後嚴武被召還時作者所給予的期待。而當時的創作背景下，韓瑨已然致仕，似與“登臺輔”無關。組詩其一、二先寫對韓瑨致仕的惋惜，以農事爲喻，年歲有異，收穫有多寡，但農人依舊不改播種。喻韓瑨不必因爲一時不得志而致仕，畢竟出身世家、典範猶在,即便身體有恙,也"可恃膽氣大",無需過度擔憂。三、四、五首轉入兩人的交誼和仕隱選擇,作者自知與韓瑨"同涇渭":"我"與世不諧,歸耕隴畝;韓瑨這樣的股肱之才在"袞冕有人妖,鐘鼓成國蠹"的環境中也不得重用,都以詩酒自娱,不求官運亨通。七、八、九首是對仕與隱、安與危關係的進一步思考,作者與韓瑨以"守道"爲追求,即便不仕,内心也和樂安定。更何況,德不配位"有如鶴乘軒,便類燕巢幕",未必高位爲安,位卑則危。這樣看來,韓瑨致仕或許是神靈庇佑。從"惋惜致仕"到"不得不致仕"到"在朝未必優於致仕",組詩圍繞"登臺輔"和"臨危"二詞,展現了士大夫關於政治前途、處世哲學的思考。嚴武與韓瑨都有出衆的政治才華,前者在君臣相得的關係中登高位、爲國事而謀;後者在險惡的政治環境中謙退知止,安貧守道。前後兩者構成了不同處境下士大夫的人生選擇,具有悖反的張力和統一性。而以嚴武爲映襯,也能引發讀者對韓瑨的同情和對當時政治形勢的感慨。

如果擴大考察範圍,將詩社成員們的現存相關作品都考慮在内,會發現題目中更多出現"寄懷""遣興"等表示自我抒寫的字樣,而元祐時期唯晁補之《感寓十首次韻和黄著作魯直,以"將窮山海跡,勝絶賞心晤"爲韻》如此。它説明組詩在交際用途的基礎上,更多了個人表達的成分。相關詩作如李彭《予夏中卧病,起已見落葉,因取淵明詩"門庭多落葉,慨然知已秋"賦十章遣興》《謝靈運詩云"中爲天地物,今成鄙夫有",取以爲韻,遣興作十章,兼寄雲叟》兩組,雖也用以寄贈他人㉓,但第一組題目只言"遣興",第二組"遣興兼寄雲叟",説明作者以個人情感表達爲更主要的目的。又如汪藻《庚午歲屏居零陵,七月二十日以"門掩候蟲秋"爲韻賦五首》,程俱《黄魯直有"食甘念慈母,衣綻懷孟光"之句,用爲韻作五作,以寄旅懷》等,雖未標明"遣興",却集中表達了作者的孤獨之感、思鄉懷親之情。它們未必作於詩社活動期間,但詩社和其他唱和活動採用此類形式應對作者有所觸動,影響到他們的創作習慣。在個體抒發時也採取近乎炫技的形式,如同交際前的預演和訓練,或許能幫助他們在必要時更加游刃有餘地發揮。畢竟從現存文獻看,此類詩歌的篇幅、體式在公私場合中基本一致,通過摹擬,可以形成相對固定的謀篇方式和清晰的創作思路。

由上可見,三詩社的唱和詩更多受到蘇門的影響,可見他們與元祐詩學之間的密切關聯。這大概是由於徽宗朝廷在打壓元祐學術的同時,並没有發展起新的、有吸引力的文學文化形式。作家在文學創作時,仍然會傾向於前代,從蘇門的輝煌成績中汲取營養。遑論詩社中還有一批元祐後裔後學,深受元祐文學影響。在時代大環境與周邊小環境的共同作用下,詩社成員形成了相對統一的、與蘇門相類似的唱和詩風貌,對於元祐詩學的傳播有重要意義。

四、群體影響下的山林化表達

最後是唱和詩中的個體情感。就朝野身份而言,詩社活動中的元祐後裔、後學多處於閒居狀態，經由科舉、太學及第者則多數有官職在身。而其作品内容却有相對一致性，那就是縱情山水、厭倦仕宦，渴望終老於林泉。這是一種山林化的表達，與歌頌盛世、誇飾太平的諛頌之風有明顯差異。[24]

具體例子如蘇過："自分鉏耰畢此生，不須窮達問君平。"[25]程俱："坐念方外樂，饑涎曲車流。持觴會相屬，我唱公當酬。"[26]汪藻："文書到眼只眵昏，出郭尋山聊解紛。……回首微官堪底用，他年泉石是知聞。"[27]洪芻："靜便門掃軌，懶任草如茵。跡滯江山勝，心將魚鳥親。"[28]李彭："眷言固窮士，難進思易退。"[29]還有蘇過稱韓瑨："聞道近還思卜築，好來嵩少共煙霞。"[30]謝薖在奉寄汪革的詩中，也勸他"官滿應歸早"，以便"共甘盂飯與盤蔬"[31]等等。在朝與在野者都有退隱之心，這固然與當時的政治形勢有關，在"朝野日鶩，黨讎更相反復"的環境中，"士大夫進退之間猶驅馬牛"[32]，他們自然會生出謙退避禍的心理，遠離權力漩渦。但有些作者在詩社活動期間和離開詩社後有着不同的仕宦態度表達，它未必純是應付高壓的輿論環境，而包含了作者的現實考慮和文化認同。所以我們需要進一步考察，三個詩社有着怎樣的文化氛圍，爲何能够集中激發作者的山林之情。

從形成過程來看，許昌、豫章兩詩社在爲官者到來之前就已有活動，閒居此地的元祐後裔、後學在相互唱和中多表達個人疏於功名、終老山林之志。蘇過的《寄題岑彦明猗蘭軒詩》和《題岑氏心遠亭》既表現了居所主人高潔傲岸、不與世俗同流合污的情操，也表達了自己願與之爲伍的志向："高情謝簪組，遁世漢綺季。端來從子游，定覺同臭味。"[33]蘇、岑既爲通家之好，又三世爲鄉閭，在出處選擇上確有較高的相似之處。蘇過《和王仲弓雪中懷友之什》(其一)："出門無所之，懷刺名欲滅。"[34]用禰衡游許下時"無所之適，至於刺字漫滅"的典故，説明他與王寶都對名利無所希求。豫章詩社的相關作品主要集中在洪芻從汀州貶所歸來之後。洪芻雖敘復宣德郎，實際應是無具體職事的祠禄官，故能返回豫章閒居。《同師川商老追涼徐賢亭》頷聯、頸聯云："田田亂葉如迎客，潑潑跳魚似畏人。機事已忘來白鳥，雄風暫起在青蘋。"[35]洪芻顯然沉浸在故鄉的風物中，志與鷗鷺相伴。李彭和詩也提到："平居懶與慢相親，寄傲行歌似隱淪。""丘壑同盟從已定，莫令鬼祟作愁眉。"[36]寄情山水的隱逸生活既符合"懶與慢"的個性，也能躲避仕宦風波，免遭小人讒諂。符離詩社雖是朝野成員同時輻輳而成，但在精神上也有一個核心，那就是吕希哲。吕本中《師友雜誌》對於饒節在宿州期間行跡的表述爲"從予父祖游"，汪革"師事滎陽公"，夏倪"其妻又賢，使均父多從賢士大夫游"，謝逸"因汪信民獻書滎陽公，致師事之禮"。[37]在《宋元學案》中，他們也被列爲"滎陽門人"。聚集在元祐故家周圍，耳濡目染，他們自然與當時的主流文化氛圍有一定距離。吕本中《符離諸賢詩》稱："德操青雲器，議論輩前哲。外貌發英華，中心瑩冰雪。介然特立士，勁氣剛於鐵。攘臂辯是非，孰能逃區别。信民粹而和，名利誠難悦。汩没稠人中，獨抱雲松節。"[38]這些在師友影響下形成的明辨是非、特立不群的形象，與時人奔競名利、歌頌"豐亨豫大"不相投合。

詩社的前置氛圍和精神核心都會對整體表達産生影響。而從爲官者的角度，都城是臺閣文學的中心,當時充斥着多種形式的諛頌。離開都城後固然要面對官場的人際往來,但諛頌文化的影響大大減弱,有了更多自我表達的機會。加之仕宦風波險惡、動輒得咎,同社詩友表達終老山林之意、安貧樂道之志時,他們也容易産生共情心理。還有"循吏""吏隱"等文化傳統的作用,地方官員處理政務之餘少與民爲擾,而是享受山水之樂,與友人同爲詩酒清談之歡。這也是北宋中期以來士大夫樂於樹立的形象。像饒節稱汪革:"先生休沐不譚經,准擬行盤到野亭。興盡回船散童騎,客來呼吏出盆缾。"[39]洪芻稱顧子美:"幕府優游兼吏隱,華陽真逸詎應慚。"[40]蘇過將葉夢得比作召公、廉範,稱讚其寬容仁厚、與民便利的爲政氣度("叔度平生撓不渾,注之不滿挹無痕"[41]"仁風被草木,已覺棠陰繁"[42])。並用漢代張禹和戴崇的典故("他時儻與安昌客,還許門生到後堂"[43]),説明自己樂於成爲與郡守置酒設樂、共相娱樂的賓客,不需像彭宣一樣讓張禹正襟危坐、嚴肅相待。這些因素拉近了在朝與在野作家間的距離,形成了相對一致的作品情感表達。

三個詩社形成了與諛頌氛圍相對立的山林文化場域,身處其中的朝野作家感受到流連山水之樂、詩酒清談之歡、知己相伴之幸。在高壓政治的反襯下,它無異於世外桃源,引發了作家對歸隱生活的渴望。但它的作用又是有限的,成員離開詩社後,心態和行跡産生了諸多分化,這在外任官員群體中格外明顯:有就此致仕或奉祠閒居者,如韓瑨、葉夢得。有拒絶京官任命、流轉地方,安於位卑者,如汪革。有繼續爲官,後來在金兵破宋後迎立張邦昌者,如黎確,這與吕本中所描述的"介然特立士,勁氣剛於鐵。攘臂辯是非,孰能逃區别"已相去甚遠。亦有在仕與隱、戀闕與懷歸中反復糾結者,如汪藻。則活躍一時的詩社無法爲每位成員提供長期穩定的影響,心意堅定者尚能保持初衷,猶疑者重回諛頌風氣主導的臺閣文化場域,就容易發生微妙的改變,與先前相悖。對於現實處境的考量固然是改變産生的原因。從文化角度,經由科舉、太學及第而入仕的作家對臺閣文化尚有一定的認同感。比如汪藻在詩中反復提及年輕時取得太學高第的經歷:"少年文翰場,結客俱擅名。瑶草俟采掇,雲鴻肆遐征。"[44]"早汙高門地,姓名記前旒。"[45]年少時能與一批詞采出衆者相交,充分發揮自己的才華獲得君王賞識,的確是作爲文臣的榮耀。許昌任滿後奉祠閒居的葉夢得,亦以"十年夢斷鈞天奏,猶記流霞醉後杯"[46]抒寫對京城生活的留戀。他們更加深切地感受過臺閣文化氛圍,與元祐故家子弟一開始被排斥在仕途之外並不相同。所以在詩社唱和中,即便表現同樣的山林之情,作者選用的典故、語彙也有所差别。比如蘇過常以終老鄉閭的馬少游自比,談到葉夢得的山林之興時,則以謝安爲喻:"謝公志東山,杖屨未冠蓋。興成江湖游,意落軒冕外。"[47]意爲雖有丘壑之心,葉也會爲蒼生而出。晁冲之自比爲"終身遠州府"的隱士龐德公,稱葉夢得則是:"揮翰玉堂還有日,行春停騎且留杯。"[48]暫且享受眼下的江湖之樂,日後還會回到玉堂執掌文翰。又如李彭寄懷汪藻之詩云:"雖聯臺省班,未減江湖趣。"[49]謝邁和汪革詩云:"樂天官滿應歸早,揚子家貧只晏如。"[50]以晚年退居洛陽、不問官場的白居易比汪革,以家貧無職事的揚雄自況。可見在山林化的共同主題下也有因身份差别而産生的小異,它正是文學生態的複雜性所在。

結　語

宋徽宗朝的符離、許昌、豫章三大詩社中都有元祐世家後代和新學及第者這兩種不同身份類型的作家。在文學交流的過程中,形成了相對統一的作品表現形式和情感内容,與蘇門唱和的相關作品間有比較清晰的關聯。可見,元祐文學具有强大的吸引力和同化作用,對接觸者産生了潛移默化而意義深遠的影響。受影響者又以自己的創作和文學交際活動,促進了元祐文學在更廣範圍、更多途徑的傳播,爲南渡之後的復興打下了堅實基礎。這批作家本身也在相對濃厚的文學氛圍中相互鼓勵和促進,成爲兩宋之際詩壇的代表人物,對宋詩在兩個創作高峰間的過渡發揮了重要作用。

(作者單位:上海師範大學人文學院)

① 曾棗莊、劉琳主編《全宋文》第 222 册,上海辭書出版社、安徽教育出版社,2006 年,第 351 頁。

② 其中也有少數身份重疊的情況,比如四洪之一的洪芻,既是黄庭堅之甥,又在紹聖年間及第。葉夢得於紹聖四年及第,徽宗朝曾入爲翰林學士,又爲晁補之、晁説之等人的外甥。但這種劃分方法可以涵蓋徽宗朝大多數代表作家的學源身份歸屬。

③ 劉克莊著、辛更儒箋校《劉克莊集箋校》,中華書局,2011 年,第 6729 頁。

④ 楊萬里爲劉才邵所作的《杉溪集後序》中稱,劉與王庭珪在太學中"獨犯大禁,挾六一、坡、谷之書以入,晝則庋藏,夜則翻閲"。孫覿《宋故左朝請大夫李公靖之墓誌銘》也稱李靖之兄弟元符末年在鄉校中"不專事舉子業,間出東坡先生詩文爲余讀之"。

⑤ 研究者對宋代詩社的定義不盡相同,如王德明《論宋代的詩社》(《文學遺産》1992 年第 6 期)根據"詩社"一詞在宋代文獻中的使用情況,大概分爲五類:"只是一個流派而無組織的詩社""只是一次聚會的詩社""詩社指是詩人們聚集的地方""有的詩社實際是一次大型的詩歌比賽""更多的詩社是一種有組織的文學團體"。據其所言,"詩社"未必是一個實際的組織,也未必需要相對長時期固定的活動。而歐陽光在其專著《宋元詩社研究叢稿》(廣東高等教育出版社,2011 年)中,認爲詩社應當"有組織者,有相對固定的成員和活動地點,並定期舉行聚會唱和"。熊海英《北宋文人集會與詩歌》(中華書局,2008 年)則將"詩社"作爲一種集會活動形式,其主題應該是詩歌創作。"對於'詩社'來説,分題、分韻賦詩,傳觀、品評詩作,切磋、提高詩藝則是集會的首要目的、重心所在,這一點正是確定'詩社'性質的關鍵。"(第 41 頁)本文涉及的"詩社"綜合了歐、熊二家所論的特點,成員既有比較自覺的詩歌創作意識,也是相對有組織性、活動頻繁、成員固定的實體。

⑥ 作爲北宋後期最重要的詩社,既往學者已經有一定的研究。代表性成果如伍曉蔓《江西宗派研究》(巴蜀書社,2005 年)從相關詩社與江西詩派形成之關係的角度,對符離、豫章詩社成員的唱和活動做了詳細勾勒(第三章"江西詩派群體特徵")。之後的個别作家研究中,也對吕本中、徐俯、四洪、李彭等重要作家的生平經歷、詩歌成就與問題進行了分析。歐陽光《宋元詩社研究叢稿》"下編・宋元詩社叢考"對三詩社的活躍時間、成員等進行了具體考證。論文如伍曉蔓《北宋末臨川詩人群體及其文學史意義》(《文學遺産》

2007年第5期)、羅寧《北宋廬山詩社小考》(《文學遺産》2012年第2期)、周子翼《北宋豫章詩社考論》(《江西社會科學》2012年第6期)等或多或少提及本文研究的詩社活動,體現了詩社的開放性。不過,學者尚未從不同學術背景的作家的溝通與交融角度對三個詩社的活動展開分析,這也是本文的研究意義之所在。

⑦ 吕本中著,查清華、胡儉整理《師友雜誌》,《全宋筆記》第三編第6册,大象出版社,2008年,第5頁。

⑧ 周子翼《北宋豫章詩社考論》,《江西社會科學》2012年第6期,第97—98頁。

⑨ 王明清著、燕永成整理《揮麈三録》,《全宋筆記》第六編第1册,大象出版社,2013年,第254頁。

⑩ 傅璇琮等主編《全宋詩》第25册,北京大學出版社,1998年,第16522頁。

⑪ 見傅璇琮等《宋才子傳箋證·詞人卷》,遼海出版社,2011年,第430頁。

⑫ 具體可參陳元鋒《張元幹"幽岩尊祖"的文化記憶與文學敘事》,《新宋學》第五輯,第81—96頁。

⑬ 據筆者考察,徽宗朝之前的幾次代表性唱和——西崑酬唱,歐門、蘇門唱和中,單首詩幾乎不選用五言絶句的體式。由此可見北宋唱和中近體詩體式選擇的大致情況。

⑭ 傅璇琮等主編《全宋詩》第25册,第16531頁。

⑮ 同上書,第24册,第15940頁。

⑯ 同上書,第15941頁。

⑰ 同上書,第15941頁。

⑱ 同上書,第15941頁。

⑲ 傅璇琮等主編《全宋詩》第22册,第14486頁。

⑳ 同上書,第14490頁。

㉑ 王力《漢語詩律學》上册,中華書局,2021年,第54頁。

㉒ 組詩見於傅璇琮等主編《全宋詩》第21册,第13709—13710頁。

㉓ 第二組組詩題目中有"兼寄雲叟"。第一組組詩的第一首首句爲"西嶺障斜日",而李彭又有《嗣首座以老夫詩"西嶺障斜日"爲韻作五章見寄次韻答之》,説明該組詩是呈遞給了嗣首座。

㉔ 臺閣與山林之分較早見於北宋吴處厚的《青箱雜記》。概言之,臺閣文學以在朝者(尤其是館閣之臣)爲主要創作群體,以表現盛世、歌詠升平爲主要内容,風格雍容閒雅,有富貴氣象。山林文學以在野者爲主要創作群體,抒寫山林之樂、個人情感和内心修養,常有卑老之歎。

㉕ 傅璇琮等主編《全宋詩》第23册,第15491頁。

㉖ 同上書,第25册,第16315頁。

㉗ 同上書,第16533頁。

㉘ 同上書,第22册,第14489頁。

㉙ 同上書,第24册,第15936頁。

㉚ 同上書,第21册,第13738頁。

㉛ 同上書,第24册,第15802頁。

㉜ 蔡絛著、李國强整理《鐵圍山叢談》,《全宋筆記》第三編第9册,大象出版社,2008年,第181頁。

㉝ 傅璇琮等主編《全宋詩》第23册,第15457頁。

㉞ 同上書,第23册,第15447頁。

㉟ 同上書,第22册,第14489頁。

㊱ 同上書,第24册,第15936頁。

㊲ 吕本中著,查清華、胡儉整理《師友雜誌》,《全宋筆記》第三編第6册,第4—5頁。

㊳ 傅璇琮等主編《全宋詩》第28册,第18033頁。

㊴ 同上書,第 22 册,第 14563 頁。

㊵ 同上書,第 22 册,第 14487 頁。

㊶ 同上書,第 23 册,第 15497 頁。

㊷ 同上書,第 23 册,第 15447 頁。

㊸ 同上書,第 23 册,第 15489 頁。

㊹ 同上書,第 25 册,第 16512 頁。

㊺ 同上書,第 25 册,第 16516 頁。

㊻ 唐圭璋《全宋詞》,中華書局,1965 年,第 778 頁。

㊼ 傅璇琮等主編《全宋詩》第 22 册,第 15545 頁。

㊽ 同上書,第 21 册,第 13890 頁。

㊾ 同上書,第 15887 页。

㊿ 同上書,第 15802 页。

有元詩乳，實化於南宋舊人

——《容安館札記》與錢鍾書的元詩批評*

熊海英

《容安館札記》對近 300 位南宋詩人進行了精彩評述①，評元詩的篇幅較少。錢鍾書評元詩主要基於顧嗣立《元詩選》，《元詩選》三集共選 337 家詩人，《札記》第 389 則和第 421 則較爲集中地摘録和評論了其中 140 家②，其中約 90 家僅録詩集名，甚至没有摘句。錢先生僅對少數詩人作了扼要評論，原因如其自言："此書余十年前曾評識一過，兹偶披尋，不復詳論，取二、三策而已。"（《札記》第 389 則）不過，他還單獨評論了宋元易代之際數十位詩人，另有一些涉及元詩的評語散見於評論宋、金和明詩的文字之間；此外《談藝録》和《管錐編》等著述中也有與元詩相關的内容。如評謝翱詩即與元代楊維楨作比較："皮相者或以爲逐老鐵之險麗，而韻味實遠勝也"（《札記》第 218 則）；評薩都剌《雁門集》時言"余讀薩龍光編注本已有詳評"（《札記》第 389 則）；《談藝録》中談元好問和趙孟頫詩頗有篇幅。若將散見各處有關元詩論斷聚集起來，分量其實可觀。如何面對這些咳珠唾玉、吉光片羽呢？王水照師曾經解釋他對於錢鍾書學術思想的認識：

> ……精彩紛呈却散見各處，注重於具體文藝事實却莫不"理在事中"，只有經過條理化和理論化的認真梳理和概括，纔能加深體認和領悟，也纔能在更深廣的範圍内發揮其作用。閲讀他的著述，人們確實能感受到其中存在着統一的理論、概念、規律和法則，存在着一個互相"打通"、印證生發、充滿活潑生機的體系。③

筆者將綜合錢鍾書對元詩的評論，以"打通"與互證爲法門④，梳理他對元詩發展的大判斷及其關注的議題，把握其對元詩的詩史定位，體悟其詩歌批評標準和詩歌史觀。

一、關於元詩的三條大判斷

錢鍾書在《札記》中對元詩給出若干簡明判斷。筆者厘出三條，認爲提綱挈領，最爲精

* 本文的研究受國家社科基金重點項目"元代江南文人社集與元詩流變研究"(18AZD031)資助。

要(《札記》第389則)：

> 余嘗謂南宋已有學盛唐之操調高朗、晚唐之琢詞綿麗，以救江西、江湖、“四靈”之敝，而拔戟自出一隊者，草窗、剡源、松雪其例也。有元詩乳，實化於南宋舊人。(評戴表元《剡源文集》)
>
> 余謂有元詩家與其取學盛唐、矜格律者，不如取學晚唐、弄姿致者，如雁門、子虛是也。(評宋無《翠寒集》)
>
> 嘗謂學者曰:“詩當取材於漢、魏，而音節則以唐爲宗。”按:已開明七子議論，不特趙子昂之言七律爲導何、李、王、李先路也。鐵崖《西湖竹枝詞·序》稱“仲弘首變宋季之陋，而范、虞次之”，有以夫。(評楊載《仲弘集》)

元詩“宗唐學古”是學界共識。錢先生則指出:這並非元人自出新意，而是承續晚宋趣旨。晚宋人欲救詩弊，已經嘗試取法盛唐或晚唐詩。錢先生評定元詩宗唐的實績，認爲師晚唐者成就高於學盛唐詩者。又次指出元代趙孟頫、楊載等館閣詩人推崇盛唐詩的議論和創作是明“七子”復盛唐之古的前驅。以此可知:一是錢先生的判斷與通行對元詩的認識有所不同;二是合觀三條論斷，元詩在宋明詩史中承上啓下的位置和作用得以凸顯。即:元人上承晚宋法乳，學盛唐、晚唐並行，又下啓明詩宗盛唐風氣。在三條評論中被提名者無疑是元代詩壇之英華，首先是由宋入元的周密、戴表元、趙孟頫等，能雜取唐宋風調而有所自立;稍後的薩都剌和宋無學晚唐，有姿致;元中期以後的楊載、虞集、范梈等則是學盛唐、矜格律的館閣詩人。評語隱然透露判定的大致等次。這些關於元詩的“大判斷”爲我們理解錢鍾書的許多具體論述指示了方向;以下筆者結合多方材料，對上述“大判斷”的内涵作深入闡析。

(一) 有元詩乳，實化於南宋舊人

南宋人學“晚唐之琢詞綿麗”這條線索較爲明顯。自中興大詩人楊萬里提倡晚唐，欲以救江西派之槎椏生硬與資書爲詩，其後“永嘉四靈”步趨“姚賈體”五律，字鍛句煉地摹寫山水風月，得葉適大力揄揚，寧宗嘉定以後“晚唐體”成爲天下話頭。但晚唐詩不只有清新寒苦的五律，還有麗辭幽韻、風華姿媚的七絶，楊萬里之前已有張良臣、劉翰、林憲等學這一路[⑤]，到宋元之際，李賀、李商隱、許渾等晚唐詩人的影響遍及兩浙、江西和福建，學習他們的詩人多不勝數。

相較而言，南宋人“學盛唐之操調高朗”的這條線索目前尚未被充分揭示。嚴羽《滄浪詩話》推崇盛唐詩“惟在興趣”，妙在“透徹玲瓏”，提出“不作開元天寶以下人物”(《詩辨》)。但同時的戴復古就認爲“持論傷太高”(《贈二嚴》)，嚴羽作詩亦不能實踐自己的主張，此後似乎未見接響。若細加爬梳，宋季江西詩人轉學盛唐的痕跡宛然。贛州蕭立之的兒子蕭士贇補注李白詩集,於至元二十八年(1291)付梓,其《序例》自言"自弱冠知誦太白詩。時習舉子業,雖好之,未暇究也。厥後乃得專意於此間"⑥。又劉壎《水雲村稿》(卷一三"詩說")記述:江西南豐的周文郁曾在臨安向趙崇嶓和曾原一問詩法:⑦

因問何以有盛唐、晚唐、江湖之分,趙公曰:此當以斤兩論。如齊魯青未了,如乾坤繞漢宫,如吴楚東南坼,如天兵斬斷青海戎,殺氣南行動坤軸,如白摧朽骨龍虎死,黑入太陰雷雨垂等句,是多少斤兩? 比風暖鳥聲碎,日高花影重即輕重見矣。此盛唐、晚唐之分,江湖不必論也。已而訪蒼山翁曾子實,以趙公語質之。曾謂趙公言是。

金溪縣曾子良曾在臨安向曾原一問詩法:

翁曰:君作豐大,合作顛詩一番,然後約而歸之正,乃有長進。問何謂顛詩,曰:若太白,長吉,盧仝是已。

從趙崇嶓、曾原一到周文郁、曾子良,再到劉壎已是三代詩人,贛州、建昌故老鄉賢口授心傳的詩法是學盛唐:若杜甫歌行之壯闊有力,若李白詩情跳蕩摇曳,想象出奇不拘束。⑧

再如廬陵劉辰翁點評唐詩諸家,錢鍾書認爲其主張與嚴羽相合⑨:

評《王右丞輞川集·辛夷塢》云:"其意亦欲不著一字,漸可語禪";又每曰"不用一詞""無意之意,更似不須語言。"如此議論,豈非滄浪無跡可求、盡得風流之緒餘乎。

【補訂】《傅與礪詩集》冠以揭傒斯序,有曰:"劉會孟嘗序余族兄以直詩,其言曰:詩欲離欲近;夫欲離欲近,如水中月,如鏡中花。"……傅詩揭序所引辰翁語,雖碎金片羽,直與《滄浪·詩辯》言"神韻"如"水中之月,鏡中之象,透澈玲瓏,不可湊泊"云云如出一口。"不可湊泊""欲離欲近"即釋典所言"不即不離"。

與劉辰翁交好的趙文論詩亦云"下者晚唐、江西"(《青山集》卷四《詩人堂記》),將晚宋詩歌的兩種主流取向一筆抹倒,轉向以盛唐和漢魏古體以救"詩弊"了。⑩

相比江西對盛唐詩的推崇,兩浙詩人學晚唐詩更普遍,取法對象也較廣。錢鍾書讚賞的"草窗、剡源、松雪"都系兩浙人氏,周密"心摹手追乃在李昌谷、杜牧之,而非趙紫芝之'二妙'"(《札記》第258則)。戴表元的老師舒岳祥論詩不主一家,其《詩訣》(《閬風集》卷七)有"欲自柳州參靖節,將邀東野適盧仝"之句,可以推想其宗旨;而亡國破家之際則曰"少陵詩史在眼前"(《題潘少白詩》),主要從取材與敘事筆法認同杜詩。戴表元鼓吹"唐風",今存詩歌以近體居多,風格雅秀清新。趙孟頫或因性情所近,"筆性柔婉,每流露於不

自覺”[11],如《東城》(《松雪齋集》卷五)云:

> 野店桃花紅粉姿,陌頭楊柳綠煙絲。不因送客東城去,過却春光總不知。

設彩纖穠,詩筆細潤工致;但他亦有感慨深沉、唱歎開闔之作,如《岳鄂王墓》“南渡君臣輕社稷,中原父老望旌旗。英雄已死嗟何及,天下中分遂不支。”不過錢先生指出趙孟頫學杜是“瀏亮雅適”一路,與江西派學杜得其“筋骨”之峭折瘦硬不同。

總體來看,晚宋江西與兩浙詩人既學晚唐,也學盛唐。學盛唐者或重杜甫,或愛李白;學晚唐者,前有“四靈”專法“姚賈”五律,宋季詩人則學許渾、李賀,或學李商隱、杜牧等,各有所愛。宋人入元或爲地方耆老,或爲新朝貴顯,身教言傳,他們宗法晚唐或盛唐的趣旨自然影響元詩發展方向。

當然,元詩也包括故金國所在的北方詩壇,主要以元好問爲代表。元好問聲言“不做江西社裏人”,他上攀杜甫,得其雄闊高渾一體。錢鍾書指出元好問亦受陳與義沾溉:

> 余讀遺山五古、七律,波瀾意度每似得力簡齋。渠於宋詩人中,只誦説東坡,勿屑江西宗派,指斥山谷、後山,無只語及簡齋詩。[12]

錢鍾書引證詩作具體辨明了元好問及其徒學陳與義的痕跡(詳見後文)。考慮到陳與義身入南宋,則元代北方詩壇也不能説與南宋舊人無干係了。

(二)趙孟頫、楊載等“已開明七子議論”

明代前、後七子主張復古,提出“文必秦漢,詩必盛唐”。錢鍾書指出:趙孟頫稱七律對仗應多用實詞,用典“使唐以下事便不古”;楊載稱“詩當取材於漢、魏,而音節則以唐爲宗”(《札記》第389則),他們這些關於用字、音節和取材等方面的議論已開明人先聲。《談藝録》云:

> 陶宗儀《輟耕録》卷九記松雪言:“作詩虛字殊不佳,中兩聯填滿方好”;……與方虛谷之論七律貴用虛字適相反背,是以《桐江續集》中道子昂無慮二十餘次,皆只以書畫推之,隻字不及其詩篇。蓋一則沿宋之波,一則纘唐之緒,家法本徑庭耳。[13]

重“虛”或重“實”是判别祧宋崇唐的關鍵之一。方回是江西派殿軍,認爲近體中虛字有力更勝於實字。而趙孟頫所謂“中二聯以實詞填滿”還關係到盛唐詩的另一特點:因地名映襯往往造成一種輝煌氣勢和闊大境界。《談藝録》引清代宋長白《柳亭詩話》(卷二四“明句”):“金觀察云:‘唐人詩中用地名者多氣象。’余謂明人深得此法”,並舉多例説明明人愛"以專名取巧","句句填實,不肯下一游移字面"(同上卷十一"中聯"條),作爲學盛唐詩風的捷徑。而"爲江西詩者則不好用人地名,此亦唐宋之分界也。"[14]

在"音節以唐爲宗"方面,可以宋元人"學杜"的區别來對照。宋代江西派學杜韌瘦之體,愛用拗律拗韻。而"世所謂'杜様'者,乃指雄闊高渾,實大聲弘",諸如"旌旗日暖龍蛇動""五更鼓角聲悲壯"一類,如元人楊載《宗陽宫望月》"大地山河微有影,九天風露寂無聲"之格律弘暢、境界寥遠即是。而趙孟頫七律也"刻意爲雄渾健拔之體",錢鍾書認爲"瀏亮雅適,惜肌理太松,時作枵響。……上不足繼陳簡齋、元遺山,下已開明之前後七子"[15]。

綜言之,明人學唐詩著眼於音節響亮,愛以實詞作對,尤好用地名造闊遠宏大之境,追溯源流,元代趙孟頫、楊載等人的詩法和創作可謂是步趨盛唐的先達。

(三)有元詩家與其取學盛唐、矜格律者,不如取學晚唐、弄姿致者

楊維楨和後世評詩者都認爲"元四家"的創作"變宋季之陋",意即到了元朝中期,以中央詩壇的虞集、楊載、范梈、揭傒斯等爲代表,終於唱出了與盛世相稱的强音。錢鍾書觀點不同,他認爲元代學晚唐體的詩人成就勝於學盛唐者;與其模仿盛唐詩的實大聲弘,不如學晚唐詩在構思、造語方面力求新奇工致。這個判斷既表明錢先生對元代詩人的評價,也表明他眼中元詩的優長和短處。

《札記》第 389 則和第 421 則集中評論了《元詩選》所收詩人别集。元中期館閣大家詩作主要收在《元詩選》丙集和丁集,包括趙孟頫《松雪齋集》、虞集《道園學古録》、袁桷《清容居士集》、馬祖常《石田集》、楊載《仲弘集》、范梈《德機集》、揭傒斯《秋宜集》、柳貫《待制集》、歐陽玄《圭齋集》等。《談藝録》對趙孟頫詩已有詳評,錢鍾書總結其詩弱點之一是"規橅痕跡,宛在未除;多襲成語,似兒童摹帖";二是鍛煉詞句不精,"一題之中,一首之内,字多復出,至有兩字於一首中三見者"。如《見章得一詩因次其韻》:

> 水色清潔月色黄,梨花淡白柳花香。即看時節催人事,更覺春愁惱客腸。
> 無酒難供陶令飲,從人皆笑酈生狂。城南風暖游人少,自在晴絲百尺長。

起語仿賈至《春思》絶句"草色青青柳色黄",結語化用李商隱《日日》絶句"幾時心緒渾無事,得及游絲百尺長"。詩中"人"字三出。又如《送岳德敬提舉甘肅儒學》中一聯"春酒蒲萄歌窈窕,秋沙苜蓿飽驊騮","窈窕"是形容詞,且並非專指女子,而"驊騮"是名詞,指駿馬,對仗不稱。《聞擣衣》中類似聯句"苜蓿總肥宛騕褭,琵琶曾泣漢嬋娟"雖然銖兩悉當,却已有陸游"油築球場飛騕褭,錦裁步障儲嬋娟"(《夢中作》)珠玉在前。對於虞集傳誦一時的名篇《送袁伯長扈從上京》,《札記》亦指摘造語修辭的缺憾:

> "天連閣道晨留輦,星散周廬夜屬櫜"一聯填湊板滯。"白馬錦韉來窈窕,紫駝銀

> 甕出蒲萄”，《思益堂日劄》卷六駁之云：“蒲桃出於銀甕，知爲酒也；窈窕之來於錦韉，是爲何物乎？”頗中其病。（《札記》第389則）

頷聯“天連閣道”“星散周廬”雖造境高闊，但“晨留輦”“夜屬櫜”殊呆板無味。頸聯語病與上舉趙孟頫詩相同。可見館閣名公雖極力學盛唐詩，而修辭技巧還未臻純熟。

《札記》又指出館閣詩人創作因運思未深、錘煉不足，而不免庸常平熟之弊。評袁桷云：

> 詩有典雅而近鄉願者，袁伯長、虞伯生輩是也。總由詩儉韻短，故詩學雖深，只可供翁蘇齋、潘養一等瓣香耳。宋人江西、江湖詩每如食物夾生，齒决爲難；元虞、范、揭、楊等詩每如食物火候已過，爛熟無味，堆盤滿案，尠下箸處。

就連本是西北子弟的馬祖常亦“質野全無，盡化爲鄉願”（《札記》第389則）。何謂“典雅而近鄉願”？詩意雅馴而無出位之思，造語不求生勁，故不耐咀嚼，以此揭傒斯被評爲“最劣”，歐陽玄乃是“庸音俗響”。范梈則“詩骨稍清於楊、虞”，柳貫“不作同時雍容新秀之體，蹊徑巉峭”，之所以對此二人稍示肯定，當與其遣辭寫意較爲新警峭勁、稍近宋格有關。

總之，錢鍾書一方面指出“元四家”爲代表的館閣詩人學盛唐詩的門徑和不足處，又將其詩放在宋—明詩史中觀察，認爲“元人學唐音節不如明人之似，尚欲選詞命意，未肯純出撏撦，遂有五穀不熟之恨”（《札記》第389則楊載《仲弘集》評語）。意思是元人學盛唐未至，但在其不肖處尚見出元人自我表達的誠意和努力。明人熟練掌握盛唐體的修辭格律章法，造境弘大、聲調響亮，却“如食物隔宿，品色無多而羅列方丈，腐氣中人”（《札記》第389則，袁桷《清容居士集》評語），没有新意，無法感受作者的生命力和個性。

接續丙丁二集，錢鍾書點評《元詩選》戊集中的八位詩人皆學晚唐體者，明顯更多肯定之詞。如評薩都剌《雁門集》：“雖非高格調，尚有真才情。讀元詩令人悶損，至雁門始覺一噴一醒。”他也喜歡宋無《翠寒集》《啽囈集》《鯨背吟》中詩“清麗芊綿”“修詞尤工細”。稱讚貢師泰詩“參以晚唐，而舉止大方，有筆力、有思致”，古體“挽强用長，安雅有節”，不特超過其父貢奎，連虞集、楊載也當退避三舍。乃賢《金台集》、陳樵《鹿皮子集》屬對煉句精巧，舉陳樵《蛺蝶圖》“人疑落葉有生色，我道飛花上故枝”一聯，云“純乎晚唐體也”，但也有“塗澤而未妥帖”之憾（《札記》第389則）。

《札記》從《元詩選》中摘録了不少詩句，例如尹廷高《山居晚興》“竹聲欲斷微聞雨，村色初昏遠見燈。”陳孚《博浪沙》“一擊車中膽氣豪，祖龍社稷已驚搖。如何十二金人外，猶有民間鐵未銷。”張伯淳《雨餘出郊》“瘦筇支彳亍，狹路寫之玄”等。吴師道《春日獨坐》“茶煙淡淡風前少，庭葉沉沉雨後添。何處楊花念幽獨，殷勤入室更穿簾。”周權《晚春》“東風旗旆亭中酒，小雨闌幹柳外人。”方瀾《過吴江》“秋水漲無岸，野舟撑入田。”高明《暮春即事》"重簾深處無風雨,肯信春寒瘦杏花。"等等。所摘篇句皆體現出新奇詩思與工致修辭的巧妙結合。

錢鍾書肯定"學晚唐"的元代詩人,著眼恐在於晚唐詩重苦吟,以此針砭元詩之病。明代錢澄之《陳官儀詩説》(《田間文集》卷八)云:"見三唐近體詩,設詞造句洵是良工心苦,未有不由苦吟而得者也。句工只有一字之間,此一字無他奇,恰好而已。"在這一點上,宋調江西派與"晚唐體"爲同道,錢先生指出:

> 江西派中人侈説煉字,如范元實言"句法以一字爲工",方虚谷言"句眼",皆主好句須好字。其説易墮一邊。山谷言"安排一字",乃示字而出位失所,雖好非寶,以其不成好句也。足矯末派之偏宕矣。⑯

可見"苦吟"鍛煉非僅求一字之奇,而是要找到表意準確,醒目又響亮,安在句中不可移易的最優語言表達。而前述"元四家"等學盛唐詩者在立意運思和修辭方面的不足也正需要"苦吟"工夫來改善。總之,從錢鍾書對諸家詩人的評論可見元人學唐詩的優劣得失。

綜上所述,錢鍾書在《札記》中給出了他對元詩發展及其特徵的概括判斷,這與《談藝録》《宋詩選注》等來源不同的評判是統一的,合起來構成他把握南宋至元代詩歌走向的"主線索"。當然,錢先生勾稽展示的"主線索"僅是詩歌藝術風尚轉向的大體概括,關於元詩的"大判斷"還需我們展開更多具體論證去豐富和完善,在此過程中,應該考慮到一方面詩人各具個性、作品面目不同,另一方面詩人的影響力和詩史地位與其所屬群體息息相關,研究須將各方面因素合觀互參。

二、元詩的若干小結裹

從詩歌史角度對元詩給出大判斷的同時,錢鍾書也特别注意宋元之際的個别詩人和一些詩歌現象,相關論述就像小小結裹,每個結裹打開又自成議題。限於篇幅,以下擇要略舉數例,皆有待於日後深入研究。

(一)元好問的師友淵源

元好問論詩尊崇杜甫,鄙棄晚唐,亡國之際感時傷亂,思親念家,如"骨肉他鄉各異縣,衣冠今日是何年"(《眼中》),"洛陽見説兵猶滿,半夜悲歌意未平"(《懷州子城晚望少室》)等,情沉摯而聲悲涼,《談藝録》評爲"揚而能抑,剛中帶柔",同時也指出元好問七律學"杜樣"之不足:"惜往往慢膚松肌,大而無當,似打官話,似作臺步。"⑰指其詩章法未臻細密,句法不够精切,相比起茂越渾闊的聲韻和詩境,其"裏"稍欠空疏。

元好問還暗中取法陳與義,這一點向來無人論及,錢鍾書特爲拈出其在字詞、句式及意象的沿襲和脱化等方面的表現。清潘德輿《養一齋詩話》(卷八)嘗病元好問"以了字煞尾句太多",錢鍾書指出"此亦遺山步趨簡齋之證。少陵、山谷皆有煞尾'了'句樣"。陳與義用"了"字方式較杜甫和黄庭堅更多而靈活,或在句尾,時在句中。元好問更加發揚,"或則熟手容與而不艱辛,或則老手頹唐而徒率易";其弟子王惲亦好用"了"字,"幾同祖師衣缽之傳矣"。[18]錢鍾書又指元好問七律好以實字平對開頭,如"神功聖德三千牘,大定明昌五十年","薄雲晴日爛烘春,高柳清風便可人"等聯,其實此體"固簡齋喜爲者,如《十月》:'歸鴉落日天機熟,老雁長雲行路難'"等。陳與義愛用"元氣""高天厚地""老雁孤鳴"等詞語意象,元好問詩也屢屢蹈覆。此外,在造句和構思方面,元好問也不乏模仿,如《寄楊飛卿》"西風白髮三千丈,故國青山一萬重",肖似簡齋《傷春》名聯"孤臣白髮三千丈,每歲煙花一萬重"。《壬子寒食》"兒女青紅笑語嘩,秋千環索響嘔啞。今年好個明寒食,五樹來禽恰放花",似仿簡齋《清明》:"街頭女兒雙髻鴉,隨蜂趁蝶學夭斜。東風也作清明節,開遍來禽一樹花。"錢鍾書論陳與義南渡後以杜甫爲"知心伴侶",而元好問亦有亡國之恨,宜乎其學杜之外兼"與簡齋爲文字眷屬"。

在元好問周圍,有雷希顔、李長源、李欽用、秦簡夫等詩友,諸人七律風格近似:"《中州集》載雷希顔《滎陽古城登覽寄裕之》,李長源《陜州》《再過長安》,李欽用《圍城》《驟雨》,秦簡夫《悼亡》,諸律入之遺山集中,可亂楮葉。雷乃遺山摯友;二李爲遺山'三知己'之二;長源七律尤所推服;簡夫一首遺山稱爲'高出時輩'。笙磬同音,嚶鳴相召,師友淵源,蓋有自來。"[19]繼起者則有劉因、王惲和郝經。劉因私淑元好問,其《呈保定諸公》云"斯文元李徒,我當拜其傍"。錢鍾書説他古體學邵雍和蘇軾(《札記》第389則),"七律詞句格調模仿遺山之跡顯然"[20]。王惲與郝經得元好問親傳,錢先生説:

> 余嘗謂遺山詩杜皮蘇骨,伯常則學遺山得皮毛。遺山肌理本鬆懈,伯常降而粗糙矣。然遺山高腔每成枵響,伯常直抒胸臆,言之雖無文,自是有物。(《札記》第389則,評郝經《陵川集》)
>
> 仲謀與郝伯常並峙爲遺山門下龍象,修詞較雅飭,而鋪張點染苦乏情意,轉不耐諷詠。(《札記》第389則,評王惲《秋澗集》)

錢鍾書稱元好問"學杜得皮",劉因、王惲、郝經學得元好問詩之構架大與音調響,短處亦在於章法、立意不够細密、深刻,修辭不够精煉含蓄,故有"優孟衣冠"之歎;不過,北人之詩雖乏精意與遠韻,却不乏真情實感,這是尤爲可貴之處。

(二) 論宋元僧詩

《元詩選》壬集收了圓至《筠溪牧潛集》、釋英《白雲集》、善住《谷響集》、大忻《蒲室集》、清珙《山居詩》、至仁《澹居稾》、惟則《獅子林别録》等詩僧别集,《札記》第421則照録集名而無評論。宋元時期詩僧很多,《札記》中重點談論的僅惠洪覺範(《石門文字禪》)、文珦(《潛山集》)和圓至(《牧潛集》),其中文珦(1210—1290?)和圓至(1256—1298)皆由南宋入元。錢鍾書在《札記》中評定了宋元僧人的詩文成就:

> 覺範文姿致波瀾,遠非契嵩煩逕之比,而洗煉不如圓至。要之,釋子工古文者,以三人爲鼎足矣。圓至《牧潛集》卷五《答某官書》則尊契嵩而貶覺範。宋、元詩僧則以覺範爲首,文珦次之,圓至復次之,餘則等諸自鄶矣。(《札記》第 424 則)
>
> 圓至之文、文珦之詩不特爲元僧冠冕,明、清亦尠其儔,覺範而後二妙也。(《札記》第 525 則)

這兩條評論詳略稍有不同,但排出位次不變。古文以圓至第一,覺範第二,契嵩第三;詩歌則覺範爲首,文珦其次,圓至再次。覺範和圓至詩文兼擅,而文珦獨長於詩。餘者皆非其倫。甚至以覺範、文珦、圓至三人爲宋元明清詩僧文學成就前三甲,評價絶高,值得我們重視。

相關聯的第一個問題是僧詩風格。《札記》第 453 則評《南宋群賢小集》中陳起編《增廣聖宋高僧詩選》時,引胡應麟語"僕嘗謂僧詩無唐、宋",錢鍾書按曰"此語頗得間",表示贊同。僧詩無唐、宋之分,則宋代僧詩究竟是何種風格呢?在《札記》第 377 則評《聖宋高僧詩》之北宋"九僧詩"時,錢鍾書説九僧"出入中、晚唐,已逗'四靈'而邊幅更狹,琢磨之工亦似不逮"。據此可以理解爲僧詩風格近於"晚唐體"。

第二個問題是錢鍾書爲何特别青眼惠洪、文珦與圓至之詩?錢鍾書認爲惠洪天才稟賦近於東坡,他精於禪理,時出奇思秀句,其詩近於"士人詩,官員詩"(方回《瀛奎律髓》卷四七批道潛《夏日龍井書事》)[21]。文珦享高壽,宋亡時已年近古稀,詩作數量超過惠洪,但未入《元詩選》。《札記》第 525 則專評其詩,摘録甚多,如:

> 卷三《哭李雪林》:"昔者聞盧殷,頗爲世所推。讀書過萬卷,盡以資於詩。"按卷五《周草窗吟稿號蠟屐爲賦古語》云:"盡將書傳資詩用,字字句句加磨礱。"皆本韓退之《盧尉墓誌》云:"無書不讀,然止用以資爲詩。"
>
> 卷四《遣興》:"平生清淨禪,猶嫌被詩汙。"按同卷《哀集詩稿》云:"吾學本經論,由之契無爲。書生習未忘,有時或吟詩。聊以識吾過,吾道不在兹。"卷八《山房》云:"侍者嫌貧去,詩魔以靜降。"然戒詩而仍以詩戒,豈倒地者仍因地起之意耶?
>
> 卷十二《閒居多暇敘舊游成一百十韻》云:"連環資講貫,涵泳藉詩篇","覓句歸陶謝,觀空體竺幹",是仍以詩句爲佛事。

《札記》評文珦"所作沿南宋江湖體,偏近晚唐,清淺而未圓潤。五律較多佳句,每爲儒者言，而勘禪和子語，感時論學，發聲徵色”。在《談藝録》中稱道《潛山集》卷四《山居》“頗謂龜六藏，全勝兔三窟”一聯以佛經語爲對仗，“儷事工穩而能映發”㉒。故知文珦之詩有學問、見性情、不枯槁。圓至《筠溪牧潛集》卷一有詩題爲《次韻答許府判見嘲詩癖之什》，可知其人同於文珦，亦身在佛門而結習難除、“以詩句爲佛事”者。總而言之，三位詩僧身份雖爲浮屠，精神實爲詩人；既有才情，又有書本，創作上不吝鍛煉，意境趣味不拘泥於一般僧詩的狹寂清苦，這大概就是錢鍾書特加青眼的原因吧。

（三）宋元之際詩人取法陳與義的問題

元好問暗中取法陳與義，錢鍾書已經表出，詳見前文；但南宋詩人與簡齋詩的關係，目前尚無切實考察。方回把陳與義歸爲江西派“一祖三宗”之一，但簡齋與江西派主流風格不同，因此一般認爲是方回爲壯大派家聲勢，强將陳與義納入江西派譜系。方回的做法其實有事實依據：宋元之際簡齋詩正在江西流行。錢鍾書指出：

> 吴草廬《吴文正公全集》卷九《董震翁詩序》極稱簡齋，且曰：“近世往往尊其詩。”同卷爲聶文儼、諶季岩，卷十三爲董雲龍、黄養浩等人詩序，均以“似簡齋”許之。程鉅夫《雪樓集》卷十五《嚴元德詩序》：“自劉會孟盡發古今詩人之秘，江西詩爲之一變，今三十年矣。而師昌谷、簡齋最甚，餘習時有存者。”合二人之言揣之，則簡齋詩盛行於元初江西詩人間。然文獻罕徵，欲爬梳而未由矣。㉓

在“簡齋詩盛行於元初江西詩人間”的現象中，吴澄和劉辰翁是關鍵人物。吴澄是撫州詩人的中心，他極稱簡齋，認爲其集存詩無一不精㉔：

> 獨近代簡齋陳參政集無可揀擇，蓋自選之，而凡不可者不復存也。（《黄養浩詩序》）
> 所存至簡而至精，惟近世簡齋陳去非詩。（《鄧性可删稿序》）

雖然詩人競學簡齋，但吴澄認爲其境界很難達到㉕：

> 宋詩至簡齋超矣。近來人競學之，然學而肖，肖而成者幾何人哉？（《曾志順詩序》）
> 近世往往尊其詩，得其門者或寡矣。（《董震翁詩序》）

儘管如此，學習簡齋詩仍有助於詩人破除流行的俗調，遵循正途而有所成就㉖：

> 吾鄉董震翁新學詩，觀其古近體一二，不選、不唐、不派、不江湖，問曰：“君嗜簡齋詩乎？”曰：“然。”（《董震翁詩序》）

丁酉冬,見諶季岩詩,詠物工而用事切,謂曰:"詩誠佳,然吟詩必此詩,或非詩人所尚爾。"壬寅春又見之,則體格多與昔大異。問曰:"近讀何詩?"曰:"簡齋"。余曰:"得之矣!"(《諶季岩詩序》)

除了上面所舉的聶文儼、諶季岩、董雲龍、黄養浩等人,吴澄還稱讚胡璉"古體上逼魏晉,近體亦占唐宋高品"㉗(《胡器之詩序》),"知子可如陳去非"(《次韻餞胡器之挾詩府驪珠游江左浙右》其一)。又稱龔德元詩"已窺簡齋門户,闊步勇進,由是而升堂焉,而入室焉,可也"(《龔德元詩跋》)。玆不贅舉。簡齋詩有何特質令吴澄如此欣賞呢?雖然有待深入考察,但從《何敏則詩序》可略窺一斑,吴澄以陳與義與陶淵明、韋應物相提並論:

天時物態、世事人情,千變萬化,無一或同。感觸成詩,所爲自然之籟。無其時,無其態,無其事,無其情,而想像模擬,安排造作,雖似猶非,況未必似乎?近來參政簡齋陳公,比之陶、韋更巧更新。㉘

陶、韋是田園詩人典型,詩風清新自然,無絲毫造作。吴澄認爲簡齋詩亦係自然感發而爲,不僅具陶、韋之優長,且立意更新,修辭更工巧。

劉辰翁是廬陵詩人群體的中心,其創作和評點影響都很大。他評點簡齋詩較多注意字句修辭特色,序《簡齋集》稱其詩"望之蒼然,而肌骨勻稱,不如後山刻削",評價二人風格差異非常精准,但未作褒貶。若要尋繹其認同簡齋詩的傾向,也許《胡仁叔詩序》(《須溪集》卷六)可以提供一點線索:

舊常評某人詩"清嫩",其人不滿,以示羅澗谷。凡諱嫩欲稱老,不知"清嫩"與"淺嫩"異政,未可少也。如輕風淡日、時花美女、小兒晛皖皖初語,别能令人賞愛有味。(《札記》第391則)

劉辰翁對"清嫩"詩風的解釋令人想到趙庚夫評曾幾詩所言"清如月白初三夜,淡似茶烹第一泉"。曾幾作爲江西後勁,以"清淡"詩風對派家風調有所變革;劉辰翁欣賞"清嫩"詩風,欣賞簡齋詩"肌骨勻稱",或正出於對江西末派槎枒老硬風調的反撥,與吴澄欣賞的自然新巧也有相合處。

其實學陳與義的詩人並不局限於江西,錢鍾書指出在浙東並稱的仇遠和白珽都與簡齋詩有淵源。仇遠有《題陳去非集》,自言"簡齋吟集是吾師"。錢鍾書評其《山村遺集》云:

近體則江湖派之較有骨力、有事料者耳。然清而不蒼,秀而頗弱,仍近四靈。所謂"師簡齋",亦不可得而見也。(《札記》第254則)

錢鍾書評白珽《湛淵集》云：

戴帥初評其詩“甚似陳去非，而嘗諱言去非”（見《剡源文集》卷八《白廷玉詩序》）。《湛淵遺集》三卷與簡齋甚不類。陳著《題白珽詩》：“是有意入四靈之門，而登晚唐之堂者乎”云云稍切。（《札記》第421則）

錢鍾書發現仇遠和白珽對陳與義詩“一尊一諱，皆非簡齋一家眷屬”（《札記》第433則）。“仇白”是宋季元初詩人之佼佼者，他們選定《簡齋集》爲著手處，可謂取法乎上，然而從創作實績來看，雖極力騰躍，亦不過晚唐之下，跡近“四靈”。可見掙脱時代風氣、寫出理想的詩實在太不容易，但從中也可看到宋元之際詩人們反省與糾偏的努力。

趙孟頫受杜甫和陳與義詩的影響，實字作對、工筆倩描，與江西派方回的主張有明顯分歧，前文已述。此外元末宋濂亦稱許陳與義，錢鍾書指出：

宋景濂《宋文憲公全集》卷三七《答章秀才論詩書》深不與蘇門學士及江西宗派，而獨許簡齋：“陳去非雖晚出，乃能因崔德符而歸宿於少陵，有不爲流俗之所移易。”然其評騭殊漫浪；簡齋濡染坡、谷、後山處，開卷即見；崔德符篇什存者無多，正未許耳食附會也。[29]

宋濂久居金華，曾受業於聞人夢吉、吴萊、柳貫、黄溍等，其詩評雖欠精切，從中可知浙東詩人學陳與義乃强調其上接杜甫與唐詩，有意撇清與江西派的關聯。

綜合來看，宋季到元初，江西和浙東詩人都出現了師法簡齋的取向。無論是劉辰翁、吴澄，或是仇遠、白珽與趙孟頫，從其詩歌主張和創作實踐來看，面對古今詩歌多種風格範式，都表現了汰擇和改造的意識。陳與義作爲出入唐宋而又自成面目的大詩人，與江西派和浙東詩人或多或少有淵源，被有識之士選爲典型也是自然而然的。

（四）宋元人學李賀的現象

《談藝録》第七到十四篇較詳盡地討論了李賀詩，包括其詩風、詩境、修辭特色、藝術手法，與其他詩人的比較，李賀詩的影響和接受。錢鍾書總結了李賀詩歌的長處和短處[30]：

長吉慘澹經營都在修辭設色，而謀篇布局、章法命意方面不大理會。

蓋長吉振衣千仞，遠塵氛而超世網，其心目間離奇俶詭，尟人間事。所謂千里絶跡，百尺無枝，古人以長吉與太白並舉，良有以也。

李賀詩語奇麗，想象奇詭，所短在於“理”：明代李東陽、清代黎簡釋爲其詩缺少“梁棟”

或“章法”;錢鍾書釋爲缺少“懷抱”或意旨,不能像屈原《離騷》那樣“情意貫注、神氣籠罩”全篇,易墮於“奇誕無趣”。㉛

錢鍾書注意到宋元詩人學李賀的現象。劉辰翁評點了很多唐宋詩人,錢鍾書指出他“於評諸家最先長吉”。就李賀詩少“理”的問題,劉辰翁《評李長吉詩》(《須溪集》卷六)云“不知賀之所長,正在理外”。與上述明清詩評家以及錢鍾書的看法不同。筆者認爲劉辰翁的觀點正是針對宋調“以筋骨思理見勝”而言。李賀詩想象出奇而不可以理究,著意修辭而無暇於章法、句法、字法安排,與派家慣習截然相反。這與前文所舉宋季江西詩老提倡學李白、盧仝作“顛詩”的主張一致,亦是求放、求奇之意,而李賀之詩(如《苦晝短》)有時“幾合太白、玉川於一手”,宜乎劉辰翁欣賞李賀之詩“正在理外”。

對於宋元詩人學李賀,錢鍾書的評價是:“宋末古詩學昌谷者,所睹惟草窗、晞髮、蕭冰崖三家,晞髮險勁,要勝一籌”(《札記》第258則)。他認爲周密詩之所以能超越當時流行的“晚唐體”,蓋因“心摹手追乃在李昌谷、杜牧之,而非趙紫芝之二妙”;而謝翱詩“險勁”更近於李賀詩風,另一方面“《晞髮集》能立意而不爲詞奪,文理相宣”㉜,青出於藍。關於這一點,錢鍾書以李賀《鴻門宴》與南宋前期劉翰《鴻門宴》、晚宋謝翱《鴻門宴》、晚元楊維楨《鴻門會》等同題詩作比較,謝作最短而最優,“良由意有所歸,無須鋪比詞費”。一般詩人學李賀都被其“險麗”特徵吸引,“金則有王飛伯,元則有楊鐵崖及其門人,明則徐青藤,皆撏扯割裂,塗澤藻繪”㉝;但錢鍾書認爲李賀古體以及學李賀者多缺乏貫注全篇的命意,善學者須首推謝翱:“七古十九學長吉,能造境立意,非如他人之徒事襞積詞藻。故皮相者或以爲遜老鐵之險麗,而韻味實遠勝也”(《札記》第218則)。據此,宋元人學李賀的現象雖然已有不少成果,但仍有討論空間。

綜觀上舉四個議題,都貫穿唐宋元詩史、承上啓下,映帶了江西、兩浙和北方廣遠地域,是有必要單獨展開深入探索的。錢鍾書《札記》及其他相關著述中還有很多涉及元詩的議題,指示了學者繼續研究的方向。

三、錢鍾書的元詩批評特色

錢鍾書學際天人,其文藝批評成就博大精深,雖不以體系呈現,實則自有定見常法。筆者試圖總結其“元詩批評特色”實屬不自量力,但勉力述心得如下。

(一) 錢鍾書對元詩的定位

《談藝録》以“詩分唐宋”開篇,認爲“故自宋以來,歷元明清,才人輩出,而所作不能出唐宋之範圍,皆可分唐宋之畛域”。錢鍾書引清人蔣心餘《辯詩》(《忠雅堂詩集》卷十三),謂唐宋各成一代之詩,“元明不能變,非僅氣力衰”,乃因“能事有止境”。他又引戴昺《答妄論唐宋詩體者》“性情原自無今古,格調何須辨宋唐”(《東野農歌集》卷四),指厚古薄今或者"法後王"的高下優劣都屬無謂。錢鍾書對元詩成就的總體判斷和批評大體建立在此認識基礎上。

值得注意的是：受政治觀支配的文學史觀以晚宋詩爲病木沉舟、衰弊之極，傾向於從否定它的角度論説元詩宗唐尚古、改弦更張的意義，這種傳統史觀的影響仍然很大。而從前文所舉錢先生《札記》以及其他相關著述評論來看，事實是南宋中期以後就出現了宗唐尚古風氣，而元代重要詩人與南宋舊人的詩學主張息息相關，元詩於南宋是承流接響的關係。這是錢鍾書元詩觀重要而獨特的一點。

錢鍾書認爲元人學晚唐的詩歌較學盛唐者更爲可取。要正確理解其臧否，首先應瞭解他如何看待唐詩的初盛中晚。錢鍾書認爲：詩史之"四唐"與國運之"四唐"並不等同；"四唐"詩作都有優有劣。[34]詩歌並不因爲取法晚唐而天然劣於學盛唐者，關鍵在於能否根據實際情況正確選擇學習對象，並善於擬議變化。

從錢鍾書對元詩的評點來看，發現其所摘篇句多爲有新意巧思、琢句精工者，顯得特別欣賞"才情"，偏愛有風華、弄姿致的晚唐體。原因或許與元詩上承晚宋和金詩而呈現的固有缺陷有關。在錢鍾書看來，連中州巨擘元好問的詩歌也有聲調高、框架大而肌理不够細密精緻的缺點，北人土風更是粗糙質直。而從晚宋入元的江南，因應士人和市民日漸增長的作詩興趣，書坊大量刊印詩歌格法和選本，用以教授作詩的規則技巧，[35]結果形成"人人有集""詩人滿江湖"的現象。社會流行的詩風既不像江西派追求思理精深，也非如"四靈"姚賈體字鍛句煉，而是一種不用書典、流連光景的淺熟之作，即錢先生所稱"江湖體"。一如前文述及，事實上宋季詩人對當時詩歌風氣已有反思：或上攀漢魏，或取法盛唐李白、杜甫，晚唐李賀、杜牧，又學陳與義，方回則欲融合江西派"一祖"與晚唐體"二妙"而"統定一尊"作爲調和矯正的辦法。就大勢而言，唐音宋調體制已定，一時難以開出新境界；就詩人具體創作而言，在精意巧思和修辭藝術等方面却仍存在"擬議變化"的空間。這就既要求筆力才情，也須有慘澹經營的自覺。因此，接續晚宋江湖體淺熟、北方土風粗直的元詩，正需要晚唐體那樣精思細琢的苦吟來予以針對性的改進，這應是錢鍾書贊同的藥方。

（二）錢鍾書評元詩以藝術標準爲本

《容安館札記》對元代詩人的評價是以藝術標準爲第一義的。向來宋元易代之際的詩歌總被視爲遺民心史，强調抗爭不屈的民族精神，詩歌藝術本身嬗遞傳承的線索一定程度被遮蔽了。錢鍾書却並不因爲詩人的遺民身份、品格節操而寬假其創作疵病。如《札記》評潘音《待清軒遺稿》云"聲甫爲宋遺民，詩尚老練"（《札記》第 341 則），何景福亦宋遺民，評其《鐵牛翁遺稾》則直道"詩欲爲風華逸宕，骨力未遒，遂落纖滑"（《札記》第 343 則）。評方鳳云"詩筆勁老，乏精警耳"（《札記》第 274 則）；評于石則云"五、七古雅飭，近體愈纖腐，墮惡道中"（《札記》第 275 則）；評董嗣杲曰"亦江湖派，尖薄而未新警"（《札記》第 509 則）；鄭思肖雖有孤忠，然"詩甚劣"（《札記》第 491 則）；方一夔入元爲處士，"古體尚不失雅音，近體學放翁得其短處,頹滑不足道”(《札記》第 472 則);胡次焱守節不仕,而“所作欲兼道學名儒之理語與江湖散人之騷情,拈弄點染,腐而佻,野而纖,皆當時習氣也”(《札記》第 558 則),並舉其兩首古體擬問答,認爲啓楊維楨《老客婦謡》之先機。錢鍾書評南宋遺民詩歌仍然從體式、題材、風格等角度著眼,關注其藝術表現特質的來龍去脉,評斷優劣直言不諱,要言不煩。

由於重視創作事實,不以道德評價左右藝術批評,《札記》客觀上對某些詩人的名聲和事跡作了解構和辨析,以評王炎午《吾汶稿》十卷爲例:

> 今觀所爲文,詞蕪枝而氣囂浮。且以孤忠勁節得名,而開卷即《上貫學士書》《上參政姚牧庵書》,皆以文字干乞新朝仕宦。《上貫書》云:“閣下以開國元勳之孫,太平宰相之子”,《上姚書》云:“方今混一之時,元氣昌明之會”,殊不似知有亡國恨者。(《札記》第 435 則)

王炎午以生祭文天祥而得勁節之名。錢鍾書細讀其文,揭出他入元後的諂媚干乞之行,並判定文風雜亂囂浮,乃知王炎午處世矯激功利,而其文適如其人。

方回是有名的貳臣,周密《癸辛雜識》記其行事極爲鄙惡可笑,不免被疑爲挾私醜詆之詞。[36]錢鍾書評仇遠《金淵集》時,引《懷方嚴州》五首並勾稽多方筆記與詩作,審察對照,肯定“《癸辛》之言非誣也”(《札記》第 433 則);方回雖“穢德彰聞”,錢鍾書仍推許其評詩“頗有眼力”,但有時言不由衷。例如方回對朱熹詩往往讚譽過甚,是爲偏私道學或懾於權威之故,只有一次説出真心話:“晦庵感興詩,本非得意作。近人輒效尤,以詩爲道學。”(《七十翁吟》其七)[37]

南宋與金國並立而爲敵國,但錢先生評詩無華夷之見,亦不以地域南北定其偏正:

> 元遺山以騷怨弘衍之才,崛起金季,苞桑之懼,滄桑之痛,發爲聲詩,情並七哀,變窮百態,北方之强。蓋宋人江湖末派,無足與抗衡者,亦南風之不競也。雖以方虚谷之自居南宋遺老、西江後勁……亦不得不曰:“尚有文才與古班,詩律規隨元好問。”汪堯峰好搨撦南宋作家,而《鈍翁類稿》卷八《讀宋人詩》第四首亦曰:“後村傲睨四靈閒,尚與前賢隔一關。若向中原整旗鼓,堂堂端合讓遺山。”……家鉉翁《題中州詩集後》即云“壤地有南北,而人物無南北,道統文脉無南北。雖在萬里外,皆中州也。而況於在中州者乎”,《則堂集》失收。可謂義正而詞婉者。[38]

無論是由宋入元的方回,還是偏愛南宋詩的清人汪琬,都承認元好問詩代表南宋與金代最高成就,是中原傳統文化和詩歌的正聲。錢鍾書勾稽家鉉翁題元好問《中州集》語,表明南宋遺民亦有此覺悟:詩歌自有傳統,並非政治附庸。錢先生也認爲人物、地域雖有中外華夷之分，而優秀文化傳統則爲人們共同繼承，因此贊同家鉉翁所見"義正"。

《札記》論及由金入元的詩人除元好問以外，還有《元詩選》二集所録段克己、成己兄弟。"二段"爲金末(1230年)進士，並以詩名，趙秉文目爲"二妙"。元泰定年間，孫段輔合刻克己、成己詩詞爲《二妙集》。吴澄爲《二妙集序》，稱其詩"陶之達，杜之憂，兼而有之者也"[39]。"二段"經歷離亂，跡近隱居，宜乎其詩有陶、杜之風。不過錢鍾書所摘《微雨後偶成》中一聯乃是"小飲非愁敵，輕寒與睡宜"，可見他始終重視句律精巧與情韻新奇。

(三) 錢鍾書特别關注的元代詩人

錢鍾書對元代詩人的關注點比較獨特，其評論往往是對已有觀點的糾偏或補闕，姑舉數例，更多問題留待今後發現和深入研討。

首先是周密。周密主要以詞名，實際上詩歌"平生五大編"，宋亡前詩作纂爲《草窗韻語》六卷，入元後又有《蠟屐集》《丹陽集》等，但流傳未廣遠，評價不多，錢鍾書却推稱周密"嫻雅博綜，兩宋作者未之或先"(《札記》第258則)。《宋詩選注》選周密四首晚唐風格的寫景絶句，評其意境字句時近夢窗詞的密麗纖穠。[40]《札記》對周密《草窗韻語》中古近體詩的評價更高：

> 今得見之，始知唱歎纏綿而典切精緻。七言近體尤爲擅場，於當時江西派及江湖派習氣，兩無染著，真卓然特立之士也。(第258則)

錢鍾書並引述馬廷鸞《題周公謹弁陽集後》(《碧梧玩芳集》卷十五)語："讀《南郊》《慶城》諸篇，則歡愉之詞難工者尤工；讀《蓬萊》《懷舊》等作，則愁苦之詞易好者尤好。是又無論正、變，皆奇作也。"認爲藉此可窺知入元"以後篇什一斑"。此則摘録周密各體式詩作數量相當多，其中有錢鍾書一貫欣賞的立意精奇、對仗新巧之作，也有議論嚴正的七律，以及道學家的説理詩。他一如既往對詩歌立意和修辭技巧作精微辨析，追蹤其演化前人詩筆的脉絡。通過具體摘録和評點，可知周密處於晚唐體和江西派分庭抗禮、道學風氣昌熾的時代背景下，其詩既接受多方影響，又能擺脱"江湖體"習氣、自成面目，因此錢鍾書視之爲晚宋入元最優秀的三位詩人之一(《札記》第389則)。

其次是何中。顧嗣立《元詩選》丙集録何中《知非堂稿》詩204首。何中的伯父與文天祥爲同榜進士，父親亦登咸淳辛未進士第。何中是吴澄的妻弟，吴澄在《送何太虚北游序》《題何太虚近稿後》等文中，極稱其人品、學問與文采。揭傒斯爲何中作墓誌銘，並序其集，稱其詩"精深雅粹，可與唐貞元、元和間諸人雁行"(十一卷清抄本《知非堂稿》卷首)。錢鍾書對其五古評價極高：

> 元初詩家有微情真詣者，吾必推太虚。五古寫景雋秀，山水清音，上追王、韋，虞、

揭、范、楊較之,便有塵蒙榛塞之歎,惜近體弱耳。徐興公《筆精》卷三甚稱太虛詩,而惜其"姓名泯泯",雖胡元瑞亦不之知,然賞摘者皆其五、七律,則未爲識曲聽真矣。(《札記》第421則)

《札記》摘録何中《簹嶺人家》《知非堂夜坐》《早起》《春風如少年》等詩,皆情深婉約、理含象中而摹寫不露。可惜到明代時,何中已不爲人所知,《徐氏筆精》雖稱其近體"佳句迭見"[41],其實並不知音。看來何中詩作爲蒙塵遺珠,值得研究者注意。

其三是吴萊。吴萊讀書多,作詩長於鋪排引據,小題亦能瀾翻不竭作大篇,看起來"氣盛詞富",清代王士禛甚至比爲蘇軾,桐城派的劉大櫆也認爲超過虞集,姚範則表示反對,認爲其詩語言欠鍛煉,詩意呆板不暢達。[42]錢鍾書評《淵穎集》曰"了無意境""不見性靈",賦古事古人,或詠器物書畫,只是"撮拾書中事實爲韻語而已"(《札記》第389則)。指出吴萊詩的關鍵問題在於宏富的辭藻事料間缺乏精意與神氣貫注,"本無命意,以詞敷衍耳",徒然成爲堆砌。

再次是楊維楨。錢鍾書對楊維楨詩評論不多,主要點出他受唐代杜甫和李賀的影響:

> 少陵七律兼備衆妙,衍其一緒,胥足名家。……即如楊鐵崖在杭州嬉春俏唐之體,何莫非從少陵"江上誰家桃樹枝""今朝臘日春意動""春日春盤細生草""二月饒睡昏昏然""霜黄碧梧白鶴棲""江草日日唤愁生"等詩來;以生拗白描之筆,作逸宕綺仄之詞,遂使飯顆山頭客,化爲西子湖畔人,亦學而善變者也。[43]

杜詩主流風格沉鬱頓挫,樸素渾成,人們較少注意到他也有富於柔情逸致、麗辭與奇思的一面,錢鍾書則指出楊維楨與杜甫的詩歌淵源,以及他學而能創造變化的方面。

楊維楨"鐵崖體"樂府詩受李賀影響、風格"險麗"衆所周知,但錢鍾書對其評價不高,認爲"挦撦割裂,塗澤藻繪",徒有其表。對學詩於"鐵門"的張憲《玉笥集》却特予好評:"思廉樂府揉調險急,鑄詞奇偉,每在老鐵之上,不徒挦撦飛卿、長吉已也。"(《札記》第421則)錢鍾書尤其欣賞他奇思妙喻,自鑄偉辭,認爲甚至超過了楊維楨。

上舉數位詩人都有較爲鮮明的藝術個性和特質,但長期以來人們的認識却不够準確、完整,甚至是被忽視了。錢鍾書的點評並非僅就此人此詩而論,往往是將其放在長時段詩史和批評史中比較審視,萃取核心特質並追溯源流,雖然略評數語,却精微深刻,引人思索並加以深入和拓展研究。

四、結　　語

錢鍾書的詩歌批評基於詩集的掃除式閲讀,他認爲"勤讀詩話,廣究文論,而於詩文乏真實解會,則評鑒終不免有以言白黑,無以知白黑爾"[44]。他對元人詩集的掃除式閲讀和批評至少是兩次,《札記》就顧嗣立《元詩選》讀元人别集是第二次,距離第一次已經過了十餘年,可以認爲這時的觀點已基本穩定。與《談藝録》《宋詩選注》等公開出版的正式著作不同,《札記》是私人寫作,並没有預設讀者,錢鍾書能够"完全疏離於主流意識形態的影響,沉浸於古代文獻資料之海洋,獨立於衆人所謂的'共識'之外,精心營造自己的話語空間。他不是依據於詩人們的政治立場、思想傾向和道德型範的所謂高低來評價詩歌的高低,而是著眼於作品本身的藝術成就,所以他的品評就成爲真正的審美批評"[45]。秉持獨立的詩歌史觀和批評標準,能够一以貫之而又自由地批評,這決定了錢鍾書《札記》對元詩的認識,到目前爲止仍然非常獨特和深刻。

元詩不是歷來古典詩歌批評的重點,也不是現代元代文學研究的重點。近年元代詩歌研究增加了大量成果,已有的議題較爲重視"相關性"考察,如館閣與詩歌、理學與詩歌、地域與詩歌等等;而本體和内部研究仍然存有較大空間。因此,瞭解和領會錢鍾書評論元詩的"大判斷"與"小結裹",認識到元代詩學作爲由宋返唐的通道、由唐入明的門户,是詩學傳統演進歷程的重要一環,尤其是確認元詩與南宋詩史的密切聯結,重視風格修辭等本體研究,無疑能有力推動元詩研究深入和細化,使我們對元代文學和中國詩史的認識更加全面、豐富和立體。

(作者單位:湖北大學文學院)

---

① 錢鍾書《錢鍾書手稿集·容安館札記》,商務印書館,2003年。下文簡稱《札記》。

②《四庫全書總目·元詩選提要》謂三集各録百人。《札記》所評詩人選自《元詩選》初集者94人,二集45人,三集1人。

③ 參王水照《錢鍾書手稿集〈容安館札記〉與南宋詩歌發展觀》,《文學評論》2012年第1期。認爲"《札記》的另一特點是互文性",主張將其跟錢鍾書其他著作如《談藝録》《管錐編》"打通",作多維對勘。

④ 王水照《記憶的碎片——緬懷錢鍾書先生》,《鱗爪文輯》,陝西人民出版社,2008年,第8頁。

⑤ 參熊海英《朝士·名士·游士:南宋中期詩人的三種面相》,《吉林大學社會科學學報》2021年第4期。

⑥ 李白著,楊齊賢集注、蕭士贇補注《(元本)分類補注李太白詩》,中國國家圖書館藏。

⑦ 趙崇嶓,南豐人,嘉定十六年登科,寶祐三年(1255)爲大宗丞。曾原一,寧都人,曾與戴復古等結"江湖吟社",有《選詩衍義》,曾知南城縣。他是晚宋江西贛州撫州地方詩人交游網絡的樞紐核心。參熊海英《晚宋江湖詩人宋自遜的家世生平以及創作考論——兼及對南宋"江湖詩人"和"江湖體"的再認識》,《湖北大學學報(哲社版)》2020年第1期。

⑧ 所謂"顛",本意是上下跳動,或言談舉止違背常理常情,狂放不羈。李白之外,中晚唐李賀、盧仝詩的情感、想象和節奏也有類似特徵。

⑨ 錢鍾書《談藝録》,中華書局,1987年,第106頁,第426頁。

⑩ 同上書,第451頁。

⑪ 同上書,第 95 頁。

⑫ 同上書,第 477 頁。

⑬ 同上書,第 96 頁。

⑭ 同上書,第 292—294 頁。

⑮ 同上書,第 172—175 頁。

⑯ 同上書,第 327 頁。

⑰ 同上書,第 172—174 頁。

⑱ 同上書,第 475—481 頁。

⑲ 同上書,第 159 頁。

⑳ 同上書,第 500 頁。

㉑ 參《札記》第 424 則。

㉒ 錢鍾書《談藝録》,第 491 頁。"龜六藏"出《法句譬喻經·心意品》第十一;又《出曜經·泥洹品》第二十七。

㉓ 同上書,第 471 頁。

㉔ 李修生主編《全元文》第 14 册,江蘇古籍出版社,1999 年,第 380 頁,第 256 頁。

㉕ 同上書,第 14 册,第 259、254 頁。

㉖ 同上書,第 14 册,第 254、260 頁。

㉗ 同上書,第 14 册,第 268 頁,下文《龔德元詩跋》見第 584 頁。

㉘ 同上書,第 14 册,第 373 頁。

㉙ 錢鍾書《談藝録》,第 517 頁。

㉚ 參《談藝録》七,錢鍾書引明李東陽《懷麓堂詩話》謂李賀詩"有山節藻棁而無梁棟",清黎簡評點《昌谷集》謂其"於章法不大理會",第 46 頁。

㉛ 同上書,第 60 頁。

㉜《談藝録》七,第 47 頁。下文同題之作比較出處同此。

㉝ 同上書,第 46 頁。

㉞ 錢鍾書贊同清人黄周星的觀點:"初盛中晚者,以言乎世代之先後可耳。豈可以此定詩人之高下哉。"四唐猶如春夏秋冬,"四序之中各有良辰美景,亦各有風雨炎凝"。參《談藝録》第 313 頁。

㉟《分門纂類唐宋時賢千家詩選》《唐宋千家聯珠詩格》一類用以教學的詩歌選本極多。參看宇文所安《中國文學思想讀本》第九章"通俗詩學:南宋和元",生活·讀書·新知三聯書店,2019 年。

㊱ 周密《癸辛雜識》,中華書局,1988 年,第 249—252 頁。

㊲ 參錢鍾書《談藝録》,第 405 頁。

㊳ 同上書,第 150—151 頁。

㊴《全元文》第 14 册,第 426 頁。

㊵ 錢鍾書《宋詩選注》,生活·讀書·新知三聯書店,2002 年,第 452—455 頁。

㊶ 徐𤊹《徐氏筆精》卷四"詩談",《景印文淵閣四庫全書》第 856 册,臺北商務印書館,1982 年,第 502 頁。

㊷ 姚範《援鶉堂筆記》卷四〇:"道園詩近緩弱,淵穎才似勝之,然氣不遒轉,語多粗硬,時有傖氣,阮亭少年時過取之,至與東坡並稱,謬矣!雖多卷軸,苦於意爲詞窒。海峰以爲其七古在道園上,今乃知此論不公。"有嘉慶十九年(1814)刻本。

㊸ 錢鍾書《談藝録》,第 172 頁。

㊹ 同上書,第 481 頁。

㊺ 王水照《錢鍾書手稿集·容安館札記與南宋詩歌發展觀》,《文學評論》2012 年第 1 期。

唐宋詞敘事研究

——以敘事視角爲切入點

楊萬里

漢樂府詩確立了中國古典詩歌的敘事傳統，而唐宋詞是一種新型的"漢樂府詩"，因爲它既可以是只歌不舞的唱辭，也可以是歌舞結合的唱辭，與漢樂府詩的性質相似。又，唐宋詞就總體而言是城市文化興起後的一種市民文學，是俗文學，俗文學的一個重要特徵是敘事。基於以上兩個因素，唐宋詞天然地具有敘事傾向。

學界對詞體敘事的研究起步比較晚。雖然南宋初王灼《碧雞漫志》卷二曾提到柳永的詞"序(敘)事閒暇，有首有尾"，明沈際飛《草堂詩餘正集》卷三評周邦彦《意難忘》詞"寫情若敘事，實開元曲濫觴"，明確提到宋詞的敘事性，但都屬靈光乍現式的興到之論，並没有引起時人及後人的呼應。

自宋至清末，詞論中比較接近於"詞體敘事"的説法，莫過於"鋪敘"。如宋代李之儀《跋吴思道小詞》"至柳耆卿，始鋪敘展衍，形容盛明，千載如逢當日"，李清照在《詞論》中論晏幾道詞"苦無鋪敘"，南宋陳振孫《直齋書録解題》"集部詞曲類"評價周邦彦詞："長調尤善鋪敘。"清周曾錦《卧廬詞話》中也説："柳耆卿詞，大率前遍鋪敘景物，或寫羈旅行役，後遍則追憶舊歡，傷離惜别。"[①] 這裏的"鋪敘"指賦法。賦者，鋪陳也，它的主要特徵是：所陳列之事，或動作，它们之間是平行或並列關係，没有遞進或轉折關係，因而不是敘事。例如《陌上桑》中描寫旁人對羅敷美貌的反應："行者見羅敷，下擔捋髭須。少年見羅敷，脱帽著帩頭。耕者忘其犁，鋤者忘其鋤。"這就是賦法鋪敘，非敘事。詞中鋪敘景色同此理。當下很多研究者將詞中鋪敘與詞體敘事混同在一起，以闡明詞之敘事特徵，不免霧裏看花。

一、"詞體敘事"研究概説

對詞中敘事傳統進行有學術意義的研究始於晚清。劉熙載云："耆卿詞細密而妥溜，明白而家常，善於敘事，有過前人。"[②] 謝章鋌《賭棋山莊詞話》卷二："長調要轉折矯變，短調要詞意惝恍。"已注意到詞意要遞進轉折，雖未明確指出"敘事"要求，但話語裏暗含了"長調要敘事曲折"之意。爲此，他們提出了研究詞體敘事的第一個批評概念：頓挫。

陳廷焯《白雨齋詞話》卷一論清真詞:“然其妙處,亦不外乎沉鬱頓挫。頓挫則有姿態,沉鬱則極深厚。”卷一又謂:“美成詞有前後若不相蒙者,正是頓挫之妙。”卷五又云:“北宋之詞,周秦兩家皆極頓挫沉鬱之妙。”陳氏還在《雲韶集》卷四中申論了以上觀點:“美成詞極頓挫之致……大半皆以紆徐曲折制勝。”很明顯,頓挫是與情節安排有關的文學批評概念。吴梅《詞學通論》中論清真詞亦曰“不外‘沉鬱頓挫’四字而已”。細繹吴氏對清真詞“沉鬱頓挫”的解析,除了有敘事結構方面的意思外,還有呼應、襯託等修辭學方面的意思。至王國維《人間詞話》謂:“美成《浪淘沙慢》二詞,精壯頓挫,已開北曲之先聲。”雖然明、清時已有學者提到“宋詞開北曲先聲”之類的話[③],但他們的説法多建立在宋代俗詞的語言與北曲語言的相似性上,而在王國維的學術思想中,北曲是通俗的敘事文學。這是王國維論北曲時與清人在本質上的差别。因此,王國維筆下的“頓挫”一詞也是指向“情節曲折”之意的。[④]此後,黄蘇《蓼園詞選》評周邦彦《夜飛鵲》詞:“一首送别詞耳。自將行至遠送,又自去後寫懷望之情,層次遞進,而意致綿密。”其意也與“頓挫”比較近似。

研究“詞體敘事”的另一種學術角度是唐宋詞與戲曲的關係,或以戲曲、小説結構來比附解釋詞體結構,如浦江清、吴世昌、陶文鵬等人[⑤];或以唐宋詞與中國早期戲曲表演的伴生關係來解釋詞體敘事特徵,如諸葛憶兵、楊萬里、張仲謀等人。

民國時期浦江清執教於清華大學等高校,課堂上以戲曲敘事釋詞中敘事[⑥],如解温庭筠《菩薩蠻》詞:

蕊黄無限當山額。宿妝隱笑紗窗隔。
相見牡丹時。暫來還别離。
翠釵金作股。釵上蝶雙舞。
心事竟誰知。月明花滿枝。

浦氏解謂:“此章涉及抒情,且崔、張夾寫,生旦並見,於抒情中又略有敘事的成分……譬之小説,觀點(引者按,即視角)屢易,使苦求神理脉絡者有惝怳迷離之感,實則短短一曲内已含有戲曲意味。”[⑦]俞平伯也曾説:“讀清真詞,我們覺得他在那邊跟我們説他的戀愛故事。”雖然俞平伯混淆了作者與詞中敘事者的身份,但是他指出了柳詞中有强烈的故事性(即敘事性)。

吴世昌在英國生活和教學多年,對國外文學理論中重敘事藝術的學術旨趣多有體會。他回國後,率先以小説敘事的眼光論詞,開啓了具有吴氏特色的詞學之路。他在《論詞的章法》中論周邦彦《瑞龍吟》詞:“我以爲此詞頗似現代短篇小説的作法:先敘目前情事,其次追敘或追想過去的情事,直到和現在的景物銜接起來,然後緊接目前情事,繼續發展下去,以至適可而止。”[⑧]由三種時間狀態而産生了三種敘事結構:追述過去、直敘現在和推想未來。他曾總結出周邦彦詞中敘事的兩個模式:人面桃花型(昔—今對比)和西窗秉燭型(昔—今—明—今)。此外,他還在《詞林新話》中指出了周邦彦詞"寫故事"的特色[9];"《花間集》中的小令,有的好幾首合起來是一個連續的故事,有的是一首即是一個故事或故事中的一段"。[10]其後他的學生陶文鵬教授和董乃斌教授繼承了乃師以小説視角解詞的路數而發揚光大之,前者有《論唐宋詞的戲劇性》對詞體敘事的戲劇性特徵有全面的總結[11],後者有《古典詩詞研究的敘事視角》主張將敘事視角引入古典詩詞研究。[12]

承浦江清、吴世昌諸先生以戲曲、小説視角論詞體之敘事者,還有諸葛憶兵、楊萬里、張仲謀等人。諸葛憶兵以《採蓮舞》爲例詳細考察了採蓮詞的創作歷史,得出結論説:"採蓮"題材起源於漢樂府《江南》,在南朝時"採蓮"就已經演變爲由窈窕佳人演唱表演的歌舞曲,並流行於宫廷及其他享樂場所。唐宋詩詞中的"採蓮"描寫,大多數都是騷人墨客在欣賞妙齡少女歌舞時的創作。[13]其後,諸葛憶兵又在《晏殊、歐陽修"採蓮"詞論略》中進一步詳細論述了採蓮詞背後的表演藝術[14]。

非獨採蓮詞爲然,其他題材的詞作背後,類似的帶有戲劇性質的表演,在宋代是很普遍的。筆者 2000 年 5 月完成的博士論文《宋詞與宋代的城市生活》中,已專節論述過樂劇詞,並於 2003 年撰成《樂劇詞淺探》專文發表,從戲曲表演的角度,對部分宋詞背後的表演藝術進行了全面歸納,並將這些戲曲表演産生的詞總稱之爲"樂劇詞",即宋代歌舞雜戲的歌詞。如雜劇詞(黄庭堅四首《鼓笛令》)、隊舞詞(如柳永《河傳詞》)、鼓子詞(如《九張機》)、調笑詞、轉踏詞、大曲詞、諸宫調詞。樂劇詞的最主要的特點是:完整敘事、表達上的綜藝性和聯章體。[15]該文是比較早地以戲曲視角研究唐宋詞的專文。

張仲謀《從樂府學範疇看詞的敘事性》以"表演形態"的差别著手,區分了兩類不同的歌詞:一類是搬演長篇故事的敘事體,如鼓子詞、諸宫調、子弟書、彈詞等,它們偏於説唱藝術;另一類則是用於娱賓遣興的歌曲體,如漢魏六朝樂府、唐聲詩、宋詞、元散曲、明清時調民歌等,它們偏於歌舞藝術。兩類歌詞背後的表演藝術形態不同,所以二者在敘事上的特徵也就不同。[16]

此外,張海鷗《論詞的敘事性》一文比較早地明確提到要用現代敘事理論來研究詞體敘事,不知何故,他在行文中却拋棄了敘事學嚴謹的學術概念,自創了一系列印象式的概念,如"詩意敘事""留白敘事"等新詞[17],影響了其研究的深度。近年來,在年輕一代研究者那裏,已出現了嘗試用敘事學理論研究詞體敘事的例子,如分析花間詞與南唐詞在敘事視角的選擇上的差異,得出結論認爲:花間詞的敘事視角多採用無聚焦視角,而南唐詞則以第一人稱内聚焦視角爲主。[18]還有人從西方敘事學上的敘事主題、敘事主體、敘事時間來探討詞體敘事問題[19],等等。以上都體現了當下詞體敘事研究的學術新進展。

高峰《論唐宋詞體的敘事特性》一文,是解析唐宋詞敘事特性的形成原因的集成之作。該文作者認爲:詞體敘事的形成,既有時代文化、文體分工的外部原因,也有它所繼承的漢樂府、中唐詩史、新樂府等詩歌敘事傳統這一内部原因,同時還與和其他敘事文體之間存在着創作互動密不可分[20]。

從以上對詞體敘事研究史的回顧,我們可以看出,研究者對詞體敘事的認識,在最初的印象式批評("序事閒暇,有首有尾")後,經過漫長的"鋪敘"概念批評階段,在清代時慢慢聚焦於"頓挫"這一比較自覺的敘事批評術語,終於在民國初期確立了"敘事""故事詩"等詞學批評概念。當敘事視角進入詞學批評之後,詞體敘事研究便進入縱深發展階段,浦江清、俞平伯、吴世昌諸先生以戲曲、小説的手法論詞導夫先路,諸葛憶兵、筆者、陶文鵬、張仲謀等人繼之以戲劇、表演視角論詞,進一步從文體自覺的角度深化對詞體敘事的認識。董乃斌等人從敘事學理論高度介入詞體研究,提升了該研究領域的理論深度。

二、第一人稱視角敘事詞

唐宋詞産生之初是作爲歌辭而存在的。它既可以單曲不重復演唱(單調詞),也可以單曲重復演唱(聯章詞),還可以由不同的宫調的幾個曲子組合在一起演唱(套詞)。研究詞體的敘事藝術,主要是指研究單調詞的敘事藝術。當然,其結論同樣適用於聯章詞、套詞中每一首詞的敘事藝術分析。

本文以單調詞的敘事性爲研究對象,並試圖借用敘事學中"敘事視角"這一概念來審視詞體敘事。敘事視角就是故事的講述者所站的角度。在敘事學上有四種敘事視角:

第一人稱内視角,又叫主人公視角,敘述者即故事中的主人公。它可以充分展示主要人物的内心世界,所以它擅長心理刻畫,便於在敘事中抒情,故這類敘事帶有强烈的抒情色彩,如《離騷》楚辭。

第一人稱限知視角,又叫見證人視角,敘述者是故事的見證者。以客觀敘述爲主,偶爾會有議論或抒情,如《玉臺新詠》卷一《上山采蘼蕪》詩。

第三人稱全知視角,又叫上帝視角,敘述者知道故事的所有情況。它是使用最廣泛、最悠久的敘事視角。

第三人稱限知視角,通過故事中的某一特定人物的來敘述故事。敘述者是一個對故事内情毫無所知的人。第三人稱限知視角是一種非常客觀冷静的敘事方式,幾乎没有抒情成分。《詩經》"小雅"中的《楚茨》、"商頌"中的《那》、杜甫的《石壕吏》都是運用第三人稱限知視角寫的詩。今依上述四種視角的順序,逐一分析其各自的代表作。

本節先論述第一人稱視角敘事詞。

(一) 第一人稱内視角(主人公視角)敘事詞

唐宋詞中以主人公視角來敘事的詞處處皆是。這一類詞由敘事者"我"敘述故事。由於詞中敘事從"我"筆下流出,故事情節中的細節豐富,敘事的真實性也因此增强。如傳爲夏竦所作的《鷓鴣天》詞:

鎮日無心掃黛眉。臨行愁見理征衣。尊前只恐傷郎意，閣淚汪汪不敢垂。停寶馬，捧瑶卮，相斟相勸忍分離。不如飲待奴先醉，圖得不知郎去時。㉑

又如晏幾道《臨江仙》：

夢後樓臺高鎖，酒醒簾幕低垂。去年春恨却來時。落花人獨立，微雨燕雙飛。
記得小蘋初見，兩重心字羅衣。琵琶弦上説相思。當時明月在，曾照彩雲歸。

又如同人《鷓鴣天》：

彩袖殷勤捧玉鐘，當年拚却醉顔紅。舞低楊柳樓心月，歌盡桃花扇底風。
從别後，憶相逢，幾回魂夢與君同。今宵賸把銀釭照，猶恐相逢是夢中。

周邦彦的《少年游》亦是如此：

朝雲漠漠散輕絲。閣樓淡春姿。柳泣花啼，九街泥重，門外燕飛遲。　而今麗日明金屋，春色在桃枝。不似當時，小樓冲雨，幽恨兩人知。

再如秦觀《河傳》詞：

恨眉醉眼。甚輕輕覷著，神魂迷亂。常記那回，小曲闌干西畔。鬢雲松、羅襪剗。　丁香笑吐嬌無限。語軟聲低，道我何曾慣。雲雨未諧，早被東風吹散。悶損人、天不管。

以上諸詞都有明顯的情節發展，在情節推進過程中，借助時空轉换和主人公的情語、癡語、恨語透露出來的心理活動，使得人物性格與形象越來越清晰。這就是詞中敘事的藝術效果。

再看看蘇軾的名作《江城子·密州出獵》和《定風波》：

老夫聊發少年狂。左牽黄，右擎蒼。錦帽貂裘，千騎卷平岡。爲報傾城隨太守，親射虎，看孫郎。　酒酣胸膽尚開張。鬢微霜。又何妨？持節雲中，何日遣馮唐？會挽雕弓如滿月，西北望，射天狼。（《江城子·密州出獵》）

莫聽穿林打葉聲。何妨吟嘯且徐行。竹杖芒鞋輕勝馬。誰怕？一蓑煙雨任平生。　料峭春風吹酒醒。微冷。山頭斜照却相迎。回首向來蕭瑟處。歸去。也無

風雨也無晴。(《定風波》)

兩詞中通過一系列動作和情節推進,刻畫了蘇軾灑脱、豪邁的性格。兩首詞都有明確的敘事主人公"我",都伴隨着前後一貫的動作和相應的時空轉换,也就是都有某種程度的敘事情節,情節推進爲展示性格服務,與純粹的抒情或場景描寫不同。因此,這兩首詞是主人公視角的敘事詞。

以上諸詞中的敘事藝術還帶有抒情詩的很多痕跡。主人公視角詞的敘事藝術創新之處,是將第一人稱視角與賦筆相結合。這種風氣始於柳永,大成於周邦彦。其特點是:在賦筆鋪陳的基礎上,加强時空轉换、時空折疊、連貫動作和系列心理活動,其效果就是詞中敘事成份大大增强。如柳永的《夜半樂》詞:

凍雲黯淡天氣,扁舟一葉,乘興離江渚。渡萬壑千岩,越溪深處。怒濤漸息,樵風乍起,更聞商旅相呼。片帆高舉。泛畫鷁、翩翩過南浦。　　望中酒旆閃閃,一簇煙村,數行霜樹。殘日下,漁人鳴榔歸去。敗荷零落,衰楊掩映,岸邊兩兩三三,浣沙游女。避行客、含羞笑相語。　　到此因念,繡閣輕抛,浪萍難駐。歎後約丁甯竟何據。慘離懷,空恨歲晚歸期阻。凝淚眼、杳杳神京路。斷鴻聲遠長天暮。

詞中賦筆鋪陳的是敘事者一路所見的風景和所遇的人、事。從作品中賦筆所占篇幅比重來説,本詞似乎是敘事不足,一般論者很難將這首詞看成敘事之作;但是,我們更要看到本詞的重心所在。本詞有明確的敘事主人公"我","我"有清晰而連貫的動作(離、渡、漸息、乍起、高舉、過、望、鳴、避、含羞、因念、歎、空恨、凝,等等),有清晰的時間轉换,並伴隨着主人公情緒的變化,尤其是"到此"以下的第三段,"我"之回憶展示了一個傷感的故事,將全詞的敘事推向高潮。回憶還增强了本詞時空轉换的豐富性。因此,本詞實際上是一首主人公視角的敘事性極强的詞。

又如周邦彦《清真集》的壓卷之作《瑞龍吟》詞:

章臺路。還見褪粉梅梢,試花桃樹。愔愔坊陌人家,定巢燕子,歸來舊處。

黯凝佇。因念個人癡小,乍窺門户。侵晨淺約宫黄,障風映袖,盈盈笑語。

前度劉郎重到,訪鄰尋里,同時歌舞。唯有舊家秋娘,聲價如故。吟箋賦筆,猶記燕臺句。知誰伴、名園露飲,東城閒步。　　事與孤鴻去。探春盡是,傷離意緒。官柳低金縷。歸騎晚、纖纖池塘飛雨。斷腸院落,一簾風絮。

這是一首完美的第一人稱内視角敘事詞。本詞完整地敘述了"我"滿懷熱望去探訪舊情人、最終失望而歸的全部經過,伴隨着複雜的時空轉换、回憶和心理起伏。有實寫,有虚寫,眼前之事與過去之事交替出現,以這種手法敘事所展現出來的人生,充滿着意識流的夢幻感,人生如夢、人面桃花的人生經驗撲面而來。總之,詞中敘事成份增加後,故事情節隱隱出現,增强了抒情的頓挫感和厚重感,所謂"沉鬱頓挫"實由此也。

北宋政和年間(1111—1117)的詞人徐伸,他的一首《轉調二郎神》詞在當時被選進各種詞體選本,很受歡迎。詞如下:

> 悶來**彈**雀,又**攪破**、一簾花影。謾**試著**春衫,還**思**纖手,**薰**徹金爐燼冷。動是愁**多**如何向,但**怪**得、新來多病。**想**舊日沈腰,而今潘鬢,不堪**臨鏡**。　**重省**。別來淚**滴**,羅衣猶**凝**。**料**爲我厭厭,日高**慵起**,長**託**春酲**未醒**。雁翼不**來**,馬蹄輕**駐**,門**閉**一庭芳景。空**佇立**,盡日闌干**倚遍**,晝長人靜。

這裏是主人公視角敘事。詞中粗體字是筆者所標。讀者不難看出,詞人有意在使用一系列的動詞來敘事,推動情節往前發展。

從柳永詞到周邦彦詞,我們還可以看出賦筆鋪敘在兩人詞中的大量使用,增加了詞中故事情節的豐富性,而故事情節是爲抒情服務的,這是兩人藝術創作上的共同之處,"周柳"並稱,非無來由。但兩人詞中賦筆鋪敘手法有異,劉揚忠先生謂:"柳氏詞法究屬草創,尚多不足。賦若不參以比興,則少寄託而欠含蓄;鋪陳時若不在章法上求變化,則少曲折回環之趣而易致一瀉無餘。"[22]周邦彦詞避免了柳詞的藝術缺陷,他更注重對敘事時間的操控,操控的手法是增加景物描寫以强化起興;使用符號化的意象如燕子、倦客以及歷史典故,强化詞的寄託與含蓄性;選取典型場景,大量的時間對比、轉換,强化情節的曲折性等,周邦彦詞的敘事性勝於柳永詞敘事性的藝術奥秘在此。周詞較柳詞更具一種人生蒼涼的抒情氣質,其原因也在此。

(二)第一人稱外視角(見證人視角)敘事詞

這類詞敘事者"我"與故事中的行動者不是同一個人,敘述者(我)在觀察和描繪故事中的主人公,因此它也屬限知視角。"我"可能會在作品中流露心理活動,也可能不會。如明代《花草粹編》卷三所收晚唐無名氏《菩薩蠻》詞:

> 牡丹含露真珠顆。美人折向庭前過。含笑問檀郎。花强妾貌强。　檀郎故相惱。剛道花枝好。一餉發嬌嗔。碎挼花打人。

此詞敘述了一個完整的小故事。有緣起,有矛盾衝突和故事結局。除了敘事,本詞沒有議論、抒情,是一篇標準的見證人視角敘事之作。又如歐陽炯《浣溪沙》詞:

相見休言有淚珠。酒闌重得敘歡娱。鳳屏鴛枕宿金鋪。　　蘭麝細香聞喘息,綺羅纖縷見肌膚。此時還恨薄情無。

本詞中,敘事者與故事的行動者不是一人(最後一句是記録男主人公的話)。敘事者以一種貌似客觀中立的視角,"見證"一場密室幽歡的場景。這種視角在以前的詞體中未見。又如周邦彦《少年游》詞:

并刀如水,吴鹽勝雪,纖手破新橙。錦幄初温,獸香不斷,相對坐調笙。　　低聲問,向誰行宿?城上已三更。馬滑霜濃,不如休去,直是少人行。

本詞寫敘述者"我""看到"的一位公子與歌女相見的故事。故事主人公是歌女和公子,敘事者是旁觀者"我"。上片敘歌女的動作和居住環境,顯示歌女高雅的生活品位,也自然襯託了公子的高雅品位;下片敘女子與公子的對話,女子先是試探性地問:你今晚住哪裏?見對方猶豫不決,接着又提出兩個理由,讓男子不走。語氣委婉,意思明確,顯示歌女多情體貼的性格。敘事情節非常完整。又如李清照的《點絳唇》:

蹴罷秋千,起來慵整纖纖手。露濃花瘦,薄汗輕衣透。　　見客入來,襪剗金釵溜。和羞走,倚門回首,却把青梅嗅。

全詞以見證者視角敘述了少女的一系列動作,塑造出了一個情竇初開的少女形象。在寫作技巧上給人以親切而真實的感受。又如朱敦儒《鷓鴣天》詞:

唱得梨園絶代聲。前朝惟數李夫人。自從驚破霓裳後,楚奏吴歌扇裏新。　　秦嶂雁,越溪砧。西風北客兩飄零。尊前忽聽當時曲,側帽停杯淚滿巾。

本詞敘李師師在汴京城破、北宋滅亡後流落江南的生活,作爲見證人的"我"既敘事,又抒情(心理活動)。與同一時期的劉子翚在《汴京紀事》詩中敘述李師師遭遇的視角相同:"輦轂繁華事可傷,師師垂老過湖湘。縷衣檀板無人識,一曲當時動帝王。"詩詞中的主人公李師師並没有透露任何心聲,但是我們從敘事者的敘述和心理活動中,不難體會到李師師經歷的痛苦與精神上的痛楚。見證人視角敘事,令感慨更加深沉。

又如晏殊的《山亭柳·贈歌者》詞:

家住西秦,賭博藝隨身。花柳上,鬥尖新。偶學念奴聲調,有時高遏行雲。蜀錦纏頭無數,不負辛勤。　　數年來往咸京道,殘杯冷炙謾消魂。衷腸事,託何人。若有知音見采，不辭唱遍《陽春》。一曲當筵落淚，重掩羅巾。

全詞(除最後一句)都是引用主人公(歌者)的言語來敘事，敘述了歌者曲折的人生際遇，並抒發了歌者的人生感悟。從開篇到"不辭唱遍陽春"一句，從敘事學角度來看，這些内容是妥妥的主人公敘事。但是，本詞最後一句"一曲當筵落淚，重掩羅巾"暴露了另外的一種敘事視角，顯然它只能是旁觀者敘述出來的歌者的落淚行爲，或旁觀者敘述出來的自己聽曲後的落淚行爲，絶不是歌者自敘出來的話；再加之本詞有一個題目"贈歌者"，也亮明了敘事者的身份，所以本詞真正意義上的敘述者不可能是歌者(主人公)。本詞大部分内容看起來像"主人公敘事"，實際上它只是旁觀者記録的詞中主人公的話語，從全詞的敘事角度而言，本詞是見證人視角敘事。

又如劉克莊代表作之一《賀新郎・席上聞歌有感》一詞：

妾出於微賤。小年時、朱弦彈絶，玉笙吹遍。粗識國風關睢亂，羞學流鶯百囀。總不涉、閨情春怨。誰向西鄰公子説，要珠鞍、迎入梨花院。身未動，意先懶。　　主家十二樓連苑。那人人、靚妝按曲，繡簾初卷。道是華堂簫管唱，笑殺雞坊拍衮。回首望、侯門天遠。我有平生離鸞操，頗哀而不愠，微而婉。聊一奏，更三歎。

這首詞的敘事手法一如上引晏殊詞。本詞題目中"聞歌有感"及最後一句"聊一奏，更三歎"等，亮明了敘事者不是詞中主人公(歌者)。故本詞是見證人視角敘事。

第一人稱視角敘事是詞體創作的主流模式，尤其是當詞中涉及側豔經歷時，創作者往往會採用第一人稱視角中的見證人視角來敘事，這樣就可以化解道德上的重壓。以"我"來言説情感經歷、事件程序、心理活動，容易給人一種"情深意切"的癡情公子、多情佳人的印象。有研究者往往將這類作品的敘事者"我"當成作者本人，並將詞中所有情事全部視作作者的真實經歷，這顯然是不妥當的。以西方敘事學視角而言，這就是誤會了真實作者與敘述者的區别。引入"内視角敘事"概念來研究類詞作，有助於我們廓清將敘述者與真實作者混爲一體的魔障。這種魔障一直在誘惑着我們去過度尋求本事、考證史實，大大束縛了我們理解詞體作品時本應有的廣闊空間。

三、第三人稱視角敘事詞

(一) 第三人稱全知視角敘事詞

這個視角在小説等敘事作品中比較常見，但是在詩歌與詞中運用得並不是最廣泛。它的好處是既可以寫故事的全部過程，也可以寫所有的行動主體的心理活動。讀者可以讀到故事的前因後果、前後經過。如韓縝《鳳簫吟》詞：

> 鎖離愁,連綿無際,來時陌上初熏。繡幃人念遠,暗垂珠淚,泣送征輪。長亭長在眼,更重重、遠水孤雲。但望極樓高,盡日目斷王孫。　消魂。池塘別後,曾行處、綠妒輕裙。恁時攜素手,亂花飛絮裏,緩步香茵。朱顏空自改,向年年、芳意長新。遍綠野,嬉游醉眠,莫負青春。

本詞敘述了一個送別與思念的故事情節,上片敘繡幃佳人送別王孫,下片敘王孫別後思念繡幃佳人。前後動作連貫,情節自然流動,並伴隨着各自的心理活動。敘述者知道佳人與王孫的全部活動細節,這是全知視角的優勢。本詞在故事性和抒情性兩方面都符合大衆的讀詞期待。

第三人稱全知視角概括性强,便於敘述故事過程,所以歌詠宴席間的雜劇表演時常用到它。如柳永《採蓮令》詞：

> 月華收,雲淡霜天曙。西征客、此時情苦。翠娥執手送臨歧,軋軋開朱户。千嬌面、盈盈佇立,無言有淚,斷腸爭忍回顧。　一葉蘭舟,便恁急槳凌波去。貪行色、豈知離緒,萬般方寸,但飲恨,脉脉同誰語。更回首、重城不見,寒江天外,隱隱兩三煙樹。

在當時的現實生活中,是不可能出現"翠娥執手送臨歧"的真實場景的,故本詞極可能是一首詠採蓮舞的歌詞,其舞的内容大概是表演一段水邊送别的場景。又如朱敦儒《南歌子》詞：

> 住近沈香浦,門前蕙草春。鴛鴦飛下柘枝新。見弄青梅初著翠羅裙。　怕喚拈歌扇,嫌催上舞茵。幾時微步不生塵。來作維摩方丈、散花人。

本詞寫一位舞女在舞茵上表演《柘枝舞》大曲,表演的内容情節豐富,從本詞最後一句"來作維摩方丈、散花人"看,這裏表演的大約是神仙道化劇。秦觀的《調笑令・鶯鶯》實敘《鶯鶯歌》中的"待月西廂"故事：

> 春夢,神仙洞。冉冉拂牆花影動。西厢待月知誰共?更覺玉人情重。紅娘深夜行雲送,困嚲釵横金鳳。

柳永《西施》詞概述了西施的一生及其歷史傳説：

苧蘿妖豔世難偕。善媚悦君懷。後庭恃寵,盡使絶嫌猜。正恁朝歡暮宴,情未足,早江上兵來。　捧心調態軍前死,羅綺旋變塵埃。至今想,怨魂無主尚徘徊。夜夜姑蘇城外,當時月,但空照荒臺。

"捧心調態軍前死,羅綺旋變塵埃",歷史傳説中的西施並没有這樣的悲慘結局,她的人生歸宿很富有詩意:與范蠡飄然五湖。這兩句大概是將楊貴妃的死法嫁接到西施頭上了。司馬光《阮郎歸》詞實際上是歌詠《桃花源記》的故事:

漁舟容易入春山。仙家日月閑。綺窗紗幌映朱顔。相逢醉夢間。　松露冷,海霞殷。匆匆整棹還。落花寂寂水潺潺。重尋此路難。

其他如無名氏的《傾杯序》(昔有王生)敘王勃創作《滕王閣》的傳説,無名氏《伊州曲》(金雞障下)歌詠《長恨歌》後段中楊貴妃事跡㉓,劉潛《六州歌頭》(秦亡草昧)詠項羽史事,蘇東坡《戚氏》敘述周穆王見西王母故事,張繼先《沁園春》(劫運將新)詞敘某個道教傳説中黑暗世界與光明世界的一次殊死較量,等等。在詞體需要敘述一個完整的歷史、傳説或人物故事的時候,詞家首先考慮採用的敘事方式是第三人稱全知視角。

需要指出的是:第三人稱全知視角雖然在藝術上帶來了故事性比較完整的好處,但不足之處也很明顯,作爲抒情文體的詞,運用這種視角會導致抒情性不够,細節不豐富,心理描繪隔膜,難以給讀者以鮮明的印象。藝術感染力不如其他視角敘事那樣强烈。

(二) 第三人稱外視角敘事詞

在這種敘事視角中,敘述者知道得最少(限知)。敘述者以一種貌似客觀的"中立"態度,冷静地敘述他看到的有限事實和有限動作,把事件與事件之間、動作與動作之間的聯繫和空白留給讀者,給讀者以充分的想象空間。㉔在懸疑類小説中這種敘事手法比較常見。在詞體創作上,這種情節處理方式非常適合創作篇幅短小的令詞,文字簡練,意味深長。例如歐陽修的《生查子・元夕》詞便是標準的第三人稱外視角敘事詞:

去年元夜時,花市燈如晝。月上柳梢頭,人約黄昏後。
今年元夜時,月與燈依舊。不見去年人,淚滿春衫袖。

本詞中,没有展示敘事者與行動者的心理活動,所以是外視角;敘事者與事件中的行動者不是同一人,所以是第三人稱外視角敘事。其結果類似純粹的客觀敘事,給讀者留下了廣闊的想象空間。又如晏幾道《玉樓春》:

紅綃學舞腰肢軟。旋織舞衣宫様染。織成雲外雁行斜,染作江南春水淺。
露桃宫裏隨歌管。一曲霓裳紅日晚。歸來雙袖酒成痕,小字香箋無意展。

還如同人的《生查子》:

金鞭美少年,去躍青驄馬。牽繫玉樓人,繡被春寒夜。
消息未歸來,寒食梨花謝。無處説相思,背面秋千下。

本詞中客觀敘事之法一如以上諸詞,但此處稍有不同:"消息未歸來""無處説相思"兩句有點違背限知視角敘事的"純客觀性",摻入了全知視角敘事的因素,事實上有點破壞本詞的藝術統一性了。

在六一詞、小山詞之前,最有名的第三人稱外視角敘事詞毫無疑問首推温庭筠《菩薩蠻》(小山重疊金明滅)詞。本詞敘事冷静,色調華麗,意境渾成,體現了《花間集》的當行本色與最高藝術水平。全詞如下:

小山重疊金明滅,鬢雲欲度香腮雪。懶起畫蛾眉,弄妝梳洗遲。　　照花前後鏡,花面交相映。新帖繡羅襦,雙雙金鷓鴣。

本詞寫美人晨起梳妝之前後經過,次序分明,一脉貫穿。全詞以第三人稱限知視角敘事,態度客觀冷静。清陳廷焯《白雨齋詞話》卷一謂:"所謂沉鬱者,意在筆先,神餘言外。寫怨夫思婦之懷,寓孽子孤臣之感。凡交情之冷淡,身世之飄零,皆可於一草一木發之。而發之又必若隱若現,欲露不露,反復纏綿,終不許一語道破。匪獨體格之高,亦見性情之厚。飛卿詞如'懶起畫蛾眉,弄妝梳洗遲',無限傷心,溢於言表。"㉕ 所謂"沉鬱",所謂"終不許一語道破",在敘事學理論看來正是第三人稱限知視角敘事需要的藝術效果。談藝者當明乎其理也。限知視角敘事留給讀者的想象空間極大,藝術回味性極强,但它需要敘事者很好地操控自己的中立情感,並保持客觀冷静。

餘　論

詞體中有所謂"男子作閨音"現象,它是指男性作家使用女性口吻來敘述或抒情。㉖ 如温庭筠《菩薩蠻》詞:

玉樓明月長相憶。柳絲嫋娜春無力。門外草萋萋。送君聞馬嘶。
畫羅金翡翠。香燭銷成淚。花落子規啼。緑窗殘夢迷。

本詞以女子口吻寫出，敘述了春天裏一個女子送别她的情人的故事。又如夏竦《鷓鴣天》詞：

> 鎮日無心掃黛眉。臨行愁見理征衣。尊前只恐傷郎意，閣淚汪汪不敢垂。
> 停寶馬，捧瑶巵，相斟相勸忍分離。不如飲待奴先醉，圖得不知郎去時。

全詞以女郎口吻敘事。又如賀鑄《浣溪沙》詞：

> 閑把琵琶舊譜尋，四弦聲怨却沉吟。燕飛人静畫堂深。
> 欹枕有時成雨夢，隔簾無處説春心。一從燈夜到如今。

所謂"男子作閨音"，它只是極淺層的表面概括之詞，屬形似之論。有人從文學創作的心理層面，以男性詞人具有"雌化"的心理傾向、性别移位、雙性人格、雙體同性等説法，來解説"男子作閨音"的文學創作現象，這也過於玄幻。如果我們能謙恭地意識到唐宋詞人在詞藝探索方面的寶貴努力，看到他們在敘事技巧層面的創新，那麼，我們就不會如此輕飄地將唐宋人的藝術探索和經驗積累，視作人類本能的"理所當然"的結果。有人指出：唐宋詞中所謂的"男子作閨音"現象，從敘事視角看就是敘述者與隱含作者不一致。[27]筆者比較認可這個思考方向。依筆者之見，那些所謂的"男子作閨音"的詞，大多是以主人公視角和見證人視角創出來的詞，與人格位移、雌雄同體等概念沾不上邊。

從敘事視角來理解唐宋詞，還可以避免我們讀詞時的誤判。當下大量賞析之作動輒將第一人稱敘事的詞當成詞人自道身世遭遇之作，這顯然低估了藝術創作的複雜性。當下歌手刀郎的《西海情歌》歌詞的内容，並不是歌手的自敘傳，它只不過是代大衆抒情罷了。讀柳永詞亦當持這樣的理解思路。柳永並没有有意做市井文化的代言人，但是他在創作中，有意地採用市民視角敘事，以俚俗化的語言寫作，因爲他知道這種創作方式有助於詞作的傳播與流傳。我們不可將柳詞中俗氣冲天的浪子與柳永本人等同。如柳永《玉女摇仙佩》詞：

> 飛瓊伴侣，偶别珠宫，未返神仙行綴。取次梳妝，尋常言語，有得幾多姝麗。擬把名花比。恐旁人笑我，談何容易。細思算、奇葩豔卉，惟是深紅淺白而已。爭如這多情，占得人間，千嬌百媚。　　須信畫堂繡閣，皓月清風，忍把光陰輕棄。自古及今，佳人才子，少得當年雙關。且恁相偎倚。未消得、憐我多才多藝。願奶奶、蘭心蕙性，枕前言下，表余深意。爲盟誓。今生斷不孤鴛被。

這是一首主人公視角敘事的詞。之所以選擇這個手法，只不過是出於藝術創新和獲得文泛傳唱效果的考量而已。同理,也不可將柳永《傾杯樂》(離宴殷勤)、《雨霖鈴》(寒蟬凄切)等詞看成柳永自傳之作。古人不明此理,今人亦持之不疑,其結果就是我們在理解柳永時面對的是這樣一個分裂的現實:儒家知識分子+浪子形象。這顯然不合邏輯,是矛盾的。

自晚唐起,單詞中已有小説敘事的手法,至柳永、周邦彦手中達到藝術高峰;對單詞敘事的分析,可以在敘事視角理論的觀照下,重新審視詞藝的發展過程。因爲諸多敘事表現手法的運用,使得詞體的時空結構都發生相應變化,其結果就是以抒情爲主要特徵的詞體其敘事性因之大大增强了。

當然,我們要清醒地、實事求是地認識到,中國詞體文學中的敘事,與詩歌敘事相比雖有進步,並爲後來的戲劇文學的出現奠定了基礎,但還是離真正的敘事文學差得很遠,其情節不如西方敘事學主張的那樣清晰,其人物形象的塑造方面也不如西方敘事文學中那麽豐滿。中國古代的詩詞敘事作品,一直是帶有濃厚的抒情底色的,並且這個底色時不時會强烈地顯示出來。

(作者單位:温州大學人文學院)

① 吴熊和主編《唐宋詞彙評·兩宋卷》第1册,浙江教育出版社,2004年,第55—56頁。

② 清劉熙載《藝概》卷四,中華書局,2009年,第496頁。

③ 如,明代鍾惺評周邦彦《意難忘》詞有曰“寫情若敘事,實開元曲濫觴”。清代萬樹《詞律》中説過“詩餘乃劇本之先聲”。清末民初夏敬觀手評《樂章集》也指出:“耆卿俚詞襲五代淫哇之風氣,開金元曲子之先聲。”

④ 其實,王國維曾明確提到宋詞中的“敘事”,他在《宋元戲曲史》中指出:“此種大曲,遍數既多,自於敘事爲便。”但他没有將此上升爲一種研究視角。王國維《宋元戲曲史》,中國戲劇出版社,1957年,第38頁。

⑤ 此僅舉有專文以小説、戲曲角度論述詞體敘事者,其他偶爾論及此意的學者還有很多,如黄進德、羊春秋、林東海、周嘯天、宛敏灝、蔡厚示諸人,皆在個别地方有提及詞體敘事之戲劇性。見陶文鵬、趙雪沛《論唐宋詞的戲劇性》一文中的列舉,《文學評論》2008年第1期,第124頁。

⑥ 談詩詞者同時重視戲劇,亦時代風會使然也。以戲曲説詞,除了受到李漁的啓發之外,或許還受到當時新詩研究界有關觀點的啓發。如20世紀40年代後期,詩人兼學者袁可嘉針對當時中國新詩流行的説教與感傷傾向,寫了《新詩戲劇化》與《談戲劇主義》等文,明確指出:新詩要提高藝術性和表現力,就必須加强新詩的戲劇性。見袁可嘉《論新詩現代化》,生活·讀書·新知三聯書店,1988年,第25頁。

⑦ 浦江清《浦江清講古代文學》,鳳凰出版社,2010年,第73—74頁。

⑧ 吴世昌《論詞的章法》,《文史知識》1985年第2期,第93頁。又見《吴世昌全集》第四卷《詞學論叢》所收《論詞的讀法》一文的第三章。河北教育出版社,2003年,24—32頁。

⑨ 吴世昌《詞林新話》,北京出版社,1991年,第166頁。另見氏著《羅音室學術論著》(第二卷,《詞學論叢》),中國文聯出版公司,1991年,第250—252頁。又見氏著《唐宋詞概説》第133—135頁,北京出版社,2015年。

⑩ 吴世昌《羅音室學術論著》(第二卷《詞學論叢》),中國文聯出版公司,1991年,第63—64頁。

⑪ 陶文鵬、趙雪沛《論唐宋詞的戲劇性》,《文學評論》2008 年第 1 期。

⑫ 董乃斌《古典詩詞研究的敘事視角》,《文學評論》2010 年第 1 期。

⑬ 諸葛憶兵《"採蓮"雜考——兼談"採蓮"類題材唐宋詩詞的閱讀理解》,《文學遺産》2003 年第 5 期。

⑭ 諸葛憶兵《晏殊、歐陽修"採蓮"詞論略》,《文藝研究》2015 年第 4 期。

⑮ 楊萬里《樂劇詞淺探》,"第三届宋代文學國際會議"論文(2003 年,寧夏大學),後收入《第三届宋代文學國際研討會論文集》,寧夏人民出版社,2005 年,第 571—597 頁。又見《負暄集》,上海大學出版社,2010 年,第 128—152 頁。

⑯ 張仲謀《從樂府學範疇看詞的敘事性》,《江海學刊》2016 年第 3 期。

⑰ 張海鷗《論詞的敘事性》,《中國社會科學》2004 年第 2 期,第 148—161 頁。

⑱ 陳永紅、李詩茵《花間、南唐詞敘事視角選擇的差異與地域審美心理》,《廣州大學學報》2012 年第 4 期。

⑲ 唐巧芬《唐宋詞詞體結構的敘事特徵研究》,2015 年江西師範大學碩士論文。該論文嘗試用西方敘事學概念來審視宋詞,展現了良好的學術眼光,但限於學力,尚未實現學術目標。

⑳ 如唐五代時期唐傳奇、參軍戲等小説、戲劇形式潛移默化地影響到曲子詞敘事因素的加重,宋詞創作也吸收宋朝白話小説、雜劇等敘事文學的表現手法。反過來,唐宋詞中的敘事傳統對宋代以後雜劇、散曲、傳奇等敘事文學的創作均也産生了深遠的影響。詳見高峰《論唐宋詞體的敘事特性》一文,《浙江工商大學學報》2017 年第 4 期,第 5—15 頁。

㉑ 據《全宋詞》記載,此詞見於《花草粹編》卷五,又見《詞林萬選》卷二,中華書局,1965 年,第 9 頁。

㉒ 劉揚忠《唐宋詞流派史》,中國社會科學出版社,2007 年,第 177 頁。

㉓《全宋詞》第 5 册,第 3674 頁。

㉔ 吴世昌《論讀詞需有想像》:"我們知道,古生物學者發現一個獸類的牙齒或脊椎,便能算出它的頭角該有多大,軀幹該有多長。這可以説是一種還原的工作。我們讀詞,也應該有這種還原的能力。《花間集》中的小令,有的好幾首合起來是一個連續的故事,有的一首即是一個故事或故事中的一段。"見氏著《唐宋詞概説》中《論詞的讀法》一文第五節。北京出版社,2015 年,第 244 頁。

㉕ 陳廷焯《白雨齋詞話》卷一,第 10 條,孫克强主編《清代詞話全編》第 12 册,鳳凰出版社,2019 年,第 397 頁。

㉖ 如果僅僅是詞中場景香豔,語調輕軟,色彩絢麗,多描寫女性心理活動,這些都不能算是"男子作閨音",它只是詞體的風格使然,或者特定作者的審美心態使然。如秦少游與蘇軾的詞,前者偏女性化,後者士大夫化,並不是説秦少游的詞就屬於"男子作閨音"現象。是否是"男子作閨音",只看一點:男性作家創作的作品中以女主人公口吻敘事抒情與否。李清照的作品就不屬於男子作閨音,因爲作者本人即女性。

㉗ 韓靜如《從敘事視角論"男子作閨音"的語言特色》,《漢字文化》2018 年第 4 期(總第 198 期)。

敘事學視野下的宋詞經典化

——以元宵詞爲案例

季品鋒

傳統宋詞研究進入新世紀二十年代略顯後繼乏力之態，如何破局已是當代詞學研究者無可回避的現實一種。文學即人學，詞學也莫能外。楊海明師一直倡導詞學研究應貼近現實人生，溝通古之詞人與今之讀者。當我們轉身面向今之讀者時，不難發現廣闊天地大有可爲。譬如：我們該爲中小學語文教材甄選哪些詞作？也許有人會覺得這問題很幼稚，當然是選經典作品！但問題是：宋詞中哪些是經典？

一

關於宋詞經典問題，二十世紀九十年代開始，王兆鵬、劉尊明等學者曾做過一別開生面的跨學科研究嘗試，即把社會學中的定量分析法引入到古代文學研究領域，尤其是詞學領域。他們的探索與嘗試，對解答我們的問題——"哪些詞作是經典"，很有參考意義。在《宋詞經典名篇的定量考察》① 一文中，王兆鵬、郁玉英對歷代主要選本的選詞情況、歷代關於宋詞的評點情況、歷代詞人唱和宋詞的情況等五項指標分别數據化，再分别設定相應權重，最後綜合計算，得出具體詞作的經典性綜合排名指數，從而得出了一份"宋詞經典排行榜"。當然，我們還需在此基礎上進一步探索。因爲一個不可忽視的事實是：在過往千年的宋詞經典化進程中，專業讀者、創作型讀者占據了受衆的主體地位，而新千年的宋詞經典化面對的受衆將是萬千普通讀者。如果説上榜詞作是歷代受衆的受容與傳播的綜合結果，是完成態的經典，那么，時代與受衆的變遷，意味着我們還得探索哪些宋詞會是將來時態的經典。

關於文學經典化問題，童慶炳《文學經典建構諸因素及其關係》② 一文提到了以下幾個因素：文學作品的藝術價值；文學作品可闡釋的空間；意識形態和文化權力變動；文學理論和批評的價值取向；特定時期讀者的期待視野；發現人。在這些因素中，第一、第二項屬於作品内部要素，而文學作品本身的藝術價值是建構文學經典的基礎。我們從基礎做起，來探討一下"宋詞經典排行榜"上作品的内部要素。考慮到研究的可執行性，筆者選擇先聚焦一類作品,觀察此類作品的經典化情況,進而分析其經典化的内在動因。我們將考察的類型鎖定在宋詞中的元宵詞。楊海明師曾提到:"研究元宵詞的'簡史',可以從中看到整個宋詞發展的一個縮影或側面。"③首先,元宵詞的數量足够多,據沈松勤《論宋詞本體的多元特徵》統計,兩宋元宵詞共有 593 首④。取樣基數大,相應的樣本可信度也高。其次,宋代元宵詞的題材風貌也極豐富,享樂遣興、愛情豔事、悲歡離合等應有盡有,這樣便於不同風格的作家作品同臺競技。

對照"宋詞經典排行榜",我們發現有三首元宵詞完成了蝶化,從五百多首同題材詞中脱穎而出,最終成爲經典。它們分别是:歐陽修的《生查子・元夕》(綜合排名第 61)、李清照《永遇樂》"落日熔金"(綜合排名第 58)、辛棄疾《青玉案》"東風夜放花千樹"(綜合排名第 40)。

二

下面我們首先運用傳統方法來分别解讀一下這三首經典元宵詞。我們先來看歐陽修的這首:

> 去年元夜時,花市燈如晝,月到柳梢頭,人約黄昏後。　　今年元夜時,月與燈依舊。不見去年人,淚滿春衫袖。(歐陽修《生查子》)⑤

> 繁燈奪霽華,戲鼓侵明發。物色舊時同,情味中年别。　　淺畫鏡中眉,深拜樓西月。人散市聲收,漸入愁時節。(劉克莊《生查子・元夕戲陳敬叟》)⑥

我們選了劉克莊的這首《生查子》來作參照。劉詞曾入選朱祖謀《宋詞三百首》,也是一首很有特色的元宵詞。兩詞對讀,我們不難發現:前者語言淺近,有濃厚的民歌風味,後者文人詞氣息濃郁;前者詞中有故事,一目了然,後者語帶雙關,敬叟自識。同時,明眼人不難察覺,前者的故事,明顯奪胎於崔護的《題都城南莊》。同樣的失戀題材,歐公只是將故事從桃花盛開的時節置换成了應題的元宵夜。《生查子》句容量的擴充,予以歐公更多的空間來給故事布景,而經典場景"月到柳梢頭,人約黄昏後",也在歷代讀者的閲讀、接受、流傳中漸成點睛金句,爲本詞的經典化加分不少。但兩詞對比,我們感受最深的還是歐詞有"故事",而劉詞只能説有"事"。

我們再來看易安居士的《永遇樂》:

> 落日熔金,暮雲合璧。人在何處?染柳煙濃,吹梅笛怨,春意知幾許?元宵佳節,融和天氣,次第豈無風雨。來相召,香車寶馬,謝他酒朋詩侣。　　中州盛日,閨門多

暇,記得偏重三五。鋪翠冠兒,撚金雪柳,簇帶爭濟楚。如今憔悴,風鬟霜鬢,怕見夜間出去。不如向,簾兒底下,聽人笑語。(李清照《永遇樂》)⑦

這次我們找來李清照的"鐵粉"向她致敬的作品作參照物:

璧月初晴,黛雲遠澹。春事誰主?禁苑嬌寒,湖堤倦暖,前度遽如許。香塵暗陌,华燈明晝,長是懶攜手去。誰知道,斷煙禁夜,滿城似愁風雨。　宣和舊日,臨安南渡,芳景猶自如故。緗帙流離,風鬟三五,能賦詞最苦。江南無路,鄜州今夜,此苦又誰知否。空相對,殘釭無寐,滿村社鼓。(劉辰翁《永遇樂》)⑧

劉辰翁的這首《永遇樂》小序自述創作歷程:"余自乙亥上元誦李易安《永遇樂》,爲之涕下。今三年矣。每聞此詞,輒不自堪,遂依其聲,又託之易安自喻。雖辭情不及,而悲苦過之。"⑨這首擬易安而自喻之詞,從風格上高度貼近原作。劉辰翁甚至覺得他的處境實在比前輩"悲苦"得多。因爲李清照南渡,雖有流離之苦,但大宋江山猶存半壁,而劉辰翁創作這首詞時,"江南無路",南宋已亡,國無寸土。"悲苦過之"是實情,但爲什麽李詞能在千百年後依然打動我們,而劉詞却泯然衆人?

首先,我們可以發現李清照的詞作大局覩勝出劉辰翁,整首詞從語段到篇章布局,都有着强烈的反轉。這種反轉有力地表現了詞人的情感波折:起首"落日熔金"一片亮麗色,却引出"人在何處"的哀思;染柳煙濃,春意盎然,詞人却問"春意知幾許";元宵佳節,天氣融和,詞人竟然會擔心明天風雲突變;明明有酒朋詩侣來招游,却又被她無情拒絶!爲什麽?整個上片都在蓄勢,引出下片。原來是因爲她曾經的那段傷痛實在無法忘懷!下片的追憶,既是對上片的解答,更是濃稠的個人回憶。曾經的元宵無比的歡愉,而今却只想躲在家裏回避。清王夫之在其《薑齋詩話》中對此評價道:"以樂景寫哀,以哀景寫樂,一倍增其哀樂。"在昨日的樂、他人的樂的對比下,今日的哀得到了翻倍的呈現。整首詞就似一部個人元宵回憶録,詞人娓娓道來,滿紙都是"我的真實的故事";而這些真實具體的細節,正是劉辰翁的《永遇樂》所缺失的。

下面我們再來看看辛棄疾的《青玉案》,這次我們找來周邦彦做陪練:

風銷焰蠟,露浥烘爐,花市光相射。桂華流瓦。纖雲散,耿耿素娥欲下。衣裳淡雅。看楚女、纖腰一把。簫鼓喧,人影參差,滿路飄香麝。　因念都城放夜。望千門如晝,嬉笑游冶。鈿車羅帕。相逢處,自有暗塵隨馬。年光是也。唯只見、舊情衰謝。清漏移,飛蓋歸來,從舞休歌罷。(周邦彦《解語花·元宵》)⑩

東風夜放花千樹。更吹落、星如雨。寶馬雕車香滿路。鳳簫聲動,玉壺光轉,一夜魚龍舞。　　蛾兒雪柳黄金縷。笑語盈盈暗香去。衆裏尋他千百度。驀然回首，那人却在，燈火闌珊處。（辛棄疾《青玉案・元夕》）⑪

周邦彦的這首元宵詞，也曾入選各種宋詞選本，在煉詞造句上，有其獨到處。周、辛兩詞，都有元宵詞的標配元素，如燈火輝煌、車水馬龍、歌兒舞女、通宵歡慶等。差異在何處？周詞中有人，却也只是這元宵盛景中的一元素。辛詞中有人，但人是"故事主人公"。讀到"衆裏尋他千百度"，我們纔明白原來是主角登場了，一種"結果如何"的閲讀期待油然而生；最後的"驀然回首"三句，電影畫面感極强。一首《青玉案》，抵得了《甜蜜蜜》（黎明、張曼玉主演）整部電影的風情。

我們可以看到，上述三首經典元宵詞，在遣詞造句、風格意境上差異度較大，但三者不約而同地都在"講故事"。歐陽修的《生查子》是唐詩人面桃花故事的宋詞翻版；李清照的《永遇樂》是一部高度濃縮的元宵個人回憶録；辛棄疾的《青玉案》則是一篇闡釋空間巨大的微型愛情小説。與其他名家元宵詞對比，我們可以明顯感受到，這三首詞都帶有强烈的故事化敘述傾向。這顛覆了我們對唐宋詞以寫景抒情見長的傳統常識。我們不禁要問，這三首經典元宵詞中强烈的敘事傾向僅是一種偶發現象嗎？

三

其實宋詞中的敘事現象，從二十世紀開始已有研究者提及，如吴世昌的《論詞的章法》。進入新世紀，宋詞中的敘事，引發更多學者進一步的關注與探討，張海鷗《論詞的敘事性》（載於《中國社會科學》2004 年第 2 期）、董乃斌《古典詩詞研究的敘事視角》（載於《文學評論》2010 年第 1 期）等文章，都探討了這一現象。高峰《論唐宋詞體的敘事特性》一文則點出了故事在唐宋詞中的作用："遍覽唐宋詞的佳作名篇，不難發現，其中有許多恰恰是通過生動故事來吸引聽衆和讀者，體現出有别於傳統詩體的鮮明敘事特徵。"⑫

此外，西方的敘事學理論傳入國内後，相關文藝理論研究者也有意識地將敘事學的研究對象從小説延展到其他文體，詩歌敘事學的建構也正在逐步完成。另一方面，詞學研究者們也在主動吸收敘事學理論的有關成果，來對宋詞做出有益的探索性闡釋與解讀。

下面我們援引西方傳統敘事學中的"視角"理論，對上面三首經典元宵詞進行再一次的解讀。

"視角"分析是西方傳統敘事學中最常用的一個工具。因爲"敘事藝術的實質既存在於講述者與故事的關係之中，也存在於講述者與讀者之間的那種關係當中"⑬。視角是一種古老的存在，儘管作者没有自覺，但宋代這些天才的詞家已經在有意無意間將其巧妙運用於宋詞的創作中了。

比如，我們可以明顯察覺到歐陽修《生查子》與其故事原型之崔護《題都城南莊》的視角差異。在崔護的故事中,作者運用了第一視角,即敘述者就是詩中的男主人公。去年“人面桃花相映紅”中的“人”,是女主;今年“人面不知何處去”,也是從男主“我”的視角發起的敘事,而非全知視角(或稱上帝視角)。崔護採用了第一視角,加强了故事的可信度,也使得最後的結尾“桃花依舊笑春風”不是簡單的風景描寫,而是帶有“我”的强烈個人感受。

歐陽修改寫這個故事時,巧妙地採用了兩種視角來敘述。上片以全知視角俯視人間元宵盛會。“月到柳梢頭,人約黄昏後”中的“人”,前面無任何修飾,可解讀爲他指或泛指在元宵有約之人。全知視角下,整個上片敘述的貌似一種元宵現象。但到下片,“不見去年人,淚滿春衫袖”,“不见”一詞透露出敘述者的视角受限,已非全知视角。受詞體空間有限的影響,主人公“我”在敘述中被省去了。“人”前有了“去年”來修飾,這個“去年人”就被確指爲“我”的約會對象。我們發現,在下片,歐公悄悄地將敘述視角從全知視角轉换成了第一視角,轉而在講述“我”的故事。歐公爲何如此操作? 我想應該是跟詞所處的發展階段有密切關係。在歐陽修創作時期,詞的音樂性還是占了壓倒性的上風,詞主要還是用來唱的,而唱詞者是清一色的女歌手。女歌手如果是在唱他者的故事,當然也可,但畢竟隔了一層,聽起來給人一種旁觀者的感受。但由於下片採用了第一視角,那歌手就似乎在“敘説”她自己的故事了。兩相對比,自然是歌者歌其自身故事,更容易博得聽者的同情心,進而打動聽者。

在這裏,歐陽修通過轉化敘事視角,實現了代歌者言的目的,所謂“男子做閨音”。其副作用是,受衆會根據自己的感受,將敘述者視爲女性的同時,也將作者默認爲了女性,因爲“她”是在講“她”的故事。這也是爲什麽宋人會將這首《生查子》放入女性詞人朱淑真的詞集而不引起懷疑的一個敘事層面的原因。

同理,辛棄疾的《青玉案》也是採用了類似的敘事策略,上片貌似是全知視角下的敘述,但到下片,敘述者轉换了視角,因爲全知視角下的敘述者是無需“衆裏尋他千百度”的。發起“衆裏尋他千百度”的是“我”,也就是敘述者,而“我”苦苦追尋的“那人”即是故事中的女主。

大家有没有留意到歐詞《生查子》和辛詞《青玉案》中的“我”的性别差異?“淚濕春衫袖”的是女性的“我”,“我”在講述“我”的失戀故事,而《青玉案》中的“我”是男性的“我”,“我”在講述“我”元宵夜苦苦搜尋夢中情人的故事。因爲到辛棄疾的時代,詞的文學屬性已經壓倒了詞的音樂屬性,至少在辛棄疾這裏,詞主要是用來讀的了,而不是給女歌手唱的了。甚至還有一種可能,辛棄疾的創作潛意識中,或許已默默地將男性讀者定位爲他的目標受衆。我們還會有一種感覺,這首《青玉案》即辛在講他自己的苦苦追尋的故事。這樣的第一視角敘述帶來的另一個好處是,我們讀者在閲讀這首《青玉案》時,因爲是第一視角,是非常容易將“自我”植入進這個故事場景,從而重温自己人生中的苦苦追尋、與夢中人擦肩而遇的種種類似情感體驗。回憶一下,您第一次閲讀這首《青玉案》時的那種感動,是不是也有這一層意味在其間?

而在李清照的《永遇樂》中,敘述者則始終採用了第一視角,即始終是"我"在講"我"的感受:"人在何處"是"我"的感歎,"次第豈無風雨"是"我"的擔憂;也即"我"在講"我"的心路歷程,"怕見夜間出去,怕聽人笑語"都是"我"的坦誠傾訴,"不如向簾兒底下聽人笑語",是"我"那害怕受傷的心靈的自我保護……這樣的第一視角的敘事,給讀者的感受就是真實、可信,加上李清照採用了大量的口語表達,給讀者一種娓娓道來的感覺。聯想到一個當代文學的案例,余華自述其代表作《活着》成功的一個重要因素,就是採用了第一人稱,即第一視角敘述[14];試想如果余華採用第三人稱講述福貴的故事,你能體會其間的微妙差異吧? 李清照很大一部分詞,亦可作如是觀。

四

讓我們回到本文的出發點:詞學研究者如何更專業地爲今之讀者甄選宋詞經典作品。

首先,我們要重視過往千年宋詞經典化進程的成果。在經典選本的選拔下,在重要"發現人"的點評下,許多優秀宋詞在經歷史的"海選"後已脱穎而出。我們可依據宋、元、明、清、民國以及現當代宋詞選本之有影響力者,初步確定一批基數較大的精品宋詞。這些精品宋詞,是過往時代條件下綜合作用的結果,我們需進一步思考其中哪些詞將能成爲新經典。

面向未來的宋詞經典化,與過往千年的經典化存在一巨大的差異,即受衆的差異。過往的宋詞選本,大部分是爲專業讀者服務,選家的選詞動機很複雜,或爲標宗,或爲傳遞詞學理想,或爲創作者服務,或爲勾勒詞史,極少是在爲普通讀者服務。今日的宋詞选本,應該主動調整目標受衆的定位,立足爲普通欣賞型讀者服務。因此,我們有理由重視詞中"故事"的力量,因爲講故事是人類在进化过程中發展起來的一種獨特的社交能力,而愛聽故事几乎是人的天性。一個好的故事,有着難以想象的力量。上面經典元宵詞的案例,已經説明了同樣題材的詞作,有故事者比無故事者多出一層優勢。故事屬性强的詞,自帶閱讀潛能。這些携精彩故事的宋詞,更貼近人生,也更容易帶領讀者進入各類情感體驗場,進而激發讀者内心的各種情緒。

從傳播學的角度來看,最高效的傳播方法之一就是講故事,而講故事是需技巧的。詞不是小説,詞體敘述空間有限,且受格律束縛,用如此少的文字講好一個故事,更需要高超的敘事技巧。這就要求我們一方面得繼續重視傳統詞學批評中煉詞、意象、意境等詞體美學力量,另一方面還得進一步深入研究宋詞中的敘事現象及敘事力量,主動將敘事學理論本土化,來合理解析藴含豐富敘事因素的詞作,預判哪些精品宋詞更容易成爲未來的明星宋詞,進而生成新時代的宋詞經典。

當然,我們還得研究受衆,調查分析當代讀者的閱讀期待、語言能力、美學接受習慣等。這是另一片疆場的主題了。簡而言之,只有在對作品、受衆兩個端口都有了深刻理解,當代詞學研究者纔能更好地起到中間擺渡人的作用,來更好地溝通古之詞人與今之讀者,進而打開當代宋詞研究與應用的新局面。

(作者單位:蘇州城市學院)

① 王兆鵬、郁玉英《宋詞經典名篇的定量考察》,《文學評論》2008 年第 6 期。

② 童慶炳《文學經典建構諸因素及其關係》,《北京大學學報(哲社版)》2005 年第 5 期。

③ 楊海明《宋代元宵詞漫談》,《蘇州大學學報》1983 年第 4 期。

④ 沈松勤《論宋詞本體的多元特徵》,《南開學報》2005 年第 6 期。

⑤ 唐圭璋《全宋詞》第 1 册,中华书局,1999 年,第 158 页。

⑥ 同上書,第 4 册,第 3332 页。

⑦ 同上書,第 2 册,第 1208 页。

⑧ 同上書,第 5 册,第 4087—4088 页。

⑨ 同上書,第 5 册,第 4087 页。

⑩ 同上書,第 2 册,第 784 页。

⑪ 同上書,第 3 册,第 2432 页。

⑫ 高峰《論唐宋詞體的敘事特性》,《浙江工商大學學報》2017 年第 4 期。

⑬ 羅伯特・斯科爾斯等《敘事的本質》,南京大學出版社,2015 年,第 240 頁。

⑭ 余華在《活着》的麥田新版自序中介紹道:"最初的時候我是用旁觀者的角度來寫作福貴的一生,可是困難重重,我的寫作難以爲繼;有一天我突然從第一人稱的角度出發,讓福貴出來講述自己的生活,於是奇跡出現了,同樣的構思,用第三人稱的方式寫作時無法前進,用第一人稱的方式寫作後竟然没有任何阻擋,我十分順利地寫完了《活着》。"(參閲《活着》,作家出版社,2012 年,第 15—16 页。)

宋代文學中酴醿意象的勃興及其審美維度

謝思嵐

“酴醿”一詞原指某種經過特殊工藝釀造的酒，擴展爲花卉名稱是酒香酒色與花香花色在品鑒層面相貫通的結果，隨後産生的“荼靡”一詞則是花卉義項獨大的體現。①《全唐詩》僅有三處語及“酴醿”，其中兩處意指名貴的酒，一處意指花卉，後者見於崇聖寺鬼所著《題壁》，詩云：“禁煙佳節同游此，正值酴醿夾岸香。緬想十年前往事，强吟風景亂愁腸。”關於此詩的題寫經過，五代王仁裕《玉堂閒話》記載甚詳，富有傳奇色彩，從中可知作者所見酴醿乃生長於漢州、盛開於春末的一種香花。②漢州屬四川，在宋代，蜀地的酴醿和海棠異軍突起，爲京洛、江淮等地的名流所推崇，成爲了文人雅士競相吟詠的花卉新寵。③杜甫的隻字不提與蘇軾的著意描摹使海棠意象的繁榮頗具戲劇性，因而更爲醒目；色香清雅的酴醿則是隨着時人花卉審美的新變悄然崛起的，近年來方於日益深入的宋代花卉、園林研究中凸顯出來。據統計，酴醿意象見於宋代五百餘首詩作、一百餘首詞作④，出現頻次位居宋代花卉題詠的前列，這一意象的勃興及其所凝定的審美維度深受鑒賞空間、詠梅模式和宋人花信觀念的影響。

一、從居室到園林：酴醿鑒賞空間與形式的流變

五代宋初，酴醿已從蜀中傳入江南、洛陽等地，陶穀《清異録》多有記載。在流播外地之初，酴醿先是以“插枝”的形式供人賞玩：“酴醿木香，事事稱宜，故賣插枝者云‘百宜枝杖’。此洛社故事也。”⑤酴醿、木香均爲灌木類植株，枝條茂密，花繁色淡，香氣馥鬱，“百宜枝杖”可視作賣花人爲新興花卉設計的廣告詞，以“插枝”的形式售賣表明這類花卉最初的品鑒空間主要在室内。韓熙載就“對花焚香”提出“五宜説”⑥，認爲酴醿與沉水香“風味相和”，揭示出酴醿花香清雅，適合在居室内焚香共賞。文人雅士對酴醿的香氣情有獨鍾，由南唐入宋爲官的士子舒雅業已將酴醿等香花貯滿枕芯，以爲“甚益鼻根”；而其繁茂素潔的形色又受到脂粉流的愛重，將盛開的酴醿夾於書册之中製成“花臘”，冬日再取出“插鬢”成爲了一時風尚。⑦陶穀本人亦對酴醿喜愛有加，曾特意於西宅設宴“爲酴醿開尊”，並邀賓客爲酴醿“撰小名”助興⑧，“賽白蔓君、四字天花、花聖人、慈恩傳粉緑衣郎、獨步春、沉

香密友”等小名表明,時人對酴醿的品鑒不僅兼及形色香氣,更以此花比德。《清異録》還輯録了張翊戲造的《花經》[9],以“九品九命”品評花卉,將酴醿與蘭、牡丹、蠟梅等歸爲“一品九命”,位居衆花之首,瓊花、茉莉、岩桂等形色香氣與酴醿相近的花卉緊鄰其後,原産地同爲蜀中的海棠品級則低了不少。據程傑考證,唐五代時酴醿“名尚不著”,岩桂則是“北宋中葉始見記載”,故該條目當屬“後世託名杜撰”[10],但不失爲酴醿意象在宋代日趨繁榮的明證。

隨着酴醿成爲洛陽花市乃至名流雅士的新寵,這種蜀地花卉在外地的流播便從室内插枝賞玩向着室外移植栽培的階段發展,率先進入了京中富室與皇家的園林。《丞相魏公譚訓》記載了一則有關酴醿種的趣聞:“一日,上置宴,西蜀進酴醿種方開,上與妃后賞玩,孫妃曰:‘妾家亦有,試遣問之。’乃進十合。上大駭,以爲竊禁中種。使往視之,則其本大於禁中數倍矣。”[11]孫妃之父初爲酒家博士,發家致富後廣羅圖畫書籍等文藝精品以作“雅戲之具”,繼而開店建樓,打造出聞名都城的游玩勝地,曾吸引太宗上元節微行前往,孫家由此與皇室結緣。此前宫中圓潤的珍珠不足,遣使至孫家取得品質極佳的“絶大”珍珠一篋,太宗甚喜,但並不驚訝,這回却因孫家有酴醿種而“大駭”,甚至懷疑其“竊禁中種”,足見酴醿從蜀地移植京師實屬不易。孫家不僅先於宫廷成功引種酴醿,在植株尺寸方面更是完勝,這一趣聞充分顯示出宋代花卉市場之成熟,從賣花人的行銷到富室的追捧,新興花卉在京師等富庶風雅之地的立足機制完備,相較於傳統的進貢途徑,市場化運作的普及效率明顯更高。

富貴之家不僅在酴醿移植方面爲天下先,對酴醿的鑒賞形式亦有所發展。據《文昌雜録》記載,“京師貴家多以酴醿漬酒”[12],即將酴醿花浸泡在酒中,使其芬芳由鼻端擴展至口舌,如對花焚香一般,通過共賞特質相近的風雅之物以强化審美體驗。此外,《曲洧舊聞》收録了時人所記天下酒名,其中西京有“酴醿香”[13],當是以酴醿花釀制的“酴醿酒”[14],從簡單浸泡到參與釀造,花與酒的香氣在工藝層面又得到了進一步融合,以花命名的“酴醿酒”已全然不同於“酴醿”一詞酒的本意。由於宋代花卉市場的成熟,酴醿雖然能够迅速異軍突起,但也難以長期獨領風騷。在《文昌雜録》作者龐元英擔任禮部主客郎中的數年裹,即元豐五年至八年,“以酴醿漬酒”已然過時,“以榠樝花懸酒中”又成爲了流行於皇親貴戚間的新風尚,相較於“獨有芬香”的酴醿花,榠樝花“不惟馥鬱可愛,又能使酒味辛冽”。[15]由此可見宋人花卉審美的選擇之豐富與品位之細膩。

不過,除花朵之外,酴醿還别有優長,其茂密輕柔的枝條具有獨特的造景能力,成功移植京洛等地之後成爲了諸多園林著力打造的景觀,這一花卉的主要品鑒空間由此從室内轉向室外。自先秦至唐宋,園林的主人從帝王貴戚向權臣富豪、文人雅士擴展,園林的規模則由大趨小,布景也愈加精緻,其中的植物逐漸從天然植被或經濟作物置换爲人工栽培的觀賞性花木。相較於四季長存的樹木,花卉只是春日的匆匆過客,園林中的樹長期以來比花更引人注目。六朝文人對松竹的題詠使清雅品格成爲了中國園林的根本風尚,唐人又進一步發展出以樹爲主、以花爲輔的造園理念。然而至宋代,隨着花卉栽植技術的進步,以及小園形制的興盛,花卉不再是樹木的陪襯、園林的點綴,往往躍升爲主要景觀,分門别類地獨占核心區域。⑯這一時期花木合美乃至以花爲主的園林審美傾向使衆多新興花卉得以嶄露頭角,酴醾從中脱穎而出並在宋代園林中站穩脚跟與其枝條的特性密切相關。

"酴醾花架"是自北宋以來人工栽種酴醾的主要形制,由於這種植株的枝條柔弱,故須樹立支架以便攀緣。真宗朝末年官至益州轉運使的薛田作有《成都書事百韻》"陳乎益都事跡跡",其中一聯爲"酴醾引架家家鬱,躑躅攀條處處妍"⑰,即表明"引架"栽種在酴醾的原產地蜀中廣爲流行,輕柔蒽郁的枝條由此塑造出極具特色的蜀地風光。酴醾移植外地後,依然以此形制培植,據司馬光《南園雜詩六首・修酴醾架》可知,酴醾花架或由昂貴的堅木構築,或由常見的竹子綁縛而成,無論貧富均可營建,只不過"縛竹立架"難耐"風摇雨漬",須勤加修理,以免花架"離批"。⑱酴醾這類藤蔓植物的枝條十分便於形塑園林空間,其布景方式主要分爲兩種:一是利用酴醾花架掩映行徑、建築等,使園林景觀更爲自然、融洽,如宋徽宗宫中某一段游賞路線即須"循酴醾架"而行⑲,《洛陽名園記》所載"叢春園"内建有"叢春亭出荼蘼架上"⑳。二是將酴醾花架圍簇在一起,構築成單獨的審美空間,如文同題詠"荼靡洞"所云:"柔條綴繁英,擁架若深洞。"㉑司馬光更是利用數種藤蔓植物,精心打造出替代園林建築的休憩之所,《花庵詩寄邵堯夫》詩序中介紹甚詳:"時在西京,留臺廨舍東新開小園,無亭榭,乃治木插竹,多種酴醾、寶相及牽牛、扁豆諸蔓延之物,使蒙冪其上,如棟宇之狀,以爲游涉休所,名曰花庵。"㉒酴醾花架的第二種布景方式深受宋人喜愛,這與宋代園林規模趨於精緻小巧、審美風尚轉向陰柔内斂㉓息息相關。

從北宋至南宋,名流雅士諸如文彦博、范鎮、文同、司馬光、王安石、張耒、王庭珪、范成大、楊萬里等均曾在園林中以酴醾布景㉔;宋高宗亦對酴醾喜愛有加,不僅在位時於大内苑圃營造酴醾花架㉕,頤養天年之際又將德壽宫清妍亭辟爲專賞酴醾之處㉖。周必大《二老堂雜誌》詳細記載了淳熙七年三月十八日孝宗恭請太上皇帝、壽聖皇后至大内宴游的情形:"開宴於凌虚閣下,三面設牡丹、酴醾花皆層級,高數尺,一面垂簾設樂,庭下樂作";酒過數巡之後,游賞"至水堂中路石橋上,肩輿少憩,面對酴醾花架,高柳參天,酴醾引蔓垂梢而下,其長袤丈,芳菲照座,馥鬱襲人",高宗一行於花下舉杯"釂飲",孝宗不禁慨歎:"苑圃池沼,久已成趣,皆太上皇帝積累之勤。臣蒙成坐享,何德以堪之。"㉗暮春時節正值酴醾花期,從宴席的布置到游覽的景點可以推測,觀賞酴醾是此次皇室家宴的重頭戲,而在盛開的酴醾花架下設宴則是北宋時期就已形成的品鑒傳統,最著名的故事非蜀公范鎮的"飛英會"莫屬。范鎮閒居許昌時,營建了可容納數十人的巨大酴醾架,每到酴醾盛開之際,便邀約賓客於花下飲酒,約定"有飛花墮酒中者"須將杯中酒一飲而盡,談笑間微風拂過,酴醾花瓣往往落入主人和每一位賓客的酒杯中。蜀公於酴醾花架下宴飲,借助自然風力以花漬酒,風雅至極,"當時號爲'飛英會',傳之四遠,無不以爲美談"。㉘高宗對酴醾的盛愛或有追附北宋風雅之意,同時也對這一花卉在南宋的持續流行起到了引領作用。

二、色香枝韻:宋代詠梅模式對酴醾書寫的影響

酴醾的鑒賞空間從室内轉向室外之後,審美維度得到了極大的拓展,其花香花色在自然風月的烘託之下更富詩意,茂密靈動的枝條也具備了獨立的審美價值。通過梳理題詠酴醾的詩詞可以發現,文人對這一新興花卉的書寫深受同時代梅花審美的影響。程傑將宋代的詠梅作品概括爲六種模式:一是圍繞梅花的習性、色香、枝幹、品格與德性展開;二是圍繞梅與霜雪之間的關係展開;三是通過擬人的手法爲梅花設定伴偶、奴婢、朋友等,以此烘託梅花的特性;四是聚焦水邊、月下等特殊的鑒賞環境,凸顯梅花的韻味;五是以"高士"比擬梅花,突破了以美人喻花的傳統;六是題詠的梅花種類豐富。㉙宋人的詠梅之作雖然廣涉不同品種的梅花,但素潔小巧的白梅是最爲普遍的題寫對象,這種梅花與酴醾的形色、香氣相近,屬於同一審美類型的花卉。花香、花色通常難以兩全,梅花、酴醾雖無牡丹、海棠的奪目外表,却有着豔花普遍缺乏的馥鬱香氣,爲宋人所偏愛,宋人題詠酴醾之作如"唤將梅蕊要同韻,羞煞梨花不解香"㉚,"弟昆林下蘭,執友嶺上梅"㉛,均顯示出香花審美的時代風尚。程傑所總結的宋代詠梅模式在相當程度上適用於諸多同類香花的書寫,就酴醾而言,其鑒賞空間轉换爲園林之後,無論是對酴醾本身的刻畫,還是對鑒賞環境的精選,無疑都受到了梅花審美的深刻影響。

宋人題詠酴醾時,常有意將其與梅花進行比較、品評。在花香方面,酴醾比梅花更爲馥鬱,蘇轍《和王晉卿都尉荼蘼二絶句》詩云"後圃荼蘼手自栽,清於芍藥釃於梅"㉜,即通過對比辨析出酴醾花香的特色。相較於酴醾的濃香,宋人普遍更推重梅花的清香,如梅堯臣《京師逢賣梅花五首・其二》詩云"清香莫把荼蘼比"㉝,晁端友《梅花》詩云"香比酴醾一倍清"㉞。但大體而言,宋人並不著力於挖掘梅花與酴醾之不同,而是傾向於對兩者展開類型化的審美觀照,如李綱題詠酴醾的詩云:"寒過春光還露泄,酴醾架上花如雪。輕盈皓色訝梅開,芬馥清勝蘭茁。"㉟酴醾與梅花的香色雖然接近,花期却相隔甚遠,實際品鑒時無需分辨,只在文人神思中存在美妙的誤會。然而,綻放於嚴寒之際的梅花畢竟早已成爲高潔品格的象徵,酴醾的復刻不免遭受效顰之譏,如王之道的詞作《東風第一枝・梅》所云:"嫣然照雪精神,消得東君眷與。群芳退舍,顧凡下、非伊朋侶。却自有、薝蔔酴醾,次第效顰追步。"㊱這是立足於梅花盛開的早春時節往後設想,在擬人化的語境中苛評花卉格調;如若調整視角,站在春末向前追憶,酴醾在香色層面與梅花的遥相呼應就顯得格外珍貴了。"南枝暗香久寂寞,此花與梅同一清"㊲,"東風不是無顏色,過了梅花便到君"㊳,即分别從清雅的香氣、素潔的顏色兩方面將梅花與酴醾直接串聯到一起,春天的首尾由此貫通,酴醾的審美層次也被抬升至同梅花旗鼓相當的程度。

除了花香、花色,宋人對梅枝美感的發掘也爲酴醾枝條的書寫樹立了標杆。宋代之前

雖偶有將梅花與梅枝對舉的作品，但林逋的詠梅名句“疏影横斜水清淺，暗香浮動月黄昏”一出，纔使梅枝審美大爲流行，“疏影”和“暗香”從此成爲了詠梅的重要維度，水邊、月下也建構起賞梅的最佳環境。[39]朱槔《春間小詩書趙園壁追録之・其二》對酴醾的描摹便全然脱胎於宋代詠梅傳統：“小語不知夕，幽香無盡時。影寒人欲醉，明月照酴醾。”[40]以“影寒”替代“疏影”，固然是就月夜賞花的體感而言，但值得辨析的是，相較於梅花枝幹的疏朗，酴醾的枝條則以茂密爲特色，故不能不對“疏影”加以改動。宋人題寫酴醾時常常採用與詠梅相仿的花枝並舉的寫法，將酴醾繁盛的枝條比作千萬條龍蛇，如“密影酡容千客坐，柔條何啻萬龍蟠”[41]，“雲鶴嬉晴來萬隻，玉龍驚震上千條”[42]。更有文人單從枝條切入提煉酴醾植株的特色，如“牡丹大盤盂，酴醾鬱蛟龍”[43]，“鬱蛟龍”一詞可謂完美概括了酴醾枝條之濃密與靈動。劉子翬甚至聲稱自己“不愛酴醾花，愛此酴醾樹”，因爲酴醾樹“青條含露滋，輕陰覆行路”，園林主人在“晝永倦尋書”之際，可以“時來散幽步”。[44]宋人創作詩詞好翻新出奇，除著力刻畫酴醾枝條外，還特意將其與硬朗的疏梅作比，旨在突顯酴醾花繁枝茂、婀娜纖麗之美，如“不似梅妝瘦減。占人間、豐神蕭散”[45]；又如“江梅雖是孤芳早。爭似酴醾好。凡紅飛盡草萋迷。婀娜枝頭纔見、細腰肢”[46]。

宋代詠梅模式對酴醾書寫的影響不止於外觀層面，更在精神氣韻層面爲其奠定了清雅超逸的格調。縱觀林逋的詠梅作品不難發現，作者的幽居生活賦予了梅花隱士般的人格，使之呈現出幽静脱俗的韻致，其所開創的“處士詠梅”[47]的文化傳統，廣泛影響了酴醾等審美類型相近的宋代新興花卉的書寫。如張耒著有數首題爲《苦雨》的詩，多是貶謫期間所作，其中一首以“幽人”自稱，閉門欣賞的花卉既有梅花，亦有酴醾：“春淺天尚寒，雨多聲入夜。幽人不出門，坐惜梅花謝。庭竹未抽萌，酴醾將覆架。芳時喜病癒，淺酌供情話。趨世劇曳牛，投閑如啖蔗。因逢老農談，悔不初學稼。”[48]從梅花開落到酴醾抽條垂芳，詩人的身心狀態隨着春天的氣候一同轉好，但不變的是勘破世事的歸隱之心。再如李綱仕途沉淪之際，與處士志宏交好，常常受贈酴醾以解苦悶：“銅瓶只浸兩三枝，香在根塵都不歇。幽人贈我意已勤，却愧終朝煩採擷。”[49]“幽人早起傍園林，獨喜枝頭瓊蕊綴。應憐逐客正淒涼，折贈殷勤慰愁絶。”[50]“香在根塵”可見作者對酴醾花香的欣賞具有超越現實感官、進入禪修境界的傾向，與“逐客”意欲擺脱世俗煩惱的心態相契合，顯示出酴醾意象與梅花類似的超凡脱俗的審美維度。

不僅是香色，宋人還聚焦於酴醾枝條的特色，賦予了“酴醾洞”這一幽閉型景觀以出離塵世的雅趣。文同知洋州時曾作《守居園池雜題三十首》，並寄予同鄉二蘇及鮮于侁，三人皆有唱和，其中一首即題詠文同洋州池園中的“荼蘼洞”。文同的詩[51]圍繞酴醾枝條豐茂、花香宜人兩個特點展開，蘇軾、蘇轍的唱和之作[52]均補充了以酴醾花漬酒的風尚，著力突顯酴醾的芬芳；鮮于侁的詩作[53]却著眼於酴醾洞的造型特點，將其比作“太真宅”，於是酴醾花香便有了“天香”的殊譽，文同的洋州池園自然也成了“瑶池”仙境。後人在塑造“酴醾洞”的超逸氣韻方面又作了進一步發揮，據葉紹翁《四朝聞見録》記載，吴琚晚年居所内亦以“荼蘼洞”爲一景,並將其布置爲禪修的專用場地:“入荼蘼洞,茅頂而圓,内揭以鏡,曰‘定庵’,與僧智彬語達摩學則至。”[54]相較於司馬光布置的“花庵”,吴琚以酴醿營造的“定庵”顯然寄託了更豐富的精神追求。葉紹翁在詳細介紹了吴琚的居所布置後總結道:“大抵地僅尋丈,而藤蔓聯絡,花竹映帶,鳥啼鶴唳,寂如山林。公野服塵斧(二字疑誤),大絛蒲履,徜徉其間,望之者疑爲仙雲。”[55]像這般小巧而雅致的園林在宋代頗爲流行,於其間營造酴醿洞可謂兩得之舉,這一景觀既屬於自然風光的一部分,具有隨時節變化的意趣;又可替代人工建築物開闢出獨特的審美情境,提升園林的幽雅氣韻。葉紹翁還特別指出吴琚“尤愛古梅”,古梅並不是梅花的一個品種,而是指樹齡老大的梅樹[56],宋人品鑒古梅聚焦於其蒼老古怪的枝幹,吴琚對古梅的愛重與對酴醿洞的苦心營造可同歸於賞枝的雅好。范成大《驂鸞録》有載:“酒家之後有古梅,盤結如蓋,可覆一畝。枝四垂,以木架之,如坐大酴醿下。”[57]將身處“古梅”間的感受媲美於“坐大酴醿下”,可見酴醿洞乃是此等幽閉型審美景觀之典範,作者對“古梅”的品鑒在相當程度上依託於游賞酴醿洞的經驗展開,兩者在美感層面的同質化又添一端。

在梅花幽隱特質的影響下,酴醿意象自然也躍升爲高潔品格的象徵,與梅、竹、松、柏稱兄道友、相得益彰,如“靚裝不入市廛眼,幽韻只應丘壑人。醉喚江梅君益友,力移亭竹我比鄰”[58],“婆娑青鳳舞松柏,焕爛素錦熏酴醿”[59]。由於花期不同,除非氣候異常,酴醿只能與梅花神交,但在園林景觀中却可與竹林松柏共蔥鬱,甚至纏繞其間,增益文士幽居吟哦的雅興。此外,宋人在題詠酴醿時還繼承了霜雪喻梅的傳統,不僅以霜雪的形色直接比擬酴醿花瓣,如“簇簇霜包密”[60],“飄雪淨垣衣”[61];更以霜雪精神禮讚酴醿的品格,使之與豔花形成鮮明的對比,如“論花每恨流品雜,韻絶江梅此其亞。紛紛紅紫已空條,耿耿冰霜猶照夜”[62],“寒梅勝韻聊堪友,穠李凡姿詎敢陪”[63],“春前桃李謾紛紛,梅後冰標獨有君”[64]。晚唐方幹、崔道融等初步賦予了梅花氣“清”韻“寒”的特質[65],經過宋人的著力刻畫,梅花與霜雪之間的關係超越了形似,進入神似層面,宋代詩詞中開始出現“雪精神”一類歌詠梅花的固定表達,如“南枝微弄雪精神,東君早寄春音信”[66],“更無花態度,全是雪精神”[67],“繞屋便能雲態度,問春誰更雪精神”[68]。宋人對酴醿的書寫也達到了與梅花相似的境界,如吴淵化用辛棄疾詠梅詞歌頌酴醿道“東皇爲代是南熏,醞釀成花迥出塵。盡洗嬌紅春態度,獨呈雅素雪精神”[69],即立足於色彩揭示出“春態度”與“雪精神”之間的審美張力。酴醿雖盛開於相對温暖的暮春,却因花色潔白,同梅花一樣被賦予了如霜雪般清雅的氣韻,從而成爲了宋代美學精神的又一象徵。

三、由春入夏:宋代文學中酴醿花信的審美意藴

酴醿盛開於清明前後、春夏之交,與“花信風”原本指向的時節相契合,宋人題詠酴醿多從暖風切入,這既是刻畫花香的策略,應該也受到了花信風觀念的影響。據程傑考證,

“花信風”之説並非出自南朝宗懔的《荆楚歲時記》，而是首見於南唐徐鍇的《歲時廣記》“春日”類，原指“三月花開時風”，屬特定時節的物候，經過宋人的發展，形成了“二十四番花信風”之新説，側重點從“風”轉移到了“花”上。此説一方面直承“花信風”的本意，籠統地指代清明前後百花盛開、姹紫嫣紅的景象；另一方面又被視作始於梅花、終於楝花的春季花期序列概稱，自北宋中期起就已在江南一帶流行，南宋的詩詞中更是多見。宋人並未列出“二十四番花信風”的完整名目，明初王逵《蠡海集》的總結雖然秩序井然，對後世影響深遠，但以五日一候填滿二十四番却須跨越四個月，遠超從梅花開到楝花所歷時長，其間排布的花卉與實際花期亦多有出入。程傑進一步檢索前代文獻，考察王逵羅列的名目是否有所依據，發現宋元時期公認的花信風只有梅花、杏花、桃花、海棠、梨花、楝花等少數幾種，有關荼蘼等近十種花卉的文獻則與花信風無涉。[70]然而至遲到南宋，已有明確從花信風的角度題詠酴醾的作品，如釋圓悟《方海豐詩境樓分賦得春風》詩云：“暖襲游人陌上塵，不知花信幾番新。莫教吹到荼蘼處，吹到荼蘼是晚春。”[71]“花信”即指題中的“春風”，“幾番新”表明作者是從“二十四番花信風”的新義著眼，隨着春季時光的流轉欣賞次第綻放的花卉，而酴醾顯然也被納入了花信風的序列，是“晚春”物候的代表。

清明與寒食、上巳日期接近，自唐宋以來三者逐漸整合爲與春節並立的大節日，集祭祀、春游、飲食等諸多風俗於一體。[72]酴醾最早作爲花卉被載入崇聖寺鬼的《題壁》詩便是在“禁煙佳節”春游之際，從蘇軾題詠“荼蘼洞”的詩作亦可見賞玩此花是蜀中寒食節習俗之一：“長憶故山寒食夜，野荼蘼發暗香來。分無素手簪羅髻，且折霜蕤浸玉醅。”[73]隨着酴醾的廣泛流行，這種花卉逐漸與牡丹、芍藥乃至楊柳等傳統晚春景觀合併，成爲宋代清明等節日主題詩詞的經典意象組合，如歐陽修《漁家傲》詞云：“三月清明天婉娩。晴川祓禊歸來晚。況是踏青來處遠。猶不倦。秋千别閉深庭院。更值牡丹開欲遍。酴醾壓架清香散。花底一尊誰解勸。增眷戀。東風回晚無情絆。”[74]再如劉克莊《寒食清明十首・其七》詩云“楊柳堤邊立，荼蘼架下行”[75]，方岳《上冢・其二》詩云“荼蘼芍藥幾何日，寒食清明又一春”[76]。其中楊柳的枝條和飛絮與酴醾的花、枝形色相似，屬同類景觀，牡丹、芍藥則以豔麗的容色與素潔的酴醾相互映襯，共同構成絢爛雅致的晚春圖景。

除了將酴醾與牡丹、芍藥等花期相近的傳統名花並置在一起欣賞，宋代還發展出以豔麗的金沙搭配酴醾栽種的布景方式。在單獨吟詠酴醾的作品中，金沙通常被用作反襯，如黄庭堅《見諸人唱和酴醾詩輒次韻戲詠》首尾兩句云“梅殘紅藥遲，此物共春歸。……常恨金沙學，顰時正可揮”[77]，舒邦佐《以魯直露濕何郎試湯餅爲韻賦酴醾七首・其三》云“金沙與同架，並蒂更連柯。紅白雖相宜，品藻當如何”[78]，顯然都是從花卉格調的角度貶抑金沙，酴醾既然能與品藻一流的梅花、芍藥比肩，自然是金沙望塵莫及的。然而，由於兩者均是暮春開花的藤蔓類植株，在攀附花架生長的過程中枝條相互交織，花朵彼此輝映，實際觀賞效果正如舒邦佐詩中所言，可謂“紅白”“相宜”，經王安石反復題詠後，逐漸成爲宋人花卉審美的經典組合。元豐七年，蘇軾至金陵拜訪荆公時受贈詩歌數首，除《北山》外，均是專詠酴醾、金沙之作，或許與蘇軾是蜀人有關，詩歌體例雖不盡相同，題目却同爲《池上看金沙花數枝過酴醾架盛開》。[79]以第一首七言絶句爲例，“酴醾一架最先來，夾水金沙次第栽。濃緑扶疏雲乍起，醉紅撩亂雪爭開”，即描繪出酴醾與金沙同時開花、色彩錯綜絢爛的景象。蘇軾次韻此詩寫道，“青李扶疏禽自來，清真逸少手親栽。深紅淺紫從爭發，雪白鵝黄也鬥開”[80]，亦是從色彩著眼歌詠令人目不暇接的暮春風光。正是在踏青游賞的現實情境中，酴醾和金沙突破雅俗懸隔，共同爲春光增色。

宋代花卉栽培技術的進步，不僅使諸如酴醾這樣的地域性花卉能够迅速流播外地，被廣泛關注、題詠；還使園林一年四季皆有時令花卉裝點，賞花這一娛樂活動於是更細密地融入了文人雅士的日常生活之中。如張鎡曾排布好一年的“燕游次序”以免辜負好時光，每個月都擬有觀賞時令花卉的計劃，“三月季春”和“四月孟夏”的主要安排便是賞花，“蕊珠洞賞荼蘼”即被列在四月“賞心樂事”的清單上。[81]再如張景修曾作《花客詩》[82]及《十客圖》以爲雅戲，後人在此基礎上不斷擴充、調整，發展出“三十客”[83]乃至“五十客”[84]，除傳統名花外，廣泛吸納了諸多前代鮮少題詠的花卉，酴醾即赫然在列。張景修《花客詩》以“梅爲清客”“酴醾爲雅客”，後人敷衍出的“五十客”在尊“梅爲清客”的基礎上，以“酴醾爲才客”，或許與酴醾花架下燕飲酬唱的風雅傳統有關。相較於爲花卉定品第，爲花卉取外號的雅戲逐漸擺脱比德傳統的束縛，“俗客”“鬼客”“惡客”“狎客”等帶有貶義色彩的外號大舉加入，展現出宋人雅俗共賞的多元審美意趣。隨着一年四季可觀賞的花卉品種大大增多，文人雅士對酴醾的題詠也逐漸超越傷春傳統，發展出更爲豐富的審美意蘊。

酴醾步牡丹、芍藥等名花後塵，在宋代成爲了晚春景觀的代表之一，自然也繼承了感時傷春的創作傳統，如孔武仲《春晚作》詩云“年華工密移，回首已春暮。雨掠夭桃空，風折牡丹去。芍藥殿花陣，披靡不能住。惟有酴醾開，仙葩照行路。清香飄夜月，淡態挹晨露。得酒便孤斟，遠駕耽徐步”[85]，便是沉浸在春光逝去、百花凋殘的感傷氛圍中對酴醾展開題詠的。然而時間流逝是自然規律，春光畢竟不能永駐，在愁怨春歸之餘，宋人通過遵循花期充分欣賞各色花卉，於豐富細膩的審美觀照中消解了程式化的暮春之悲。如楊萬里《酴醾初發》詩云“一春長是怨春遲，過却春光總不知。已負海棠桃李了，再三莫更負酴醾”[86]，即聚焦於花卉欣賞活動，爲錯過花期而深感遺憾，如此一來花卉便不再是春季時光的注脚，酴醾與晚春的關係在詩人這裏翻轉爲驚覺春天已接近尾聲，立刻提醒自己做好欣賞酴醾的準備，而非眼見酴醾已綻，方覺春之將逝。再如何夢桂《和石庵洪府理金沙酴醾牡丹二首・其一》詩云“金沙開遍牡丹忙，更簇酴醾上架芳。霞綺羅紈圍國色，玉堂金屋擁君王。妝成三月春光富，留得一年花事長。昨夜紫薇紅藥裏，昭君題品是誰香”[87]，更是寫出了金沙、酴醾、牡丹等暮春之花妝點“三月春光”的盛況，詩作無半點愁緒，將姹紫嫣紅的暮春風光塑造成了春天的高潮，展現出三月“花信風”生機勃勃的美學特質，全然不同於雨打風吹、花事蕭條的傳統晚春景致。

其實，酴醾的花期並不止於春季，如果天氣合宜，能够從暮春一直開到初夏，使春光和夏景更自然地銜接在一起。"一簾芳樹緑葱葱,蝴蝶飛來覓綺叢。雪白荼蘼紅寶相,尚攜春色見熏風"[88],便寫出了酴醾等花卉在春夏過渡期間持續綻放的景象。"春意不隨桃李歇,香濃飄到熏風節。爲君鎮日守閑窗,絶勝當年映寒雪"[89],則綜合酴醾的花期和形色,將春夏情態與寒冬雪景串聯在一起,酴醾的美感於是超越春時的局限,也揚棄了春歸的傷感。"催趲荼蘼交夏景,安排芍藥送春光"[90],更顯示出作者送春迎夏的雀躍心情。最廣爲人知的有關酴醾的宋詩乃王淇所作《暮春游小園》[91],全詩著眼於時光的流轉與物候的新變,從梅花、海棠寫到酴醾,"開到荼蘼花事了"之後緊接"絲絲天棘出莓牆",以生機盎然的景觀作結,將值得觀賞的物色由春天的花卉引向夏天的緑植,並無傷春愁緒。盛開於温暖時節的酴醾在日光的照射下花香愈發濃郁,經過文人的題詠,形成了獨特的審美意境。黄庭堅題詠酴醾的名句"露濕何郎試湯餅,日烘荀令炷爐香"[92],雖是化用李商隱的梅花詩,即"謝郎衣袖初翻雪,荀令熏爐更换香",但山谷以何郎、荀令喻酴醾不僅突顯出其與梅花相似的色白氣香的特點,還巧妙地借助人物處境點明酴醾盛開時温暖的氣候狀況,在用典方面可謂技高一籌,對酴醾題詠産生了深遠的影響。從"晴香滿架籠永晝"[93],"日烘香倍遠"[94]等後人之作可見,將酴醾置於晴日之下展開品鑒在宋代蔚然成風。晴日賞酴醾與對花焚香、以花漬酒有着異曲同工之妙,均在香氣層面强化了審美體驗,而相較於月下賞酴醾,明媚的日光很難引發看花人的愁緒。且由於酴醾枝繁葉茂,花落之後還可貢獻清涼,仍不失爲園林一景,又進一步消解了春歸的感傷,正如張耒《夏日七首・其一》所言:"兩架酴醾側覆簷,夏條交映漸多添。春歸花落君無恨,一架清陰恰滿簾。"[95]

(作者單位:復旦大學中文系)

---

① 關於"酴醾"音義的流變歷程參考閆豔《釋唐詩中的"酴醾"》,《古籍研究》2013 年第 2 期;黄雪晴《"荼靡(酴醾)"音義源流考辨》,《長江學術》2011 年第 4 期。這一詞彙又有"酴醿""荼蘼"等寫法,除引用原文時保留不同寫法外,本文統一以"酴醾"論之。

② 參考蒲向明著《玉堂閒話評注》,中國社會出版社,2007 年,第 207—208 頁。

③ 海棠和酴醾在宋代的流行參考侯迺慧《宋代園林及其文化生活》,臺北三民書局,2010 年,第 586 頁。蜀地酴醾既有白色也有黄色,但黄酴醾香氣寡淡,且較爲罕見,廣受宋人喜愛的是香氣濃郁的白酴醾,參考宋祁《黄荼蘼贊》,見曾棗莊、劉琳主編《全宋文》卷五二三,上海辭書出版社、安徽教育出版社,2006 年,第 51—52 頁。

④ 統計數據參考陳婉純《宋詩中的酴醾意象研究》,暨南大學碩士學位論文,2020 年;許華、李春梅《試論宋詞中荼靡意象的審美意蘊》,《古今文創》2021 年第 38 期。

⑤ 陶穀撰,鄭村聲、俞鋼整理《清異録》,見《全宋筆記》第一編第二册,大象出版社,2019 年,第 41 頁。

⑥ 同上書,第 40 頁。

⑦ 同上書,第 41、76 頁。

⑧ 同上書,第 41 頁。

⑨ 同上書,第 39—40 頁。
⑩ 程傑《論中國蠟梅的歷史起源》,《南京林業大學學報(人文社會科學版)》2022 年第 5 期。
⑪ 蘇象先撰,儲玲玲整理《丞相魏公譚訓》,見《全宋筆記》第三編第三册,大象出版社,2008 年,第 96 頁。
⑫ 龐元英撰,金圓整理《文昌雜録》,見《全宋筆記》第二編第四册,大象出版社,2006 年,第 141 頁。
⑬ 朱弁撰,張劍光整理《曲洧舊聞》,見《全宋筆記》第三編第七册,大象出版社,2008 年,第 60 頁。
⑭ 高似孫撰,儲玲玲整理《緯略》,見《全宋筆記》第六編第五册,大象出版社,2013 年,第 354 頁。
⑮ 龐元英撰,金圓整理《文昌雜録》,第 141 頁。
⑯ 關於中國園林的發展歷程參考侯迺慧《宋代園林及其文化生活》,第 24 頁。
⑰ 見《成都文類》卷二,清文淵閣四庫全書補配清文津閣四庫全書本。
⑱ 見《温國文正公文集》卷五,民國八年上海商務印書館四部叢刊景宋紹興三年本。
⑲ 王明清撰,燕永成整理《揮麈録餘話》,見《全宋筆記》第六編第二册,大象出版社,2013 年,第 17 頁。
⑳ 李格非撰,孔凡禮整理《洛陽名園記》,見《全宋筆記》第三編第一册,大象出版社,2008 年,第 166 頁。
㉑ 文同《守居園池雜題三十首・荼醿洞》,見《丹淵集》卷一五,四部叢刊明汲古閣刊本。
㉒ 見《温國文正公文集》卷四,民國八年上海商務印書館四部叢刊景宋紹興三年本。
㉓ 關於宋代園林在布景方面的“陰柔”特點,參考劉璐《兩宋私家園林“陰柔”形態的意象美學研究》,北京林業大學碩士學位論文,2021 年。
㉔ 關於宋代名人園林中的景觀統計部分參考侯迺慧《宋代園林及其文化生活》,第 234—247 頁。
㉕ 周必大撰,李昌憲整理《二老堂雜誌》,見《全宋筆記》第五編第八册,大象出版社,2012 年,第 352 頁。
㉖ 周必大《淳熙玉堂雜記》、李心傳《建炎以來朝野雜記》、周密《武林舊事》等文獻中均有記載。
㉗ 周必大撰,李昌憲整理《二老堂雜誌》,第 352 頁。
㉘ 朱弁撰,張劍光整理《曲洧舊聞》,第 23—24 頁。
㉙ 程傑《梅文學論集》,北京燕山出版社,2018 年,第 122—248 頁。
㉚ 晁補之《酴醾》,見《雞肋集》卷一八,四庫叢刊景明本。
㉛ 胡寅《和信仲酴醾》,見《斐然集》卷一,清文淵閣四庫全書補配清文津閣四庫全書本。
㉜ 見蘇轍撰,蔣宗許等箋注:《蘇轍詩編年箋注》卷六,中華書局,2019 年,第 480 頁。
㉝ 見《宛陵集》卷一七,四部叢刊景明萬曆梅氏祠堂本。
㉞ 見《瀛奎律髓》卷二〇,清文淵閣四庫全書補配清文津閣四庫全書本。
㉟ 李綱《志宏見和再次前韻・酴醾》,見《梁谿集》卷八,清文淵閣四庫全書本。
㊱ 見唐圭璋編《全宋詞》,中華書局,1965 年,第 1149 頁。
㊲ 楊萬里《張功父送牡丹續送酴醾且示酴醾長篇和以謝之》,見《誠齋集》卷二四,四部叢刊景宋寫本。
㊳ 盧祖皋《酴醾》,見陳景沂編輯,祝穆訂正,見程傑、王三毛點校《全芳備祖》卷一五,浙江古籍出版社,2014 年,第 369 頁。
㊴ 程傑《梅文學論集》,第 67—85 頁。
㊵ 見《玉瀾集》,四部叢刊續編景明本。
㊶ 劉敞《荼蘼二首・其一》,見陳景沂編輯,祝穆訂正,程傑、王三毛點校《全芳備祖》卷一五,第 371 頁。
㊷ 晁補之《次韻李秬酴醾》,見《雞肋集》卷一八,四部叢刊景明本。
㊸ 趙蕃《雨中憶花寄懷曾季永嚴從禮二首・其二》,見《淳熙稿》卷一,清武英殿聚珍版叢書本。
㊹ 劉子翬《續賦家園七詠・酴醾洞》,見《屏山集》卷一二,明刻本。
㊺ 盧祖皋《水龍吟・賦酴醾》,見唐圭璋編《全宋詞》,第 2410 頁。
㊻ 趙長卿《虞美人・清婉亭賞酴醾》,見唐圭璋編《全宋詞》,第 1772 頁。

㊼ 程傑《梅文學論集》,第85—89頁。

㊽ 張耒撰,李逸安、孫通海、傅信點校《張耒集》卷一〇,中華書局,1990年,第147—148頁。

㊾ 見《梁谿集》卷八,清文淵閣四庫全書本。

㊿ 同上書。

51 文同《守居園池雜題三十首・荼蘼洞》,見《丹淵集》卷一五,四部叢刊景明汲古閣刊本。

52 蘇軾《和文與可洋川園池三十首・荼蘼洞》,見蘇軾撰,王文誥輯注,孔凡禮點校《蘇軾詩集》卷一四,中華書局,1982年,第676頁;蘇轍《和文與可洋州園亭三十詠・荼蘪洞》,見蘇轍撰,蔣宗許等箋注《蘇轍詩編年箋注》卷六,第480頁。

53 鮮于侁《洋州三十景・荼蘼洞》,見《宋詩紀事補遺》卷一,清光緒刻本。

54 葉紹翁撰,張劍光、周紹華整理《四朝聞見録》,見《全宋筆記》第六編第九册,大象出版社,2013年,第268頁。

55 同上。

56 程傑《梅文學論集》,第271頁。

57 范成大撰,方健整理《驂鸞録》,見《全宋筆記》第五編第七册,大象出版社,2012年,第28—39頁。

58 王庭珪《中夜起坐惜春亭月照酴醾清香郁然因成四韻》,見《盧溪集》卷一七,清文淵閣四庫全書本。

59 王拱辰《耆英會》,見厲鶚撰,陳昌强、顧聖琴點校《宋詩紀事》卷一二,浙江古籍出版社,2019年,第435頁。

60 梅堯臣《和范景仁王景彝殿中雜題三十八首並次韻・有折景福殿後酴醾花至者》,見《宛陵集》卷二〇,四部叢刊景明萬曆梅氏祠堂本。

61 黄庭堅《見諸人唱和酴醾詩輒次韻戲詠》,見黄庭堅撰,任淵、史容、史季温注,劉尚榮點校《黄庭堅詩集注》卷六,中華書局,2003年,第228頁。

62 劉子翬《郡圃觀酴醾》,見《屏山集》卷一一,明刻本。

63 王庭珪《酴醾》,見《盧溪集》卷一九,清文淵閣四庫全書本。

64 陳宓《約潘丈及小喻登横玉臺觀木香酴醾・其一》,見《龍圖陳公文集》卷五,清鈔本。

65 關於梅花與霜雪的關係發展歷程參考程傑《梅文學論集》,第161—165頁。

66 毛滂《踏莎行・會寶園初見梅花》,見《東堂詞》,明刻宋名家詞本。

67 辛棄疾《臨江仙・探梅》,見辛棄疾著,辛更儒箋注《辛棄疾集編年箋注》卷九,中華書局,2015年,第985頁。

68 張鎡《玉照堂觀梅二首・其一》,見《南湖集》卷五,清文淵閣四庫全書補配清文津閣四庫全書本。

69 吴淵《霜蕤亭・其二》,見《江湖小集》卷七〇,清文淵閣四庫全書補配清文津閣四庫全書本。

70 以上關於"花信風"及"二十四番花信風"説法的涵義辨析參考程傑《"二十四番花信風"考》,《閱江學刊》2010年第1期。

71 釋圓悟《方海豐詩境樓分賦得春風》,見《江湖後集》卷一六,清文淵閣四庫全書本。

72 黄濤《清明節的源流、内涵及其在現代社會的變遷與功能》,《民間文化論壇》2004年第5期。

73 蘇軾《和文與可洋川園池三十首・荼蘼洞》,見蘇軾撰,王文誥輯注,孔凡禮點校《蘇軾詩集》卷一四,第676頁。

74 見唐圭璋編《全宋詞》,第126頁。

75 劉克莊《寒食清明十首・七》,見劉克莊著,辛更儒箋校《劉克莊集箋校》卷三三,中華書局,2011年,第1805頁。

76 見《秋崖集》卷八,清文淵閣四庫全書補配清文津閣四庫全書本。

77 見黄庭堅撰,任淵、史容、史季温注,劉尚榮點校《黄庭堅詩集注》卷六,第228頁。

⑱ 見《雙峰先生存稿》卷六,明崇禎刻本。

⑲ 参考劉成國《王安石年譜長編》卷七,中華書局,2018 年,第 2153 頁。

⑳ 蘇軾《次荆公韻四絶・其一》,見蘇軾撰,王文誥輯注,孔凡禮點校《蘇軾詩集》卷二四,第 1252 頁。

㉑ 周密撰,范熒整理《武林舊事》卷一〇,見《全宋筆記》第八編第二册,大象出版社,2017 年,第 133—135 頁。

㉒ 龔明之撰,張劍光整理《中吴紀聞》卷四"花客詩",見《全宋筆記》第三編第七册,大象出版社,2008 年,第 240 頁。

㉓ 姚寬撰,湯勤福、宋斐飛整理《西溪叢語》卷上,見《全宋筆記》第四編第三册,大象出版社,2008 年,第 15—16 頁。

㉔ 陶宗儀編,劉宇等整理《説郛》"選五十八種・三柳軒雜識",見《全宋筆記》第十編第十二册,大象出版社,2018 年,第 234—235 頁。

㉕ 見《清江三孔集》卷六,清文淵閣四庫全書補配清文津閣四庫全書本。

㉖ 見《誠齋集》卷二五,四部叢刊景宋寫本。

㉗ 見《潛齋集》卷二,清文淵閣四庫全書本。

㉘ 范成大《初夏三絶呈游子明王仲顯・其二》,見范成大著,辛更儒點校《范成大集》卷二七,中華書局,2020 年,第 483 頁。

㉙ 廖剛《次韻李全甫惠荼蘼五首・其二》,見《高峰文集》卷一〇,清文淵閣四庫全書本。

㉚ 作者爲易士達,見陳景沂編輯,祝穆訂正,見程傑、王三毛點校《全芳備祖》卷一五,第 364 頁。

㉛ 王淇《暮春游小園》,見謝枋得選,王相注《千家詩》,浙江人民出版社,1980 年,第 12 頁。

㉜ 黄庭堅《觀王主簿家酴醾》,見黄庭堅撰,任淵、史容、史季温注,劉尚榮點校《黄庭堅詩集注》卷六,第 1200—1201 頁。

㉝ 曹勛《倚闌人荼蘼》,見唐圭璋編《全宋詞》,第 1218 頁。

㉞ 王十朋《書院雜詠・酴醾》,見《梅溪集》卷六,四部叢刊景明正統刻本。

㉟ 張耒撰,李逸安、孫通海、傅信點校《張耒集》卷一〇,第 494 頁。

宋人對柳宗元枯淡風格的推崇與畫意提煉*

董　贇

藝術家的風格總是多變的，常隨着生平遭際、心境環境的改變而表現出多種樣貌，在柳宗元明淨簡峭、清深自然的整體文學風格之下，仍有好幾副筆墨，比如古人所論之"森嚴"①"精刻"②"清勁紆徐"③"峭拔緊結"④等面。尤其是貶官前後更是風格差異巨大，永州、柳州之作多由沈鬱悲憤的心境熔鑄出峻峭清勁的風格。整體而論，在詩歌、辭賦、游記、寓言等多種形式的創作中表現出差異風格。⑤當將宋人之主流論調與明清及今人觀點相比時，更可以明顯地感覺到宋人對柳詩平淡簡遠一面的喜愛，而少於探討柳宗元感厄凄惻之作。本文試從蘇軾對柳宗元"枯淡"風格的發掘、宋人對《江雪》畫境的提煉、《江雪》詩意畫對柳宗元枯淡風格和畫意認知的加强這三方面，來解釋爲何柳宗元文學中淡美的一面尤受宋人青睞，以及其價值所在。

一、蘇軾及宋人對柳宗元"枯淡"風格的發掘與推崇

被貶之後，柳宗元將落寞悲憤的情緒投射於荒遠偏僻的貶謫之地，愛寫怪石、廢地、荒潭等冷寂意象，這既有繼承屈原《離騷》而來的"比德"之意，也是柳氏身處南荒的現實和寄寓内心的需要，營造出幽清孤峭的山水詩文意境。其名篇《至小丘西小石潭記》："坐潭上，四面竹樹環合，寂寥無人，凄神寒骨，悄愴幽邃。以其境過清，不可久居，乃記之而去。"⑥便營造了寂寞無人、冷清幽靜的荒遠之景，境界凄清。明人蔣之翹輯注《柳河東集》在此句下注云："荒寒之景如畫，讀之颯颯。"⑦蔣之翹又在柳宗元《游石角過小嶺至長烏村》中"磴回茂樹斷，景晏寒川明"⑧句後評曰："二句荒寒之景如畫。"⑨無論評詩還是論文，蔣氏之論都是就柳宗元所描述的自然風光之特徵而論，指出柳宗元傾心於荒僻風光的表現。荒遠僻地和凄冷物象並非審美對象，故作者自言"以其境過清，不可久居"，不僅指環境和心境，也意味着"過清"之境並不適宜欣賞。

觀柳宗元具有荒寒之美的詩，如《秋曉行南谷經荒村》《雨後曉行獨至愚溪北池》等作，

* 教育部人文社會科學研究青年基金項目"詩畫互文：宋元'荒寒'藝境的生成與嬗變研究"(20YJCZH022)。

一般是選取黄葉、溪橋、荒村、古木、寒花、幽泉等疏淡寂寥的静態意象,營造出清空瑩澈的詩境。但作者主要是在實寫僻遠蕭條的自然環境,並未將之作爲審美對象,荒寒之境更非當時流行的美學風格。然而,這樣的詩境却廣受宋人喜愛,其原因正在於宋代以蘇軾領銜的文人的集體推崇,刷新了柳宗元在文學史中的地位,使柳之幽清孤峭的風格成爲一種備受喜愛的美學趣味,而"荒寒"也漸從對柳之文學表現對象——即自然山水——特徵的描摹,演變爲對其永州文學風格的概括。

實際上,在蘇軾之前的接受史中柳宗元詩文的評價並不高,唐人的普遍看法是柳宗元文勝而詩稍劣。是蘇軾首先發掘了柳詩的獨特風味,基本奠定了後世對柳宗元文學風格的主流認知。對於蘇軾對柳宗元詩的發明之功,古人已多有精見,略摘録如下:

> 文編輿舊學(自注:子厚文集因晏公乃大備),詩價重東坡。(自注:公之詩前無賞者,自東坡始之)(宋·晁説之《通叟年兄視以柳侯廟詩三首輒亦有作所謂增來章之美也》其三)⑩
>
> 子厚詩尤深遠難識,前賢亦未推重,自東坡發明其妙,學者方漸知之。(宋·范温《潛溪詩眼》"柳子厚詩")⑪
>
> 陶淵明、柳子厚之詩,得東坡而後發明。(宋·張戒《歲寒堂詩話》)⑫
>
> 柳州文掩其詩,得東坡而始顯。(清·管世銘《讀雪山房唐詩序例》)⑬

以上數條幾乎都沿襲了晁説之詩及自注的説法,以"發明"而論,側重於蘇軾對柳宗元詩歌的發掘之力,足見蘇軾在確定後世柳之接受方面的始創之功。今之研究一般也將蘇軾視作柳宗元接受史中的"第一讀者",指出其在理論闡釋和創作實踐兩方面的關鍵意義。⑭

蘇軾對柳詩風格的評價主要有兩條重要論述,其一爲《書黄子思詩集後》:

> 予嘗論書,以謂鍾、王之跡,蕭散簡遠,妙在筆畫之外。……至於詩亦然。蘇、李之天成,曹、劉之自得,陶、謝之超然,蓋亦至矣。而李太白、杜子美以英瑋絶世之姿,凌跨百代,古今詩人盡廢。然魏晉以來,高風絶塵,亦少衰矣。李、杜之後,詩人繼作,雖間有遠韻,而才不逮意,獨韋應物、柳宗元發纖穠於簡古,寄至味於淡泊,非餘子所及也。唐末司空圖,崎嶇兵亂之間,而詩文高雅,猶有承平之遺風。其詩論曰:"梅止於酸,鹽止於鹹,飲食不可無鹽梅,而其美常在鹹酸之外。"⑮

這段論述中,蘇軾對柳宗元評價很高,主要論點是著名的"發纖穠於簡古,寄至味於淡泊",影響甚大。該評價可與上下文結合來看,前文中蘇軾論書時讚鍾繇、王羲之"蕭散簡遠,妙在筆畫之外",又在下文中稱賞司空圖論詩之語"梅止於酸,鹽止於鹹,飲食不可無鹽梅,而其美常在鹹酸之外",其實都是强調形式中蘊含的韻味。此外,蘇軾在《書唐氏六家書後》

里説:“永禪師書,骨氣深穩,體兼衆妙,精能之至,反造疏淡。如觀陶彭澤詩,初若散緩不收,反覆不已,乃識其奇趣。”⑯也是將書法與詩歌同論,最終達到“疏淡”的品格,可爲此條注解。可以説,“獨……非餘子所及也”的評價顯示出蘇軾對柳宗元詩的高度稱賞,抬高和確定了柳宗元在文學史上的地位。

其二出自《評韓柳詩》:

> 柳子厚詩在陶淵明下,韋蘇州上。退之豪放奇險則過之,而温麗精深不及也。所貴乎枯淡者,謂其外枯而中膏,似淡而實美,淵明、子厚之流是也。若中邊皆枯淡,亦何足道。⑰

在這段論述中,蘇軾也將柳宗元和韋應物並置,認爲柳詩高於韋詩,並且將之納入陶淵明詩的譜系中,提出了著名的詩論:“所貴乎枯淡者,謂其外枯而中膏,似淡而實美。”其實與前一條評論同一機杼,都是對“枯淡”美的推崇,要求表面簡潔省淨的形式中藴含豐厚醇美的至味,涵詠不盡。

整體來説,蘇軾這兩段話論述的要點首先在於,將柳宗元、韋應物與陶淵明同論,將三人置於近似風格的詩美體系中,並引發後來者有關“韋柳體”及二人高下之爭的討論。蘇軾對陶王韋柳一派的稱賞,主要是由於其中的泠然獨往之境和自在之趣,虛空無跡的山水詩更符合其性喜山水、尋求超脱的本性。⑱更爲重要的是,蘇軾的闡釋將内在“膏”“美”而外在“枯淡”確立爲柳宗元的文學風格,奠定了後世接受史中柳詩清淡風格的總體定位。

在宋代,附和蘇軾之論的人很多,如北宋韓駒《陵陽室中語》云:“予觀古今詩人,惟韋蘇州得其清閒,尚不得其枯淡;柳州獨得之,但恨其少遒爾。柳州詩不多,體亦備衆家,惟效陶詩是其性所好,獨不可及也。”⑲思路和觀點幾乎跟蘇軾一樣,並沿用蘇軾文中的“枯淡”論陶、韋、柳詩,認爲柳宗元獨得陶淵明之枯淡風格。胡仔《苕溪漁隱叢話》中輯録了數條對柳宗元的評論,如引《雪浪齋日記》中評述柳詩風格爲“清深閒淡”:“爲詩……欲清深閒淡,當看韋蘇州、柳子厚、孟浩然、王摩詰、賈長江。”⑳又引蔡絛《西清詩話》評論言:“柳子厚詩雄深簡淡,迥拔流俗,至味自高,直揖陶、謝。”㉑又如楊萬里《誠齋詩話》:“五言古詩,句雅淡而味深長者,陶淵明、柳子厚也。”㉒“清深閒淡”“雄深簡淡”及“句雅淡而味深長”等諸論,用語雖異,但其實都是蘇軾“發纖穠於簡古,寄至味於淡泊”和“外枯而中膏,似淡而實美”的不同申説,指出柳宗元詩文中富有韻味的簡淡風格,將精深的内容寄寓於看似平淡的形式中。南宋另如劉克莊《後村詩話》、賀裳《載酒園詩話》等著中,皆有推崇簡淡風格的論述。曾季貍《艇齋詩話》言:“柳子厚《覺衰》《讀書》二詩,蕭散簡遠,穠纖合度。置之淵明集中,不復可辨。”㉓更是直接從蘇軾之語中化出,“蕭散簡遠”出自蘇軾“蕭散簡遠,妙在筆畫之外”,“穠纖合度”則是“發纖穠於簡古”的翻版。總而論之,宋人的一般論述仍受蘇軾“枯淡”論的主導,且相較於唐人文勝而詩劣的評價整體提高了柳宗元在接受史上的地位。

二、宋人對《江雪》荒寒畫意的提煉

柳宗元詩文擅寫荒僻之景,有孤寂幽怨、沈鬱蒼勁、峭拔精深之作,爲何柳詩的淡美在東坡之前並無賞者?原因乃在於柳詩風味與當時主流藝術風格的不契,而作爲始振文人畫的蘇軾却非常欣賞這種趣味。在柳宗元生活的時代,一種鏤金錯彩、張揚激情的詩歌風格占據主流,而當時代審美風尚變化,在大家蘇軾的引領下,開始欣賞一種清新簡淡、深邃老成的宋型藝術風格之後,柳宗元詩中的荒寒淡雅之境及其組合成的獨特詩學風格纔開始受到文人的普遍青睞。可以説,宋人發掘了柳詩淡遠簡古的一面,或者説,柳詩之風味正與宋代文人普遍崇尚的藝術趣味相契合。

宋代文人崇尚枯淡超逸、荒遠冷寂的趣味,尤其明顯地體現在詩、畫兩種藝術類型中,於此,尚藝好畫的論家們從詩中提煉了這種詩、畫共享的審美意境和趣味。柳宗元詩文所描寫的幽清荒寂景色與文人畫的荒寒意境有相通之處,《江雪》《漁翁》等最具代表性,它們聯結了詩、畫,並使"荒寒"這一論畫術語被挪用至論其詩文,尤其是柳州、永州階段山水詩和游記散文的風格特色。㉔柳子五絶《江雪》:"千山鳥飛絶,萬徑人蹤滅。孤舟蓑笠翁,獨釣寒江雪。"㉕此詩常被視爲柳詩風格的代表作,營造了一種荒寂幽遠的意境,十分有畫意。既有研究誠然揭示了《江雪》的畫意,一方面表現在成爲衆多漁隱詩詞的語典出處,另一方面對寒江獨釣、江天暮雪等畫題有所啓迪。㉖值得更進一步探討的是,蘇軾對《江雪》的推崇正代表了其對繪畫藝術的品味和偏好,是一種融合詩、畫的審美趣味,以及爲什麽對《江雪》的推崇在宋代十分突出。

《江雪》的價值也是由蘇軾發明的,東坡《書鄭谷詩》言:

> 鄭谷詩云:"江上晚來堪畫處,漁人披得一蓑歸。"此村學中詩也。柳子厚云:"千山鳥飛絶,萬徑人蹤滅,孤舟蓑笠翁,獨釣寒江雪。"人性有隔也哉,殆天所賦,不可及也已。㉗

東坡所引唐末鄭谷詩乃其《雪中偶題》:"亂飄僧舍茶煙濕,密灑歌樓酒力微。江上晚來堪畫處,漁人披得一蓑歸。"㉘描寫雪中所見的景致,尤其點出其中可堪入畫的一幕,即江天暮雪中披蓑晚歸的漁人。《唐詩紀事》載:"鄭谷《雪詩》云:'亂飄僧舍茶煙濕……'有段贊善者,善畫,因採其詩意,寫之成圖,曲盡瀟灑之意。持以贈谷,谷爲詩寄謝云:'贊善賢相後,家藏名畫多。留心於繪素,得意在煙波。屬與同吟詠,功成更琢磨。愛余風雨句,幽絶寫漁蓑。'"㉙可見不僅鄭谷詩有畫意,且曾有過真正取此詩意入圖的實踐,形成"詩—畫—詩"間的詩情畫意轉化。鄭谷詩詠"堪畫"的雪景,固有詩意,曾被北宋柳永點化爲詞,在詠雪詩中絶非濫作。然蘇軾將鄭谷詩斥爲"村學中詩",並引柳宗元《江雪》詩相較,其觀點是,同爲詠雪之作,柳宗元詩乃天賦而爲,固不可及。在與晚唐詩人的對比中推崇柳宗元的高格,實際上仍是將鄭谷置於晚唐格卑氣俗的時代風尚中,藉柳宗元來推崇宋人標舉的氣格論。

蘇軾此論影響甚大,宋人多有同聲。比如洪芻《洪駒父詩話》就曾摘引蘇軾的觀點:"東坡言鄭谷詩'江上晚來堪畫處,漁人披得一蓑歸',此村學中詩也。"[30]可見也認同蘇軾對鄭谷此詩的評價,認爲格調非高。又,周紫芝《竹坡詩話》云:"鄭谷《雪》詩,如'江上往來堪畫處,漁人披得一蓑歸'之句,人皆以爲奇絶,而不知其氣象之淺俗也。東坡以謂此小學中教童蒙詩,可謂知言矣。"[31]認爲鄭谷詩氣象淺俗。

蘇軾以"天賦"論二詩而拜柳踩鄭,自然與其詩學宗尚有關,追求氣格高盛、自然韻逸之作。另一方面其實在於,二詩在畫意及其背後代表的美學風格方面的差異。鄭谷《雪中偶題》實寫僧舍飄雪、酒樓靜寒、漁人晚歸的三個典型場景,以"堪畫處"勾勒所見,繪就一幅山鄉雪景圖,一望便盡,較少含蓄和想象。而柳子五絶營造了闃寂無人、鳥禽俱絶的荒寒景致,獨有一蓑笠翁於孤舟獨釣,相比鄭谷詩營造的常見雪中景象,具有提煉性和典型性,更有畫意却也偏向寒寂。就視覺構圖來説,前者顯然不如後者的畫面更有視覺焦點,"絶""滅"正是此畫兼顧視覺與精神兩方面意義的背景。從藝術典型價值來説,《江雪》完成了從生活圖景到藝術境界的昇華,塑造了一種有共鳴的、可供理解創造的成功藝術形象。

此外,就《江雪》營造的意境來説,也與宋代文人普遍追求的美學境界相契。總的來説,在唐末宋初文人畫興起和水墨之興的畫史背景下,北宋文人畫領袖開始著意建構一種既不同於傳統又與院體趣味相異的文人畫論,從理論到實踐全方位地推崇荒寒畫境,漸使它成爲一種流行於兩宋的審美趣味與意境追求。[32]事實上,前引蘇軾"所貴乎枯淡者,謂其外枯而中膏,似淡而實美"、"蕭散簡遠,妙在筆畫之外……發纖穠於簡古,寄至味於淡泊"諸論,雖因詩而發却常被認爲也是重要的畫論,旨在使繪畫合於文學模式。荒寒意境蘊含着對繪畫詩意的追求,要求詩中有畫、含蓄蘊藉,文人情思的融入使荒寒山水的繪畫表現更具韻味。《江雪》所營造的闃寂無人、孤高清潔的藝術境界,顯然合於文人畫所崇尚的寂靜清雅、凄冷孤寒的美學風格。蕭條荒寒,當然不止於畫面物象的枯敗凋零、環境的寂寞冷落,更含一種雅致清潔、孤高超越的文人淡泊高雅之志,孤舟獨釣的漁翁也正是這内在精神的符號化顯現。

就其接受史而言,相較於明清人對詩歌寓意、詩人身世的探究,宋人顯然更注重詩歌寫景之妙和營造的畫意。如學者所言:"《江雪》影響史不僅是一部詩典原型的復活史,還是一部傳統審美理念的顯化史。"[33]從這個角度來説,除了兩首詩直接的詩藝競技之外,極具審美眼光的蘇軾將《江雪》與"堪畫"聯繫,發掘了這種具有荒寒意味的獨特畫境。《江雪》之畫意正與文人畫對荒寒一品的追求相契,使寒江獨釣、江天暮雪等成爲深受文人喜愛的典型畫題。無論是意象還是意境,《江雪》都符合宋人對山水畫的欣賞標準,是文人審美理想的典型,在蕭條淡泊、荒寒清雅成爲重要文人審美趣味的時代,對《江雪》的喜愛和推崇便成爲必然。在孤寂枯淡的自然環境中提煉出詩意,正在於宋人具有欣賞這種美的眼光和心情,也正代表了宋型審美的特點。概言之,以蘇軾爲代表的宋人從《江雪》中提煉出荒寒簡遠的美學境界,其實正是因爲《江雪》契合了宋代文人對自然及山水畫的欣賞口味,同時塑造了一種具有文人情趣的釣者形象,也爲其推崇的蕭條淡泊的文人畫論舉出典型。

三、《江雪》詩意畫對柳宗元荒寒風格認知的强化

漁父意象是深受中國文人喜愛的文化符號,宋前已多圖繪和詩詠。柳宗元《漁翁》刻畫了瀟然自得的漁翁形象,與"獨釣寒江雪"一樣都是表現釣者,而兩詩意境相異。可以説,自《江雪》起,漁父常被置於一種荒寒遼遠的背景中,形成新的藝術風格並產生系列名作。如明代黄周星評柳宗元《江雪》詩所説:"只爲此二十字,至今遂圖繪不休,將來竟與天地相終始矣。"[34]表現《江雪》詩意的畫題主要是江天暮雪、寒江獨釣一類。

作爲畫題的江天暮雪一般指向凄風凍雲、水天茫闊的雪景,在宋代被納入"八景"之一,影響深遠。宋元以來"瀟湘八景"的圖繪和題詠競相湧現,留下不少名篇。在對《江天暮雪圖》的題詠中,除了對雪景的描繪,詩人們也常點出釣者形象,如以下宋代詩句:

> 萬境沈沈天籟息,溪翁忍凍獨垂綸。(宋・釋德洪《瀟湘八景》其三《江天暮雪》)
>
> 獨釣寒江晚來雪,憑誰畫我作漁翁。(宋・喻良能《次韻陳侍郎李察院〈瀟湘八景圖・江天暮雪〉》)
>
> 誰憐鶴髮翁,披蓑釣寒江。(宋・劉學箕《賦祝次仲八景》其二《江天暮雪》)
>
> 中有輕舠移斷浦,玉笠瓊蓑一漁父。(宋・葉茵《瀟湘八景圖》其四《江天暮雪》)[35]

以上四詩皆是吟詠八景中的江天暮雪之畫,分别提到披蓑的鶴髮釣者、獨釣的漁翁、披蓑戴笠的漁父、獨自垂綸的溪翁,詞句、意象、詩意皆從柳宗元《江雪》中化出。事實上,"江天暮雪"即是對"江雪"二字的擴充,與柳宗元詩有着密切關聯。南宋趙蕃五絶《江天暮雪》:"超絶柳州句,粗疏鄭谷詩。扁舟釣臺下,曾見雪初時。"[36]不僅想起了柳柳州,也想到了柳鄭高低之爭的一段公案,而於雪景無涉,可見《江雪》影響之深遠。當然,宋以後人亦多圖繪、題詠江天暮雪,其中也有不少涉及釣者形象,意境頗類。

江天暮雪固然是《江雪》題中之義,而寒江獨釣的"寒"與"獨"顯然更能表現柳氏該詩的精髓。宋末劉辰翁評《江雪》曰:"得天趣,獨由落句五字道盡矣。"[37]指出尾句的天然畫意,信然。此詩中"千山鳥飛絶,萬徑人蹤滅"的描述純爲背景,既點題又爲尾句造勢,而"孤舟蓑笠翁"其實也已隱藏在"獨釣寒江雪"中,此詩中尾句乃爲點睛之筆。因"獨"而有

"荒"意,既有"荒"的地理和環境氛圍,又有"寒"的身體和心理感受,荒寒之感呼之欲出。所以,《江雪》對於文學史和美術史的意義,不止在於它繪就的雪景與塑造的漁翁形象,更是因其創造了藝術境界中至高的"無我之境":"真正的'無我之境'是柳宗元這首《江雪》,在這様的境界中,詩人的視點失落了,没有'俯'或'仰',也没有'望'或'見';詩人的情緒也失落了,不以物喜,不以己悲。他是站在'心即宇宙'的立場純然客觀地呈現世界的本來面目,我之思消融於物之境而獲得永恒。"[38]《江雪》是一片純然的風景,是由符號構成的藝術世界,因此具有普適的、永恒的美學價值。

如果説在此前的詩、畫里,漁翁形象可置於任何氣氛的山水背景中,而自柳宗元《江雪》及宋人對之的推崇發揮後,中國文人心中的釣者形象便緊密地跟江天遼闊、寒氣蕭瑟的風景相關,與之相關的藝術作品則樂於表現荒寒意境。北宋初期的許多包含漁翁、釣者形象的山水畫,多有野趣寒意而未熔鑄出荒寒的風格,主要由於其遠近得宜的布列、行旅野渡的點綴、嚴謹細密的筆法等等,使這些畫作似是略點綴了人事活動的雪景山水圖。氣質更近於柳宗元《漁翁》詩,頗有閒適淡然的山水風格,畫與詩中人事活動的點綴使得這片山水可親可近。而隨着文人趣味對繪畫的强勢襲入,加之唐宋間畫史上的水墨之興,南宋山水畫漸變得更爲簡淡荒寒。如南宋馬遠著名的《寒江獨釣圖》(日本東京國立博物館藏),在空曠的紙幅中,惟有扁舟一葉,漁翁獨在船頭垂釣,畫面多空白,却能由小舟周圍的淡淡波紋讓人聯想無涯江水、蒼茫遠山,具荒寒意味。《寒江獨釣圖》便與《江雪》一詩氣質相類,《江雪》及繪就此詩詩意的畫作,顯然更傾心於塑造一個令人神清骨冷的、清澈潔淨的藝術世界。

文人愛在詩詞中表現這種一蓑獨釣的畫境,尤其是元及以後,"寒江獨釣"成爲繪畫中的經典藝術原型,産出《寒江獨釣圖》《雪漁圖》《雪釣圖》等諸多名作,雖構圖、筆法、設色等各有差異,但整體來説畫中荒寒之境不斷加强,給人以孤峭清奇、簡潔空靈的讀畫感受。在這個文人藝術的世界里,漁翁從現實生活中捕魚、釣魚活動的承擔者,變成文人嚮往的精神境界的符號化表現,趣味與風格也從漁舟唱晚的愉悦暢然變成遠離人境的孤獨超逸,内藴着超然物外的林泉之思,因此展示出徹底的文人趣味。南宋後期的敖陶孫在《臞翁詩評》中説:"柳子厚如高秋獨眺,霽晚孤吹。"[39]其人其詩其文的孤峭峻潔與文人畫的荒寒意境有相通處,都表達了孤絶荒寒的生命意識,正是這種"獨"和"孤"超越了藝術外在形式和風格,體現古代知識分子的孤獨心態和獨特審美情趣。柳宗元對荒寒畫境的影響是中晚唐詩歌意境與文人心態對文人畫影響之一例。

文學方面,留下許多《寒江獨釣圖》的題畫詩,如南宋姚勉《雪景四畫・寒江獨釣》,宋末劉辰翁《冬景・獨釣寒江雪》,元人袁士元《題寒江獨釣圖》、朱希晦《寒江獨釣》、胡奎《題寒江獨釣》,明人陳烓《題寒江獨釣圖》、陳獻章《寒江獨釣》、徐渭《獨釣寒江》,等等,繼作不絶。諸多題詠《江雪》詩意甚至雪景畫之作,反復化用寒江獨釣意象。如南宋周孚有詩《題宣書記〈塞門積雪圖〉,此圖真柳子厚所謂:"千山鳥飛絶,萬徑人蹤滅"者,若"孤舟蓑笠翁,獨釣寒江雪”則以余詩見之》,由詩題可知,詩人在題詠雪圖時聯想起了《江雪》之作,並有意將漁翁的角色以詩意補足。詩中化用《江雪》語詞及典故者更多。寒江獨釣的畫題與柳宗元産生關係,後世題詠《寒江獨釣》《江天暮雪》等畫作的詩詞也多化用此詩。宋人王十朋言“寒江獨釣句思柳”[40],自宋起,“寒江獨釣”畫題就常喚起對柳宗元的聯想,如以下三首題詠《寒江獨釣圖》之詩:

柳子當年絶妙詩,現前眼界是真知。如何想象今人賦,得似當年眼見時。(元·吴澄《題〈寒江獨釣圖〉》其一)[41]

詩畫難評劣與優,聲無聲有巧相侔。寒江釣雪何人筆,得句真如柳柳州。(明·凌雲翰《寒江獨釣圖》)[42]

臨流弄竿綫,會心古有方。將取必姑與,子釣而不綱。柳州詩里畫,營邱畫中詩。是一還是二,妙處試傳之。(清·弘曆《題董邦達〈寒江獨釣圖〉》)[43]

柳子之詩與畫面相契,在題畫詩中,“詩里畫”與“畫中詩”難分,真如清人論家所言:“此等作真是詩中有畫,不必更作《寒江獨釣圖》也。”[44]此後,這種畫境又通過文人題跋、詠畫等不斷强化,並不斷在柳宗元《江雪》的詩意上翻新。

柳宗元“獨釣寒江雪”的意境正與宋人對山水詩、畫的風格追求一致,以蘇軾爲代表的宋人發掘了柳宗元詩畫相通以及枯淡的風格,並極大地影響了後世文人畫的發展。也就是説,柳宗元簡淡之作及《江雪》恰好符合宋人審美,而以蘇軾爲代表的宋人對荒寒風格的推崇一方面促進了詩文及文人畫中這種美學風格的發展,另一方面也使荒寒簡淡的標籤被貼在柳宗元身上。换句話説,對柳宗元詩文枯淡風格的認知,及由其《江雪》詩轉化而來的文人畫中的荒寒意境,是由宋人發現並發明出來的,而後世對江天暮雪、寒江獨釣等畫題的演繹,又反過來强化了柳宗元枯淡風格在接受史中的地位。柳宗元及其《江雪》的異代闡釋這一主題,在異代建構、聯結詩畫、漁隱主題方面具有典型性,藉此可以探討畫學與詩學的循環影響、意見領袖的理論建構價值、荒寒一品在漁隱畫題及其詩詠方面的體現等諸多主題,具有多重意義。

(作者單位:同濟大學人文學院)

---

① 蔡絛《西清詩話》:“柳子厚詩雄深簡淡,迥拔流俗,至味自高,直揖陶、謝;然似入武庫,但覺森嚴。”見胡仔纂集,廖德明點校《苕溪漁隱叢話》後集卷三三,人民文學出版社,1962年,第257頁。

② 李東陽《懷麓堂詩話》:“韋應物稍失之平易。柳子厚則過於精刻。”見周寅賓、錢振民校點《李東陽集》,岳麓書社,2008年,第1511頁。

③ 蘇軾《書柳子厚〈南澗〉詩》:"柳子厚南遷後詩,清勁紆徐,大率類此。"見蘇軾撰,孔凡禮點校《蘇軾文集》卷六七,中華書局,1986 年,第 2116 頁。

④ 王世貞《書柳文後》:"永州諸記,峭拔緊結,其小語之冠乎?"見《讀書後》卷三,《四庫全書》本,第 18b 頁。

⑤ 參見吴文治《論柳宗元文學創作的藝術風格》,《吴文治文存》,鳳凰出版社,2013 年,第 176—198 頁。

⑥《柳河東集》卷二九,上海古籍出版社,2008 年,第 473 頁。

⑦ 柳宗元撰,尹占華、韓文奇校注《柳宗元集校注》卷二九,中華書局,2013 年,第 1915 頁。

⑧《柳河東集》卷四三,第 713 頁。

⑨《柳宗元集校注》卷四三,第 2917 頁。

⑩《全宋詩》卷一二〇九,第 21 册,北京大學出版社,1995 年,第 13734 頁。

⑪ 郭紹虞輯《宋詩話輯佚》,中華書局,1980 年,第 328 頁。

⑫ 張戒《歲寒堂詩話》卷上,商務印書館,1939 年,第 12 頁。

⑬ 郭紹虞、富壽蓀編《清詩話續編》下册,上海古籍出版社,1983 年,第 1546 頁。

⑭ 參見陳文忠《中國古典詩歌接受史研究》,安徽大學出版社,1998 年,第 84 頁;尚永亮、洪迎華《柳宗元詩歌接受主流及其嬗變——從另一角度看蘇軾"第一讀者"的地位和作用》,《人文雜誌》2004 年第 6 期;楊再喜《蘇軾對柳宗元詩歌的大規模接受及其後世影響——再論蘇軾的"第一讀者"地位和作用》,《社會科學輯刊》2009 年第 6 期。

⑮ 蘇軾撰,孔凡禮點校《蘇軾文集》卷六七,第 2124 頁。

⑯ 蘇軾撰,孔凡禮點校《蘇軾文集》卷六九,第 2206 頁。

⑰ 蘇軾撰,孔凡禮點校《蘇軾文集》卷六七,第 2109—2110 頁。

⑱ 參見葛曉音《論蘇軾詩文中的理趣——兼論蘇軾推重陶王韋柳的原因》,《學術月刊》1995 年第 4 期。

⑲ 王大鵬等編選《中國歷代詩話選》,岳麓書社,1985 年,第 489 頁。

⑳ 胡仔纂集,廖德明點校《苕溪漁隱叢話》前集卷二,第 11 頁。

㉑ 胡仔纂集,廖德明點校《苕溪漁隱叢話》後集卷三三,第 257 頁。

㉒ 丁福保輯《歷代詩話續編》,中華書局,1983 年,第 142 頁。

㉓ 同上書,第 295 頁。

㉔ 參見胡遂《孤峭人格與荒寒境界——論柳宗元山水詩文中的獨特禪意》,《求索》2000 年第 2 期;成娟陽《荒寒:柳宗元永州山水文學主體風格解讀》,《常德師範學院學報(社會科學版)》2002 年第 6 期。

㉕《柳河東集》卷四三,第 725 頁。

㉖ 參見盧春苗《柳宗元詩歌與文人畫荒寒意境》,《柳州師專學報》2012 年第 5 期;袁曉薇《漁父圖像的詩意呈現及其文化功能——以柳宗元〈江雪〉詩意圖爲中心》,《學術界》2017 年第 3 期。

㉗ 蘇軾撰,孔凡禮點校《蘇軾文集》卷六七,第 2119 頁。

㉘ 嚴壽澂等箋注《鄭谷詩集箋注》卷二,上海古籍出版社,1991 年,第 213 頁。

㉙ 計有功輯撰《唐詩紀事》卷七〇,上海古籍出版社,2013 年,第 1041 頁。

㉚ 王大鵬等編選《中國歷代詩話選》,第 312 頁。

㉛ 同上書,第 430 頁。

㉜ 如歐陽修《鑒畫》:"蕭條淡泊,此難畫之意。"(李逸安點校《歐陽修全集》卷一三〇,中華書局,2001 年,第 1976 頁)王安石《秋雲》:"欲記荒寒無善畫。"(《臨川先生文集》卷二七,復旦大學出版社,2016 年,第 555 頁)

㉝ 殷學國《唐詩經典影響史的三個層次——柳宗元〈江雪〉影響研究》,《安徽師範大學學報(人文社會科學版)》2012 年第 1 期。

㉞ 王國安箋釋《柳宗元詩箋釋》卷二,上海古籍出版社,1993 年,第 269 頁。

㉟ 以上四條分見:《全宋詩》卷一三四一,卷二三五六,卷二七八二,卷三一八五,第 15300 頁,第 27052 頁,第 32936 頁,第 38208 頁。

㊱《全宋詩》卷二六四一,第 30921 頁。

㊲ 高棅編選《唐詩品彙》,上海古籍出版社,2012 年,第 414 頁。

㊳ 周裕鍇《獨釣寒江雪》,《古典文學知識》2017 年第 2 期。

㊴ 吴文治主編《宋詩話全編》,江蘇古籍出版社,1998 年,第 7541 頁。

㊵ 王十朋《郡齋對雪》,《王十朋全集·詩集(修訂本)》卷一七,上海古籍出版社,2012 年,第 289 頁。

㊶ 吴澄《吴文正集》卷九二,《四庫全書》本,第 28a 頁。

㊷ 凌雲翰《柘軒集》卷一,《四庫全書》本,第 39b—40a 頁。

㊸ 弘曆《御制詩集》卷三六,《四庫全書》本,第 22a—22b 頁。

㊹ 黄生撰,何慶善點校《唐詩評》卷二,黄山書社,2014 年,第 173 頁。

論蘇軾黃庭堅"自是一家"的文學藝術觀*

由興波

蘇軾作爲"宋代書法四大家"之首,於北宋新的書法體式建立做出重大貢獻。蘇軾繼承了歐陽修"自成一家"文藝思想,在詞學領域提出"自是一家"的詞學思想,同時還建立起北宋新的書法審美體系,其核心即尚"意"。蘇軾"自成一家"的思想,對於建立"尚意"的北宋書法理論具有重要啓迪意義,對於其文學創作亦産生重要影響,在書法理論與文學理論的交叉點上取得了突破。黄庭堅繼承了這種思想,在書法和詩歌領域都有所開拓。

一、"自成一家"思想的提出

"自成一家"思想在北宋最早由歐陽修提出,對北宋書法、詩歌思想産生了重要影響。歐陽修曾在《筆説·學書自成家説》中云:

> 學書當自成一家之體,其模仿他人謂之奴書。安昌侯張禹曰:書必博見,然後識其真僞。余實見書之未博者。①

歐陽修明確提出書法學習必須"自成一家之體",不能盲目模擬,否則即爲"奴書"。此觀點與其屢舉專事模擬前人書法的蔡襄爲"本朝第一"自相矛盾,歐陽修在《筆説·李晸筆説》中,私下對兒子歐陽發説:"蔡君謨性喜書,多學,是以難精。"② 並且認爲如果"求悦俗以取媚",則會没有"天真"所在了。歐陽修私下裏一番話足以推翻此前他多次褒獎蔡襄的言語。從中更可看出歐之所以推崇蔡襄乃口不由心,是藉蔡襄的"復古"來打擊當時流行的書風、文風,而歐陽修真正的文藝思想是從"復古"中"創新",追求獨立的個人風格,"自成一家",即建立屬於個人的文藝風貌,也是要求建立具有本朝獨特風格的文藝體系。

歐陽修在《雜題跋·跋李翰林昌武書》中對李宗諤書法品評時再度强調道:

---

* 本文爲教育部人文社會科學研究規劃基金項目"兩宋文學中書法藝術的融入研究"(項目號:20YJAZH122)成果。

昌武筆畫遒峻,蓋欲自成一家,宜其見稱於當時也。修覽其書,知此道寂寞久矣。嚮時蘇、梅二子,以天下兩窮人主張斯道,一時士人傾想其風采,奔走不暇,自其淪亡,遂無復繼者。豈孟子所謂折枝之易,第不爲邪?覽李翰林詩筆,見故時朝廷儒學侍從之臣,未嘗不以篇章翰墨爲樂也。③

李宗諤(昌武)在北宋初期的文壇、書壇頗有名望,詩人多謂其學"西昆體",但歐陽修在對李宗諤書法品評時,認爲其"筆畫遒峻,蓋欲自成一家",絶非僅僅是模擬他人,也絶非僅僅是追求形式華美,而是要有自己獨立的風格。是否具有"自成一家"思想是歐陽修推崇他人書法、文學的重要標準之一。

蘇軾曾題跋歐陽修墨跡,在《題歐陽帖》中云:

歐陽公書,筆勢險勁,字體新麗,自成一家。然公墨跡自當爲世所寶,不待筆畫之工也。④

蘇軾評價歐陽修書法"筆勢險勁,字體新麗,"又云"不待筆畫之工",暗喻歐公筆墨可取之處不多,但却"自成一家",因爲具有獨特的個人風貌,而不是模擬前人,所以自然"爲世所寶"。這裏追求的是一種獨特書風的創立,是對創新價值的一種肯定。

南宋初政壇重臣李綱的觀點幾乎與蘇軾一致,在《跋歐公書》中評價道:

歐陽文忠公書,清勁自成一家。公嘗言,學書如逆風行舟,用盡氣力,不離本處。蓋不以書自許。士大夫寶藏其跡,非以名節可貴故邪?⑤

李綱用"清勁"、蘇軾用"險勁""新麗"來評價歐陽修書法的風格,幾乎是關注的同一審美點。"自成一家"的評價則是承襲歐陽修本人書學思想而來,强調歐書風格的獨特性。李綱認爲,歐陽修自覺學書無成,在創作上無甚貢獻,因此"不以書自許",也默認了歐陽修在書法創作上的平庸,但無掩其在書法理論上的創新貢獻。

蘇軾又多次品評歐陽修書法,在《題劉景文所收歐陽公書》中云:

處處見歐陽文忠書,厭軒冕思歸而不可得者,十常八九。乃知士大夫進易而退難,可以爲後生汲汲者之戒。⑥

在《跋劉景文歐公帖》中云:

此數十紙,皆文忠公衝口而出,縱手而成,初不加意者也。其文采字畫,皆有自然絶人之姿,信天下之奇跡也。⑦

書法題跋風氣,自古以來多溢美之詞,尚不能全部體現創作者真實水平,以及題跋者真實意願。蘇軾對歐陽修書法的評價多有讚譽之詞,但誇其"自成一家""有自然絶人之姿"等,一方面是題跋時的恭維之語,另一方面也是對歐陽修書學思想的推崇。但蘇軾的題跋不涉歐陽修具體用筆結體等,暗透歐公技法方面尚無可取之處。

蘇軾登上書壇後,北宋新的書法理論尚未建立。蔡襄等人在書法方面復古,追模前人,尤其是模擬唐代書家。歐陽修在將蔡襄引爲復古同道的同時,又提出"自成一家"思想,爲新的文藝體系的建立提供了啓發性的理論指引。但歐陽修並未形成完整的書學理論,蘇軾則將這一任務完成。

二、蘇軾對唐代書法的反叛思想

若想建立屬於宋代的書法體系,首先必須做到對唐代書法的超越。而想超越前代,靠"復古"是不可能完成的,必須有所"創新"。唐代書法"尚法",從技法角度講追求法度,强調結體、用筆、用墨等,尤以小篆、楷書爲代表,著名的小篆書家李陽冰,楷書名家歐陽詢、顔真卿、柳公權等人,均在創作上體現"唐法"。蘇軾若想開辟新的書學之路,首先必須實現對唐人的超越。唐書尚"法"的藝術思想,從某個角度説限制了個人天性的發揮。從藝術發展的歷史規律來看,唐代的書法法則和體系的確立無疑會使書法觀念的發展面臨停頓的危機,在技巧和風格都走向成熟後,宋代書法要尋求新的發展,必須打破唐"法"纔能繼續前行。蘇軾跳出前人窠臼,另辟蹊徑,創造性地提出尚"意"書學思想,是對書法理論新的突破和貢獻。

唐代書法的發展還與當時的選官制度有關。書法同仕途掛鈎自漢代鴻都門學時即已開始,隋唐時期延續下來。隋代開始推行科舉制度,書法逐漸同科舉結合起來。隋朝初年開設書學,在官制中設置書學博士一人(後增加至二人,級别從九品下),書學助教二人,招收學生四十人。唐代書法繁盛,書法名家輩出,同太宗李世民的倡導有關,其他文人自然惟皇帝是瞻。唐代在選官、教育、學術等中都强調書法,⑧延續隋的書學制度,並進一步發揚開來。唐高祖武德年間曾廢除書學,太宗貞觀三年(628)重新設置,高宗顯慶三年(658)再度廢除,但龍朔二年(662)又重設,並將書學隸屬於國子監。學生的數量也有所變化,從龍朔二年的十人,到開元時的三十人,然後元和二年又降爲十人,東都學館三人,比隋時還有所降低。當時士大夫階層更重視科舉考試,對書學並不看重,所以招收對象主要是一些下級官員及庶人子弟。據《大唐六典》卷二十一《國子監》記載,唐時律、書、算學的入學標準爲:"文武百官八品以下及庶人子爲生者。"州學生的入學標準同此,縣、鄉、里學的入學標準無考。

北宋建國後並未直接繼承唐代的書學制度,直到徽宗崇寧年間纔設置書學,但同樣立了又廢、廢了又立,其間摇擺二十餘年。有的學者指出:"北宋書學還是有所進步的,課程設置多樣化,招生數量擴大、更加注重藝術教育等,但從培養學生的結果來看,宋代書學則是失敗的,未有唐時的成果。"⑨

蘇軾認爲,唐代書法興盛的原因,同最高統治者的重視有關,尤其是進士科考試中列"書學"一項,刺激了當時書法的發展。他《跋咸通湖州刺史牒》中云:

唐人以身言書判取士,故人人能書。⑩

但是這種靠政策影響的書法發展,必然帶有極强的功利色彩,會限制書家個性的發揮,缺乏藝術的獨創性。隨着時代的變化,書法創作也應該隨之發生變化。如果承認書法是藝術,那麼必然要有創新,不能墨守成規,一成不變。

黄庭堅對蘇軾求變的思想是理解並支持的,他曾在《跋東坡水陸贊》中云:

士大夫多譏東坡用筆不合古法,彼蓋不知古法從何出爾。杜周云:"三尺安出哉?前王所是以爲律,後王所是以爲令。"予嘗以此論書,而東坡絶倒也。⑪

蘇軾力求在唐代書法之外開闢新的書法審美,建立新的藝術標準,所以在書寫技法方面另闢蹊徑,執筆、用墨、字體結構等均與唐人有所區别,因此被譏爲"用筆不合古法"。所謂"古法",在北宋初即是"復古"的思想影響,行書推崇二王,草書以張旭、懷素爲楷模,而楷法則宗漢代鍾繇,唐代歐、柳、顔等人。如果書法亦步亦趨學習前人,則永不能開創新的書法審美局面。黄庭堅對蘇軾的創新思想持支持態度,雖然二人的書法審美觀點有所區别,但在創新這一點上是一致的。因此黄庭堅引用"前王所是以爲律,後王所是以爲令",來説明書法審美要與時俱進,不能墨守成規,不同的時代應有不同的審美標準。蘇軾對黄庭堅此番注解大加讚賞,認爲是對自己的莫大支持,所以"絶倒"。

三、蘇軾文藝思想中的"自是一家"

歐陽修在書學理論方面提出"自成一家",蘇軾引以爲是,並擴展到文學領域,提出"自是一家"思想。蘇軾這種文藝思想率先在詞學方面提出,他在《與鮮于子駿三首》之二中云:

所惠詩文,皆蕭然有遠古風味,然此風之亡也久矣。欲以求合世俗之耳目,則疏矣。但時獨於閑處開看,未嘗以示人,蓋知愛之者絶少也。所索拙詩,豈敢措手,然不可不作,特未暇耳。近却頗作小詞,雖無柳七郎風味,亦自是一家。呵呵。數日前獵於郊外,所獲頗多,作得一闋,令東州壯士抵掌頓足而歌之,吹笛擊鼓以爲節,頗壯觀也。⑫

蘇軾在與鮮于子駿(即鮮于侁)探討文學的書信中,首先肯定的是"遠古風味",注重的即是詩文内在的"氣骨",而不是北宋初期流行的"西昆"體那樣,形式華麗但内容空洞。既而蘇軾以自己填詞爲例,首先提及"小"詞,是北宋初期詞爲"小道"的觀點,雖難以與詩文抗衡,但蘇軾却用心爲之。北宋初期詞仍然是"豔科"流行,柳永將詞的體制範式有所開拓,將個人身世之感打併入豔詞,使詞更具有了文人氣息。柳詞風靡一時,以至於有"有井水飲處皆能歌柳詞"之譽。當時"柳七郎風味"主導詞壇,蘇軾意圖另闢蹊徑,開創與傳統詞風不同的風格,特填《江城子・密州出獵》,認爲"自是一家",開創了新的詞學審美風格。蘇軾書信中特喜"呵呵"二字,此處自得之感躍然紙上。而蘇軾所填之詞,"令東州壯士抵掌頓足而歌之,吹笛擊鼓以爲節",使詞的表演風貌巨變。在此之前詞只是"十七八女郎"演唱,而蘇軾以男人合唱,風格迥異,"壯觀"二字形容詞風,自是振聾發聵,另辟天地。

另據《吹劍續録》記載:

東坡在玉堂,有幕士善歌,因問:我詞比柳耆卿何如?對曰:柳郎中詞只好十七八女郎,執紅牙拍,歌楊柳岸曉風殘月;學士詞須關西大漢,執鐵綽板,唱大江東去!公爲之絶倒。⑬

此則材料充分説明了蘇詞與柳詞風格的不同,蘇詞獨特風格與流俗截然不同。而蘇軾對此有明確的認識,則前引以"東州壯士抵掌頓足而歌"的做法,更是蘇軾有意爲之了。與前引黄庭堅所述,東坡再次"絶倒",亦見自賞之情。

蘇軾受歐陽修啓發,提出"自是一家"的文學思想,並推而廣之到書法領域。他對鮮于侁文學作品推崇有加,注重的是其"古意",是與流俗不同。蘇軾在《書鮮于子駿〈楚詞〉後》中提到:

鮮于子駿作楚詞《九誦》以示軾。軾讀之,茫然而思,喟然而歎,曰:嗟乎,此聲之不作也久矣。雖欲作之,而聽者誰乎?譬之於樂,變亂之極,而至於今,凡世俗之所用,皆夷聲夷器也,求所謂鄭、衛者,且不可得,而況於雅音乎?學者方欲陳六代之物,弦匏《三百五篇》,犂然如戛釜竈、撞甕盎,未有不坐睡竊笑者也。好之而欲學者無其師,知之而欲傳者無其徒,可不悲哉?今子駿獨行吟坐思,寤寐於千載之上,追古屈原、宋玉,友其人於冥寞,續微學之將墜,可謂至矣。而覽者不知甚貴,蓋亦無足怪者。彼必嘗從事於此,而後知其難且工,其不學者,以爲苟然而已。⑭

蘇軾不滿北宋初期文壇流俗，推崇鮮于侁詩文中的古意，是爲了同當時文壇追求形式華美、内容空洞的風氣抗衡。

歐陽修、蘇軾、黄庭堅都在文學、書法方面反對時人流俗，黄庭堅曾在《書嵇叔夜詩與侄榎》中云：

> 士生於世，可以百爲，唯不可俗，俗便不可醫也。⑮

此乃歐、蘇、黄在文藝方面追求"自成一家""自是一家"的主要原因。

對於在詞作方面追求獨特的風格，蘇軾也會有猶豫態度。他在《與陳季常十六首》之十三中云：

> 又惠新詞，句句警拔，詩人之雄，非小詞也。但豪放太過，恐造物者不容人如此快活。一枕無礙睡，輒亦得之耳。公無多柰我何，呵呵。⑯

蘇軾認爲陳季常(即陳慥)之詞是"詩人之雄，非小詞也"，拓展了詞的創作範疇，以詩爲詞的傾向初顯。蘇軾自知"豪放"不是詞的正統，"恐造物者不容人如此快活"，縱有擔憂，仍快意爲之，雖與傳統豔科詞風相去甚遠，却與流俗分道揚鑣。

蘇軾追求新的文學、藝術風格，在詞風方面尋求與柳永不同，有趣的是，蘇軾對以"婉約"著稱的柳永詞，也挖掘其中獨特的豪放風格，如《題柳耆卿〈八聲甘州〉》中云：

> 世言柳耆卿曲俗，非也。如《八聲甘州》云：霜風凄緊，關河冷落，殘照當樓。此語於詩句，不減唐人高處。⑰

柳永以慢詞長調著稱，其《八聲甘州》描寫景觀詞句，則顯得蒼涼曠遠，蘇軾認爲"於詩句，不減唐人高處"，也緣自蘇軾獨具慧眼，體現"自是一家"的文學觀。

蘇軾詞作中"自是一家"思想與他在書法方面的創新思想是一致的，就是追求與衆不同，追求創作主體精神的自由展現。詩歌發展到北宋已經取得突出成績，從題材到體裁都已相當成熟，而詞則尚未完全興盛，留有很大的開拓空間，所以蘇軾力求在詞的創作中出新、避俗，將書法中尚"意"等藝術思想貫穿到文學創作中。

歐陽修、蘇軾、黄庭堅等人在文學藝術領域提倡的"自是(成)一家"思想，彼此相互影響與滲透，爲北宋新的文學、書法體系的建立提供了理論支撑。蘇軾開宋詞"豪放"風格之先河，其《江城子・密州出獵》《念奴嬌・赤壁懷古》這兩首詞千百年來獲好評無數，開創了宋詞新的審美範式，取得了突破性的成就。而將蘇軾詞作方面的理論和實踐與其書法觀結合，方能全面理解蘇軾文藝理論體系的形成。

清代王士禛在《花草蒙拾》中評曰：

> 名家當行，固有二派。蘇公自云："吾醉後作草書，覺酒氣拂拂從十指間出。"黄魯(直)亦云："東坡書挾海上風濤之氣。"讀東坡詞當作如是觀，瑣瑣與柳七較錙銖，無乃爲髯公所笑。⑱

王士禛將蘇軾在書法創作方面的藝術追求與蘇軾詞作方面的開拓結合起來，都是蘇軾本人真情的自由抒發，是追求自由的文藝創作狀態。蘇軾在書法領域開拓尚"意"審美體系貫穿於文學、藝術創作中，即使其詞被批爲"句讀不葺之詩"(李清照《詞論》)也毫不在意，因爲他的文學藝術追求的就是自然任真，不受羈縛，不與流俗同。蘇軾的文學、藝術思想是彼此貫通、互生共融的。

蘇軾"自是一家"的文藝觀在詩歌創作中同樣得到體現，他主張作詩要寫出真實感情，切不可盲目模仿前人，如他在《次韻孔毅父集古人句見贈五首》其三中云：

> 天下幾人學杜甫，誰得其皮與其骨？
> 劃如太華當我前，跛牂欲上驚崷崒。
> 名章俊語紛交衡，無人巧會當時情。
> 前生子美只君是，信手拈得俱天成。⑲

杜甫在宋代聲譽甚隆，北宋的"江西詩派"奉"一祖三宗"中，杜甫即爲"祖"，"江西詩派"後學亦步亦趨模擬杜詩。其實蘇軾早已提出不可盲目模擬，指出學杜之人甚衆，但"誰得其皮與其骨"？蘇軾認爲，盲目模仿前人是不會開創新的時代風貌，杜甫作詩"信手拈得"纔是"天成"，而後人切不可只學皮毛，失去精髓。蘇軾這種作詩態度與"點畫信手煩推求"的作書態度完全一致。

蘇軾追求自由隨意的詩歌、書法創作體驗，很多詩歌渾然天成，不事雕琢，如他的《寓居定惠院之東，雜花滿山，有海棠一株，土人不知貴也》：

> 江城地瘴蕃草木，只有名花苦幽獨。
> 嫣然一笑竹籬間，桃李漫山總麤俗。
> 也知造物有深意，故遣佳人在空谷。
> 自然富貴出天姿，不待金盤薦華屋。
> 朱唇得酒暈生臉，翠袖卷紗紅映肉。
> 林深霧暗曉光遲，日暖風輕春睡足。
> 雨中有淚亦悽愴，月下無人更清淑。

先生食飽無一事,散步逍遥自捫腹。
不問人家與僧舍,拄杖敲門看修竹。
忽逢絶豔照衰朽,歎息無言揩病目。
陋邦何處得此花,無乃好事移西蜀。
寸根千里不易致,銜子飛來定鴻鵠。
天涯流落俱可念,爲飲一樽歌此曲。
明朝酒醒還獨來,雪落紛紛那忍觸。[20]

通過對海棠的描寫,雖生於雜花之間,但難掩其高貴品質。此詩是蘇軾興之所至、自由揮灑之作,先描寫生在幽谷之中的海棠,“自然富貴出天姿,不待金盤薦華屋。”進而引出詩人自己的經歷,縱便是流落在蠻荒之地,詩人亦能以樂觀心態處之,毫不在意,“先生食飽無一事,散步逍遥自捫腹。不問人家與僧舍,拄杖敲門看修竹”,描摹出一個玩世不恭的江湖散人形象。接下來“天涯流落俱可念,爲飲一樽歌此曲。明朝酒醒還獨來,雪落紛紛那忍觸”,更是詩人面對所受苦難打擊,却有着隨遇而安的豁達心境,顯露出超凡的精神氣質。魏慶之《詩人玉屑》卷十七評曰:“東坡作此詩,詞格超逸,不復蹈襲前人。”[21]蘇軾倡導作詩“信手拈得俱天成”,此詩可爲代表之作。

四、“自是一家”與書法中“尚意”思想的提出

蘇軾繼承了歐陽修的“自成一家”思想,同時蘇軾還需要建立起北宋新的書法審美體系,其核心即尚“意”。清人曾以“晉尚韻、唐尚法、宋尚意、元明尚態”[22]評歷代書法審美,雖具有一定的絶對性,但也基本概括出歷朝書法理論的精髓。

蘇軾在詩文、書法中所提出“意”的概念,當指作者自身獨特的主體精神,而“尚意”則指該精神在詩文、書法作品中的體現。蘇軾旨在追求與衆不同的文藝風格,提倡創作主體獨立的精神。宋人書法在晉唐之後,要建立屬於本朝的書法審美體系,必須擺脱唐人書法成規。蘇軾等在反叛唐人書法後,力求在創作中突破點畫限制,融入創作主體的審美意識,展現自我精神。

蘇軾在與蘇轍的《次韻子由論書》中把尚“意”思想完整闡發出來:

吾雖不善書,曉書莫如我。苟能通其意,常謂不學可。
貌妍容有矉,璧美何妨橢。端莊雜流麗,剛健含婀娜。
好之每自譏,不獨子亦頗。書成輒棄去,謬被旁人裹。
體勢本闊落,結束入細麽。子詩亦見推,語重未敢荷。
爾來又學射,力薄愁官笴。多好竟無成,不精安用夥。

何當盡屏去，萬事付懶惰。吾聞古書法，守駿莫如跛。
世俗筆苦驕，衆中强嵬騀。鍾張忽已遠，此語與時左。[23]

該詩開篇蘇軾説自己雖“不善書”，乃是自歉之詞，用以反襯下句“曉書莫如我”，引出下文自己對書法審美的觀點。“苟能通其意”，指需通曉書法内在核心思想，“意”是包含書法的“神”“氣”，即指書法作品所藴含的書家的主體精神。書法作品由三個層面構成，即點畫線條（由筆法産生）、意象（由筆勢即點畫之勢、結字之勢、章法之勢所産生）、意味（由筆意産生）。[24]點線是“形”，意象屬“神”，形神共同構成“境”，意味由情與理構成，是書法審美核心之“意”。

蘇軾認爲，書法作品中創作主體精神是最重要的，書法點畫是精神的承載，内在精神與外在點畫本身密切融合在一起，因此蘇軾提出對於書法最主要的是掌握核心的“意”，書家要“通”，那麽是否掌握線條、點畫則是次要的，甚至“不學可”。蘇軾强調獨創，但並不反對學習古人，也並不反對勤學苦練，只是説外在的“形”是次要的，並非不注重學習書法基本知識。接下來蘇軾舉了兩個例子，“貌妍容有矉，璧美何妨橢”，如果一位美女的容顔嬌好，即使皺起眉頭並不有損於她的美麗；一塊美玉，即使形狀不好，“橢”即狹長之意，也並不能因此否定寶玉的價值。蘇軾藉此説明書法重在“意”，重在内在精神，形體上是否合法度則是次要的。時人或以蘇軾不擅筆墨，點畫不和法度，譏蘇軾字爲“墨豬”，蘇軾以此詩辯駁，指出拘泥於字形是不能全面領悟書法真諦的。

蘇軾認爲“意”是内在核心，多次在品評他人書法時提及此點，如在《跋葉致遠所藏永禪師千文》中云：

永禪師欲存王氏典刑，以爲百家法祖，故舉用舊法，非不能出新意求變態也，然其意已逸於繩墨之外矣。[25]

蘇軾追求對前代書法的反叛思想，向奉爲楷模的“二王”挑戰，需要將“意”提高到新的審美高度，“其意已逸於繩墨之外”，是蘇軾所讚賞的突破。

五、黄庭堅對“自成一家”文藝思想的繼承

歐陽修提出的“自成一家”書法思想經蘇軾的推崇和提倡，在北宋産生重要影響。蘇軾將此思想擴大至文學領域，形成了書法與文學互通的態勢。黄庭堅對歐、蘇的文藝思想繼承下來，並成爲他對文學與書法創作的不倦追求。黄庭堅“自成一家”的主張在《以右軍書數種贈丘十四》一詩表達出來，其中云：

小字莫作癡凍蠅,《樂毅論》勝《遺教經》。
大字無過《瘞鶴銘》,官奴作草欺伯英。
隨人作計終後人,自成一家始逼真。㉖

黄庭堅對前人書法進行綜合比較,提出雖有楷模在前,但不應囿於前人,要在學習前人的基礎上體現自己的風格特點。這是對歐、蘇文藝思想的繼承,使北宋的獨立創新的文藝體系建立起來。蘇軾曾在《評草書》中自詡"自出新意,不踐古人"㉗,黄庭堅繼承了這種創新思想,提出只有獨創,纔能真正開創具有時代特色的文藝面貌。蘇軾曾讚譽黄庭堅的獨創性,把黄庭堅的詩歌稱爲"黄庭堅體";在書法方面,黄庭堅同樣能超越古人,也超越同時代的人,建立自己的文藝思想體系。

黄庭堅論詩曾云:"作詩正如作雜劇,初時布置,臨了須打諢,方是出場。"㉘在《以右軍書數種贈丘十四》詩結尾"卿家小女名阿潛,眉目似翁有精神。試留此書他日學,往往不減衛夫人"同《子瞻詩句妙一世,乃云效庭堅體,蓋退之戲效孟郊、樊宗師之比,以文滑稽耳。恐後生不解,故以韻道之》詩中"小兒未可知,客或許敦厖。誠堪婿阿巽,買紅纏酒缸"㉙的寫法相同,都屬於"打猛諢出"。王水照先生指出:在宋詩中存在大量的"略帶戲謔的筆法",而蘇軾、黄庭堅是"有力支持者和實踐者"㉚。

在書法方面,黄庭堅提出"自成一家"。同蔡襄、蘇軾等一樣,黄庭堅對學習古人也持一定的贊同態度,認爲只有汲取古人精華之後再予以創新,纔能形成自己獨特風格,學古而不能泥古。黄庭堅的"創新"也是建立在"復古"基礎上的,他曾在《與潘邠老帖五》之二中表明學古態度:

公書字甚工,然少波峭,政以觀古人書少耳!可取古法帖,日陳左右,事業之餘,輒臨寫數紙,頗勝弈棋廢日無使,筆意便自有佳處。㉛

在《與宜春朱和叔》中又云:

承頗留意於學書。修身治經之餘,誠勝他習。㉜

黄庭堅指出潘大臨(字邠老)書法缺乏變化,認爲是學習古人不够,建議他每天多臨習古法帖,自然能够提高書法水平。對於朱和叔,黄庭堅亦建議他多學習書法,勝過其他愛好。

黄庭堅不但提出要學習古人,還提出了具體的學習方法。如在《論作字》中云:

古人學書不盡摹,張古人書於壁間,觀之入神,則下筆時筆隨人意。大抵書字欲如人有精神,細觀之則部伍皆中度耳。[33]

在《書贈福州陳繼月》中云:

學書時時臨摹,可得形似。大要多取古書細看,令入神,乃到妙處。唯用心不雜,乃是入神要路。[34]

黄庭堅建議臨帖時,將古人字帖掛起,仔細觀察細微之處,通過對字形的揣摩領悟古人書法内在"精神",只有體會到這點,纔能"下筆時筆隨人意",進入自己創作的狀態。並且要突破"形"的模擬,學古人書時應"入神",方能體味到古人書法真諦。

黄庭堅在《以右軍書數種贈丘十四》詩中提出"自成一家"思想,雖不是其首創,但却念念不忘,數次强調此觀點,如在《題〈樂毅論〉後》中云:

予嘗戲爲人評書云:小字莫作癡凍蠅,《樂毅論》勝《遺教經》,大字無過《瘞鶴銘》。隨人作計終後人,自成一家始逼真。[35]

在《論作字》中云:

字身藏穎秀勁清,問誰學之果《蘭亭》。大字無過《瘞鶴銘》,晚有石崖頌《中興》。小字莫作癡凍蠅,《樂毅論》勝《遺教經》。隨人作計終後人,自成一家始逼真。[36]

黄庭堅在不同的題跋、詩歌作品中都屢次使用"隨人作計終後人,自成一家始逼真"這句詩,可見他對此有多麽自負,對這種獨立創新的思想有多麽推崇。但是,"逼真"是模擬,"自成一家"是創新。黄庭堅所提的"逼真",可以理解爲先從模仿入手,可以先追求字形的"形似",再擺脱字"形"的束縛,進而追求"精神"的"逼真",但此"精神"已經融入創作者自己的獨特風格,於是達到"自成一家"目的。

"自成(是)一家"思想經歐陽修提出後,蘇軾、黄庭堅等人進一步闡釋和完善,將書法方面的理論推廣到文學領域,形成了文學、藝術的互通。黄庭堅在"自成一家"方面用力頗勤,打通書法與詩歌,理論上互通互補,在精神意蘊方面實現了互融。這種詩學思想與書法理論的互通在北宋得到了推廣,很多詩人、書法家、詩評家等都對此有所認同,如《王直方詩話》載:

宋景文云:詩人必自成一家,然後傳不朽。若體規畫圓,准方作矩,終爲人之臣僕。故山谷詩云:文章最忌隨人後。又云:自成一家始逼真。誠不易之論。[37]

宋祁(謚景文)提出“詩人必自成一家”,認爲如果僅僅是模擬前人,不能有所創新,“終爲人之臣僕”。這是針對北宋初期詩歌模擬唐人的現象而發的,宋初“白體”“晚唐體”等,均是亦步亦趨模擬唐人,不能有所突破。黄庭堅在文學方面亦提出“文章最忌隨人後”,《王直方詩話》將黄庭堅論書法的“自成一家始逼真”嫁接到這句後,却無違和之感,將文學、書法方面的獨創精神合而爲一,“自成一家”思想變成了文學藝術共通之理論。

黄庭堅也常用“自成一家”作爲評價他人詩文的標準,如在《書邢居實〈南征賦〉後》中云:

> 今觀邢惇夫詩賦,筆墨山立[38],自爲一家,甚似吾師復也。[39]

在《書張仲謀詩集後》中云:

> 余觀仲謀之詩,用意刻苦,故語清壯,持心豈弟,故聲和平。作語多而知不琱爲工,事久而知世間無巧,以此自成一家,可傳也。[40]

在《王定國文集序》中云:

> 元城王定國……其作詩及它文章,不守近世師儒繩尺,規摹遠大,必有爲而後作,欲以長雄一世。雖未盡如意,要不隨人後,至其合處,便不減古人。[41]

黄庭堅屢次用是否“隨人後”、能否“自成一家”來品評詩文,但他不是割裂同前人的聯繫,而是要在學習前人基礎上加以創新,追求精神上的逼真,目的是形成自己獨特風格,打上明顯的個性特徵。不能諱言的是,黄庭堅在詩歌實踐上有時過於注重形式和才學修養,精神“逼真”的理想未能完全實現,亦是“江西詩派”後學不能擺脱模擬杜詩的原因之一。

(作者單位:吉林大學文學院)

---

① 李逸安點校《歐陽修全集》第 5 册,中華書局,2001 年,第 1968 頁。

② 同上書,第 5 册,第 1971 頁。

③ 同上書,第 3 册,第 1055—1056 頁。

④ 蘇軾撰,孔凡禮點校《蘇軾文集》第 5 册,中華書局,1986 年,第 2197 頁。

⑤ 李綱《梁谿集》卷一六三。洪本健編《歐陽修資料彙編》上册,中華書局,1995 年,第 193 頁。

⑥ 蘇軾撰,孔凡禮點校《蘇軾文集》第 5 册,第 2197 頁。

⑦ 同上書,第 2198 頁。

⑧ 詳見孟雲飛《唐代的書法教育與科舉》,《書法研究》總第 122 期,第 46—51 頁。

⑨ 詳細分析見楊加深《北宋的書法專科學校——書學》,《山東社會科學》2004 年第 5 期,第 103—105 頁。

⑩ 蘇軾撰,孔凡禮點校《蘇軾文集》第 5 册,第 2179 頁。

⑪《山谷題跋》卷五,虞山毛氏汲古閣《津逮秘書》本。

⑫ 蘇軾撰,孔凡禮點校《蘇軾文集》第 4 册,第 1559—1560 頁。

⑬《全閩詩話》卷二,文淵閣《四庫全書·集部》第 1486 册,第 80 頁。

⑭ 蘇軾撰,孔凡禮點校《蘇軾文集》5 册 2057 頁。

⑮《山谷集·别集》卷一〇,文淵閣《四庫全書·集部》第 1113 册,第 629 頁。

⑯ 蘇軾撰,孔凡禮點校《蘇軾文集》第 4 册,第 1569 頁。

⑰ 蘇軾撰,孔凡禮點校《蘇軾文集》第 6 册,第 2566 頁。

⑱《續修四庫全書·集部》第 1733 册,第 192 頁。

⑲《蘇軾詩集》第 4 册,第 1156—1157 頁。

⑳ 同上書,第 1036—1037 頁。

㉑ 又見《王直方詩話》《古今詩話》所載。

㉒ 梁巘《評書帖》,黄簡《歷代書法論文選》,上海書畫出版社,1979 年,第 575 頁。

㉓《蘇軾詩集》第 1 册,第 209—211 頁。

㉔ 王嶽川《中國書法文化精神》,(韓國)新星出版社,2002 年,第 116 頁。

㉕ 蘇軾撰,孔凡禮點校《蘇軾文集》第 5 册,第 2176 頁。

㉖ 任淵、史容、史季温注,劉尚榮校點《黄庭堅詩集注》第 5 册,中華書局,2003 年,第 1604 頁。

㉗ 蘇軾撰,孔凡禮點校《蘇軾文集》第 5 册,第 2183 頁。

㉘ 王直方《〈王直方詩話〉引》,見《宋詩話輯佚》,中華書局,1980 年,第 14 頁。

㉙《黄庭堅詩集注》第 1 册,第 191—192 頁。

㉚ 參見王水照主編《宋代文學通論》"文體篇"第二章"雅、俗之辨",河南大學出版社,1997 年,第 50—62 頁。

㉛《山谷集·别集》卷一七,文淵閣《四庫全書·集部》第 1113 册,第 712 頁。

㉜《山谷集·别集》卷一四,文淵閣《四庫全書·集部》第 1113 册,第 677 頁。

㉝《山谷集·别集》卷六,文淵閣《四庫全書·集部》第 1113 册,第 593 頁。

㉞《山谷題跋》卷五。

㉟《山谷題跋》卷四。

㊱《山谷集·别集》卷六,文淵閣《四庫全書·集部》第 1113 册,第 593 頁。

㊲《增修詩話總龜》前卷九,《四部叢刊》第 338 册第 6 頁。

㊳ "山立"疑爲"岦"字之誤,應爲"筆墨岦自爲一家"。

㊴《山谷題跋》卷二。

㊵《山谷題跋》卷七。

㊶《豫章黄先生文集》卷一六,《四部叢刊》第 163 册第 23 頁。

玉堂瓊海的燈與茶:五山東坡圖繪中的視覺元素及其内涵*

曹逸梅

蘇軾生前即享盛譽,其聲名流播日域,離去世亦不遠。由現存文獻可知,最晚在平安(794—1192)後期,蘇軾已爲日本人所知。鐮倉時期(1185—1333),東坡首先因其與禪宗的密切關係、詩歌的禪學元素受到禪宗僧人的極力推崇,逐漸成爲日僧最推崇的文化偶像,受到了最高稱揚。關於蘇軾在日本中世禪林的接受情況,前賢從作品傳播、抄物撰作等不同角度作過不少研究,不過,既往的研究主要以文獻史料爲中心,透過五山禪僧留下的文學文本、圖像材料,挖掘蘇軾詩文在日域的接受與闡釋的特點,則尚未受到充分關注與討論。其實,五山禪僧們在讀坡、講坡之餘,又從蘇軾的經歷、作品中汲取素材與靈感,攫取故實、情境與物象,創作了一系列的涉蘇圖繪、題畫詩與讀坡詩。這些繪畫與詩歌展示了五山禪僧對蘇軾其人及其作品的理解、闡釋與再創造,爲我們研究蘇軾在五山禪林的傳播與受容提供了新的材料與視角。其中,五山禪僧詩文集中留下了數量衆多的涉蘇畫題與題畫詩,據調查,相關畫題超過三十種①,在畫題選取、畫面呈現與畫意闡釋方面,都體現出某些與中國宋元以後的涉蘇繪畫相異的旨趣,是一個值得挖掘的話題。例如,取材於東坡上元節與茶事系列詩文的畫題,在宋元以來的中國東坡圖繪中,並不多見,但在五山禪林的東坡圖繪中則蔚爲大觀,禪僧留下了衆多相關題畫詩,並形成了特定的題詠模式。本文擬從五山禪林上元節和茶事系列的東坡圖繪出發,考察五山禪僧如何通過詩畫藝術形塑其心中的典範,進而探討這幾種特殊的五山禪林東坡圖繪,其中的視覺元素與故實出自何處? 蘊含何種意趣? 以此窺見圖繪者對東坡形象的想象与重塑,並圍繞這些問題展現蘇軾在五山禪林接受的一個側面。

一、東坡的上元燈火:五山禪林的東坡上元圖

回首波瀾起伏的一生,蘇軾在《自題金山畫像》中道:“問汝平生功業,黄州惠州儋州”,

* 本文爲教育部人文社科重點研究基地重大項目“宋元禪林文學東亞傳播研究”(19JJD750006)的階段性成果。

以曠達的態度,將處於低谷的黄州、惠州、儋州時期視爲人生最重要的經歷。縱觀五山禪林以東坡爲題材的詩畫作品及其内容,最值得注意的現象,是禪僧對東坡人生途中尤其是政治命運中的榮辱浮沉的格外關心,鑾村和玉堂、玉堂與雪堂、玉堂與赤壁之類的對照比比皆是,榮寵與失意並置,可以説是五山禪林認識和形塑東坡最基本的視角。形成這樣的書寫模式,當然首先源於蘇軾詩文自我書寫時呈現出的"一簑煙雨任平生"的人格形象,也受到宋元以來中國士人東坡題詠的深刻影響,但是,五山禪林運用這種模式幾成格套,題詠與東坡相關的故事,幾乎總是以窮通的視角加以審視,則是非常獨特的。

在這樣的眼光下,我們發現,五山禪僧在圖繪、題詠東坡時,尤其喜歡挖掘能够集中反應蘇軾一生浮沉、天然地帶有對比意味的題材,從而使得五山禪林的東坡圖繪呈現出解讀蘇軾詩文的一些獨特視角,這其中最典型的莫過於對蘇軾上元系列詩歌和試院煎茶、邇英賜茗、汲江煎茶的經歷的關心。

縱覽五山禪僧的文集,會發現上元節是一個與蘇軾緊緊聯繫在一起的節日。在上元上堂法語以及元夕題詠中,常用東坡上元事爲典。以《翰林五鳳集》卷一所選的五山禪僧上元詩爲例,如雪嶺永瑾《上元》:"笙歌聲誦上元天,萬朵燈火交影鮮。野僧不預端門宴,唯有春月當金蓮。"用東坡元祐年間上元侍宴端門事;江心《元宵,得鷗一字,三首》其二:"老坡頃刻在兹不,節際元宵感再游。可久無燈房寂寂,閑僧某似一閑鷗。"用東坡杭州上元祥符寺訪可久僧房事;閨門《元宵》:"春在禁城歌吹中,萬枝燈火映花紅。白頭獨坐易多感,風慢伊蛾儋秃翁。"[②]用東坡儋州上元獨坐事。可以説五山禅僧在上元書寫中化用蘇軾詩文與故事,俯拾皆是。可見,在五山文學世界中,上元與東坡形成了固定的聯想關係。

宋代的上元節,據《夢粱録》記載:"正月十五,汴京大内前縛山棚,對宣德樓,悉以綵結,山沓上皆畫群仙故事,左右以五色綵結文殊、普賢,跨獅子白象。用轆轤絞水上燈棚,高處放下,如瀑布。又縛成雙龍,中置燈燭萬盞,望之,蜿蜒似飛走之狀。上御宣德樓觀燈,令百姓同樂。"[③]皇帝與近臣至宣德門觀燈,以示與民同樂,同時,群臣"侍飲樓上,則貴戚爭以黄柑遺近臣,謂之傳柑,聽攜以歸,蓋故事也"[④],這是宋代的傳統,對於士人來説,也是榮通顯達的象徵。

蘇軾集中上元詩,前後共有《祥符寺九曲觀燈》、《上元過祥符僧可久房,蕭然無燈火》(杭州,熙寧六年)、《次韻劉景文路分上元》(杭州,元祐六年)、《上元侍飲樓上三首呈同列》、《戲答王都尉傳柑》(汴京,元祐八年)、《上元夜》(惠州,紹聖二年)、《上元夜過赴儋守召,獨坐有感》(儋耳,元符元年)、《追和戊寅歲上元》(儋耳,元符三年)、《四十年前元夕,與故人夜游,得此句》,總計十一題十四首。將這些上元詩並舉觀之,可以發現,它們在一起剛好展示了東坡生命歷程中最爲重要的幾次轉折:外放杭州、入值翰苑、南遷惠州、再貶儋耳,具有節點意義。尤其入值翰苑,得參機要,象徵着士人獲得最理想的政治地位;遠謫海隅,則無疑是仕途與人生的低谷。而上元節恰好能標識這種榮寵和失意,端門的繁華歡宴與瓊海的雲房獨坐,兩相對照,令人倍增感慨。上元節的這種象徵意義,亦爲蘇軾所自覺,

當他南遷惠州,靜夜細思往事,也感歎這個節日的特殊性:

> 前年侍玉輦,端門萬枝燈。璧月掛罘罳,珠星綴觚棱。去年中山府,老病亦宵興。牙旗穿夜市,鐵馬響春冰。今年江海上,雲房寄山僧。亦復舉膏火,松間見層層。散策桄榔林,林疏月鬅鬙。使君置酒罷,簫鼓轉松陵。狂生來索酒,一舉輒數升。浩歌出門去,我亦歸瞢騰。(《上元夜》,《蘇軾全集校注》卷三九,第 4492—4493 頁)

紹聖二年(1095)正月十五,蘇軾南貶惠州的第一個上元,惠守詹範置酒觀燈,勾起了他關於上元的記憶。他想到前年的上元(元祐八年,1093),正月十四日,聖駕按例登宣德門,召群臣觀燈,他也預宴。君王與群臣樓上觀燈,於宋王朝而言有與民同樂的盛世象徵意義;同時,與北宋前期的釣魚賞花宴類似,得端門侍宴,是宋王朝禮遇文臣的表示,也是士人極高的榮寵。當時他與同僚唱和,作有《上元侍飲樓上三首呈同列》,此詩錢勰、蘇轍、秦觀皆有和章存留,不外乎稱頌國家昇平、禮待侍臣,表達得預盛會的自豪與喜悦。蘇軾也想到去年上元(紹聖元年,1094),他在定州,帥定武軍,雖没有端門侍宴之榮,却與友朋一道,有牙旗穿市、鐵騎踏冰之樂。而自紹聖元年閏四月以來,接連遭貶,一路南遷,漂泊至惠州,寄居僧房。此詩最後,東坡以狂生索酒、浩歌出門的豪邁振起全篇,力挽前面三年對比、處境愈下所帶來的凄涼情感,從而在積極的情緒中結束了全詩,正如紀昀所言,前面的對比"兩兩相形,不著一語,寄慨自深",結尾則是"委順之意,見於言外"(《上元夜》,第 4495—4496 頁)。此後,蘇軾再謫儋耳,處境更爲惡劣,他對上元的書寫似乎也更加自覺。在儋耳的三年間,蘇軾留下了兩首上元詩,一篇《書上元夜游》,即每年都有關於上元的記載。這個節日仿佛在不斷提醒他回憶往事。元符元年(1098)上元其子赴儋守之召,他獨自過節,作詩道:

> 使君置酒莫相違,守舍何妨獨掩扉。静看月窗盤蜥蜴,卧聞風幔落伊威。燈花結盡吾猶夢,香篆消時汝欲歸。搔首凄凉十年事,傳柑歸遺滿朝衣。(《上元夜過赴儋守召,獨坐有感》,第 4957 頁)

儋州的上元節,掩門獨坐,只有蜥蜴、伊威、月色與殘燈相伴,這令他不免想起了京城傳柑宴的情景,回首遭遇,倍感凄涼。元符三年(1100),他有意追和上詩,在此詩中,往事依舊是書寫的中心,頸聯"一龕京口嗟春夢,萬炬錢塘憶夜歸",想起了京口放船的快意,錢塘上元夜萬炬燈火的輝煌,尾聯"合浦賣珠無復有,當年笑我泣牛衣",更"悼懷同安君"(《追和戊寅歲上元》,第 5059 頁),回憶起了亡妻,往事恍然如一場春夢。此外,除上元詩,東坡在密州期間所作的《蝶戀花・密州上元》一詞,也有唤起記憶的特寫,該詞上下兩闋分别以:"燈火錢塘三五夜"和"寂寞山城人老也"開頭,將杭州上元寶馬香車的風情與密州火冷燈稀的落寞並列，同樣無限感慨。[5]東坡屢屢在詩詞中回憶錢塘燈火，也可見杭州上元夜與友朋同游縱情的記憶，和端門侍宴的榮寵一樣，是其生命中關於上元的珍貴經歷。

綜上所述，蘇軾一系列上元詩實際上濃縮了他波瀾起伏的一生，而嶺南時期三首上元詩中的回顧性的書寫，則集中地確認了上元節在其人生歷程中的標誌性意義。上元夜的端門之榮與遭遇政治貶謫之辱，是許多宋人仕途沉浮普遍有的經歷，而順運隨化、寵辱不驚是宋人普遍追求的理想人生態度，因此，在詩中以上元爲節點，回顧人生、抒發感慨的詩歌，也並非個例。宋人對東坡上元詩曾有所注意，《清波雜志》曰：

> 東坡上元詩"前年侍玉輦……我亦歸瞢騰。"王初寮履道《象州上元詩》："二年白玉堂，揮翰供帖子。風生起草臺，墨照澄心紙。三年文昌省，拜賜近天咫。紅蓼盼御盤，金幡裊宫藥。晚爲日南客，環堵隱烏几。朝來聞擊鼓，土牛出城市。幽懷不自聞，欲逐春事起。安得五畝園，種蔬引江水。"二篇之詩，先後而作，何語意切類如此？[6]

注意到除蘇軾惠州上元詩外，幾乎同時而作的王履道《象州上元詩》，也以昔日的玉堂草詔之榮與貶謫南荒的蕭條對比，最後以種蔬灌園表達委順之意作結，與東坡詩意同出一轍。但是，周煇也無法確認，二詩之間是否存在着互相影響。不過，細讀王詩則會發現，雖然《象州上元詩》也以昔日之榮與今日之窮對照，但是對昔日的記憶實際上並不是集中在上元節，而只是泛泛而言，因此，與東坡詩還是有很大差别的。實際上，同時代除王履道此詩外，蘇軾門下張耒一生亦作有許多上元詩。謫居齊安時，上元有"去年襄城古驛亭，野縣風埃尋古寺"，"齊安江山漁樵市，誰料今年身到此"，[7]倒略同蘇軾惠州上元所記之例。而更值得一提的是好學蘇軾的李綱。李綱留存的三首對比書寫模式的上元詩中，《上元日二首》其一：

> 去年玉輦侍端門，燈滿鼇山訝曉暾。寂寞沙陽山水裏，也將膏火照黄昏。[8]

將昔日上元侍宴端門與今夕沙陽寂寞對照，已同於蘇軾。尤其是其《上元舟中有感》一詩，亦爲五言古詩：

> 前年扈清蹕，玉輦臨端門。鼇山綵構聳，露臺歌吹喧。去年謫沙陽，旅泊亦游觀。士女隘衢巷，燈火滿溪山。今年過江南，艤舟煙水灣。風高不可進，極目雲濤飜。蜜炬照獨酌，紅爐凌夜寒。感事心欲折，强歌聲無歡。坐看江邊月，飛上青雲端。清光不改舊，對我還團欒。[9]

此詩與蘇軾惠州上元詩如出一轍，前年、去年、今年層層對比，以上元三種截然不同的境遇領起對人生起伏的書寫,可以確認爲模仿蘇軾惠州上元詩的作品。而且,到了南宋,失意的士大夫們對於上元節的記憶,不止指向昔日端門侍宴觀燈的個人榮寵,同時還寄寓着故都繁華如夢的家國感慨,就如同李綱"當年玉輦侍端門,豈意風塵四海奔"⑩一樣,使得這種今昔之感更加强烈了。不過,縱觀宋代上元詩,東坡上元詩的這種對比書寫模式,雖然常爲後人所借鑒,但主要限於藝術構思上的摹擬學習而已,宋人並不以上元爲審視蘇軾生命經歷的一條線索,而對此投注特别的目光,因此,在宋人詩中,並不能建立起上元與東坡的特殊聯繫。

如本文開頭所言,反而是在上元節俗意義並不鮮明的日本⑪,五山禪僧在閱讀東坡詩時,敏感地捕捉到了其上元詩中豐富的信息,以此爲中心,展開了對東坡命運的論述,創作了一系列的東坡上元圖以及讀東坡上元詩後發表感懷的詩作,以此傳釋他們所理解的東坡形象,表達了他們對人生榮辱升沉的思考。五山禪僧對蘇軾上元詩的關注,主要集中在三個時期上,其一即杭州祥符寺的兩首,其二是端門侍宴的相關詩作,其三則是貶居嶺南以後的上元詩,也即上文梳理時所述的,東坡生命歷程中三種重要的上元體驗。五山禪僧以東坡上元的命運爲關注點的詩畫題目,有:

1. 祥符寺九曲觀燈圖;
2. 上元侍宴圖/端門侍宴圖/傳柑圖;
3. 讀戊寅歲上元獨坐詩。

總計有詩 29 首。在這些詩中,東坡命運的榮辱浮沉,始終是禪僧們關注的中心,他們總是以窮通的視點審視相關畫面中的蘇軾,重新闡釋詩人的原作,即使這並不一定符合原作的語境。例如在杭州祥符寺觀燈的東坡,留下了《祥符寺九曲觀燈》《上元過祥符僧可久房,蕭然無燈火》二首。前詩:

> 紗籠擎燭逢門入,銀葉燒香見客邀。金鼎轉丹光吐夜,寶珠穿蟻鬧連朝。波翻焰裏元相激,魚舞湯中不畏焦。明日酒醒空想像,清吟半逐夢魂銷。(第 842 頁)

竭盡筆墨摹寫祥符上元燈會之輝煌奇麗;後詩:

> 門前歌舞鬭分朋,一室清風冷欲冰。不把琉璃閑照佛,始知無盡本無燈。(第 844 頁)

則記述上元夜訪可久僧房時清静超脱的情味。這兩首詩皆無一字寫到自身處境的寂寞失意,況且蘇軾熙寧年間外放杭州時,在政治上儘管並不通達,也確實對朝廷實施的新法頗有意見,但其遭遇也絶不能稱爲失意潦倒,生活上是比較愜意的。但是,五山禪僧將蘇軾放在其經歷的整個上元體系中來反顧杭州時期的上元詩,就不免對這組詩歌進行有意的

“誤讀”，他們在以祥符寺上元爲典故，圖繪、題詠東坡時，總是通過預想他日的寵遇，來刻畫他此時流落州郡、未獲重用的形象：

> 痛飲狂歌元不能，餘杭古寺獨觀燈。今宵天上傳柑宴，誰信先生閑似僧。⑫
> 去汴來杭鬢已星，飄零焦思在熙寧。玉堂未拜金蓮賜，九曲燈花十月螢。⑬
> 坡老南仙久在杭，觀燈幾度問禪房。玉堂異日金蓮賜，换盡祥符今夜光。⑭

瑞溪周鳳與雪嶺永瑾皆就東坡在外郡獨自觀燈，未獲重用而發表感想，詩歌在描寫圖繪中的東坡時，前者强調其不能痛飲狂歌，只好獨往古寺觀燈以排遣閒愁；後者强調其鬢髮已斑，飄零在外。兩詩刻畫的是憔悴寂寥的東坡形象，顯然與東坡倅杭時的實際形象是不符的，尤其瑞溪周鳳以此夜東坡之“閑”聯想到京城傳柑的熱鬧，隱隱有爲之不平之意。而三益永因之詩，則由今日上元的冷清，聯繫到來日賜金蓮燭的榮耀。

其他圍繞元祐年間（1086—1093）端門侍宴和嶺南上元系列作品而産生的圖繪、題詠東坡的作品，也同杭州祥符寺觀燈系列一樣，習慣以政治上的窮通對照來刻畫東坡的形象，這正是基於五山禪僧始終將蘇軾的上元作品作爲一個整體來加以理解，因此，若將五山禪林中三組東坡上元題材的作品放在一起，它們便會互相勾連，形成一個完整的敘事：

> 餘杭流落大蘇公，寂寞觀燈古梵宫。窮達有時元祐日，端門喜色萬枝紅。⑮
> 翰苑鶴天遭遇恩，華燈影裏宴端門。女中堯舜登仙後，隔海黎家作上元。⑯
> 刺史燒燈已夜游，小坡赴約老坡留。紅雲夢破玉皇宴，一坐儋州鬢似秋。⑰
> 取笑海南春夢婆，端門榮遇十年過。可憐黎舍上元夜，獨剪寒燈待小坡。⑱

第一首詠《東坡祥符寺觀燈圖》，三益永因想象中的東坡是流落杭州的寂寥形象，但是“窮達有時”，異日端門扈從觀燈的榮耀，必定能洗却此時的寥落；第二首詠《東坡上元侍宴圖》，則從端門華燈，感嘆此後寄身海外的凄涼；第三、四首爲讀東坡戊寅歲儋州上元詩的讀後感，東坡貶謫嶺南的孤寂被置於往日如春夢般的繁华荣遇之中，從而倍增感慨。經過這樣的勾連書寫，上元在蘇軾政治遭際與命運起伏中的象徵意義就凸顯出來了，祥符觀燈的上元、端門侍宴的上元、嶺南獨坐的上元，成爲了東坡生命歷程中的經典時刻，而在不同情境下的上元燈火，也成爲了圖寫東坡的頗具象徵意味的標誌性物象。如祥符寺的上元燈火，蘇軾往觀時分明説是：“金鼎轉丹光吐夜，寶珠穿蟻鬧連朝”，在海南回憶起來也説：“萬炬錢塘憶夜歸”，極其光華璀璨，但五山禪僧在形容時却説他錢塘觀燈是孤獨失意的，形容此夜燈火是：“玉堂未拜金蓮賜，九曲燈花十月螢”，因爲他政治上的失意，仿佛燦爛的九曲燈火也同深秋螢火般黯淡無光，只有未來端門侍宴的燈火，纔堪稱“喜色萬枝紅”。同樣,在東坡嶺南上元圖繪中,那邀約蘇過的“儋守之燈”與東坡凄然獨對、結盡燈花的“寒燈”,也通過禪僧們的題詠被凸顯出來,呼應着主人公此刻的境遇。

值得説明的是,賜金蓮燭作爲東坡獲得重用與榮寵的象徵,實際上並不發生在上元節,但大概因爲“金蓮燭”與燈之間存在着聯想的可能,在五山禪僧筆下,常常被混淆在上元的序列中,作爲嶺南上元節失意憔悴的東坡的反面,所以,在前引三益永因的詩中,會以異日的金蓮燭之賜,作爲祥符寺寂寞觀燈的補償,所謂“玉堂異日金蓮賜,換盡祥符今夜光”。雪嶺永瑾《蘇内翰賜金蓮圖》:“宣仁寵軾賜金蓮,除此奇才誰執權。豈料南荒上元夜,恩光消盡散青烟”⑲,也是顯著的例子。所以,五山禪僧在上元詩裏,也常常用金蓮燭指代元宵燈火,如雪嶺永瑾“笙歌聲鬧上元天,萬朵燈火交影鮮。野僧不預端門宴,唯有春月當金蓮”⑳,形容自己元夕的清冷,以月爲燭,即用金蓮指代端門的萬炬燈火;閩門“滿城歌吹湧如泉,此夕端門開御筵。只爲君恩多雨露,梅花燈冷亦金蓮”㉑,也是如此。

二、東坡與茶:五山禪林的東坡茶事圖

和上元圖繪相似,因蘇軾多個生命階段出現的同一物象,而將相關詩文、故事勾連,取材爲圖繪作品的,還有五山禪林的東坡煎茶圖系列。五山禪林取材於東坡茶事因緣的圖繪,有《東坡試院煎茶圖》《子瞻邇英賜茗圖》以及《坡仙汲江煎茶圖》三種,皆有題畫詩存世。

隨着詩歌書寫對日常生活的關注,詠茶及詠煮茶諸事在北宋已成爲詩歌一種常見的題材,茶事在這些詩歌中完成了其詩意升華,成爲文人雅趣的象徵,具有豐富的文化内蘊。蘇軾創作的不少詠茶詩是這一詩歌發展過程中的典範作品,作於熙寧六年(1073)杭州監試期間的《試院煎茶詩催試官考校戲作》與作於儋耳的《汲江煎茶》更是其中的名篇。前詩:

> 蟹眼已過魚眼生,颼颼欲作松風鳴。蒙茸出磨細珠落,眩轉遶甌飛雪輕。銀瓶瀉湯誇第二,未識古人煎水意。君不見昔時李生好客手自煎,貴從活火發新泉。又不見今時潞公煎茶學西蜀,定州花瓷琢紅玉。我今貧病常苦飢,分無玉盌捧蛾眉。且學公家作茗飲,塼爐石銚行相隨。不用撑腸拄腹文字五千卷,但願一甌常及睡足日高時。(第 735 頁)

此詩從煮水的火候、碾茶點茶的畫面寫起,細膩生動地呈現了煎茶的全過程,亦飽含了作者本人煎茶品茶的個體體驗。而其結尾,則往往被認爲頗有用心,翁方綱云:“是時甫用王安石議,改取士之法,罷詩賦、帖經、墨義,專以策,限定千言。故先生呈諸試官詩云:‘聊欲廢書眠,秋濤春午枕。’正與此篇末句意同。‘未識古人煎水意,且學公家作茗飲’,亦皆此

意。”(第737頁)認爲結尾部分含蓄地表達了對新法的異見。其《汲江煎茶》詩:

> 活水還須活火烹,自臨釣石取深清。大瓢貯月歸春甕,小杓分江入夜瓶。茶雨已翻煎處脚,松風忽作瀉時聲。枯腸未易禁三椀,坐聽荒城長短更。(第5116頁)

描寫在海南的一個夜晚,自己汲水煎茶之事,其中間二聯設想新奇,描寫細膩。蘇軾這兩首煎茶詩,後人認爲“(《試院煎茶》)獨寫煎茶妙處,於集中諸詠茶詩别出一奇。語不必深而精彩自露,此與《汲江》一篇,在古近體中,各推絶唱。”[22]從文學的角度來説,在宋元以後是相當爲人注意且影響頗大的。不過,若從圖繪的角度來看,宋元以來,茶事主題的圖繪雖然發達而種類豐富,但取材於蘇軾煎茶的圖繪作品並不多,也不算相關圖繪中的主流,表現文人茶事的圖繪,主要集中在盧仝與陸羽[23]。從目前的文獻看,明代開始出現蘇軾煎茶主題的圖繪,李東陽有《東坡煎茶圖》一詩,次杭州試院煎茶詩韻,其詩云:

> 君不見玉川兩腋清風生,又不見黄家竹几車聲鳴。東坡别有煎茶法,一勺解使千金輕。江南雷鳴二月二,已識山人采芳意。東京貢院試一煎,汴中那有中冷泉。翰林老仙出西蜀,醉掃蠻箋寫珠玉。**詩成吻渴腸亦饑,長須拂紙揚修眉。知公此興不獨樂,蘇門六子長相隨。請看畫裹題詩手,猶似當爐運筆時。**[24]

此圖不傳,若單據題詩後六句來看,儘管詩次試院煎茶詩之韻,但畫面表現的並非東坡試院煎茶的場景,李東陽形容圖中的東坡正醉掃蠻箋揮筆題詩,而蘇門文人皆隨其旁,因此這應當是一種類似於《文會圖》《西園雅集圖》的以茶事爲媒介的文人雅集圖繪,重點表現的是東坡作爲元祐文壇領袖的風采。除此以外,中國少見有以東坡茶事爲主題的圖繪記載了。

日本五山禪林的圖繪世界獨立地表現出對東坡上述二詩的濃厚興趣,且在此以外,還流傳有題爲《子瞻邇英賜茗圖》的題畫詩,也是從茶的角度著眼的。我認爲,正如上文所述,這與五山禪僧習慣於以窮通的視角審視東坡的境遇遭際,從而對其作品與故事别具一種認識與闡釋的角度,密切相關。因此,他們不但拈出了上元這個對於東坡頗具節點意義的節日,因着上元的關係將“燈燭”視爲東坡人生中頗具象徵性的標誌物象;也發現了茶這個與“燈燭”具有類似象徵性的物象,從而將相關的作品和經歷勾連起來,將之作爲圖寫東坡形象的另一種視覺意象。故而在三種五山禪林的東坡茶事圖繪與詩歌中,也呈現出與上元圖繪相似的視角與構思:

> 試院秋風雙鬢花,九州四海破生涯。江梅佳實調羹手,一鼎松聲閑煮茶。[25]
>
> 持節錢塘考試新,寒爐煎雪鬢如銀。他年侍講邇英閣,敕賜頭綱八餅春。[26]

隻日輸官至玉堂,講筵賜茗是頭綱。吾慚半部未終卷,時習齋西又夕陽。[27]

高唱臨磯傴汲腰,茶聲響月夜蕭條。邇英講舌有餘渴,傾倒江湖入一瓢。[28]

萬死投荒蘇玉堂,風爐煎茶鬢如霜。此中記否邇英閣,曾賜龍團第一綱。[29]

第一、二兩首都取材於試院煎茶,此詩的結尾部分雖被認爲對新法含有微意,但正如前文所言,倅杭時期的蘇軾既不憔悴,也不算特別失意,但彦龍周興與瑞岩龍惺之詩却不約而同將蘇軾此時的面貌形容得蒼老憔悴,將之形容爲"調羹手"的閑置,同時瑞岩龍惺將試院煎茶與來日元祐入朝後的邇英賜茗聯繫起來,顯然是因爲茶而産生的聯想;同樣産生這種聯想的還有琴叔景趣與常庵龍崇的第四首與第五首,這兩首皆題《汲江煎茶圖》,在東坡海南月夜煎茶的場景裏,他們不約而同地引入了昔日邇英賜茗的記憶,其間因緣不也是因茶生發的嗎? 實際上,根據現有資料,没有發現蘇軾侍講邇英閣期間有皇帝或者太皇太后賜茗的記載,蘇軾邇英侍講《論語》在元祐二年(1087),而據蘇轍《亡兄子瞻端明墓志銘》記載,元祐四年(1089),蘇軾以龍圖閣學士出知杭州,"公出郊未發,遣内侍賜龍茶、銀合,用前執政恩例,所以慰勞甚厚"[30]。故救仁鄉秀明認爲因爲講筵與賜茗並非同時,故五山禪林流行的《東坡講筵賜茗圖》出典不明。[31]當然也存在着蘇軾侍講期間賜茗的相關資料在流傳中佚失這種情況,但顯然更大的可能性是,因爲"茶"的聯想,五山禪僧們自然而然地將侍講與賜茗兩種士人的榮遇牽合在一起,從而形成了邇英賜茗這樣的東坡畫題,因爲這一茶事經歷,在他們的心目中,與試院煎茶、海南煎茶恰好形成了通達與失意的强烈對照,就如同上元觀燈系列中的那些時刻一樣,邇英賜茗也凝定爲東坡生命中的經典一刻。如果結合上引蘇轍文中提到的,蘇軾出知州郡而被賜茗,是用"前執政恩例",也就不難理解五山禪僧何以對倅杭時期的蘇軾在政治上的遭遇如此耿耿,在試院煎茶圖的系列題詩中,視之爲"江梅佳實調羹手,一鼎松聲閑煮茶",這正是因爲異日破例賜茗的榮遇,早已被五山禪僧視爲統治者確認蘇軾具有宰執之才的暗示,有了這樣的預設,他們在打量試院煎茶的蘇軾時,纔會感覺其間落差如此巨大。

三、"坡老"形象的畫面呈現、内涵及其典範意義

如上所述,五山禪僧習慣於以窮通的視角來觀察蘇軾的處境,對五山禪林的東坡受容最顯著的影響就是改變了他們對倅杭時期的蘇軾的觀感,普遍將這一時期的蘇軾形象描繪得憔悴蒼老而落寞,朱秋而在討論五山禪林的《東坡試院煎茶圖》時,發現在這種圖像中,禪僧將"晚年流放海外後的東坡形象提前移植到試院煎茶詩中",[32]其實不但試院煎茶圖如此,幾乎取材於倅杭時期的其他圖像皆如此——風水洞圖例外,因爲這一主題寫爲圖繪的創作動因比較特殊——从而使得在五山禪林詩畫世界中,"坡老"成爲蘇軾的一種經典形象,普遍存在於五山禪林的大部分東坡圖繪中,這個形象基於禪僧對蘇軾整個生命歷

程沉浮榮辱的把握，最終定格在嶺南時期。在塑造蘇軾具體的視覺形象時，圍繞着細節性的畫面元素，如圖繪中東坡的衣冠、行具等，五山禪僧也曾展開討論與闡釋，集中梳理這些材料，能够更清晰地展現在五山禪林的詩畫世界中，“坡老”形象的畫面呈現、内涵及其典範意義。

宋元以後的東坡圖像，就人物具體形貌、衣冠的視覺呈現而言，有多種圖式，其中最爲流行的，顯然是以笠屐圖與以窄簷高筒帽爲標誌的東坡像，中國如此，日本五山禪林亦如此。在五山禪林，窄簷高筒的“子瞻樣帽”與笠屐可以説是塑造東坡形象的關鍵元素，禪僧們在題畫詩中圍繞二者的内涵展開了頻繁的討論。

窄簷高筒的“子瞻樣帽”，又稱“東坡帽”，是東坡自己設計的一種烏紗材質的冠帽。李廌《師友談記》有“東坡帽”記載：

> 東坡先生近令門人輩作《人不易物賦》，或戲作一聯曰：“伏其几而襲其裳，豈爲孔子；學其書而戴其帽，未是蘇公。”（自注：士大夫近年傚東坡桶高簷短，名帽曰子瞻樣。）廌因言之。公笑曰：近扈從燕醴泉觀，優人以相與自夸文章爲戲者。一優丁仙現曰：“吾之文章，汝輩不可及也。”衆優曰：“何也？”曰：“汝不見吾頭上子瞻乎？”上爲解顔，顧公久之。㉝

《王直方詩話》中亦有類似的記録曰：“元祐之初，士大夫效東坡頂短簷高桶帽，謂之‘子瞻樣’。”㉞可見這是蘇軾在元祐之前就爲自己設計的一種頗具個性色彩的冠帽，蘇軾對自己這一異於流俗的設計也頗爲滿意，針對當時效仿他的士人，發出了“學其書而戴其帽，未是蘇公”的諷刺。因此，高筒窄簷的“子瞻樣帽”，原本就隱約地彰顯着蘇軾獨立不遷的人格魅力，誠如他晚年在嶺南《椰子冠》一詩中所言的“更著短簷高屋帽，東坡何事不違時”（《次韻子由三首椰子冠》，第4905頁）那樣，象徵着他“一肚皮不合時宜”的面貌。因此，“子瞻樣帽”很自然地成爲後人以圖繪呈現東坡形象時最爲重要的視覺元素，在現存的東坡肖像畫中，這種“子瞻樣帽”東坡像是最常見的圖式。五山禪林的“坡老”圖繪中，頭戴“子瞻樣帽”的圖式，也極爲流行。天章澄彧曾描寫自己夢中見到蘇軾：

> 歲己亥夏五廿一，宵寐中有以告者曰：“東坡居士，館於寺之北院，人爭快覩矣。”予狼忙造焉。居士方坐一榻，白髮紅頰，**帽甚高著，三韓布袍而按籐杖，年六十許，如世所畫像也。**㉟

夢中的蘇軾頭戴東坡帽，如“世所畫像”，可見東坡帽是五山禪林圖寫蘇軾非常重要的視覺元素，在東坡肖像畫中如此，在許多詩意畫、故實畫中也如此，蘭坡景茝爲人題《東坡赤壁圖》，小序中説：

惟材,惠日之佳士也。寄扇求掛片詞,披覽之,**老翁在舟,與二童並坐**。余輒知孤山處士,然以無梅,熟視其人,**上有子瞻,子瞻之爲子瞻**也,於是可知焉。昔元豐之初,其法日新,善類不和,士之有補於朝,皆出居野,蘇亦其一。而與客游赤壁之下,作賦二篇。前游乃有客吹洞簫者,後游乃有**孤鶴横江東來**,其翅如車輪,此圖是也。且如山高月小,水落石出,其語自然而精於體物,今繪事之不及此,則《離騷》之梅也,惟材豈不恨之乎?[36]

蘭坡景茝對眼前老翁童子舟游、孤鶴横空的畫面,無從判斷其主人公的身份,但是"子瞻樣帽"揭示了謎底。這則材料也揭示,由於詩意圖受囿於繪畫史圖式傳統,畫面風景對詩意的呈現可能大同小異,但是一些重要的視覺元素却象徵着不同的文化内涵,能够標識與區分人物,"子瞻樣帽"就是這樣一個具有强烈象徵性的圖畫視覺意象,烙刻著蘇軾的精神内蕴。那麽,五山禪僧如何闡釋"子瞻樣帽"的象徵意義與其呈現的東坡形象呢?在五山禪林,"子瞻樣帽"曾成爲固定的詩題,常被形諸吟詠:

頭上子瞻優亦賢,當時神廟一歡然。不梟二虜非遺憾,棄擲奇才十九年。[37]

孰爲楚相孰爲優,頭上子瞻如此不?熙豐十八年天下,檐短屋高雙鬢秋。[38]

七世文章百世詩,帽簷影短破生涯。熙豐新法秋風急,赤壁鬢寒吹落時。[39]

在以上三首詩歌中,五山禪僧都著眼於蘇軾優異的才能與他熙豐年間被棄置不用的失意遭遇,三詩皆用到前引李廌《師友談記》中所記的優人在宫宴場合仿東坡"子瞻樣帽"以娱君之事,但值得注意的是,李廌與王直方記此事皆發生在元祐年間,今《蘇軾年譜》亦繫在元祐二年[40],那麽逸事中的"上"則無疑是哲宗。但五山禪僧在題詠時,均紛紛將此事提前到神宗熙豐年間,以此"子瞻樣帽"的"不合時宜"簷短屋高的"違時"來想象東坡在熙豐新政中的不合時宜,從而被棄置不用的遭遇,想象在"子瞻樣帽"之下的東坡兩鬢蕭索的面貌。那麽,在禪僧的書寫中,"子瞻樣帽"這一視覺意象,就傳遞了這樣的精神内涵:它標誌着優異的才能、不隨時俯仰的耿介人格以及蕭索失意的政治遭遇。在畫面中,它往往與"騎驢""按杖"搭配,以萬里集九所題兩種東坡像爲例:

南遷千萬里,頭上戴東坡。驢瘦鼠成尾,是非春雨多。

真大丈夫號人中龍,崢嶸可仰;彼四學士出日下鶴,蹁躚互酬。烏紗帽岸短簷高屋,青竹杖撑南島小洲。有宇並吞,草木枯而山岳裂;文章活動,波瀾湧而星斗浮。[41]

前圖爲頭戴"子瞻樣帽"的東坡騎驢圖,故題詩主要著眼其南遷的蹇澀;後圖爲戴帽持笻的東坡形象,笻竹杖在宋人的詩歌書寫中,亦象徵着勁節耿介,故圖像題跋也重點表現東坡

"崢嶸可仰"的一面。"子瞻樣帽"意象化之後,禪僧不僅以之圖寫讚美東坡形象,也常常在詩文中以此自我書寫或酬贈,如蘭坡景茝在南禪寺入院上堂之際,如此自敘:

> 獨學不成,一寒如此。肩聳山字,深擁南嶽之大布繒;鬢生霜痕,斜著東坡之短簷帽。豈免衆哂,各垂鴻慈。㊷

自敘多以謙語出之,故這裏字面主要取"子瞻樣帽"所象徵的寒蹇之態,但言下又何嘗不是以東坡的耿介與多才暗自標榜呢?而在琴叔景趣下詩中,頭戴"子瞻樣帽"則是對友人的讚美:

> 相逢是處結眉毛,氣味何殊蘇與陶。看這風流老和尚,朗吟對菊帽簷高。㊸

在此詩中,琴叔景趣用蘇軾"子瞻樣帽"與陶淵明詠菊來比況朋友的"風流",這種"風流",就是如同蘇、陶一般的文采風流和與世相違的獨立不遷吧。

除了"子瞻樣帽"外,戴笠著屐是東坡在圖繪中更爲常見的一種形象,如前文所述,東坡戴笠著屐的逸聞發生在被貶海南時,從南宋開始有東坡笠屐圖的創作。受到宋元影响,日本繪畫史上也流行過圖式不一的東坡笠屐圖,㊹并且,在日本其他蘇軾題材圖繪中,東坡也常常以戴笠著屐的面貌出現,例如前文曾提及的《風水洞圖》,該圖取材於倅杭時期的詩歌,蘇軾尚未南遷,但現存傳爲狩野正信筆的《風水洞詩意圖》中,東坡也是戴笠著屐;此外,五山禪林流行的東坡騎驢圖中,東坡也多戴笠。可見,在日本五山禪林,戴笠著屐,不僅僅限於笠屐圖,而是圖繪形塑東坡普遍使用的視覺意象。㊺關於笠、屐兩種視覺意象在圖繪中的象徵意義與相關圖繪傳遞的精神内涵前賢有過比較仔細的梳理和闡述,作爲野服形象構成要素的"斗笠"乃是"時運不濟仍保持着高潔志向的文士及神人的帽子",而"木屐"則是"道釋散聖仙人的裝束"㊻。因此,在東亞漢文化圈内,以"笠屐"形塑的東坡,集中呈現了蘇軾生命經歷中時運不濟接連遭貶的境遇,和他泰然處變、用詼諧幽默的態度輕鬆化解人生磨難的巨大精神力量,以及他那嬉笑怒駡皆成文章、超然於物外而又直將笑語接兒童的謫仙氣質。那麽,當五山禪僧面對圖繪中戴笠著屐的東坡形象時,他們的觀感如何呢?

首先,在面對歷經風雨的笠屐形象時,五山禪僧往往會將之與其身處玉堂的形象并置,表達對東坡不因榮辱而易其節的堅韌人格的崇仰,讚美東坡的文章、功業。如彦龍周興一則題扇面東坡像的畫贊,題下注明畫面爲竹林中的笠屐東坡,他題道:

> 公嘗畫竹,得文湖州之印矣。千載之後,爲人所圖,亦與此君俱焉。黎洞風雨,玉堂雲霧,不二其心,心之虚也。賜金蓮炬於御簾前,借青箬笠於民村裏,維榮維辱,而

一其節,節之堅也。[47]

圖畫用背景的竹和笠屐來塑造蘇軾的形象,而彦龍周興通過文字傳釋了這些畫面元素的寓意,通過描寫他身處廟堂之高與寄身江海之遠的始終如一,表達了對蘇軾志節堅勁的讚歎。在並置敘事中表彰蘇軾,在五山禪林的東坡圖繪題詠中非常常見,如:

> 畫圖今日尚驚群,赤壁玉堂如片雲。海内先生廣長舌,揮毫四萬八千文。[48]
> 瓊海玉堂過即同,天將笠屐戲吾公。爛腸五斗鬓千丈,犬吠蠻村煙雨中。[49]
> 戴笠褰裳秃鬓雙,夢中不覺落蠻邦。牛欄西畔溟濛雨,醉眼玉堂雲霧窗。[50]
> 白首累臣忠義心,一身笠屐草泥深。蠻村也自玉堂上,四海蒼生傅説霖。[51]

在以上四詩的書寫中,蘇軾面對玉堂、赤壁、瓊海的不同處境,始終秉持着如一的節操,雖因歷經磨難而憔悴蒼老,却文采驚世,令蒼生感懷。五山禪僧東坡題詠的這種書寫模式,受到宋元同類作品的影響,是毋庸置疑的。將赤壁—玉堂—瓊海並置,而傳釋蘇軾的精神内涵,最典範的樣本就是黄庭堅《東坡先生真贊》三首其一:

> 子瞻堂堂,出於峨眉,司馬班揚。金馬石渠,閱士如墻。上前論事,釋之馮唐。言語以爲階,而投諸雲夢之黄。東坡之酒,赤壁之簫,嬉笑怒駡,皆成文章。解羇而歸,紫微玉堂。子瞻之德未變於初爾,而名之曰元祐之黨,放之珠厓儋耳。方其金馬石渠,不自知其東坡赤壁也。及其東坡赤壁,不自意其紫微玉堂也。及其紫微玉堂,不自知其珠厓儋耳也。九州四海,知有東坡。東坡歸矣,民笑且歌。一日不朝,其間容戈。至其一丘一壑,則無如此道人何。[52]

除此之外,黄庭堅曾在詩中稱賞東坡曰:"赤壁風月笛,玉堂雲霧窗"[53],也對舉玉堂與赤壁兩種不同處境,上引諸詩,實際上就主要化用黄庭堅這兩篇作品。

其二,在面對笠屐形象的蘇軾時,五山禪僧特别讚賞他無論窮通皆安之若素,以窮爲通、以江海勝玉堂的曠達態度,欣賞他在逆境之下呈現出的自由無礙的精神境界:

> 洗盡玉堂雲霧腥,蠻村獨借雨聲聽。隨身笠一屐緉兩,細嚼檳榔風味馨。[54]
> 白頭久厭侍金鑾,一卧炎荒夢自安。借笠農家禦風雨,也勝趨走著朝冠。[55]

前詩爲萬里集九所作,在他看來,被貶海南的蘇軾,反因蠻鄉的風雨洗刷了朝堂權勢的腥膻與負累,草笠芒鞋而無所掛礙,使他得以從容輕鬆地品味海南風物的美好。西胤俊承的後詩中,東坡厭倦朝堂,反在炎荒之地得以安枕。在兩首詩中,玉堂之"腥"與海南檳榔之

“馨”、農家笠子和朝冠形成了有趣的對照，而五山禪僧咸以後者爲勝，以此表達他們對蘇軾謫居適意的處窮態度的推崇。值得注意的是，這兩首題詩準確地把握住了蘇軾嶺南時所作詩歌中表現的生活趣味與精神狀態，前者注目於蘇軾在對嶺南食物風味之美的挖掘，後者著眼於蘇軾安卧炎荒所顯示的精神力量，南食與晝寢，這恰是蘇軾詩歌中在言志與審美方面頗具開創性與典範意義的兩個意象，五山禪僧敏感地捕捉住了它們，可謂出自對蘇軾與蘇詩的深刻理解。[56]表達與上述二詩類似主旨的題詠在禪僧别集中非常常見，如：

昨夢南遷鬢侣絲，煎茶試院夜眠遲。何如懶卧黄崗日，春鳥聲中一啜宜。[57]
門外青袍舉子忙，棘圍煎茗澆枯腸。何如南北湖邊寺，瓦椀尋僧風味長。[58]
子瞻在宋令狐唐，共賜金蓮歸玉堂。爭似春游秉銀燭，海棠花下照紅粧。[59]
四海東坡百卅名，黄岡謫寓亦恩榮。玉堂爭似雪堂好，故舊情深馬正卿。[60]

以上四詩題詠杭州試院煎茶、賜燭歸翰林院以及謫居雪堂等不同時期的蘇軾圖繪，但表達了同樣的主題，那就是以仕宦爲束縛，嚮往閒居適意的自由生活。在禪僧們的書寫中，相較於玉堂與監試的勞悴，謫卧黄岡在春鳥嘲哳之中啜飲新茗、在夜深人靜時秉燭看花，外放杭州時瓦椀尋僧共飲，均要更加愜意自在，令人嚮往。

其三，面对東坡笠屐形象，聯繫蘇軾一生在政治漩渦中的浮沉榮辱，五山禪僧往往聯想到蘇軾海南春夢婆故事，由此而生出是非榮辱如夢、萬事皆空的超越之感：

論杵權臣投赤壁，才蒙聖眷直鑾坡。誰知天上名歸處，一是一非春夢婆。[61]
笠破履穿頭已翁，真非真是百無功。翰林風月蠻村雨，都在一場春夢中。[62]
瓊海玉堂春夢痕，孰榮孰辱不堪論。簾前夜賜金蓮燭，借笠黎家暮雨村。[63]

“春夢婆”事出《侯鯖録》卷七：“東坡老人在昌化，嘗負大瓢行歌於田間。有老婦年七十，謂坡云：‘内翰昔日富貴，一場春夢。’坡然之。”[64]在這則逸事中，富貴如春夢般短暫無痕的哲理經由田婦口中說出，而東坡欣然接受。其實，在蘇軾詩文中，從早年的“人生到處知何似，應似飛鴻踏雪泥”，經歷烏臺詩案後的“世事一場大夢，人生幾度秋涼”，到晚年謫居嶺南的“人間何者非夢幻，萬里南來真良圖”，可以説這一來自禪宗般若空觀的佛禪主題，始終貫穿。[65]笠屐形象傳達的這種内涵爲五山禪僧所重視，不僅由於其來源於佛禪思想，也因爲五山禪僧並非真正的出世之人，他們與幕府、公家及世俗政治之間保持着密切關係，儼然如披着袈裟之士，因此也不免經歷窮通沉浮，遭遇如同蘇軾般波瀾起伏的命運。如九淵龍琛曾以澗底老梅喻江西龍派，並在詩後的小注中記述“江西甚忤權相，進退不穩，説口鑠金，蓋亦嫉才妒賢，古今一轍”[66]，頗爲之感慨。由此可見，在榮通視角中闡釋東坡形象，以此獲得其超越的人格力量，也是五山禪僧的現實需求。

四、餘論:對騎驢圖的反思與理想的"坡仙"

在五山禪林中,還有一類東坡騎驢圖,通過騎驢這一視覺元素,來圖寫東坡形象。

騎驢是詩人的身份標識,尤其是命運蹇澀的詩人的身份標識,在整個東亞地區流傳着諸多中國詩人騎驢圖,最爲典型的莫過於杜甫、孟浩然,五山禪林亦不例外。蘇軾多次在詩中描寫過杜甫、孟浩然等詩人的騎驢形象,例如"又不見雪中騎驢孟浩然,皺眉吟詩肩聳山","又不是襄陽孟浩然,長安道上騎驢吟雪詩","杜陵飢客眼長寒,蹇驢破帽隨金鞍"(三詩分别爲《寫真贈何充秀才》《大雪,青州道上,有懷東武園亭,寄交代孔周翰》《續麗人行》,第 1180、1449、1680 頁),在他筆下,孟浩然和杜甫蹇澀途窮的詩人形象呼之欲出。不過,蘇軾詩中描寫自己騎驢則並不多見,最爲膾炙人口者莫過於《和子由澠池懷舊》尾聯:"往日崎嶇還記否,路長人困蹇驢嘶。"自注曰:"往歲,馬死於二陵,騎驢至澠池。"(第 186 頁)除此以外,蘇軾離開黄州貶所赴筠州與蘇轍相見之時,轍有詩言:"老兄騎驢日百里,據鞍作詩如翻水",[67]而東坡描寫此次行程,却説是:"我時移守古河東,酒肉淋漓渾舍喜。而今憔悴一羸馬,逆旅擔夫相汝爾。"(《將至筠,先寄遲、适、遠三猶子》,第 2552 頁)與羸馬擔夫爲伍,艱難跋涉,蘇軾之詩當是實寫。而蘇轍易馬爲驢,主要是爲了突出兄長仕途蹇澀而才思敏捷的詩人形象,可見這一東坡騎驢作詩形象也只是出於他意象化的虚擬而已。

大概是出於對蘇軾仕途蹇澀與詩人身份的想象,五山禪林中也流行用"騎驢"這一視覺意象來塑造東坡形象,東坡騎驢圖是非常常見的一類東坡圖繪,直至今日,尚存有不少室町末期至江户時期的東坡騎驢圖,圖中東坡大多爲戴笠騎驢形象。[68]五山禪僧别集中的題畫材料則有正宗龍統《東坡騎驢戴笠圖》,以及萬里集九題《東坡畫像》詩:"南遷千萬里,頭上戴東坡。驢瘦尾成鼠,是非春雨多。"[69]

《東坡潘閬騎驢圖屏風》上幅,圖片取自《國華》第 **820** 號,圖中東坡亦戴笠

不過，在諸多東坡騎驢資料中，正宗龍統的《東坡戴笠騎驢圖》是非常值得注意的一個文本，這是一篇雜言長詩，在詩中正宗龍統表達了自己對圖繪中當選擇哪些畫面元素來塑造東坡形象這一問題的看法：

> 跨驢窮措大誰歟？人道坡仙戴笠圖。圖者多笠屐，奚不着屐乎。傳聞海雨借笠黎民廬。借笠宜借屐，借屐今則無。寒鄉實無屐，豈有驢可需。假令有驢在，何況屐相於。況公乘不一，我爲俱陳諸：憶昔弘農郡，失馬偶馱驢；此年峽中路，逢郭坐籃輿；次第守八州，到處上熊車；或時汗快馬，一抹幾山砠；或時秣倦馬，堤冰步徐徐；或不願騎鶴，揚州腰纏蚨；或不願躡風，濰州雪垂鬚；或願駕黄鶴，劍外望枌榆；或願踏赤鯉，手持白芙蕖；或夢游塵表，飛轡策天吴；或逮上天去，蓬海跨鯨魚。留得子由弟，獨駕老蟾蜍。如何能畫手，畫驢不畫餘。不如高踞大鵬背，三萬里風凌碧虚。

正宗龍統面對的是一幅蘇軾騎驢戴笠圖。圖中的蘇軾戴着笠子，騎着驢子。"戴笠"與"騎驢"，在圖繪中都有其固定的文化内涵，但正宗龍統觀畫時，對驢出現在東坡圖像中表示了不滿。詩歌最開始的理由是禪林多流行笠屐圖，何以畫笠不畫屐呢？接下來，他羅列了東坡所有的乘騎經歷，充分論證了"騎驢"與東坡經歷與形象是如何之不相宜。詩中承認蘇軾在澠池曾經騎驢，但正宗龍統稱之爲"失馬偶駝驢"，言外之意，騎驢只是偶然的、意外的一次經歷，並非常態。接下來他歷數東坡生命中的騎乘經歷，曾有籃輿的山野之趣，縱馬的快意，倦馬徐行的閑情，⑳都絲毫没有驢的蹇澀之氣。在詩的末尾，正宗龍統又列舉了蘇軾想象中的四種坐騎："駕黄鶴""踏赤鯉""飛轡策天吴""跨鯨魚"，這都是傳説中神仙所乘，其超然之姿更與蹇驢相差萬里。正宗龍統指出，這些都是蘇軾曾經歷或希冀的坐騎，如果出現在圖畫中，遠比"騎驢"更爲合情合理，何以畫家們捨棄不畫呢？在詩的最後，他提出了自己認爲更爲符合東坡氣質的視覺元素，不如圖畫蘇軾高踞鵬背、凌風遨游於碧空之上來呈現他的"坡仙"面貌。正宗龍統此詩是我們認識五山禪僧在圖繪中如何處理蘇軾形象的重要材料。一方面，從現存圖繪和繪畫資料來看，東坡騎驢圖的創作是流行的，"騎驢"作爲一個已經意象化的視覺符號，因爲能够呈現蘇軾政治上失意與詩人身份的一面，被用來形塑蘇軾形象，但另一方面，"騎驢"所藴含的那種蹇澀、落魄的内涵，那種更指向苦吟推敲式的詩人形象，實際上與東坡的性格、氣質是不相宜的，因此，當它被用來表現東坡時，受到了質疑。在五山禪僧的心中，最符合東坡形象的坐騎是搏扶摇直上的大鵬，這並非正宗龍統一人之見：

> 玉堂春夢轉頭空，萬里又投黄霧中。帝爲吾公嫌迫隘，天南駕與大鵬風。㉑
> 春夢玉堂花昨非，大鵬背上著鞭歸。今朝三拜舉頭看，雲舞蓬萊及第衣。㉒
> 聞昔岷峨蘇白蓮，子孫書熟七生仙。端門花繫須臾念，鵬背春風漸一鞭。㉓

在這些詩歌中,五山禪僧極力塑造了一個和我們前文所討論的"坡老"形象完全不同的"坡仙"形象。如果説我們前文討論的兩鬢蕭蕭、歷盡辛苦而百折不撓的"坡老"形象,來源於五山禪僧對蘇軾現實人生與精神世界的深刻體認,那麽,讓蘇軾高據大鵬、御風凌虛,以"坡仙"的面貌出現,則是五山禪僧所理想的蘇軾形象。

細究五山禪僧對理想"坡仙"形象的闡述,包括兩個内涵,一是"玉堂仙",一是"謫仙"。在五山禪僧題詠東坡圖畫的"蠻村—玉堂"式的對立敘事中,被置於遠謫蠻荒的"坡老"形象對面的,就是"玉堂仙":

端門賜宴玉堂仙,一朵紅雲擁御筵。㉔
吟對飛毬天亦笑,三生不愧玉堂仙。㉕

這種"玉堂仙"的形象,首先著眼於蘇軾的才華和理想政治地位,是一位既能應對聖筵的經世治國的奇才,又能與僚友詩酒酬唱、游戲筆墨的風雅天才。實際上,五山禪僧對蘇軾始終持有一種認識,即其才具足以執政,足以致天下太平。因此,他的榮寵和遭貶都顯得比其他人更有意義。正宗龍統有一篇近七百字的長贊,從各個方面對蘇軾進行讚頌,其開頭直接以東坡擬天:"公之所以如天者,挾風霜於忠義,磨百代日月之光,不獨巨宋日月;涌煙霞於文賦,鍾九州山川之秀,奚唯全蜀山川。"贊文在東坡的文學成就以外,特别集中地寫了他的政治才能和遭遇,體現了五山禪僧在政治方面對蘇軾的真實認知:

惜哉,熙豐之主,雖老而久涖朝,斥昌言以舍奇才,故欲妄致堯舜爾。韙哉,元祐之主,雖幼而初踐祚,舉夙德以用奇才,故如實逢堯舜然。……倘夫俾平生所仕之主,咸如乾道之主,感其忠義不顧身害,愛其文賦冠冕千古,而以太師贈旃,則一日無去朝,論事於上前,豈有憾兩宫遽陷胡塵,朔巡狩於五國城邊乎?㉖

文中不少看法是宋人的觀點,但正宗龍統熱情洋溢的論述,則屬於他自己,代表了他對蘇軾的崇仰。文中他提及了蘇軾所遇三主,對神宗舍奇才的行爲表示了嚴厲的批評,對元祐年間蘇軾得到重用極表讚歎,甚至比之於堯舜,甚至以爲蘇軾可以改變二帝北狩、北宋滅亡的悲劇。這種觀點在五山禪林極具代表性,在大量的敘述中,他們都將熙豐視爲典型的亂世,作爲元祐的對立面提出。因此,就如正宗龍統那樣,五山禪僧均認爲蘇軾理論上應當"無一日去朝",輔助宋朝君王。正是基於這種認識,如前文所論,他們會對外放杭州的青壯年時期、在文壇意氣風發的蘇軾,也留下不得意的印象,將此與南謫海南的老翁相提並論。同時,禪僧們受到宋元輿論在黨爭上傾向於舊黨的影響,想象理想的"玉堂仙"形象,使得他們在詩歌中對北宋政局進行是非評價時,對新黨、對王安石總是持貶斥態度:

一生身在是非間，惟使文章千古删。莫憾儋州打衣雨，元豐宰相亦東山。[77]
端門賜宴宴筵酣，坡老恩榮世所諳。雪竹應恰半山寺，燈宵不夢見傳柑。[78]
讀得新詩憶老坡，燈宵賜宴氣猶和。熙豐殘黨相如渴，元祐侍臣恩露多。[79]
文章至軾愛波瀾，賜燭歸時夜色闌。正見女中堯舜世，熙豐群黨野煙寒。[80]
花繞玉堂雲亦紅，昨非今是一吟中。半山松竹蕭條日，春屬翰林蘇長公。[81]
望海樓前潮蹴空，銀山湧出浪花中。熙寧權相無全策，壯觀歸吾長胃翁。[82]

“謫仙”則是五山禪僧對“坡仙”的另一種想象。五山禪林流行兩謫仙圖，或兩翁看瀑布圖，皆是圖繪李白與蘇軾，前者來源於黄庭堅在詩中將蘇軾和李白同稱爲“謫仙人”，後者則來源於李白、蘇軾皆有游玩廬山的經歷與詠廬山瀑布詩。但真正將兩人聯繫起來，更在於他們令人驚歎的才華與風采，尤其對蘇軾來説，更在於他風塵外物、窮達如一的精神氣質，即正宗龍統所謂：“付窮通於天賦，忘得失於天全。在翰林以筆墨游戲，亦謫仙人，不忘游赤壁夢境；在朱崖與漁樵狎談，亦王者道，不異坐邇英講筵。”[83]

以上對五山禪林東坡圖繪中的部分特殊視覺元素及其内涵闡釋稍作整理，通過觀察我們發現五山禪僧形塑東坡時總是傾向於用窮通的視角加以審視，由此而發現了蘇詩中許多具有對比性意味的作品群，從中提煉出可能爲中國蘇軾圖繪所忽視的某些視覺元素與圖繪主題；在同樣的視角下，五山禪僧也對整個東亞地區皆頗爲流行的“子瞻樣帽”與笠屐等視覺元素的象徵意義作出了豐富的闡釋，對流行的騎驢圖式與東坡形象的契合度進行了反思。

（作者單位：上海師範大學人文學院）

① 關於日本流傳的東坡相關畫題，救仁鄉秀明在《日本における蘇軾像（二）——中世における画題展開》中曾有考述[*Museum*（《東京国立博物館研究誌》）第 545 號，1996 年 12 月]。此文中列舉了五山禪僧詩文中曾題詠過的東坡圖繪 34 種，並一一考證了其出處。關於日本流傳的東坡圖繪的研究，除救仁鄉秀明此文外，尚有救仁鄉秀明《日本における蘇軾像——東京國立博物館保管の模本を中心とする資料紹介》[*Museum*（《東京国立博物館研究誌》）第 494 號，1992 年 5 月]就東京博物館所藏東坡圖像展開。另外，由於東坡笠屐圖歷來頗受關注，所以關於五山禪林的東坡笠屐圖研究相對豐富，如日本學者朝倉尚《贊蘇軾笠屐像作品について》（《岡山大學教養部紀要》第 12 輯，1976 年 3 月），就日本五山禪林流行的東坡笠屐圖展開了論述；此後韓國學者朴載碩《宋元時期的蘇軾野服形象》（收入石守謙、廖肇亨主編《東亞文化意象之形塑——第十一至十八世紀間中日韓三地的藝文互動》，臺北允晨文化公司，2011 年，第 461—505 頁），也分析比較了《東坡笠屐圖》在宋元時期和日本室町時期的接受、傳播情況；臺灣學者朱秋而則在前人研究的基礎上，總結了五山禪林東坡圖畫的八種主題（參朱秋而《日本五山禪僧詩中的東坡形象——以煎茶、風水洞、海棠等爲中心》，收入石守謙、廖肇亨主編《東亞文化意象之形塑》，第 331—364 頁）。

② 以上三詩見《翰林五鳳集》卷一,收入《大日本佛教全書》第144—146册,日本佛書刊行會,1914年,第91—92頁。

③ 吴自牧撰《夢粱録》卷一,收入《全宋筆記》,大象出版社,2019年,第210頁。

④ 蘇軾《上元侍飲樓上三首呈同列》其三,《蘇軾全集校注》卷三六,第4161頁。以下引蘇軾作品,皆出此版,隨文出注。

⑤ 鄒同慶、王宗堂校注《蘇軾詞編年校注》,中華書局,2007年,第140頁。

⑥ 周煇撰、劉永翔校注《清波雜志校注》卷六,中華書局,1997年,第243—244頁。

⑦ 張耒《壬午正月望夜,赴臨武,宿襄城古驛……癸未元夕,謫居齊安……》,張耒撰,李逸安等點校《張耒集》卷一六,中華書局,1990年,第267頁。

⑧ 李綱《上元日二首》,《梁谿集》卷七,《景印文淵閣四庫全書》,臺灣商務印書館,1986年,第1125册。

⑨ 李綱《上元舟中有感》,《梁谿集》卷一四,《景印文淵閣四庫全書》,第1125册,第622頁。

⑩《梁谿集》卷二八。

⑪ 上元節俗雖然傳入日本,但在日本並未産生太大影響,更未成爲固定的節日,詳參劉曉峰《中日踏歌考——兼論古代正月十五的節俗及其對日本的影響》,收入氏著《東亞的時間——歲時文化的比較研究》,中華書局,2007年。

⑫ 瑞溪周鳳《東坡祥符寺觀燈圖》,《卧雲稿》,收入玉村竹二編《五山文學新集》第五卷,東京大學出版會,1976—1977年,第512頁。

⑬ 雪嶺永瑾《讀東坡祥符寺觀燈詩》,《梅溪集》,收入塙保己一編《續群書類從》文筆部第十三輯下册,續群書類從完成會,1924年,第676頁。

⑭ 三益永因《東坡祥符寺觀燈圖》,《三益稿》,收入《續群書類從》文筆部第十三輯上册,第487頁。

⑮ 雪嶺永瑾《蘇内翰賜金蓮燭圖》,《梅溪集》,第666—667頁。

⑯ 九鼎竺重《東坡上元侍宴圖》,此詩選入《翰林五鳳集》卷一,第91頁。

⑰ 横川景三《讀東坡上元也獨坐有感詩》,《小補東游後集》,收入《五山文學新集》第一卷,第94—95頁。

⑱ 天隱龍澤《讀東坡戊寅歲上元詩》,《默雲藁》,收入《五山文學新集》第五卷,第1105頁。

⑲ 雪嶺永瑾《梅溪集》,第666—667頁。

⑳ 雪嶺永瑾《上元》,《梅溪集》,第650頁。

㉑ 閩門《燈夕》,此詩選入《翰林五鳳集》卷一,第91頁。

㉒《蘇詩選評箋釋》卷一,轉引自《蘇軾全集校注》卷八,第737頁。

㉓ 繆元朗《中國古代茶畫分類研讀》一文中將古代茶畫按畫面内容分類,雖然在雅集文會類的茶畫中提及的《西園雅集圖》與蘇軾有關,但此圖顯然不是本節所論的以表現茶事爲中心的圖繪(《文史知識》2019年第5期、第6期)。此外,張瑩《宋代茶事繪畫及其文化内涵探析》一文中雖然提及作爲文化名人的蘇軾對於茶畫興盛的影響,但是這種影響主要在觀念方面,而非茶畫的取材方面(河南大學2012年碩士論文)。

㉔ 李東陽撰、周寅賓編《李東陽集　詩後稿》卷三,岳麓書社,2008年,第832—833頁。

㉕ 彦龍周興《東坡試院煎茶》,《半陶文集》,收入《五山文學新集》第四卷,第1011頁。

㉖ 瑞岩龍惺《東坡試院煎茶圖》,此詩選入《翰林五鳳集》卷六〇,第1181頁。

㉗ 景徐周麟《子瞻邇英賜茗圖》,《翰林葫蘆集》,收入上村觀光編《五山文學全集》第4册,思文閣,1992年,第267頁。

㉘ 琴叔景趣《坡仙汲江煎茶圖》,《松蔭吟稿》,收入《續群書類從》文筆部第十三輯上册,第585頁。

㉙ 常庵龍崇《東坡海南煎茶圖》,《冷泉集》,收入《續群書類從》文筆部第十三輯上册,第604頁。

㉚ 蘇轍《蘇轍集》卷二二,中華書局,1990年,第1122頁。

㉛ 見前揭救仁鄉秀明《日本における蘇軾像(二)——中世における画題展開》。

㉜ 前揭朱秋而《五山禪僧詩中的東坡形象》，收入《東亞文化意象之形塑》，第 338 頁。

㉝ 李廌撰、孔凡禮校點《師友談記》，中華書局，2002 年，第 11 頁。

㉞ 郭紹虞《宋詩話輯佚》卷上，中華書局，1980 年，第 93 頁。

㉟ 天章澄彧《坡仙贊》，《棲碧摘藁》，收入《五山文學新集別卷》下册，第 448 頁。

㊱ 蘭坡景茝《雪樵獨唱集》，收入《五山文學新集》第五卷，第 72—73 頁。

㊲ 惟肖得岩《東坡先生畫像》，收入《翰林五鳳集》卷六〇，第 1177 頁。按：此詩《翰林五鳳集》題爲《東坡先生畫像》，《蕉窗夜話》題爲《贊東坡》，而《蔭涼軒日録》則稱其爲"雙桂翁題子瞻帽"，題目雖有異，但從詩歌來看，"子瞻樣帽"顯然是詩歌表現的中心，且此詩因爲收入五山禪林各種詩歌選本，始終作爲詠"子瞻樣帽"的典範而被模擬。

㊳ 横川景三《子瞻樣帽》，《補庵京華前集》，收入《五山文學新集》第一卷，第 249 頁。

㊴ 月舟壽桂《子瞻樣帽》，《幻雲詩稿》第三，收入《續群書類從》文筆部第十三輯上册，第 239 頁。

㊵ 孔凡禮撰《蘇軾年譜》卷二六，中華書局，1998 年，第 775 頁。

㊶ 萬里集九《東坡畫像》《東坡先生畫像》，《梅花無盡藏》，收入《五山文學新集》第六卷，第 899 頁。

㊷ 蘭坡景茝《南禪寺語録》，《雪樵獨唱集》卷二，收入《五山文學新集》第五卷，第 91 頁。

㊸ 琴叔景趣《奉和相國堂頭和尚重陽韻》，《松蔭吟稿》，第 578 頁。

㊹ 救仁鄉秀明認爲日本的笠屐圖是少數真正受到宋元影響的蘇軾圖像，參考前揭救仁鄉秀明之文。

㊺ 朴載碩在討論五山禪林的蘇軾野服形象時，也提及室町時代的藝術家比中國更早利用佚聞中的場景增添圖繪的敘事性，他們偏好給蘇軾野服形象增添背景，加强畫作的敘事性，或者傳達畫作贊助者對蘇軾海南軼聞的看法。從而使得在日本，野服形象更早地化爲一種圖象語言，擴大了意涵，被應用到描繪其他與蘇軾有關的作品中（朴載碩《宋元時期的蘇軾野服形象》，《東亞文化意象之形塑》，第 502 頁）。

㊻ 同前注朴載碩《宋元時期的蘇軾野服形象》。

㊼ 彦龍周興《便面（自注：竹林中，笠屐東坡）》，《半陶文集》，第 1115 頁。

㊽ 一休宗純《東坡像》，《山林風月集》卷中，收入《大日本佛教全书》第 146 册，日本佛書刊行會，1914 年，第 27 頁。

㊾ 横川景三《東坡笠屐圖》，《補庵京華別集》，第 574 頁。

㊿ 江西龍派《東坡戴笠圖》，《續翠詩稿》，收入《五山文學新集別卷》上册，第 304 頁。

51 心田清播《東坡笠屐圖》，《聽雨外集》，收入《五山文學新集別卷》上册，第 689 頁。

52 黄庭堅《東坡先生真贊三首》其一，黄庭堅撰、劉琳等點校《黄庭堅全集》，中華書局，2021 年，第 504 頁。

53 黄庭堅《子瞻詩句妙一世乃云效庭堅體蓋退之戲效孟郊樊宗師之比以文滑稽耳恐後生不解故次韻道之》，黄庭堅撰、劉尚榮校點《黄庭堅詩集注》，中華書局，2003 年，第 191 頁。

54 萬里集九《謹題東坡先生畫像》，《梅花無盡藏》，第 785 頁。

55 西胤俊承《東坡笠屐圖》，《真愚稿》，收入《五山文學全集》第 2 册，第 2715 頁。

56 有關蘇軾詩歌在晝寢與南食書寫上的開拓性與典範意義，筆者曾有討論，見《午枕的倫理：晝寢詩文化内涵的唐宋轉型》，《文學遺産》2014 年第 6 期；《中唐至宋代詩歌中的南食書寫與士人心態》，《文學遺産》2016 年第 6 期。

57 江西龍派《東坡試院煎茶圖》，《續翠詩稿》，第 175 頁。

58 瑞岩龍惺《東坡試院煎茶圖》，《翰林五鳳集》卷六一，第 1181 頁。

59 天隱龍澤《東坡賜金蓮燭歸翰林院圖》，《翰林五鳳集》卷六一，第 1177 頁。

60 琴叔景趣《題東坡雪堂圖》，《松蔭吟稿》，第 560 頁。

61 瑞岩龍惺《東坡先生畫像》,《翰林五鳳集》卷六一,第 1176 頁。

62 策彦周良《東坡》,《策彦和尚詩集》,第 833 頁。

63 希世靈彦《東坡戴笠圖》,《村庵稿》,收入《五山文學新集》第二卷,第 310 頁。

64 趙令畤撰、孔凡禮校點《侯鯖録》卷七,中華書局,2002 年,第 183 頁。

65 關於蘇軾詩歌中的人生如夢的主題及其禪宗思想來源,可參考周裕鍇《夢幻與真如——蘇、黄的禪悦傾向與其詩歌意象之關係》,《文學遺産》2001 年第 3 期。

66 九淵龍琛《澗底老梅》,《九淵遺稿》,收入《五山文學新集别卷》下册,第 406 頁。

67 蘇轍《次韻子瞻特來高安相别,先寄遲、适、遠,却寄邁、迨、過、遯》,《欒城集》卷一三,第 245 頁。

68 日本的東坡騎驢圖,可參考張伯偉《東亞文學與繪畫中的騎驢與騎牛意象》,收入《東亞文化意象之形塑》,第 271—330 頁;中村溪男《新出雪村筆二人物画の画様——『福禄壽図』『東坡騎驢図』》,《古美術》第 91 號。

69 萬里集九《梅花無盡藏》,第 899 頁。

70 蘇軾杭州詩多次描寫籃輿出游的經歷,如"籃輿湖上歸,春風灑面涼"(《湖上夜歸》,第 873 頁)、"籃輿三日山中行,山中信美少曠平"(《宿海會寺》,第 990 頁)、"籃輿西出登山門,嘉與我友尋仙村"(《介亭餞楊傑次公》,第 3571 頁)。"汗快馬"的經歷,對應蘇詩"溪上青山三百疊,快馬輕衫來一抹"(《自興國往筠,宿石田驛南二十五里野人舍》,第 2538 頁)。"倦馬"句出蘇詩"老身倦馬河堤永,踏盡黄榆緑槐影"(《召還至都門先寄子由》,第 4065 頁)。

71 江西龍派《東坡先生畫像》,《續翠詩稿》,第 209 頁。

72 萬里集九《祭東坡先生》,《梅花無盡藏》,第 686 頁。

73 萬里集九《題蘇東坡陪燕端門詩後》,《梅花無盡藏》,第 772 頁。

74 蘭坡景茝《東坡端門賜宴圖》,《雪樵獨唱集》,第 64 頁。

75 東沼周曮《讀東坡侍宴端門詩》,《流水集》,第 355 頁。

76 正宗龍統《東坡先生畫像贊》,《秃尾長柄帚》,第 108—109 頁。

77 翱之惠鳳《戴笠東坡》,《竹居清事》,收入《五山文學全集》第 3 册,第 2805 頁。

78 玄圃《讀東坡上元侍飲詩》,《翰林五鳳集》卷一,第 91 頁。

79 梅印《讀東坡上元侍飲詩》,《翰林五鳳集》卷一,第 92 頁。

80 雪嶺永瑾《蘇内翰賜金蓮圖》《梅溪集》,第 667 頁。

81 琴叔景趣《東坡玉堂種花圖》,《松蔭吟稿》,第 572 頁。

82 琴叔景趣《望海樓觀潮圖》,《松蔭吟稿》,第 557 頁。

83 正宗龍統《東坡先生畫像贊》,《秃尾長柄帚》,第 15—16 頁。

論宋元時期狄仁傑忠臣形象的塑造及其文化意義

谷文彬　謝香梅

狄仁傑本是武周時期的賢臣，中晚唐以來，其忠於李唐皇室的事跡不斷地被傳頌，小説家爲其編造了各種神異故事，使其神人形象雛形初顯，成爲一種客觀存在的狄仁傑文化。[①]宋元時期，具有典範意義的狄仁傑引起了帝王、史官、文士等各懷其志者的濃厚興趣，他們在承接唐五代狄仁傑文化的基礎上，極盡踵事增華之才能，對其進行多層次、多維度、多途徑的書寫，成爲當時社會的一個重要文化現象。不過，需要指出的是，這一時期關於狄仁傑的書寫幾乎都集中指向於對其忠臣形象的塑造，可以説，在宋元時期完成了對狄仁傑忠臣形象的典範化書寫。目前學界尚未關注到此現象，鑒於此，本文擬專題梳理和分析宋元時期對狄仁傑忠臣形象的典範化歷程，進而揭櫫當時狄仁傑忠臣形象得以確立的原因，挖掘其背後的文化意義，以期推動狄仁傑形象研究的縱深發展。不當之處，敬祈方家指正。

一、宋元時期狄仁傑忠臣形象的典範化歷程

欲考察狄仁傑形象何以在宋元時期得到聚焦和升華，對其忠臣形象的典範化歷程的爬梳實有必要，這個過程大致經歷了如下兩個階段：

（一）北宋：狄仁傑忠臣形象的塑造成型

北宋是狄仁傑忠臣形象得以典範化的關鍵時期，統治者、士人群體、平民百姓都積極參與了這場"造星運動"，並成爲形塑狄仁傑的主要力量，狄仁傑的忠臣形象在這一時期得以成型、固化。

1. 統治者親自引導

出於政治考量，自宋太祖始，便有意對狄仁傑的忠臣形象加以重點强調。如宋太祖親試科舉士人時曾言："則天一女主耳，雖刑罰枉濫，而終不殺狄仁傑，所以能享國者，良由此也。"[②]以狄仁傑事跡説明賢臣之於國家的重要性，表達對諫臣的重視。甚至連狄仁傑後人都

沾上祖蔭入朝爲官，據《宋史》記載，仁宗、神宗兩朝都曾録用過狄仁傑的後人狄國賓等人爲官。

我們若將北宋年間編纂的兩部史書《新唐書》《資治通鑑》與五代的《舊唐書》進行比較，便可發現三書雖然都記載了武則天還位廬陵一事，但對狄仁傑在這過程中所起作用的着墨程度却有所不同：《舊唐書·狄仁傑傳》中僅載"唯仁傑每從容奏對，無不以子母恩情爲言，則天亦漸省悟，竟召還中宗，復爲儲貳"③，對狄仁傑勸諫的過程僅用寥寥數語交待；而《新唐書·狄仁傑傳》中則對狄仁傑具體的諫言、事件的始終都進行了詳細的補充。由此，"雙陸不勝""廟不祔姑"也成爲了流傳後世的經典故事。不僅如此，司馬光《資治通鑑》更是將唐代張鷟《朝野僉載》中狄仁傑爲武則天解夢鸚鵡雙翅的故事採寫了進來，不難看出這一時期的史官對狄仁傑功績的肯定與表彰。這無疑是官方做出的一種指導示範，因爲"歷史從不只是爲自身的，歷史總是有目的的。説它有目的是由於歷史是以某個意識形態目標爲參照系數而寫成的，也是由於歷史是爲某個特定社會集團或社會公衆所寫的。不僅如此，歷史表述的這一目的和傾向體現在歷史學家爲了整理手中的材料而使用的語言中"④。史學家對歷史材料的擇取總是暗含深意，其背後是主流意識形態與思想體系的傾向與態度的表達。從這一時期關於狄仁傑形象的歷史表達來看，無論是帝王的褒獎，還是史官的推崇，都向社會公衆傳遞了一種信號和傾向，比及北宋，狄仁傑力挽李唐基業的功勞得到了官方的認可和肯定，統治者親自下場引導，對狄仁傑"諫儲功臣"的形象作了蓋棺定論。

2. 士人群體合力推舉

統治者的意志對於書寫狄仁傑形象的影響自然是非同小可，但與前代不同的是，宋代士人群體不僅是文化主體，也是政治主體，掌握着一定的政治話語權，所以，以宋代士人群體爲代表的知識界的推舉亦不容忽視。他們主要借助以下三種方式，完成了對狄仁傑的推舉。

其一，士人在發表史論政見時經常徵引狄仁傑事跡作爲自己論證的歷史依據，以增強説服力。如蘇軾在讚賞直臣王禹偁的畫像時就曾例舉狄仁傑等人："皆以身徇義。招之不來，麾之不去，正色而立於朝，則豺狼狐狸，自相吞噬，故能消禍於未形，救危於將亡。"⑤讚賞其剛正之氣；蘇轍在《欒城後集·狄仁傑》中，將吕后與武后並舉、陳平與狄仁傑相較，以此論説事君之道在於講究時機、俟時而動："陳平、狄仁傑待其已衰而徐正之，故身與國俱全。……陳、狄之所以成功者，皆以緩得之也。"⑥張耒認爲在武后易唐的危難之際，幸得"狄仁傑爲之一言，以感動惻怛之情，而唐遂以濟。"⑦

其二，士人在詩歌中形塑狄仁傑的忠孝形象。或是作詩讚譽狄仁傑。如晁補之《用寄成季韻呈魯直》："懷英名高長史口，獨以一人當北斗。"⑧歐陽澈《秋日山居八事》："聖賢若許同仁傑，子弟從教詆竇威。"⑨可以看出，文士對狄仁傑的評價甚高，並以狄仁傑入詩以寄託理想。或是援引白雲思親故事入詩。正如明人宋訥所言："昔人以雲紀官，以雲辨祲者有矣，以雲思親，則自狄仁傑始也。夫以仁傑一言爲百世孝思之則者，何哉？蓋言出於心，非妄誕欺人以要思親之譽爾。"⑩白雲思親的故事肇始自狄仁傑，北宋文人則將其升華爲一個經典文學意象，他們往往在詩中借此表達思親主題。如蘇軾《白塔鋪歇馬》："望眼盡從飛鳥遠，白雲深處是吾鄉。"⑪黄庭堅《次韻寅庵四首・其二》："白雲行處應垂淚，黄犬歸時早寄書"⑫等，竭力渲染狄仁傑"忠孝兩不渝"的儒家道德典範形象，正如范仲淹所評："孝之至也，忠之所繇生乎！"⑬在一定程度上來説，"白雲孝親"故事的流傳使得狄仁傑的忠臣形象更加完整。

其三，諸多文士作詩酬贈狄仁傑後人。這是一個值得注意的現象，北宋仁宗時期許多著名文士通過作詩贈予狄仁傑後人，以表達對狄仁傑的追懷。如梅堯臣作《贈狄梁公十二代孫國賓》："雄雉飛上天，牝雉白日鳴，驅逐鳳皇雛，百鳥不出聲，豈無雕與鶚，至死莫得爭。孤鶴獨不懼，使風羽翼成。"⑭讚頌狄仁傑迎歸廬陵王之功，並邀王安石一同爲作。王安石亦慨然應允，作《聖俞爲狄梁公孫作詩要予同作》："時恩淪九泉，褒取異代忠。堂堂社稷臣，近世孰如公？"⑮一個"忠"字，表達了對狄仁傑匡扶社稷的認可。另外，劉敞、劉攽兄弟也加入了這場文學活動，分别作有《同介甫和聖俞贈狄梁公裔孫》和《酬狄奉議》。贈詩狄仁傑後人的風氣如此盛行，以至於宰相韓琦專門作《覽諸人贈狄國賓察推詩》論此盛況："凜凜梁公萬世尊，復唐功業並乾坤。爲臣所守能忠義，異代猶思録子孫。老嗣寂寥雖未振，大名瞻仰只如存。後人真有希賢志，豈特孤風擅一門？"⑯指出正是狄仁傑恪守"忠義"的臣子本分而備受後世膜拜，以至於功績能蔭其子孫。文士們的詩作歌詠是形塑狄仁傑非常重要的一步，他們對狄仁傑的忠臣形象和人格精神的追認與緬懷，引導了社會公衆將目光聚焦於狄仁傑身上，使其聲名更盛，進一步促成了狄仁傑忠臣典範的確立。

3. 民間輿論場域的傳播

在統治者引導和知識界書寫的彙聚、推動之下，這一時期狄仁傑的忠臣形象已深入民間，具體表現在兩個方面：一是以狄仁傑爲主角的話本小説《梁公九諫》大爲流行，該小説敘狄仁傑九次犯顔直諫武則天立廬陵王爲太子，歷經威逼利誘而不改忠心。小説情節簡單，語言俚俗相間。值得注意的是，話本是經由"説話"藝人底本整理而來的小説文本，來自勾欄瓦肆等大衆娛樂場所，與民間百姓聯繫密切，是符合民間心理趣味的文學創作，生産出來後經由"説話"藝人便可在民間進行大範圍傳播，所以，《梁公九諫》的出現代表着民間對狄仁傑的認可。再來看名將狄青認狄仁傑爲先祖的故事，據《楊公筆録》所載，狄青發跡後有人建議他將狄仁傑認作祖先，狄青却連忙拒絶，並道"青何人，敢當此？"⑰這則故事不僅表現了狄青不攀圖虚名的品質，也反映了狄仁傑在社會公衆中的地位之高。我們可以看到，狄仁傑的忠君故事在市民階層中廣受歡迎，其忠臣形象也早已深入人心，其人格風範受到社會各個階層的崇敬。

二是通過社會儀式記憶鞏固狄仁傑形象。狄仁傑居官各地時均有善政，當地人們感念其恩德，建立了祠廟以供懷念，故寧州、豐州、彭澤縣、魏州等地均有狄仁傑的紀念祠廟，文士們紛紛通過拜謁活動追慕前賢，如范仲淹、劉敞、王安石、詩僧惠洪等，並"應物斯感"留下了不少的佳作，最著名的當屬范仲淹所撰的《唐狄梁公碑》一文。這類行爲對歷史記憶的强化有着顯著作用,德國學者揚・阿斯曼認爲,由於記憶的遺忘是必然的,如何讓歷史能够存續、凝固,就需要借助文化記憶中的兩種記憶媒介:文字類和儀式類,前者指的是書面文本和書籍,後者則是關於儀式性的行爲。⑱前述的史書、文人詩作是對狄仁傑歷史記憶的文本性記録,而具有儀式性的活動則是拜謁狄仁傑祠廟等行爲。祠廟在這裏被凝結成了一種可供人們附着文化意義的象徵物,承擔着情感的儲存和傳達,於是,借助祠廟不斷的直觀刺激和祭祀活動的操演,狄仁傑形象便被反復强調和記憶,成爲了"活的敘事",讓後人在接受的同時又有了新的詮釋的可能。

(二)南宋及元:狄仁傑忠臣形象的弘揚推廣

狄仁傑的忠臣形象發展至南宋及元,已更爲全面而深入,形式也更爲多樣,具體體現在如下兩方面:

一是狄仁傑忠君事跡的廣泛傳播。南宋與元時期,狄仁傑忠臣形象的傳播與接受無論是在廣度還是在深度上都較之北宋時期更爲深入。從形象傳播的廣度而言,這一時期狄仁傑事跡傳播受衆更廣,大有全民普及的意味。如陳普所作的《歷代傳授歌》本是爲初學者普及歷史知識而作,詩歌内容均爲歷代君主的大事紀,如"伏羲""夏禹""秦始皇"等人物,而狄仁傑亦廁身其中:"武後易唐而爲周,仁傑一言回睿意。"⑲又如南宋王應麟在初學童蒙類書《小學紺珠》中將狄仁傑與漢李固、唐魏徵等人並列爲六君子;再如元代教育家胡炳文在其所撰的兒童蒙學讀本《純正蒙求》中論及狄仁傑的復唐事跡。狄仁傑能躋身此類普及性讀物中,不僅代表着知識界對其的書寫與弘揚,更顯現了社會公衆對狄仁傑的認同和廣泛接受,甚至儼然升華爲一種集體認知固化在人們心中的趨勢。

從接受的深度而言,官方通過定期祭拜狄仁傑祠廟這一儀式將忠君的政治價值觀念深深植入了民衆心中,正如法國學者杜爾凱姆認爲:"宗教的核心不是教義,而是儀式;而宗教儀式的功能就是强化一種價值和行爲方式。"⑳祭祀狄仁傑雖不屬於宗教活動,但兩者在儀式展演上却有相似之處。而儀式主持者的身份也很重要,因爲"所謂經典化,就是普通的文本和儀式,經過具有權威性的機構或人士的整理之後被確定爲典範的過程"㉑,即通過對儀式的經典化,從而實現確立典範人物的過程。《元史・仁宗本紀》載:"(延祐三年)諭中書省,歲給(魏)王阿木哥鈔萬錠。敕衛輝、昌平守臣修殷比干、唐狄仁傑祠,歲時致祭。"㉒官方組織祭拜的行爲便是所指的"權威性機構的整理",對於民衆而言,這一行爲無疑起到了鞏固認同和傳達價值觀的作用。因爲"借助儀式加以重復,其根本目的在於意義,因爲意義保存在儀式中並借此得到再現。儀式的作用就是促使人們想起相關的意義。"㉓隨着依附在狄仁傑身上的忠君價值觀念的傳播,狄仁傑的忠臣形象也充分爲人們所接受。

二是多維立體形塑狄仁傑的忠臣形象。由於時代特徵的緣故,這一時期對狄仁傑忠君形象呈現的方式更爲豐富。

其一，形塑的媒介更爲多樣。宋代是中國古代繪畫史上最爲鼎盛的時期，題材範圍廣闊，内容豐富。北宋始宫廷便設有畫院以供畫家創作，用來“鑒戒賢愚”的經史題材中的人物故事畫風靡一時，仁宗時便有《觀文鑒古圖》繪“前代帝王美惡之跡”以作鑒誡，“書畫皇帝”宋徽宗曾命畫院畫家繪“文武臣僚像”置於哲宗皇帝神廟。比及南宋，宋高宗在臨安景靈宫圖繪功臣畫像，宋理宗在昭勳崇德閣圖畫功臣像。在這樣的風氣之下，作爲唐代著名政治人物，一時間也涌現出了不少與狄仁傑相關的人物故事畫，將其人、其事描繪成畫，且詩人們還作題畫詩與之相映襯，畫家與詩人的聯袂製作，讓圖像世界的狄仁傑形象變得異常生動立體，精彩紛呈。

如南宋無名氏所繪的《八相圖》(見圖 1)，描繪了周公旦、張良、魏徵、狄仁傑、郭子儀、韓琦、司馬光和周必大八位名臣。畫中的狄仁傑面目威嚴，手持笏板(見圖 2)，畫像旁還附有讚辭，頌揚狄仁傑匡扶李唐之功，説明狄仁傑在時人心中的崇高地位。

圖 1　南宋佚名《八相圖》，絹本設色，手卷，現藏於北京故宫博物院

圖 2　南宋佚名《八相圖》局部之狄仁傑畫像，現藏於北京故宫博物院

另外,狄仁傑"白雲親舍""勸歸廬陵"等故事也被畫家積極描繪入畫,如南宋著名畫家鄭思肖《狄仁傑白雲親舍圖》、鄭希彩《題狄梁公白雲圖》,元代王翰《望雲思親圖》、李昱《狄仁傑諫復廬陵王圖》等等,雖然這些畫作已佚,僅存篇目,不過我們通過這些題畫詩能够洞見的是這一時期的狄仁傑故事早已成爲深入人心的意象元素,畫家們熟稔地將其事跡化作一個個具體形象描繪入畫,並將其升華爲了一種"典型意象"。

其二,參與形塑的文體更爲豐富,除了詩詞散文之外,元代還涌現了大量以狄仁傑爲主人公的劇作。如佚名的傳奇《狄梁公》、關漢卿雜劇《風雪狄梁公》、于伯淵雜劇《狄梁公智斬武三思》、佚名雜劇《張昌宗雙陸博貂裘》等,上述劇本雖均已亡佚,但我們從篇名中亦可窺知故事大多是與狄仁傑匡復李唐皇室的事跡有關,元雜劇作家們在塑造狄仁傑形象時,一致凸現狄仁傑忠君愛國的政治品格。

縱覽宋元時期狄仁傑忠臣形象的典範化過程,我們發現以下幾個特點:從形塑主體而言,具有全民性,上至統治階層,中有士人階層,下至普通民衆,幾乎形成了全民形塑忠臣狄仁傑的熱潮,各個時期、各個階層、各個領域的人們都紛紛參與了對其忠臣形象的建構;從典範化的途徑來説,是世俗化和多樣化的,詩歌、小説、繪畫、戲曲等都是形塑狄仁傑的重要媒介,在廣泛的傳播中狄仁傑的忠臣形象逐步加深,層層遞進,完成了升華。可以説,北宋至元,是對有關狄仁傑的儀式和文本進行典範化的過程,也是人們對狄仁傑忠臣形象的身份認同的過程,因爲"一旦此'典範化'的過程得到完成,曾經實存過的這些人物便不再只是血肉形質的'人物',而成爲具有超凡意義的'意象',脱離其原有的歷史時空,而活在尊崇者的心靈或行爲之中。我們也可以説,這些特别的人物借由典範化之程式,便由過去進入永恒;不僅超越時間的束縛,而且跨越地理空間的限制,成爲無所不在的'典範意象'"㉔。經過典範化後,狄仁傑的忠臣形象被抬升至一種民族集體意識般的存在,千百年來承載着無數後人所賦予的文化與政治意涵。

二、宋元時期狄仁傑忠臣形象生成的歷史語境

如前所述,經過統治者、史官、文士等精心塑造和社會長期弘揚,狄仁傑已成爲宋元時期一尊理想的忠臣樣板,爲何狄仁傑會在宋元時期被尊崇爲忠臣楷模?他身上的政治人格特質與宋元時期的歷史語境又有着怎樣的内在聯繫?

(一)唐宋社會轉型下士人境遇的改變

狄仁傑身上的忠臣特質之所以在這一時期被凸顯出來,主要與唐宋社會變革給士人生存狀況、思想觀念帶來的巨大轉變有關。唐時,雖推行科舉取士制度,然而却有着諸多門檻,如行卷、請托、贖帖等風氣盛行,寒門學子科舉之路不易,世家大族仍然占據着主要的政治力量,社會階層之間流動艱難。比及宋代,經過晚唐五代戰亂的洗禮和土地私有制

等各方面的改革，政治、經濟、思想、文化等皆發生轉型，社會形態已由貴族社會過渡爲平民社會。日本學者内藤湖南指出近世(宋代)的時代内涵："從政治上講，是貴族政治的衰落，君主獨裁政治的興起。"㉕其中一個重要特徵便是改革科舉制度，積極爭取士人。科舉考試面向社會各個階層的人們開放，史書載："國家開貢舉之門，廣搜羅之路……如工商、雜類人内有奇才異行，卓然不群者，亦許解送。"㉖不論貴賤、不限門第的選拔制度，讓一大批出身寒門的學子得以躋身官場，如王禹偁、范仲淹、歐陽修等，不僅如此，宋朝統治者極爲重視對文士的招徠引導，優待文士，秉持着願與文士共治天下的政治觀念，認爲"天下至大，人君何由獨治也?"㉗從宋人孫平仲所評"待士大夫有禮，莫如本朝"㉘便能説明。同時，統治者注重士風的培養，進一步强化君臣綱常。當進士及第後朝廷會恩賜一場宴會爲之慶祝，即聞喜宴。宴席上不僅會有御賜詩、酒等，還將給每人分發《大學》《中庸》《儒行》等具有濃厚思想教育意義的儒家典籍。聞喜宴雖然自唐便有，但到了宋代變得隆重鋪張，成爲了一場官方出資承辦的國家活動，政治意味更濃。這類宴會的主旨明確，即是籠絡臣心、布宣皇恩，讓士人對皇權保持高度忠誠。且他們大多出身寒門，背後没有家族勢力撑腰，優渥的生活和崇高的政治地位均來自於皇權所賜，也必須依附皇權而生，他們對國家也有着極强的主體意識和認同感。因此，宋代士人强烈的忠君愛國意識是來自於他們的自覺選擇。

士大夫將天下視爲己任，有着强烈的淑世情懷和匡扶時政的責任感，而狄仁傑不顧安危地多次犯顔直諫君主、舉薦良材，爲李唐江山立下了汗馬功勞，這正是爲宋代士人所欣賞的忠義氣節，他們對狄仁傑尊主佑民的政治品格極爲讚賞，在政治上也沿襲了狄仁傑剛正直諫的風氣，如歐陽修認爲："以言被黜，便是忠臣"㉙，范仲淹則稱："極意論辯，不畏權幸"㉚、"臣不興諫則君道有虧，君不從諫則臣心莫寫"㉛，展現出捨身忘死的精神氣概。士人在品評、書寫狄仁傑時也多有"忠義""孝親""節氣"之語，以示敬重。如北宋名臣范仲淹，他因性格剛直敢言而屢次被貶，與狄仁傑仕途境遇相似，在爲狄仁傑所撰寫的《唐狄梁公碑》中細數狄仁傑的政治功績，對狄仁傑的生平事跡瞭若指掌、一一道來，爲士人階層體認狄仁傑忠君形象作了最好的注脚。

在這樣的現實語境下，我們可以更深刻地理解這一時期的社會精英對狄仁傑的政治態度，宋元時期士人群體在政治觀念、道德人格上與狄仁傑有着深度契合，將狄仁傑奉爲忠臣典範是他們所選擇的一種象徵性行爲。唐五代時期尚有對狄仁傑事女主的行爲多加鄙夷者，我們從小説《松窗雜録》中記載的姨母譏諷狄仁傑的故事中可見一斑。至於宋元，如此論調已經鮮有，也摒棄了對狄仁傑故事鬼神元素的想像創造，總體回歸雅正。因此，在唐宋社會轉型的特殊社會文化背景下，地位上升的士人群體借助狄仁傑這一表現載體，通過史論、奏議、詩歌、散文、話本等文本形塑狄仁傑，對其忠臣形象進行充分的體認，以此表現忠君意識，尋求人格認同。

(二) 理學思想對忠君觀念的推崇

如果說士人境遇的轉變爲形塑狄仁傑形象提供了現實基礎,那麼宋元時期理學的蓬勃發展則是做了思想上的理論支撑,理學思想對社會風氣的熏染推動了狄仁傑忠臣形象的塑成,因爲“在每一個時代,這個意象都是與社會的主導思想相一致的”[32]。兩宋時期是理學思想興起和發展的時期,修整了唐五代政權顛覆、無君無父的混亂局面,重建君臣綱常秩序。自古以來,忠君愛國、仁政爲民的思想觀念便是人臣應自覺實踐的道德要求,而宋代社會轉型,在思想上由對追求仁義的孔孟儒學的追求轉變爲對崇尚道德、注重實際的理學傾斜。到了元世祖忽必烈入主中原,爲了更好地鞏固統治,推行漢學,將程朱理學提升至官學的權威地位,理學成爲宋元官方所認可的主流意識形態。元仁宗皇慶時期,朱熹章句集注的四書更是成爲科舉考試的主要内容,對社會風氣的影響有着舉足輕重的作用。唐凱麟在《中華民族道德生活史・宋元卷》中如是評價:“宋元時期,以‘三綱’爲核心,以‘忠孝節義’爲主要表現形式的封建主義倫理道德體系在理學的創制中走向完備”。[33]

宋元理學强調事君以忠是臣民的天然本分,如元代脱脱《宋史・胡紘列傳》篇末有論:“忠孝,人之大節也。”[34]二程呼籲“君爲臣綱”[35],如“忠者天理”“若無忠信,豈復有物乎?”[36]將忠君上升爲一種全民應遵守的道德準則和應盡的義務。理學大家朱熹認爲忠臣應是:“能爲明主忠言,以指奸佞、裨闕失、固邦本、達民情者”[37],做到上輔君主、鏟奸佞,下安百姓。狄仁傑不顧自身安危,以母子天性勸説武則天還位廬陵王,可見其忠君思想,是爲真正的儒家道德典範,這正與宋元時期理學家所崇尚的忠君觀念完美貼合,他們在品鑒狄仁傑時給予了極高的評價,無不充滿敬重與景仰,如南宋理學大家、程朱理學的繼承者楊時讚揚狄仁傑:“在武后時,能撥亂反正,謂之社稷臣可也。”[38]又有“東南三賢”之一的張栻,“夫所貴乎權者,謂其委曲以行其正也。若狄仁傑是已”,認爲“人臣之義,當以王陵爲正;濟大事者,當以狄仁傑爲法”[39],對狄仁傑返周復唐的功績充分體認,將其視爲後世臣子效法的楷模。

我們從話本小説《梁公九諫》中對狄仁傑的描寫來看,狄仁傑九次不顧安危勸諫武則天召回廬陵,任憑各色財寶誘惑無動於衷,甚至是被押送在油鍋前都面不改色,口裏念着的是不變的君臣倫理、綱常教化,端的是捨生取義的凛然模樣。這裏對狄仁傑的書寫已經違背了正常的人性反應,性格單一,形象扁平,不懼任何困難守護倫理綱常,誓要重建君臣秩序,恢復正統王道,滲透着濃厚的理學價值觀,將狄仁傑徹底描寫爲“忠孝節義”的道德符號。由此觀之,狄仁傑忠臣形象的背後亦是思想風氣在時代的映射,宋元理學所主張的君臣倫理綱常深深影響了整個社會的價值取向和心理態勢,受此風氣的影響,理學家對事君以忠、事親以孝的狄仁傑投去欽佩的目光,在形塑狄仁傑的時候有意凸顯他的忠君特質,固化了他崇高的歷史地位。

三、宋元時期狄仁傑忠臣形象典範化的文化意義

梳理了狄仁傑忠臣形象的典範化歷程、回溯了其忠臣形象產生的歷史語境後，我們再來深入考察這一文化現象背後所藴含的意義和價值，筆者認爲有以下三方面的意義：

（一）政治名片：士人共同體構建的需要與狄仁傑忠臣形象的典範化

如前所述，這一時期通過科舉入仕的庶族士人大多出身低微，背後没有家族勢力作爲支撑，在飄摇多變的政治場域中他們需要爲自己建構出一個共同體，織就一張關係網絡，尋找盟友，獲得聯結和支持。這個共同體是怎樣的？我們可以借助本尼迪克特·安德森在《想像的共同體》中關於民族的定義來進行説明："遵循着人類學的精神，我主張對民族作如下的界定：它是一種想像的政治共同體——並且，它是被想像爲本質上有限的（limited），同時也享有主權的共同體。……事實上，所有比成員之間有着面對面接觸的原始村落更大（或許連這種村落也包括在内）的一切共同體都是想像的。"[40]我們可以看出這個"共同體"有兩大特徵：一是它是基於身份認知默契，被想像、創造出來的而非天然存在的；二是它的群體成員數量龐大且在其中享有主動權，他們爲這個共同體提供了一種"構式"或者説框架。士人們需要爲這個"共同體"尋求一個精神領袖來聚集這個群體，顯然，庶族出身、官至宰相且符合他們政治期待的狄仁傑無疑是一個最佳的人選。於是，士人們將狄仁傑身份予以抬升，讓其成爲士人們獲得身份認同的一張政治名片。

這個共同體構建中的關鍵人物是范仲淹，他在被貶途中祭拜了彭澤縣的狄梁公祠，並寫下《唐狄梁公碑》一文。范仲淹的好友、文壇執牛耳的歐陽修也積極地參與到構建中來，他在《新唐書》中盛讚狄仁傑"蒙耻奮忠，以權大謀，引張柬之等，卒復唐室，功蓋一時，人不及知"[41]。隨後，經由歐陽修獎掖提攜的蘇軾、蘇轍、王安石、包拯等人也都自覺地參與了進來，如前述的文人集體贈狄仁傑後人詩的現象即爲其例；又如南宋名臣李綱，在《論社稷臣功臣》中將狄仁傑與陳平、周勃二人對比，認爲"仁傑其爲優歟！"[42]劉克莊更是"鬚眉求似狄梁公""北瞻韓吏部，南仰狄梁公"[43]；還有元代的陳孚、陳櫟等。儘管相隔遥遠的時空距離，仍爲精神偶像狄仁傑所感召。他們在詩文奏議中或直接或間接地讚頌狄仁傑的忠君事跡，無形之中相當於獲得了一張政治名片，得以進入這個"政治共同體"中，從而體認自我的政治價值觀、展示政治理想。狄仁傑在人們心目中的地位也隨着士人共同體的壯大被托舉得愈發顯赫。

士人群體的核心成員構建了這個"想像的共同體"，那麽，那些籍籍無名的士人或後世的士人又該如何加入這個共同體場域，從而獲得自我身份認同？在查爾斯·泰勒看來："我們的認同，是某種給予我們根本方向感的東西所規定的，事實上是複雜的和多層次的。我們全部都是由我們看作普遍有效的承諾（根據我前邊提到的例子，作爲一個天主教徒或

一個無政府主義者)構成的,也是由我們所理解爲特殊身份(作爲阿美尼亞人或魁北克人)的東西構成的。"[44]構建這個共同體的核心成員雖然無法一一追尋,但狄仁傑這個"典範意象"却是永遠活在人們心中的,他永遠懸在高處,爲後來的士人,即擁有"特殊身份"的人提供行動指南,也就是"根本方向感",儘管共同體中的成員未必都互相有聯繫,但"他們相互聯結的意象却活在每一位成員的心中"[45],能够維繫彼此共同的政治理想和精神訴求。

我們可以説,狄仁傑作爲時代的精神旗幟、趨向航標燈,對士人群體有着感召、凝聚的意義,士人共同體對狄仁傑的忠臣形象進行典範化的過程,實際就是確立自我身份認同的過程,這是士人共同體與狄仁傑之間形成的一種交互方式。因爲政治偶像的精神指引,使他們更加明確自己的政治理想,獲得清晰的行動指南,賦予了他們一種社會認知上的安全感與歸屬感,這也是這個共同體不斷擴大的基礎。

(二)情感容器:忠君愛國的思想寄託與狄仁傑忠臣形象的典範化

相較於前代,宋元時期政治環境背景特殊,宋代自立朝以來便伴隨着複雜的民族矛盾,北宋在與西夏的長期對峙中,宋朝"重文抑武"的政策致使其軍事力量薄弱,在與西夏的較量中屢戰屢敗,只能以"歲貢"的方式維持和平,給政權穩固造成了極大的威脅;到了南宋,雖然獲得了相對安穩的和平,但"靖康之耻"仍深深刺痛着人們的心,朝内主戰派與主和派爭論不休;至於元代,對漢人和南宋遺民的高壓政策、身份歧視讓他們在這樣的社會環境中備受欺壓,難以得到重用。

總之,這樣的社會、政治環境讓宋人始終保持着一種民族危機感和憂患意識,而士大夫們受到皇權恩惠,高度認可趙宋政權,秉持"願報君恩"的思想觀念,有着强烈的匡救時弊的愛國意識,當這種民族危難意識與士大夫"爲天下而憂"的社會責任感相結合時,便會迸發出一種强烈的忠君愛國的民族氣節。范仲淹曾私下寫信給朋友恨無以報國恩:"自省寒士,遭逢至此,得選善藩以自處,何以報國厚恩?"[46]南宋時,儘管朝廷軟弱不作爲,但忠義剛正的士大夫精神依然高亢激揚,他們始終關注國家命運,力挽民族於危時,抗金名將岳飛、寧死不願"事二姓"的文天祥、"孤臣"鄭思肖等人都親身踐行了精忠報國的民族氣節。在時人看來,氣節是爲人之立身之本,朱熹認爲"人才者,國家之命脉也。而論人才者,又當以氣節爲主"[47]。程頤論"君子以義安命,小人以命安義"[48]。南宋大臣彭龜年藉狄仁傑故事强調氣節的重要性:"而氣節一隳,終身不復,士大夫果安所去取耶?……諸君問仕之始,願相與商之,以觀所抉擇焉。"[49]狄仁傑自始至終忠於李唐,便是氣節不敗之人。對賣國求榮的奸邪小人多加鄙夷,南宋理學家朱熹,在南宋與金簽訂屈辱的《紹興和議》後,大駡投降派秦檜:"萬死而不足以贖者,正以其始則唱邪謀以誤國,中則挾虜勢以要君,使人倫不明,人心不正……"[50]

在戰爭和民族矛盾的刺激下,忠君愛國這一主題在這一時期被强調得格外明顯,這時期的集體心態更是複雜交涌,故國凋亡的哀痛,異族入侵的憤恨,人世飄零的心酸等多種情感交織,而作爲典範的狄仁傑身上所具備的"忠君"精神特質,完美地契合了這一時期人們的政治訴求與心理態勢,實現了人們愛國思想高潮與個體人格表達的情感統一。人們歌頌狄仁傑的功績,渴望能像他一樣擁有改天换地的本領,將一些無法實現的政治理想寄托在他身上。作爲忠臣典範的狄仁傑,就像一個"情感容器"一樣,承載着人們對於國家命運的擔憂以及未能實現的政治理想,當這些元素都彙集在了狄仁傑一人身上時,其忠臣形象便與一般的歷史賢臣區分了開來,突破時空的疆域和界限,成爲一個深入人心的文化符號,上升爲永恒的存在。

(三) 政治符號:封建統治的鞏固與狄仁傑忠臣形象的典範化

首先我們有必要明確何爲"政治符號",臺灣學者杜奎英認爲:"政治符號(political symbols)爲政治權力所凝聚之象徵,其構成乃系基於社會流行信念,鑄爲群衆嚮往之標誌,由之刺激群衆情緒,使之發生輸誠效忠之反應,實爲直接左右群衆信仰與行動,達成政治目的之有效工具。"[51]按照這一定義,狄仁傑形象的典範化過程便是基於當下所推崇的"社會流行信念"——忠君的政治道德,由官方和士人這兩大"政治權力"的擁有者齊力所構成,並獲得了良好的效果反應。那麽,狄仁傑作爲一個合格的"政治符號",他又發揮了哪些政治效力?

其一,於統治階級而言,確立一個忠臣典範可以起到激勵臣民效忠、維持社會穩定的作用。出於社會治理的需要,官方需要樹立政治規範來加强臣民對國家君主的認同,狄仁傑對李唐王室的忠誠有目共睹,是爲臣民效仿的榜樣力量。宋太祖號召臣子效仿狄仁傑爲國薦材、舉賢不避親的品格,宋神宗、宋英宗則録狄仁傑後人入朝爲官,元代修葺狄仁傑祠廟等,這些行爲無疑向社會宣傳了忠君愛國的價值觀念。一方面,激勵更多的臣子效仿狄仁傑爲國盡忠,可以起到"褒忠臣以勵臣節"的作用,從而更好地維護君主統治。另一方面,官方通過引導社會輿論,穩定社會秩序,達到政治教化的目的。尤其是兩宋時期,民族處於危亡之際,舉國上下湧動着愛國主義熱潮,廣大仁人志士紛紛奮起救國,如岳飛、文天祥等,官方對忠臣形象的宣揚無疑有着增强民衆社會責任感、激勵人們精忠報國的振奮人心的力量。

其二,文士借用狄仁傑這一政治象徵符號以表示對正統觀念的推崇。我們對文獻資料稍作留心就會發現,狄仁傑的每一次出場大都伴隨着對武則天篡位的批判,如武則天在詩文中常常被用"竊神器""牝雞司晨"來指代,甚至不顧其帝王身份稱之爲"武媚""老婦"等,對武則天最好的評價也只是"未殺狄仁傑"而已。通過一正一反的强烈對比,映照出狄仁傑光輝的歷史形象。尤其是在宋元時期,這種現象的出現更值得深思。由於唐代去宋代不遠,武則天女子專政的餘悸尚留存在人們心中,宋人深刻吸取歷史教訓,對宫中后妃干政格外警惕。如北宋時,劉太后欲在壽辰時接受文武百官朝拜,這明顯不符合禮制,且彼時劉太后正垂簾聽政,這讓朝中之人有了一種强烈的危機感,恐劉太后有效法武則天之心。范仲淹立即反對:"(天子)奉親於内,自有家人禮,顧與百官同列,南面而朝之,不可爲後世法。"[52]並要求其還位於宋仁宗。又如英宗時,曹太后垂簾聽政許久,並欲廢帝,韓琦立即居中調停,使得英宗順利親政。所以,士大夫們對后妃干政的高度防範和抵制,造成了宋朝雖有后妃臨朝却未曾危政的現象。

誠如哈羅德·拉斯韋爾在談及權力與影響時提到的:"權力領域(arena)是由要求權力的那些人或者權力範圍之内的那些人所組成的情境。政治人(homo politicus)是這樣的一個人:在他的所有價值中,他要求(demands)其中的一項價值——權力的最大化;他期望(expects)以權力決定權力;他把其他人認定爲(identifies)增强權力地位與潛力的工具。"[53]君主和士人作爲"政治人"主體,狄仁傑則是他們在形勢背景下所選擇出來的"增强權力地位與潛力的工具",即具有象徵意義的政治符號,繼而憑藉自身擁有的話語權,對狄仁傑實現"典範化",從而達到政治教化和正面宣揚的目的,也藉以狄仁傑這一符號傳達自己的政治主張,這也是一個"以權力決定權力"的過程。

四、小　　結

綜上所述,我們通過對宋元時期狄仁傑忠臣形象這一文化現象進行梳理,看到這一時期狄仁傑忠臣形象的典範化經歷了這樣一個歷程:從北宋時期統治階層的肯定到士人群體的托舉,再到民間輿論場域對忠君精神特質的反復渲染,狄仁傑的忠臣形象塑造成型;比及南宋,狄仁傑忠君事跡傳播的深度與廣度都邁上了一個新臺階,參與形塑的方式也更爲豐富,狄仁傑忠臣形象得到了進一步的深化。宋元時人從衆多賢臣的集合中抽選出狄仁傑,並將其樹立爲一尊理想的忠臣樣板,這不是偶然,其背後是唐宋社會轉型下士人自覺的忠君意識與理學對忠君觀念的推崇合力作用的結果,順應了歷史的形勢。這一文化形象背後實際上藴藏着多重政治文化功能,既充當着士人共同體的精神旗幟,又寄託着世人忠君愛國的情懷,還體現着文士對正統觀念的推崇。無疑向我們展現了狄仁傑這一歷史人物在不同時期、不同政治文化背景下所生發出來的獨特文化魅力和藝術價值。

(作者單位:湘潭大學文學與新聞學院)

① 關於這方面的詳情,具體可參看谷文彬、謝香梅《重塑狄公:論唐五代小説中的狄仁傑故事講述及形象建構》,《唐代文學研究》第二十二輯,2022 年,第 187—201 頁。

② 李燾著,黄以周等輯補《續資治通鑑長編》卷七,上海古籍出版社,1986 年,第 65 頁。

③ 劉昫等《舊唐書》卷八九,中華書局,1975 年,第 2895 頁。

④ 海登·懷特《歷史主義、歷史與修辭想像》,載張京媛主編《新歷史主義與文學批評》,北京大學出版社,1993 年,第 183 頁。

⑤ 蘇軾著，傅成、穆儔標點《蘇軾全集》文集卷二一《王元之畫像贊并敘》，上海古籍出版社，2000 年，第 1051 頁。

⑥ 蘇轍《欒城後集》卷一〇，陳宏天、高秀芳點校《蘇轍集》第 3 册，中華書局，1990 年，第 999 頁。

⑦ 張耒《柯山集》卷三七《子房論》，商務印書館，1935 年，第 445 頁。

⑧ 北京大學古文獻研究所編《全宋詩》第 19 册，北京大學出版社，1995 年，第 12833 頁。

⑨ 同上書，第 32 册，第 20675 頁。

⑩ 宋訥《西隱集》卷五《飛雲軒記》，《影印文淵閣四庫全書》本第 1225 册，商務印書館，第 861 頁。

⑪ 蘇軾著，傅成、穆儔標點《蘇軾全集》詩集卷二三，第 289 頁。

⑫ 黄庭堅著，任淵、史容、史季温注，黄寶華點校《山谷詩集注・山谷外集詩注》卷五，上海古籍出版社，2003 年，第 639 頁。

⑬ 范仲淹著，范能濬編集，薛正興校點《范仲淹全集》文集卷一二《唐狄梁公碑》，鳳凰出版社，2004 年，第 247 頁。

⑭ 梅堯臣著，朱東潤編年校注《梅堯臣集編年校注》卷二九，上海古籍出版社，2006 年，第 1129 頁。

⑮ 王安石著，李壁箋注，高克勤點校《王荆文公詩箋注》卷一五，上海古籍出版社，2010 年，第 377 頁。

⑯ 韓琦著，李之亮、徐正英箋注《安陽集編年箋注》卷一一，巴蜀書社，2000 年，第 430 頁。

⑰ 楊彦齡《楊公筆録》，中華書局，1991 年，第 13 頁。

⑱ 揚・阿斯曼著，金壽福、黄曉晨譯《文化記憶：早期高級文化中的文字、回憶和政治身份》，北京大學出版社，2015 年，第 51 頁。

⑲ 北京大學古文獻研究所編《全宋詩》第 69 册，第 43725 頁。

⑳ 夏建中著《文化人類學理論學派：文化研究的歷史》，中國人民大學出版社，1997 年，第 102 頁。

㉑ 王霄冰、迪木拉提・奥邁爾主編《文字、儀式與文化記憶》，民族出版社，2007 年，第 23 頁。

㉒ 宋濂《元史》卷二五，中華書局，1976 年，第 573 頁。

㉓ 揚・阿斯曼著，金壽福、黄曉晨《文化記憶：早期高級文化中的文字、回憶和政治身份》，第 89 頁。

㉔ 石守謙《移動的桃花源：東亞世界中的山水畫》，生活・讀書・新知三聯書店，2015 年，第 14 頁。

㉕ 内藤湖南著，夏應元等譯《中國史通論》，社會科學文獻出版社，2004 年，第 323 頁。

㉖ 徐松《宋會要輯稿》卷一〇六四八，第 113 册，中華書局，1957 年，第 4490 頁。

㉗ 李燾著，黄以周等輯補《續資治通鑑長編》卷八六，第 761 頁。

㉘ 孔平仲《珩璜新論》卷一，《叢書集成初編》，中華書局，1985 年，第 6 頁。

㉙ 歐陽修著，李逸安點校《歐陽修全集》卷一二〇，中華書局，2001 年，第 1852 頁。

㉚ 范仲淹著，范能濬編集，薛正興校點《范仲淹全集》褒賢集卷一《范文正公仲淹墓誌銘》，第 948 頁。

㉛ 范仲淹著，范能濬編集，薛正興校點《范仲淹全集》别集卷二《從諫如流賦》，第 430 頁。

㉜ 莫裹斯・哈布瓦赫著，畢然、郭金華譯《論集體記憶》，上海人民出版社，2002 年，第 71 頁。

㉝ 唐凱麟、王澤應《中華民族道德生活史・宋元卷》，東方出版中心，2015 年，第 2 頁。

㉞ 脱脱等《宋史》卷三九四，中華書局，1977 年，第 12043 頁。

㉟ 班固《白虎通》卷三下《三綱六紀》，《叢書集成初編》，商務印書館，1936 年，第 203 頁。

㊱ 程顥、程頤撰，潘富恩導讀《二程遺書》卷一一《明道先生語一》，上海古籍出版社，2000 年，第 170、173 頁。

㊲ 朱熹《晦庵先生朱文公文集》《與陳福公書》卷二七，朱傑人、嚴佐之、劉永翔主編《朱子全書》第 21 册，上海古籍出版社、安徽教育出版社，2002 年，第 1194 頁。

㊳ 楊時撰，林海權校理《楊時集》卷一二，中華書局，2018 年，第 322 頁。

㊴ 張栻著，鄧洪波校補《南軒先生文集》卷一六，湖南大學出版社，2015 年，第 585—586 頁。

㊵ 本尼迪克特·安德森著,吴叡人譯《想像的共同體:民族主義的起源與散布》,上海人民出版社,2016 年,第 6 頁。

㊶ 歐陽修、宋祁《新唐書》卷一一五,中華書局,1975 年,第 4221 頁。

㊷ 李綱《梁谿集》卷一四六《論社稷功臣》,《影印文淵閣四庫全書》本第 1126 册,第 624 頁。

㊸ 北京大學古文獻研究所編《全宋詩》第 58 册,第 36485、36620 頁。

㊹ 查爾斯·泰勒著,韓震等譯《自我的根源:現代認同的形成》,譯林出版社,2012 年,第 42 頁。

㊺ 本尼迪克特·安德森著,吴叡人譯《想像的共同體:民族主義的起源與散布》,第 6 頁。

㊻ 范仲淹著,范能濬編集,薛正興校點《范仲淹全集》尺牘卷中《與韓魏公》,第 612 頁。

㊼ 朱熹《晦庵先生朱文公文集》卷九六《少師觀文殿大學仕魏國公贈太師謚正獻陳國公行狀》,朱傑人、嚴佐之、劉永翔主編《朱子全書》第 25 册,第 4457 頁。

㊽ 程顥、程頤撰,潘富恩導讀《二程遺書》卷二三《伊川先生語九》,第 363 頁。

㊾ 彭龜年《止堂集》卷九,商務印書館,1935 年,第 118 頁。

㊿ 朱熹《晦庵先生朱文公文集》卷七五《戊戌讜議序》,朱傑人、嚴佐之、劉永翔主編《朱子全書》第 24 册,第 3619 頁。

(51) 杜奎英《中國歷代政治理論》,臺灣商務印書館,1978 年,第 1 頁。

(52) 脱脱等《宋史》卷三一四,第 10268 頁。

(53) 哈羅德·拉斯韋爾著,胡勇譯《權力與人格》,中央編譯出版社,2013 年,第 177 頁。

由文病到污名：宋元時代駢文“類俳”觀念的嬗變*

陶　熠

“古來文才，異世爭驅，或逸才以爽迅，或精思以纖密，而慮動難圓，鮮無瑕病。”① 文無盡美，自古而然。基於中國古代文學批評“擬人化”的特點②，古人將文學作品中的種種缺陷或舛誤稱爲“病”，曹植《與楊德祖書》即已謂“人之著述，不能無病”。這種以“病”稱呼詩文缺陷或舛誤的用法在唐代更爲常見，如日僧空海《文鏡秘府論》即設“論病”一節，討論作詩應當避免的誤區。

至於宋代，文病論已經廣泛地應用於各體文學的批評之中③，其中也包括四六駢儷之病④。在四六之病中，宋人尤其關注駢儷文章的“類俳”之病，在多重的角度上，爲“俳”賦予了豐富的闡釋。而在元代賦論中，作爲詩文之病的“俳”，却通過“排偶”與“俳偶”的語彙混用，成爲了形容四六駢儷文體的“污名”。這種污名被明清的批評家接納，最終使駢儷文體與“俳”的對等觀念成爲了共識。本文討論的，便是這一觀念從宋代四六批評到元代賦論的豹變契機。

一、“類俳”文病在宋代四六批評中的豐富含義

“以文爲戲，其來久矣。”⑤ 俳諧文在中國文學的傳統中，自然有其脉絡。宋人尤好以文爲戲，從黄庭堅《跛奚移文》、張耒《竹夫人傳》直至《文房四友除授集》，這些文章不僅延續了俳諧文的傳統，更增添了前世未有的新鮮體裁。從整體上看，宋人對“以文爲戲”的寬容度要遠高於前人，這從他們對韓愈《毛穎傳》的欣賞就可見一斑。⑥ 可惜“空戲滑稽，德音大壞”⑦，這些無補世教，乃至狂悖怨望的文字自然免不了受到正人君子的呵斥，好在這些文字終究是偶一爲之，並且作者有意諧謔的意圖十分明顯，調笑和戲謔由此被限制在了俳諧文的傳統之内，雖然無用，但也無害。而一旦俳諧調笑的口吻闖入了需求莊重典雅的場

* 本文初稿完成於 2021 年 2 月，見於作者博士論文《身份與修辭：宋代駢文批評研究》（復旦大學，2021 年 4 月送審）第七章第一節，曾於 2021 年 10 月在第五届中國古代文章學研討會上宣讀。

合,作者便極可能因此遭受責罰。雅善諧謔的宋人在寫作嚴肅的駢體文書時也會偶爾寫出一兩句不那麼得體的俳諧屬對。由此,"類俳"作爲一種四六文病引起了宋代批評家的注意,而其具體含義,則根據語境的不同呈現出多樣的面貌。大致而言,在宋代四六批評言論中,四六"類俳"的含義,包括了諧謔、諛頌、俚俗,以及多用景語四個面向,前三者都與"俳"的基本含義相關,而最後一點則是宋代四六批評對"俳"含義的獨特發明。[⑧]以下將分别舉例説明:

(一)諧謔

"俳,戲也。"[⑨]從初始意義上講,"俳"指的是從事"戲言"之人。宋人在批評四六"類俳"時也保留了"俳"的最初含義,即通過玩弄文字的字面意思來造成滑稽可笑之感,如《雲莊四六餘話》曰:

> 國初,二浙州郡士子應舉者絶少,括蒼大比,今幾萬人,當時終場僅六人,以三人預計偕,有謝啓曰:"類矍圃之觀人,去者半留者半;如孔門之取友,益者三損者三。"語雖類俳,而用事精切,六人之中亦不可謂無人也。[⑩]

宋初永嘉某次發解試終場僅剩六人,而通過發解試獲選參加禮部試的僅有三人,針對此事,考生在謝解啓中使用了經典中的兩處成句加以形容。《禮記·射義》載"孔子射於矍相之圃,蓋觀者如堵牆",而子路陳言"賁軍之將、亡國之大夫與爲人後者不入,其餘皆入",於是"去者半,入者半",其去取比例恰好和此次發解試相同;《論語》"益者三友,損者三友"之"三"本謂三種類型,而此啓則借用字面解作三人,且將"有益"之"益"借用爲"增益"、"損傷"之"損"借用爲"減損",又恰能和具體的人數相合。原本經典中的句子並不會造成俳諧之感,而四六用成語導致類俳更多是由於對原句字面意義的機械使用[⑪]。從用事上來看,不能不稱爲精切,可是這種借由"用成語"的歧義和具體數目的計算而實現的精切反而産生了插科打諢的油滑氣息,尤其是用孔子之事來比附這次只有六人參與的發解試,小大之間的疏離也强化了這種滑稽之感。[⑫]

(二)諛頌

俳諧倡優作爲古代宫廷生活的一部分,其使用"戲言"的直接目的自然在於取悦君王,故而"俳優"往往與"嬖幸"連文,縱然有"直言切諫"之心曲,但也要通過"詼笑"的方式實現。[⑬]《漢書·枚皋傳》謂"皋不通經術,詼笑類俳倡,爲賦頌好嫚戲,以故得媟黷貴幸"[⑭],便能説明俳優以詼笑文辭求取進用的目的。同樣,宋人稱四六類俳時,也包括以諧言諛頌的情況。《新五代史·扈載傳》就專門批評過陶穀等宋初文人好爲諛頌之詞的行爲:

> 是時,天子英武,樂延天下奇才,而尤禮文士,載與張昭、竇儼、陶穀、徐台符等俱被進用。穀居數人中,文辭最劣,尤無行。昭、儼數與論議,其文粲然,而穀徒能先意所在,以進諛取合人主,事無大小,必稱美頌讚,至於廣京城,爲木偶耕人、紫芝白兔之類,皆爲頌以獻,其辭大抵類俳優。而載以不幸早卒,論議雖不及昭、儼,而不爲穀之諛也。⑮

身爲後周的翰林學士承旨,陶穀於太祖受周禪時從袖中取出了事先準備好的禪位詔,其爲人之"傾險狠媢"可見一斑。⑯ 而觀現存陶穀《紫芝白兔頌》等頌賦之文,雖然文辭難稱絶妙,但也並無諧隱滑稽之味。而歐陽修謂其"辭類俳優",針對的顯然就是"事無大小,必稱美頌讚"以"取合人主"的諛頌之體。雖然頌文作爲韻文,嚴格來説並非四六,但通篇偶對,亦屬駢儷之一體。故由此認爲在駢文中一味阿諛頌聖、曲意逢迎,對宋人來説也犯了類俳的大忌。王荆公批評韓愈《平淮西碑》"筆墨雖巧終類俳"⑰,其用意恐怕也正在此處。

(三) 俚俗

除了以上兩種弊病,類俳也可以用來指稱言辭上的傖俗,如《後漢書·蔡邕傳》批評當時文士之下者"有類俳優",正是由於他們"連偶俗語"之故。俚俗的義項在宋人評騭駢文時較少出現。沈作喆《寓簡》中少見地出現了以類俳指代言語俚俗的例證:

> 近世爲四六,多失文體且類俳。……有小官爲貴人客,醉中誤塗改貴人所爲文,明日皇恐以啓謝曰:"昨朝醉去,巧兒作事拙兒嗔;今日醒來,大人不責小人過。"戚里高氏子選尚僞公主,富貴鼎來,僞主敗,奪官,不得名其家一錢。或戲之云:"向來都尉,恰如彌勒下生時;此去閒人,又到如來吃粥處。"可一笑也。⑱

此處"可爲一笑"的兩例中,前者直接採用俗語成句作對,後者"彌勒下生"和"如來吃粥"則化用了民間流傳的佛教故事。這種用例較爲少見的原因並不難理解:不同於有意地取笑或逢迎,語言的俚俗往往緣於作者文化水平的限制,而需要寫作四六文書的士大夫至上爲輔弼天子的兩制詞臣,至下也是專事刀筆的幕僚文膽,中人則是身處士大夫網絡且經受過科舉訓練的士人群體,故而因爲捉襟見肘而在四六中使用俗語的可能性相對微弱,除非是有意諧謔,《寓簡》中兩例正是如此,前者使用插科打諢來化解尷尬,後者則是蓄意嘲弄,因此儘管沈作喆認爲其"失文體",但也僅僅稱其可笑,未給予特别嚴厲的批評。

二、景语:宋代四六"类俳"的独特含义

以上三種對駢文類俳的批評都與"俳"一詞的本身含義聯繫緊密,而宋人在批評四六

類俳時還包括一種與"俳"本義聯繫不大的獨特内涵。王銍《四六話》云：

> 四六貴出新意，然用景太多而氣格低弱則類俳矣。唯用景而不失朝廷氣象，語劇豪壯而不怒張，得從容中和之道，然後爲工。王岐公作《慈聖皇后山陵使掩壙慰表》云："雁飛銀漢，雖閲景於千齡；龍繞青山，終儲祥於百世。"滕元發《乞致仕表》云："雲霄鴻去，免罹矰繳之施；野渡舟横，無復風波之懼。"吕太尉《謝賜神宗御集表》云："鳳生而五色，悵丹穴之已遥；龍藏乎九淵，驚驪珠之忽得。"凡此之類，皆以氣勝與語勝也。⑲

不同於六朝駢文家承襲賦體對"寫氣圖貌"的追求，宋人將四六中過量摹刻景物也看作一種"類俳"的文病，除非能够使這些景物不失朝廷的氣象。但在寫作時，纂組有朝廷氣象的景物並不容易，王銍所舉三條例句中，前兩聯屬於相對特殊的文體，《掩壙慰表》需要調和人壽短暫與國祚綿長之間的和諧，因而使用"雁飛銀漢"的意象來製造面對歷史流逝的悵惘感；而《乞致仕表》更是需要特别表達歸隱江湖的山野之心，故而歷來使用閒居詩中常用的景物。除了這些特殊的文類以外，四六能够接受的景物意象多如第三例一般，僅僅包括金玉龍鳳一類與廟堂景觀相關的崇貴意象而已，如汪藻《賀神降萬歲山表》"恍若銀山，金成宫闕；浩如玉海，虹貫山川"便是"典而不浮"的佳作。而貿然使用花鳥風月的意象，就很容易被譏爲類俳，如"四十餘年學校，蝴蝶夢中；八千里路家山，杜鵑聲裏"一聯，即便一時間膾炙人口，也被認爲"惜乎類俳耳"⑳。歐陽修以爲王勃《滕王閣序》中"落霞與孤鶩齊飛，秋水共長天一色"一聯"類俳可鄙"㉑，應當也是出於這種考慮。

四六因用景語而類俳的現象在南宋更爲突出，尤其體現在晚宋李劉等四六家身上，楊萬里則用"流麗"來概括四六使用景語而産生的風格。四六用景語之佳者如蘇軾"湖山如舊，魚鳥亦怪其衰殘；爭訟稍稀，吏民習知其遲鈍"、"草木何知，冒慶雲之渥采；魚鰕至陋，借滄海之榮光"㉒諸聯，都不失可觀。然至於石悉之作，便出現了"浮靡而不典"㉓的弊病。石悉雖有《橘林集》，但亡佚已久，從僅存的數篇駢文來看，確實因用景過甚而顯得輕佻狂悖，其《謝及第啓》自敘云"十年蒲葉，莫窺鳳虎之文章；幾度桃花，未聳蛟龍之頭角"，頌德云"雲泉漱玉，激幽人豹隱之清；腰帶垂金，佩天子龍飛之渥"，兩聯摘句看來尚有氣質，而通篇看來便空槁浮誇，遠遠弗如前人。晚宋以四六名家的李劉也被認爲"惟以流麗穩貼爲宗、無復前人之典重"㉔，其四六除好用成語作對外，也時常羼入景語，如《上曾樞密從龍啓》"卷珠簾於未老，勿疑驚燕之呢喃；令江水兮安流，庶遂閒鷗之浩蕩"、《謝魏運使了翁舉狀啓》"氣象未可攀，但感幽桂榛菅之薦；歲月坐成晚，尚託江梅桃李之香"諸聯，美則美矣，但謂之"雕琢過甚，近於纖冗，排偶雖工，神味全失"㉕，亦非過誣。

以上例證足以説明，用景太過會使四六産生不合體制的浮誇纖弱之感，但這種弊病爲何會被宋人稱爲"類俳"呢？可以成立的解説是，古代通俗文學往往使用駢語作爲刻畫人物或場景的判詞,這種傳統自宋世已然存在。雖然目前尚未發現宋刊話本實物,但學界主流意見承認的宋話本文本,如元刊《新編紅白蜘蛛小説》中就已經存有這種駢儷判詞[26],其文云:

但見:青雲藏寶殿,薄霧隱回廊。審聽不聞簫鼓之音,遍視已失峰巒之勢。日霞宫想歸海上,神仙女料返蓬萊。多應看罷僧繇畫,卷起丹青十幅圖。[27]

其他被學者認爲保留了大量宋代文本的話本當中也存在着相關例證,如《清平山堂話本》所録《攔路虎》,就被認爲是"現存宋代小説家話本中最接近原貌的一個標本"[28],其文開篇鋪排主人公楊温與冷氏婚宴場面時,也施用大段駢偶以張聲勢:

可謂是:簫鼓喧天,笙歌聒地。畫燭照兩行珠翠,星娥擁一個嬋娟。鼓樂迎來,繡房深處,果謂名不虛傳。這冷氏體態輕盈,俊雅儀容。楚鳴雲料鳳髻,上峡岫掃蛾眉。劉源桃凝作香腮,庾嶺梅印成粉額。朱唇破一點櫻桃,皓齒排兩行碎玉。弓鞋窄小,渾如襯水金蓮;腰體纖長,俏似摇風細柳。想是嫦娥離月殿,猶如仙女下瑶臺。[29]

與《紅白蜘蛛》相較,這段判文與宋人話本小説的駢儷用語習慣仍有一定距離,或許出於明人的潤色。而兩相對比,恰能看出《紅白蜘蛛》中駢偶判詞與宋人四六句法的相近,其不同於尋常四六者,僅由於花判用於描摹場景,故青雲、薄霧一類的景語尤其之多。

宋代士人一方面學習公務文書,同時也有條件接觸通俗文化,兩種體制類似的語言形式就難免發生混淆。對於那些閲讀前朝駢文較少而專精本朝四六,尤其是深研"類書之别家,公牘之副本"的晚宋士人來説,這種錯用就更加容易發生,甚至會由於使用者的增多而形成風習。已有學者發現了晚宋特定詩歌選本中對彼時"當代詩人"及"流行文化"的偏好[30],這一現象在晚宋四六批評的生態中亦有體現,如葉蕡編撰的文章選本《聖宋名賢五百家播芳大全文粹》與四六類書《聖宋名賢四六叢珠》中,就選録了大量南宋文人的作品,頗具時效性。而對以此類當代四六作品爲模本寫作四六的下層士人群體而言,北宋四六中有意對景語的疏離,或許就會被時人接近駢體花判的用語習慣覆蓋,從而循環加劇晚宋四六因使用景語而類俳的現象。對於受過科舉教育却欠缺文學修養的士人群體來説,里巷俗語尚可規避,常用於詩賦的景語却難以盡除。諧謔或諛頌往往出於故意,因爲用景而類俳則更多出於無心,這也使得這一含義上的類俳成爲了一種相當嚴重的文病。考慮到王銍的時代與現存宋話本文本之間的差距,用景過多而類俳的提出是否直接針對公文四六與通俗花判的融合難以確論,但作爲推論亦可成一説。

三、元代賦論中從“排偶”到“俳偶”的轉變

前文已經分析了宋人對駢文“類俳”的諸種理解,與嚴肅文體尤其是廟堂文體相較,“俳”顯然是一個具有消極價值判斷的範疇。但從宋代四六批評的諸多史料來看,將“俳”與“偶”直接關聯起來的觀念在宋代很難稱爲主流。换句話説,絶大多數宋人批評駢文類俳時,並不認爲駢體本身就具有着“俳”的屬性,而僅僅針對作品中的具體措辭,旨在究明其癥結,並指導駢文作者如何避免類俳之病,並非否認駢體本身的價值。而將“偶”與“俳”相關聯的觀念却否定了駢文根本上的嚴肅性,在這種觀念中,“偶儷”被注入了否定性的價值判斷,無論文章的措辭恰當與否,只要選擇四六句法和嚴密的偶對,這篇文章就應該被否定。

衆所周知,站在古文立場上直接批評駢偶修辭的言論在唐宋兩代頗爲常見,如獨孤及稱:“自典謨缺,雅頌寢,王道陵夷,文教下衰……及其大壞也儷偶章句,使枝對葉比。”[31] 柳開謂:“代言文章者,華而不實,取其刻削爲工,聲律爲能。刻削傷於樸,聲律薄於德。無樸與德,於仁義禮智信也何。”[32] 穆修云:“古道息絶,不行於時已久,今世士子,習尚淺近,非章句聲偶之辭不置耳目,浮軌濫轍,相跡而奔,靡有異途焉。”[33] 但這些言論都有明確的針對性,或鼓吹文以致用,指斥駢體華而不實;或標舉崇尚自然,批評駢體工巧僞飾,都未將駢儷文體與“俳”的觀念相對等,也從不以“俳”直接指稱駢偶之文。宋人中較早將偶儷之體與“俳”相勾連的批評家是《邵氏聞見後録》的作者邵博,其文曰:

> 本朝四六,以劉筠、楊大年爲體,必謹四字六字律令,故曰四六。然其敝類俳語可鄙,歐陽公深嫉之,曰:“今世人所謂四六者,非修所好。少爲進士時不免作,自及第遂棄不作,在西京佐三相幕府,於職當作,亦不爲作也。”如公之四六云:“造謗於下者,初若含沙之射影,但期陰以中人;宣言於廷者,遂肆鳴梟之惡音,孰不聞而掩耳。”俳語爲之一變。至蘇東坡於四六,如曰:“禹治兖州之野,十有三載乃同;漢築宣防之宫,三十餘年而定。方其決也,本吏失其防,而非天意;及其復也,蓋天助有德,而非人功。”其力挽天河以滌之,偶儷甚惡之氣一除,而四六之法則亡矣。[34]

邵博認爲楊劉昆體四六有“類俳可鄙”的特徵,但這和本文第一節所歸納的宋人四六批評中“類俳”的各種含義都不相同。楊劉駢文嚴遵四六之體,但其風格或是典重富麗,或是清壯開闊,很難和諧謔、俚俗的文病聯繫起來。楊億雖非死諫耿介之士,但在真宗朝亦能直言,難稱爲諛頌肖小之輩。其所用意象也多具有華貴的廟堂氣象,不見晚宋四六花鳥林泉的流麗風氣。可見,邵博認爲昆體四六“類俳”的癥結,就僅僅在於其謹守“四六律令”,在邵博看來“偶儷甚惡之氣”和“類俳體可鄙”之間是具有强烈相關性的,他將歐蘇四六視爲

"俳語"的對立面，便是認爲使用古文句法和長句扇對的歐蘇四六可以破除這一點。

在筆者看來，這種觀念已經遠離了"文病"的範疇，而轉化成爲一種"污名"(stigma)，它抽離了"俳"的原始意義，僅僅將"俳"作爲一種否定性的判斷用來貶低騈文本身的價值，從而確立不使用嚴密偶對的文章的合理性。這不同於其他古文家出於"文以載道"觀念給出的演繹判斷，而不啻於一種污名化的意識形態。㉟

宋人言論中，如邵博般將騈儷對偶與"俳"畫上等號的例證並不多見。但至於明清之世，這種觀念幾乎已經成爲批評家的共識。如王世貞説：

> (今人)又以俳偶之罪歸之三謝，識者謂起自陸平原，然《毛詩》已有之，曰："覯閔既多，受侮不少。"㊱

所論雖爲詩歌，但使用"俳偶"一詞顯然指的就是對仗，此時"俳"的本義是什麼已經不重要，王世貞僅僅是用這個詞來貶低詩中對偶的價值。又如：

> 謝氏俳之始也，陳及初唐俳之盛也，盛唐俳之極也。六朝不盡俳，乃不自然，盛唐俳殊自然，未可以時代優劣也。
>
> 談理而文，質而不厭者，匡衡。談事而文，俳而不厭者，陸贄。子瞻蓋慕贄而識未逮者。㊲

以上兩條同樣使用"俳"來指涉律詩和騈文。可見，在王世貞的用語習慣中，"俳"甚至不需要和"偶"連用就可以直接指代"對偶"，即便他承認有俳而"殊自然"者和"俳而不厭"者，但"偶"與"俳"的無差别替换，已經足以取消將對偶用於嚴肅文體的正當性。

類似的將對偶或使用對偶的文體本身稱作"俳"的用法在元代以前都十分少見，此前通用的乃是不帶有價值判斷的"排偶"。"眩耀爲文，瑣碎排偶。抽黄對白，啽哢飛走。騈四儷六，錦心繡口。宫沉羽振，笙簧觸手。"㊳柳宗元所用"排偶"一詞，與"騈四儷六"一樣，都是用來形容"巧言"之美，雖語含譏刺，但使用的却是美詞，本身並不具有否定的語義，其諷刺效果是在語用層面産生的。根據清人的意見，今日慣用的"排偶"一詞中，二字使用的都是假借義，其本字當寫作"𠬝耦"或者"輩耦"㊴，漢唐經學家傳統上釋其義爲"相與、相善"。以"排"假借"𠬝""輩"表示"並立"的用法多見於柳宗元生活的唐代，此前文獻中使用的則多是"擠""推"的本義。

相反，用"俳"來指代並列的用法在元代以前都難覓蹤影，見於宋代文獻的也是爲數極少的個例，更重要的是，宋至清的所有文獻中用"俳"來指代"並列"的用法，都只在指偶對時出現，换句話説，這些用法只用於文學批評，並非日常的用法。㊵

從現存文獻上來看，如明清人一般在"並列"意義上混用"排"與"俳"的觀念孳萌於南宋。如李劉《除國子録謝丞相啓》有"小人可以小知,無廣大高明之見;大慚謂之大好,乃瑣碎俳偶之辭"[41]一聯,出句顯然捏合《中庸》"君子尊德性而道問學,致廣大而盡精微,極高明而道中庸"中二詞,對句則出自前引柳宗元《乞巧文》,只是在用成語時將原文中的"排偶"易作"俳偶"。但在《回水丘先輩謝解啓》中,李劉又有"曲禮三千,得恭儉莊敬之教;重言十七,非瑣碎排偶之詞"一聯,用來和《禮記・經解》"恭儉莊敬,禮教也"成句相對的,依舊是《乞巧文》中的"瑣碎排偶"四字,但這一次則未作改易。單從這兩例來看,很難説李劉的混用是出於有意還是無心。若出於有意,考慮到出句援用經語時已"剪截"其文,將相鄰兩句中的兩詞拼接在一處,那麽將對句稍作"融化"方符合南宋人的屬對觀念,而"用其一字之聲,而不用其字之形者"[42]恰恰也是南宋四六偶對的技法之一,那麽認爲李劉此處是有意選擇一個同音替字,亦可成其説。值得注意的是,李劉單單選擇"俳"字來替换慣用的"排",實則需要二者相關的觀念作爲支撑。若出於無心,則無論這一混用來自李劉本人還是刊刻文集的手民,都可以理解作當時人的一次"弗洛伊德式口誤"(Freudian slip),即無心間吐露真心的口誤。可以確定的是,至遲在南宋晚期,將對偶與"俳"相關聯的觀念與已經出現了。

將"俳"與"偶"相關涉的觀念在元代的賦論中獲得了極大的發展,筆者認爲,明清人之所以能自然地使用"俳偶"這種表達,元代祝堯的《古賦辯體》在很大程度上起到了推波助瀾的作用。《古賦辯體》謂:

> 又觀士衡輩《文賦》等作,全用俳體,蓋自《楚騷》"制芰荷以爲衣,集芙蓉以爲裳"等句便已似俳,然猶一句中自作對。及相如"左烏號之雕弓,右夏服之勁箭"等語,始分兩句作對,其俳益甚。故吕與叔曰:"文似相如殆類俳。"流至潘岳,首尾絶俳,然猶可也。沈休文等出,四聲八病起,而俳體又入於律,爲俳者則必拘於對之必的,爲律者則必拘於音之必協,精密工巧,調和便美,率於辭上求之,《郊居賦》中"嘗恐人呼雌霓作倪",不復論大體意味,乃專論一字聲律,其賦可知。徐庾繼出,又復隔句對聯,以爲駢四儷六,簇事對偶,以爲博物洽聞,有辭無情,義亡體失,此六朝之賦所以益遠於古。
>
> 蓋俳體始於兩漢,律體始於齊梁。俳者律之根,律者俳之蔓。後山云:四六之作始自徐庾。俳體卑矣而加以律,律體弱矣而加以四六,此唐以來進士賦體所由始也。雕蟲道喪,頹波横流,光銼氣焰,埋鏟晦蝕。風俗不古,風騷不今,後生務進干名,聲律大盛。句中拘對偶以趍時好,字中揣聲病以避時忌,孰肯學古哉?[43]

祝堯將賦按時段分作"楚辭體""兩漢體""三國六朝體""唐體"和"宋體",而"兩漢體"對應"古賦","三國六朝體"對應"俳賦","唐體"對應"律賦","宋體"對應"文賦"。其稱六朝賦爲"俳",同樣不出於其文字的諧謔或俚俗,而是單純將"俳"與"偶"等同,所舉《楚辭》中二例便爲明證。而祝堯認爲,對偶造成的"俳"也有程度深淺之分,對偶得越精工巧當,其

"俳"便愈甚，而如果在對偶之上再講求聲律，便是錯上加錯，去古愈遠了。[44]在祝堯這裏，"俳"作爲對偶的同義詞，被用於一種文體的定名，通篇使用對偶的文體就可以稱作"俳"，與晚宋人曖昧不清的混用相較，在偶對"污名化"的歷程上，這無疑是十分關鍵的一步。

元代賦論當中也存在着另一種取向。陳繹曾《唐賦譜》在爲賦體分類時，和"古賦"相對的概念並非"俳賦"，而是"排賦"。其文曰：

> 鮑照、陳子昂、宋之問、蕭穎士，爲唐古賦之祖；江淹、庾信、王勃、盧照鄰、楊炯、駱賓王，爲唐排賦之祖。唐古賦見《文粹》，排賦見《文苑英華》。
>
> 【排賦】虛排：取虛體中字，立柱排之。實排：取實體中字，立柱排之。用事：用古事立柱排之。請客：用請題外事外，立柱排之。右四法排賦之用。碎排：或一句中，排二三事是也。或一句中，排一事是也。疊排：二句、三句、四句或五六句以上排一事，長短參差相疊。扇排：三句以上，樹扇排之。衍排：一事衍作一段排之。間排：碎疊扇衍相間排之。[45]

從陳繹曾所舉的例子來看，排賦指的也是六朝通篇使用四六偶對的賦。雖然"虛排""實排"等含義不甚清朗，但"三句以上，樹扇排之"的"扇排"所指，應當和明清八股中常用的"扇對"類似，可見陳繹曾是在有意識地歸納六朝賦體當中偶對的諸種格套，對他而言，崇尚古體和重視駢體之間並不衝突。且在同書《古文譜》四中，陳繹曾歸納一百種作古文可用的體制時，明言"排"指的是"整齊排比"[46]，對陳繹曾而言，對偶仍是不帶有消極價值判斷的修辭形式，是一個中性的概念，也就是説，"排賦"概念的使用和"排律"類似，不過是賦體之内一種排列更加整齊的體式而已，並不帶有價值判斷[47]。

《文筌》在後世的影響遠遠不如《古賦辯體》，這從二書的存世數量亦可見端倪。據學者考證，《古賦辯體》僅明刊本就有四種，副本超十數，又爲《四庫全書》收録，其中言論在明清被輾轉抄撮，尤其是"古賦""俳賦""律賦""文賦"的辨體觀念深刻影響了明人，如《文體明辨》謂"三國兩晉以及六朝，再變而爲俳，唐人又再變而爲律，宋人又再變而爲文"，顯然就沿襲自《古賦辯體》。他如《文章辨體》《詩源辨體》等明人著述也都吸收了《古賦辯體》中的辨體觀念。[48]而《文筌》(《文章歐冶》)國内僅存兩本，反而在日本流傳有序，可見對中國士人的影響力遠遜《古賦辯體》。由此，作爲中性概念的"排偶"和帶有污名性質的"俳偶"在明清詩文批評文獻中並存混用，如《四庫全書總目》中《東皋子集提要》謂王績詩"能滌初唐俳偶板滯之習"[49]、《次山集提要》謂元結"文章戛戛自異，變排偶綺靡之習"[50]，已然混用無別。

四、餘　論

宋代四六批評的主流將"類俳"看作四六文的一種文病。具有諧謔、諛頌、俚俗等語體特徵的文字一旦被置入用於上下交通的四六公文,就會産生類俳的效果,從而妨害四六文章的應用功能。宋人之所以抱有這種認識,首要原因便是類俳的語體與制、誥、表等正式文書的文體並不相稱,類俳是一種以低級語體雜糅進高級文體的作法。

中國古代文體的等級序列觀念早已經學者揭櫫,如吴承學《淺談中國古代文體價值譜系》不僅總結了文體序列的標準,更指出了破體爲文的“潛規則”,即“以尊行卑、融雅入俗、滲古於今”[51]。宋人將類俳視爲四六文病,正是因其將卑下、通俗的語體用進了尊貴、雅正的四六公文。宋人對這兩種語體有着明確的區分,如《青箱雜記》云:

> 文章雖皆出於心術,而實有兩等:有山林草野之文;有朝廷臺閣之文。山林草野之文,則其氣枯槁憔悴,乃道不得行,著書立言者之所尚也。朝廷臺閣之文,則其氣温潤豐縟,乃得位於時,演綸視草者之所尚也。故本朝楊大年、宋宣獻、宋莒公、胡武平所撰制詔,皆婉美淳厚,過於前世燕、許、常、楊遠甚,而其爲人,亦各類其文章。王安國常語余曰:“文章格調,須是官樣。”豈安國言官樣,亦謂有館閣氣耶?[52]

所謂“枯槁憔悴”和“温潤豐縟”的“氣”指的就是兩種不同的語體(style),分别對應着“山林草野”與“朝廷臺閣”兩種功能不同的文體(genre)。駢文作者需要根據自身的身份來在兩種語體中做出選擇,以適應該身份下應當使用的文體。

除了文體等級秩序的觀念以外,文章關乎世運的觀念也使得類俳之語不適宜出現在駢文之中。“治世之音安以樂,其政和;亂世之音怨以怒,其政乖;亡國之音哀以思,其民困”[53],四六文以其與文書行政間的緊密聯繫,也受到這一傳統觀念的限制。陸游稱:

> 紹興中,有貴人好爲俳諧體詩及箋啓,詩云:“緑樹帶雲山罨畫,斜陽入竹地銷金。”《上汪内相啓》云:“長楸脱却青羅帔,緑蓋千層;俊鷹解下緑絲絛,青雲萬里。”後生遂有以爲工者。賴是時前輩猶在,雅正未衰,不然與五代文體何異。此事繫時治,忽,非細事也。[54]

這位難以考實身份的“貴人”在啓文中顛倒反復使用“青”“緑”二字,既濫用景語,又近於文字游戲,故陸游稱其爲“俳諧體”。而陸游關注俳諧體的原因,恰恰在於詩及箋啓等文章繫於時運,這種近於五代蕪鄙文風的俳諧體四六一旦成爲風氣,就暗示着時代將衰退至於亂世了。

概言之,若作者有意在駢文中故作狡獪,則有失廟堂文章的莊重之體;若無意間濫用景語或文辭俚俗,就會令人聯想到文治不興的衰世文章,有損於世教。故無論出於有意或無意,在宋人看來,駢文類俳的現象都應當受到嚴厲的批評。

需要指出的是,雖然受到以上兩種觀念的制約,宋代駢文中詼諧、通俗或用景聯句的現象仍然大量存在。這種現象不能僅僅歸咎於寫作能力或者審美趣味的低下,而是與駢文本身的文體特質緊密相關。"上自朝廷命令、詔册,下而搢紳之間箋書、祝疏"[55]都被統攝在"四六駢儷"的概念之下。制誥王言可謂之四六,話本花判亦可謂之四六。對於士人群體而言,里巷狎邪的游戲文字或許不用學習,但公私燕集、君臣相悦時使用的致語,以及禱祀神祇、竣成土木的祝文與上梁文就不得不學習了,而這些文體都是包括在"駢文"和"四六"的概念當中的。相對於典重古板的制誥,這幾種特殊文體因爲或用於娱樂,或涉於民俗,在宋代例用俳體,如《墨莊漫録》謂:"凡樂語不必典雅,惟語時近俳乃妙。"[56]雖然部分樂工也有自撰樂語的能力,但在中央政府舉行宴會的重大場合,樂語往往需要翰林學士來起草[57],故而習慣了擬代王言的作者不得不在創作樂語時模擬俳優小兒的語氣,所以樂語中的駢儷纔"不必典雅,惟語時近俳乃妙"。

綜上所述,宋人之所以將類俳視爲駢文之文病,一方面在於當時有序列等級的文體觀念,使得低級文體的語體不可混入高級文體;另一方面則在於文章關乎治亂的傳統詩文觀,類俳的駢文會引發衰世之音的聯想。

(作者單位:四川大學中國俗文化研究所)

① 范文瀾《文心雕龍注》卷九《指瑕第四十一》,人民文學出版社,1958年,第637頁。

② 錢鍾書《中國固有的文學批評的一個特點》,《文學雜誌》1937年第1卷第4期。

③ 如梅堯臣以爲"詩句義理雖通,語涉淺俗而可笑者,亦其病也",嚴羽也羅列了作詩"語忌直,意忌淺,脉忌露,味忌短,音韻忌散緩,亦忌迫促"等諸種避忌,這些關乎詩病的言論涉於詩歌的下語、意脉、音調,不一而足。至於論文者,雖不如討論詩病者豐富,但依然有一定數量的積累,《古文關鍵》書前附《看古文要法》中即專列"論文字病"一條,將"深、晦、怪、冗、弱、澀、虚、直、疏、碎、緩、暗、塵俗、熟爛、輕易、排事、説不透、意未盡、泛而不切"等風格及行文的瑕疵都視爲古文之病。

④ 如劉克莊在《宋希仁四六序》(《後村先生大全集》卷九七)和《退庵集序》(《後村先生大全集》卷九四)都指出了晚宋四六在風格上的弊病。

⑤ 劉克莊《跋方至文房四友除授四六》,《後村先生大全集》卷一〇六。

⑥ 宋人對俳諧文的開放態度可參見劉成國《宋代俳諧文研究》,《文學遺産》2009年第5期。

⑦ 范文瀾《文心雕龍注》卷三《諧讔第十五》,第272頁。

⑧ 張炳文《論宋四六的"類俳"批評》(《安徽大學學報》,2022年第4期)第一節也歸納了"類俳"的多種含義,但所舉例證與本文不盡一致。張文將"駢偶"視爲宋四六批評中"類俳"的含義之一,而本文認爲宋人極少用"俳"來指涉詩文對偶的體式,這也是本文與張文的最大不同。

⑨ 段玉裁《説文解字注》八篇上,上海古籍出版社,1988年,第380頁。

⑩ 楊囦道《雲莊四六餘話》,王水照編《歷代文話》第1册,復旦大學出版社,2007年,第85頁。

⑪ 有關模仿的機械感會産生滑稽效果的論述可參看柏格森《笑與滑稽》(樂愛國譯,廣東人民出版社,2000年),第21—23頁。

⑫ 類似的例子也見於費衮《梁谿漫志》卷六"四六用事"條:"四六用事,固欲切當,然雕鐫太過,則反傷正氣,

非出自然也。國初,有年八十二而魁大廷者,其謝啓云:'白首窮經,少伏生之八歲;青雲得路,多太公之二年。'此語殆近乎俳。"(上海古籍出版社,1985年,第64—65頁)

⑬ 班固《漢書》卷六五《東方朔傳》,中華書局,1962年,第2860頁。

⑭ 班固《漢書》卷五一《枚皋傳》,第2366頁。

⑮ 歐陽修《新五代史》卷三一《扈載傳》,中華書局,1974年,第346—346頁。

⑯ 語出魏泰《東軒筆録》卷一,中華書局,1983年,第5頁。

⑰ 王安石《董伯懿示裴晉公平淮右題名碑詩用其韻和酬》,劉成國點校《王安石文集》卷七,中華書局,2021年,第95頁。

⑱ 沈作喆《寓簡》卷五,《叢書集成初編》本,中華書局,1985年,第40頁。

⑲ 王銍《四六話》,《歷代文話》,第1册,第18頁。

⑳ 祝穆《四六寶苑群公妙語》卷二,《中國詩話珍本叢書》三,北京圖書館出版社,2004年。

㉑ 邵博《邵氏聞見後録》卷一五,第115頁。

㉒ 分别見蘇軾撰,孔凡禮點校《蘇軾文集》卷四六《杭州謝執政啓》,中華書局,1986年,第1332頁;卷二四《謝賜對衣金帶馬狀》其二,第702頁。

㉓ 楊萬里《誠齋詩話》,丁福保輯《歷代詩話續編》,中華書局,2006年,第53頁。

㉔《四六標準四十卷提要》,《四庫全書總目》卷一六三,中華書局,1965年,第1396頁。

㉕ 孫梅《四六叢話》卷三三,第704頁。

㉖ 參見沈如泉《論宋代四六文的娱樂功能》,《西南交通大學學報》,2013年第2期。

㉗ 程毅中《宋元小説家話本集》,齊魯書社,2000年,第2頁。沈如泉《論宋代四六文的娱樂功能》已分析過這段文本,可以參看。

㉘ 程毅中《宋元小説家話本集》,第111頁。

㉙ 同上書,第112頁。

㉚ 詳見侯體健《〈分門纂類唐宋時賢千家詩選〉與晚宋詩壇趨向》(《文學遺産》2021年第4期)對晚宋詩歌選本《分門纂類唐宋時賢千家詩選》中"時賢"部分的分析。

㉛ 獨孤及《檢校尚書吏部員外郎趙郡李公中集序》,《全唐文》卷三八八,第3945頁。

㉜ 柳開《上王學士第三書》,《河東先生集》卷五,《四部叢刊初編》本。

㉝ 穆修《答喬適書》,《宋文鑒》卷一一二,中華書局,1992年,第1558頁。

㉞《邵氏聞見後録》卷一六,中華書局,1983年,第124—125頁。

㉟ 筆者對"污名"的定義性描述取自歐文·戈夫曼的代表作《污名》:"我們構建了一種污名理論,這是一種意識形態,用來解釋他低人一等和他所代表的危險;它有時將基於其他差異的敵意合理化了,比如將基於社會階級差異的敵意合理化了。在日常用語中,我們使用諸如跛子、私生子、傻子這類特定的污名術語,以此作爲隱喻和意象的一種源頭,但往往不去考慮其原始意義。"(商務印書館,2009年,第6頁。)

㊱ 王世貞《藝苑卮言》卷四,《歷代詩話續編》,第1016頁。

㊲ 王世貞《藝苑卮言》卷四,《歷代詩話續編》,第1007、1020頁。

㊳ 柳宗元《乞巧文》,《柳河東集》卷一八,上海古籍出版社,2008年,第316頁。

㊴ 朱駿聲《説文通訓定聲》履部第十二,中華書局,1984年,第562—563頁。

㊵ 此前文獻當中也有極少量被認爲是"排""俳"混用的個案,如《潛夫論·浮侈》有"倡排"之語(王符撰,汪繼培箋,彭鐸校證《潛夫論校證》卷三《浮侈第十二》,中華書局,1985年,第123頁);《莊子·在宥》"排下而進上"一句,《經典釋文》謂"崔本作'俳'"(郭慶藩《莊子集釋》卷四下《在宥第十一》,王孝魚點校,中華書局,2012年,第371頁)。但這些異文或産生年代較晚,或僅僅出於魯魚亥豕之誤,且均以"排"代"俳",並無一

例是借用“俳”的字形來表示“排”的某一固有含義的證據,然則“排”與“俳”也並非“互用”,僅僅是由於音同形近,故偶爾會借更常用的“排”字來表示“俳”的含義而已。這與元明以降用“俳”來指涉“排偶”的原理完全不同。

㊶《梅亭先生四六標準》卷七,《中華再造善本》影印國圖藏宋刻本,北京圖書館出版社,2004 年。

㊷ 楊萬里《誠齋詩話》,《歷代詩話續編》本,第 152 頁。

㊸ 祝堯《古賦辯體》卷五,復旦大學圖書館藏明成化刊本。

㊹ 已有學者指明,祝堯用“俳”字旨在來表示對駢體的貶抑態度。參見于景祥《從〈古賦辯體〉看祝堯的駢文觀》(《社會科學輯刊》2008 年第 6 期)。

㊺ 陳繹曾《文章歐冶》,《歷代文話》第 2 册,第 1288—1289 頁。

㊻ 同上書,第 1246 頁。

㊼ 不過陳繹曾也將“排”和晦、浮、澀、淺、俚、陋等 36 種範疇一併稱爲古文寫作的“病格”,並用“不活”來解釋古文涉“排”之病。從“不活”的簡單表述上看,這裏的“排”應當指在古文中孱入駢偶句法而造成的句式板滯不流之病,陳繹曾要否定的是在古文中濫用駢對,而非駢體本身。又其謂“漢賦至齊梁而大壞,務爲輕浮華靡之辭,以剽掠爲務,以俳諧爲體,以綴緝餖飣小巧爲工,而古意掃地矣”,所謂六朝俳諧之體,指的也應是《大蘭王九錫文》《廬山公九錫文》等俳諧文,與駢體本身的體制無涉。

㊽ 有關《古賦辯體》對明人辨體觀念的影響,可參見何詩海《〈古賦辯體〉與明代辨體批評》(《文藝理論研究》2013 年第 1 期)。

㊾《東皋子集提要》,《四庫全書總目》卷一四九,第 1277 頁。

㊿《次山集提要》,《四庫全書總目》卷一四九,第 1283 頁。

51 吴承學《淺談中國古代文體價值譜系》,《古典文學知識》2013 年第 6 期。

52 吴處厚《青箱雜記》卷五,中華書局,1985 年,第 46 頁。

53《毛詩大序》,《毛詩正義》卷一,《十三經注疏》嘉慶刊本,中華書局,2009 年影印本,第 564 頁。

54 陸游《老學庵筆記》卷五,中華書局,1979 年,第 58 頁。

55 洪邁《容齋隨筆》三筆卷八,中華書局,2005 年,第 517 頁。

56 張邦基《墨莊漫録》卷七,第 203 頁。

57 參見谷曙光《宋代翰林學士撰教坊樂語考論》(《中華文化研究》2005 年第 2 期)、沈如泉《論宋代四六文的娛樂功能》、丁淑梅《從禁限樂語、俳優詞看宋雜劇的劇本編撰問題》(《戲劇藝術》2010 年第 4 期)。但谷文將翰林學士起草的致語視爲一種“内制”,顯然對内制的理解有誤。

宋人碑傳中論列筆記作品的方式及其觀念*

張志傑

筆記作品，在歷代的公私目録書中，子部小説家類占到很大部分，並且在宋代，從《新唐書·藝文志》起又有移史入子的調整。[①]而那些歸在史部雜史、子部雜家等類的筆記之屬，實質上在宋人的筆記序跋及各類議論中，也多以小説、小録稱之，以小家、小道視之，其價值定位在所謂"或有可觀"與"君子弗爲"之間被隨時調整。

而士人碑傳，包括墓誌、墓表、神道碑與行狀（實録、國史附傳暫不論），作爲特殊的傳記，對於士人的形象製作可謂意義重大。[②]行狀除了用於託求墓誌、上朝廷議謚，也會上於史館，書之國史；而墓誌將勒諸堅石，以著不朽；神道碑則立於道前，昭告世人，信今傳後。因此"以飾終頌德爲主要責任"[③]的、蓋棺論定地總結士人生平學行德履的碑傳，有其書法義例的規範，而高度程式化。

顯然，作爲"小説"的筆記作品，與士人的碑傳寫作之間存在一種矛盾的張力。尤其是在隨着儒學復興、經世思想成爲主導觀念的宋代，小説筆記之作在"惟書其學行大節，小善寸長則皆弗録"[④]的碑傳中如何被書寫，從探究筆記一體的體制特徵、宋代士人的筆記觀念、筆記作品在宋人著述中的位置的角度，有必要進行系統梳理並給出解釋。本文即基於以上的思考，對宋代士人碑傳中論列小説筆記作品的方式及其觀念進行考察，就正於方家。

一、宋人碑傳中論列筆記作品的普遍化

在碑傳中表彰傳主學術、論列著作，雖然在南北朝時期已出現，不過很少見。

就行狀看，《文選》所收《齊竟陵文宣王行狀》已有之，任昉在《行狀》中稱頌蕭子良"貴而好禮，怡寄典墳，雖牽以物役，孜孜無怠。乃撰《四部要略》《淨住子》，並勒成一家，懸諸日月"，又論到"豈古人所謂立言於世，没而不朽者歟"[⑤]云云。特別列出蕭子良著作，而闡明立言不朽的大義。《齊竟陵文宣王行狀》是《文選》所收唯一一篇行狀，允爲典範，對後世

* 本文爲復旦大學人文社會科學青年融合創新團隊課題"宋代筆記的文體形態與敘述策略研究"階段性成果。

的行狀寫作深有影響。

相對於行狀,碑文中論列著作的例子可以追溯到更早些時間。清代學者李富孫在其《汉魏六朝墓铭纂例》中舉出《中書令鄭羲碑》,認爲北魏鄭羲碑中"載其所作經論賦詠並《話林》數卷,爲後人敘著述之權輿"⑥。碑文爲羲子鄭道昭所撰,述及鄭羲任中書博士時"任清務簡,遂乘閑述作,注諸經論,撰《話林》數卷,莫不玄契聖理,超異恒儒。又作《孔顏誄》《靈岩頌》及諸賦詠詔策,辭清雅博,皆行於世也"⑦。這或是論列傳主著作最早的碑文。

至於墓誌,似以北魏《元延明墓誌》爲早。葉國良《石學蠡探》中稱述以上李富孫之考古創見後,又於墓誌中舉出《元延明墓誌》,論云:"當時碑誌,唯孝武帝太昌元年宗室安豐王元延明墓誌云:'其詩賦銘誄咸(箴)頌書奏,凡三百餘篇,著《五經宗略》《詩禮別義》,注《帝皇世紀》及《列仙傳》,合一百卷,大行於世。'他未見也。此稍後鄭羲碑,而可以佐李氏說者。"⑧元氏墓誌中詳列著述,以稱頌傳主之多才與博學⑨,與鄭羲碑相似。

不過,如以上碑誌中具體論列墓主著作的書寫,可說是特例。《文選》所録數篇碑文不及著作,未收録者如張衡碑等也只以"文章雲浮"一類的套語概括稱述⑩。目前可見的、以才學鳴世的六朝士人如任昉、裴子野、劉孝綽、蕭子顯、庾肩吾、陸倕、徐陵等的墓志銘中,也只言"鐘鼓辭林,笙簧文苑"⑪云云,不及著作情況。以上部分墓誌或非完篇⑫,不過這一時期的墓誌還基本不承擔論列著作以表彰墓主學術的功能,則是可以明確的。葉國良對此也論到:"唐以前碑誌,墓主雖學者文士,不書撰述爲常例,書爲特例,宋以後則每書之矣。"⑬

碑傳中對於傳主著作情況的書寫,到唐代始漸普遍。不過,即使在唐代小說筆記之作漸成大觀,碑誌的寫作也已變爲長篇累牘之後,小說筆記作品則在士人的碑傳中也仍然絶少看到。

筆者遍檢有小說筆記類作品傳世或者書目有所著録的唐代士人碑傳⑭,敘及小說筆記者,僅見權德輿所撰張薦墓誌。《張公墓誌銘》中,權德輿論列張薦著述云:

> 有《文集》三十卷,犖犖然君子之詞也。上疏陳史職利弊,指明切實,有裨王度。著《史遁先生傳》,臣節之貞厲見焉;纂《十祖贊》,家風之德善章焉;至若《宰輔傳略》《靈怪集》《同僚籍》《寓居録》等,又數十編,自成一家之言。⑮

則是權德輿在"犖犖然君子之詞"的《文集》外,也特別列出張薦《靈怪集》《寓居録》等小說筆記,而讚其"自成一家之言"。這是在士人碑傳表彰小說筆記之作的較早例子。另外還可提及的是,顏真卿所撰《元君表墓碑銘》中援引元結自述,敘及"兵起,逃難於猗玗洞,著《猗玗子》三篇"⑯云云。《猗玗子》或題《猗犴子》《猗玗子》,宋代書目如《崇文總目》《新唐書・藝文志》《通志・藝文略》皆隸於小說家類中,《郡齋讀書志》《宋史・藝文志》則列之別集,因此今人或將其歸爲雜俎類小說⑰,或以爲雜文集⑱。書今不傳,不可詳知。則可以說在張薦墓誌之外,唐代士人碑傳中表彰小說的書寫確實鮮見。

宋代以前,士人碑傳中少有論列小説筆記類作品,一方面跟碑傳的書法義例有關,畢竟"强調志主的教育、性格和職業成就"⑲到宋代以後纔成爲墓誌書寫普遍化的方式。另一方面,當然也密切關涉文人學士對於筆記類作品的觀念。這也是後文需要重點論析的内容。

梳理可見,從宋初最具代表性的文臣徐鉉開始,士人碑傳中即有小説筆記作品論列。李昉所撰《徐公墓誌銘》在遍舉王溥、李穆、王祐、李至、蘇易簡、吴淑與馮延巳等對於徐鉉學術與辭章的推揚之後,論其著作云:

> 所著文多遺落,今存者,編成三十卷。又擬徐幹《中論》,作《質論》數十篇。集耳目聞見之異,作《稽神録》二十卷,並行於世。⑳

雖然如前文所及,小説筆記作品尤其是志怪書進入士大夫的碑誌,可以找到中唐張薦《靈怪集》的先例,但在宋以前這樣的例子極少見也是可以肯定的。甚至對於徐鉉《稽神録》,徐鉉弟子胡克順所撰《徐公行狀》中也只列《質論》,不及《稽神録》。㉑李昉所撰《徐公墓誌銘》所謂"集耳目聞見之異,作《稽神録》二十卷,並行於世"的這一書寫,筆者以爲,一方面與徐鉉《稽神録》自身的特殊性相關,一方面也與撰者李昉本人的觀念頗有關係。

奉敕修撰的《太平廣記》是宋初國家文化工程的結果之一,也實際上對有宋一代士人的小説筆記觀念産生深刻影響。㉒李昉、徐鉉等同修《太平廣記》,徐氏《稽神録》也編入其中。兩宋之際的筆記《楓窗小牘》中更録有這樣一段軼事:

> 太宗命儒臣輯《太平廣記》,時徐鉉實與編纂。《稽神録》鉉所著也,每欲採擷,不敢自專,取示宋白,使問李昉。昉曰:"徐率更以博信天下,乃不自信,而取信於宋拾遺乎?詎有率更言無稽者?中采無疑也。"於是此録遂得見收。㉓

《稽神録》爲徐鉉精心撰録之作,"凡二十年,僅得百五十事"㉔,頗以自珍。既已入奉敕所編《太平廣記》中,也得到李昉本人首肯,又有所謂徐鉉"以博信天下""詎言無稽者"云云的一番説辭,則李昉在其所撰徐鉉墓誌中寫入這一小説,幾乎是順理成章之事。而從李昉的角度,其不棄小説雜録之屬,也有另外的例子。李昉爲其座師王仁裕所撰神道碑,論列王氏著述,也寫到"平生所著,《秦亭篇》《錦江集》《入洛記》《歸山集》《南行記》《東南行》《紫泥集》《華夷百題》《西江集》共六百八十五卷"等等。㉕王仁裕在五代頗負文章大名,著述極夥,以上所列《入洛記》《南行記》屬於行旅雜録筆記,其書雖不傳,不過《郡齋讀書志》卷六雜史類、卷八地理類,《直齋書録解題》卷七傳記類等皆有著録,據提要,前者爲王仁裕蜀亡入洛記行之作㉖,後者爲記録其出使荆南道途及賦詠所作。㉗則由以上碑誌,也可略見李昉本人對於小説小録之屬的態度。

《稽神録》在徐鉉墓誌中的書寫,呈現了宋初士人對於小説筆記作品的觀念,這一書寫也很大程度上被繼承下來。之後的士人,比如以宋敏求爲例。宋敏求以博學著稱於時,蘇頌所撰《宋公神道碑》表彰宋敏求著作可謂不憚辭費,在詳細臚列其卷帙浩繁的《書闈集》《西垣制集》《東觀絶筆集》《東京記》《長安志》《河南志》《合門儀制》《蕃夷朝貢録》等等各類文史著作之後,又云:

記當官所聞見與其應用,則有《三川下官録》《入蕃録》《春明退朝録》各二卷、《韻類宗室名》五卷、《安南録》三卷、《元會故事》一卷;摭唐人物、世系、遺事,則有《諱行後録》五卷。[28]

蘇頌也將宋敏求的小説筆記雜録作品一一表出,而與其文集、制詞以及典章類、史學類的諸種高文大册同列並舉,以顯其博。相似地,范鎮《宋諫議敏求墓誌銘》中也詳細羅列了"《三川官下録》二卷,《春明退朝録》二卷"[29]等等作品,表彰宋敏求之淵深鴻博。

范鎮所撰宋敏求墓誌,收入南宋杜大珪所編《名臣碑傳琬琰集》中。其實僅從《琬琰集》這一宋人碑傳典範之編來看,宋代名臣碑傳中論列小説筆記作品的書寫就頗不乏見。另外的例子,比如富弼所撰《王文正公曾行狀》中稱頌王素"雅善屬文,深茂典懿",不僅列其文集等,也特别寫到"《筆録遺逸》一卷,上之,志在諷諫,有詔嘉獎"[30]云云。王珪所撰《宋元憲公庠忠規德範之碑》敘及宋庠《掖垣叢志》[31],蘇軾所撰《富鄭公弼顯忠尚之碑》寫到富弼《奉使録》[32],蘇軾撰《范忠文公鎮墓誌銘》論列范鎮《國朝事始》《東齋記事》[33],等等。則只從《琬琰集》也可以確知,小説筆記類作品寫入宋代文人士大夫碑傳中的情形已相對普遍化了。

二、宋人碑傳所論列筆記作品考録

相對於前代,宋代士人碑傳中表彰傳主學術,小説筆記作品也與經世之文、經史著述等同舉並列,成爲相對普遍的現象。本文依顧宏義《宋代筆記録考》所收宋人筆記[34],逐家梳理作者傳世碑傳,並利用别集、總集、方志等,主要利用《全宋文》,以及搜檢如《宋代墓誌輯釋》[35]《新出宋代墓誌碑刻輯録》[36]等新刊資料,對宋代筆記作品在士人碑傳中的書寫情況,仔細梳理一過。爬梳所見,臚列如下(詩話、文話、講學語録、譜録、書史畫史等較爲專門的作品不列):

1. 徐鉉《稽神録》

李昉《東海徐公墓誌銘》[37]:

所著文多遺落,今存者編成三十卷。又擬徐幹《中論》,作《質論》數十篇;集耳目聞見之異,作《稽神録》二十卷,並行於世。公文學之外,長於篆隸,其書札之妙,自成一家。(《全宋文》卷四八)[38]

2. 柳開《野史》

張景《柳公行狀》:

公方以述撰爲志,博采世之逸事,居魏郭之東,著《野史》,自號東郊野夫。(《全宋文》卷二七一)

3. 王曙《戴斗奉使録》

尹洙《文康王公神道碑》:

公所著,《文集》四十卷、《兩漢詔義》四十卷、《周書音訓》十二卷、《唐書備問》三卷、《群牧故事》六卷、《莊子指歸》三篇、《列子指歸》一篇。再使北虜,作《戴斗奉使録》二卷。(《全宋文》卷五八八)

4. 王曾《筆録遺逸》

富弼《王文正公曾行狀》:

公雅善屬文,深茂典懿。有《兩制雜著》五十卷、《大任後集》七卷、《筆録遺逸》一卷,上之,志在諷諫,有詔嘉獎刻板,均賜近位。(《琬琰集》中集卷四四)

5. 蘇耆《閒談録》《次翰林志》

蘇舜欽《先公墓誌銘》:

公雅好觀書,經史禪説,手鈔者數千卷,無不盡誦。所著《計録》三篇、《閒談録》五卷、《次翰林志》《續文房四譜》並《文集》二十卷,並藏於家。(《全宋文》卷八八〇)

6. 祖士衡《起居院記》《西齋話紀》

祖無擇《祖公墓誌銘》:

公文集四,號《敝帚》者二十卷、《西掖》者一十二卷、《乾興》者七卷,又《别集》三卷,《起居院記》七卷,總載歷代沿革甚詳,《西齋話紀》一卷,悉藏於家。(《全宋文》卷九三七)

7. 宋庠《掖垣叢志》

王珪《宋元憲公庠忠規德範之碑》:

所著書,有《掖垣叢志》三卷、《尊號録》一卷、《國語補音》三卷、《紀年通譜》十二卷,又《文集》合四十卷。(《琬琰集》上集卷七)

8. 寇平《考祥集》《警異志》

王珪《寇平墓誌銘》:

又自述平生感遇事,作《考祥集》。采其所見聞有足以自警者,作《警異志》。(《全宋文》卷一一五九)

9. 富弼《奉使録》

蘇軾《富鄭公弼顯忠尚之碑》:

其爲文章,辯而不華,質而不俚。有《文集》八十卷、《天聖應詔集》十一卷、《諫垣集》二卷、《制草》五卷、《奏議》十三卷、《表章》三十卷、《河北安邊策》一卷、《奉使録》四卷、《青州振濟策》三卷。(《琬琰集》上集卷五)

10. 范鎮《國朝事始》《東齋記事》

蘇軾《范忠文公鎮墓誌銘》:

有《文集》一百卷、《諫垣集》十卷、《内制集》三十卷、《外制集》十卷、《正言》三卷、《樂書》三卷、《國朝韻對》三卷、《國朝事始》一卷、《東齋記事》十卷、《刀筆》八卷。(《琬琰集》中集卷十八)

韓維《范公神道碑》敘其著作全同《墓誌銘》。(《全宋文》卷一〇七一)。

11. 朱定國《歸田後録》《幽明雜警》

楊傑《故朝散郎致仕朱君墓誌銘》:

著《歸田後録》,皆耳目所接朝野可載事,以備史氏之遺,士大夫多傳之。又取近世禍福之應其理可推者百餘事,次之以警俗,謂之《幽明雜警》云。(《全宋文》卷一六四五)

12. 宋敏求《三川下官録》《入蕃録》《春明退朝録》《諱行後録》

范鎮《宋諫議敏求墓誌》:

所著《書闈前集》二卷、《後集》六卷、《西垣制詞》四卷、《文集》若干卷、《東京記》三卷、《河南志》二十卷、《長安志》二十卷、《三川官下録》二卷、《春明退朝録》二卷等。(《琬琰集》中集卷十六)

蘇頌《宋公神道碑》:

記當官所聞見與其應用,則有《三川下官録》《入蕃録》《春明退朝録》各二卷、《韻類宗室名》五卷、《安南録》三卷、《元會故事》一卷;摭唐人物、世系、遺事,則有《諱行後録》五卷。(《全宋文》卷一三四一)

13. 司馬光《游山行記》

蘇軾《司馬温公行狀》:

有《文集》八十卷、《資治通鑑》三百二十四卷、《考異》三十卷……《家範》四卷、《續詩話》一卷、《游山行記》十二卷、《醫問》七篇。(《全宋文》卷一九九二)

14. 趙瞻《西山别録》

范祖禹《趙樞密瞻神道碑》:

公所著,《春秋論》三十卷、《史記牴牾論》五卷、《唐春秋》五十卷、《奏議》十卷、《文集》二十卷、《西山别録》一卷。(《琬琰集》上集卷二十七)

15. 韓忠彦《魏公行事》

畢仲游《丞相儀國韓公行狀》:

公所著文章集爲三十卷,《奏議》二十卷、《魏公行事》一卷、《家傳》十卷,藏於家未出。(《全宋文》卷二四〇二)

16. 宋慶曾《先公故事》

畢仲游《判西京國子監宋公墓誌銘》:

著《平棘集》二十卷、《河南訪古録》一卷、《先公故事》一卷、《愚谷記》五卷,纂《楹中集碎金》一卷。(《全宋文》卷二四〇二)

17. 魏孝孫《南游記》

趙令鑠《魏君墓誌銘》:

注《道德經》二卷,編纂佛經道藏諸家小説切於攝生治性者成十二卷,號《抱一集》;采摭晉漢至唐末名人詩句精麗可以爲法者二卷,號《驪珠集》;記《吴越方言》一卷,撰《南游記》一卷,藏於家。(《宋代墓誌輯釋》第一五〇)

18. 蘇象先、蘇玭《蘇魏公談訓》

陸游《吏部郎中蘇君墓誌銘》:

公從父有著《魏公談訓》者,未及成,或附益之,正議嘗以爲有可更定者而未及書,公卒成之,藏之家塾。(《全宋文》卷四九五一)

19. 汪藻《裔夷謀夏録》《青唐録》

孫覿《汪君墓誌銘》:

公之文,有《浮溪集》六十卷,行於世,《後集》若干卷、《裔夷謀夏録》三卷、《青唐録》三卷、《古今雅俗字》四十四篇。(《全宋文》卷三三六三)

20. 程俱《麟臺故事》

程瑀《程公行狀》:

公平生著述不可勝紀,已抱病,猶不輟,然憂深慮危,時時芟削焚棄,今所存者,《北山小集》四十卷、《麟臺故事》五卷、《默説》三卷,餘無傳焉。(《全宋文》卷三八八七)

21. 程瑀《野叟談古》《雜誌》

胡銓《程公墓誌銘》:

其纂述,有《論語説》四卷、《論語集解》十卷、《周禮儀》十卷、《尚書説》一卷、《諫垣論疏》《奏議》各四卷……《飽山集》六十卷、《野叟談古》《兩漢索隱》《唐傳摘奇》《詩話》《雜誌》各一編。(《全宋文》卷四三二四)

22. 王庭珪《雜誌》

周必大《王公廷珪行狀》:

所著書,有《瀘溪集》五十卷、《易解》二十卷、《六經講義》十卷、《論語講義》五卷、《語録》五卷、《雜誌》五卷、《滄海遺珠》二卷、《方外書》十卷、《校字》一卷、《鳳亭山叢録》一卷。(《全宋文》卷五一七〇)

胡銓《王公墓誌銘》所録著作全同《行狀》。(《全宋文》卷四三三〇)

23. 張綱《聞見録》

洪箴《張公行狀》:

近世文章之宗伯也,平生著述,有《華陽集》四十卷、《六經辨疑》五卷、《確論》十卷、《告猷集》三卷、《聞見録》五卷、《瀛州唱和》八卷,靖康、建炎間遭兵火焚掠,煨燼之

餘，所存無幾。(《全宋文》卷四八八五)

24. 朱弁《曲洧舊聞》

朱熹《奉使直秘閣朱公行狀》：

《聘游集》凡四十二卷，别有《奏議》一卷、《尚書直解》十卷、《曲洧舊聞》三卷、《續骫骳説》一卷、《雜書》一卷、《風月堂詩話》三卷、《新鄭舊詩》一卷、《南歸詩文》一卷，皆藏於家。(《全宋文》卷五六七二)

25. 洪皓《松漠記聞》《金國文具録》

洪适《先君述》：

有《文集》十卷、《春秋紀詠》三十卷、《輶軒唱和集》三卷、《帝王通要》五卷、《姓氏指南》十卷、《松漠記聞》二卷、《金國文具録》一卷。(《全宋文》卷四七四四)

26. 常同《烏臺日記》《多閑録》

汪應辰《御史中丞常公墓誌銘》：

公晚年自號虚閒居士，有古律詩、表啓、詞疏、外制、劄狀、書序、題跋、傳記、碑銘二十卷，名曰《虚閑集》，《奏議》十卷，《烏臺日記》三卷，《多閑録》一卷。(《全宋文》卷四七八〇)

27. 馬永卿《嬾真子録》

馬永卿《馬達州自撰墓銘》：

退居於鉛山南溪之上，因撰《論語解》十卷、《易拾遺》二卷、《嬾真子録》二十卷、《集》十五卷，以遺子孫。(《(道光)續增高郵州志・藝文志》)

28. 程揆《雜誌》

李石《資州程使君墓誌銘》：

《文集》五十卷、《通鑑發揮》十卷、《春秋外傳》十卷、《尚書外傳》五卷、《史評》二卷、《雜誌》三卷、《佛心印》三卷，藏於家。(《全宋文》卷四五七〇)

29. 王剛中《應齋筆録》

孫覿《宋故資政殿大學士王公墓誌銘》：

有《易説》《春秋通義》《仙源聖紀》《經史辨疑》《漢唐史評》《唐史要覽》《天人修應録》《東溪集》《應齋筆録》《續成都記》，凡百餘卷，藏於家。(《全宋文》卷三四九三)

30. 朱江《遮眼録》

蔡戡《中大夫致仕朱公墓誌銘》：

嘗掇拾前人野史雜説之訛舛者，以正史他書折衷之，名曰《遮眼録》，丞相周益公歎服，以爲奇書。(《全宋文》卷六二五九)

31. 曾敏行《獨醒雜誌》

樊仁遠《浮云居士曾公行狀》

前言往行，多所記録，有《獨醒雜誌》十卷。(《全宋文》卷五四〇八)

32. 趙善應《幸庵見聞録》

朱熹《篤行趙君彦遠墓碣銘》:

好讀書,所藏至三萬卷。所著有《唐書録遺》三十卷、《幸庵見聞録》三卷、《台州勸諭婚葬文》一卷。(《全宋文》卷五六八一)

33、孫觀國《游吴録》《龍川筆録》

李流謙《朝奉大夫知嘉州孫公墓誌銘》:

自號齕翁,《文集》七十卷、《游吴録》二十卷、《龍川筆録》十卷,藏於家。(《全宋文》卷四九〇七)

34. 袁文《名賢碎事》《甕牖閑評》

袁燮《先公行狀(代叔父作)》:

好觀歷朝故事,既録其大者,又掇拾其小者爲《名賢碎事餘》三十卷,字百餘萬,皆手所自抄也,無惰筆。雜著一編,目曰《甕牖閑評》,凡制度之沿革、事物之原本、傳記之訛舛、風俗之變遷、先世之模範,與古今之善可法惡可戒者咸在。(《全宋文》卷六三八三)

袁燮《先公墓表》:

前輩諸公一言一行,萃而爲書,目之曰《名賢碎事》,手抄三十巨帙,無一字不楷。雜著一編,名曰《甕牖閑評》,搜抉隱微,辨正訛謬,雜然具載,尤詳且確。(《全宋文》卷六三八五)

35. 程大昌《演蕃露》《考古編》《北邊備對》

周必大《程公大昌神道碑》:

公有《文集》若干卷……别有《演蕃露》六卷、《考古編》《易老通言》《易原》《雍録》四書各十卷、《北邊備對》六卷、《書譜》二十卷。(《全宋文》卷五一八〇)

36. 趙粹中《梅堂雜誌》

樓鑰《龍圖閣待制趙公神道碑》:

《文集》十卷、《奏議》二卷、《梅堂雜誌》五卷、《史評》五卷及《廟議》諸書,藏於家。(《全宋文》卷五九九二)

37. 范成大《攬轡録》《驂鸞録》《桂海虞衡志》《吴船録》

周必大《范公成大神道碑》:

公天資俊明,輔以博學,文章贍麗清逸,自成一家。尤工詩,大篇短章傳播四方。初效王筠一官一集,後自裒次爲《石湖集》一百三十六卷;别著《吴郡志》五十卷;使北有《攬轡録》,入粤有《驂鸞録》《桂海虞衡志》,出蜀有《吴船録》,各一卷。(《全宋文》卷五一七九)

38. 周必大《親征録》《龍飛録》《癸未日記》《閒居録》《游山録》《奏事録》《南歸録》《思陵録》《玉堂雜記》《二老堂雜誌》

李壁《周文忠公行狀》：

公有《省齋文稿》四十卷……《辛巳親征録》一卷、《壬午龍飛録》一卷、《癸未日記》一卷、《閒居録》一卷、《丁亥游山録》三卷、《庚寅奏事録》一卷、《壬辰南歸録》一卷、《思陵録》二卷、《玉堂雜記》三卷、《二老堂詩話》二卷、《二老堂雜誌》五卷。(《全宋文》卷六六八六)

樓鑰《文忠周公神道碑》：

有《省齋文稿》《别稿》《平園續稿》《掖垣叢稿》《玉堂類稿》《詞科舊稿》《政府應制稿》《歷官表奏》《奏議》《奉詔録》《承明集》《玉堂雜記》《龍飛録》《親征録》及《閒居紀録》等書，總二百卷，藏於家。(《全宋文》卷五九八七)

39. 徐夢莘《讀書記忘》《集仙後録》

樓鑰《直秘閣徐公墓誌銘》：

年雖已高，手不釋卷。有《讀書記忘》《集醫録》《集仙後録》各三册、《會録》四册，皆以“儒榮”冠其目。(《全宋文》卷五九八七)

40. 謝深甫《北征日記》

張嗣古《太師衛王謝公墓誌銘》：

爲文章典重宏麗，五當朝廷大典册。尤工詩，有《文集》二十卷、《北征日記》二卷。(《全宋文》卷六六九九)

41. 陳希點《澹齋筆談》

樓鑰《中書舍人贈光禄大夫陳公神道碑》：

有《澹齋筆談》《淇渌遣興》《璧水雜著》《西掖類稿》《經筵講解》及《奏議》，各藏於家。此皆右史王公介狀公行之詞也。(《全宋文》卷五九九二)

據《神道碑》，則王介所撰陳希點《行狀》亦及《澹齋筆談》。

42. 方導《覺齋見聞録》

樓鑰《參議方君墓誌銘》：

以平日見聞，爲《覺齋見聞録》。(《全宋文》卷六〇〇二)

按樓鑰交代，《墓誌》系依王明清所撰《行狀》寫成，則《行狀》亦及《覺齋見聞録》。

43. 傅伯成《耄至》

劉克莊《龍學竹隱傅公行狀》：

有《文集》若干卷、《奏議》若干卷，手記朝家故實、前輩事跡曰《耄至》若干卷，藏於家。(《全宋文》卷七六〇八)

44. 曾三聘《擬志林》《因話録》等

游似《曾公神道碑》：

平生所著，有《存存集》三十卷、《存存齋記》三卷、《擬志林》十卷、《因話録》十卷、《藥問》五卷、《閉户集》三卷。(《全宋文》卷七六八五)

45. 李訦《談叢》

真德秀《通議大夫寶文閣待制李公墓誌銘》:

有《文稿》七十卷、《續通鑑長編分類》三十八卷、《談叢》七卷,藏於家。(《全宋文》卷七一九一)

46. 倪思《北征録》《經鉏雜誌》

魏了翁《顯謨閣學士特贈光禄大夫倪公墓誌銘》:

著《齊齋甲稿》二十卷、《乙稿》十五卷……《北征録》七卷……《家傳》六卷、《經鉏雜誌》十卷、《馬班異辭》三十五卷、《馬史删改古書異辭》十二卷,藏於家。(《全宋文》卷七一二七)

47. 羅點《聞見録》

袁燮《太保羅公行狀》:

平生論著,有《奏議》若干卷、《書》《春秋》《孟子》講義合若干卷、《制詞》若干卷、《鑒古録》若干卷、《雜著》若干卷、《聞見録》若干卷。(《全宋文》卷六三七九)

48. 余嶸《使燕録》《肯堂賓談隨筆》《雜記録》

劉克莊《龍學余尚書神道碑》:

公有《使燕録》一卷,紀金韃情狀尤詳。

公所著書,有《周易啓蒙》《毛詩説略》《春秋大旨》《戴記序發略》《掖垣類稿》《肯堂賓談隨筆》《肯堂職業》及《雜記録》各若干卷,藏於家。(《全宋文》卷七六一七)

49. 王楙《野客叢書》

郭紹彭《宋王先生壙銘》:

杜門著書,留意古學,有《野客叢書》三十卷、《巢睫稿筆》五十卷。(《全宋文》卷六九七八)

50. 時瀾《日記》

陳宓《通判南堂時公墓誌銘》:

《南堂雜著》若干卷、《易講義》若干卷、《左氏講義》若干卷、《用録》若干卷、《日記》若干卷,藏於家。(《全宋文》卷六九六八)

51. 湯千《記聞》

真德秀《湯武康墓誌銘》:

有集二十卷、《泮宫講義》二卷、《史漢雜考》二卷、《記聞》十卷、《楮幣罪言》一卷,與所謂《通變策》者,藏於家。雖然,君之所以不朽者,弗在是也。(《全宋文》卷七一九一)

52. 趙崇度《節齋聞記》

真德秀《提舉吏部趙公墓誌銘》:

有《磬湖集》十卷、《左氏常談》《史髓》《節齋聞記》等,藏於家。(《全宋文》卷七一九三)

53. 真德秀《西山讀書記》

劉克莊《西山真文忠公行狀》：

公歸，修《西山讀書記》，以六經、《語》《孟》之言爲主，荀、揚諸子附焉，諸老先生爲解經而發者附本經之注。（《全宋文》卷七六一〇）

54. 趙庚夫《山中客語》

劉克莊《趙仲白墓誌銘》：

仲白詩最多，自删取五百首。所著有《周易》《老子注》《山中客語》《青裳集》。（《全宋文》卷七六二〇）

55. 劉禰邵《讀書日記》《小記》

劉克莊《習静叔父墓誌銘》：

終歲杜門，罕與人接，惟質經於陳公師復，評史於鄭公子敬，問《易》於蔡公伯靜。有《易稿》《漢考》《讀書日記》《小記》《深衣問辯》《杜詩補注》各若干卷。（《全宋文》卷七六二四）

56. 魏文翁《讀書日記》

魏了翁《朝議大夫知敘州魏公墓誌銘》：

經史傳記、諸子百氏，皆嘗校讎鉤纂，益昌之亂，委於兵火，今僅存者《讀書日記》二十卷、《雜稿》十卷、巴江《中庸》《大學》講義二卷。（《全宋文》卷七一二三）

57. 劉元剛《家庭謏録》

文天祥《知昭州劉容齋墓誌銘》：

遺墨有《詩》《書》《孝經》《論語》《孟子演義》若干卷、《詞科類稿》若干卷、《容齋雜著》若干卷、《家庭謏録》若干卷。（《全宋文》卷八三二一）

58. 陳夢庚《笑林》

林希逸《崇禧陳吏部墓誌銘》：

有《笑林》若干卷、《竹溪雜稿》五卷藏於家，《坡詩會箋》若干卷刊於惠。《笑林》自志出處也。（《全宋文》卷七七四二）

59. 史繩祖《佔畢》

史孝祥《史繩祖墓誌》：

著述有《學齋類稿》六十卷、《孝經集解》十卷、《易斷》三十卷、《佔畢》五卷、《講義》十卷……皆行於世。他所類著又數百卷，藏於家。（《衢州墓誌碑刻集録》）

60. 舒岳祥《家録》《談叢》《叢續》等

劉莊孫《舒閬風先生行狀》：

凡作於丙子以前者，有《蓀墅稿》四十卷、《史述》十八卷、《漢砭》四卷、《補史》一卷、《家録》三卷，若《避地稿》《篆畦稿》《蝶軒稿》《梧竹里稿》《三史纂言》《談叢》《叢續》《叢殘》《叢傳》《叢肄》《昔游録》《深衣圖説》總二百二十卷，皆丙子以後所作也。（嘉業

堂叢書本《閬風集》附)

61. 王應麟《困學紀聞》

王應麟《浚儀遺民自志》:

嗜學老不倦,爲《困學紀聞》。匯次之書有《詩考》《詩地理考》……《王會篇》;輯古今言行爲《蒙訓》,其文稿曰《深寧集》,然不足傳也。(四明叢書本《四明文獻集》附)

62. 周密《浩然齋可筆》《齊東野語》《臺閣舊聞》《澄懷録》《武林舊事》

周密《弁陽老人自銘》:

著有《經傳載異》《浩然齋可筆》《齊東野語》《臺閣舊聞》《澄懷録》《武林舊事》《詩詞叢談》及詩文樂章等。(適園叢書本《珊瑚木難》卷五)

以上不憚繁贅,對宋人行狀、墓誌、墓表、神道碑中論列小説筆記作品之詳情,較爲仔細地進行了梳理。具體作者與作品,凡六十二家約百種。雖然受限於資料存佚,以上所列容有未盡,不過宋人碑傳中論列筆記作品的規模由此可以把握,其中頗有不少也不見於今人目録書的著録,可進一步拓展我們對宋人筆記寫作的總體認識。具體層面,宋代士人碑傳中所論列筆記作品的類型、其書寫方式以及所呈現的宋人筆記觀念,則需以此爲基礎作進一步分析。以下詳論之。

三、宋人碑傳所論列筆記作品的類型分析

"筆記"本是文人學士據其耳目所接、"意之所之、隨即記録"[39]的那一類作品的總名,往往被認爲瑣碎叢殘,無關治道,古人總體上以"小説"目之。不過這是從總體上講。析言之,則筆記作品内容上"紀事實,探物理,辨疑惑,示勸戒,采風俗,助談笑"[40]者皆有之,而其間差異頗大。就以上碑傳書寫論,從宋初徐鉉、柳開等到宋末王應麟、周密等,宋代士人碑傳中所論列的筆記作品,可分以下的類别來看:

出使之類,有王曙《戴斗奉使録》、富弼《奉使録》、宋敏求《入蕃録》、洪皓《松漠記聞》、范成大《攬轡録》、謝深甫《北征日記》、倪思《北征録》、余嶸《使燕録》等。奉使交聘,攸關國體,使者使歸,按例需進呈一份"行程録"或曰"語録"[41],另外也常有自撰的别録,不過實際上,那些私撰的記録也往往有呈進奏御的。以上筆記作品不論作爲例行的語録還是私人性質的記録,如洪适《先君述》中所論到的,被作爲體現着傳主"經略四方之志"[42]的重要記録,在碑傳中給予特别表彰似乎是理所應當的。

有關時政之類,如宋敏求《三川下官録》、趙瞻《西山别録》、汪藻《裔夷謀夏録》、程大昌《北邊備對》等,大體是"記當官所聞見與其應用"[43],皆有爲而作,展示着士大夫身份中循吏的一面。如趙瞻《西山别録》,范祖禹所撰《神道碑》稱"熙寧中,朝廷經略西南,就公取其書考焉",趙瞻"居位未幾,功業不究,然其著見之效已暴於天下"[44]云云。因此,這些呈現

着士人經世理想的筆記作品,也往往被特別表出。

雜記典制故事之類,如宋敏求《春明退朝録》、范鎮《國朝事始》,也與以上《三川下官録》等同樣屬於有爲而作,是其儒家君子事業的一部分。

專門的職官之類,有蘇耆《次翰林志》、祖士衡《起居院記》、宋庠《掖垣叢志》、程俱《麟臺故事》、常同《烏臺日記》、周必大《玉堂雜記》等。兩制清華之地,向爲文臣理想,而"鸞坡崇於鳳掖,青瑣盛於紫垣",翰林學士尤其恩遇優厚,如錢惟演《金坡遺事序》曰:"人間之官無貴於學士,雖貴極三旌,有所不逌"㊺,學士之任,實爲至榮,爲詞臣極選。學士視草之餘,往往有翰林故事之編。這些翰苑筆記也通常是進呈御覽的,而頗蒙皇帝褒答嘉許。如蘇易簡淳化間撰《翰林志》呈宋太宗,李宗諤大中祥符間撰《翰林雜記》呈真宗,皆如此。以上祖士衡《起居院記》則記起居院制度、宋庠《掖垣叢志》記舍人院、常同《烏臺日記》記御史台、程俱《麟臺故事》記秘書省典制,其書作意,在"存一司之守"㊻。而如程俱《麟臺故事》,也有進呈原狀保留。由此,則以上的鳳閣、秘省、翰苑筆記等在碑傳中被特別表彰,可謂宜乎其然。

對宋代筆記産生過深刻影響的中唐士人李肇,在其《翰林志》的開篇,曾引述漢代宋昌所謂"所言公,公言之;所言私,王者無私"之論㊼,以説明其身份職責與寫作方式。北宋蘇易簡撰《續翰林志》,開篇又將李肇之説重述一過,引爲寫作原則。可以説,以上的四類筆記,不論是關於奉使、時政,還是典制、職官之屬,都屬於"言公而公言之",呈現着士大夫躬身王事、經世致用的一面,當然也是其本人事業與榮耀的記録,因此在碑傳中被特別表彰,幾乎理所當然。

但是不同於以上四類,前文所列另外的那些筆記,則大體都是"言私而私言之"的作品,基本無關於公家事,都是屬於個人性質的所謂箧牘私小文字。這些筆記也大體有四類:

志怪之屬:徐鉉《稽神録》、寇平《考祥集》《警異志》、朱定國《幽明雜警》、徐夢莘《集仙後録》等。

雜録瑣記:有蘇耆《閒談録》、范鎮《東齋記事》、朱定國《歸田後録》、韓忠彦《魏公行事》、程瑀《雜誌》、朱弁《曲洧舊聞》、馬永卿《嬾真子録》、曾三聘《擬志林》、方導《覺齋見聞録》、周密《齊東野語》等四十餘家。

日記與游記:司馬光《游山行記》、魏孝孫《南游記》、孫觀國《游吴録》、范成大《驂鸞録》《吴船録》等、周必大《癸未日記》《游山録》等。

讀書筆記:程大昌《演蕃露》《考古編》、徐夢莘《讀書記忘》、史繩祖《學齋佔畢》、倪思《經鉏堂雜誌》、王楙《野客叢書》、劉爾邵《讀書日記》、魏文翁《讀書日記》、真德秀《西山讀書記》、王應麟《困學紀聞》。

上述四類筆記,相對於銜命出使、施政一方、職官制置任用等的撰作,只不過是文人學士隨筆記録其日常的讀書、行旅或者耳聞目見的瑣細之事而已,兩者自然不可相提并论。

前者在歷代目録書中,通常被歸入史部雜史、傳記、故事、職官等類,後者則大多是子部小説家類之屬。並且其中不少幾乎未得到流傳,而不見於歷代目録書的著録。不過,另外一面的事實是,後者實際上纔是宋人筆記的主流,也是數量上絶對的主體構成。相對來説,如奉使語録、職官志之類,已較爲專門,如本文前言中所交代的,那些在宋代占有絶對數量的、代表了所謂筆記"正體"[48]的、不涉專門的日常隨筆雜録的筆記,是更需要重點考察的對象。此類筆記,既不能"存一司之守",也不能展示傳主"寵遇之殊絶,恩數之優渥",相反,往往以其小道卑説而遭到鄙薄,因此這些小説筆記作品如何在碑傳被書寫,就尤其值得考察並給出解釋。

四、碑傳中表彰"小説"與宋人的筆記觀念

對於士人的寫作,南宋費袞在《梁谿漫志自序》中,就寫作方式與價值意義的角度議論説:

> 前輩之學,不徒爲空言也,施之於用,然後爲言。故掌制作命則言,抗疏論諫則言,知人安民矢謨則言。舍是而有言焉,所謂垂世立教者,則亦不得已云爾。予生無益於時,其學迂闊無所可用,暇日時以所欲言者,記之於紙,歲月寖久,積而成編,因目以《漫志》。嗟夫!竟何謂哉!顧非有用之言,且非有所不得已,譬之候蟲逢秋,自吟自止,識者當亦爲之歎笑邪![49]

費袞將士人的寫作分爲"施之於用"與"無所可用"的兩類,而自覺將其筆記之作放在了與掌制作命、抗疏論諫、垂世立教的"有用之言"相對的位置。筆記只是"小説",畢竟與以上所謂"大典册大議論"價值不同,不過"候蟲逢秋,自吟自止"而已。當然,在古人的觀念中,筆記的寫作本身也有"有用之言"與"無所可用"的分别,如上文從公私視角所論"言公而公言"與"言私而私言"的差異。那麼那些"言私而私言"的"無所可用"的筆記作品,如何同"言公而公言"的"施之於用"的筆記一樣,也在宋代士人的碑傳中與其經史著述、經世之文同舉並列,而成爲表彰傳主學術的一部分?其書寫方式及其觀念,仍可從公與私兩個層面來考察。

一方面,小説雜録在士人的碑傳書寫中,也往往被賦予或是突出其"有用"的公共價值,即是説,"言私而私言"的小説筆記也通常在"公"的場域中被書寫。最典型的有兩種方式:曰美刺與教化,曰存史與補史。

美刺與教化。以上的雜録筆記,比如王曾《筆録遺逸》。此編當即《郡齋讀書志》《直齋書録解題》等所著録的王曾撰《筆録》一卷,也即通行所題《王文正公筆録》(與王皞所記《王沂公言行録》别爲一書)。其書雜録舊聞,僅一卷三十六事,不過其中多及國朝故事舊制與

名臣嘉言懿行，雖小道，尚可觀。富弼《王文正公曾行狀》則特別論到“上之，志在諷諫”云云，强調《筆録》曾奏呈御覽，並且説明這一筆記的寫作與奏進用意在於“諷諫”。志怪筆記之屬，比如朱定國《幽明雜警》。其書不傳，李劍國找到《永樂大典》中所存一則，講述宣城村人水疾事，而結尾議論善惡禍福之理，“故事殊不可觀，全書大約亦如此”[50]。朱氏之書的寫作用意，似乎不在於記事而在於勸善。楊傑撰《朱君墓誌銘》，因此特别稱述朱氏“取近世禍福之應其理可推者百餘事，次之以警俗，謂之《幽明雜警》云”，從“警俗”的層面强調其書價值。其實，從前文的梳理可知，著述情況在宋人碑傳中通常僅僅是在文末列出而已，只有很少一部分會特别陳述其内容、作意或給出評價。如以上的兩種筆記，撰者或向上强調其“諷諫”的價值，或向下强調其“警俗”的意義，也實際上是將其歸入了美刺與教化的兩大著述傳統之中，而由此在“公”的層面上突顯其普遍的價值。

存史與補史。記録見聞以備史氏缺遺，可説是不論公與私的所有筆記寫作都著意强調的價值。在作者本人，其實也很强調這一層面，比如范鎮自道“嘗與修唐史，見唐之士人著書以述當時之事，後數百年有可考正者甚多，而近代以來蓋希矣”[51]，於是纂集舊所聞見，作《東齋記事》。宋敏求《春明退朝録自序》稱：“每退食，觀唐人泊本朝名輩撰著以補史遺者，因纂所聞見繼之。”[52]也對歷代筆記寫作的補史觀念及自己的繼承效仿之意作出明確説明。以上宋人碑誌中對於傳主雜録筆記的書寫，補史的觀念也是其重要原由，比如楊傑所撰朱定國《墓誌》，强調其《歸田後録》“皆耳目所接朝野可載事，以備史氏之遺”，即是如此。並且不論明言與否，士人碑傳中論列其雜録筆記之屬，補史觀念的是其基本意識。

另一方面，即從“私”的角度，在碑傳中論列傳主小説筆記之作也有其意義，這一層面突出地呈現爲對於傳主博學善文的稱頌。即是説，無須賦予美刺與補史的公共價值，論列小説筆記作品在宋代碑傳中已成爲了表彰士人才學的一部分，而往往同列於傳主的經解、史注、制詞、奏議等高文大册之間。

宋代崇學右文，士人碑傳中，通常在敘述傳主德行、政事種種事跡之後，稱道其“文學”也成爲不可或缺的内容，即使那些並不以文稱名者，也往往會敘及“文集若干卷，藏於家”，如名臣馮拯、沈邈、富弼等的墓誌。[53]而就以上所梳理，如李昉所撰徐鉉墓誌，敘其《文集》《質論》《稽神録》之後，又謂“公文學之外，長於篆隸，其書札之妙，自成一家”，及王珪所撰宋庠神道碑，列舉其《掖垣叢志》等著作之後，又論“宋興，弟兄以文學一時顯者，未有如公家”云云。小説筆記作品在宋初即與其他著述一起，成爲士人碑傳中表彰傳主“文學”的一種方式。換言之，小説筆記作品也成爲傳主“文學”的一部分證明，進入士人碑傳的書寫。

博學的一面尤其被特别强調。宋人碑傳中在論列著作之前，通常會有對傳主博學的一番稱頌，如司馬光“好學如饑渴之嗜飲食”“博學無所不通”（蘇軾《行狀》），傅伯成“博極群書”（劉克莊《行狀》）等等。而臚列包括筆記作品在内的各類著述之後，往往還會再加上一句“嗚呼！可謂博矣”云云，蘇頌所撰宋敏求神道碑、周必大所撰程大昌神道碑等都是如此。小説筆記作品成爲宋代士人博學的一部分證明，從以下三組碑傳的書寫中可見一斑：

宋敏求與范鎮。宋敏求見聞博洽,當時罕倫。[54]范鎮所撰《宋諫議敏求墓誌》中,除敘及宋敏求直諒孝友數事外,多半都是凸顯其博學之事,並論到"其爲文章,訓辭誥命皆有程範。朝廷典故,士大夫疑議,必就取正而後决。宋元憲公在河南,每諮以故實;歐陽文忠公致手簡通問,則自處淺陋,而以鴻博名公。家藏書三萬卷,日集子孫討論繙繹,以爲娱樂"云云。在不憚辭費地列舉了包括《三川官下録》《春明退朝録》等諸種述作之後,又論:"公以力學被遇,朝廷論撰未嘗不在選中。嗚呼!公之平生可謂無憾矣。"其小説筆記之書,也被作爲宋敏求"以文翰顯於時"的證明,巨細不遺地臚列出來。而范鎮本人,也以文學稱譽當時。蘇軾所撰《范景仁墓誌銘》中,特别頌揚"其學本於六經仁義,口不道佛老申韓異端之説。其文清麗簡遠,學者以爲師法",而"詔修《唐書》《仁宗實録》《玉牒》《日曆》《類篇》,凡朝廷有大述作大議論,未嘗不與"。以下詳列范鎮文集、兩制及學術著作,而不落《國朝事始》《東齋記事》等小説筆記之作。

程俱與程瑀。程俱爲兩宋之際著名文臣,"雅精史學"而"長於撰著",爲世所稱。程瑀所撰《行狀》特别推許其"該洽深邃之學,典雅閎奥之文",稱頌其"平生著述不可勝紀,已抱病,猶不輟,然憂深慮危,時時芟削焚棄,今所存者,《北山小集》四十卷、《麟臺故事》五卷、《默説》三卷"。而程瑀自己,胡銓所撰《程公墓誌》,又稱頌其"自少至老未嘗一日釋卷,夜分乃寐。博極群書,故其文閎深雅健,粹然自成一家",也詳列《詩話》《雜誌》等筆記作品於其諸種經解、史論、奏議、文集之後。

程大昌與周必大。周必大所撰《程公大昌神道碑》中極論程大昌之"嗜書"與"該洽",舉其《文集》等外,又論:"别有《演蕃露》六卷、《考古編》《易老通言》《易原》《雍録》四書各十卷、《北邊備對》六卷、《書譜》二十卷。取五十八篇互相發明,篇爲一論,抉隱正訛,尤有功於學者。嗚呼,公可謂博學篤志者矣。"而周必大身後,李壁所撰《周文忠公行狀》,也稱頌周必大"研精覃思,博極書傳""嗜書如饑渴",而詳列其文集、奏議等及筆記之書十餘種。樓鑰所撰《周公神道碑》中,列舉周必大文集、應制、奏議以及筆記作品,又論到"其行於世者已多,屬文之士傳誦以爲模楷。公之文不待讚揚,微至題跋之語,考古證今,歲月先後,通徹明白,讀者歎服。"特别從包括筆記、題跋等小微之作見其博雅。

與如上樓鑰論周必大之説相似,實際上,相對於經史典册、名家文集等,不棄小説小道之屬,在宋代的士人看來,尤其可稱是博學的一種展現。

以孫覿所撰汪藻墓誌爲例。《汪君墓誌銘》中論汪藻之博學云:

> 公博學强記,自六經、百家、太史氏之籍,先儒箋疏傳注之書,兵家、族譜、方言、地志、星經、曆法、佛老之衆説,與夫萬里海外蠻夷異域荒怪之序録,靡不記覽。山陰賀鑄方回,知名士也,亦寓晉陵,聚書萬餘卷。公日從之游,多得所未見者。凡伏臘衣食所須,盡以供筆札而録藏之。

極稱汪藻博覽群書，不棄小道異書，而“卒以大手筆稱天下。金華勸講，石室紬書。典册施之朝廷，樂歌薦之郊廟。鴻文碩學，暴耀一世。人知其名，家有其書。”

以上的書寫典型呈現了宋人的尚博觀念。經傳史乘之外的各類雜學雜著，被視爲士人知識體系有益的補充，而構成了所謂“博”的必不可少的一部分。特别是，宋人從經史百家到瑣言小説靡不畢讀的這一博極群書之風，除了那些名公巨卿，其實在位階較低或不爲時用的士人那裏，因爲少有立朝大節之行事，也並無主政一方的經歷，故而其博覽嗜學的一面，在其碑傳中也往往就更被有意突顯出來。

以樊仁遠所撰曾敏行行狀爲例。樊仁遠《浮云居士曾公行狀》中，稱其“嗜經史，善持論”，特别論到曾敏行：

> 博觀群書，上自朝廷典章，下至稗官雜家、里談巷議，無不記覽。

這裏“稗官雜家、里談巷議”相對於“朝廷典章”，更能見其“博觀”。曾氏因疾而放棄科舉，以蘇軾“讀書不求官”之言自勉自勵，刻意於學問。於筆記尤有興趣，“前言往行，多所記録，有《獨醒雜誌》十卷”。如楊萬里所論，其中“人物之淑慝，議論之予奪，事功之成敗，其載之無諛筆也。下至謔浪之語，細瑣之彙，可喜可笑可駭可悲，咸在焉”[55]。印證了樊氏在墓誌中所謂博觀群書而勤於記録的稱道之詞。

另外的例子，如袁燮所撰《先公行狀》與《先公墓表》。《行狀》中，袁燮稱述其父袁文自少時即博覽嗜學，而晚年“好書之意彌篤”，務學益勤，稱其：

> 自經史子集，下至稗官小説、奥編隱帙，多所記覽。好觀歷朝故事，既録其大者，又掇拾其小者，爲《名賢碎事餘》三十卷。

又有《甕牖閑評》之編：

> 凡制度之沿革，事物之原本，傳記之訛舛，風俗之變遷，先世之模範，與古今之善可法惡可戒者，咸在。每以爲高明之士，糠粃小學，非所以通類格物，故其讀書，雖以大體爲本，而節目纖悉，亦必精研。

在《墓表》中，也稱道袁文於“歷代史、諸子、若集及叢編小説，咸采取焉”，大體相似。袁燮肯定博覽小説筆記之書的意義，而特别轉述其父袁文本人對小説小道之屬的正面態度，對那些所謂“高明之士”進行了反駁。這裏袁氏《行狀》與《墓表》中的書寫，與以上樊仁遠《曾公行狀》及楊萬里《獨醒雜誌序》的議論幾乎如出一轍，正體現了宋代士人一致的觀念和書寫方式。

五、结　　语

上文以宏觀的視角,著眼歷史演變,對作爲"小説"的筆記作品在士人碑傳這一特殊載體中的書寫情況,較爲全面地梳理一過並進行了分析,從一個側面,考察了宋代士人的筆記觀念及筆記之作在宋人著述中的位置。

綜而言之,宋代以前士人碑傳中論列小説筆記者鮮見,宋代以後則趨於普遍。一方面,這當然跟碑傳的書法義例有關。宋代以前的墓誌寫作高度格式化,基本都遵循明人王行所謂"十三事"的内容與順序撰寫。唐代以前甚至幾乎不敘著作,到唐代敘及著作者始漸普遍。宋代士人的墓誌寫作則並不如此循規蹈矩,而呈現出諸多新變,包括對家族世系書寫的弱化,與表彰墓主本人事跡的增强。[56]特别是,强調誌主的職業成就在宋代以後成爲墓誌書寫普遍化的方式。宋代墓誌相對唐人也更注重細節[57],不憚於長篇累牘地敘述其人其事和詳盡羅列各類著作。因此,論列著作成爲宋人碑傳中幾乎不可缺少的内容,而小説筆記之作也由此得以忝陪末座。

另一方面,則密切關涉文人學士對於筆記類作品的觀念。宋人對於小説筆記作品的認知和態度雖然有一定複雜性,總體上則在"君子弗爲"與"必有可觀"兩者之間傾向了後者,於是小説筆記之作,在士人碑傳中也與經解、史著、制誥、奏議等經世之文並舉同列了。宋人筆記中,當然記録奉使交聘、經略一方、職官制度之類的筆記作品,很大程度上呈現着士人躬身王事、經世致用的一面,在碑傳中被論列表彰似乎宜乎其然。那些雜記日常耳目所接甚至鬼神夢卜的筆記作品,則或者被賦予補史或教化的公共價值,或者作爲士人博覽嗜學的證明,也成爲了表彰傳主學術的一個部分。

當然,以上碑傳中論列筆記的書寫,從宋人筆記數量在千種以上的這一總體規模[58]看,實在不算普遍,雖然受限於資料的佚存,其實也仍可推想其占比不會很高。從現存可見的碑傳看,名臣筆記,如江休復《嘉祐雜誌》,歐陽修所撰《江鄰幾墓誌銘》不及;而歐陽修《歸田録》,吴充所撰歐陽修《行狀》、蘇轍所撰《神道碑》、韓琦撰《墓誌銘》皆不及。田況《儒林公議》,王安石所撰田況《墓誌銘》,范純仁所撰《神道碑》,也都無論列。一般文人學者的寫作,如何薳《春渚紀聞》,王洋所撰《隱士何君墓誌》不及。鞏豐《後耳目志》,葉適所撰《鞏仲至墓誌銘》不敘,葉適所撰《周君南仲墓誌銘》,也不及周南《書塢從録》《山房雜記》等。趙孟堅《從伯故麗水丞趙公墓銘》,也不敘趙與旹《賓退録》。等等,無法詳舉。士人碑傳中不及小説筆記之作本是常態,即在宋代也仍然如此。小説筆記之屬,在以鑽仰經旨爲務、以通經學古相尚的宋人那裏,畢竟還不能在其著作體系中占到重要的位置,因此如上所舉的筆記作品不被寫入其碑傳中,也並不讓人意外。小説筆記之作在士人碑傳中論列與否,可説正是宋人的觀念變革中小説筆記一體矛盾處境的外化呈現。

(作者單位:香港浸會大學孫少文伉儷人文中國研究所)

① 歐陽修《新唐書・藝文志》重理四部，特別將前代書目中隸屬史部的一些作品移入子部小説家類：在《隋書・經籍志》《舊唐書・經籍志》史部雜傳類所録，如《搜神記》《幽明録》《齊諧記》《述異記》《冥祥記》等志怪、果報之屬，以及《崇文總目》中雜史類如《闕史》《逸史》，傳記類如《甘澤謡》《常侍言旨》《劉公嘉話録》《玉泉子》《譚賓録》《芝田録》《桂苑叢談》等，都被黜落，而歸入子部小説家類中。

② 對於各方立場下士大夫身後形象的塑造，可參唐雯《蓋棺論未定：唐代官員身後的形象製作》(《復旦學報》2012 年第 1 期)一文的論述。

③ 陳尚君《新出石刻與唐代文學研究》，氏著《貞石詮唐》，復旦大學出版社，2016 年，第 14 頁。

④ 吴訥《文章辨體序説》，人民文學出版社，1962 年，第 53 頁。

⑤ 蕭統編《文選》卷六〇，上海古籍出版社，1986 年，第 2584 頁。

⑥ 李富孫《汉魏六朝墓铭纂例》卷四，行素草堂金石叢書本。

⑦《中書令秘書監兖州刺史鄭羲碑》，嚴可均編《全上古三代秦漢三國六朝文・全後魏文》卷五八，中華書局，1958 年，第 7602 頁。

⑧ 葉國良《石學蠡探》，大安出版社，1989 年，第 118 頁。

⑨ 詳參《魏故侍中太保特進使持節都督雍華岐三州諸軍事雍州刺史安豐王謚曰文宣元(延明)王墓誌銘》，趙超輯《漢魏南北朝墓志彙編》，天津古籍出版社，1992 年，第 286—289 頁。

⑩ 崔瑗《河間相張平子碑》，嚴可均編《全上古三代秦漢三國六朝文・全後漢文》卷四五，第 1438 頁。

⑪ 蕭繹《中書令庾肩吾墓誌》，嚴可均編《全上古三代秦漢三國六朝文・全梁文》卷一八，第 6109 頁。

⑫ 以上諸人墓誌銘，主要賴《藝文類聚》保存，除蕭子顯、庾肩吾墓誌外，皆爲全篇韻文，與《文選》所收唯一一篇墓誌《劉先生夫人墓誌》相同。從古至今，不乏有學者認爲，其文並非完篇，是去志選銘的結果，只保留了銘文部分，不過清代學者也頗以爲"此志銘之一例"(李富孫)、"齊梁墓銘似此式者，十有八九"(吴镐)。詳參程章燦《讀任昉〈劉先生夫人墓志〉並論南朝墓志文體格》，趙福海等編《昭明文選與中國傳統文化：第四届文選學國際學術研討會論文集》，吉林文史出版社，2001 年，第 433—440 頁。

⑬ 葉國良《石學蠡探》，第 118 頁。

⑭ 對照《全唐五代筆記》《中國文言小説總目提要》等，主要翻檢了周紹良《唐代墓誌彙編》《續編》以及《全唐文》《全唐文補遺》《全唐文補編》諸書。

⑮ 權德輿《唐故中大夫守尚書工部侍郎兼御史大夫史館修撰上柱國賜紫金魚袋充吊贈吐蕃使贈禮部尚書張公墓誌銘》，《權載之文集》卷二二，國家圖書館藏宋蜀刻本。

⑯ 顔真卿《唐故容州都督兼禦史中丞本管經略使元君表墓碑銘》，《全唐文》卷三四四，中華書局，1983 年，第 3495 頁。

⑰ 寧稼雨《中國文言小説總目提要》，齊魯書社，1996 年，第 104 頁。

⑱ 孫望《中國古代小説述略》，氏著《孫望選集》，南京師範大學出版社，2002 年，第 86 頁。

⑲ 伊沛霞等編《追懷生命：中國歷史上的墓誌銘》第九章，上海古籍出版社，2021 年，第 74 頁。

⑳ 李昉《大宋故静難軍節度行軍司馬檢校工部尚書東海徐公墓誌銘》，徐鉉《徐公文集》附，徐乃昌校刻南宋明州公庫本。

㉑《宋金紫光禄大夫左散騎常侍上柱國東海縣開國伯食邑七百户責授静難軍節度行軍司馬徐公年七十六行狀》。按，《行狀》爲徐鉉門人胡克順撰，詳參李文澤《徐鉉行狀撰人考》，《古籍整理研究學刊》1990 年第 2 期。

㉒ 傳統多沿襲所謂《太平廣記》成書後貯版太清樓，因而宋人多未見之説，事實上它在兩宋流傳頗廣，可參張

國風《〈太平廣記〉在兩宋的流傳》(《文獻》2002 年第 4 期)、凌郁之《〈太平廣記〉的編刻、傳播及小説觀念》(《蘇州科技學院學報》2005 年第 3 期)等所論。並且,《太平廣記》的編纂事件本身對宋人的小説筆記的觀念及其寫作就很有意義。

㉓ 舊題袁褧《楓窗小牘》,《全宋筆記》第四編第 5 册,大象出版社,2008 年,第 215 頁。

㉔ 晁公武撰、孫猛校證《郡齋讀書志校證》卷一三,上海古籍出版社,1990 年,第 555 頁。

㉕ 李昉《周故少師王公神道碑》,張維編《隴右金石録》卷五,1943 年印,第 11 頁。

㉖ 晁公武撰、孫猛校證《郡齋讀書志校證》卷六,第 258 頁;陳振孫《直齋書録解題》卷七,上海古籍出版社,1987 年,第 199 頁。

㉗ 晁公武撰、孫猛校證《郡齋讀書志校證》卷八,第 349 頁。

㉘ 蘇頌《龍圖閣直學士修國史宋公神道碑》,《蘇魏公文集》卷五一,中華書局,1988 年,第 775 頁。

㉙ 范鎮《宋諫議敏求墓誌銘》,杜大珪編《新刊名臣碑傳琬琰之集》中集卷一六,國家圖書館藏宋刻元明遞修本。以下版本同,不詳注。

㉚ 杜大珪編《新刊名臣碑傳琬琰之集》下集卷二。按此《筆録遺逸》當即《郡齋讀書志》《直齋書録解題》等所著録的王曾撰《筆録》一卷,也即通行所題《王文正公筆録》,與王皥所記《王沂公言行録》別爲一書。

㉛ 參《新刊名臣碑傳琬琰之集》上集卷七。

㉜ 參《新刊名臣碑傳琬琰之集》上集卷五。

㉝ 參《新刊名臣碑傳琬琰之集》中集卷一八。

㉞ 顧宏義《宋代筆記録考》,中華書局,2021 年。

㉟ 郭茂育、劉繼保《宋代墓誌輯釋》,中州古籍出版社,2016 年。

㊱ 何新所《新出宋代墓誌碑刻輯録》北宋卷、南宋卷,文物出版社,2019 年、2020 年。

㊲ 爲引述方便,對於行狀、墓誌、墓表、神道碑過長之題,則節略結銜信息等。以下同。

㊳ 曾棗莊、劉琳主編《全宋文》卷四八,上海辭書出版社、安徽教育出版社,2006 年,第 176 頁。以下表中碑傳文内容出自《全宋文》者只標注卷數,出自他書者則詳細注明。

㊴ 洪邁《容齋隨筆》卷首,中華書局,2005 年,第 1 頁。

㊵ 李肇《唐國史補》,上海古籍出版社,1957 年,第 3 頁;歐陽修《歸田録》,中華書局,1981 年,第 36 頁。

㊶ 參劉浦江《宋代使臣語録考》,氏著《宋遼金史論集》,中華書局,2017 年。

㊷ 洪适《先君述》,《全宋文》卷四七四四,第 214 册,第 15 頁。

㊸ 蘇頌《龍圖閣直學士修國史宋公神道碑》,王同策等點校《蘇魏公文集》卷五一,第 775 頁。

㊹ 范祖禹《趙樞密贍神道碑》,《新刊名臣碑傳琬琰之集》上集卷二七,圖家圖書館藏宋刻元明遞修本。

㊺ 錢惟演《金坡遺事序》,胡耀飛點校《錢惟演集》,浙江古籍出版社,2014 年,第 55 頁。

㊻ 程俱《進麟臺故事申省原狀》,張富祥校證《麟臺故事校證》,中華書局,2000 年,第 5 頁。

㊼ 李肇《翰林志》,洪遵編《翰苑群書》上,知不足齋叢書本。

㊽ 吕叔湘繼承李肇、歐陽修的觀念而提出所謂筆記"正體"之説,諭道:"或寫人情,或寫物理,或記一時之諧謔,或敘一地之風土,多半是和實際人生直接打交道的文字,似乎也有幾分統一性。隨筆之文似乎也本來以此類爲正體。"參見吕叔湘《筆記文選讀》序言,文光書店,1946 年,第 2 頁。

㊾ 費袞《梁谿漫志》,金圜點校,上海古籍出版社,1985 年,第 4 頁。

㊿ 李劍國《宋代志怪傳奇敘録》,南開大學出版社,1997 年,第 173 頁。

51 范鎮《東齋記事自序》,汝沛(即裴汝誠、許沛藻)點校《東齋記事》,中華書局,1980 年,第 1 頁。

52 宋敏求《春明退朝録》卷首,中華書局,1980 年,第 1 頁。

53 何新所編《新出宋代墓誌碑刻輯録》(北宋卷),文物出版社,2019 年,第 103、196、241 頁。

㊴ 司馬光《河南志序》,《全宋文》卷一二一七,第56册,第113頁。

㊵ 楊萬里《獨醒雜誌序》,曾敏行《獨醒雜誌》,上海古籍出版社,1988年,第2頁。

㊶ 唐宋士人的碑傳寫作態度、寫作重點及其價值觀念均存在相當大的差異。柏文莉(Beverly Bossler)所撰《權力關係:宋代中國的家族、地位與國家》第一章"歷史變遷與史學轉型"、伊沛霞(Patricia Buckley Ebrey)等編《追懷生命:中國歷史上的墓誌銘》的《前言》中,對其差異有細緻的比較研究。詳參柏文莉《權力關係》,劉云軍譯,江蘇人民出版社,2015年,第9—28頁;伊沛霞等《追懷生命:中國歷史上的墓誌銘》,第1—20頁。

㊷ 柏文莉《權力關係:宋代中國的家族、地位與國家》第一章,江蘇人民出版社,2015年,第13頁。

㊸ 參顧宏義《兩宋筆記研究》,大象出版社,2020年,第12頁。

宋代日記體行記中的史地考證

吴晉邦

行記昉自兩漢，魏晉以降已頗成規模，史地考證一直是其中的重要内容。[①]"泛覽周王傳，流觀山海圖"(陶潛《讀山海經》)，旅人平日從典籍中獲得的史地知識，正可在現實行旅中得到印證。外國行記富於對殊方風土的記録，僧人行記多有對釋教神跡的景仰，文臣行記則充滿對歷史遺跡的追思。李德輝認爲，先唐行役記、交聘記已形成了"'紀行文字＋景點記述＋民間傳説'的敘述結構"[②]。民間傳説往往即對該地點的歷史詮釋，史地考證此時已是行記中不可或缺的要素。自李翺《來南録》起，排日記程的行記開始增多，並在宋代逐漸占據主流地位。宋前行記主要以行程爲綱，日記體行記則以時間作爲節點，往往紀事較密，鋪敘更詳，其中的史地考證也具有自身的特徵，達到了較高水平。就行記而言，"宋人幾乎窮盡了這一文體所有的可能性，後世之作莫或逾此"[③]，陸游《入蜀記》、范成大《吴船録》等宋人名作皆垂範後世，影響深遠。

日記體行記在宋代臻於成熟，其發展歷程頗受學者重視。史地考證作爲重要組成部分獲得較多關注，對陸游《入蜀記》、范成大《吴船録》等名作的研究尤多。四庫館臣已將史地考證視作行記中獨特而最富價值的一點，當代學者則進一步發揚此論，或指出史地考證的文化認同意識、凸顯人文性質的作用[④]，或討論其與詩歌的關係[⑤]，對南宋行記中史地考證的意義詳加論述。學者已揭出張舜民《郴行録》首次大量引考證入行記的意義，對周必大行記、樓鑰《北行日録》等其他行記中的史地考證皆有闡發。[⑥]在對宋人行記景觀書寫的討論中，史地考證這一要素也受到重視。[⑦]

《四庫全書總目》評陸游《入蜀記》云："游本工文，故於山川風土敘述頗爲雅潔，而於考訂古跡尤所留意……其他搜尋金石、引據詩文以參證地理者，尤不可殫數，非他家行記徒流連風景、記載瑣屑者比也。"[⑧]今日觀之，如此立論或過於强調徵史求實在文學與行旅中的意義，抹煞了古人探索自然地理、抒寫個人性靈等諸多方面的成就。然這一評論確實彰顯出古人心目中史地考證對於行記的重要性。如果缺乏考訂類内容，那麽一篇行記便成爲瑣屑之作，足見史地考證在當時被賦予的意義。綜合考察史地考證在宋代行記中的發展過程，探索看似客觀的考證背後的作者微意、時代心理，對我們更好地把握宋代行記當不無裨益。

一、兩宋行記中史地考證的發展

本文所述的史地考證,即對一地的歷史進行稽考辨析。所針對的範圍可大可小,可以是路府州縣等廣域的行政區劃,也可以是山嶽溪湖、亭臺寺觀等具體的地點。對行政建制的歷史考證主要涉及此地名及指涉範圍在歷史上的演變,即沿革;對自然地貌、人工建築的歷史考證主要涉及與當地相關的歷史事件,也即史跡。清人總結宋代行記謂:“宋人行役多爲日録,以記其經歷之詳。其間道里之遐邇、郡邑之更革有可概見,而舉山川、考古跡、傳時事,在博洽者不爲無助焉。”⑨“郡邑之更革”,即區劃沿革考;“舉山川、考古跡”,則是史跡稽考。二者共同組成了廣義上的史地考證,彼此的性質、效果則不盡相同。

行者在旅途中所面對的多爲前所未睹之境,自然地貌固能對其有所觸動,已有的關於此地的知識則往往能够提供别樣的意義、引發行者的慨歎,“挖掘空間的歷史含義成爲填補空間空白的重要策略”⑩。宋前行記以僧人行記、文臣隨征記及交聘記居多,前者富於僧侣對某地佛陀遺跡或故事的想象,後者多有對自己此前未見、在典籍中獲聞的古代遺跡的介紹。陶潛《贈羊長史》:“賢聖留餘跡,事事在中都。豈忘游心目,關河不可踰。……路若經商山,爲我少躊躇。多謝綺與角,精爽今何如?”⑪對生長南方的六朝人而言,所處的空間與典籍中常述及的空間頗有落差,四皓所居的商山便是南人罕能游覽之地。這種陌生感及其引發的求知欲,正是史地考證的重要誘因。在漢魏六朝行記中,史地考證、見聞逸事均爲重要内容,個人抒懷也屢有出現,這正是行記較同時代紀行賦的獨特之處。⑫

史地考證在行記中雖歷史悠久,但在最初的日記體行記中並没有得到沿用。李翺《來南録》作爲現存的第一篇按日記程的行記⑬,向以簡潔著稱,不足千字的篇幅便囊括了從洛陽至廣州的數千里路程。大部分日期下僅有行程記録,且許多日期闕而不記,僅在蘇州、杭州等零星幾地留下了記游的閒筆。在這樣的體例下,個人行履尚不能一一備述,與現實關聯較少的史地考證更無從進入日記。研究者已指出早期日記與官方日曆關係密切,《來南録》撰於李翺任史館修撰三年後,其獨特的行文風格與作者的史職經歷、古文傾向皆有關聯。⑭“録”本爲史部之一體,官方日曆要求可靠地記載當日之事,重心在於當下。史地考證作爲將過往引入當下的敘述,常因感懷而發,是與現實無關的閒筆,並不影響到每日行事,此時並未在日記中出現。就此而言,新的日記體制對内容有一定限制。⑮

這種傾向一直延續至宋初。無論在路振《乘軺録》、陳襄《使遼語録》等出使契丹的行程録中,還是在歐陽修《于役志》等個人行記中,史地考證的分量都微乎其微。路振《乘軺録》内有限的幾條史地考證中,“國業寺石經院,唐舊寺也”出自遼國官員的介紹,而非作者自發;幽州各坊“並唐時舊名”也是對所見的解釋説明,文字簡略,考證的意味還很少。⑯被認爲對《于役志》具有啓發意義的謝絳《游嵩山寄梅殿丞書》,排日記敘嵩山之游,其間只有一條“訪石堂山紫雲洞,即邢和璞著書之所”⑰可稱史地考證,實則也是對紫雲洞的解釋説明。歐陽修《于役志》被視作又一部日記史上的里程碑之作,其行程較李翺縮短一半有餘而文字數倍之,内容擴充甚多。前人或謂之"酒肉賬簿",亦有學者認爲歐陽修在文字剪裁上詳略不苟,所記皆有深意。[18]無論歐陽修用意如何,《于役志》中諸多與行程本身關係不大的文字都體現出文體的發展、内容的擴充。歐陽修赴夷陵途中,淹留淮海,上泝大江,所經之地多爲人文淵藪,古跡衆多。然以歐公之博洽,僅留下了這樣一條史地考證相關的文字:

> 甲申,與君玉飲壽寧寺。寺本徐知誥故第,李氏建國,以爲孝先寺,太平興國改今名。寺甚宏壯,畫壁尤妙,問老僧,云周世宗入揚州時以爲行宫,盡朽漫之。惟經藏院畫玄奘取經一壁獨在,尤爲絶筆,嘆息久之。[19]

全篇僅此孤例,究竟是隨意下筆還是内有指涉,已難指實。此時期史地考證還遠非日記的常態,日記在《來南録》簡潔記事的基礎上首先增加的是作者的日常活動,而非與現實無涉的史地考證,歐陽修此條考證也與所賞玩的壽寧寺壁畫有關。唐前行記多以路程爲綱,便於展開對一地歷史的回溯。早期日記每日記載都較簡潔,與當日行程關係不大的史地考證作爲一種插入的閒筆與紀實之言頗有距離,這一定程度上也造成其數量稀少。

日記與史地考證之間的隔膜在元祐前後得以打破。梅新林等指出張舜民《郴行録》是日記體游記中"上承下啓的奠基之作","形成文學描繪中兼具史地考辨的特有風格",其説甚確。[20]通行的知不足齋叢書本、四庫本《郴行録》全篇共 67 條,涉及史地考證者多達 30 條。劉芳從宋人著作中勾稽出今本《郴行録》缺失或不全的條目 23 條,涉及史地考證者 13 條,比例大致相當。[21]較之《于役志》,《郴行録》中的史地考證已成爲隨處可見的元素。《郴行録》的轉型並非孤例,同時的其他幾種行記也呈現出類似特徵。張禮元祐元年(1086)的《游城南記》、盧襄元符三年(1100)的《西征記》,形式各異,體例不一,但都呈現出内容擴充的嘗試。《游城南記》賡續《水經注》正文、注釋結合的模式,輔之以排日記程,將地書的書寫模式融入日記體行記之中,雖所涉旅程不長,但在整個行記的歷史上都頗爲特别。《西征記》作者形象尤爲鮮明,以駢儷句式發幽情遠韻,輔以自作的歌詩、騷體,可視作對傳統紀行賦的摹擬。在行記規模擴充、内容豐富的同時,文體錯綜、尚未定型的特徵也很明顯。《郴行録》附作者詩作若干,以"詩曰"的形式單獨呈現,詩文尚未融合;《游城南記》中的史地考證與紀事間也頗有距離;《西征記》亦備衆體,近於傳奇小説。日記體行記的形制此時雖尚未底定,但史地考證作爲行記中大宗文字的地位已經確立。

在日記擴容的過程中,增加最多的文字即屬史地考證。《郴行録》外,張禮《游城南記》對長安唐代遺跡的密集考訂毋庸多言,盧襄《西征記》也幾乎每段都有對一地名勝及人物的感懷。在中唐至宋初行記中罕覓的史地考證,一變而成爲行記中出現最多的内容之一。這與地志的人文轉向相輔相成。大中祥符以後,州府編纂圖經皆需選用文學官校正,意味着傳統的官方地理檔案逐漸人文化。[22]文學官影響着圖經、地志的修纂，而各地圖經也豐富了文學作品中對地方的書寫。如張舜民考岳陽樓，便利用了當地圖經："據《圖志》，岳陽樓經始於張燕公，終唐之世屢圮，皆完葺。"[23]岳陽樓是天下名樓，張舜民亦需參考圖志來進行考察；對於其他僻地，作者對圖志的依賴度當更高。史地考證需要豐富的相關知識，行者自身的記憶通常有限，且對陌生地區的掌握常有不足，當地流行的傳言又有不經之虞。各州縣皆加修纂、便於閲覽，且日益富於史事軼聞的圖經、方志，無疑是史地考證的上佳來源。

宋代行記與其中的史地考證皆在南宋孝宗朝前期達到巔峰。從隆興元年(1163)到淳熙四年(1177)的短短十五年間，陸游、范成大、周必大、吕祖謙、樓鑰、周煇留下了 13 部行記，不乏傑作，史地考證在其中多占據重要地位。紹興九年(1139)鄭剛中《西征道里記》中的各部分内容已能組合有機，文體圓融，周必大、陸游、范成大等人的行記藝術則更爲精熟。當這批行者踏上旅途時，他們不僅矚目於山川形勝、抒發多元的感想，同時也受到歐陽修、張舜民等前輩的影響，在行經同一地時與其展開對話。體制成熟、前人垂範，中興士人自然可以進一步發揚這種新興的文體。乾道、淳熙間正是中興士人壯年之時，於仕途則爲官有年，遷轉頻繁，具有旅行的需求與條件；於文學則風格漸備，尚未頽然，才情、逸興皆正當時。淳熙三年以降行記即少有新作誕生，這充分説明中興士人對行記熱潮的重要作用。這一代士人此後尚活躍於世三十餘年，却並無新作，其境遇的改變肇致了行記高峰的逝去。周必大在隆興、乾道的十年間有日記體行記五部，皆爲奉祠還鄉、居鄉游歷、赴京任職中所作，此後官位日高，政事日繁，竟無嗣作。范成大淳熙中即已告病歸隱石湖，不再有身行萬里的機會；陸游淳熙中退歸山陰，雖此後仍出任數職，其心境終與壯年赴蜀時不同。隨着中興作家群體的老去，持續一時的行記熱潮也漸偃息。

雖有圖經、地志等可供參照，史地考證對作者的才識要求仍然甚高。南宋諸家中，陸游撰有《南唐書》，是史學大家；范成大參與編纂《吴郡志》《桂海虞衡志》，熟稔史地掌故，致力於地方書寫[24]；樓鑰則"於中原師友傳授悉窮淵奥"[25]，對故國風物、歷史沿革瞭解深入。現存宋人日記中，孝宗朝以後涉及史地考證的行記只剩下程卓《使金録》、嚴光大《祈請使行程記》兩種，不僅數量稀少，内容上也往往不越《北行日録》《攬轡録》的藩籬，不足與此前諸作相提並論。淳熙三年周煇《北轅録》中的史地考證内容基本照抄《北行日録》，語意、表達皆少有更改。程卓《使金録》一書，四庫館臣批評其"簡略太甚，不能有資考證"[26]，實則此書中大量文字乃抄撮范成大北行詩的自注而成。[27]《使金録》抄撮塞責的現象是一件個案，但也提醒我們並非所有人皆有撰寫行記、考訂史地的興趣。

乾道、淳熙年間的經典作品爲後世樹立起了典範，將宋人屢經之地題寫備至，也使踏上同一征程的後來者難以爲繼，此後的行記逐漸陷入低谷。時過境遷、地域與政局皆發生重大改變之後，這一文體纔再次湧現佳作，其形制則不脱宋代行記的藩籬，史地考證也一直在其中占據重要的地位。

二、並非客觀:沿革考的正誤與微意

行記中的區劃沿革考總體來説遠少於對自然、人文景觀歷史的追溯,晉唐以來莫不如此。山川名勝本爲游覽奥區,行者身臨其境,容易觸發歷史思索,區劃沿革則缺乏這樣的觸發媒介。同時,輿地沿革屬於專門之學,其普及性顯然不如題寫名勝的詩歌、爲士人熟知的正史。考慮到宋前的出版能力、傳播情況,卷帙浩繁的地理總志並不易得,這在很大程度上限制了此類知識的流播。宋代以來,隨着印刷術的發展,地志、圖經一類文獻的獲取難度大大降低,地理知識的積累與創新皆進入新的階段。[28]宋人對地志修纂興趣很高,現存的古代大型地理總志中半數皆出兩宋,各州縣官紳又著意加修地方圖志。區劃沿革類内容大爲豐富的同時,也促進了行記中沿革考的發展。[29]

一般而言,對各地名勝的歷史考察是較爲主觀開放的,有較大的闡釋空間,也受到研究者的重視。行政建置屬於國政的一部分,通常記載較爲清晰,爭議較小。職是之故,行記中涉及區劃沿革的部分,常被視作行者重視歷史、考據成癖的表現,較少受到追究。實則行記中的區劃沿革考證與歷史上的實際沿革並不等價,無論是誤記、錯考等無心之失,還是寄託情感的主觀曲解,行記中的沿革考與史實都有很多出入。作者在旅途中何以選取此地進行考證,在考證中何以取此説而忽略彼説,背後都時常隱含着作者的微意。

行記中特意拈出加以考證的,多爲作者别有會心之處,圖經、傳聞等外部信息往往只是一種參考。行記本不若專門的史書、地理著作嚴肅,考證文字常有隨意性,難以要求其纖毫靡遺,記敘疏漏皆屬常事。如陸游《入蜀記》:"二十一日過繁昌縣,南唐所置。初隸宣城,及置太平州,復割隸焉。"[30]似繁昌縣初屬宣州,後歸太平州。然二十四日到池州後,陸游又感慨云:"蓋南唐都金陵,故當塗、蕪湖、銅陵、繁昌……凡十一縣,皆隸畿内。"[31]顯然陸游是瞭解南唐時期繁昌曾直隸金陵這一點的,但這在二十一日的日記中並未體現出來。總體而言,行記中的沿革考爲我們留下了許多關鍵的史地信息,其意義不言自明,但相關觀察也並非盡皆客觀真實,這在無意於從事專門考證的作者身上尤爲明顯。[32]不妨以張舜民《郴行録》中的一條考證爲例:

> 壬辰,次虹縣。"虹"當爲"紅",《漢書》所謂"紅陽侯立"是也,訛而不改,遂謂之虹。[33]

將"虹縣"與"紅陽侯"聯繫起來,體現出張舜民對地名與史籍的敏感程度,但這條考證實誤。紅陽侯所關涉的紅陽侯國隸荆州南陽郡,漢成帝河平二年(前27)設;虹縣隸豫州沛郡,西漢中期已設,年代遠在紅陽侯國之前。二者相隔遼遠,並無任何淵源。但這一詮釋也並非空穴來風。《左傳》中昭公八年"大蒐於紅"的紅地,前人多認爲地望在虹縣附近;

漢景帝、武帝間沛郡又有紅侯國。《水經注》將紅地與虹縣視作一地："杜預曰：'沛國蕭縣西有紅亭。'即《地理志》之虹縣也。"[34]張舜民即本此意。虹縣《漢書·地理志》中作虹縣，王莽時改貢縣，東漢改虹縣。虹音绛，又音貢，則該地似並非由紅侯國改爲虹縣，也稱不上"訛而不改"。張舜民此論頗能體現出其經史學養，可惜將紅侯與紅陽侯相混淆，導致所論不確。而南宋周煇行經此地時在《北轅録》中留下了如出一轍的記載："《漢書》'紅陽侯立'是也，訛而不改，遂名爲虹。"[35]這恰恰暴露了周煇《北轅録》大量因襲前人行記、不辨訛誤之處。

又《詳注昌黎先生文集》引張舜民《南遷録》(按即《郴行録》)，謂潭州"在漢爲東郡，梁隋爲湘州，乾寧中馬殷自邵州刺史入據，遂爲武安軍"。[36]此處的東郡不知其所指，姑置不論。湘州爲南朝時所設，入隋即廢，無"隋湘州"；唐末潭州升武安軍事在光啓二年(886)，在乾寧之前。馬殷入據長沙時並非邵州刺史，斯時潭州爲武安軍亦已八年之久，二者間没有直接聯繫。從上述案例中，可見對於《郴行録》中有沿革考證文字的地點，張舜民確實具備不少相關知識，可能也參考了當地圖經，基本掌握了當地建置史上的重要事件，但落實到細處仍較爲模糊，多有不確。《郴行録》是第一部大量記載史地考證、軼事異聞的日記體行記，作者並未特別留意這些文字的準確性。

南宋以來，史地考證日盛，行記中的沿革考也更趨精審。陸游在《入蜀記》中考察皖江地區南唐所設諸州縣尤詳，水平甚高，與其南唐史大家的身份相應。不過即便如陸游這樣淹通史學、重視考證，所論亦時有未當，足見史地考證之難度。如陸游認爲蕪湖縣"至東晉乃改名于湖，不知所自"。[37]實則終晉一代，蕪湖縣一直存在，並未改名于湖。《宋書·地理志》："于湖令，晉武帝太康二年分丹楊縣立"。[38]于湖縣與蕪湖縣並非同一建置的異名，而是同時並存的兩個縣邑。于湖、蕪湖縣後並廢，南唐重設的蕪湖縣包括了部分于湖縣的舊地，故陸游行經蕪湖，見到史書記載位於于湖的遺跡，即以于湖、蕪湖爲一地，實則不然。又如陸游行經荆江時，認爲石首、枝江、宜都皆爲唐代設縣，實則枝江漢時即隸南郡，爲荆州地區最古老的縣份之一；石首爲縣始於晉，宜都縣設於南朝，雖中有興廢，然皆非唐代始設縣。區劃沿革作爲專門之學門檻較高，疏誤在所難免。行記中的名勝考遠多於沿革考，一定程度也源於二者的難易之别。

上述案例皆非作者本意致誤，而使北行記中的一些説有未諦的沿革考則往往與作者的情緒相應。路振《乘軺録》考遼上京臨潢府："北至上國一千里，即林胡舊地，本名林荒。虜更其名曰臨潢府，國之南有潢水故也"。[39]臨潢之名係改林荒而來，此説法未見於其他文獻之中。林胡所處的時代距五代已近千年，林荒之名是否保存至此，大可懷疑；遼天顯十三年(938)改皇都爲上京，定府名爲臨潢，遼人用意當與林荒無關。《乘軺録》中的記述將臨潢府視作直承林荒而來，意在將遼國政權與千年前的北方游牧政權相聯繫，視其爲禍亂北疆的落後部族而非平等的鄰國。這是路振輕蔑遼國歷史文教的體現，與臨潢府的實際沿革頗有差異。這條考證情緒較爲明顯，而在看似平實的沿革敘述中，有時也隱含着作者

的微意。樓鑰《北行日録》十二月十五日條:

> 相即河亶甲所居,魏文帝、後趙石季龍、前燕慕容雋、北齊皆都焉。……北行沙中,又數里,復渡一小橋,即漳支流也。回望鄴鎮有塔,古都皆在其地,聞魏銅雀臺故基猶在。昔爲縣,虜以爲鎮矣。[40]

鄴城作爲魏晉北朝的繁盛都會,隋唐以來地位屢降。以樓鑰的敘述,金政權入主中原後,此千年古縣遂廢爲鎮。雖無更多抒情,而懷悼之意寓焉。然而考證史地頗爲精細的《北行日録》此處實有問題,鄴縣被廢並非在金代,而在北宋。熙寧變法時曾進行過一次規模較大的州縣裁併運動,以期裁撤冗官、紓解民困。宋神宗早已認爲"河北大抵立州縣太多"[41],河北地區古縣甚多,轄域偏小,是裁併運動的主要執行區。在此背景下,鄴縣乃於熙寧六年(1073)省入臨漳縣。樓鑰此處或許只是誤記,但將鄴縣的廢棄置入金代,無疑與南宋行者一貫的情緒相契合。南宋使北行記中常見的寫作模式即是記録曾經繁盛的中原地區在異族統治下的衰落破敗,每一部行記中都有不少這樣的表述。這些記載固然是對時景的一手記録,然失真之處也在所難免。[42]行政區劃承載着重大的政治意義,其變更同樣是行者所重視之處。"虜改爲……"是使北行記中的慣用模式,"虜以爲鎮矣"則是對此模式的自覺沿用。鄴縣由繁華而衰敗、廢棄的漫長過程,在《北行日録》中被置入異族政權統治下北方日益凋敝的敘事模式中,由一樁個案變成宏觀話語中的組成部分,與行記中花石綱的棄置、東京宫室的頹圮一樣,隱含着文明爲異族所毀棄之意。這種表達模式在使北行記中經久不衰,這條有誤的考證能够很好地融入其中,在激發讀者感懷的同時,也隱没了自身的不當。

不僅北行諸記存在這樣的微意,《入蜀記》中的沿革考往往也有面向現實的指涉。如陸游於青陽縣云:"蓋南唐都金陵,故當塗、蕪湖、銅陵、繁昌、廣德、青陽並江寧、上元、溧陽、溧水、句容凡十一縣,皆隸畿内。今建康爲行都,而纔有江寧等五邑,有司所當議也。"[43]青陽爲池州小邑,陸游於此突然引出大段的關於南唐金陵轄境的感慨,實則追溯南唐的京畿建置,即吁本朝當擴大建康行都的管轄範圍,勠力北伐而不只坐保東南。陸游久倡定都建康以圖恢復,所謂"孤臣老抱憂時意,欲請遷都涕已流"(《登賞心亭》),此處的沿革考實際上在爲其政治設想張目,其他的南唐沿革考也間有這樣的考量在内。

由於自身的難度、作者知識結構的限制,和名勝考相比,沿革考在宋代行記中占比不算太高,内涵則頗爲豐富,體現出時人的史地水平與心理關切。元代以降,隨着印刷業的發達、知識的普及,輿地知識日漸易於獲得,行記中的輿地考出現頻率亦有提高,對專業的史地研究也頗有裨益。如清代中前期的西域行記、日記,便成爲乾嘉以來西北史地研究的先驅。[44]行記中優秀的沿革考能够將實地考察與歷史考辨圓滿結合,並非無用的學者之筆,而是作者的才識與文心所在。

三、因地制宜:名勝考的對象與意圖

北宋以來的行記與地志共同經歷了人文化的歷程。宋代圖經中,曾經占據主要地位的地理沿革、貢賦出産、津梁關塞等信息,其份額已逐步被人文化的名勝古跡、藝文軼事所占據;地理總志也有類似轉型。㊺名勝稽考本來就是行記中的重要内容,在圖經發達、查考便利的背景下益加豐富,是史地考證中的大宗。學界對此的研究相當豐富,對其人文化的特徵討論尤詳。此處謹就其歷時發展與空間取舍進行一些考察。

先論其歷時變化。史地考證至《郴行録》始大興,此前路振、歐陽修等例皆甚少,且許多屬於對地點的解釋説明,並非真正的考證。《郴行録》中作者的考證意識尚不如後世自覺,對許多史跡只介紹而不加考訂。其來源往往是傳説、軼聞,在行記中體現爲衆多的"俗云":

> 寺後山脚有石穴,以磚塞其户,俗云無支祁所宅也。
>
> 辱井在佛殿前,深可尋丈,上加石檻,紅痕點染若胭脂。俗云後主拉孔、張二妃入井,泣涕所沾也。……舊聞臺城辱井石上有胭脂淚痕,久未之信。今見之,似是淋灕塗抹之跡,失笑不已。㊻

無支祁事屬上古傳説,悠渺難徵;陳後主事則託附明顯,毋庸多論。張舜民顯然並不相信辱井淚痕的傳説,除"失笑不已"外又特意作詩以嘲,然並未像南宋作者一樣列舉史料辨駁其僞。在採用這些傳説時,張舜民的態度較爲緩和,並不以考訂真僞爲要。《郴行録》中對仙道渺茫之事亦多加輯録,如辛卯日記吕洞賓詩、壬辰日記天慶觀木柱火神留書、甲午日記啞女塔等事皆然。由於主觀考證意識不强,故而往往採信不確的傳言。試將幾處江行名勝在三種行記中的考證對比如下:

	張舜民	陸　游	范成大
狠石	世傳孫權、劉備據此石以謀曹操,前朝題記歷歷皆在。	世傳以爲漢昭烈、吴大帝嘗據此石共謀曹氏。石亡已久,寺僧輒取一石充數,游客摩挲太息,僧及童子輩往往竊笑也。	
庾樓	庾亮鎮潯陽,始經其事,廢興久矣。	庾亮嘗爲江、荆、豫州刺史,其實則治武昌。……今江州治所,在晉特柴桑縣之湓口關耳,此樓附會甚明。……張芸叟《南遷録》云"庾亮鎮潯陽始經此樓",其誤尤甚。	庾元亮故事,本是武昌南樓,後人以元亮嘗刺江州,故亦以庾名此樓。
赤壁	磯乃周瑜敗曹操之所。	此磯,《圖經》及傳者皆以爲周公瑾敗曹操之地,然江上多此名,不可考質。……又黄人實謂赤壁曰"赤鼻",尤可疑也。	赤壁,小赤土山也。未見所謂"亂石穿空"及"蒙茸""巉岩"之境,東坡詞賦微誇焉。

陸游對《郴行録》頗爲熟稔,上表中的三段考證皆針對張舜民之論而發。對於甘露寺狠石、江州庾樓、黄州赤壁,張舜民皆接受當地的習見説法,陸游則一一詳辨其僞。陸游不僅揭破狠石久已不存的真相,還考證東晉史事以證江州庾樓出於後人附會。黄州赤壁賴蘇軾而知名,陸游並不認爲這是古戰場所在地,爲此特意辨明蘇軾本無此意:"蘇公尤疑之,《賦》云:'此非曹孟德之困於周郎者乎?'樂府云:'故壘西邊,人道是當日周郎赤壁'。蓋一字不輕下如此。"認定蘇軾當初並無此意,即很大程度否定了黄州赤壁乃古戰場説的可信性。對當地並不瞭解的行記作者往往採信圖經、方志之説,陸游則以史爲本,兼採旁證,並不盲從志書。相較於《郴行録》,南宋行記中考證的意圖、細密度皆有顯著提高。

范成大同樣考證了江州庾樓、黄州赤壁兩處,重心則有所偏移。陸游的考證主要將當地傳聞、圖經所載與史實相對照,指出其謬誤;范成大的考證重心則不在於史實本身,而在於文學與現地、掌故與史實間的關係。對於庾樓,陸游認爲"此樓附會甚明""其誤尤甚",强調其與史相悖;范成大的記録是"後人以元亮嘗刺江州,故亦以庾名此樓",重點在於後人追思庾亮、爲之在江州立樓的過程,强調的是後人對文臣雅興的追慕。對於赤壁,范成大也並未執著於赤壁戰場的具體所在,而是感慨於蘇軾詞、賦中的景致與現實間的落差。《吴船録》這種更爲人文化而不泥於史實的考證形式,廣泛爲後世沿用,體現出名勝考的新發展。一處名勝的歷史是客觀的,基於史實的考證往往難以爲繼;而文學化的解讀更爲多元,不同的行者容有不同的解讀。這三種長江行記,在對同一名勝的不同考證中,體現出其特徵的演進。北宋時期尚缺乏較真的主觀考證意識,至南宋則重歷史考證的同時,又逐漸向人文化、文學化的傾向演進。

次論其空間取舍。現存宋代行記所涉的路線較爲集中,主要可分爲三個區域:(1)以北行爲主的路線,由臨安沿運河北上至泗州,經宋南京、宋東京,可北上至金中都(遼南京),亦可西入關陜,如鄭剛中《西行道里記》、樓鑰《北行日録》、范成大《攬轡録》等;(2)以江行爲主的路線,由瓜洲(鎮江)沿途經建康、江州、鄂州、夔州入川,亦可北上淮泗、南入瀟湘,如歐陽修《于役志》、張舜民《郴行録》、陸游《入蜀記》、范成大《吴船録》等;(3)東南地區路線,主要集中於兩浙路、江南東西路、福建路,如周必大、吕祖謙諸行記。學者考證出的宋代行記甚多,但由於文獻散佚、作品形制等問題,較成規模的日記體行記並不太多,所涉的路線有較大重合,不過也基本涉及了除嶺南、河東外的大部分宋代疆土。不僅行記所涉及的空間分布有差異,即便是經常出現在行記中的路線,其間名勝考的分布也並不均匀。

一地名勝之考與不考,首先繫之於作者對該地的熟稔程度。完全陌生之地,作者一般並無特别的瞭解,往往不多置筆墨。如北宋使遼行者在離開遼南京繼續北上後,所經已非燕雲漢地,可考者不多;徐兢《使高麗録》在高麗境内所進行的考證都來源於"麗人云",作者的知識顯然不足深入稽考。過於熟悉、屢屢途經的地方,作者一般也不多加留意。如由臨安經秀、蘇、常州至鎮江入江的江南運河,是南宋人自都城北上、西行的重要路線,多數南宋行記基本都涉及此段,但相關的考證很少。莫礪鋒指出《入蜀記》"第一段路程(按指自臨安至鎮江）中的地點都是陸游曾多次經過的，其山川風景是他非常熟悉的，所以不很能引起他的寫作興趣”[47]。陸游《入蜀記》中的簡略記載比起其他行記已可謂充實，赴北的《攬轡録》《北轅録》直接省略此段行程，《西征道里記》《北行日録》於此段也只記行程，不置蔓筆；自蜀歸吴的《吴船録》對這段行程的記録不到百字，僅有行程與兩段個人感慨。只有周必大的《泛舟游山録》與《南歸録》因非公務出行而以游覽爲主，對蘇、常名勝多有考訂。《泛舟游山録》《南歸録》所記録、考述的名勝與詩詞中常見的景觀亦頗有不同，三高亭、垂虹橋等知名處在行記中皆未見提及，這也體現出不同文體對名勝的不同呈現。此外，對於此前行記已經詳記的地點，後來的行記固然仍會記録，但往往也會改變細節側重，不致因襲。范成大《攬轡録》的記録即與《北行日録》相交錯，後出的《北轅録》《使金録》則莫能出此二作範圍，不爲佳作。陸游《入蜀記》在前，《吴船録》自出峽以後遂筆墨趨簡，入皖江後幾乎只記路程，與在蜀中時的大筆淋灕甚異其趣。至於周必大《泛舟游山録》對家居周圍的名勝詳加記録、考證，則體現出行記的目光逐漸從異域殊方向地方轉移的特點。

對於不同空間，行者所考察的名勝及考察方式皆有不同。大抵而言，出使北方的宋代行者，尤重考證秦漢及以前的上古史跡；游歷南方的宋代行者，則重視南朝以來的詩跡，尤以李杜蘇黄等人爲多。南方行記中的名勝考集中於近代掌故，尤重以題詠與詩跡相證。蓋境内行旅，本無出使異國的沈重壓力，前人題詠遂成爲沿途的重要參照。州縣圖經南宋以來輯録藝文日益增多，也爲詩地相證提供了很大的便利。在南方名勝考趨於日常的同時，北方的名勝考則日益走向徵聖與懷古。自靖康亂後，行經北方者即有此傾向：

> 湖城之南桃林塞，即武王放牛之地。……灞橋，漢周勃以下迎文帝之地。……鄠縣，夏之扈國。……宿岐山縣，后稷封有邰岐山，即其地。……岐山之陽，蓋周原也。[48]

《西征道里記》上距《游城南記》僅五十餘年，張禮《游城南記》專考唐代故事，《西征道里記》則多考渺遠無可徵的三代史跡，追思往古之意顯然。灞橋是著名的詩跡，此處僅繫以周勃迎漢文帝事，足見其異。

這一傾向仍以《北行日録》最爲明顯。《北行日録》對南宋境内各史跡幾一無所考，至金國境内則考證目不暇接，尤以追溯上古爲尚。渡淮以來，樓鑰所記録的名勝包括虞姬墓、空桑（伊尹生地）、伊尹墓、沙海、夷門山、博浪沙、扁鵲墓、羑里城、叢臺等，時代幾乎全在漢代及以前，先秦尤多，魏晉隋唐數百年間的沿革、名勝多付闕如。對於所歷各縣，樓鑰往往也不進行由近及遠的沿革考證，而是泛論其上古名勝。如臨淮縣有季札掛劍之所，符離縣爲項羽破漢軍處，永城縣爲漢高帝隱居處，穀熟縣爲商代舊都南亳，寧陵縣爲商湯所征的古葛伯國，雍丘縣爲武王封夏禹後人之處等等，皆爲此類。在進行沿革考時，中間往往也有巨大的留白，如考商丘：“按此地即高辛氏子閼伯所居商丘也。武王封微子啓，是爲宋國。後唐以爲歸德軍節度。本朝以王業所基,景德四年升應天府,祥符七年升南京,廣改曰歸德府。漢梁孝王所都,兔園、平臺、雁鶩池、蓼堤皆在此。春秋隕石五猶存。"[49]敘沿革則武王分封後便跳到五代,中間存在近兩千年的空白;敘名勝則只述及《春秋》所記的隕石及漢代遺跡,對此後千年不置一詞。《北行日録》中同樣有對詩跡的考證,但並非常見的唐宋詩跡,而是年代久遠的《詩經》地理考。樓鑰考開封縣浚溝即《干旄》"在浚之都",寒泉阪即《凱風》"爰有寒泉",内丘干言山即《泉水》"出宿于干,飲餞于言"等,其例頗多,文學意味不濃而尊古風氣甚重,與其他詩跡考頗爲不同。三代之時距宋已遠,相關史跡多已漫漶難徵。行經北方時如此推重上古名勝而完全忽略晉唐時期,體現出作者的心理好尚。宋代自許上接三代而不取漢唐功業,然這些聖哲遺跡皆在境外、淪於敵國,對南宋人而言是莫大的尷尬。對這些遺跡大加關注、反復申説,不僅是單純的對久遠史跡的追懷,也體現出作者對淪陷的中原地區的複雜心態。

餘　論

史地考證是日記體行記中的重要組成部分。李德輝認爲,唐人行記"長期保持在簡單記事的層次"[50],水平不高;而宋人行記之所以能遠超前代,内容豐富、情感充實、理性透辟皆爲重要原因。史地考證正是這些特徵的重要呈現。史地考證與日記體行記在宋代的發展基本同步,元祐前後其體漸備,至乾道、淳熙間達到高峰,意圖越發明確、内容逐漸精細,且承載作者的深意,並非單純的機械考證。史地考證需要作者的才識,並非人人皆可爲之,隨着知識的普及、日記的流行,這一模塊在後世的行記中續有更普遍化的發展。所涉地區、所考史實,隨着地域的延展、學術的進步續有開拓,形制則大要不出《郴行録》以下宋人行記的藩籬。對史地考證的解讀,不僅涉及行記的寫作,同時也折射出文人的時代心態、知識與文學的結合等問題,具有更爲豐富的意義。

(作者單位:北京大學中文系)

---

① 關於早期行旅書寫,參見段天姝、朱剛《行旅書寫與"筆記體游記"》,《新宋學》第八輯。

② 李德輝《論漢唐兩宋行記的淵源流變》,《中華文史論叢》2010 年第 3 期。

③ 成瑋《百代之中:宋代行記的文體自覺與定型》,《文學遺産》2016 年第 4 期。

④ 參見王立群《〈入蜀記〉:向文化認同意識的傾斜》,《河南大學學報(哲學社會科學版)》1987 年第 5 期;徐姜匯《宋代長江行記書寫的人文轉向——以〈入蜀記〉〈吴船録〉爲中心》,《人文雜誌》2019 年第 3 期;劉師健《"石湖紀行三録"書寫方式的轉變及其行記史意義》,《華中學術》2021 年第 2 期。

⑤ 參見劉珺珺《〈入蜀記〉引詩研究》,《西華師範大學學報(哲學社會科學版)》2019 年第 1 期;秦蓁《兩宋行記與紀行詩的互文呈現》,《中華文化論壇》2020 年第 2 期。

⑥ 梅新林、崔小敬《張舜民〈郴行録〉考論》,《文獻》2001 年第 1 期;李貴《樓鑰〈北行日録〉的文體、空間與記憶》,《文學遺産》2016 年第 4 期;李貴《南宋行記中的身份、權力與風景——解讀周必大〈泛舟游山録〉》,《復旦學報(社會科學版)》2020 年第 1 期。

⑦ 參見阮怡《地理空間、歷史敘事與書本記憶——論宋人行記中的景觀書寫》,《新疆大學學報(哲學人文社會科學版)》2018 年第 11 期。

⑧ 永瑢等撰《四庫全書總目》卷五八,中華書局,1965 年,第 530 頁。

⑨ 程卓撰,儲玲玲整理《使金録》,《全宋筆記》第六編第 5 册,大象出版社,2019 年,第 304 頁。

⑩ 阮怡《地理空間、歷史敘事與書本記憶——論宋人行記中的景觀書寫》,《新疆大學學報(哲學人文社會科學版)》2018 年第 6 期。

⑪ 陶潛撰,逯欽立點校《陶淵明集》卷二,中華書局,1979 年,第 65 頁。

⑫ 參見田曉菲《神游》,生活·讀書·新知三聯書店,2015 年,第 76 頁。

⑬ 俞樾將日記體行記上溯至東漢馬第伯《封禪儀記》,亦足備一説。參見俞樾《日本竹添井井〈棧雲峽雨日記〉序》,《春在堂雜文》續編卷三,趙一生主編《俞樾全集》第 12 册,浙江古籍出版社,2017 年,第 118 頁。

⑭ 鄧建《從日曆到日記——對一種非典型文章的文體學考察》,《中山大學學報(社會科學版)》2014 年第 3 期。

⑮ 同時期稍後日本僧人圓仁有著名的《入唐求法巡禮行記》,排日記程已很成熟,所記豐富多元,不憚文繁。其體制、形式與唐代行記都有很大差異,不可一概而論,然受知識結構的影響,其中也没有史地考證的内容。

⑯ 路振《乘軺録》,顧宏義、李文整理標校《宋代日記叢編》,上海書店出版社,2013 年,第 2—3 頁。

⑰ 歐陽修著,李逸安點校《歐陽修全集》附録卷四,中華書局,2001 年,第 2718 頁。

⑱ 成瑋《褒貶即從字面求——由〈于役志〉看歐陽修〈春秋〉學的特色》,《華東師範大學學報(哲學社會科學版)》2017 年第 2 期。

⑲《歐陽修全集》卷一二五,第 1901 頁。

⑳ 梅新林、崔小敬《張舜民〈郴行録〉考論》,《文獻》2001 年第 1 期。

㉑ 劉芳《張舜民〈郴行録〉研究及校注》,華東師範大學碩士學位論文,2019 年。

㉒ 參見潘晟《宋代地理學的觀念、體系與知識興趣》,商務印書館,2014 年,第 129—148 頁。

㉓ 張舜民《郴行録》,《宋代日記叢編》,第 613 頁。

㉔ 參見葉曄《互見與内向轉型:論范成大的地方書寫觀念》,《新宋學》第六輯。

㉕《四庫全書總目》卷一五九,第 1373 頁。

㉖《四庫全書總目》卷五二,第 472 頁。

㉗ 胡傳志《别樣的抄襲——南宋程卓〈使金録〉抄録范成大使金詩自注發覆》,《蘇州科技大學學報(社會科學版)》2018 年第 4 期。

㉘ 參見成一農《印刷術與宋代知識發展方式的轉型——以中國古代全國總圖的發展爲例》,《安徽史學》2018 年第 3 期。

㉙ 關於宋代沿革考證的發展,參見潘晟《宋代地理學的觀念、體系與知識興趣》,第 421—427 頁。

㉚ 陸游《入蜀記》,《宋代日記叢編》,第 759 頁。

㉛《入蜀記》,第 760 頁。

㉜ 這一點在王寂《遼東行部志》《鴨江行部志》等所涉地區史料匱乏的行記中尤爲突出。

㉝《郴行録》,第 598 頁。

㉞ 酈道元著,陳橋驛校證《水經注校證》卷二三,中華書局,2007 年,第 559 頁。

㉟ 周煇《北轅録》,《宋代日記叢編》,第 1133 頁。

㊱ 韓愈撰,文儻注,王儔補注《新刊經進詳注昌黎先生文集》卷二,《續修四庫全書》集部第 1309 册,上海古籍出版社,2002 年,第 399 頁。

㊲《入蜀記》,《宋代日記叢編》,第 758 頁。

㊳ 沈約《宋書》卷三五,中華書局,1974 年,第 1034 頁。

㊴《乘軺録》,《宋代日記叢編》,第 9 頁。

㊵ 樓鑰《北行日録》,《攻媿先生文集》卷一一九,《中華再造善本》影印宋四明樓氏家刻本,北京圖書館出版社,2005 年,第 48 册,第 25 頁。

㊶ 李燾《續資治通鑑長編》卷二一四"熙寧三年八月甲戌日"條,中華書局,2004 年,第 5209 頁。

㊷ 參見阮怡《宋代域外行記形塑"他者"形象之策略——以使金行記爲中心》,《西北民族大學學報(哲學社會科學版)》2016 年第 5 期。

㊸《入蜀記》,《宋代日記叢編》,第 760 頁。

㊹ 參見郭麗萍《絶域與絶學:清代中葉西北史地學研究》,生活・讀書・新知三聯書店,2007 年,第 13—23 頁。

㊺ 參見郭聲波《唐宋地理總志從地記到勝覽的演變》,《四川大學學報(哲學社會科學版)》2000 年第 6 期。

㊻《郴行録》,《宋代日記叢編》,第 598、605—606 頁。

㊼ 莫礪鋒《讀陸游〈入蜀記〉札記》,《文學遺產》2005 年第 3 期。

㊽ 鄭剛中《西征道里記》,《宋代日記叢編》,第 649—653 頁。

㊾ 樓鑰《北行日録》,《攻媿先生文集》卷一一九,第 15 頁。

㊿ 李德輝《論宋代行記的新特點》,《文學遺產》2016 年第 4 期。

徽宗朝大觀後元祐群體[①]的京城活動及其文學史意義

——兼論徽宗朝朝野離立現象

劉雨晴

學者在談及徽宗朝時,往往注意到朝野離立的現象。因爲徽宗朝絶大多數時間是新黨主政,實行紹述政策,對舊黨實行嚴厲的黨禁政策,舊黨及其子弟、後學則被排擠到地方,閒居或輾轉於州縣低級官職間,以"師友淵源"爲媒介組成交游圈,并吸引了一批士子追隨,在地方上隱秘地傳承元祐學術,由此徽宗朝的"朝""野"兩大空間,形成顯著的對立態勢。[②]然而,徽宗朝京城和地方的對立并非一直不變,崇寧年間固然嚴峻,但從大觀二年開始,黨人陸續分批出籍,其本人及子弟重新獲得在京居住甚至任官的資格,現存材料中不乏他們在京活動及交游的記載。此前學界對徽宗朝元祐後學京城活動的研究,集中在江西詩派中的開封詩人,以及他們組成的以王直方爲紐帶的京城士人群。[③]但這并非徽宗朝元祐子弟後學群體京城活動的全部,還有很多没有被挖掘出來,例如,王直方在大觀三年就去世了,在此之後,元祐群體在開封的活動呈現出如何的面貌?他們在京城的活動又呈現出怎樣的發展趨勢?這些都是徽宗朝士人與文學的重要面向。本文希望能跳出江西詩派的範圍,對大觀年間黨禁放寬後元祐子弟及後學在開封的活動及文學書寫進行全面的考察,討論其文學史意義,并對此前學界已多有關注的徽宗朝朝野離立現象進行再討論。

一、崇寧黨禁的入都禁令與徽宗朝的朝野離立現象

徽宗朝朝野離立現象空前顯著的一個關鍵原因,就是崇寧黨禁對元祐黨人及子弟入京的限制。爲了説明這一問題,在此對入都之禁的政策演變簡要梳理如下[④]:

徽宗即位之初,曾大規模召回舊黨士人,欲實行"無偏無黨"的中道路線,但很快就改年號爲"崇寧",專任新黨,實行紹述政策,對舊黨士人及其家族實行嚴厲的黨禁,其中一個政策就是禁止他們在京任官或居住。對舊黨的入都之禁經歷了一個不斷調整的過程。起

初,朝廷僅規定蘇轍、范純禮等五十人本人以及司馬光、吕公著等元祐重臣的子弟"不得與在京差遣"⑤。到崇寧元年九月,隨着"元祐黨籍"的出臺,所有入籍者均不得在京任官。⑥次年三月,又詔黨人子弟"不論有官無官,并令在外居住,不得擅到闕下",令開封府界的各地方官嚴察⑦,也"不得任在京、府界差遣指揮"⑧。原來需要本人親自到吏部完成的注官,改爲"在外指射"⑨。朝廷後來又規定黨人親父兄亦不得在京任職。⑩崇寧三年正月,對於元符末上書入邪等者,參照元祐黨人,規定"不合擅到闕下及在京居住","仍見任在京差遣人并放罷"。⑪六月,又將原擬單獨籍定的元符黨籍和很多上書邪等者并入元祐黨籍,其子弟及親兄弟遂不得在京任官。⑫總的來説,崇寧元年至三年是黨禁入都禁令最嚴格的時期,朝廷的意圖無疑是從根源上切斷舊黨與政權核心的聯繫,斷絶其再度掌權的希望。年輕的家族子弟也因此不能入太學、考科舉,進入官僚系統的途徑被切斷,仕途升遷也受到很大的阻礙。

崇寧四年,由於收復河湟以及九鼎鑄成,黨禁政策出現鬆動。五月,詔僅對罪情較重者的子弟保留不許入京、不得任知州、知縣等親民官的禁令,其他人則不再禁止。⑬九月,允許黨人向内地遷移,但仍禁止他們進入"四輔畿甸"⑭。五年正月,由於象徵凶兆的彗星出現,朝廷大規模解除黨禁政策,推倒黨籍碑,赦還黨人并敘復其官職,對黨人入京的限制也開始放寬。正月,規定黨人"在外任便居住,重者不得至四輔,輕者不得至畿縣"⑮,三月,又改爲允許元祐黨籍中罪責較輕者的第三等到闕。⑯黨禁鬆弛後,"係籍人親屬并上書邪等人,稍輻輳闕下,守候差遣,或就吏部注擬在京官司",引發了臣僚對於"有害紹述"的擔憂,朝廷於七月、十一月兩度下詔,規定黨人子弟入京注官的各流程用時,并在注官次數及資序上給予一定的優待,以便他們儘快完成注官并離京,且規定黨人子弟仍舊"不許注授在京差遣",其餘親屬稍微放寬,"不得注在京應奏官司差遣",黨人本人不許到闕。⑰同時對上書邪等人重申入京之禁。⑱可見朝廷此時雖大幅放寬黨禁政策,但還是儘量將黨人及親族的活動範圍限制在京城以外,其意圖與黨禁時期是一致的。

大觀二年後,朝廷對黨人分批作出籍處理,其本人及子弟所受限制隨之解除,其中就包括入都之禁,文獻中有不少元祐子弟後學此後在京活動的材料。不過,終徽宗一朝,除去登基之初,其餘絶大多數時間都是新黨主政,實行紹述政策,打擊、壓制舊黨群體。由於黨禁期間對黨人之子及兄弟仕途遷轉的限制,如僅與宫觀、嶽廟差遣,"内係選人者,與監當差遣",不得改京朝官,"若因功賞各該酬獎改官、循移知令,只於階官上循移,仍不得實任知令差遣"⑲;上書邪等人則"内外官司并不得薦舉改官,及縣令已舉到人,更不收使"⑳,同樣不許升爲京朝官。由此,黨人子弟多輾轉於州縣低級地方官任上,且不能擔任學官等和國家教育密切相關的職位。㉑是以,大觀後黨人子弟鮮有在京任職者,入京多因參加省試、赴吏部調官等事宜。即使有能在朝任職者,其生存空間也很惡劣,常因其身份遭到政敵攻擊,如曾肇之子曾纁於政、宣間"除京畿提舉學事,言者猶指君黨家子免之"㉒,又如宣和六年,"太常少卿蘇元老、秘書少監洪炎并罷,與外任宫祠,以言者論元老乃軾之從孫、炎乃黄庭堅之甥也”[23]，蘇元老被貶的真實原因是拒絶梁師成附會，可見黨人親族的身份是政敵相當有效的打擊手段。有元祐學術背景者，也容易遭到彈劾，如韓駒政和、宣和年間兩度因“蘇軾鄉黨曲學”的指控而被貶出京[24]。

因此，從整體上説，徽宗朝朝野間的對立是持續存在的，前者被新黨及其學説所把持，後者則給了元祐黨人群體相當大的活動空間。

二、入都之禁的緩和與元祐子弟後學京城交游圈的形成

上文提到，朝廷擔心黨禁放寬後元祐子弟借注官之機在京城聚集，遂對其停留時間進行了嚴格的限制，是一種有限弛禁。但我們還是能從文獻中看到舊黨子弟、後學聚會的記録，如崇寧五年秋冬，晁説之獲監陝州集津倉一職，其從弟晁冲之、妹婿王樸等人在王直方園爲其送行[25]，這次聚會頗具象徵意義，參與者大都與舊黨關係密切，晁説之、冲之皆入上書邪等籍，前者是司馬光晚年的得意門人，在元祐年間曾被群公以“博極群書、雅有史學科”薦舉，又有堅定的反新學立場，後者曾學詩於陳師道，以後山門人自任，是吕本中的摯友，入《江西宗派圖》[26]；王樸也是舊黨家族的子弟，祖父王安國反對新法，父叔王旊、王斿兄弟也與蘇門交往密切；王直方亦與舊黨關係密切，其庭園是江西宗派在開封的重要聚集地。[27]道學群體也在京城中交游授受，如李郁爲黨人李深之子，崇寧五年夏在開封隨侍楊時，并記録下後者的諸多語録。[28]但此時元祐群體的京城活動是很有限的。

黨人家族能够在京城自由活動的轉折點是大觀二年。從本年開始，朝廷對黨人分批作出籍處理，其本人及子弟所受限制隨之解除，其中就包括入都之禁。不過，黨人此時普遍年事已高，也自知難獲重用，多數選擇在地方上閒居，他們的子孫以及較爲年輕的上書邪等人[29]則因入太學、參加省試、赴吏部注官等事宜屢次入京，元祐後學群體在京城的活動明顯開始增多，如吕本中《師友雜志》就記載了趙演、晁説之、夏旄、夏倪、汪革等元祐後學及親近者在京城“出入多聯騎同往”[30]的風光場面。

前面提到，王立之在大觀三年就去世了，以他爲紐帶的京城江西宗派詩人群隨之解體。那麽在此之後，元祐子弟、後學在京城有怎樣的活動呢？對此，我們可以從吕本中的記録中一窺究竟。吕本中在當時的元祐子弟後學中有突出的地位，其曾祖吕公著是舊黨領袖，祖父吕希哲在徽宗朝儼然成爲在野元祐黨人的領袖，在地方上有很强的向心力，時常有黨人子弟及對元祐之學感興趣的士子前來拜謁、就學，吕本中借隨侍之機，極大地擴展了交游圈。正如朱剛《吕本中政和三年帖與宋代文學整體觀》所指出的，他是整合、統一包括蘇門、程門在内的“元祐之學”及黨人後學的最好人選。[31]而且，吕本中在當時的詩壇已隱有主盟的地位，謝逸就曾推舉他爲“當今之世”“主海内文盟者”[32]的不二人選。吕本中在大觀、政和年間多次入京調官，在京停留期間，與諸多有元祐學術的學緣、或與元祐黨人有密切往來的士人交游，寫作了諸多詩歌，以此爲線索，結合其他諸人的零星記載，我們

可以還原這一具有濃厚元祐底色的京城交游圈的面貌。

吕本中《師友雜志》稱大觀、政和年間在京城與晁冲之、劉羲仲有密切的交游：

> 晁冲之叔用……大觀後，予至京師，始與游，相與如兄弟也。……大觀、政和間，予客京師，叔用日來相招，如不能往，即再遣人問訊。時劉羲仲壯輿在京師守官，亦日相問訊。[33]

劉羲仲是劉恕之子，後者反對新法，曾拒入制置三司條例司，羲仲本人與蘇門士人交好，陳師道、晁補之、張耒、黄庭堅等人都曾爲他營建的是是堂寫作詩文吟咏。此時，他被蔡京薦舉爲修史檢討，但他入京後"自宰相以下并不造謁"[34]，而是熱衷於與吕本中諸人交往。

吕本中在京時，也與江端友、江端本兄弟來往密切，集中有多首詩歌相贈，如《夏夜呈若谷叔并晁叔用江子之一上人》《本中將爲海陵之行念當復與子之作别意殊憒憒偶得兩詩上呈并告送壯輿叔用也》等。他們是江休復之孫，居於開封城郊，兄弟幾人都與元祐黨人有密切的關係，可以視作元祐之學的同情者，長兄端禮的文章曾獲蘇黄及張耒的賞識，端友隱居在開封東郊封丘門外，後來在靖康元年上書辯宣仁誣謗之事，可見在政治立場上偏向元祐，與吕本中也多有交往，端本少時跟隨長兄端禮游於元祐諸公之門，後被列入《江西宗派圖》，端友、端本兄弟俱與吕本中友善，後者更是與晁冲之同爲吕本中的平生摯友，本中屢以"江晁"并稱。

又，吕本中《將赴海陵出京沿汴覓舟候送客不至遂行》一詩的自注云："四月二十二日出城至子我家，候子之、民師不至。因簡商文、壯輿、夷行、伯野、季一、由中諸公。"[35] 吕本中送信的對象中，商文爲李畯，此人政和間"客游京師，有書策，記前輩議論"[36]，季一爲晁貫之，由中或爲本中從兄弟。這些人應也是本中在京所交好者。

此外，晁説之雖多數時間在外任職，但大觀、政和年間曾數次回京居住[37]，與諸人亦有交游，如晁冲之有《四兄諸人皆用屋字詩送一上人余獨留之》，四兄即爲晁説之；晁説之又有《歲暮思劉壯輿近在京師因壯輿言温公勸劉丈合魏宋等志有意合正史之志而離析李延壽之紀傳顧老罷不能聊見於篇末》一詩，可見政和三年回京調官時，曾與劉羲仲討論其父劉恕與司馬光關於魏晉史書編纂的看法。晁載之也一直住在昭德舊宅，朱弁《曲洧舊聞》云："政和間，常子然、謝任伯、江子我同訪晁伯宇及其弟叔用於昭德之第。"[38] 直到政和末期，吕本中還曾作詩問訊，稱"晁子卧京師，歲月晚不用"[39]。政和年間入京的釋法一也參與了諸人的交游圈，前舉吕本中、晁冲之的詩中就有其身影。以上諸人在京時間雖不完全重合，如吕本中往來於地方與京師，晁説之、冲之後來移居新鄭，劉羲仲政和末任唐州推官，但諸人在京時有相當多的群體活動，且在離京後仍然保持，因此可以説，大觀、政和年間的開封，存在一個與元祐關係密切的交游圈。

諸人群體活動的内容，在吕本中的詩中多有反映，如：

并牆不相語，燈影照圭竇。翻思共按樂，日月不得又。叔能糠覈肥，侄且藜藿瘦。買田嵩潁間，欲往今已後。旦夕呼晁江，把酒且相就。更煩一上人，不語居坐右。(《夏夜呈若谷叔并晁叔用江子之一上人》)

斯人如玉雪，可愛不可忘。助以濯滄海，亦復閟餘光。今玆困塵土，更伴衆翼翔。時來唤我語，共此一榻涼。風雨來頰舌，冰霜清肺腸。

東行數日間，尚欲一再款。我能喻子意，子亦識我懶。追懷十年游，僅得一笑莞。時能煮湯餅，更復下茗碗。晁郎本京邑，劉子蓋楚産。江山兩秀異，與子日在眼。(《本中將爲海陵之行念當復與子之作别意殊憒憒偶得兩詩上呈并告送壯輿叔用也》)

夜雨不嫌久，凜然天欲秋。客燈吹屢滅，細雨落還休。未許金張并，虚爲鄠杜游。江河少歸夢，知爲故人留。

侍立無天女，相隨有漫郎。平生湖海興，今夜宿連床。

潦倒書常廢，驅馳夢或驚。尚於團聚樂，雖老未忘情。

今弟窮顔蠋，書生老仲舒。相招得共處，何往更安居。……送行無别物，圯上一編書。

苦語相留極，虚床會宿頻。(《京師新鄭與諸晁兄弟往還前後數詩》)[40]

可以看出，諸人彼時雖懷才不遇，不受重用，在京城的生活偏於潦倒困頓，但他們盡享詩酒酬唱、談禪論文的文士之樂。而且，這一士人群體在京城的活動，很多都圍繞元祐學術展開，有濃厚的元祐色彩：諸人所熱衷的詩歌寫作在當時被朝廷視作元祐之學而加以禁止；史學亦然，上文提到晁説之、劉羲仲曾於政和三年在京時講論史學，事實上，就在前一年，朝廷剛剛“詔士無得兼習史學”[41]。當然，與地方上相比，京城這種與元祐學術相關的活動是很有限的，但若要全面描述元祐群體及學術在徽宗朝的處境，這一點是不可忽視的。

京城的交游圈給吕本中留下了深刻的印記，以至政和八年離京赴海陵獄掾之任時，反復作詩抒發不舍之情，上舉諸詩很多都是臨别之時的追憶。古人常言“京洛塵”，將京城視作追求世俗事功的功利之所，吕本中此前亦不例外，他在送釋法一入京的詩中寫道：“京城塵沙深一尺，是中莫留公履跡。權門蹲嗜兒女笑，我一思之不能食。”[42]但此時吕本中却對京城留戀不舍，這一士人群無疑是重要原因，這也提醒我們元祐子弟對於京城的觀念是多元的，京城也是其群體交游的重要場域。

在梳理了大觀、政和年間(特别是政和年間)元祐子弟、後學在京城的群體交游後，其實就可以回答開頭提出的問題，即在王直方去世、以其爲紐帶的詩人群體解散後，京城是否還有其他元祐後學活動，又呈現出怎樣的面貌？答案是肯定的，而且新的交游圈的形成也有賴於新的"聯絡者",即開封的兩個與舊黨關係密切的家族——晁氏和江氏。晁氏有好幾位成員都與舊黨主要士人有師承關係,如晁補之是"蘇門"弟子,晁説之是司馬光晚年的得意門人,晁載之、冲之學詩於陳師道,詩歌受到蘇門士人的賞識,兄弟多人被編入元祐黨籍或上書邪等籍。大觀、政和年間,家族成員很多時間都在京居住,在京城交游圈中扮演重要角色,如晁冲之、載之兄弟,晁説之雖以外任爲主,但中間回京時,在京城的元祐後學中表現出不小的向心力。江氏家族與舊黨的密切關係,前文已經論述過。這兩個家族的宅第成爲元祐子弟或後學在京交游的"據點",吕本中詩中有"宿子之家""至子我家"之語,晁冲之之子晁公遡在南渡後也回憶道:"予憶曩居大梁時,承平故事,士非繇吏部選不用,故四方無游諸侯者,士於此舉集焉。予家五世而儒,不見棄於大夫士,大夫士集予門特多焉。由是見先君所與友日狎至,先君待之不敢怠,或留舍於家。"[43]晁冲之樂於爲進京赴吏部選的士人提供落脚之地,這其中很可能就包含吕本中等元祐子弟。

此前研究者僅在考察江西詩派時關注到一些人在開封的活動,對於其群體活動則較少注目。厘清大觀、政和年間元祐子弟、後學及其同情者在開封的這一交游圈,除了補充我們對於徽宗朝元祐群體活動的認知外,還關涉着其他文學史問題,例如《江西詩社宗派圖》的作成時間。前人已經指出,吕本中列入《宗派圖》的詩人,很多是他交游的對象,因此,他與圖中諸人交游的時間成爲判斷此圖作成時間這一學術公案的重要依據,一般認爲,圖中吕本中最晚結識的是晁冲之,而本中自言大觀後至京師始相與游,學者遂將此圖繫於大觀末、政和初[44]。然而,吕本中僅泛言"大觀後""大觀、政和間",時間表述模糊,很難僅憑此就斷定爲大觀末、政和初。而根據祝尚書對吕本中生平的考證,他大觀二年秋即已入京,有游北李園數詩爲證,從《京師贈大有叔》所云"尊酒相逢十載前"來看,他政和元年亦嘗入京(本中建中靖國元年隨祖父在京),後來在政和四年、七年亦嘗入京。因此,吕本中有可能早在大觀二年入京時與晁冲之相識。如此,若以與晁冲之交游作爲《宗派圖》成立的基礎,則此圖的作成時間或還有繼續討論的空間。

三、"唐鑑兒"與"東坡子":政和後元祐子弟後學京城活動的另一翼

上節所提到的京城元祐子弟後學交游圈中,很多人都處於在京閒居或入京等候調官的狀態,處於京城下層,生活偏於困頓,從上文所舉吕本中詩中即可見一斑。元祐子弟的父祖多曾在朝中擔任高官,他們曾在京城過着優渥的生活,此時以"罪人"之子的身份入京,常有今不如昔之感,如吕本中在京與叔父懷舊云:"尊酒相逢十載前,緑髮紅顏俱少年。尊酒相逢十載後,皮黄肉皺俱白首。叔如鴻鵠但高飛,侄似麋鼯更深走。南來行李初一逢,長安舊第冰雪中。"[45]晁氏世居開封,累世簪纓,但在遭受黨禁打擊後,門庭冷落,子弟多有"獨卧先廬"的書寫,如晁説之在京城大雪時"獨卧先廬亦寂寥"[46],晁載之亦是"晁子

卧京城，歲月晚不用。偷身出塵土，閉户忍疾痛”[47]。不過，政和後期到宣和年間，隨着黨禁放開時間漸長，元祐子弟、後學的處境有了較大改善。

一方面，政和後，朝中近幸不乏結交元祐子弟後學、助其入朝爲官者。如蔡京之子蔡絛與范祖禹之子范温交好，政和二年蔡京重新掌權後，“得爲其盡力，而朝廷因還其恩數，遂官温焉”，范温隨之得入京城貴人圈：

> 一日，游大相國寺，而諸貴璫蓋不辨有祖禹，獨知有《唐鑑》而已。見温，輒指目，方自相謂曰：“此《唐鑑》兒也。”又温嘗預貴人家會，貴人有侍兒，善歌秦少游長短句，坐間略不顧，温亦謹，不敢吐一語。及酒酣歡洽，侍兒者始問：“此郎何人耶？”温遽起，叉手而對曰：“某乃‘山抹微雲’女壻也。”聞者多絶倒。[48]

范祖禹的《唐鑑》和秦觀的别集都曾被列爲禁書，而范温在貴人圈中明白地昭示自己與舊黨核心士人的關係，以此自相標榜，還獲得了在場貴戚的讚歎，反映出宫廷中對元祐黨人及其著作的看法已有所轉變。後來洪炎、楊時在宣和後期被召任館職，很可能也是蔡絛在蔡京授意下所爲[49]。

又，梁師成自稱蘇軾“出子”，爲了增加這一身份的可信度，熱衷於延攬元祐子弟。陳振孫《直齋書録解題》即云：“及梁師成用事，自謂蘇氏遺體，頗招延元祐諸家子孫，若范温、秦湛之流。”[50]秦湛即秦觀之子。朱熹亦云：“蘇東坡子過、范淳夫子温，皆出入梁師成之門，以父事之。……師成自謂東坡遺腹子，待叔黨如親兄弟。”[51]對於元祐後學中主動依附者，梁師成也予以提拔。如胡寅在爲翁彦深所作墓志中提到有一位“少監蜀人韓其姓者”，“方以詞采受梁知，猶難於越公而進，乃以日食不奏出公，翌日韓即召試知制誥”[52]，與韓駒的生平高度吻合，可補正史之闕。韓駒曾赴潁昌向蘇轍問學，其詩爲後者所賞識，可以説是有蜀學的背景，但他政和初向朝廷獻頌，得入館閣，又主動攀附梁師成，以圖升遷，這也是元祐後學京城生態之一途。

蘇過與高俅也有往來，趙鼎臣政和六年有《聞蘇叔黨至京客於高殿帥之館而未嘗相聞以詩戲之》一詩，云“朱門但識將軍第，陋巷難逢長者車”[53]，戲謔蘇過住在高俅的别館，却不與自己這個老朋友聯繫。晁説之爲蘇過所撰墓志銘也隱晦地提到：“泯泯浮沉里巷，或時一至京師，自得於醉醒，而徜徉一世之外。所遇者與談，靡不傾盡。造次大笑謔浪間，節概存焉，唯有知之者知之也。”[54]出於爲蘇過回護的考慮，没有直接提及他與權貴交游之事，但“節概存焉，唯有知之者知之也”的措辭，隱晦地暗示着蘇過確與權宦有所交往，只不過堅守住了元祐故家子弟的氣節。

權貴主動結交元祐子弟後學，可能有個人的原因，如蔡絛對元祐學術較爲認同，所著《西清詩話》《鐵圍山叢談》“多用蘇軾、黄庭堅之説”[55]，“於三蘇極意推崇”[56]，他爲范温爭取平反或出於此。高俅在元祐年間曾是蘇軾的“小史”[57]（即侍從、書童），因此於蘇過入京時加以照拂。梁師成自稱蘇軾"出子",和蘇過等元祐子弟交游,甚至獲得後者的默許,可以有效强化其所塑造的身份的説服力。

此外,政和後期至宣和年間徽宗本人及諸近幸對元祐黨人手跡的收藏熱潮,以及朝廷對黨人著作管控的鬆動,也是黨人子弟受到歡迎的一個重要原因。宋人筆記多提到這一時期對蘇軾墨跡的訪求,如《庚溪詩話》稱徽宗政和年間聽道士説蘇軾化身天上的奎宿,"不惟弛其禁,且欲翫其文辭墨跡。一時士大夫從風而靡"[58];梁師成薦引向他進獻蘇軾手跡的人[59];《春渚紀聞》云:"至宣和間,内府復加搜訪,一紙定直萬錢,而梁師成以三百千取吾族人《英州石橋銘》。譚稹以五萬錢輟沈元弼'月林堂'榜名三字。至於幽人、釋子所藏寸紙,皆爲利誘,盡歸諸貴近,及大卷軸輸積天上。"[60]其他元祐黨人的著作也重獲關注,胡寅稱宣和三年殿試後"黨禁向弛","於是卲康節《皇極書》、張横渠《正蒙篇》,河南先生諸經諸説,元祐忠賢言論風旨稍出,好之者往往傳寫襲藏,若獲希世之寶"[61]。除了對元祐著作本身的重視,朝廷要營造太平盛世的形象,文化事業必不可少。政和末,就有臣僚建言"訪求國初至今諸儒論纂可傳永久者"[62],歸於秘府,朝廷隨後命梁師成"網羅遺書,充御前文籍"[63],而若要整理王朝的文化遺産,元祐黨人的著作是無法回避的,《春渚紀聞》所云内府的搜訪,應即指此。雖然朝廷在宣和五、六年間再度申嚴元祐學術[64],但不能掩蓋此前收集的力度是相當大的。

在此背景下,元祐子弟作爲黨人著作、作品最權威的解釋者、收藏者和鑒賞者,受到諸貴戚的主動結交,也是很自然的。如蘇過作爲蘇軾貶居海南時唯一一個隨侍的兒子,保留了很多蘇軾的手跡,又曾與兩位兄長蘇邁、蘇迨一起將蘇軾的手跡編纂結集,長於鑒定其真僞[65]。梁師成獲得蘇軾在海南所書《八賦》,很可能就是通過蘇過。前舉蔡絛《鐵圍山叢談》所記范温在貴人圈中以"《唐鑑》兒""'山抹微雲'女婿"相標榜,也反映出元祐黨人的著作、作品比起他們本人更加受到權貴的關注。可見元祐相關著作、作品,很可能是黨人子弟獲得權貴注目的重要媒介和原因,通過他們,權貴可以獲得稀見的黨人作品,既能附庸風雅,也可借此討好上層,獲取利益。

元祐子弟與京城權貴往來,既能自己獲得官位,也能爲父祖洗雪沉冤,同時,從客觀上也有助於保護和傳承父祖的作品,進而保存元祐學脉。例如,舊黨所編的《神宗實録》得以流傳到南宋,實有賴於元祐子弟與梁師成的交往,《直齋書録解題》云:"師成在禁中見其書,爲諸人道之。諸人幸其書之出,因曰此不可不録也,師成如其言。及敗,没入。有得其書者,攜以渡江,遂傳於世。"[66]蘇過"不忍顯絶"梁師成,可能也因爲後者能幫助蘇文解禁。[67]前文提到,劉羲仲曾在京城與晁説之探討其父劉恕對於史書編纂的觀點,這固然是元祐子弟後學在京城空間中對元祐學術的探討,但他們當時僅擔任微官,影響有限,對比之下,蘇過、范温、秦湛等人接受權貴的主動結交,對於保存父輩的著作無疑更有助益。

另一方面,除了被權貴延攬,到宣和年間,由於黨禁放寬已有較長時間,朝廷對元祐子弟後學的限制漸弱,他們通過資序的積累,得以在朝中任職。如晁説之以朝散大夫差充太祝致齋禁中；吕本中宣和六、七年間任樞密院編修；李錞身爲黨人李茂直之孫，宣和年間與韓駒同任館職，二人曾進行上元唱和，韓駒有《次韻李希聲館中上元直宿》一詩；還有周行己，他元祐年間曾多次赴洛陽向程頤問學，得後者賞識，大觀三年在齊州教授任上時，被御史毛注彈劾"師事程氏，卑污苟賤，無所不爲"[68]，遂罷任歸鄉，在鄉里講學多年，如此忠實於元祐學術者，宣和年間也被召入京擔任秘書省正字。不過，宣和年間雖不乏元祐子弟、後學仕至朝官，但此時他們在京城反而没有形成如政和年間那樣的交游群，或許即與京城家族無法再提供據點有關。且正如第一節中所論，元祐子弟及後學在朝中任職時，其身份不啻一塊軟肋，很容易成爲政敵攻擊的把柄，他們在朝中的仕宦也是不安穩的。

四、再論徽宗朝朝野離立問題

正如此前研究者所指出的，崇寧黨禁通過嚴格的入京禁令，將元祐黨人、其同姓親族以及持反新黨立場的上書邪等人整體性地排擠出京城空間，同時，終徽宗一朝，除了開頭兩年，其餘時間一直都是新黨把持朝政，元祐黨人及其子弟被打壓，或是閒居於地方，或是只能擔任低級州縣官員，遠離政權核心，成爲在野士人。[69]但他們憑藉較高的聲望和文化水平，在地方上具有强大的向心力，吸引了不少士子前來就學，使元祐學脉在地方上隱秘地傳承着。由此，徽宗朝朝野在空間、人事、文化上都呈現明顯的對立。在宋代的政治鬥爭中，將政敵以貶謫或外任的形式驅離京城，使其不能對政權核心産生影響，是很常見的手段。[70]但在徽宗朝，朝野對立的程度是遠勝從前的。大體而言，以"朝野離立"概括徽宗朝的情況是没有問題的，然而，還有一些具體問題可再作討論。

其一，通過前文的梳理不難看出，徽宗朝朝野離立的現象隨着時間推移而存在變化，到了後期，出現了朝、野之間的互動，這是本文所重點關注的部分。在崇寧年間直至大觀二年黨人開始大規模出籍之前，由於嚴格禁止元祐群體入京，朝野之間的人事對立是空前嚴重的。從大觀二年開始，黨人子弟以及上書邪等人可以較爲自由地入京[71]，參加省試或是赴吏部注官，順便在京城停留一段時間，與同爲元祐子弟或親近元祐之學者交游，進行詩酒酬唱等藝文活動。而到政和後期至宣和年間，一些元祐子弟受到皇帝寵臣近幸的招攬，得以涉足京城貴人圈；另有一些子弟、後學憑藉資序的積累，得以在朝中任職，從此前的在野進入"朝"的空間。

其二，大觀、政和年間吕本中、晁氏家族、江氏家族、劉羲仲等人在京城所形成的士人群體，或是作爲州縣低級官員入京辦事，或是本地家族閒居，其身份大體是在野的，活動範圍則是京城下層空間。他們不足以對朝政産生影響，但又處在非常接近"朝"的空間中，與此前完全的在野狀態有所不同，因此可以説，在此時期的開封下層空間，存在一個處於朝、野之間的中間過渡地帶。這是此前研究所較少關注的。在這一過渡地帶中，元祐子弟後學及其周邊士人進行着被朝廷視作"元祐邪説"而加以禁止的詩歌唱和活動，也討論着黨人詩歌的真意,趙夔《東坡詩注序》云:"頃者赴調京師,繼復守官,累與小坡叔黨游從至熟,叩其所未知者,叔黨亦能爲僕言之。"[72]同樣被指爲元祐學術的史學也在這一空間中受到關注。元祐子弟後學在這一過渡地帶的活動,可以説是其之後真正進入"朝"的空間的前奏。而在這一過渡空間中,對元祐黨人文化遺跡的保存也在進行,惠洪有《戒壇院東坡枯木張嘉夫妙墨童子告以僧不在不可見作此示汪履道》一詩寫道:"雪裏壁間枯木枝,東坡戲作無聲詩。……老僧遮護不許見,敲門游客遭慢欺。"[73]這幅壁畫爲蘇軾元祐年間在朝時所畫,到惠洪前往觀覽的大觀四年,仍然保持完好,被僧人小心地保護起來,不輕易示人,而像惠洪這樣的尋訪者應該還有很多。因此,京城下層空間是元祐子弟、後學活動以及元祐學術探討的重要場域,其面貌與朝廷所把持的上層空間頗爲不同,應該被充分重視。

其三,"朝""野"間的互動,除了人事,還有文化層面。元祐學術被禁止傳授,但其隱秘流傳却一直存在,此前學者多已指出蘇黄詩文在民間屢禁不止的現象,這裏要指出的是,在"朝"的空間中,元祐學術的隱秘流傳同樣存在。如太學中就一直存在圍繞元祐學術的秘密閲讀,王庭珪"崇寧初與公(按:指曹輔)之幼子唐老同舍於東京太學,暇日至其家,盡閲蘇、黄諸老先生詩文尺牘"[74]。劉才邵在太學中亦"自獨犯大禁,挾六一、坡、谷之書以入,晝則庋藏,夜則翻閲。每伺同舍生息燭酣寢,必起坐吹燈,縱觀三書"[75]。除了蘇黄詩學,二程的洛學也是太學生暗中研習的對象。朱熹《聘士劉公先生墓表》的主人公,在太學期間"陰訪伊洛程氏之傳,得其書藏去。深夜,同舍生皆熟寐,乃始探篋解帙,下帷然膏,潛抄而默誦之"[76]。胡寅亦於政和八年在太學中獲得謝良佐的《論語解》[77]。徽宗朝太學尊用王安石新學,管控非常嚴格,崔鶠在靖康元年的上疏中就指出:"自京賊用事,借學法以鉗士人,如用軍法以脅卒伍,大小相制,内外相轄,一有異論,則學官亦皆黜廢矣。"[78]胡寅亦云:"既游庠序,方崇忌諱,肆諛諂,歌功頌德,陵跨唐虞,或道史書及李杜詩章亂離之句,則衆以謗訕操切之。"[79]太學生雖未正式入仕,但都是朝廷的後備人才,朝廷對他們的教育以及政治傾向非常重視,可以説太學是"朝"的延伸空間,但其中亦有元祐學術秘密流傳。南渡後元祐學脉的傳承,就有一部分淵源於此,如楊萬里曾於紹興年間向王庭珪和劉才邵請教蘇黄詩文,而二人學習蘇黄的場域正是太學。可見徽宗朝朝野間的這種文化互動對於兩宋之際文化史來説也是很重要的。

本文所論,并非要否定徽宗朝朝野離立現象的存在。事實上,元祐子弟後學在開封時,始終是在對立政治陣營的壓制下、作爲被禁錮的士人群體而活動的,其活動空間始終是有限和被擠壓的,隨時可能因其元祐背景而遭到打擊,黨禁的陰影始終彌漫在京城空間之中。本文希望通過梳理大觀後黨禁鬆弛背景下元祐子弟後學在開封的活動,對朝野離立問題進行補充,以期更全面地認識元祐群體在徽宗朝的處境與心態。

(作者單位:復旦大學中文系)

① 本文所稱"元祐群體",包括入《元祐黨籍》者、元符末上書入邪等者以及他們的子弟。所謂上書邪等人,指元符三年應日食求言詔而上書、於崇寧元年被朝廷劃爲邪等的士人,其上書内容多傾向於舊黨,批判紹述之政,朝廷在崇寧三年將其中"邪等"較重者并入《元祐黨籍》。黨禁期間,對上書入邪等人的處罰與元祐黨人基本一致。是以本文將二者合并論述。不過,蔡京將新黨中的政敵亦列入黨籍,本文僅討論黨籍中政見確屬元祐陣營者。

② 如朱剛《吕本中政和三年帖與宋代文學整體觀》指出:徽宗一朝的文化,明顯地分裂爲朝、野兩個部分:自蔡卞力主"國是"後,王安石的"新學""新法"被當作朝廷的"國是"確立下來,成爲權威意識形態,凡持論與之不合者,概遭排斥;而元祐大臣的後裔、後學和同情者,則或散落於民間,或處於州縣低級職位上,但他們之間自有一種社會聯繫,叫做"師友淵源",以此組成一個交游的圈子(王水照等編《首屆宋代文學國際研討會論文集》,復旦大學出版社,2001 年,第 26 頁)。趙惠俊《朝野與雅俗:宋真宗至高宗朝詞壇生態與詞體雅化研究》(復旦大學出版社,2019 年)也指出,北宋中後期,黨禁人爲地造成朝野作家分屬兩個不同的政治派系,元祐學術被切斷與京城的聯繫,隨着元祐後學一起退居地方,并獲得衆多追隨者,京城空間則被留給徽宗。

③ 謝思煒《吕本中與〈江西宗派圖〉》(《文學遺産》1985 年第 3 期)指出《宗派圖》中部分成員在紹聖至崇寧年間經常在東京酬唱,形成一個以王直方爲中心的"詩社"。伍曉蔓《江西宗派研究》(巴蜀書社,2005 年)亦提出宗派中的開封詩人群。

④ 朱義群的博士論文《北宋晚期黨禁的形成與展開》(北京大學,2018 年)對入都之禁的演變過程有詳細的梳理,可參看。

⑤ 楊仲良編《皇宋通鑑長編紀事本末》(以下簡稱《紀事本末》)卷一二一,臺灣商務印書館《宛委别藏》本,1981 年,第 3759,3764 頁。

⑥《紀事本末》卷一二一,第 3764 頁。

⑦《紀事本末》卷一二一,第 3773 頁。李𡌴《皇宋十朝綱要》將此事繫於崇寧元年十一月(氏著,燕永成校正),卷一六,中華書局,2013 年,第 437 頁。

⑧《紀事本末》卷一二一:"(崇寧二年七月)乙巳,吏部言:'責降官程頤子端彦見任鄢陵縣尉,即幹有子弟不得任在京、府界差遣指揮。'詔端彦放罷,今後似此之子依此。"(第 3777—3778 頁)説明在此之前已有此規定。

⑨《紀事本末》卷一二一,第 3779 頁。

⑩《紀事本末》卷一二一,第 3779 頁;卷一二二,第 3813 頁。

⑪ 劉琳,刁忠民,舒大剛等校點《宋會要輯稿》職官六八之十,上海古籍出版社,2014 年,第 4877 頁。

⑫《紀事本末》卷一二一,第 3812 頁。

⑬《紀事本末》卷一二二,第 3815 頁。

⑭《紀事本末》卷一二四,第 3839 頁。

⑮《紀事本末》卷一二四,第 3858 頁。

⑯《紀事本末》卷一二四,第 3860—3861 頁。

⑰《紀事本末》卷一二四,第 3870—3871 頁。

⑱《皇宋十朝綱要校正》卷一六,第 456 頁。

⑲《紀事本末》卷一二一,第 3783,3786 頁。按:原文作"階下官上","下"字應爲衍文。

⑳《紀事本末》卷一二二,第 3814 頁。

㉑ 晁説之在鄜州任上時,自言"予以名在邪籍,不得干與學事"(《嵩山文集》卷四《初至鄜州感事》,《四部叢刊續編》,葉 36a)。

㉒ 汪藻《奉議郎知舒州曾君墓志銘》,曾棗莊、劉琳主編《全宋文》第 157 册,上海辭書出版社;安徽教育出版社,2006 年,第 359 頁。

㉓《宋會要輯稿》職官六九之一四,第 4905 頁。

㉔《皇宋十朝綱要校正》卷一八,第 532 頁。

㉕ 晁冲之《晁具茨先生詩集》卷五《次韵集津兄會群從王敦素宿王立之園明日西征馬上寄示諸人》,《續修四庫全書》集部第 1317 册,上海古籍出版社,2002 年,第 26 頁。

㉖ 按,晁冲之曾供職於大晟府,其《漢宫春》一詞,《苕溪漁隱叢話》稱其"政和間作此詞獻蔡攸。是時,朝廷方興大晟府,蔡攸攜此詞呈其父云:'今日於樂府中得一人。'京覽其詞喜之,即除大晟府丞。"(前集卷五九,人民文學出版社,1962 年,第 410 頁。)獻詞蔡攸之事僅見於這一處記載,且冲之流行於當時的詞作不多,反而是晁端禮任職大晟府一事爲晁説之、陸游所記,頗有不耻之意,伍曉蔓《江西宗派研究》即認爲胡仔誤記。本文認爲,即便晁冲之實有仕於大晟府之舉,也不是其中的主要詞人,且他一直以陳師道門人自居,保持着與吕本中等人的密切交游,故本文仍將其歸入元祐子弟後學的交游圈。

㉗ 伍曉蔓《江西宗派研究》,第 341—342 頁。

㉘《楊時集》卷一一《語録二·京師所聞》,中華書局,2018 年,第 284 頁。

㉙ 崇寧五年後,朝廷多次重申對上書邪等人的入都之禁,甚至直到政和五年仍下詔禁任在京差遣。不過,史料中不乏上書邪等人大觀、政和間入京的記載,可見這一禁令并未嚴格執行,詳參朱義群《北宋晚期黨禁的形成與展開》第四章第三節。

㉚ 吕本中《師友雜志》,大象出版社,2019 年,第 167 頁。按,趙演爲吕希哲的女婿;夏旄曾拒絶安惇薦舉,又與吕本中交好;夏倪入江西詩派;汪革爲吕希哲門人。

㉛《首届宋代文學國際研討會論文集》,第 26 頁。

㉜ 吕本中《師友雜志》,第 161 頁。

㉝ 吕本中《師友雜志》,第 162 頁。按,"冲"字,原據《十萬卷樓叢書初編》本作"仲",誤,據《叢書集成》本改。

㉞ 祝穆撰,祝洙增訂《方輿勝覽》卷一七《江東路·南康軍》,中華書局,2003 年,第 313 頁。

㉟ 祝尚書箋注《吕本中詩集箋注》卷八,上海古籍出版社,2021 年,第 546 頁。

㊱ 吕本中《師友雜志》,第 165 頁。

㊲ 晁説之大觀元年冬得監華山西嶽廟,據其《與劉壯輿書》,次年春夏之交返京,在大觀三、四年間赴明州船場任之前,以祠禄官身份居於京師,政和三年又回京調官。

㊳ 朱弁撰,張劍光整理《曲洧舊聞》卷六,大象出版社,2019 年,第 281 頁。

㊴《吕本中詩集箋注》卷八《問晁伯宇疾二首》,第 511 頁。

㊵《吕本中詩集箋注》卷六,第 431—432 頁;卷八,第 551,553 頁;卷八,第 547—551 頁。按,首詩應作于吕本中政和四年入京調官時,其他時間則諸人無從在一處相聚。最後一組詩的時間跨度可能從政和四年到八年夏,詩題云"京師新鄭",概因晁説之、冲之兄弟在政和四、五年後先後移居新鄭,晁載之等其餘兄弟則留在京城,但新鄭距離開封不遠,諸人仍往來密切,可視作京城交游圈的延伸,故這組詩也反映了諸人京城交游的情況,一并討論。

㊶《皇宋十朝綱要校正》卷一七,第 479 頁。

㊷《吕本中詩集箋注》卷四《送一上人之京師》,第 253 頁。

㊸ 晁公遡《嵩山集》卷四七《送王子載序》,《文淵閣四庫全書》第 1139 册,第 261 頁。

㊹ 謝思煒《吕本中與〈江西宗派圖〉》指出,《宗派圖》創作契機是吕希哲謫居宿州等地時以吕家爲中心的文人

組織,反映了吕本中交游的情況,時間跨度從崇寧年間到其政和元年入京時結識晁冲之爲止,因此將此圖的作成時間繫於政和元年左右。伍曉蔓《〈江西宗派圖〉寫作年代芻議》(《四川大學學報》2004 年第 2 期)亦認爲,吕本中在大觀年間結識洪炎、江端本,與王直方通信,政和初與晁冲之交游,完成了與《宗派圖》詩人的交往,至此,總結"江西宗派"這一文學現象、寫作《宗派圖》的條件完全成熟。

㊺《吕本中詩集箋注》卷四《京師贈大有叔》,第 273 頁。

㊻ 晁説之《嵩山文集》卷七《疏墮》,葉 1a。

㊼《吕本中詩集箋注》卷八《問晁伯宇疾二首》,第 511 頁。

㊽ 蔡絛《鐵圍山叢談》卷四,大象出版社,2019 年,第 87 頁。

㊾ 吴曾《能改齋漫録》卷一〇,大象出版社,2019 年,第 26 頁。

㊿ 陳振孫《直齋書録解題》卷四,上海古籍出版社,1987 年,第 130 頁。

51 黎靖德編《朱子語類》,中華書局,1986 年,第 3119 頁。

52 胡寅《斐然集》卷二六《右朝奉大夫集英殿修撰翁公神道碑》,岳麓書社,2009 年,第 556 頁。

53 趙鼎臣《竹隱畸士集》卷六,《文淵閣四庫全書》第 1124 册,第 160 頁。

54 晁説之《嵩山文集》卷二〇《宋故通直郎眉山蘇叔黨墓志銘》,葉 23b。

55《宋會要輯稿》職官六九之一三,第 4904 頁。按,陳振孫《直齋書録解題》稱此書是蔡攸指使門客所爲,但四庫館臣指出,此書作於蔡攸竄逐之後,"黨與解散,誰與捉刀",其説可從。

56 永瑢等《四庫全書總目》卷一四一,中華書局,1965 年,第 1195 頁。

57 王明清《揮麈後録》卷七,大象出版社,2019 年,第 184 頁。

58 陳岩肖《庚溪詩話》卷上,丁福保輯《歷代詩話續編》,中華書局,2006 年,第 2 版,第 171 頁。按,宋人多有梁師成哭訴於帝前導致蘇文解禁的説法,但像洪邁《夷堅志》就主張徽宗相信蘇軾化身奎宿才是蘇文解禁的根本原因。奎宿之説當然出自杜撰,但以徽宗爲根本原因更加合理,權貴身處政權核心,熟知朝中動向,以上意爲向背,若非徽宗態度鬆動,梁師成可能都不敢自稱蘇軾"出子"。

59 葉夢得《避暑録話》卷上,大象出版社,2019 年,第 15 頁;趙善璙《自警編》卷二,大象出版社,2019 年,第 44 頁。

60 何薳《春渚紀聞》卷六,大象出版社,2019 年,第 135 頁。

61 胡寅《斐然集》卷一九《魯語詳説序》,第 374 頁。

62 胡寅《斐然集》卷二六《右朝奉大夫集英殿修撰翁公神道碑》,第 552 頁。

63 胡寅《斐然集》卷三〇《陸棠傳》,第 600 頁。

64 陳均《皇朝編年綱目備要》卷二九,中華書局,2006 年,第 750 頁。

65 舒星校補,蔣宗許、舒大剛校注《蘇過詩文編年箋注》卷八《書先公字後》,中華書局,2012 年,第 734 頁。

66 陳振孫《直齋書録解題》卷四,第 130 頁。

67 朱彝尊《曝書亭集》卷五二《書晁以道撰蘇叔黨墓志後》,《清代詩文集彙編》第 116 册,上海古籍出版社,2010 年,第 410 頁。

68 陸心源《宋史翼》卷二三《周行己傳》,浙江古籍出版社,2016 年,第 532 頁。

69 "朝""野"從字面意義而言,分指廟堂朝闕與江湖山林,就士人而言,指擔任朝官與隱居不仕。但這是處於兩極的情況,事實上存在很多中間情況,如數量龐大的各級地方官員,路、州、軍一級長官中固然有被朝廷重用而派往名藩巨鎮者,但宋代重内而輕外,很多州軍長官是因政治鬥爭而離朝的,他們將擔任地方官視作在野;而大量的州縣低級官員,對政權核心没有什麽影響,也可歸爲在野。元祐子弟在徽宗朝,無疑屬於在野士人。

70 如熙寧十年,蘇軾在密州任滿回京,"有旨不許入國門",只得暫住於京郊的范鎮家中(孔凡禮點校《蘇軾詩集卷一五《送魯元翰少卿知衛州》,中華書局,1982年,第725頁);元符年間,李之儀因其蘇門背景,被言官彈劾不可任京官(《宋史》卷三四四《李之儀傳》,中華書局,1985年,第10941頁)。

⑪ 雖然朝廷對上書邪等人入京不時申禁,但實際上執行并不嚴格。

⑫ 孔凡禮點校《蘇軾詩集》附録《趙夔序》,第2831頁。

⑬ 惠洪著,周裕鍇校注《石門文字禪校注》卷四,上海古籍出版社,2021年,第622頁。

⑭ 王庭珪《跋曹子方墓志銘》,《全宋文》第158册,第235頁。

⑮ 辛更儒箋校《楊萬里集箋校》卷八三《杉溪集後序》,中華書局,2007年,第3351頁。

⑯ 朱熹《晦庵先生朱文公文集》卷九〇,朱傑人、嚴佐之、劉永翔主編《朱子全書》(修訂本)第24册,上海古籍出版社,安徽教育出版社,2010年,第2版,第4191頁。

⑰ 胡寅《斐然集》卷一九《上蔡論語解後序》,第365頁。

⑱ 馬端臨《文獻通考》卷四二《學校考三》,中華書局,2011年,第1229頁。

⑲ 胡寅《斐然集》卷一九《魯語詳説序》,第374頁。

《聖宋名賢四六叢珠》所存佚文輯考

戴琳琳

南宋葉棻[①]編纂的《聖宋名賢四六叢珠》(下稱"《四六叢珠》")是宋代專門性四六類書中極具代表性的一種，爲我們認識南宋四六風貌、探討福建書肆編刻風氣保存了大量資料。該書成於慶元二年(1196)左右，由建安陳彦甫家塾刊刻，全書有百卷之巨，如傅增湘所稱"敘列詳賅，裁對工麗，於臨文采用裨助實多。洵詞林之淵海，文士之錦囊"[②]，書中文獻充實，存録宋人篇章、偶句甚夥，僅全篇文章就有 477 篇，散聯偶句更不計其數，是我們討論宋人四六觀念、分析南宋駢文創作生態的有力材料。然而該書引用文句皆不署出處，令人無從知其篇目、作者，且目前宋刻本已佚，僅有抄本存世，最易獲取的版本有諸多文本問題[③]，利用較爲不便，因此這部巨製一直没有引起學界足够的重視，書中大量不見於他處的佚文也未能得到發掘整理。本文通過對《四六叢珠》中所存的 477 篇文和 52 首詩一一檢核，輯得佚文 146 篇，佚詩 2 首。其中，有 73 篇文章爲《四六叢珠》獨存，另有 73 篇佚文和 2 首詩歌，雖亦見於别處，但皆不爲《全宋文》《全宋詩》所録，具有參校價值。本文依據浙江圖書館藏明抄本《四六叢珠》爲底本，參校以上海圖書館藏、日本静嘉堂文庫藏、遼寧省圖書館藏明抄本《四六叢珠》全本，以及《四六叢珠》的節選本天一閣博物院藏卧雲山房明抄本[④]，對《四六叢珠》中所存佚文略作考證。兹列作者可考者共十六家 17 篇於前，其餘佚文按照僅見於《四六叢珠》、既見於《四六叢珠》又見於其他文獻的順序，分别臚列如下，以資學界參考。

一、《四六叢珠》中作者可考的佚文

(一) 洪适

卷三十五"翰林承旨"

伏審光對渥恩，進承密命。職仍視草，清資不改於(比)[北]門；位益近槐，舊制别居於東閣。郵封所暨，輿頌相(惟)[歡]。恭(推)[惟]承旨内翰侍讀判省韻字宏(琛)[深]，風清高簡。龜[千]年而(無)[五]尾，鶴九皋而一鳴。才冠倫魁，曹、陸羞稱於童子;文兼衆妙,屈、宋當(件)[作]於衙官。既接武於夔龍,遂垂光於虹電。紫橐率春官之屬,白麻傳内相之詞。(恃)[侍]帝幄之咨詢,立儒林之盟載。典禮樂(爲)而草[儀]法,老先生意未能言;成書詔而周事情,它學士筆不得下。久積揚庭之望,共期隔坐之榮。尚即金坡,仰司王旨。其出如(論)[綸],其出如綍,安能久居此乎? 用汝作霖,用汝作舟,斯拱而俟之耳。(其)[某]縶官支郡,戀德石矑。聆異眷於恩閎,我心則喜;踵後厭於賀客,厥路無繇。

按,洪适(1117—1184),字景伯,號盤洲,宋饒州鄱陽人,紹興十二年(1142)中博學宏詞科,有《盤洲文集》八十卷,該文不見於此集,亦不見於《全宋文》。《橘山四六》卷二《賀俞右史》:"冠倫魁者,蓋傑特而間生"句下注:"《揚雄傳》迺捜逑索耦,皋伊之徒,冠倫魁。注:冠等倫而魁傑。洪适啓:'才冠倫魁,曹陸羞稱於童子;文兼衆妙,屈宋當(作)[件]於衙官。'"注文中所引散聯正出於《四六叢珠》卷三十五"承旨"細目中的全篇,可知該篇啓文乃洪适所作。

(二) 何極

卷三十六"待制"

伏承宸(扆)[寵]疏恩,禁廷陞職。逖聞顯擢,倍切懷(宗)[悰]。切以禁域西清,廣文内閣。傍近群玉,左睨廷英。寶創蔚若以中天,睿文森然而在笥。掌此者,兼侍從論[思]之地;位是者,必(倍)[陪]卿背側之臣。用爲階梯,多至丞弼。伏以某官學深賈董,思(校)[掞]常楊。歷蘭臺載筆之司,更(杜)[柱]史記言之任。久翔藩會,數試政能。果就拜於除書,固雅宜於素譽。某叨蒙眷契,尤慶寵音。先辱縢緘,第增銘荷。

按,該篇《全宋文》未收,又見於《五百家播芳大全文粹》(下稱"《播芳大全》")⑤卷十五"《賀林待制啓》何子建"⑥。何子建,事跡不詳,《播芳大全》"本朝名賢總目"中著録有"何子健極",則子建應爲其字。書中又收録其《賀鄭守啓》《赴任上李守左司啓》二文。

(三) 陳景周

卷四十"監察御史"

入(觀)[覲]天光,擢居風憲。繄(王)[正]人之獲用,知公道之攸開。除目肆放,朝僉允協。恭惟某官興邦巨哲,高世名流。期期抗直之風,(鶚)[諤]諤敢言之氣。衣繡持斧,素高擊斷之才;攬轡登車,夙起澄清之(忠)[志]。暫摅賢業,以著能名。割十九牛,而刃若發硎;擊三千里,而風斯在下。方江湖之遠,深懷魏闕之心;而鬼神之疑,遂膺宣室之召。載疇時望,允賴辰猷。親逢不諱之朝,屹若正色之地。明目張膽,(河)[何]狐狸之足抨;聚精會神,要藜藿之(下)[不]採。豈惟動山岳之重,蓋將書竹帛之光。庸見設施,進聯宥密。某受知惟舊,聞命云初。廣廈萬間,喜庇身之有所;尺書千里,恨趨慶之無階。

按,該篇《全宋文》未收,又見於《播芳大全》卷十二"《賀周察院啓》陳仲思"。陳景周(1167—1229),字仲思,丹徒人。嘉定十三年(1220)登進士第乙科,授迪功郎溧陽尉。周察院,不詳何人,察院即監察御史。

(四) 李處全

卷四十"谏议大夫"

疏恩詞掖,進位諫垣。凜風采於南臺,久持天下之正;振羽儀於東省,方格君心之非。儒先得輿,善類獲載。況蒙知之獨厚,幾欲舞而不持。惟爭臣古者七人,蓋公師至於四輔。自秦而降,始異秩以設官;由漢以來,常擇賢而授職。我列聖以人爲鑑,從善若流。馬范(壯)[伏]蒲,神文定策而與子;蘇劉書笏,元祐更法以靖民。(曆)[歷]数二百年之間,何止六七[公]而已。國家安治,社稷靈長。固皇天眷祐之深,亦諸老維(時)[持]之効。屬昭代聖明之在上,斯異才磊落以相望。朝無頹綱,國有元氣。恭惟某官學窮精祲,識照幾先。老成重於典刑,達廉尊於德齒。獨行之操,渠肯枉尺而直尋;難進之風,足以廉貪而立懦。(目)[自]躬輿行,與世作程。逮白(肯)[首]以來歸,仰丹心之益壯;名不求而自至,道欲晦而彌光。仰俯伍年,[周]旋三院。如逐鳥雀,士欽尊主之忠;安問狐狸,(中)[衆]服擊强之勇。雖傾心於向日,数引輿於歸雲。姑爲上留,寧許公去?逮兹顧擢,誰復異辭。尚小俟於夙宵,將大明於邪正。切(嗟啄)[磋琢]磨,懿君德於珪璋;芟夷蘊竈,盡農工於稂莠。矧諫行言聽,奚俟引裾;然爵高憂深,更觀補衮。行(移)[趨]紫樞之拜,旋膺黄(閲)[閤]之求。房杜遜賢,當見忠良之(辦)[辨];禹稷同道,曾何出處之疑。某薄宦官数[奇],孤蹤寡與。幸登門之最舊,辱倒屣之甚勤。骫骳之文,每借詞人之目;(跈諤)[跉竮]之跡,莫酬國士之知。念(篇)[偏]親垂暮之年,落窮裔非人之境。蛋蠻爲伍,魑魅相鄰。瘴霧襲(惟)[帷]於清晨,山鬼吹燈於靜夜。踐蛇茹蠱,未卜生還;附鳳攀鱗,敢圖彙進。(輙)[輒]憑尺牘,聊寫寸誠。涸如轍鮒之(楊)[揚]鬐,瘠甚轅駒之驤首。一貴一賤,真泥蟠而天飛;三沐三薰,傾景從於燚舉。

按,李處全(1131—1189),字粹伯,號晦庵,祖籍徐州豐縣,南渡後僑居溧陽,高宗紹興三十年(1160)進士,有《晦庵詞》,無文集傳世。《橘山四六》卷一《通施司理》:"聯其官治,信五刑五教之相資;藥以忠言,尚三沐三熏而有請。"句後有注:"李處全《賀單諫議啓》:'一貴一賤,真泥蟠而天飛;三沐三熏,願景從於猋舉。'"從該聯注文中可知,《四六叢珠》卷四十"諫議大夫"中的這篇文章正是李處全的《賀單諫議啓》。單諫議即單時,字行可,常州宜興人,單錫孫,徽宗宣和六年(1124)進士。《齊東野語》卷一中曾記載:"女真使烏林答天錫到闕,要上降榻問金主起居。贍軍酒官丁逢上書乞斬之,即日引對,遂極論前侍御李處全及故諫議大夫單時貪污事。即與改命入官,陞擢差遣。"⑦關於《齊東野語》中提到的李處全及單時貪污之事,其他史料未載,反而在《宋史》《宋會要輯稿》等書中二人形象都相對正面,《齊東野語》的作者周密(1232—1298)生活時代距之僅有百年,所記或有一定可信之處,可惜在現存文獻中不僅找不到與此事相關的材料支撐,二人之間的交往亦全無蹤跡。如今有賴於這篇賀啓的發現,二人的交際網絡便可勾連起來,文中僅從"幸登門之最舊,辱倒屣之甚勤"一句就可見出二人交情的深久,而文末李處全對自己身處窮鄉僻壤、期求垂憐的描寫,更體現出兩人地位懸殊、李處全對單時有所請托的關係態勢。此文篇幅極長,行文中亦不吝溢美之詞,與應付尋常交際而作的格套文章區别鮮明,足可作爲史料爲《齊東野語》中的記事提供一些補充。

(五) 于觀

卷七十六"内簡"

《賀參政正小簡九幅》

孟陽紀候,四序啓開。共惟弼亮公忠,天人參介,鈞候興居萬福。某代匱偏城,仰叨雲蔭,尚稽參拜鈞墀,謹具柔訥,申詷記府。

仰承寢餗之儀,祗載右楮,不審邇辰鈞用何似。欽想翼宣盛美,道茂經綸,戩穀(不)[之]繁,明靈默贊,更祈重爲社稷生靈,精調茵鼎,下符祝頌之謹。

元正啓祚,品物俱榮。仰惟大忠碩德,輔行洪化,遐齡景福,山聳川增,下僚傾頌,尤爲切至。

恭惟某官久大德業之資,當盛旦昌期之會,備攄妙藴,佐佑聖神。變化之動,加被草木,岩瞻之望,簡在宸衷。佇聞榮陟元臺,輔隆洪祚,卑情不勝祈向之切。

歲律更端,椒觴稱壽。玆爲彝禮,今古所同。遠想簪履盈庭,冠盖旁午。某以拘縶吏役,阻造門輣,憑毫褚以代慶儀,伏乞矜察。

某疏逖庸微,邈在邊圉,仰視大府潭潭,何啻霄壤。前此不自量分,占貢竿牘,以爲升辰之慶。逮玆元旦,復拜緘封,盖以懷感德誼,殫布悃愊,不敢自後於輿人。冒犯之愆,仰覬原貸。

某迂愚下士,久荷函容,黽勉蕃宣,苟逃譴斥,感銘厚德,實倍常倫,更蕲包匿荒垢,俾獲保全。依禱之私,非言可既。

鈞門外眷,伏惟中(瀛)[外]咸膺殊祉,河陽或有鈞委,幸賜約束。

按,該文《全宋文》未收,又見於《播芳大全》卷五十六"《賀參政正小簡》余子儀"。于觀,事跡不詳,王安石《臨川集》中有《奏舉人于觀大理寺丞制》一文,推測于觀應活動於仁宗、神宗朝,《播芳大全》"本朝名賢總目"中著録有"于子儀觀",則子儀應爲其字,《播芳大全》還收録其《賀宫使復趙待制啓》一文,作者著録爲"于子儀",卷五十六中或誤作"余子儀"。

(六) 李善芝

卷七十六"内簡"

《賀參政冬小簡七幅》

冬律屆中,朔風凝凛。共惟恊贊政機,天錫純嘏,鈞候燕興萬福。某遠託幪覆,尚稽瞻拜履絇,(堇)[謹勒]手啓,申塵記史。

載詗寢餗之儀,已列前楮,比辰不審鈞履何似。緬惟寅亮天工,休有神相,茂集繁祉,七日來復,萬寶潛萌。仰祈上體眷懷,精加調衛,以副中外之望。

某官以宗工矩儒,經綸之業,贊襄黼扆,勤劳王家,弼成至治,宸衷眷厚。右揆久虚,佇聞渙號之行,别條賀牘,士夫之論,罔不同之。

竊觀比載以來,三光全而寒暑平,五穀熟而人民育,道洽政治,上恬下熙,葉氣横流,頌聲並作。盖由同心恊謀,彌縫輔贊,以共成不拔之功。某承之偏壘,得與遠方黎庶鼓舞化鈞,不勝欣幸之至。

星回昴陸,化日肇舒。共惟某官道與時升,百祥萃止。某限以拘守官箴,阻趨墻仞,第勤傾頌之誠,輒修慶削,上浼典籤,伏幸鈞察。

某一介寒微,仰荷埏埴,雖瞻望崇墉,執隔天壤,而傾依戀慕之誠,夙夜無已。自(雇)[顧]孱微,宜安薄分,故不敢数貢柔緘,以取狂占之罪,引領鈞墀,恨無飛向。

某才韻枯梗,無他枝能,久竊誤恩,分符支郡,實賴鈞造包含,未歸司敗,私衷感戴,未易名言,更冀盛德優容,益垂覆庇,卑悰無任依歸之劇。

按,該文《全宋文》未收,又見於《播芳大全》卷五十六"《賀參政冬小簡》李久善"。李芝,字久善,生卒不詳,蜀人,善作詞,累官至提刑。"李久善"之名多見於詞集、詞話、筆記,如《宋名家詞》《詞苑叢談》《能改齋漫録》等,但向來只知其字,不曉其名,《播芳大全》"本朝名賢總目"中著録"李久善芝",據此可知此人名芝。郭印(1090—1169後)⑧《雲溪集》中《陪程元詔文彧李久善游漢州天寧元詔有詩見遺次韻答之》《次韻李久善近詩四首》二詩、王灼(1105—1181後)[⑨],《頤堂先生文集》中《題雲月圖王賓王畫〈峨眉月〉〈巫山雲〉二圖,仍大字寫李白詩,李久善亦大字寫子美巫山詩附其下》一詩,史堯弼[⑩]《蓮峰集》中《與李久善參議》一文曾提及此人,觀郭詩、王詩,皆爲平交口氣,而史文盡爲干謁之辭,推測李久善應生活於北宋末至南宋初。這篇小簡是李久善向參政祝賀冬至節而作,因不詳時間,不能明確時任參政爲何人,文中提到"某承之偏壘"、"分符支郡",則李久善當時應在地方任職。

(七) 張守

卷八十四"婚書"

《問親書》

(碩)[願]聽月評,(秘)[毖]聞風範。辱在美仁之契,宜先嘉偶之求。某弟幾男少習義方,粗供子職。伏承令女小娘幼閑内則,克著婦儀。敢因媒妁之詞,遂(紼)[締]婚姻之好。仰遵慈訓,欽候好(昔)[音]。

按,該文《全宋文》未收,又見於《播芳大全》卷八十六"《定親書》",《婚禮新編》卷二"張參政全真"[⑪],《新編事文類聚翰墨全書》("下称《翰墨全書》")乙集卷六"《又》江程萬"[⑫]。《播芳大全》未載作者,而《婚禮新編》與《翰墨全書》則記載不一。比較二者,《婚禮新編》二十卷,爲南宋福建人丁昇之所集,書成於光宗紹熙年間(1190—1195)[⑬],今存宋刻元修本,本篇《問親書》所在的書葉爲南宋原刻[⑭]。而《翰墨全書》208卷,爲宋末元初時福建人劉應李所編(下將此種版本系統稱爲"大德本"),成書於元大德十一年(1307)前[⑮],最初的"大德本"系統包括元刊本和明覆大德本兩種子系統,其中元刊本僅存兩部殘本,本篇《問親書》所在卷帙皆不存,今存明覆大德本《翰墨全書》中此篇作者作"江程萬"[⑯]《婚禮新編》與《翰墨全書》記載不同,以《婚禮新編》的成書時間與《四六叢珠》成書於慶元二年(1196)前後這一時間最爲接近,存世版本更早,推測此文作者爲張守。張守(1084—1145),字全真,一字子固,自號東山居士,晉陵人,紹興七年(1137)拜參知政事,有《毘陵集》傳世,原本五十卷,今僅存十六卷拾遺一卷,該文不見於集中。

(八) 江元吉

卷八十四"婚書"

《定書》

居(固)[同]里閈,聲華未齒於(崔)[萑]蘆;勢隔崇卑,匹敵敢當於秦晉。豈意諧占於得鳳,遽聞冒慶於乘龍。伏承潁川學士令女婦順多儀,(樆)[縭]裝已結。(卜)[小]姪庭諄雖篤,裀坐未升。(偶)[偶]資齊黼之和,遂致楚蘺之美。諒匪素知之可取，方期辭大以圖安。深念夤緣，預告休於月老；成玆嘉會，爰有兆於冰人。雖曲禮(立)[之]三千，隆於合好；須純白之五緉，用以將誠。謹列數陳，殊增悚愧。

按，該文《全宋文》未收，又見於《播芳大全》卷八十六"《送定書》吴元吉"，《翰墨全書》卷六"《又》江元吉"。江元吉，事跡不詳，《播芳大全》"本朝名賢總目"中未見著録，《婚禮新編》卷九又録其"《幼婚》"一文。

(九) 歐陽彦成

卷八十四"婚書"

《定書》

里(閭)[閈]甚邇，鷄犬相聞。惟氣聲之稍同，故婚姻之敢議。某以(年)[男]某年將踰冠，中饋尚虚。伏承某人小娘姆訓素崇，婦儀夙著。既荷鳳占之諾，用伸雁幣之儀。輒有筐箱，委於庭下。

按，該文《全宋文》未收，又見於《播芳大全》卷八十六"《送定書》歐陽彦成"。歐陽彦成，事跡不詳，彦成應爲其字，《播芳大全》又收其《答求親書》。

(十) 張守

卷八十四"婚書"

《回定》

言念禮本爲昏，是爲(方)[萬]世之始；人惟求舊，實交二姓之歡。薦辱好逑，欽承高誼。某女子含飴(謹)[鍾]愛，粗聞女(誠)[誡]之辭。伏承某人令嗣禁臠稱珍，(風)[夙]藹士林之望。襲(言)[吉]占於鳴鳳，追妙譽於乘龍。嘉命唯違，欣悰增激。

按，該文《全宋文》未收，又見於《播芳大全》卷八十六"《回禮書》"，《翰墨全書》卷六"《又》張全真"。張守，見前文，《毘陵集》中未收此文。

(十一) 江程萬

卷八十四"婚書"

《繫臂》

字浹風霜，坐愧傳家之術業；名知草木，夙欽奕世之聲猷。玆實出於夤緣，得遂伸於盟好。恭惟親家某人令女子[小娘]子早閑(娘子)姆(試)[訓],式宜許嫁之前笄。而某姪某粗涉儒流,行且成人而及冠。(津)[肆]媒斧之得請,恊鳳占之告從。感佩之(城)[誠],敷宣奚罄。有少微幣,具於别箋。

按,該文《全宋文》未收,又見於《播芳大全》卷八十六"《繫臂書》",《翰墨全書》卷五"《繫臂啓》江程萬"。江程萬,見前文。

(十二) 李吕

卷八十七"淨獄"

國家閒暇,堯仁方徧於九垓;囹圄空虚,漢律遂收於百罰。幸逭承宣之責,實繄覆燾之功。用照謝於洪私,庶導迎於和氣。明謹而不留獄,敢矜五聽之精;穮蓘必有豐年,更賴三清之助。

按,該文《全宋文》未收,又見於《播芳大全》卷七十四青詞"《淨獄設醮青詞》李文老"。李吕(1122—1198),字濱老,一字東老,號澹軒,邵武軍光澤(今屬福建南平市)人。其行事不見於史傳,據周必大所撰墓志銘,知其十四喪父,能自立,學於從叔西山先生郁,年四十棄科舉,讀《易》六十四卦,皆爲義説,總覽百家,尤留意《資治通鑑》,著有《澹軒集》十五卷、《周易義説》。《澹軒集》原已不傳,後於 2006 年在四庫稿本中發現[17],爲《永樂大典》輯佚八卷本,此文收於卷七。《播芳大全》將此文作者著録爲"李文老",不知所據爲何。李文老,事跡不詳,文老應爲其字。晁補之(1053—1110)《雞肋集》卷三十五有《送李文老序》,文中稱"余意文老年少氣豪,輕外累,殆意同則悦,不知其他。不然,以其諸父厚余,故文老亦慕余,其可也"[18],李文老應爲與晁補之同時的晚輩。

(十三) 趙鼎臣

卷九十三"祭賽"

方歲之春,俶載南畝。惟爾有神,相我稼事。既敬既戒,神其佑之。

按,該文《全宋文》未收,又見於《播芳大全》卷八十四祝文"《立春祭勾芒神祝文》",《翰墨全書》卷五"《祭勾芒神》竹隱畸士"。趙鼎臣(1071—?),字承之,號葦溪翁,衛城人。元祐六年(1091)進士,紹聖二年(1095)復登弘詞科,歷度支員外郎、右文殿修撰知鄧州,官至太府卿。有《竹隱畸士集》二十卷,此篇未收入集中。

(十四) 真德秀

卷九十四"祈晴"

大江之西,卑薄之域。上田高仰,下田沮洳。三日雨則渴日,十日晴則望雨。民雖力穡,成功則天。雨(賜)[暘]之禱,屢(千)[干]於神。惟神廟食,歲(極)[拯]民病。今兹闕雨,敢以民請。寸雲尺澤,呼吸之間。神實司之,以惠斯民。

按,該文《全宋文》未收,又見於《播芳大全》卷八十五祝文"《祈晴祝文》西山居士"。真德秀(1178—1235),字希元,一字景元,更字景希,號西山,建州浦城人。慶元五年(1199)進士,有《西山先生真文忠公文集》傳世,集中未收此篇。

(十五) 翁塞翁

卷九十七"生辰"

梅折南枝,卓冠群芳之首;日旋北陸,坐凝六子之功。局此休辰,宜生碩輔。恭惟判府侍郎鈞璜流裔,浮磬儲祥。長庚獨殿於列星,巨柏後彫於衆植。孕靈鄂渚,文章蘊得助之(仁)[江]山;仗(命)[節]淮(儒)[壖],威望有知名之草木。爰持從槖,出鎮雄藩。寬帝心宵旰之憂,當方面古今之寄。自非魁舊,曷際風雲。方大皡之司寒,協大人之(古)[占]夢。用伸善頌,仰贊遐齡。伏願侍郎三壽作朋,百禄是荷。功保汾陽之終始,德符周相之期頤。維石巖巖,長翊南山之壽;泰階兩兩,永扶北極之尊。輒採輿言,上陳口號:天上麒麟瑞世時,朧梅初坼向南枝。氣鍾沔鄂江山秀,名滿乾坤草木知。節義中朝新(桂)[柱]石,文章多士舊蓍龜。願將元斗還公柄,盡(把)[挹]銀河作壽(危)[巵]。

按,該文《全宋文》未收,又見於《播芳大全》卷九十樂語"《高侍郎生辰》翁塞翁"。翁塞翁,事跡不詳,塞翁應爲其字,《播芳大全》卷九十又收其《餞江給事》一文。

(十六) 王賞

卷九十六"樂語"

冠帶之徒以億萬計,朋來幾擬於橋門;賢能之士近七十人,妙選可(晞)[希]於闕里。肆舉賓興之禮,成講樂育之勤。解元先輩學富春華,氣横秋鶚。皆(逢)[蓬]海仙山之秀,或(伴)[泮]林翹楚之英。方賈勇以俱前,遂[先]登於得俊。聲音載好,将遷(上)[土]苑之喬;頭角已生,只待禹門之限。某官文章元帥,道德主(明)[盟]。大鈞廣播於無(跟)[垠],小子悉蒙於有造。文翁所至,首隆學校之風;常衮初來,盡變詩書之俗。速肖賴作成之德,式遄勤勸駕之儀。宫使閣學尚書禁路月星,英瀛斗嶽。率德表行,儒宗推一國之尊;論秀升材,鄉老藉六卿之重。知宗中大闡前振後,樂善好能。老成首揭於典刑,信厚踵承於標的。提刑中大清澄風俗,宣布詔條。周咨靡倦於詢謀,勸勵每崇於文雅。亦有同流之佐,共成贊治之功。興賢興能,登子天府;載色載笑,烝我時髦。賁然來(恩)[思],云(乎)[胡]不喜。篚(弊)[幣]以将厚意,維(繁)[縶]以承今朝。既有嘉賓,共鼓瑟吹笙之樂;請陳(木枝)[末技],奏回風舞雪之容。不揆蕪音,敢呈口號:一(禮)[札]芝泥下九天,紛紛(抱)[袍]雪滿英瀛。衣冠直比橋門盛,俊秀洋如闕里賢。近歲江沙仍漲合,明年禹浪好爭先。三山自是神仙窟,誰作人中第一仙。

按,該文《全宋文》未收,又見於《播芳大全》卷九十樂語"《鹿鳴宴》王望之"。王賞,字望之,眉州眉山人,當弟。崇寧二年(1103)進士,累官禮部侍郎,兼直學士。忤秦檜意,出知利州。提舉江州太平興國宫卒。爲文師蘇軾,有《玉臺集》,已佚。

(十七) 陳克

卷九十八"文"

《平江府譙門上梁文》

東南奥壤,安堵者垂二百年;表裏湖山,環居者踰(千)[十]萬户。持麾出守,當寧蒐賢。曩胡騎之長驅,致名都之掃地。干戈(兩)[甫]定,年穀屢登。人心思樂土[之]鄉,天子(輙)[輟]禁林之重。一新耳目,果振風麾。增修城(廟)[郭]之雄,(侵)[浸]復里閭之舊。民欣載見,盛及前時。未崇譙閣之宏模,(有)[猶]闕會都[之]壯觀。惟翠閣之仰止,翃羽(檄)[檄]之(楗)[捷]馳。回鑾復返於神京,警蹕暫停於天仗。非加偉(扯)[壯],曷(來)[表]寅恭。爰因衆志之樂爲,遂建雄居而望幸。層臺霞映,曉角風傳。從容卧治之餘,際[會]落成之日。篇章間發,森畫戟以凝香;僚佐交歡,據胡床而嘯月。共慶中興之盛,行躋極治之風。敢奏歡謡,以申善頌。

東,十萬人家烟靄中。海色澄波春淡蕩,日華披露曉曚曨。

西,闔闔斜陽一望迷。月竁會瞻星緯動,玉關新報燧烟(依)低。

南,春入(鎗)[滄]浪水漲藍。寒食故園猶舞蝶,薰風新令欲宜蠶。

北,虎寺蒼蒼呈瑞色。窮胡聞道奏除書,野老何知蒙帝力。

上,百(人)[尺]齊雲誇大壯。風傳飛將定神京,日望回鑾駐天仗。

下,萬頃湖光連(線)[緑]野。[聖]德幽通(五)[玉]燭明,天波遠接銀河瀉。

伏願上梁之後,皇風遠暢,眷澤咸蒙。聲綿宇永銷兵革,率編户復業農桑。穆穆嚴(裏)[衷],仰一人之端拱;丕丕寶歷,享萬福以延洪。寵賚專(職)[城]之重,風移澤國之雄。野無犬吠,庭皆圄空。歌鹿鳴於(大雄)[小雅],喊鸞聲於(浮)[泮]宫。然後率勵在官之守,(蓋)[盡]同(載)[戴后]之忠。享榮名於有永,保休寵於無窮。

按,該文《全宋文》未收,又見於《播芳大全》卷九十二上梁文"《平江府譙門上梁文》",《(洪武)蘇州府志》卷四十八"《平江府婁門上梁文》宋陳克",《永樂大典》卷三千五百二十五"《播芳大全集》《平江府譙門上梁文》"。陳克(1081—?),字子高,自號赤城居士,臨海人,僑居金陵,貽序子。不事科舉,吕祉帥建康辟爲屬,紹興中爲敕令所删定官。工詩詞,有《天台集》,今不传。平江府,即今江蘇省蘇州市。譙門,建有瞭望樓的城門。

二、《四六叢珠》獨存而無考的佚文

以下爲獨存於《四六叢珠》中的佚文,題目、作者皆不可考,共 71 篇,按其在《四六叢珠》中所在卷序排列:

1. 卷一"登極"

真人御極,紹曆数之自堯。天下傳家,大謳歌之歸(咎)[啓]。社稷衍(蔡)[纂]圖之慶,幅員葉受命之符。兆姓均歡,萬民咸覩。臣某誠惶誠抃,稽首顿首。恭惟皇帝陛下仁弘濟众,道大盡倫。探寶策之卜年,世傳於萬;欽龍楼之問寢,(目問)[日朝]者三。積孝德以在躬,允(惡)[慈]仁之棄屣。緊天開於賢聖,慰雲望於生靈。聰明睿智,足以臨丕闡繼承之美;仁義禮樂,皆其具翕新治化之隆。臣廢棄餘生,欣聞聖事。望(諭)[賒]天日,莫陪龍攀鳳(舞)[附]之榮;化及昆虫,均此魚躍鳶飛之樂。臣無任瞻天仰聖激切屏營之至。

2. 卷十二"辭免"

囊封上奏,祈中止於涣恩;綸制下臨,尚申頒於巽命。苟過讓微之分,宜殫跼蹐之辭。伏念(日)[臣]受材拙疏,逢辰休洽。久蒙推擇,擢在宰司。竟之猷爲,可裨政績。名叨聯於舊弼,實未著於新功。久矣衰遲,方切投閑之念;霈然優渥,[遽聞誤寵之加。雖]湛恩不間於戚[疏],顧平進敢萌於超越。用陳肝膽,[再徹雲天。於義]靡安,得請乃已。伏望皇帝陛下堯聰委聽,漢度并容。[峻級崇資],儻獲逃於虚授;孤根弱植,庶幸免於疾顛。(目)[臣]無任。

3. 卷十二“辭免”

有命自天,未反惟行之令;措躬無地,難逃非據之危。[瀆敢避於再]三,情冀伸於萬一。竊以自古在昔,若帝與王,誕[膺受命之符,必有]名世之士。出爲輔弼,共成治功。如(目)[臣]迂愚,涉道[膚淺。老將至而耄]及,心不競而力疲。雖居求舊之朝,曷補維新之政。更貪寵渥,允謂超踰。儻泯默而不言,將悔尤之必至。伏望皇帝陛下仁深善貸,道在曲成。察(目)[臣]斷斷以無他,許(目)[臣]區區而自守。戴高食厚,粗明止足之心;履地載天,庶無俯仰之愧。[臣]無任。

4. 卷十二“謝除授”

飛(籠)[龍]在御,新景命於中天;颺誥揚廷,首徽章於近輔。莫逐循墻之請,曷勝臨谷之憂。伏念臣蚤出寒鄉,晚陪興運。祇事四朝之久,策名二紀之餘。幼學壯行,年歲忽焉其已暮;遭時遇主,功列如此其甚卑。屬乾造之有開,仰離明之繼照。神人歡喜,中外晏安。賴天隆康,顧臣何力。敢謂清衷之眷,曲成茂典之憂。俾獵進於文階,仍兼領於户賦。傴僂升高之可笑,支離受粟而不慚。自視歉然,何以得此。兹盖伏遇皇帝陛下中正履位,清明在躬。日月炳其重(先)[光],盖無幽之不燭;雷雨涣於作解,將與物以爲春。致是罔功,亦叨殊獎。臣敢不丹誠許国,白首奉公。櫜弓矢而晝封圻,儻遂敉寧於區(下)[夏];掛衣冠而乞骸骨,將期歸老於山休。

5. 卷十四“到任”

臣某已於某月某日到本路界交割安撫司職事,某月某日至建康府交割府事訖者。邊城因任,復逾下考之書;奎閣陞華,薦界陪京之寄。肅恩俞之狎至,凛綿薄以奚勝。亟次部封,具宣德意。臣誠惶誠恐,頓首。伏念臣蚤從冗散,屢被使令。孝宗總該之朝,久依光於日月;壽康繼承之後,濫聽履於星辰。誠千載之遭逢,荷三朝之簡拔。再臨現首,四换歲華。幸年事之順成,泛夕烽之寧謐。實宣廟算,敢冒大功。蒲柳易衰,嘗控歸田之請;松楸闕省,欲躬除道之修。忽被選掄,靡容懇避。祥開王氣,鎖宫殿之千門;勢据(安)[要]衝,列貔□□□□□□□□□□旒。矧歲薦飢,維民艱食。並用撫厚,□□□□。□□□□□□□□□□□□□□□。豈緊賤忍,復踵後塵。今□□□□□□□□□□□□□□□□於大訶。兹盖伏遇皇帝□□□□□□□□□□□□元御極,遡瞻正朔之新;任賢使能,兼取短長之策。致兹幺麽,有此徽踰。臣敢不淬礪初心,激昂先志。飛湍千里,當深思固圉之方;繫(揖)[楫]中流,庶毋負教忠之訓。臣無任感天荷聖激切屏營之至,奉表敷謝以聞。臣誠惶誠恐,頓首頓首。謹言。

6. 卷十四"遷秩"

伏奉(話)[誥]命授臣正議大夫,加食邑一千户。食實封四百户,累(其)[具]辭免。伏蒙聖慈特降中伎,賜臣不允批答,仍断來章者。帝王傳統,歷数千載以相望;綸綍疏恩,於二三臣而特異。念充員而無補,首進秩以叨榮。祗命而還,拊躬罔措。臣誠惶誠懼,頓首頓首。伏念臣(惟)[性]資不武,識慮非長。起家於嶺嶠之一方,本無聞見;(杭)[抗]論及人臣之大節,力自激昂。因兹簡記於淵衷,自是踐(楊)[揚]於華貫。召從蜀道□□□□□□□□□□□□□□□寒;(邦)[積]官而至言品,已自僥逾。幸□□□□□□□□□□□□□□□□□□□貽後,誤叨注意之深。□□□□□□□□□□□□□□於歲□□□月,不能裨補於分□□□□□□□□□□□□□□責望。敢希異渥,先及罔功。兹盖伏遇皇帝陛下德與天通,動爲世則。脱屣萬乘,躬晨昏定省之勤;廣羅人材,爲子孫久長之計。有如(遇)[愚]拙,亦預甄收。臣敢不恪守賢規,仰承聖意。以公道弥綸於萬務,以誠心來率於百僚。論方今時政之宜,所當先舉;至稽古禮文之事,姑俟後圖。臣無任感天荷聖激切屏营之至,謹奉表稱謝以聞。臣某誠惶誠恐,頓首頓首。謹言。

7. 卷十四"遷秩"

伏準告命授臣正奉大夫,加食(品)[邑]五百户,食實封二百户者。叨贊中樞,夙荷乾坤之施;親逢内禅,更霑雨露之恩。冒寵若驚,逢辰之幸。臣誠惶誠懼,頓首頓首。伏念某禀(贊)[資]固陋,植學空疏。蚤奮跡於寒鄉,獲受知於貞主。白頂至踵,悉出生成;碎首捐軀,莫知報(寒)[塞]。當脱屣萬機之際,猶留神四近之際。有若(益)[孱]庸,亦在□擇。獲(輪)[輔]推新之政,率由貽燕之謀。自愧罔功,例叨鄉爵。莫寢已行之命,徒深非据之虞。雖曰彝章,實依洪造。兹盖伏遇皇帝陛下功威不宰,道大難名。(羔)羹墻見尭,每不忘於孝慕;歷数命禹,遂高蹈於希夷。猶與察父之慈,俯記微臣之舊。臣敢不永銘恩紀,克勵官箴。强本以折衝,思寢未形之患;有常而立武,益殫盡瘁之忠。臣某無任感天荷聖激切屏营之至,謹奉表陳謝以聞。臣某誠惶誠懼,頓首頓首。謹言。

8. 卷十五"生日頒賜"

門弧紀旦,方感於劬劳;臺饋頒恩,遽承於優渥。凌競下拜,感激知慚。伏念臣被遇两朝,叨榮三事。屬大人繼四方之照,獲自託於風雲;而嘉會有千載之逢,曾莫裨於塵露。敢期(陞)睿眷,特舉彝章。資燕嘉於私庭,賁光華於蓽室。兹盖伏遇皇帝陛下加惠同體,曲軫欽鄰。記其載育之辰,(由)[申]此示茲之禮。物儀有腆,顧孱陋以何(人)堪;天賜難酬,誓捐糜而後已。

9. 卷十五"生日頒賜"

門弧之設,俯記於始。□□□□□□□□□□□□□□□□□□□□□報稱蔑然。伏念臣猥以凡□□□□□□□□□□□□□□□□□□有加,尚致養賢之禮。□□□□□□□□□□□□□□□□□推□乾道之仁。篤臣鄰之□□□□□□□□□□□□□□□□□□□。□不逮親,徒念南垓之戒;忠以衛上,敢忘天保之恩。臣某無任感天荷聖激切屏营之至。

10. 卷十五"謝賜曆日"

臣某言准都進奏院遞到,宣一道賜臣紹熙四年會元萬年具注曆一卷。臣已望闕(道)[遥]謝,祇受訖者。膺(夢)[舜]曆以在躬,紹明聖統;行夏時而布治,誕降新書。寵拜恩光,仰知德意。(日謀)[臣某]誠惶誠懼,頓首頓首。恭惟皇帝陛下功參化育,道妙弥綸。調玉燭以致和,在(幾)[璣]衡而觀象。清臺諫候,正四序以不忒;太史詔頒,衍萬年而無極。肇修人紀,敬受民時。臣承札惟新,班春伊始。遥瞻象魏,一遵寬大之條;願與編(氓)[民],共樂舒長之化。臣某無任感天荷聖激切屏營之至。

11. 卷二十四"宰相"

顯册(楊)[揚]庭,真儒正位。鹽梅麴蘖,兹謂明良之一時;甲胄衣裳,更兼文武之二柄。中外禔福,華夷均(權)[歡]。竊以天地之交,群生以遂;君臣之際,千載所难。孰能相(傳)[得]而益彰,是必至誠而無息。天同神比,夢卜有以通其靈;聲應氣求,膠漆不足言其固。大任所降,(其)[具]瞻惟孚。恭惟某官學奥而識明,道周而器博。非禮勿履,照然見正大之情;不疑所行,隤然得直方之體。契謀猷於禁橐,閱歲月於政途。同寅協恭,矜而不爭,群而不黨;盡忠補過,誦而無諂,諫而無驕。九重深倚於幾康,四海想(間)[聞]於風采。副大旱作霖之望,遂巨魚縱壑之游。疇兹若時,爰立作相。謨合(皇)[皋]陶,言合稷契,□□都俞,(呼)[吁]咈之間;壽若高宗,俗若成康,皆自輔贊,弥逢之用。永□□聖,迄致(大)[太]平。如某者鄭里孤生,韓門舊物。賀深大厦,迹繫左符。喜顔淵之遇明王,千歲遂無於戰鬭;(郊)[效]吉甫之作大雅,八章敬誦於清微。忻詠愚(衆)[衷],倍萬彝品。

12. 卷二十五“給事中”

恭審錫命中宸，進班夕拜。持槖簪筆，位既峻於瑣闈；正笏垂紳，忠益殚於黼扆。俊傑登用，国家增榮。恭惟某官玉潔無瑕，金堅不撓。學窮六藝，略紙上之空言；識照百爲，浩胸中之奇藴。依光聖進，泛駕夷途。君舉必書，凛螭坳之直節；予言其代，藹鳳掖之能聲。旋奉皇華，遠馳紫塞。發越忠義之氣，(門)[闡]揚道德之威。群酋慕李揆之名，萬里歸屬国之節。益隆望實，薦被褒遷。喉舌攸司，兼總納言之任；羽儀增重，載高批(教)[敕]之風。側聽制音，進陪国論。某夙蒙契眷，每荷提撕。岸側沉舟，傍閱千帆之(遇)[過]；籠中剪翮，仰看百鳥之翔。棲遲猶困於青衫，牢落漸彫於異髮。雖雲泥有間，空弹貢(民)[氏]之(氣)[冠]；然岩谷久寒，願借鄒人之律。

13. 卷二十五“起居郎起居舍人”

凝旒孚(令)[金]，汗簡進賢。占柱下之一星，珠躔有耀；冠螭頭之二史，金陛生風。晉接之初，泰通胥慶。共惟某官粹資塵表，奥學幾先。蟠人木之百圍，森嚴德操；鼓洪鐘之千石，砰隱文鳴。磨月窟以冲飛，馭雲衢之逸駕。蚤嘗勇退，遠有光華。播寶苑之秘書，首膺圖任；夾紫薇之香案，久職對(楊)[揚]。玆式序於記言，實有階而論道。尚需(且)[直]筆，丕顯聖(模)[謨]。親見楊子雲，既聳觀於論譔；有若南宫括，宜即任於贊襄。某逖守左符，阻趨東塾。聽輿人之誦，洽表前占；馳一介之書，心旌遥念。

14. 卷二十五“起居郎起居舍人”

共審光奉明綸，留司左史。执記言之青簡，直道方行；結侍立之絲絢，清光彌近。郵傳四達，手舞一詞。竊以謨訓與文，載筆謹螭(蚴)[坳]之職；論思密邇，屬車從豹尾之班。所謂地禁而職親，庶或諫行而言聽。梯階政路，光蹈儒林。共惟某官惇厚而動也剛，該洽而守以約。禮門義路，已資深而逢原；言物行常，每行法以俟命。回翔宰士，淹汩歲華。和而不同，味悉調於衆口；浩然自守，廉可律於貪夫。果被簡知，徑跻清切。事無虚美，諒君舉而必書；進則盡忠，豈王前之非道。式觀獻替，漸示登庸。迁固良才，權不輕於宰相；燕許大手，詞方代於王言。某自愧庸虚，夙蒙盼睞。市虎深謗，智者獨止於流言；巢燕(徵)[微]蹤，大庇方忻於廣厦。

15. 卷二十五“起居郎起居舍人”

伏審輟自中臺，晉登右史。弥綸丞相之後，已覺臺衮之親；論議人王之前，亟陪簪櫜之從。逖聞除目,大穆師言。恭惟某官器宇靖嚴,淵源浩愽。擅價珩璜之府,揚輝奎壁之躔。錦帕牙簽,盡讀平生之未見;金饋玉板,成書萬世而不刊。漢廷爭避於茵馮,魯国獨鏘於劍佩。果拜尚方之賜,遂從柱下之游。珥筆香案之傍,衮衮八索九丘之誦;峨冠細氈之上,諄諄三王四代之陳。士歆稽古之榮,国盛(德)[得]賢之慶。祥麟威鳳,要爲間出之英;豐貂高蟬,益懋非常之寵。心旌所異,筆舌悉周。

16. 卷二十六“中書舍人”

伏審茂對恩綸,峻躋詞曰。裁五色之詔,分曹上直於紫微;序兩眉之班,聯步亟趨於丹陛。涣乎甚渥,晉接維新。恭惟某官廣問揚庭,清(摽)[標]絶俗。兄弟競美,玉山高峙於兩峰;師儒所漸,寶藏奇探於萬鎰。自趣還於虎節,即分侍於龍墀。曉随銀燭之朝,夜想玉珂之人。風回溟渤,繫水三千;雲近蓬萊,去天尺五。果輟絲絇之侍,晉參簪櫜之華。涣邦號於風雷,沛天恩於雨露。近玉皇之香案,已著侍臣之冠;築丞相之沙堤,亟拜上公之册。某逖聞成命,敬託下風。地拱清都,莫接雲霄之步;身縻炎嶠,但分営燭之光。

17. 卷二十八“參政”

疏恩西垣,正位東府。樞軸右轉,(文)[久]司動運之元;台柄左旋,益契精神之會。皇靈震叠,國勢(專)[尊]安。竊以一人負扆以南面,四近峨冠而拱北。並綜衆務,均爲大臣。外以師保萬民,内以儀刑百辟。唐室參知之任,實同八柱之承天;藝(相)[祖]沿置之因,盖慮一鵰之(扶免)[挾兔]。凡聲猷之冠世,若籌略之齊時。既安危自我以身憑,則宰輔由兹而次補。敢竊窺於廟論,知默定於聖心。恭惟某官緯武經文,開物成務。虎符犀節,雖云中外之徊翔;煙閣雲臺,終豈功名之貸舍。不緣介紹,親結眷知。威望大震,若孟容治獨高於天府;英風惟穆,如蕭(疑政)[穎胄]尤偉於荆州。覽形勢於(且)[目]中,運机緘於掌上。上姑以丈二,組撫遐域,坐收百勝之謀;公端被尺一,詔歸近班,專典五兵之務。啓心無隱,造膝有陳。滃然(雪)[雲]龍之從,歆如魚水之合。鴻樞宥密,折(街)[衡]踰玉門之関;黄閣經綸,調元參金鼎之絃。深惟邦本,力講民天。革鹽制以蘇閩粵之民,損夏賦以阜荆(州)吴之俗。長謡載路,追配(湏)[頌]聲。恊氣充(問)[間],蒸爲瑞物。不藏之富,皆寓於人。緊保國之[永]圖,盡庇民之能事。而況歲年屢稔,獄訟不冤。訓兵而兵强,禮神而神聽。將待殊鄰之變,靡忘上策之修。德方享於天心,貴且窮於人[爵]。逮兹(貞)[真]拜,誰復間言。帝期(斐)[裴]度之相予,國喜鄭僑之知政。會昌之庸,德裕豈限儒科;至道之登,吕端其存故實。益懋處中之望,行膺虚左之(永)[求]。某久托鈞陶,欣聆制册。夢回天下,恍聞環珮之餘音;身落夷中,但預紳綏之布武。初猶强遣,今始欲愁。闇室不欺,念偶無於大故;遺簪罔弃,終有賴於至仁。儻從冀北之空,寧嘆周南之滯。願借鍾氏知音之便,稍回鄒子吹律之春。

18. 卷二十八"參政"

德簡帝心,智通時務。亟拜前疑之峻,實居次輔之崇。扶日轂於南訛,屏陰氛之解駁;幹斗杓而(指指)[東措],藹葉[氣]以薰陶。方將招徠(特)[時]英,振起國勢。選將才以練軍實,阜民力以厚邦儲。靜湏事會之來,盡復興圖之舊。登(閿)[閶]風,倚(間)[閶]闔,寧論雲宵步武之親;腦沙幕,髓余吾,會見鐘鼎功名之盛。某伏讀明詔,竊在下風。不勝願忠望賜之誠,正(月)[有]投老懷歸之計。收桑榆於農圃之頃,已分從(失)[夫]耕婦饁之謀;理翰墨於簿書之餘,或能作主聖臣賢之頌。

19. 卷二十八"參政"

伏審茂對明恩,晉(恩)參大政。臺躔動色,泰階炳两两之符;寶曆綿休,神鼎增九九之重。當宁釋才難之嘆,同行推德選之功。衮綉有光,(紙)[絲]綸惟幄。恭惟某官霖雨賢佐,風雲壯懷。舒舒淮水之祥,巘巘泰山之望。會(吕)[昌]得一德裕,異才肯顧於常科;江左自有夷吾,遠略方恢於顯代。特達冕旒之(春)[眷],從容帷幄之籌。

20. 卷二十九"吏部侍郎"

迪簡名卿,階升法從。掌六典之貳,而(逆)[左]邦國之(法)[治]。朝所蒙[民](誠)[以]三銓之法,而官天下之才。士皆聳(叫)[聽]速郵,所暨休頌胥然。共惟某官賦受鍾奇,進修毓德。濬淵源之學海,當世稱爲通儒;摛景(煐)[焕]之詞鋒,古人無[以]遠過。蚤躋榮决,深結異知。孰更中外之遷,坐閱炎凉之變。二星向益部,寧辭蜀道之難;一傳詣京師,復處漢廷之右。焕陟明之孚號,(以)[侈]同列之新除。諒惟銓序之春容,可以論思於密勿。帝期底績,緆(以)金鑑[以]表清;人祝調元,齊玉衡而序正。某預問綸綍,猥滯麾符。(此)[剌]字皆漫,異竄名於主進;書言不盡,聊贊喜於典簽。

21. 卷二十九"吏部侍郎"

顯膺綸綍,榮掌銓衡。流品一清,(興)[輿]頌交慶。恭惟某官英猷邁遠,正學探微。行已以直,方而不凝。養氣以剛,大而無害。霜凝白簡,正綱(巳)[紀]於一臺;風入花驄,振威儀於百辟。甚喧人耳,益當帝心。暫資典選之公,即以贊元之重。某久依德蔭,逖聽除音。阻趨慶於門墻,輒修誠於竿牘。頌(功)[言]之切,敷述奚殫。

22. 卷三十"禮部侍郎"

恭審衹奉宸綸,榮陞禁橐。付一代禮文之盛,容典聿修;爲常令侍從之華,嘉猷入告。有識交慶,吾道益尊。恭惟某官學擅統盟,文經周緯。夙藴佐王之略,素懷濟世之謀。蚤毓秀於苕溪,旋蜚英於桂籍。清標挺出,(而)天之鳳而地之麟;雅志不群,山有嶽而川有瀆。茂隆賢業,寖簡睿知。盡省(合)[含]香,籍甚望郎之目;螭坳載筆,藹然良史之稱。兼羽翼於儲闈,[實維持於國本]。皆繇遴選,徧歷華塗。當聖朝丕闡之弥文,惟宗伯必求於碩德。要使直清之譽,視古有光;庶几制作之規,在(令)[今]無愧。遂膺(龍)[寵]命,擢貳春官。方甲兵之問,不至於廟堂;而殂豆之事,宜先於軍旅。委寄在此,眷懷可知。即登承弼之班,深入功名之會。某自惟疏逃,久極依歸。姓名未徹於門墻,竿牘不登於(凡格)[几案]。蓋以無因而莫敢,初非自絶而致然。側聞除目之頒,獨倍(賞)[常]情之喜。夔龍接武,想增朝列之輝;燕雀何知,第劇廈(威)[成]之賀。

23. 卷三十二"工部侍郎"

出縉馭(遺)[貴],(待)[侍]橐(并)[升]華。舜咨若予工,方簡能於所諉;周職掌邦土,遂立貳於冬卿。朝登宿儒,士載嘉(頒)[頌]。恭惟某官(疑)[凝]資山立,邃學淵渟。推江夏之无雙,奇才冠代;位平陽於第一,餘事决科。踐揚益光,嗟見何晚。細密藏於東壁,考孫業於西廱。[松]漢驅車,暢羽(平)[干]之文德;棘圍造榜,蔚桃李之新陰。起此遺名,簡於以聽。造九重而近侍,參六職之華聯。技巧咸精,其能少須(轉)[輔]治;謀猷入(吾)[告],我后行即贊元。某切伏下風,欣傳吉語。数古名世,年五百而適當;跡阻登門,客三千而獨遠。

24. 卷三十三"樞密"

伏審疏寵詞垣,陞榮宥府。昔雍容青瑣,凜至論之曰天;今運動紫樞,展壯猷而經国。音郵四達,歡音一詞。竊以不易得者明時,尤难逢者聖主。有時而無位,賈誼徒能致宣室之思;有位而無君,陸贄無以救正元之弊。商周庸伊吕而王業建,管樂(威)遇[威]昭而霸功成。毫釐或差,今古爲恨。究觀史傳之所載,實緊歷数之何如。惟地闢天開之辰,有猋舉星從之盛。皇上重華協帝,(下)[文]武(維文)[繼天]。嘗膽坐薪,方期斥陰山而至大漠;受俘獻馘,誓將擒頡利而斬郅支。若時幾庭,專總兵柄。必登非常之彥,與共不世之勳。拂龜考祥,端扆定命。既枚卜於人傑,用灼知於天心。恭惟某官厚大裕和,高明肅括。還誥盤之灝噩,作世統盟;備道德之温淳,爲國元氣。自魁多士,不出都城。遍儀館殿之華,遂著廟堂之望。代言西(振)[掖],皆深厚之訓辭;批敕東臺,見激揚之風(來)[采]。執經冠講讀之列,論道參師傅之官。退思補過,進思(進)[盡]忠,不遐有佐;文能附衆,武能威敵,無競惟人。果奉明綸,擢居近弼。築岩釣渭,(溪)[奚]勞夢卜之求;左稷右臯,坐致勳華之治。佇白麻之數號,趣黄閣之調元。某少而抱痾,衰不待老。遠落蛮蠻之域,每[遇]瘴(虞)癘之侵。伏惟仁人之用心,庶幾君子之錫類。矧叨金榜之末第,早望珠躔之餘光。豈引領於斯時,能絶意於洪造。大臣報主,在朝拔一人而暮拔一人;小(巳)[臣]酬恩,惟(侍)[待]以國士則報以國士。

25. 卷三十三"樞密"

恭審渙渥明庭,登賢右府。光輝上動,幹霄極之璇樞;風采中嚴,均事權於金鉉。地因人重,朝以德尊。共惟某官識遂致知,學該復贯。清規映物,珠玉在於山淵;雅望瑞時,麟鳳游於郊(數)[藪]。夙推賢蘊,自簡帝心。久聯碧落之仙,秀出紫何之列。代言詞苑,推相如文册之高;進待露門,資倚相典墳之讀。既偏儀於清選,益駿發於大聲。果繇起部之華,亟践幾廷之重。一日遂相,幾人如公。非名實之素行,豈登庸而不試。昔周孔無敵於天下,兹盖用儒之功;今頗牧乃在禁中,信乎强国之本。凜聖賢之聚會,覺氣色之精明。子房之無智名,坐折衝於千里;晉公之有威譽,屹致畏於兩河。佇膺虚左之求,進正處中之位。某肇聞傳命,先喜盈懷。大厦既成,曾莫陪於致賀;供鈞初轉,能無望於一陶。頌詠惟深,鋪張曷究。

26. 卷三十三"樞密"

恭審圖任弼(諸)[諧],延登雋傑。總五兵而端本,坐銷外侮之憂;整萬(務)[物]以贊元,允賴同寅之日。国家有託,夷夏知歸。恭惟某官(疑)[嶷]然名儒,確乎至德。守断金裂石之操,事靡滯於胸中;誦汗牛(克)[充]棟之書,用不專於紙上。凜凜濟時之具,恢恢容物之淵。蚤以忠誠,受知神聖。螭坳載筆,紀日月之清明;鳳掖演綸,鼓風雷之號令。旋仗子卿之節,遠臨老上之庭。一言義動於穹廬,萬里榮還於英蕩。眷隆堯扆,名動漢廷。亟陞瑣闥之言,兼據文昌之要。和戎而賜半樂,雖未酬莊子之功;上書者去副封,固已識憲侯之意。果膺親擢,參預(故)[政]機。進有德則朝廷自尊,用真儒而天下無敵。謀王體断國論,方籍遠猷;熙帝載亮天工,行躋元輔。(不)[丕]闡衣裳之化,式昭彝鼎之傳。

27. 卷三十四"翰林"

頒鳳詔於龍墀,登真儒於鼇禁。冕旒動色,式符四海九州之觀瞻;簪(綬)[纓]傾心,重見三代兩漢之詔令。追還古作,震耀無前。切以士有抱槧磨铅,(大盛)[文或]難施於廊廟;臣之(特)[持]橐簪筆,職或無與於詞章。惟時内相之崇,敻絶外庭之望。玉堂金馬,密承政事之諮;蓮燭錦袍,獨收翰墨之最。士實歆絶,上所寵光。爲後日(亟)[丞]弼之儲,極當(令)[今]英髦之選。方聖時之偃武,屬天意之右文。如韓愈鋪張閎休,乃編之詩書可以無愧;如元結(欺)[歌]誦大業,非(孝)[老]於文章其(雖)[誰]宜爲。寧厥位之久虚,肆得人而後授。恭惟某官群工摽的,萬事權衡。可仕可(上)[止],而得孔子之時;至大至剛,而充孟軻之氣。四十年之居鄭圃,懷寶自珎;二千石之在潁川,飛聲獨茂。自盡省避,榮而去国;藹未播遺,愛之在人。垂紳滋欲於滯淹,當宁渴聞於啓沃。升華延閣,視草禁林。威令所加,致武夫悍卒之感涕;典刑具在,與商盤周誥之同風。仍陪經幄之游,弥贊宗藩之善。

28. 卷三十四"翰林"

草創潤色,詞兼鄭國之[長];獻納論思,聲出漢臣之右。文暫鳴於木鐸,名即覆於金甌。惟北門(惟)[推]擇之非輕,在累朝褒[崇]之(宗)特異。有大詔令,雖樞筦之臣,或不與聞;凡一語言,苟悃(幅)[愊]所還,或得以告。(共)[黄]閤之召也,於此而策試;烏府之闕也,亦得以名聞。盖注意之甚隆,非比肩之敢望。恭惟近歲,尤遴兹除。既妙選於一時,即次陞於二府。矧伊公望,尤係民瞻。如絲如綸,益贊王言之大;作舟作礪,[即]看帝業之熙。某挾策妙齡,飄(逢)[蓬]壯歲。險阻坐穷於異縣,喘息謹存;寅缘獲進於崇墉,提携甚寵。進叨除目,倍劇銘心。實幸會之自天,尚棲遲之無地。區區竊粟之望,冒昧以聞;拳拳推轂之私,周旋無斁。寸心寧忘於戀德,尺書良惧於瀆尊。兹聞命以載欣,念通名之敢後。材微器窳,曾莫稱於恩閎;地禁職清,冀遂登於正路。庶籍帡幪之舊,求歸陶冶之餘。慶躍方深,敷陳奚既。

29. 卷三十四"翰林"

拜恩中禁,視草北門。明命誕敷,輿情胥慶。切以作帝之制,爲國之華。唯温純雅正,足以粉飾謀謨;唯精敏瞻(慱)[博],足以潤色(與)[典]憲。夫然後(夫)[夬]揚涣號,(選)[巽]申晉明。必得其人,乃在其位。共惟某官早振斗南之光焰,敻超冀北以騰驤。資之深而逢其源,浩乎莫禦;閎諸中而肆其外,沛然不窮。等泰華於毫芒,吞雲夢者八九。久(特)[持]從橐,出殿侯邦。輟自藩垣,進司綸綍。職親地禁,望素重於八磚;名美恩新,衆首推於三俊。被宫錦之新渥,蒙蓮燭之異恩。其待予言,既資訓誥之鴻筆;以輔台德,行觀鼎鼐之元勳。某越在遐封,遜(間)[聞]成命。徒增雀躍之喜,莫追鳳翊之翔。

30. 卷三十五"端明殿"

伏審顯對渥恩,進升宥地。拱星樞於北極,接武兩丞相之班;峻書殿於西清,矯首諸學士之冠。華夷震疊,宗社安榮。恭惟簽樞[端]明筆補乾坤,器蟠海岳。頡頏飛霞之佩,群飛莫接於雲衢;簸弄明月之珠,一日亟收於天網。自上賢良文學之對,即游承明著作之庭。簡在冕旒之知,偏儀筆橐之從。晴(總)[窗]曉漏,聽瑣[闥]之追趍;紫誥黄麻,如禁林之揮染。賢路莫攀於軌躅,公朝皆避於(箘)[茵]憑。果進翰於鴻樞,用丕釐於大政。霄雲步武,赤舄有光;鍾鼎功名,黑頭未老。行奉揚庭之册,亟居當軸之崇。知萬里軍戎之情,益奮籌邊之略;贊獨化鈞陶之上,更觀熙載之謨。某使事良疏,宦游雅倦。竊美蔭以滋久,拜下風而未能。歸南山之舊盧,滋不忘於寤寐;觀東閣之奇士,(帳)[悵]望企於光塵。

31. 卷三十五"觀文殿"

伏審膺明天子之涣恩,進大觀文之秘職。顧學士之名級,無以復加;眷大臣之勳劳,於兹爲重。流傳四遠,慶喜一辭。恭惟某官宗上鉅儒,舊德夙望。政堂揆事,早隆翼戴之功;家(眷)[巷]安(適)[時],暫適智恬之養。雖去就保身之明哲,而進退係國之重輕。方燕薊之削(乎)[平],當獯虜之殄滅。疆宇混一,睿聖眷懷。既(拆)[折]樽俎之功,遂起聽鼓鼙之念。泥首効順,豈無前日借筯之謀;破膽有年,又賴膚使出疆之助。遂隆徽数,以答顯庸。顧兹端揆之虚,佇聽鈞衡之命。某自惟(同)[固]陋,夙荷奬知。欽聞睿命之頒,深切儒表之慶。

32. 卷三十五"資政殿"

光奉涣恩,寵膺[親]擢。進陪政地,久資納於嘉猷;迺服大僚,遂陞華於峻職。(員)[真]儒登用,士類交欣。器廣大而職高明,本忠肅而行恭懿。騰詞林之白鳳,擅藝苑之雕龍。金殿策名,丹桂先於多士;玉堂揮翰,黄麻配乎六經。罄内相之訏謨,俾中興之治定。家聲有繼,賢集自昭。(益)[蓋]深結於眷知,茲茂承於異渥。行秘書之淹貫,既勸讀於前旒;大學士之崇資,宜加隆於近輔。時爲眷遇,嗣德褒升。憂患餘生,遯違鈞表;側聞成命,仰見進賢。姑陳朝野之歡,少致門闌之慶。

33. 卷四十一"太常少卿"

伏審趣駕鋒車,召登文石。容臺清筒,峻躋九棘之卿;詞掖森嚴,兼判五花之筆。帝眷所屬,廷佥具孚。恭惟某官杞梓卿材,鹽梅夢弼。乘單車而出蜀,濯纓於江漢之清;提巨筆以登瀛,接武於蓬萊之邃。講明正學,奮發嘉猷。方趨青瑣之門,忽攬皇華之轡。一封疾駕,空當道之豺狼;三節趣歸,呵守關之虎豹。力排閶闔,入覲總章。温温前席之咨,侃侃細氈之對。賦詩拾翠殿,既供奉於赤墀;起草明光宫,仍發揮於紫誥。緝熙大典,搜舉逸儀。極一時翰墨之榮,涣百代禮文之盛。綿蕝之制陋矣,徒聞訪先生於齊魯之間;衮職之闕補之,當見致吾君於堯舜之上。某遲回嶺麓,遡仰偕符。方除目之告廷,嘉真賢之在位。箎夔龍於步武,雖莫間於清塵;誦燕許之文章,切願觀於大手。

34. 卷四十九"四厢都副指揮使"

恭惟某官天資忠義,世德光華。用之則行,威而不怒。處富貴功名之外,游詩書禮樂之中。父子(遇被)[被遇]於两朝,聲烈垂休於百世。風流是似,豈徒讀趙奢之書;公議所歸,未嘗私祁奚之舉。屬玁狁匪茹之際,有匈奴未滅之憂。歷殿大邦,獨當一面。蔽江淮,若長城之萬里;護秦雍,猶泰山之四維。佇觀遄歸,亟膺峻用。某仰高爲久,覿德未遑。劍外秋風,寒事想侵於旌旆;錦城夜梦,心思密邇於門闌。顧望履之何時,尚登堂之有日。馳情雖切,(染)[然]報則疏。

35. 卷四十九"軡轄"

恭惟某官清薄稟器,黄石傳謀。刃解牛而地有餘,(雖)[錐]處囊而末立見。掛壁鳴劍,氣自衡於牛斗;連屋異□,將登於桂籍。即合密參於環[衛],不然外總於使權。暫淹一道[之]□齊,豈展六韜之深秘。談經武帳,聊投壺而雅歌。錫命齊壇,行建(施)[旄]而授鉞。會有日矣,拱而俟之。某别德未幾,承顔復邇。激昂懦質,有資師律之臧;感篆温言,先辱記曹之睨。徒慚饋鯉,莫報投瓜。

36. 卷五十"奉使"

伏審抗旆出境,伏節還朝。玉帛交馳,遽釋兩家之難;干戈戢戢,將遄萬里之歸。伏惟驩慶。恭惟某官毓質粹温,稟姿秀異。出勳德之裔,而勤詩禮之習;處富貴之樂,而有功名之心。早深當宁之知,薦被禁林之寵。入贊西樞之肴密,出宣中夏之威靈。義不辭難,志惟盡瘁。抑虎狼而奪之氣,馴鳥獸而服其心。(辦)[辨]説甚明,辭氣不撓。昔我往矣,歸期未卜於冬春;今我來思,惟好遂通於南北。皇心悦豫,都邑歡呼。昔魏王之守留京,遼使異書名之禮;儀公之將聘(而)幣,虜(獻)酋審見象之圖。世德相承,家聲不泯。行聽大庭之呼號,進登揆路以經邦。虜在自中,已悟折衝之筭;敵居掌上,(施)[旋]觀辟國之功。某(喬)[忝]出葭莩,夙承卯翼。望原隰之節,阻預郊迎;瞻衮繡之衣,即趨班謁。

37. 卷五十一"總帥"

詔飛一札,命拜十連。鶴氅巾車,起東山之雅望;麟符玉節,振南土之先聲。凡竊庇休,舉增欣忭。恭惟某官器涵海嶽,學際天人。懷入告之謀猷,挾前陳之仁義。金閨通籍,正綿蕞之威儀;玉笋聯班,列甘泉之法從。出處以正,進退可觀。優游祠館之恩,稠疊蕃宣之寄。薦揚滋久,譽處益隆。簡在天心,眷兹江右。倍青瑣宗工之重,擁碧油元師之權。千里威名,已素知於草木;一時號令,頓改色於旌麾。想輕裘緩帶之風流,盡閲禮崇詩之事業。綽有餘地,砉然奏刀。雖聖人有金城,暫令分閫;而霖雨思賢佐,行聽賜環。某桑梓微蹤,葭莩末契。鄰封伊邇,風可及於馬牛;廈屋初成,賀輒同於燕雀。清和載候,福祉來宜。仰冀節宣,式符頌祝。

38. 卷五十二"太守"

祗奉詔函,初開幕府。掄材近列,固平時杞梓之良;共理邊邦,尤今日肱股之重。側聞謡頌,(於)[已]慰群情。伏惟某官(器)[氣]養純全,風猷敏達。學先爲已,耻爲流俗之虚文;志(幕)[慕]報君,況在中原之始(須)[定]。頃由烏府,進陟螭坳。慨然已見於緒餘,識(著)[者]方觀於素藴。回翔有待,(問學)[聞譽]益隆。望之少屈於治民,盖將遠用;長孺雖勤於卧治,本自眷歸。行奉天朝,即承休命;过從雅好,首枉緘書。某榆社所依,久乞歸而未遂;(堂除)[棠陰]甚邇,念造謁之無從。愧佩兼深,敷(於)陳罔既。

39. 卷五十三"漕使"

伏審夙膺詔旨,外領計臺。卿月有光,望著朝廷之右;使星所舍,福均嶺海之南。俾同甸畿,(積)[稍]應律令。不(顓)[揣]欲地上流錢之敏,庶大蘇水中鳶跕之餘。伏惟某官學通群書,文配古作。飛聲册府,向者孰能過之;闊步禁塗,今也維其時矣。尚記從游之舊,首加問訊之勤。世豈無王府君,來爲羈旅之慶;公不減孔祭酒,能令流徒之歸。意之所欣,言且弗盡。

40. 卷五十三"提刑"

疏恩中禁,持憲外臺。茖穀旦(日)[之]視章,靄威名而載路。庇休所逮,抃舞惟均。均以持斧勝之,直指而州郡振;單車龔遂,獨行而盜賊平。是皆仕以行義之當然,未有奮不顧身而若此。有加上眷,委重使權;迥絶前聞,亶符公論。某官心在王室,身爲儒宗。蹇蹇匪躬,進擅擊弹之譽;温[温]維德,出高豈第[之]風。方深黼座之知,勉徇琳官之請。值鄰邦之竊發,鼓[適]戍以長驅士;憂邇尾之後行,人皆畏首而餘幾。獨軫納溝之念,力行援溺之權。聞其自新,恃以無恐。謂道之將興命也,其仁者必有勇乎。鎮州詔行,衆危韓愈之從事;平原奏至,帝識真卿之爲人。陰功擴被於百城,懋賞鼎來於雙闕。暫仰先驅之寵,允爲大用之階。

41. 卷五十四"提舉"

再命而(僂)[傳],仍塵次對之聯;同官爲(遼)[僚],遠辱移書之貺。過勤損挹,彌積競慚。伏惟[某官宏才軼群,精知燭物。外]臺崇峻,多(儀之)[周家]賓客之賢;名閱輝[華],繼孟博澄清之志。六轡絓驂於衡嶽,千倉分時於湖湘。闔散盈虚,小試富疆之略;論思献納,即歸嚴近之班。(其)[某]邈阻風期,切深景慕。束緼還婦,實緊假(之)借(移)[之弘];分燈照鄰,永佩周旋之好。

42. 卷五十四"提舉"

一節馳驅,將卜尋盟之日;扁舟至止,已傳畢戍之期。方慚駕驥之竝馳,乃類燕鴻之相避。未能修縞紵之好,惟恐聞驪駒之聲。共惟某官學術得乎本原,政事先於儒雅。人爾人[爾],多經鎔範之餘;禮云禮云,未盡對論之懿。爰賦皇華之什,來修平準之書。道常運而流行,政今(歲)[成]而歸報。宜登近綴,盡告遠猷。某託契最深,從游未久。楓宸(待)[侍]問,偕小陸以同升;槐市談經,得呵戎而共語。回首修門之别,傾心防閤之瞻。肯爲留行,固將問政。異時染指,曾所得之幾何;後夜解頤,雖多聞而不已。尚憑尺牘,聊述丹誠。

43. 卷五十四"提舶"

分虎符於南服,方愧叨榮;繫[鴻]足於西風,敢期軫記。仰止謙光之盛,過爲賁飾之勤。恭惟某官德(字)[宇]宏深,性天渾厚。學術河南之(失)[夫]子,聲名北斗之文公。自結簡知,屢更煩使。惟國家之富庶,資商賈之懋遷。[聚]天下之貨,而市以日中;到遠人之格,而航來海内。摧彼輕重,鑒其盈虛。久藉通財,克承重寄。錢流地上,已聞奏課之優;詔下日邊,行見賜環之命。式攄素蘊,仰近清光。某濫竊帥藩,遠叨卿蔭。未馳誠於一界,先拜貺於朋緘。潤金石之英辭,粲然溢(曰)[目];詠瓊瑶之厚(執)[報],乏此胡顔。商序尚深,使臺多暇。

44. 卷五十四"總領"

伏審榮拜恩書,膺尚書郎之高選;肅將使指,總半天下之贏貲。郵音四傳,輿頌交慶。共惟某官外全純實,中負敏明。籍甚名聲,蚤(誠)[試]大農之政;送之禮樂,便資外計之功。聿觀地上之錢流,果見囊中之穎脱。珠宫(且)[具]闕,聯輝列宿之間;玉節繡衣,序秩諸侯之上。竚疑丕績,益展壯圖。

45. 卷五十四"郡丞"

伏審祇永休命,榮(式)[貳]雄藩。首善京師,風光壁水;同流王化,來駕屏星。凡託帡幪,舉增抃蹈。共惟某官傑才拔萃,清德照人。撑腸之卷五千,優游自得;插架之軸三萬,細大不捐。精窮學問之淵源,自立文章之機杼。置身舉實,掌教成均。歌箐莪以育人材,豊鼎(飪)[任]以養賢者。李白粲花之論,流落人間;韓翃御柳之詩,傳聞天上。乃膺親擢,進沐殊恩。從事治中,見稱半(剌)[刺];聖主重外,頗倅六條。姑試題輿,不容温席。[居]之無幾,暫遠城南尺[五]之(五)天;進也未央,將到蓬萊方丈之地。某質顓(姓)[性]室,才散慮疏。分隨(大)[太]史牛馬走之塵,濫登元和龍虎榜之列。初不(閉)[閑]於吏事,顧繆綰於縣章。亡補寸功,及書初考。一割而鈍,固已恧中;再鼓必衰,何以善後。(尤)尤慶微蹤之有託,會逢賢德之鼎來。仰止(采塵)[深産],躍然自喜。何其幸也,將投宿霧於公堂;又有甚焉,敢借餘波於君地。

46. 卷五十四"諸司屬官"

撫幹竹符假守,一麾方愧於備貢;蓮幕高賢,千里不忘於崇(付)[副]。過勤先貺,深愧後酬。某官治世宏才,清朝偉器。胸襟豁爾,氣(小於)[宇]浩然。政事詳明,聲華籍甚。踐更浸久,委寄弥隆。況太府都督之司,方資協贊;應屬縣按臨之地,正賴庇休。佇看茂實之騰,即奮華(逢)[途]之峻。某素欽德誉,夙仰風裁。睦睦芝眉,未遂一時之快[覩];[駸]駸河潤,尚期九里之餘波。

47. 卷五十四"諸司屬官"

檢法假守郡章,方慚非據;詳刑憲幕,適獲(所)所依。顧珠玉之藴含,覺山川之輝媚。某官珪璋時器,杞梓良才。擢秀儒林,既夙登於虎榜;馳聲士路,(常)[嘗]小試於牛刀。吏議最優,薦章交辟。尚阻席前之對,來司柱後之文。孝婦虛冤,豈但著於公之德;使者受教,又將(楊)[揚]雋[子]之風。行揖褒加,即(齊)[躋]顯要。某聞名有日,覿面未辰。望十舍之遥,(按)將披雲霧;佩雙魚之賜,求秘巾箱。

48. 卷五十四"諸司屬官"

提幹假守州麾,愧庸虛之非據;養高憲幕,幸賢德之可親。近辱緘題,仰[欽]謙(春)[眷]。共惟某官天姿英發,地望高(蓬)[華]。贊治外臺,致資於婉畫;騰身要路,將奮於弘圖。某夙企清規,行覘懿躅。(暑)[署]途引領,尚睽兩舍之遥;實所承顔,期快一朝之覿。

49. 卷五十五"教授"

抗廩人之職,姑盡力於一官;望夫子之墻,行趨風於数仞。顧奔馳之未暇,結嚮往以(罙)[殊]深。輒貢尺書,自陳寸抱。共惟某官學穷閫奥,行著表儀。由義居仁,久茂賢人之業;誦詩讀禮,蔚爲君子之儒。蚤得雋於巍科,繼服休於大府。仰範模之有作,焕章布以咸歸。冠者五六人,童子六七人,宛同洙泗;擊水三千里,扶摇一萬里,下視滄溟。高騫霄漢之間,直箞鵷鳩之列。盡攄夙學,協濟昌期。某白髮催衰,黄楊厄閏。一縻吏職,失故步於康莊;三綰縣章,消壯心於歲月。老腹熟太倉之粟,倦翼戀一枝之巢。方賴釜鍾,何辭筦罪。鶂退飛而過宋,自歎沉蹤;(搨)[榻]别設以待徐,敢尋故事。

50. 卷五十五"签判"

窮鄉携手,嘗同寓士之居;異縣折腰,乃枉故人之問。撫山川而未遠,感金石以終存。恭惟某官胄出高華,才惟詣絶。邑人從化,獨摽循吏之能;方面須賢,將選上賓之列。乃眷絃歌之地,尚餘松桂之香。俗(方餘)[可慕]德以如新,公亦爲民而少駐。第虞召促,終鬱去思。某託契有階,親仁滋幸。百(優)[憂]所集,雖悼念於白頭;一笑相惟,庶尋盟於青眼。

51. 卷五十五"司理"

伏審亢宗雅望,久願侍於燕私;游官遐方,偶幸聯於官治。雖云未見,自以不孤。恭惟某官氣稟神明,(挫)[性]崇儒雅。瑞日五色,蚤推文翰之華;芳桂一枝,近出本根之秀。(小)[少]屈府中之步,養成朝右之資。小大以情,無他日惠文之弊;哀矜勿喜,亦平生逢掖之心。方坐致於顯途,矧密扶於陰德。某置身甚(完)[冗],取庇才新。眷綴食之已疏,欲通名而未敢。豈期比數,猥辱誨存。親不(大)[失]其爲親,仰知厚德;訟必使於(尤)[無]訟,益愧素餐。

52. 卷五十六"縣令"

囊封亟上,動天聽之淵回;邑綬鼎來,試牛(力)[刀]之肯綮。以廊廟之具,而(剸)[割]裁百里;以蓍蔡之職,而聽断兩辭。若將浼焉,不可尚已。恭惟某官行義珪璋之特達,文章江漢之横流。讀百氏之書,用不專於紙上;断千古之事,妙自得於胸中。大名揭日,見於鼓篋[笥]、游庠序之時;讜論興邦,異乎怀槧铅、鈞爵禄之士。嘗謂本朝宗工之建議,皆如良(整)[醫]用藥之有方。布在册書,爛如星日。念故老凋零之殆盡,嗟後生議論之徒高。非特忽而不言,又且忌其勝已。棄常珍而嗜異饌,(右)[古]已見譏;鳴瓦釜而委黄鍾,時(百)[有]可笑。惟碩儒憫其將墜,故奏篇撮其大綱。仰知祖宗尊用於前,已格和平之効;欲使神聖舉行於後,灼分治乱之原。乙夜覽觀,震衷聳動;即日召對,進秩示褒。置座右以無忘,如無逸元龜之成;程先民而有作,異千秋金鑑之書。少淹公輔之期,聊付民社之寄。不以徒劳而起嘆,(難)[惟]知在公(爲)[而]靡他。被子游以高第爲武城,預四科之妙選;而光武以太傅召密令,實中興之盛聞。惟公所存,視古何愧。某霜侵(緣)[緑]髮,塵涴青衫。盖嘗三仕而無聞,豈止十年之不調。榛棘漸蕪於(古)[故]步,山林有觀於勒移。方怀不稼之譏,甫遂及瓜之(伐)[代]。飭不疑之檑具,曳裾行望於末光;(無)[撫]馮驩之蒯緱,授簡請固於下客。

53. 卷五十六"縣令"

伏以匽服重(多)[名],已爭先於(都)[覩]鳳;(漸)深[慚]拙宦,乃有契於交龜。用寫寸誠,敢伸尺牘。共惟某官慶(深)[源]仙冑,命世(拒)[巨]賢。挺玉樹於儒林,疏銀(横)[潢]於學海。多才莫及,藹然姬旦之(輿)[典]刑;大雅不群,卓爾獻王之禮樂。久題名於雁塔,行振翮於鵬霄。暫淹蓬萊方丈之游,來綰墨綬銅章之寄。謂儒者在朝,則美政少須綸綍之頒;惟君子學道,則愛人聊播絃歌之化。某未能忘禄,(亦)[以]謏爲(官)[言]。晨入暮歸,(弟)[第]見駒馳於空隙;歲糜月費,甚(漸)[慚]鼠竊於太倉。初無補於公家,將遂更於戍後。交承伊邇,榮幸何多。支弊扶顛,若之告新之政;藏污納垢,尚希善後之(徒)圖。皇月紀時,凱風應律。願養和於頤吉,以緩福於升階。

54. 卷五十六"丞"

弾冠而仕,暂無栖棘之才;斂板而趨,幸借哦松之蔭。雖在我者異事,盖同官而爲僚。共惟某官學(愽)[博]而濟以明,才(嚴)[麗]而適於用。横鋒(祠)[詞]陣,嘗取鳌(孤)[弧]之旗;緩轡(享)[亨]衢,尚押(驛)[騂]騮之駕。揭來二令,真不負丞。念幽桂之遺,蔡官誠非久處;當大厦之用,(花)[杞]梓式副旁搜。佇拜泥封,立登雲路。某簡編末(詔)[品],場屋後來。偶叨一第之榮,遂殿百僚之底。弗習爲吏,居若面墻;始學入官,動皆擿填。方思事大夫之賢者,何幸見鄉人而喜之。同舟而無異心,庶幾共濟會續。而借餘燭,更賴分光。

55. 卷五十七"尉"

籍甚(榴押)[縉紳],夙有高山之仰;藐焉寮寀,忽勤尺素之貽。見陳義之甚高,(塊)[愧]修辭之不敏。恭惟某官受才卓越,稟識疏通。輝煌切玉之鋒,超忽过[都]之足。牙簽錦軸,皆(復)[腹]中有本之書;紫電青霜,無紙上已陳之語。暫屈南昌之吏隱,即膺宣室之召還。春是孤蹤,曲蒙雅睨。挹西山之爽氣,笑語可同;分東壁之餘光,寅緣何幸。清和在候,戩穀具宜。更異保(緩)[綏],式副頌祝。

56. 卷六十二"爵封"

伏審陞華帝傳,疏寵王封。朝廷欣元老之來歸,夷(伏)[狄]想忠臣之風采。郵音四達,輿(頒)[頌]交騰。共惟某官社稷蓍龜,邦家柱石。名震西州之草木,賢若長城;

威行北徼之山川，隱如敵国。眷久劳於外閫，爰促覲於介圭。風從虎而雲從龍，光(武)[輔]中興之運；河如带而山如礪，載疇異姓之功。開四履之大邦，涉三公之峻秩。冠軍萬七千户之益賞，何足比哉；汾陽二十四考之中書，今復見矣。某(因)[固]依末契，仰望餘光。遬聞優渥之恩，深倍等倫之喜。慶雲郁[郁]，幸分荆棘之陰；夏屋渠[渠]，切同燕雀之賀。明離載(侯)[候]，視履攸宜。切祈茵鼎之調，上副冕旒之眷。

57. 卷六十三"發舉"

伏審榮階計吏，光奉薦書。盖設科取士而得賢，如披沙揀金而獲寶。摩轂四起，連(袂)[袂]交趨。增場屋之輝光，藹鄉間之聞望。伏惟某人書讀萬卷，筆掃千軍。辨彫萬(萬)[物]之華，鼓吹六經之旨。少年作賦，士雖燒硯以驚嗟；鼎來説詩，人始解頤而嘆服。是以四方俊異，爭赴旁求；異日公卿，皆由此出。拔英髦於幽薈，騁驥足於天衢。搏扶南海之風，更折東堂之桂。里門盛事，(明)[朋]舊增榮。顧惟衰病之餘，敢辱謙勤之貺。遽先携刺，寵以長牋。感愧之私，敷宣罔既。

58. 卷六十三"發舉"

伏審寵被能書，光生文社。鄉間(既覲)[改觀]，士友慰心。方後生從事於辭章，君獨抱春秋之冷學；方末俗紛(羊)[爭]於漕選，君獨就賓興之坦途。始從直道而行，遂處盛名之下。(旦)[且]富貴者丈夫之餘事，奚以賀爲；而出處乃君子之大端，有足誇者。共惟某人學窮根抵，文富波瀾。羽儀侯牧之門，領袖衣冠之士。精金美玉，價久定於通衢；流水(定)高山，聲莫諧於俚耳。益究萬全之策，坐收一戰之功。展也其成，偉哉斯舉。某從游研席，積有歲時。駑馬先鞭，頗負盧前之愧；真龍晚出，遂成隗始之名。

59. 卷六十四"賀正"

伏審遒人徇[木]鐸，當文教之初興；女史頌椒歌，適天和之始布。日漸遲遲於化國，物皆忻忻於樂郊。宜有休祥，來鍾賢舊。共以某官禮貌耆德，魁壘大臣。有華國之文，將之以質厚；有經世之氣，託之於冲深。頃屬持鈞，調元莫如於老手；稍休留鑰，班春乃屈於元功。適逢英華結納之辰，當間中和感發之作。不但蒼黔之頌願，宜有神明之扶持。緬惟(慱)[傅]舟久維，嘉解東風之凍；融客常滿，阻陪北海之尊。念賀牘之未修，辱誨縢之先逮。

60. 卷六十四"生晨"

留侯借箸於(惟)[帷]中,謀高三傑;計相主書於柱下,壽過百年。懋建勳名,函蒙祉福。敢爲善頌,以抒微誠。恭惟某官行蹈丘軻,道侔伊吕。赤心許國,忠盖比於晉公;黄髮事親,孝實同於曾子。適遇風雲之會,盡攄籌策之良。方一(江)[馬]之渡江,乾坤再造;首五龍而夾日,海宇重光。功溢鼎彝,名高華夏。(丘)[兵]權堂印,出入兼將[相]之榮;制衮命珪,尊禮乃朝廷之重。上閔劳於官職,暫均佚於燕閒。岩居川觀,人切繡裳之望;柳華車結,公方綵服之歡。並和塤篪,競芳(蘭王)[蘭蕙]。惟有家之積慶,固(以)[與]國(與)[以]同休。菊涉重陽,宜延年於鍾傅;歲聯丙子,當齊壽於通玄。某雅被思憐,晚投荒裔。望周公之宇,徒切依歸;賦史克之詩,唯勤祝頌。

61. 卷六十四"生晨"

燕公手(肇)[筆],在唐世而少雙;計相年齡,跨漢朝而無二。兼此盛美,允屬我公。欲(神)[伸]善頌之勤,適遇慶生之届。輙形(襬)[俚]語,共展[微]情。共推某官澤被生靈,忠貫日月。壯登仕路,少潞公之春秋;光輔皇圖,如汾陽之頃刻。兵符相印,公衮命圭。外宣耀於神靈,内燮調於造化。重自任以天下,耻不獲之一(天)[夫];來不從於人間,重何止於三職。名喧宇宙,功載旂常。方佑帝於勤劳,乃(學)[卷]身而引退。晨(於)[昏]定省,盡子道以無違;耆艾熾昌,(碩與)[顧輿]情之所願。歲成九秋之(後)[候],月宿三星之時。凡在庇休,俱陳頌祝。惟錫公之純嘏,宜與國而同休。敢稱三百五篇之詩,將美二十四考之板。榮歸壽母,知有嘉之留侯;賓至初筵,贊長年之衛武。某身居華户,心望相門。適阻百里之遥,未遑再拜而賀。凉臺暖館,暫聞裴令之(俺)[淹];衮衣繡裳,行覩周公之復。其爲占頌,罔既敷陳。

62. 卷六十八"謝試中宏詞"

第名文陛,已玷優科;奏議詞林,復(叩)[叨]首選。顧僥踰而過望,省庸陋以奚堪。(炌)[切]以科目廢興,繫時所尚;文章高下,歷世不(間)[聞]。(深)[探]治道之精華,聽詞人之鼓吹。千篇炳若,漢家與三代同風;一變粹然,韓氏以六經爲唱。仰惟盛旦,師用真儒。掃文弊以(點)[黜]浮,蹈聖涯而復古。設爲異舉,搜取通才。命題雖廣設於科條,下筆欲深明於(射)[體]要。教之以北門視草,如親承拔燭之咨;試之以西掖演(論)[綸],使各盡涌泉之思。學士登瀛,而贊興於褚亮;武夫咸泣,而(韶)[詔]出於宣公。箴儷龍楼,(名)[銘]高劍閣。讀書檄於座上,頓失頭風;得(揵)[捷]布於縑中,孰輕足跛。至若表入皂囊之奏,記鑱黄絹之辭。頌所以美盛德之(刑)[形]

容，詩並陳乎六義；序所以言(信)[作]者之意，紙因貴於三都。非能盡衆制之工，曷(是)[足]冠群英之選。如某者挈瓶淺智，叩缶庸音。青編雖幸脱於布韋，黄卷肯暫忘於燈火。業三年而方就，氣再鼓而不衰。終慚穎脱之才，猥預言揚之列。積薪以後來居上，孰曰當然；長翮以高飛在前，敢期至此。分非所據，恩實有歸。兹盖某官道覺天民，教扶皇極。尹湯咸有德，知堯舜之可爲；房杜不言功，豈蕭曹之足追。範圍元化，器使(翠)[群]才。致兹冥頑，亦預甄采。某敢不鐫磨鈍質，黽勉孤衷。執御門闌，願比在閑之驥；置身鑪冶，敢爲自躍之金。誓堅素守之誠，承答大公之賜。

63. 卷六十八"謝發舉"

三歲程能，初効遼東之献；一朝[得]隽，果空(驥)[冀]北之群。第愧鯫生，誤塵鶚表。竊以爲虎爲鼠，用不用之因時；一龍一猪，學不學之在已。屬睿主天臨之日，得真儒鼎[補]之功。養賢人以及萬民，矢文德以洽四國。設两科而登隽，(期)[闢]数路以得賢。工詞賦者，有機雲俊逸之才；明經學者，無歆向異同之論。一飛鳳詔，四奮鵬圖。巧擒黄絹之詞，角中青錢之選。人固未易知也，才难不其然乎。自非有妙當世之語言，何以中明有司之尺度。如某者輪囷蟠木，偪促轅駒。袂册泮宫，淹四十載；推鋒文陣，大小百餘。庶幾三釜之及親，不負一經之教子。兹誠率馬而(馬)以驥，敢謂轉衣而爲裳。白雪(揚)[陽]春，雖云寡和；高山流水，必有賞音。此盖伏遇某官學海淵源，儒林根柢。議論四方之矜式，才猶一世之表儀。扶起斯文，作儒宫之柱石；唱鳴吾道，爲聖闈之笙簧。自絳帳之南來，許青矜之北面。皎皎屏間之月旦，琅琅胸次之陽秋。(與)[輿]點筆端，載加斧藻；鑄顔爐裏，曲爲陶甄。致是不材，亦皆有造。某敢不習非勝是，温故知新。賜也幸聞於文章，參乎有見於忠恕。誓死佩先(生)[王]之教，忘軀酬國士之恩。附驥過都，超三千人之術業；乘風破浪，起九萬里之扶摇。

64. 卷七十五"内簡"

《賀丞相小簡十幅》

第一幅

即日恭惟誕膺典册，師長百僚，當軸處中，海宇承式，神明勵相，鈞候動止萬福。某謹具啓，承候黄閣。

第二幅

邇日不省鈞用何似。聖賢相逢，坐建中和之極，當此寒冱，更覺恊氣周流。伏惟冲粹集於神衿，起居超勝，其在方内，拳拳之情，更乞珍愛節宣，上佐休明，爲宗杜華夷無疆之慶。

第三幅

恭以某官以全德上賢,蔚爲天下模楷,載膺涣渥,歸輔巖廊宥密之地。恭想綸言誕告,公門省户,搢紳喁喁,罔不欣預。某素荷知遇,逖(間)[聞]褒詔,實深抃躍。

第四幅

伏以某官道隆德駿,見遠識微,妥自登翊聖明,弼諧大政,謦欬執訓,宏開衆正之路,海内稱頌服之無斁。今者光被贊書,再光槐衮,實惟(閙)[闡]融勛績,嘉靖萬邦。仰惟益懋經綸,以光久大之業。

第五幅

伏以聖(生)[主]嗣無,强大歷服。某官以元勳舊德,再秉國鈞,寅亮天工,丕顯祖宗休命,天下幸(某)[甚]。恭惟經文緯武,職思其憂,赫[然]無以,公道誠心,咨諏群策,旁搜遠紹,遂成中興無前之績,天下悚跂,以觀亨運。某蕞爾凡陋,辱枉陶冶之末,敢不距踴三百,自效於一下風,無任震戀之至。

第六幅

某伏(間)[聞]某官促駕鋒車,入覲宣室,懋膺光華勸讀之寵。尋具劄子,附致悰悃,冒昧記室,罪當萬坐。所賴某官屈體侍賢,躬吐握之禮,兼取並蓄,恃以無恐,伏惟幸察。

第七幅

某比者備員渠州,懷印曳(絞)[綬],叨竊民社,在公鴻鈞之内,粗無愆曠。伏自惟念(者)[昔]於建康獲瞻望履舄,敢不遺簪敝(屨)[履]之故,自通於下執事。伏蒙某官以大公之道,勸獎群材,顧念牖間半面,遠賜陶埏。眉(由)[山]佳郡,密邇鄉邦,叨冒永錫之榮,恩德至厚,輸肝剖膽,鏤志鐫心,未可言感(因)[恩]圖報之萬一。

第八幅

某蒙相公陶鑄,眉山新任,石渠解罷之後,方欲歸鄉待闕,偶參政席。公時暫令攝事成都(幙)[幕]府,不失寸稟,實便私計。此皆某官以鴻音所倡,宫(微)[徵]迭(知)[和],伯樂一顧,馬價三倍。某孱懦齷齪,實荷大賜,胸懷奮激,無以爲喻。

第九幅

鈞門寶聚,伏惟百福攸同。

第十幅

成都恐有使令,乞賜約束。

65. 卷七十七"内簡"

《上漕使小簡八幅》

杪冬紀序,氣令極寒。伏惟星臺暇豫,經畫有方,幽顯贊稱,台候起居萬福。某竊

(實)[食]無似,益叨巨庇。未繇瞻拜台廡,謹具柔訥,干冒記史。

申候饔寢之禮,秪載公牘。邇日朔風(加)[如]凛,歲律向周。不審盛德所臨,興止何如。緬惟斡旋餘裕,坐見錢流,廉按無遺,神明交祐。更祝力爲朝家,葆(熙)[頤]国器,進登近侍,以慰輿情。

恭以皇上撫運中興,簡拔俊毫之士,出將使指。某官以全才碩德,特膺其選,下(連)[車]未久,威譽藹然,九郡士民,均被惠澤。然奇謀妙藴,宜攄究於廟堂,豈挽漕之寄所能久留。佇聞揭甌環召,入贊政机,大展經綸之業。屬部下僚,傾望尤劇。

某單冗寒微,仰止台光之久,雖未獲進瞻履舄,而備員屬吏,日竊卿雲之覆,苟追曠瘝,欽戴抃荷,實無異於親炙棨席也。依歸傾跂,毫楮難殫。

某愚陋賤僚,仰恃寬德有容,嘗於廉旌入境之初,妄修慶牘,玷涜峻嚴,必(貼)[貽]譴(斤)[斥]。伏蒙台慈持賜誨答,某仰服撝謙,彌增感激。續因至節,復拜賀緘。想已塵瀆典書,僭躐之罪,并丐原照。

某納質鈞鎔之心,實爲迫切。俯念無以自見,輙(輟)[綴]短啓,以露悃誠,兼以舊所爲文,繕寫封塵台席,以效古人投贄之儀。伏惟寬仁,恕其狂(裴)[斐],曲賜省覽,不勝至幸。

台閎星(春)[眷],共惟中外,並擁純禧。

宜春或有委使,乞賜驅策,當盡駑蹇之誠。

66. 卷七十七"内簡"

《上提舉小簡七幅》

候問之誠,(堇)[謹]具前幅。此兩句在第二幅。近時士大夫多於第一幅便敘述,爲前已有公狀,兩紙也。

仲冬謹月,共惟按畫多暇,盖載薦休,台候動止萬福。(其)[某]代匱於此,仰叨覆露,尚阻參拜履絇,謹勒尺牘,申塵記[府]。

朔律届中,寒凝方盛,不審近辰台履何似。緬惟通貨有經,駢納純嘏,更蘄勉懷睿眷,精葆粹和,别膺起拜,下副輿論之公。

恭惟某官挺卓異之才,藴閎遠之德,薦揚膴仕,久著英聲。是宜密忽宸庭,朝夕献納,輔成平治,康濟四海,尚淹外郡,深鬱輿情。佇聞召拜,以穆師議,傾俟之私,實倍倫品。

某門闌[下]士(下),傾慕盛德,比因馳謝台墀,(冐)[冑]貢緘封,諒已塵徹棨席,深慚估率。今兹復以柔訥,遠(讀)[瀆]等威,盖區區之誠,有不能自已者,伏覬台慈恕其愆而原其意,特賜焕覽。

某才愚識陋,見聞單淺,仰荷台光,承乏椽吏,八更晦朔,逮兹獲免譴訶,豈勝感戴。更望憐其貧,早入於埏埴,仰止門墻,形留神往。台閎(室)[寶]眷,伏惟上下百福,攸同四明。恐有驅委,幸賜台戒。

67. 卷七十七"内簡"

《(小)上知縣小簡七幅》

孟春(堇)[謹]時,共惟趨裝多暇,神相行學,台候動止萬福。某(堇)[謹]啓,塵溷典簽之史。

詷候之禮,敢至再三。迹辰寒暖未齊,不審台用何似。仰惟辦嚴容與,輿戴頌塗,天人威助固宜,福社之川至也。更祈厚護茵鼎,即膺綸召,以副其切之祷。

匽服名德之重,積有歲年,連蹇之跡,與萍梗相爲流轉。曾不得一際,年範爲(恨)[限],幸會鼎來,獲忝僚佐之末。豈惟遂識韓之心,仕契自兹始矣。慶抃之私,筆舌难既。

敬惟某官以淵源之學,刚大之氣,超軼不可跂及之才,久矣踐揚,當[在]清近。雷封宣化,與議拂然,上方興起治功,注意民事,田百里以分郡符,登臺閣相望也。鋒車之召,諒在匪伊,黄鵠一翔,青冥無極。某(堇)[謹]延頸以候。

某謭薄不才,濫叨一第,薄書會計,懵不素講,兹馬備数,獲戾是懼,孰謂賢德,此來朝夕。庶幾傾聽警策,古所爲忠信之長,慈惠之師,今乃得之。願督征車,以慰傒願。

某側聆棨,赴有期久矣,欲布尺書,通姓名於下執。適逗留星郡數月,近還賤局,竟爲閤下折先,朋緘鱗幅,文義璀璨,(尉)[慰]籍拊摩之意甚厚。下拜珍貺,無任感藏,敬裁(敬)[短]啓,少見卑誠,併敘謝悃,伏幸台(台)察。

台閎寶聚,伏惟中外,均擁殊福,此預有使令,願幸要束。

68. 卷八十二"劄子"

《上安撫參政八幅》

伏以仲秋謹月,共惟某官坐鎮近畿,威惠交孚,神人拱相,鈞候動止萬福。某遲次窮閻,遠託雲庇,行即參侍,謹具柔訥,上於典記,伏乞鈞察。

某候問彝儀,敬拜於右,不審鈞履何(以)[似]。恭惟元勳宿望,分陜一方,當殊祥如川之至。敢冀妙敏茵鼎,節宣以時,副九重之眷,慰四海之望。某下情不勝真禱。

共惟某官簡重而裕和,高明而(慱)[博]達,蘊康濟經綸之巨業,而遭不世出之真主。方得以行其素志,而乃遽厭繁機,急流湧退。雖燕寢凝香,典藩樂事,然四海蒼生,喁喁日徯。公歸當不待告政,綸詔亟下,進陟臺司,(中)均爲[中]外之福,幸甚。

某一介庇賤,跧伏里閈,瞻望鈞表,邈在霄漢。惟是道德之所照耀,聲名之所震聳,常若親侍熒煌之座,矧令叨屬吏行將奔走,俯伏於棨戟之下,可日月冀,忻愉之私,實倍等夷。

某選懦[無]他能,挾策左學,亦既有年,春官不以其不才,以名奏,天子誤置之多士之上。退省[其]私,深切兢凌,豈謂一官複出,戲下將獲,躬詣鈞屏,親承約束。僭易申稟,伏乞鈞照。

某書生習氣,未(諧)[諳]吏事,拙謬莫逃,預(切)[叨]淵冰之懼,惟軫存而覆露之誠,所望於門下[者],無以見拳拳依歸之悃。輙憑竿牘,仰瀆典籤,晉躐之罪,伏丐原恕。

某輙有悃(仰)[誠],(誠)[仰]干鈞聽。某寒遠小官,自閩抵浙,水陸二千里許(許),搬挈(挐)[孥]累,殊非貧素所宜,已備託代者,致區區之懇。欲望鈞慈特垂軫念,更不敢犯分覼縷,併丐台察。

鈞閑寶(卷)[眷],共惟上下鈞擁安榮之福。沿路恐有驅策事目,乞賜鈞旨。

69. 卷八十二"劄子"

《上判府尚書七幅》

伏以季夏謹月,恭惟某官拜命惟新,節旄載道,幽顯翊扶,台候動止萬福。某席庇粗安分守,知感知幸,行(郎)[即]參覲。敢乞仰體宗社之重,精視茵餗,頤葆冲和,比膺眷注,某不勝惓惓。

某齋遬以修,興寢之問,敬承右牋。祝融在令,庚伏流金,名臣鉅公,茂對天寵,居息事作,神之聽之。更祈尊生視履,以副瞻禱下(悃)[悃]。

某伏審某官顯膺帝制,出鎮(使)[侯]藩。共惟慶(尉)[慰]全越在今三輔近甸,優本之地,聖王是用,輟論思邇,列出使長之千里,吏民歡呼踊躍,願[見]父母之面,龐眉齔齒,不知舞之蹈之。某之區區,實同此心。

恭惟某官彝鼎之器,圭(章)[璋]之行,爲當世名流,踐揚中外,卓有成績。少焉三節鼎來,趣還禁路,爲霖作礪,以福宇内,可亀卜而計数也。

某樸(擻)[樕]微材,筮仕之初,託身(慕)[幕]府,夤緣幸會,天實與之。惟是空疏愚陋,未究爲政之方,廣厦是依,捫心知喜,下恃歸嚮之初,敢祈照亮。

某塵忝部吏,[三]沐三薰,敬裁柔訥,干溷記史,伏希財幸。某寅夕奔趋遠郊,俯伏道左,行即瞻望符采,預初欣抃,聽車馬之音,候旗旆之輝,某得先覩爲快。

台閎仙眷,伏惟對時(戎)[茂]膺純嘏。某殫竭駑蹇,願聽行府約束。

70. 卷八十七"淨獄"

觸憲抵刑,念衆生之迷惑;消災拔罪,仰太上之慈悲。肆滌圜扉,哀投紫極。惟律設大法,雖难犯於江河;而民無常心,致自罹於羅網。嗟性命之賤賊,想魂魄之沉淪。非藉薦禳,何由解脱。玆因元夕,共演真科。假此明燈,願破冥途之苦;導夫(何)和氣,更興比屋之仁。俾不犯於有司,庶同臻於大慶。

71. 卷八十九“开堂”

連花出水,妙香無復深藏;獅子離山,利爪要常拈出。欲先玆事,屬允當人。某人道價[孤]高,祖機了達。得語遠從於臨濟,解包暫住於道場。油然鷲嶺孤雲,皎若碧潭秋水。不作紛紛,衲子露影藏頭;肯如泛泛,癡禅(抱)[拖]泥帶水。今玆天聖吉利,實冠霅水叢林。法席久虚,宗風孰振。願從公請,來慰輿情。風際船回,便覺溪山之勝;曉來雨過,一新鐘鼓之音。

三、《全宋文》《全宋詩》未收的佚文、佚詩

以下佚文除《四六叢珠》外又别見他處,共59篇佚文,2首佚詩,按其在《四六叢珠》中的卷序排列:

1. 卷六“籍田”

孟陬協紀,方欽授於人時;太史戒期,爰躬耕於帝籍。有嚴熙事,茂輯純休。中賀。竊以天田九星,象著耘耔之應;農輿三蓋,禮爲恭儉之先。考周制以僅存,求漢(帝)[章]而既逸。永平鼎盛,徒賜食之有聞;開元亟行,始進儀之粗見。恭惟皇祖(正)[丕]闡禔容,建崇禮之通門,敞思文之秘(字)[宇]。作爲元紀,敷錫宥(思)[恩]。事皆集於大成,謀遂貽於繼聖。恭惟皇帝陛下勤勞稼穡,損益古今。鬱鬯實彝,儼朱紘而祇祓;洪縻在手,撫縹軛以周旋。既屈帝者之尊,益明天下之本。然玆懿典,罕值中興。虢公之諫,永世以貽譏;憲宗之儀,半途而弗舉。光於往册,獨我泰辰。臣銜命江湖,馳神觀闕。粢盛醴酪,仰宗廟之孝思;黍稷稻粱,助田疇之慶賴。

按,該篇《全宋文》未收,又見於《播芳大全》卷二“《賀籍田表》”。

2. 卷十五“賜文字”

擬聖而作,盡包羅天地之情;肆筆而書,發昭回雲漢之象。寵頒儒館,增賁人文。中謝。竊以百家存而醇者,孟軻孰傳;是學萬世知其解者,(天)[大]聖獨尊。斯文惟

默契於淵衷，爰發揮於宸翰。紹唐虞雍熙之治，闢楊墨放蕩之辭。炳若丹青，寫之琬琰。坐令亞聖之道，復振右文之朝。兹蓋伏遇皇帝陛下盛德日新，多能天縱。玩味七篇之奥，縱横八法之精。洛書河圖，闡千齡之秘藴；(旋)[璇]題寶閣，聳多士之偉觀。臣敢不奉以周旋，遵之德意。謹庠序而申孝悌，但明人倫；薄税斂而易田疇，更期民富。

按，該篇《全宋文》未收，又見於《播芳大全》卷七"《謝賜御書孟子表》"。

3. 卷四十一"正言"

命錫詔除，任司言(貴)[責]。帝虚心而聽納，人傾耳以聳[聞]。共惟某官賦受鍾奇，進修毓德。極高明而致廣大，有憂天下之心；立廉耻而抗直方，(兄)[無]愧古人之節。結(如震)[知宸]扆，庀職憲臺。歷時幾何，馳譽藉甚。序進七臣之位，得專四品之章。削藁奉公，欣衆正以開路；伏蒲獻可，待一言以興邦。某猥守郡符，巽懷賓謁。聽朝陽之鳴鳳，喜激懦衷；符遠客之雙魚，誠緘柔牘。

按，該文《全宋文》未收，又見於《播芳大全》卷十二"《賀沈正言啓》"。

4. 卷七十六"内簡"

《與胡侍郎小簡七幅》

中秋氣候明爽，伏惟論思之暇，參侍清光，神明輔相，台候動止萬福。某侍次鄉閎，方遠屏著。仰冀上爲宗社，保攝嚴重，具啓起居。

某申問饔寢，敬具右楮，不審比辰台用何似。仰惟貳理司刑，周旋禁掖，福履蕃衍。時序向寒，更乞保御和粹，以副紳綏之係。

恭惟某官以忠孝結主知，以文章壯國體，碩德偉望，浩然歸重，而回翔憲部，(門)[閲]日滋久，輿議謂何，倚需登庸，攄發素學，爲蒼生帲幪，中外攸矚，非特門生之私頌也。

某坎壈之資，行能無取，而又與閣下，素昧平昔。伏蒙特達之知，與賜收録，寵加論薦，顧(駕)[駑]下何以仰承眷遇？自非大賢，君子以(言)[延]譽晚進爲心安，得不遺葑菲下體耶？恩等丘山，未知補報，毫楮敘謝，莫究萬一。

某頃嘗求見，而典謁者以謝客爲阻，既而南歸，復造台屏，又承旌旆入學士院，俱曾拜漫滅之刺。某既出門下，自合日伏材館，(同)[伺]致謝禮，竟爾不果，罪涉簡慢，豈容輕貸，尚恃寬仁。置諸度外，伏楮省循，戰汗之極。

某蹤跡疏遠,加之拙官,不能追時好,以取世資,甘心州縣,蓋有年矣。侍從間非乏朋舊,昨抵行闕,問辱與進者,而白眼相視,無戀戀故人意。斯皆自取弃,外復何怨,豈期遭值洪儒,護短藏疾,創相推借,實出望外。雖幽谷蒙暄,未足比擬,此心耿耿,仰德無改。

某得邑僻左,闕期尚遠,居閑處獨,因得尋繹舊學,恐誤知人之明。何時俯伏墀所,叨預占侍,遡風引首,悵惘如失。

按,該文《全宋文》未收,又見於《播芳大全》卷五十七"《上胡侍郎小簡》"。

5. 卷七十七"内簡"

《上陳司業小簡九幅》

素商告晚,萬寶順成。共惟立道優閑,神靈交贊,台候燕與萬福。某遠竊雲蔭,未由瞻拜墻仞。(堇)[謹]具手訥,申塵典記。

邇辰不審台履何如。緬惟設科樂育猷訓,漸(漬)[漬]戬穀之繁,(顯)顯幽咸相。金風蕭瑟,氣序向寒,敢祈上體眷隆,妙毓神覬,别膺晉拜,下(尉)[慰拳]拳之頌。

某官嶽鎮儲靈,奎躔鍾粹,應半千之休運,擢冠巍科,蓬室道山,備彰該(愽)[博],虎闈槐市,暫(屋)[屈]師宗,茂實英聲,騰播内外。某雖不才,得與芹泮青衿,共蒙教育,實不勝抃蹈之至。

竊惟中興,在運主上,登崇俊傑,以熙帝載,急賢之心,惟恐不及。矧如鴻儒碩輔,超邁時輩,固當待以不次之任,雖作成多士,有賴高[明],而士論與評,殊未厭也。佇聞進登槐鼎,康濟天下,以究淵謨,卑悰祈向,尤倍夷等。

忻服重望,爲年久矣,蹤跡萍梗,莫獲進瞻英矩,徒勤山仰。迺者誤被宸恩,俾尸校舍,遂獲託质宗範,尤增欽詠。雖祗服官箴,未由親炙棼席,而向風慕德,知所取法,實不異於面承啓迪也。瞻跂崇墉,恨無羽翮。

某性质庸鈍,學術荒疏,塵竊末第,奔馳薄官,俗吏徒劳,漸忘故業。今幸隸職庠序,得以温尋故習,以率勵於韋布,實出於巨庇。更望台光俯矚,俾得效於微能,以攀附於鱗翼之末,不勝萬幸。

某沉冗下僚,未獲趋拜履綦,豈宜不量薄分,輕奉竿牘,以浼聽麾。蓋恃至仁寬裕,不弃孱微,兼區區悃愊,舍此無以自見,是以忘其狂裴,敢爾冒瀆,下情不勝戰栗。

某申覆台閎寶眷,恭惟中表咸擁殊休。

某上覆都梁,恐有驅策,幸期台旨,常期盡瘁,以稱器使。

按,該文《全宋文》未收,又見於《播芳大全》卷五十七"《上陳司業小簡》"。

6. 卷七十七“内簡”

《上帥座小簡六幅》

即日暑雨蒸潤，共惟者英矩德，爲國藩垣，保釐督護之功，百城順賴，神用顯相，台候動止萬福。謹具啓，承候下執事。

伏以某官以簪紳素望冠映，甘泉侍從之榮，嘉謀嘉猷，海内稱頌。方當策勳序爵，翊贊鼎槐，而迺分憂顧，暫煩鎮撫。共惟元戎十乘，殿天子之邦，億(方)[萬]黔黎，性命攸仰。伏冀保練冲粹，精調寢興，垂副瞻頌。

伏惟某官申儆侯度，布宣王靈，所下教(修)[條]，無非惻怛忠厚之實，立經陳紀，[禁]暴律貪，風尚凛然，令行禁止，休聲協氣，薰籲泰和，雨賜以時，嘉生芃茂。某辱在部吏，得亹亹怵惕，恪恭於繩矩之末，顧不幸甚。

某比者不自揆度，輒以骪骳之文，仰干繩削。某官以儒林執匠，運斤成風，膏馥之餘，不我遐棄，特損書教，褒稱獎與，許以奇古之目。自非顔淵，附驥尾而行益顯，感(漢)[嘆]奮激，不勝下情者，韓文公有言:“愈之所以志於古者，不惟其辭之好，好其道焉爾。”短章碎句，摩研揚摧，淬濯砥砺，庶幾乎言之必可行，以無忘崇邁世教之厚德也。

比者人還，特蒙某官垂貺齊酎十壺，仰認台眷，拜受感悚。恭惟荆州平一之惠，建康清醇之德，所以飲食教載，示其仁心者厚矣，敢不屬饜盛禮，藏褚肝鬲?

某蹉跎蹇步，頓跡塵壒，備負部下，當物衆事夥，政煩賦重之際，刻肌刺骨，攻苦食淡，無所云補，每月愧嘆。伏遇某官以篤實輝光之德，程董郡吏，獎鑒風裁，蔚爲一世之龍門。而某念此孤蹤，自維揚文，館泰郡寄，粗無瘝曠。今當關陞，正任資序，願與牛皮馬渤，雞壅豕苓爲藥，籠中一物，以階寸進。猥蒙矜念，與賜收録，區區不勝弹冠振衷，三浴三薰，以俟齒牙之論也。

按，該文《全宋文》未收，又見於《播芳大全》卷五十八“《上安撫小簡》”。

7. 卷七十七“内簡”

《上安撫小簡五幅》

暑伏(敲)[歊]熾，共惟保釐綏馭，説禮樂而崇詩書，方面隱然，有金城之重，神理相劳，戩穀具綏，台候動止萬福。謹具手啓，[上]承記室。

某官翱翔禁橐，風華業履，冠映簪紳，其於論思献納，見遠識微之明，固主上所前席而思，當饋而嘆也，登延贊襄，歸輔台鼎，即在朝夕。更乞飧稟太和，益强體素，行對寵渥，下情虔頌。

比嘗率爾具竿牘,自惟擊轅拊缶,悴音曲節,浼瀆至聽,宜蒙譴斥。然某官寬隆盡下,獎鑒多士,清襟所照,每賜酬酢,箱篋几杖之間,金石隱鉉,警策寒陋,一何榮幸。

某一介凡庸,備員部内,固未嘗得戒衣冠、奉杖屨,奔走使令於前。恭惟某官樂育仁心,無收並蓄,齒牙餘論,激揚寒素。初無牖間一面之雅,獨取堂下片言,盱衡推轂,特(刑)[形]論薦,凡材下乘,頓增光價。敢不勉强衰拙,庶幾於任重致遠,無忝題目,區區鄙悰,不勝銘藏荷載之至。

某猥蒙知遇,置在藥籠之末。恭惟某官以儒林宗匠,受任方伯,風裁高峻,蔚爲今世龍門,而沉淪蹇頓,濫被品目,岷峨人士,聳然改觀,實深榮幸。謹具短啓,少道謝悃,伏望燕間之隙,一賜觀采。

按,該文《全宋文》未收,又見於《播芳大全》卷五十八"《上安撫小簡》"。

8. 卷七十七"内簡"

《上提刑小簡五幅》

區區參省,已列右牋。即日仰惟舟御所臨,有神介相,台候萬福。謹再勒副下執。

天方暑,雖江流奔壯,放溜容與,想甚慰愜。尚冀精御粹冲,以副願望。西州劇郡,盖冠全蜀,而嘉陽[江]山,雄傑呈露,雖不及吴越之清遠,然在蕞爾國,實冠諸郡也,臺府高明,宏麗甲(乙)[於]成都,君子一臨,(反)[益]增重矣。

眉山蓋在天之末也,台座宜翔翔臺省,乃(金)[今]擁節,實辱臨之,而已老窮交,豈謂得與。父老子弟,爭先覩於鄉国乎,曷勝大幸。

台眷伏惟均介殊祉,學士諸友,容求見次。

按,該文《全宋文》未收,又見於《播芳大全》卷五十九"《上憲使小簡》"。

9. 卷七十七"内簡"

《上太守小簡九幅》

元冥司令,寒氣彌嚴,共惟卧護優閒,明靈葉衛,台候動止萬福。某鄙陋微蹤,日依幪覆,(堇)[謹]勒柔牘,冒塵劳席。

修訶之誠,僭具(石)[右]楮。即辰未審台履復何如。欽想政平民詠,美化益新,密有神天,來介繁祉。霜飈愈勁,凝稟應時,敢祈茂體眷(陸)[禄],厚加熙衛,别膺召拜,下副士大夫之望。

恭以某官以忠誠結主知,以豈弟牧民俗,事親純孝,接下謙和,其言行猷爲,舉皆过人,遠甚是以,下車教月,績譽遠揚。佇聆明(訪)[詔],入贊巖廊,以展經綸之業,屬邑下士,祈願尤深。

某賤疵小官,比因走慶臺階,獲侍誨範,深(尉)[慰]傾企之悰。伏蒙(董)[薰]仁,(原)[厚]賜寵待,又頒特遺之隆,誠非屬吏所宜當者。某感服恩憐,夙夜在念,盡牘寸管,難究謝誠。

某違去先儀,倏經旬浹,瞻依慕戀之誠,無日少替,方圖齋沐,以伸記府之問。迺辱台慈,先損珍翰,仰認容愛之宏,既感且愧,不敏之咎,更丐原恕。

伏領台戒以朝旨搜訪晉唐黑跡及善本書籍,俯委孱微,廣搜邑境。某欽稟諄誨,已(徧)[遍]託士人,多方尋訪,實不敢徒爲虛報,佇願得之,别具申覆,伏乞煥察。

某寒薄迂愚,苟禄待匱,愧無毫末之補。每荷盛德包荒,獲免沃斥,獨恨有正宰司,使小吏趋事之日淺耳。然願入鑪錘,實期他日,則承恩佩德,犹未晚也,依戀之(衆)[衷],更祈矜照。

台閎寶眷,伏惟中表俱擁殊禧。

支邑别有驅委,乞賜台旨,誓圖稱效之方。

按,該文《全宋文》未收,又見於《播芳大全》卷六十"《上太守小簡》"。

10. 卷七十七"内簡"

《上太守小簡五幅》

仲春之月,即日共惟偃藩之暇,豈弟宜民,神之聽之,台候動止萬福。某(董)[謹]具狀,申問記史,伏惟財(誉)[察]。

起居常儀,布在簡牘。即乞上律天時,俯遵月令,浩養冲粹,茂迎紀嘏,以慰士民千里之志。

竊以某官蚤歷華貫,爲海内名士,踐揚中外,勳閥甚盛,方(回)[面]之寄,付畀重矣。上方鼎新治短,尊用耆艾,仰如執事,德業地望,函當入陪帷幄,贊襄國論,飛詔趣歸,可拱而俟也。

奔走執事盛名之下,舊矣閑散之跡,(男)[流]落湖海,曾未獲接武於門,以備賓客之後塵。惟是慕用名誼,拳拳於此,不敢自弃也,惟執事尚教誨收憐之。歷陽地偏訟簡,溪山之勝,魚稻之饒,爲疇昔西州佳處,中朝名卿才大夫,往往厭直承明,重外之寄,以清談坐笑臨治之,中和宣布,發爲聲詩,播之樂府,爲世美談。自頃俶擾於兹,二紀而蕪,城未甚葺,曠未全耕,盖因循之治,亦有可恨者。惟執事器識靖深,才猷通濟,開藩未經時,綽有譽處。適此弩廪虛竭,官治紛拏之餘,曾無一毫之斂横,及閭里爲清静之化,民皆樂之,得賢之効,其速如此,幸甚。

玆者執事，布故云初。某修桑粹，必恭之禮，於棨戟之下偶。自前月爲浙右之行，(比)[北]方還自四明，息肩村落，而灾蹇之餘，驚魂儻恍，病骨尪瘠，未即造前，少頃安妥。(堇)[謹]卜瞻侍，仰惟台慈，俯賜矜念。

按，該文《全宋文》未收，又見於《播芳大全》卷六十"《上太守小簡》"。

11. 卷七十七"内簡"

《與通判小簡六幅》

勾(芸)[芒]司令，寒氣未闌，共惟貳撫間暇，明靈葉衛，台候燕居萬福。某寒晚微蹤，益叨幪覆，尚遥(詹)[瞻]拜，(堇)[謹]具手啓，上溷[記]曹。

(堇)[謹]時修問之義，祗其彝禮，未審近辰德履復何如。諒惟优政中和，聲華日(邵)[劭]，休祥駢集，密有扶持。春序肇開，東風吹暖，更祈惠將珍毓，前膺迅召，某不勝處祷之至。

恭[惟]某官德性高明，才猷敏妙，宜居顯要，以究設施，展驥治中，特假途耳。伏惟明詔鼎來，峻(陜)[陟]華近，以穆師言。

去冬以微賤職，趨禀幸獲，瞻侍台光，深(尉)[慰]傾德之誠，過荷眷誨，尤極銘感，再違儀矩，久復两月，豈勝山仰之私。賤事倥偬，不獲修貢盡牘，仰候興寢，懈怠何文。伏惟(董)[薰]慈，特賜原察。

某疏愚頑拙，仰託德蔭，幸遂竊食備員，無補涓毫，日懷愧惕，向覬台慈，加至庇俾，終逭於愆尤，實爲至幸，懇祷之情，敢祈洞察。

台閎瑶眷，伏惟尊幼駢擁龐鴻之祉。

(支)[友]邑恐有委使，拱聽要束。

按，該文《全宋文》未收，又見於《播芳大全》卷六十一"《上通判正小簡》"。

12. 卷八十二"劄子"

《與安撫》

伏以冬序凝寒，共惟某官鎮撫豐暇，神明恊相，台候動止萬福。某遠託恩庇，未繇参(觀)[覲]，伏冀爲國自重。

某違去旌幢，於兹累年，下情傾仰，無物以喻。一行作吏，救過不暇，追数初心，每用慨嘆。何當躬詣帳下，盡布此懷，臨書重增(帳)[悵]望。某昔歲病卧山中，伏聞登壇受鉞之寵，扶憊占辭，因一叟兵爲慶，迄今不返，其浮沉殆不可保。比遣使臣護(綱)

[綱]至鄂州,再上記頗詳悉,伏計已塵台,凡感念思義,有不能忘者,不在書疏之疏密爾,尚幸孚照。

某偶以宣威之檄,分校特奏名進士於成都,用四十日始得歸,中途下拜,因永康所賜台翰,跪坐以讀。恩意慈祥,寒屋爲煖,薄暮就道傍僧舍,取火作記,未謝萬一,益深感愧之至。

某資中方報,代已蒙朝廷記録,继下沉黎之命,顧何以得此,不敢忘所自也,重增愧然。某哀病益侵,行挂衣冠,神武門下,與草木同腐矣。平生相知,如公無幾,輙布苦懷,臨書悽斷。

台眷上下均慶,東蜀有役愿受令。

按,該文《全宋文》未收,又見於《播芳大全》卷六十二"《與安撫劄子》"。

13. 卷八十二"劄子"

《與安撫丞相劄子》

伏以時維季夏,熾以景炎,共惟某官鎮撫春容,黄堂靖謐,神示(在)[左]右,鈞候動止萬福。某三沐三薰,謹裁柔訥,仰干典籤,伏乞鈞察。

某謹時申候,已具申牘,拜手敬詞,邇日鈞用之詳。仰惟浩然之氣,上際下蟠,靈府虚明,百嘉來舍,庚著正隆。敢乞居法天運,增毖寢羞,仰符九重眷注之隆,俯徇四海具瞻之望。

某官以宗工鉅儒,經綸素業,贊襄黼扆,勤劳王家,弼成至治,宸眷益隆,暫兹均逸,候藩化行,俗美列城,如在和氣,中元扣首,抑何幸欤。第恐紫詔供歸,朝夕左右,以康濟天下,非一邦獨私,大惠蒼生,實延頸以俟。

某疏逖庸微,(茂)[邈]在下僚,仰視大府潭潭,何啻雲壤。昨者不自量分,僭貢竿牘,玷浼輿隸之聽,逮(慈)[兹]復拜緘封,盖以懷感德誼,殚布悃(幅)[愊],不敢自後,冒犯之愆,仰覬原貸。

按,該文《全宋文》未收,又見於《播芳大全》卷六十二"《上安撫樞密劄子》"。

14. 卷八十二"劄子"

《与安撫樞密》

伏以孟秋謹月,敬惟某官偃藩優暇,列城晏肅,盖載薦休,鈞候動止萬福。某備員(攴)[支]邑,仰承蔭樾。尚稽瞻拜履絢,謹具柔訥,申塵記府,伏乞鈞察。

申候茵鼎之儀,愘布無方,邇日不(容)[審]鈞用何似。諒惟玉節光華,號令整暇,神之聽之,福祉駢集,更蘄崧調視履,宣節兩賜,仰符當寧倚注之隆,俯狥四海具瞻之切。

其官負間世之才,茂經邦之略,望隆王佐,名冠時髦,用能賦政樞庭,納忠文陛。暫辭清禁,卧鎮全閩,雖揔列郡而承教條,恐重一方而遣天下。佇膺召節,入拜制麻,式符虛左之求,永播處中之譽,愚非諛貢,允屬師言。

逖遠鈞儀,薦更晦朔,雖依歸慕仰之心,靡日不在屏(四思)[息],而愘遵教戒,勉守微職,恨不可假以造府庭,惟幸日竊二人之覆,苟逭曠瘝,欽載抃荷,實無異親侍熒席也,毫楮縷縷,莫整卑悰。

按,該文《全宋文》未收,又見於《播芳大全》卷六十二"《上安撫樞密劄子》"。

15. 卷八十二"劄子"

《與憲使劄子》

伏以潤夏謹月,恭惟某官綉斧載臨,憲綱清肅,列城風聳,神示贊襄,台候動止萬福。某竊食無補,仰承蔭樾,未繇參侍,謹具劄(月)[目],申慶典記,伏冀台察。

候問月儀,愘載前赴,未審邇辰台候復奚若。緬惟禮樂光華,平反有相,戩穀之來,川至雲委。伏暑正熾,敢祝勉承眷渥,厚衛社釐,行膺顯拜,垂慰卑悰之願。

共審某官榮拜宸恩,肅將使指,涓日之剛,肇闢臺府,伏惟歡慶。某以官箴有守,阻趨崇仞,輔(籍)[藉]毫楮,以(神)[伸]祇賀之誠,伏惟台慈曲垂矜亮。

某官負問世之才茂,茂經邦之略,飛騰聲實,久結主知,暫屈外臺,(禫)[祥]刑之寄。登攬方初,峻褒崇秩,眷倚有加,兹可槩卜。區區閩陬,詎能久淹,一歲九遷,此其首途。誦詠之深,實非私臆。

庸繆竊邑,伏承軺車按臨,迎謁道左,恐悚茫負。道德寬洪,海涵淵蓄,非惟曠敗之責,猥辱少逭,從容延接,非所宜蒙。感悚之私,交積方寸,俯伏陳露,莫究欲言。

某疏遠下吏,瞻望台躔,有雲霄之邈,夤緣竊粟,切屬部封,玉節鼎來,幸侍熒煌之座,違去戀慕,神爽飛越。所賴託庇,二天之下,尸官鹿鹿,必蒙終始貸宥。某雖天資不穎,亦當痛如磨勵,祈効補報萬一,皎皎此誠,仰冀台察。

某不避冒瀆之罪,僭申台閎德聚安問。伏惟履兹庚伏,尊幼駢介龎鴻之祉,屬邑(可以)豈無[可]驅策事件,拱聽要束,某傾禱[之至]。

按,該文《全宋文》未收,又見於《播芳大全》卷六十二"《上憲使劄子》"。

16. 卷八十二“劄子”

《與憲使劄子》

伏以秋用仲琯,恭惟某官綉斧光華,臺綱靖謐,神示贊襄,台候動止萬福。某承乏下邑,仰承蔭樾,未由詹侍,謹具劄目,塵溷記史,伏乞台察。

偵候威嚴,具如右削,未審比辰台候復奚似。仰惟玉節所臨,吏民畏戴,來介繁禧。更乞上體眷隆,妙毓神觀,晉膺柄用,(尉)[慰]天下朝夕之望。

某官践履醇粹,度越當今,學問洪[深,追]配前古,坐於廟朝,致君澤民。盖将不動聲色,外臺祥刑之寄,雖曰全閩涵泳仁惠,恐重一方而遺天下,簡注已久,佇聆環召鼎來,入拜制麻,垂副公論。

疏遠無似,拜逖台(先)[光],薦更晦朔,日竊洪蔭,叨守微職,瞻望大府,邈在雲漢。自顧分守有等,不敢頻貢柔函,上浼威重,(推)[惟]歸依仰慕之私,無日少替,伏惟薰慈曲垂照恤。

某屬邑下吏,猥有驅策,峻行約束,益損道德,謙墜臺(輸)[翰],非所宜蒙,拜辭之寵,感怍不容於心。區區毫楮,莫究謝臆。

按,該文《全宋文》未收,又見於《播芳大全》卷六十二“《上憲使劄子》”。

17. 卷八十四“婚書”

《定書》

梅花示信,嶺頭通交好之誠;(相)[桐]葉題詩,楼角記合歡之事。(紬)[納]綵雖由於邂逅,(遞)[牽絲]尤屬於夤緣。伏承某人夙整閨儀,詞(証)[正]工於詠雪。某男某(祖)[粗]閑庭訓,才莫擅於凌雲。偶逢(祠)[柯]斧之良,幸締蘭金之好。躬雀謾誇於有中,委禽切愧於無儀。未具(雖)[鑑]臺,曷追攀於温嶠;难尋玉杵,敢希冀於雲英。深蒙季諾之曲從,直指於門而徵貢。紅縉既急,猶嫌上釣之遲;青瑣雖遇,尚想遺香之近。

按,該文《全宋文》未收,又見於《播芳大全》卷八十六“《婚書》”。

18. 卷八十四“婚書”

《定書》

《(標)[摽]有梅》,詩人所詠,欲男女之及時;“咸其輔”,易卦之辭,重剛柔之相感。

某男某[學詩]學禮,粗守師模。而令女小娘子采藻采蘋,夙承姆訓。今早聯於親契,願遂結於華姻。媒妁通誠,既欽承於重諾;金蘭講好,庶無負於曩心。輒有薄儀,裁於别幅。

按,該文《全宋文》未收,又見於《播芳大全》卷八十六"《婚書》","《摽有梅》,詩人所詠,欲男女之及時;'咸其輔',易卦之辭,重剛柔之相感"一聯又見於《翰墨全書》卷七。

19. 卷八十四"婚書"

《定書》

枌榆甚邇,鳴未隔於一牛;草木本同,饋因通於雙鯉。不棄綿綿之秩,願歌灼灼之桃。某以男某中饋久虚,莫偕奉禮。伏承令女小娘内則素習,宜遂有家。謹卜良辰,用伸言定。有少誠幣,具如别(牒)[箋]。

按,該文《全宋文》未收,又見於《播芳大全》卷八十六"《送定書》"。

20. 卷八十四"婚書"

《定書》

聚星舊族,愧閥閱之已零;觀樂名家,想風流之尚在。輒緣鄉里之好,得議婚姻之求。某以小姪某雖詩書之粗聞,奈蘋蘩之乏助。伏承令女小娘[婉]容外淑,懿行中純。吉既協於鳳占,禮用伸於雁奠。有少禮幣,具列别箋。

按,該文《全宋文》未收,又見於《播芳大全》卷八十六"《婚書》"。

21. 卷八十四"婚書"

《定書》

居連一舍,豈殊桑梓之陰;心同二人,雅契金蘭之好。慶彙緣之有自,(碩)[顧]欣幸之何多。伏承某人令女小娘素閑姆訓,無非無(儀)[議]。而某男某早就師模,克(山疑)[岐克嶷]。正三星未在於户,適毖水肯流於淇。禮云[禮云],爰奉絲綸之五緉;樂只[樂只],永堅盟誓之百年。

按,該文《全宋文》未收,又見於《播芳大全》卷八十六"《婚書》",《翰墨全書》卷六"《又》"。

22. 卷八十四“婚書”

《定書》

聲名無似，已慚曲逆之長貧；緣契有開，復謂冶長之可妻。重眷絲蘿之結，益增瓜葛之榮。喜託冰清，愧非宅相。某[孫某]年踰志學，幸逢繫足之老人。伏承令孫女小娘思妙組文，許射(盡)[畫]屏之雀目。聯親實舊，講好惟新。二人素荷於同心，兩喜無煩於溢美。念信者言之瑞，當不食言；雖禮者幣之將，當先納幣。用陳菲薄，庶表悃悰。

按，該文《全宋文》未收，又見於《播芳大全》卷八十六“《婚書》”，《翰墨全書》卷七“《又》”。

23. 卷八十四“婚書”

《定書》

族系延陵，常恨此聲之未振；望高潁水，每欽厥後之克昌。方愧忝於眷存，敢希聯於姻契。況小男用未能用於文史，而令女以悉喻於訓章。豈非小鄭之賢，獲奉大齊之偶。二姓合好，重諾奚啻於千金；六禮内成，入幣庸遵於五緉。式涓穀旦，躬(敢徵)[致微]誠。

按，該文《全宋文》未收，又見於《播芳大全》卷八十六“《送定書》”。

24. 卷八十四“婚書”

《回定》

伏以世傳鼎軸，夙仰韋平之門；好結絲蘿，慚非秦晉之匹。屢勤敦(論)[諭]，不敢固辭。伏惟某人秀發天資，美由世濟。而息女維遵姆訓，未習婦容。辱嘉(弊)[幣]之相先，揆寒宗而有靦。玉臺下聘，獲窺温嶠之風流；竹笥遣竹，第愧叔鸞之情素。有少薄物，具於别箋。

按，該文《全宋文》未收，又見於《播芳大全》卷八十六“《回禮書》”。

25. 卷八十四“婚書”

《回定》

泰伯封吴，族氣久淪於寂寞；混元指李，(猶)仙源[猶]襲於芬芳。合二姓以親成，結百年之眷愛。共惟某人長孫學詩學禮,早通六藝之文。某女元非無儀,素稔十箴之訓。既蒙采菲,固願依松。契彼鳳占,(之)[卜]云其吉。粲然雁幣,敢不拜嘉。

按,該文《全宋文》未收,又見於《播芳大全》卷八十六"《回定書》",《翰墨全書》卷六"族姓《回啓》"。

26. 卷八十四"婚書"

《請謀》

引線因針,言(間)[聞]信史。(代)[伐]柯匪斧,詠播風人。事儻藉於夤緣,理必資於介紹。某以男某方從外傳,未卜嘉姻。伏聞某人令女小娘子令德中淳,婉容外淑。早佩(閔)[閨]門之訓,素閑蘋藻之儀。欲結潘陽二姓之歡,必假媒妁一言之重。輒干將命,顒俟報音。

按,該文《全宋文》未收,又見於《播芳大全》卷八十六"《請媒書》",《翰墨全書》卷五"請媒《請媒書》"。

27. 卷八十四"婚書"

《請媒》

伐柯須斧,引線因針。若匪千金之言,曷結二姓之好。共惟媒氏某人蕙蘭育姿,冰雪流芳。早歸詩禮之家,夙擅閨(居)[房]之秀。某小姪某雖逾壯室,未克成家。伏承(其)[某]官小娘子綽著婦儀,夙遵姆訓。既四德之兼備,諒五長之可稱。敢以衰宗,仰攀高援。謹奉啓以聞,伏惟炤察。

按,該文《全宋文》未收,又見於《播芳大全》卷八十六"《請媒書》",《翰墨全書》卷五"請媒《又》"。

28. 卷八十六"禱安"

犬馬有養,乃往聖之格言;螻蟻輸誠,賴皇天之昭鑒。輒伸危懇,上瀆高真。伏念臣母永壽縣太君王氏克配先臣,肇興衰緒。衣[被]三百指,勤勞六十年。有造家之[大]功,無持身之小失。偶嬰疾瘳,久歷歲時。浸至尪羸,實深憂惧。此盖子孫稔惡,門户匪昌。降殃乃及於老親,誅罰不加於小已。是用籲天引咎,伏地祈哀。載潔清壇，恭延(伏)開士。[伏]願上天垂佑，列聖降衷。察慈母之生平，感孤臣之末路。沉痾頓去，亟收勿藥之功；盡室何爲，惟結省愆之誓。

按，該文《全宋文》未收，又見於《播芳大全》卷七十四青詞“《爲母禱病設醮青詞》”。

29. 卷八十七“追薦”

高穹冥寞，惟誠意可以潛通；滯魄幽沉，伏慈光爲之下照。顧(慈)[兹]懇切，敢不歸投。伏念臣亡父某向佛精勤，奉真黽勉。叨蒙仙籙，願享遐齡。何其得疾之弗瘳，遽嘆養親之不逮。雙輪易邁，三七俯臨。輒伸哀悼之誠，用薦幽明之地。惟願九天原赦，承拔亡超度之恩；五苦停酸，享自在逍遥之樂。

按，該文《全宋文》未收，又見於《播芳大全》卷七十四青詞“《薦父九幽設醮青詞》”。

30. 卷八十七“追薦”

無父何怙，可勝痛割之情；謂天蓋高，俯聽忱恂之懇。幽明雖異，祈福則均。伏念臣亡父某人弗享遐齡，倏歸冥路。居諸云邁，追悼何窮。於其得疾之時，嘗有祈衷之請。謂天官赦罪，時適際於中元；而人子愛親，心敢忘於一念。薄陳清醮，少答高穹。盡除疇昔之愆，俾在超生之域。禴祭實受其福，願竭誠心；死者不可復生，姑償夙願。

按，該文《全宋文》未收，又見於《播芳大全》卷七十四青詞“《薦父九幽設醮青詞》”。

31. 卷九十一“修造”

當山住持比丘某甲爲今大[殿釋迦文佛以次諸像裁製]庳小，未(有)全好相。匪肅瞻依，且欲改[造。具足端嚴，種種成就。資爾]衆信，有大檀越。聞而喜躍，恭[敬作]禮，而發[是言：事無難易，惟在一]念。一念精進，平地須彌。若墜[一念]，須彌自壞。今此佛像，亦復如是。以是因緣，而説偈言：火不在薪，無薪無火。月不在水，有水[有]月。佛不即像，亦不離像。即像求佛，閉門留月。離像求佛，毁鐘存鍠。塵塵相因，無有是處。諸仁者如彼(告)[古]人，燔燒木像，以思惟心，指像作佛云：何惡報不當其身？若人能以七寶嚴飾，或用鐵木漆布及泥，又如童子爪甲戲畫，以闡提心，指像非佛云：何漸積功德無量，(無)[興]大悲心，皆成佛(地)[道]？諸仁者認像是佛，别無方便，名爲凡(天)[夫]。認心是佛，不假莊嚴，名爲外道。此佛此像，(作)[非]即非離。不作妄觀,真觀自現。無上菩提,檀波羅密(塑佛)。

按,該文《全宋文》未收,又見於《播芳大全》卷八十勸緣疏"《蛩子院塑佛疏》"。此篇文本在《四六叢珠》各版本中皆有殘損,部分闕文据國家圖書館藏宋刻百卷本《播芳大全》卷七十"《蛩子院塑佛疏》"補足。

32. 卷九十一"化供"

國一禪師云:出家大丈夫事,非將相之所能爲,誠哉是言也。從上先聖存心入道,以(存)[至]忘軀爲法,捨全身而求半偈,齊腰立雪,斷臂安心,豈不是歟?何憚入廛垂首,化(道)[導]有情,不顧寒暑,遠涉山川,不拘山林、城市、酒肆、茶坊、米市、魚行、花街、柳巷,或瞋、或怒、或唾、或駡?逆順門頭,是非境界。折伏慢憧,誘掖一切。不探虎穴,安得虎子。儻無力量,豈能(何)[荷]擔。若能(何)[荷]擔,是名真正。出家是爲真法供養,然後於微塵裏轉大法輪,向一毫端,現寶王刹。豈不見保壽和尚作街坊時,於十字街頭,一拳之下,悟徹得甚麽無面目,可謂快人一言,快馬一鞭。築著(瞌)[盍]著,動地震天。流落叢林,清風宛爾。敏上人出那伽定,發廣大心。笑持一鉢,遠(錯)[詣]建水。續舊目録,訪諸檀那。求余法語,(法)[求]筆書(氐)[底]。塵中撞著知音,必能肯首滿意,歸來供五千指。續佛慧命,豈小補哉。止庵當爲汝擊鼓升堂,重説大義。頌曰:裴公龐公建溪上,何用區區别處尋。玉户朱門相見處,不勞重舉盡知音。

按,該文《全宋文》未收,又見於《播芳大全》卷八十勸緣疏"《東禪化供疏》"。

33. 卷九十三"謁宣聖"

某誦先聖之言,於百世之後。尊先聖之道,於千歲之前。志存於道,紳書其言。四惡惟屏,五[美]是尊。庶幾治政,以臨其民。某(叩)[叨]受朝寄,俾守方面。祇見於學,敢遵常典。

按,該文《全宋文》未收,又見於《播芳大全》卷八十三祝文"《祭文宣王祝文》"。

34. 卷九十三"謁宣聖"

某本以諸生(紀)[起]家,爲吏蒙恩之誤。(豕)[承]乏此邦,既有民人,又有社稷。

學優則仕,雖有愧於格言;寬以愛民,其敢妄於聖訓。涖事之始,敢不祇見。

按,該文《全宋文》未收,又見於《播芳大全》卷八十三祝文"《謁文宣王祝文》"。

35. 卷九十三"辭先聖"

某祇受朝命,來守兹土。誦夫子之言,行夫子之(遍)[道]。尊美屏惡,居敬行簡。以施於政,以臨其民,知自勉而已。兹緣申命,領計東南,去此有日,敢不致恭宇下,伏惟尚饗。

按,該文《全宋文》未收,又見於《播芳大全》卷八十三祝文"《辭文宣王祝文》",《翰墨全書》卷五"《辭宣聖廟》"。

36. 卷九十三"辭廟"

某守兹南土,賦政不優。沐神之澤,日蒙其祥。兹緣申命,總計外司。去此有日,祇見神祠。

按,該文《全宋文》未收,又見於《播芳大全》卷八十四祝文"《辭平江廟祝文》"。

37. 卷九十三"祭賽"

三時務農,四日舉趾。於彼新田,以我覃耜。神其格思,民則勞止。(知)[如]茨如粱,爲酒爲醴。迄用康年,奄觀銍艾。

按,該文《全宋文》未收,又見於《播芳大全》卷八十四祝文"《春祈諸廟祝文》"。

38. 卷九十三"祭賽"

方春載陽,土脉(道)[道]發。耕者将作,既戒乃事。維神司(本)[木],實佑我民。恭薦嘉牲,以介靈佑。

按,該文《全宋文》未收,又見於《播芳大全》卷八十四祝文"《立春祭勾芒神祝文》"。

39. 卷九十三“祭賽”

日者天子,閔仁元元。(早)[申]嚴賞誅,購捕螟螣。郡縣愓恭,吏民趨令。除治勦(紀)[絶],此無孑遺矣。今秋既(禹)[垂]成,稻将(卑列)[畢刈],夫人張頤。以傒粒食,乃聞遺種。復熻淮右,是用憂栗。悼懼不(星)[遑],寧居謹(枋)[防]。官屬躬奠,(弊午)[幣於]祠下。惟神(夙)[威]及庶物,惠流一方。(隋願)[指顧]犨(呷)[呻],可攝妖孽。願(兹)[資]陰德之靈,以(打)[扞]吾民之患。功宜有報,吏不敢忘。

按,該文《全宋文》未收,又見於《播芳大全》卷八十四祝文“《秋祭祝文》”。

40. 卷九十四“祈雨”

東南之區,秔稻是資。畚鍤布以雲興,溝澮分而綺錯。泉流不竭,膏澤以時。庶幾有秋,(以)可[以]無事。方兹徂暑,乃復亢陽。火雲蔚以峰奇,田背枯而龜坼。(推)[惟]民與吏,悼心失圖。蹙頞(與)[興]嗟,摶手無計。念慘舒之所係,惟變化之所司。俯瀝懇誠,仰祈昭鑒。沛然一雨,以洗群憂。

按,該文《全宋文》未收,又見於《播芳大全》卷八十四祝文“《祈雨祝文》”。

41. 卷九十四“祈雨”

歲既薦饑,春仍不雨。人心凜凜,望在朝夕。陰雖積而陽未和,雲已密而風驟至。意者吏有(文)[大]罪,無以媚於神,神不得而赦之歟。雖然赤子将隕於溝中,非神其孰能拯之。恐懼呼嗟,以黷神聽,惟神其念之。

按,該文《全宋文》未收,又見於《播芳大全》卷八十四祝文“《祈雨祝文》”。

42. 卷九十四“祈雨”

維吏無善状,以(于)[干]至治之和。故民有凶年,罹此旱暵之虐。閲三時而不雨,盡四月以無雷。祗騰煙火之雲,但鬱塵沙之霧。草萎地赤,(水)[木]槁山赬。萬室皆空,四民相食。内外震虩,靡所依投。是用載講仙科,爰陳醮席。仰天閽而請命,望霄漢以敷誠。伏冀曲軫天慈,興哀下土。大誅旱母,黑雲呈(子)[干]日之祥;盡起毒龍,白雨見蔽山而下。沛然三日,活此一方。

按，該文《全宋文》未收，又見於《播芳大全》卷八十四祝文“《祈雨祝文》”。

43. 卷九十四“祈雨”

迄冬徂春，雨不時至。麥苗枯槁，人畏疵癘。甘澤尚閟，河不合流。餉餽中都，稼穡是憂。神食依人，神爵訓帝。享帝利人，實神之意，山川雲雨，神所周塵。吏以病告，神其聽之。

按，該文《全宋文》未收，又見於《播芳大全》卷八十五祝文“《祈雨祝文》”。

44. 卷九十四“祈雨”

道成善貸，有感則通。鈞播不私，每求皆獲。輙伸民懇，仰瀆聖聰。伏念常暘爲菑，逾月不雨。陂塘已竭，苗稼将枯。(願)[顧]歲事之可虞，寔民命之所寄。徧祈群望，未獲優霑。恭惟仙馭之登天，兹爲故里；迺睠仙游之邃宇，專(疵)[庇]斯民。是用投誠，敢祈善應。伏願弭消旱魃，呼召雲師。霈[以]甘霖，變此豐歲。

按，該文《全宋文》未收，又見於《播芳大全》卷八十五祝文“《祈雨祝文》”。

45. 卷九十四“謝雨”

秋成在望，時雨愆期。仰叩靈祠，果蒙敷祐。雲車風馬，即日感通。一夕滂沱，三農胥慶。兹陳報禮，用答鴻私。冀克豐登，以終神賜。

按，該文《全宋文》未收，又見於《播芳大全》卷八十五祝文“《謝雨祝文》”。

46. 卷九十四“謝雨”

晴方浹日，已報(早)[旱]乾。雨不崇朝，遂獲霑足。枯苗復秀，稿穗再華。如茨如梁，将見曾孫之稼；實堅實好，嗣興后稷之功。民樂有年，吏幸無罪。肆陳薄奠，仰答神休。

按，該文《全宋文》未收，又見於《播芳大全》卷八十五祝文“《謝雨祝文》”。

47. 卷九十四"謝雨"

粵惟冀方,歷春不雨。天子閔仁元元,先事悼懼。敕以牲(弊)[幣],致虔靈岳。詔音未敷,澤已雾霈。帝用(加)[嘉]栗,日勤不忘。申命(首)[守]臣,拜賜廡下。今兹蠶則屢起,麥方及秋。尚緊垂休,賜以終惠。敢言報告,重輸悃誠。

按,該文《全宋文》未收,又見於《播芳大全》卷八十五祝文"《詔北嶽謝雨祝文》"。

48. 卷九十四"謝雨"

維令不善,尚未引去,以興(早)[旱]暵之災;維神有靈,不賜罪誅,以加膏澤之惠。蔚晚禾而立穎,粲植稻以作花。(飲)[飫]飽(米)[决]然,可期稛載於兹;(可)[虔]卜式符,民願以盖吏愆。豈人能爲,悉神之貺。

按,該文《全宋文》未收,又見於《播芳大全》卷八十五祝文"《謝雨祝文》"。

49. 卷九十四"祈晴"

穰民薦飢,幸此一稔。穀且獲矣,雨復病之。吏愚無知,惟神是謁。既賜之食以活矣,忍迫諸口而復奪之乎?(果果)[杲杲]出日,引領是望。

按,該文《全宋文》未收,又見於《播芳大全》卷八十五祝文"《祈晴祝文》"。

50. 卷九十八"文"

當職去歲仲春之月,(姐)[始]獲治事。竊聞前此小輩相仍,細民艱食,帑廪空(之)[乏],大以爲懼。於是躬加勸勉,戢(聞)[闘]訟寬,囹圄(名)[省]追,呼禁游手,唯恐一有妨農。仰賴天時,俯(籍)[藉]人力,秋稼告成,倉庾盈億。非惟爾農,得享終身之樂,伊余滿考,而四民安業,亦(廷)[足]以自慰。是則爾農之勤,既有明(劾)[效]矣。矧今初春雪,爲豐年之兆,爾其勉聽吾訓,勿廢前功,父詔其子,兄語其弟:毋好爭競,毋犯憲典,毋慢親戚,毋事末作,悉心一力,專務於農。當耕即耕,當耘即耘,毋(華)[乖]天時,可闢即闢,可墾即墾,毋遺地利。自今以往,年穀屢登,家有餘食,仰事俯育,各無愧怍。苟或游惰自安,不服田畝,其於收成之際,無可刈穫,啼饑號寒,雖悔何及。

按，該文《全宋文》未收，又見於《播芳大全》卷九十一文"《勸農文》"。

51. 卷九十八"文"

蓋聞民生在勤，勤則不匱。況操(來報)[耒耜]錢鎛，服田力穡，而爲老農者哉？爾其聽太守言：太守受天子命，復鎮此邦，固不專於聽斷、會計、簿書、獄訟而已，其職則以勸農爲事。今明告爾，爾有身則有役，有土則有租，有家則有仰事父母、俯育妻子之奉。又有歲時、伏臘、祭祀、冠昏、喪葬之費爾，今不盡力於田，則何以給力(後)[役]？何以供租税？何以爲仰事俯育之奉？歲(晴)[時]、伏臘、祭祀、冠昏、喪葬之費哉？夫凍耕熱耘，霑體塗足，此固爾農之所甚勞(巴)[也]。然秋成上熟，禾黍登場，(艾)[芰]如雲、積如墉、(春)[舂]如玉，以通工易事，則衣有餘(市)[布]、用有餘器、幣有餘(黄)[貲]，至於具(維)[雞]豚、具酒醴，設爲食飲，與親戚賓客歡忻宴聚、優游卒歲，則其樂亦誰如？爾農者聖(王)[主]惠顧，潛邸視他鎮爲特厚，故(還)[慎]擇太守，必使知民疾苦。爲之太守，仰承德意，奉行惟謹，亦爾輩所共知也。維時中春，(上)[土]膏動而草[木]萌，爾盍亦相率其徒，朝夕盡力，從事於(畝)南[畝]，不忘太守已(節)[飭]。屬縣毋興修以廢而事，毋追胥以妨而役，毋科斂以竭而力，有不然者，爾其亟告太守，以(柱)[拯]後(惠)[患]，支弹治之，爾無(誚)[謂]此爲虛文而弗聽也。

按，該文《全宋文》未收，又見於《播芳大全》卷九十一文"《勸農文》"。

52. 卷九十八"文"

歲二月，農事始興，太守奉德意修時令，與其僚勸勞我民(子)[於]近郊，太守有言：父兄子弟其聽之，天畀我邦，實惟聖人潛躍之地，乃眷南顧，湛恩異(馬)[焉]。惟(者)[昔]夏秋，天久不雨，所以仰勤宵旰，甚厚帝用，鑒回神龍，(採)[授]職呼吸之際，化饑爲穰。凡今得以(印)[仰]事俯育歡欣怡愉者，上帝之(眙)[昭]答，聖意如此，我民何能。然哉欲報之德，惟忠惟孝，惟儉惟勤，閭里休戚相通，婦子饋饁以時，上不干寬大之刑，下不待言(巴)[色]之教，使忠厚和樂之氣，充於四境之間，而有水旱癘疾之憂者，吾不信也。若曰尚氣終(説)[訟]，習俗之常，棄本逐末，其利自倍，則非太守之望於父兄子弟也。太守亦將有以佐聖意厚斯民者，其尚敬之無忽。

按，該文《全宋文》未收，又見於《播芳大全》卷九十一文"《勸農文》"。

53. 卷九十八"文"

往歲之春,同我父老,敬以德(厚)[意],布於里閭,務飭農(乘)[桑],以即忠厚。今歲二月,復與父老(欲)[飲]於近郊,前言在耳,奚候多訓,太守拙政,無以禁末。吾民服勞,宜各崇本勤身,而得約力以用,仰事俯育,固有餘樂,不(華)[幸]而遇水旱,亦可無憂。若曰饑穰在天,何與於我,棄本逐末,其利自倍,非(至)[聖]主宵旰勤民之意,非太守所望於兄弟父子也,具敬之毋怠。

按,該文《全宋文》未收,又見於《播芳大全》卷九十一文"《勸農文》"。

54. 卷九十八"文"

惟聖人克謹民事,邦國厥有常憲。每歲仲春,乃命守令,履行阡陌,用懋勸於農人。有司茲率厥典,奉若天子之命,爰暨官僚,躬造於(邦)[郊],於是田畯及(腕)[鄉],三老(成)[咸]在,乃登進厥農,而告之曰:民生在勤,勤則不(遺)[匱]。時惟(興)[古]先哲王,罔不惟農是務,(赤)[亦]越惟我國家,惟農是恤。今茲東作伊始,(王)[土]膏脉發,嗟嗟我民,亦又何求如何新畬爾?其秉乃來舉耜具,乃錢鎛以俶,載於南畝。汝惟服田力穡,乃亦有秋用,孝養厥父母,以寧爾婦子,乃飲食醉飽,亦職有利哉。其或廢爾時、奪爾力、害爾功,弗恤弗矜乃事,茲惟有司之愆。汝(切隋)[如惰]農自安,不(昏)[習]作勞,不服田畝,越其罔有黍稷,則弗克養厥父母,則凍餒其妻子,乃爾自底於困窮。嗚呼!爾其無悔,爾其勉哉。

按,該文《全宋文》未收,又見於《播芳大全》卷九十一文"《勸農文》"。

55. 卷九十八"文"

國有常賦,惟爾民是供,爾尚致乃心,力務(禃)[植]桑穀,以富於而家,豐於而國,常賦之外,更將何處。凡我父老,聽予話言:春將既(英)[暮],時不可失。毋苟自安,毋憚作勞,以致公及私。歲有秋則,(子)[予]與爾衆,惟喜(痕)[康]共。汝不念於厥訓,不治於厥賦,乃自災於厥身。吏則有愆,亦有辜於上意,欽哉惟時,汝尚其勉之。

按,該文《全宋文》未收,又見於《播芳大全》卷九十一文"《勸農文》"。

56. 卷九十八"文"

去歲之春,同我父老。敬以德意,布於閭里。務飭農桑,以即忠厚。太守拙政,不敢擾民。吾民勤躬,各願敦本。雨暘以序,黍(徐)[稌]悉登。傳聞四方,稱誦一口。此(陻)[聖]主覆載之德,(有)[百]神持護之功,太守何有爲?然人之情,始勤終怠。責天罪歲,易以忘憂。逮鹵莽而報(丁)[予],已吁嗟(兩)[而]無及。昌業之茂,協氣鼎來。爲此酒尊,樂汝婦子。此意厚矣,其報伊何。(有)[其]力其誠,以謝聖德。

按,該文《全宋文》未收,又見於《播芳大全》卷九十一文"《勸農文》"。

57. 卷九十九"挽詞"

《强主客挽詩二首》

不解低眉强取通,平生進退古人風。三年省户亨塗左,千里家山使節東。從白得紅天意速,看朱成碧世情空。迹疏似我猶推挽,忠厚今誰肯繼公。

早服公名願負墻,晚方緣契預升堂。枯荄豈足煩餘潤,畢景長期升末光。始報繡衣持使節,俄驚丹(旄)[旐]倚歸艎。自憐多難空銜德,千里無從酹一觴。

按,二詩《全宋詩》中未收,又見於《播芳大全》卷一百三挽詞"《强主客挽詞》"。

58. 卷九十九"祭文"

《焚黄祭妣親文》

維乾道三年歲次丁亥十二月甲午朔初五日戊戌,男具位某謹以清酌庶羞之奠,敢昭告於先妣恭人之靈:伏以本朝以孝治天下,士有列於朝者,慶賜之行,必及其親。某數年之間,蒙上嘉寵。進夫人之號凡三等,而今者靈宫朝成,綸(告)[誥]夕至,事若合契,榮逾過蒙。天子休命不敢留,夫人餘善不可掩。敬用齋祓,告諸神明。其慶其承,以佑我後。尚享!

按,該文《全宋文》未收,又見於《播芳大全》卷九十八祭文"《焚黄祭妣親文》"。

59. 卷九十九"祭文"

《先考奉議祠堂祭文》

典册府之秘藏,纔叨序轉;攝辭闈之邃直,遽冒簡除。維此誤[於上]恩,盖實緣於先慶。懷錦溪風月之藏，徒夢繞於（詞）［祠］堂；寓鑾（拔）［坡雲霧］之窗，阻躬陳於薦俎。

按，該文《全宋文》未收，又見於《播芳大全》卷九十九祭文"《先考奉議祠堂祭文》"、《永樂大典》卷一萬四千五十"《先考奉議祠堂祭文》"。

60. 卷一百"祭文"

《祭寶學劉公文》

謹以（爭）［淨］香蔬食茶果之奠，敢昭告於近故大檀越宫使寶［學］侍郎劉公之靈：嗚呼哀哉！我公遽至斯耶？自昔大賢之生於世，或懷寶自珍，而不屑於仕，或仕而不獲，盡見於設施，皆生民之不幸，而［遺後世］之悲。我公云亡，邦國殄瘁。縉紳大夫，有識之士，聞者孰不［爲］哽歔者乎？唯公之生，（負）［質］甚厚憑藉之資。儒學傳家，忠孝世濟。［而天］之所賦，猶爲碩大瑰奇。遭時艱難，戎服驅馳。决策行營，參［畫西師］。功施社稷天下，孰得而知？謂公當歸，論道黄扉，以輔中興，成［億萬］齡之鴻基。名高衆忌，投（抒）［杼］生疑。剖符外補，爲國藩維。而温陵鎮江之政，吏畏其威，民賴其慈，顧後瞻前，配公者誰？百千載猶［將播風］謡而流詠思也。嗚呼！我公才任櫟楹，知侔蓍龜。義氣横六［合，英聲］聞四夷。然已試而不獲，究其所藴，造化之意，人又孰得而［窺？頃就］閑而得請，持從槖而奉祠。親庭戲綵，棣蕚相輝。悟槐宫之［大夢，契］柏子之妙機。澹然忘懷，與世娱嬉。謂人賢而必壽，公宜黄［髮而期］頤。何一疾之不瘳，而遽至斯耶？某以愚陋之質，出入公門［者，二紀］於兹，嗟小識之窾啓，譬（瞀）［螢］爝之甚微。公獨眷之，前挽後推。［荷獎拂］之過情，輒顔厚而忸怩。頃還故園，蒲柳衰遲。廬（山）［仙］洲之谷分甘，［栽］田（傳）［博］飯而終身糗藜。枉手書以見存，延以拱辰之招提。唯先［公忠］顯之松［楸］璨璇，褒而壁題。豈以道相索於形骸之外，而遂（亡）［忘］其［病］骨之支離。辱盛意之再三，欲避命以何辭。悵從公之未幾，忽［夜壑］之舟移。萬夫莫贖，哲人其萎。念話語之（再）［在］耳，腸糾結而涕洟。［豈厭］塵境之溷濁，凌紫清而騎尾箕，而與世永違者乎！蔬殽香荈，［侑以］哀詞。惟我公不忘疇昔之好，英風爽氣，傑然而不可（投）［没］者，猶將［鑒］之也。已乎尚享！

按，該文《全宋文》未收，又見於《播芳大全》卷九十四祭文"《祭寶學劉公文代》"。此祭文爲代作，作者無考。"寶學劉公"，或指劉子羽（1097—1146），字彦修，崇安人，韐子。建炎中輔佐張浚抗金，出謀劃策，薦用名將吴玠、吴璘兄弟，居功至多。紹興三年（1133），劉子羽以戰功升寶文閣直學士。紹興十六年（1146）卒，年五十。謚忠穆，改謚忠定，追封魏國公。

綜上所述，《四六叢珠》是一部文本内容豐富、文獻價值極高的四六類書，其中既掘現出洪适、真德秀、趙鼎臣等名家佚作，亦存録了如何椏、于觀、李吕等已隱没於今的諸人文章。書中不僅保存了大量獨有的宋代駢文資料，同時也爲《全宋文》以及《全宋詩》中未收的佚文、佚詩提供了諸多參考，甚至對一些常見文獻亦存在校勘的價值，例如，洪适《賀楊尚書啓》中"命出法宫，位高常伯"[19]句，《四六叢珠》本中"高"作"尊"，又如范成大的《賀户部趙侍郎啓》中"學殖資高，宗莩廣譽"[20]句，《四六叢珠》本中作"資"作"材"，等等。總之，這部書中富含的實藏，非常值得我們關注、挖掘。

（作者單位：復旦大學中文系）

① 關於編者葉棻，宋刻本《播芳大全》署作"葉棻"，明抄本《四六叢珠》都署作"葉蕡"，目前學界對此還存在爭論，筆者根據《播芳大全》刻於葉棻生前，以"棻"爲是。葉棻，字子實，建安（今福建建陽）人，祖籍南陽（今河南）。

② 上海圖書馆藏《四六叢珠》，卷前傅增湘題跋。

③ 最常見的《續修四庫全書》影印上海圖書館藏題王寵、王陽抄本上海圖書馆藏《四六叢珠》爲僞名人抄本，且文本順序錯亂、錯抄、漏抄等問題較多，见拙文《〈聖宋名賢四六叢珠〉現存抄本考述》，待刊。

④ 關於《四六叢珠》各版本優劣的問題，參见拙文《〈聖宋名賢四六叢珠〉現存抄本考述》。

⑤《播芳大全》爲《四六叢珠》編者葉棻與魏齊賢合編的文章總集，與《四六叢珠》引用文獻多有重復，詳見拙作《〈聖宋名賢四六叢珠〉的編纂與南宋駢文創作生態》，待刊。

⑥《播芳大全》版本系統複雜，卷次順序不一，本文引用卷序以北京大學圖書館藏稽古堂一一〇卷明鈔本爲準，詳參仝十一妹《〈五百家播芳大全文粹〉編纂流傳考》，北京大學碩士論文，2013年，第31—46頁。

⑦ 周密撰，俞鋼、王燕華整理《齊東野語》，《全宋筆記》第九十八册，大象出版社，2019年，第16頁。

⑧ 錢建狀、王兆鵬《宋詩人莊綽、郭印、林季仲和曹勛生卒年考辨》，《文獻》2004年第1期。

⑨ 岳珍《〈碧雞漫志〉作者王灼生卒年補考》，《西華師範大學學報》2014年第1期。

⑩ 史堯弼生卒雖不詳，但其人年少得名，曾得張浚（1097—1164）稱賞，爲紹興二十七年（1154）進士，未授官而卒，應主要活動於高宗朝。

⑪ 丁昇之輯《婚禮新編》，國家圖書館藏宋刻元修本（05443）。

⑫ 劉應李編《事文類聚翰墨全書》，中國科學院國家科學圖書館藏明刊本（子951/018）。此承中國科學院國家科學圖書館莫曉霞老師賜示書影，謹致謝忱。

⑬ 柳建鈺《國圖藏孤本文獻〈婚禮新編〉初探》，《蘭臺世界》2014年第11期。

⑭ 丁昇之輯《婚禮新編》，國家圖書館藏宋刻元修本（05443）。

⑮ 仝建平《〈新編事文類聚翰墨全書〉研究》，陜西師範大學博士學位論文，2010年，第32頁。

⑯ 江程萬，事跡不詳，程萬應爲其字。劉子翬（1101—1147）《屏山集》中有《劉道祖江程萬丘順甫講易孟子拾其意爲二十韻》一詩，詩題中提及此人，推想江程萬與劉子翬應爲同時人。在《翰墨全書》中有三篇婚書署名"江程萬"。

⑰ 李曉明《四庫底本新發現》，《文獻》2006年第3期，第145—151頁。

⑱ 曾棗莊主編《宋代序跋全編》，齊魯書社，2015年，第1945頁。

⑲ 曾棗莊、劉琳主編《全宋文》第213册，上海辭書出版社、安徽教育出版社，2000年，第229頁。

⑳ 范成大撰，孔凡禮輯《范成大佚著輯存》，中華書局，1983年，第191頁。

《鐵圍山叢談》和《東都事略》句讀正誤一例

——兼論南宋以前啓事文體的演變

江　枰

蔡絛是蔡京的季子，因其曾切近北宋晚期的權力核心，並將其親歷親聞寫成《鐵圍山叢談》，故該書頗具史料價值。四庫館臣評爲："記所目睹，皆較他書爲詳核……其人雖不足道，以其書論之，亦説部中之佳本矣。"① 中華書局1983年出版了馮惠民、沈錫麟點校本後，鍾振振對其中二十餘處錯誤作了訂正②，但仍有一條記録北宋晚期高官們爭相討好宦官的重要材料標點有誤。該段原點校爲：

> 政和以還，侍從大臣多奴事諸璫而取富貴。其倡始者，首有王丞相黼事梁師成，俄則盛尹章事向忻，宋八座昇事王仍，後又有王右轄安中亦事師成。此最彰著者。宣和以降，則士大夫悉歸之内寺之門矣。黼則呼師成爲"恩府先生"，每父事之。安中在翰苑，凡草師成麻制，必極力作好辭美句，褒頌功德，時人謂之"王内相"；上梁師成啓事章，則與忻捧藥而進。昇對人呼王仍爲"王爺"……③

其中"時人謂之'王内相'；上梁師成啓事章，則與忻捧藥而進"句讀不通，文意模糊。負責擬定内外制的中書舍人和翰林學士因有建言和封駁的權力，且直接對皇帝負責，從中唐陸贄以來就有"内相"之名④，因此稱任過這些職務的王安中爲"王内相"⑤，爲相沿的慣例，並無特别之處。如此書卷一云："一日絛赴朝請，在殿閣侍班，王内相安中因言……同班諸公喜，皆迫詢曰：'甚願聞之。'王内相因誦曰……。"⑥ 即兩次提及"王内相"，而此段内容與梁師成毫無關聯。這可證王安中並非因爲給梁師成草制美言纔被稱爲"王内相"，也不可能因此事而得此名號，二者之間没有關係。

李欣、符均注釋的《歷代名家小品文集》本，和李夢生校點的《宋元筆記小説大觀》本，此句皆斷爲"時人謂之王内相，上梁師成啓事章，則與忻捧藥而進"⑦。去掉了引號，又把分號改爲逗號，文意並未改變，似乎還是指王安中進呈梁師成的啓事文章的時候，和向忻捧藥同進。而向忻明明是被巴結的宦官，却自己捧藥而進，顯然不通。

李國强整理的《全宋筆記》本，此句斷爲"時人謂之'王内相'。上梁師成啓事，章則與忻捧藥而進”[8]。“章”字屬下句,意指盛章爲討好宦官向忻,親爲其捧送湯藥。這無疑是對的,但整句語義仍有問題:是誰上梁師成啓事?爲何在上梁師成啓事時,盛章要爲向忻捧藥而進?

此段部分内容爲南宋的王稱引入《東都事略·梁師成傳》,孫言誠、崔國光點校爲:

> 王安中爲翰林,每草師成制,必爲好辭褒頌功德,時人謂之王内相。上師成啓事云:“始童貫自謂韓琦遺腹,而師成亦以爲蘇軾出子。”至訴於徽宗,曰:“先臣何罪?”先是天下禁誦軾文章,其尺牘在人間者皆藏去,至是始復出。[9]

如此斷句,其意只能理解爲:王安中向梁師成上啓事,其啓事的内容爲“始童貫自謂韓琦遺腹,而師成亦以爲蘇軾出子”。這不論是文意還是稱謂,都莫名其妙。

筆者所見《鐵圍山叢談》的諸多點校本中,僅對本書第一次標點排印的《叢書集成初編》本將該句斷爲“時人謂之王内相上梁師成啓事”[10]。但該本采用的僅有頓號和實心圓點兩種舊式標點,不符今天讀者的閱讀習慣,且標錯的也不少,如卷三記徽宗爲端王時派人拿其生辰八字去算命,本應爲:“直省官如言至,歷就諸肆問禍福。”該本點爲:“直省官如言,至歷就諸肆問禍福。”[11]卷六描寫牡丹一段:“雒陽牡丹,號冠海内……遇其一,必傾城其人若狂而走觀。彼餘花縱盛,勿視也。”該本對後句斷爲:“遇其一必傾城,其人若狂而走,觀彼餘花,縱盛勿視也。”[12]似對實錯。這或許是以上幾位點校者都没有參考此本的原因。但就“時人謂之……”這一句而言,此本的點斷是正確的,蔡絛表述的“時人”的諷刺之意也纔得以顯現。下面略作論析。

梁師成雖爲宦官,頗通文墨,早年即“爲睿思殿文字外庫,專主出外傳上旨”[13],成爲徽宗與大臣之間溝通的關鍵人物,從此獲得巨大的權力尋租空間。因深得寵信,於是“徽宗凡有御筆號令,皆命主焉”,他進而“多擇善吏習仿奎畫,雜詔旨以出,外廷莫能辨”。在徽宗以御筆作爲最高旨意,操控國家的軍政人事之後,他竟然敢假冒徽宗筆跡,從而“陰竊用人之柄,權勢熏灼一時,嗜進之徒爭趨之”。這期間,梁氏也從一個低階宦官,迅速升至節度使、太尉、開府儀同三司等高位,最後進位正一品的少保,將文武官員的最高階甚至只有宰輔纔能獲得的加官都遍歷一過。因此,其升遷次數必然頻繁,而每次升遷必有相應制文。王安中早年師從蘇軾於定州,後來任過負責起草内外制的中書舍人、翰林學士、翰林學士承旨等職[14],而以蘇軾出子自稱的梁師成又對其有關照薦舉之恩,那麼他每次起草關於梁師成職銜升遷的文字,也必會褒頌備至。這些制文當有不少。雖然其二十六卷《内外制》並未流傳下來[15],不過想必其中涉及梁氏的也早已隨梁氏的倒臺貶死而被删削,或本就未編入其中,因此四庫館臣從《永樂大典》中輯得的王安中的殘存文章以及《全宋文》等書中皆一無所見[16]。

此句涉及兩種文體:制和啓事。制是皇帝發布的詔令,多爲關於官員任免獎懲的内容,一般由專職文人代爲起草。其中,中書舍人起草的稱爲外制,翰林學士或翰林學士承旨起草的爲内制。這是最高統治者發布的最正式的下行公文,采用駢體。啓事如作爲一個動賓詞組,多指當面向上級報告事情,如《三國志·董卓傳》:"召呼三臺尚書以下自詣卓府啓事。"⑰《舊唐書·高宗下》:"上痁疾,令太子受諸司啓事。"⑱啓事作爲一種文體,最初指報告事情的文書,如《晉書·山濤傳》:"濤所奏甄拔人物,各爲題目,時稱《山公啓事》。"⑲這裏的啓事相當於舉薦人才的奏章。傳末史臣評論,也著重强調了《山公啓事》:"委以銓綜,則群情自抑;通乎魚水,則專用生疑。將矯前失,歸諸後正,惠絶臣名,恩馳天口,世稱《山公啓事》者,豈斯之謂歟!"⑳山濤所作的這些《啓事》到北宋應還有留存,蘇軾即有《題山公啓事帖》:"此卷有《山公啓事》,使人愛玩,尤不與他書比……意以謂心跡不相關,此最晉人之病也。"㉑

到南朝時期,"啓事"二字很少見於標題,而往往出現於作者特别鄭重的書信的末尾,與開頭的"某啓"一起構成"某啓……謹奉啓事以/陳/謝聞。謹啓"的固定格式。如任昉《爲卞彬謝修卞忠貞墓啓》開頭結尾爲:"臣彬啓……謹奉啓事以聞。謹啓。"㉒《啓蕭太傅固辭奪禮》首尾爲:"昉啓……謹奉啓事陳聞。謹啓。"㉓昭明太子現存謝啓 12 篇,其中《謝敕賚水犀如意啓》《謝敕賚看講啓》《謝敕參解講啓》《謝敕賚制旨大涅槃經講疏啓》《謝敕賚制旨大集經講疏啓》後爲"謹奉啓事謝聞,謹啓"的格式,而這幾篇啓文都以"臣統啓""臣某啓"開頭㉔。其餘幾篇也爲謝君王賞賜的謝啓,却没有采用這種格式。又如庾肩吾《謝武陵王賚絹啓》云:"肩吾啓:蒙賚絹二十匹……謹奉啓事謝聞。謹啓。"㉕同卷收庾肩吾啓共 24 篇,皆爲獲贈後的謝啓,所謝對象除武陵王外,還有湘東王、東宫等,但也僅此篇末尾有"謹奉啓事謝聞。謹啓"的措辭。因此,這基本可以視爲一種爲表達更加鄭重態度的固定格式。這種文字中,標題中的"啓"和文末的"啓事"同義,都指這一書信文體,文首的"啓"則是動詞,爲"報告""敬陳"等意。但無論稱啓還是啓事,這種文體此時都還只是指正式的告知文字,主要爲書信,也包括上呈上司甚至皇帝的奏章。且不論其用途功能如何,都屬於較個人間的文字交流,不具公諸於衆的性質。

這種特徵到唐代以後有所變化。首先啓的内涵縮小,僅指個人間正式的書信,可用於同輩,也可用於尊長,但不再用於君王。《全唐文》《全宋文》中大量的啓,都屬於這種情形。其次,在文末用"謹奉啓事以聞。謹啓"等套語以表鄭重的格式在唐代簡化爲"謹啓",但已有省略的。㉖至宋代則都不用了。《全唐文》中,没有以"啓事"爲標題的文字。㉗《全宋文》反而出現了幾篇以"啓事"爲題的書信,且都出現於北宋,分别爲:宋祁的《引卷啓事》㉘、蘇舜欽的《啓事上奉寧軍陳侍郎》㉙、韋驤《謝夔守王大夫到任啓事》㉚、李之儀《謝人啓事並寄詩啓》㉛。可知,兩宋文人們儘管寫了大量的啓,但"啓事"二字極少出現。不過,就這幾篇以"啓事"爲題的作品來看,仍或多或少有要表達較一般的啓更爲鄭重的目的,如宋祁的這篇是請求對方揄揚自己的文章,必須更爲正式。我們由此可以明瞭北宋時期啓事的内涵:向尊敬的對方陳述事情的正式的駢體書信,較一般的啓更重要。這即王安中、梁師成所生活的北宋晚期"啓事"文體的基本特徵。另外,蘇轍有啓 30 篇,都未用啓事標題,但他自編《欒城集》,却總其標題爲"啓事二十二首""代人啓事八首"[32]。這或許是蘇轍對啓和啓事二者關係的認識。但無論如何,啓事至此都還没有就某事通告公衆的今義。

王安中所作的明明是以皇帝名義發布的公諸天下的褒贈梁師成的制文,却説成是他以個人名義上呈梁師成的啓事,其中微妙豐富的深意值得細緻解讀。這些升遷褒獎梁氏的制文極盡讚美之能事,而對上司甚至同僚的書啓也一般都有褒頌之詞,又都是駢體,所以兩者有共同點。不過兩者的區别纔是重點:一爲代皇帝所作,一爲向個人進呈;一爲上對下,一爲下對上;一爲最正式的公文,一爲偏日常的啓牘;一爲公諸天下之用,一爲私人交流。本來是皇帝詔告天下的公文,却像王安中給梁師成寫的書信;但其内容又是公之於衆的。將本來極其嚴肅正式的公開的制文,比爲私人間日常化的書啓。這種不倫不類的搭配含有一種公私混亂的矛盾和反諷:第一,變公爲私;第二,變最高的本應罕有的恩賞爲日常;第三,"上"字的諷刺深刻而又不露聲色。時人以此形容居於内相之位的王安中,代皇帝起草升遷宦官梁師成的制文,却像專門向梁師成呈寫的書啓一樣,不但大肆吹捧,還數量至多,幾乎成爲一種常態。而這些滿是"好辭美句"的書啓又在向國人一次次通報梁氏升官的消息;且通常的上下尊卑完全顛倒:身爲翰苑清貴之士、爲皇帝親署的"玉堂"中人的王安中[33],向宦官梁師成上呈極盡阿諛奉承之能事的啓事。時人利用制文與啓事間的文體差異、内相與宦官間的身份尊卑,巧妙地表達了辛辣的諷刺和批判意味。因此,此句聯繫上下文就應標點如下:

> 安中在翰苑,凡草師成麻制,必極力作好辭美句,褒頌功德,時人謂之"王内相上梁師成啓事";章則與忻捧藥而進;昇對人呼王仍爲"王爺"。

王稱將其引入《東都事略》時,並没有誤讀,其轉述後的文意也很清楚。因今人斷句之誤,遂不好理解。此段正確標點應爲:

> 王安中爲翰林,每草師成制,必爲好辭褒頌功德,時人謂之"王内相上師成啓事"云。始童貫自謂韓琦遺腹,而師成亦以爲蘇軾出子,至訴於徽宗曰:"先臣何罪?"先是天下禁誦軾文章,其尺牘在人間者皆藏去,至是始復出。

(作者單位:江西財經大學人文學院)

---

① 紀昀等《欽定四庫全書總目》卷一四一,下册,中華書局,1997 年,第 1855 頁。

② 鍾振振《讀〈唐宋史料筆記叢刊〉本〈鐵圍山叢談〉劄記》,《福州大學學報(哲學社會科學版)》2002 年第 2

期,第 53—55 頁;《〈唐宋史料筆記叢刊〉本〈鐵圍山叢談〉校讀》,《遼寧大學學報(哲學社會科學版)》2002 年第 4 期,第 62—64 頁。

③ 蔡絛撰,馮惠民、沈錫麟點校《鐵圍山叢談》卷六,中華書局,1983 年,第 110—111 頁。

④ 徐賀安《唐代"内相"與韓、柳"文以明道"觀的提出》,《理論界》2018 年第 11 期,第 72 頁。

⑤ 脱脱等撰《宋史》卷三五二《王安中傳》:"未幾,自秘書少監除中書舍人……上爲遷安中翰林學士,又遷承旨。"第 32 册,中華書局,1977 年,第 11124—11125 頁。

⑥ 蔡絛撰,馮惠民、沈錫麟點校《鐵圍山叢談》卷一,第 8 頁。

⑦ 魏全瑞主編《歷代名家小品文集》《鐵圍山叢談》卷六,三秦出版社,2005 年,第 199 頁。上海古籍出版社編《宋元筆記小説大觀》第 3 册《鐵圍山叢談》卷六,上海古籍出版社,2007 年,第 3119 頁;2012 年版第 72 頁同。

⑧ 朱易安、傅璇琮等主編《全宋筆記》第三編第 9 册,大象出版社,2008 年,第 251 頁。

⑨ 王稱著,孫言誠、崔國光點校《東都事略》卷一二一,齊魯書社,2000 年,第 1056 頁。

⑩ 張元濟主編《叢書集成初編》第 2762 册,《孫公談圃・鐵圍山叢談・避戎嘉話》,中華書局,1991 年,第 93 頁。

⑪《孫公談圃・鐵圍山叢談・避戎嘉話》,第 35 頁。

⑫ 同上書,第 99 頁。

⑬ 王稱著,孫言誠、崔國光點校《東都事略》卷一二一,第 1056 頁。下同。

⑭ 陳元鋒《北宋翰林學士與文學研究》定王安中於政和七年(1117)至宣和元年(1119)任職翰苑。復旦大學出版社,2019 年,第 314 頁。

⑮ 晁公武《郡齋讀書志》卷一九録爲"《初寮集》十卷,《内制》十八卷,《外制》八卷"(《郡齋讀書志校證》,上海古籍出版社,1990 年,第 1030 頁);趙希弁《讀書附志》録爲"初寮先生《前集》四十卷《後集》十卷……《内外制》二十六卷"(《郡齋讀書志校證》,第 1190—1191 頁);陳振孫《直齋書録解題》卷一八録爲"《初寮集》四十卷,《後集》十卷,《内外制》二十四卷"(下册,上海古籍出版社,2015 年,第 523 頁);《宋史・藝文七》:"《王安中集》二十卷。"(《宋史》卷二〇八,第 16 册,第 5372 頁);《宋史・王安中傳》:"有《初寮集》七十六卷傳於世。"(《宋史》卷三五二,第 32 册,第 11126 頁)。

⑯ 王安中《梁帥賀吕太尉啓》《祭宋龍圖文》《祭張樞密文》《大名狄梁公廟祈雨文》四文爲代"梁帥"作(曾棗莊、劉琳主編《全宋文》第 146 册,上海辭書出版社、安徽教育出版社,2006 年,第 322、384、385、388 頁),所云"梁帥",實爲定州知州梁元彬,參見其《聞青守梁元彬移帥定武作詩寄賀諸梁》《聞帥府大閱軍作詩送梁帥》《和梁才甫贈定帥元彬》等詩(北京大學古文獻研究所編:《全宋詩》第 24 册,北京大學出版社,1995 年,第 16000 頁)。

⑰ 陳壽撰《三國志》卷六《董卓傳》,中華書局,2006 年,第 107 頁。

⑱ 劉昫等撰《舊唐書》卷五,第 1 册,中華書局,1975 年,第 98 頁。

⑲ 房玄齡等撰《晉書》卷四三,第 4 册,中華書局,1974 年,第 1226 頁。

⑳《晉書》卷四三,第 4 册,第 1231 頁。

㉑ 蘇軾著,孔凡禮點校《蘇軾文集》卷六九,第 5 册,中華書局,1986 年,第 2174 頁。

㉒ 蕭統編《文選》卷三九,上海古籍出版社,1998 年,第 318 頁。

㉓ 同上書,第 319 頁。

㉔ 嚴可均輯《全上古三代秦漢三國六朝文》第 3 册《全梁文》卷一九,中華書局,1958 年,第 3060—3062 頁。

㉕《全上古三代秦漢三國六朝文》第 4 册《全梁文》卷六六,第 3342 頁。

㉖ 如王勃現存啓 10 篇,皆用"某啓"開頭,而以"謹啓"結尾的只有 7 篇(中華書局,1983 年影印版《全唐文》卷

一八〇，第 2 册，第 1828—1832 頁）；劉禹錫存啓 12 篇，有 2 篇没有以“謹啓”結尾（《劉禹錫全集》卷一八，上海古籍出版社，1999 年，第 121—126 頁）。

㉗ 馮秉文主編：《全唐文篇目分類索引・藝文雜撰之部・集部・書啓》，中華書局，2001 年，第 1006—1028 頁。

㉘ 曾棗莊、劉琳主編《全宋文》卷五〇九，第 24 册，第 221—222 頁。

㉙ 曾棗莊、劉琳主編《全宋文》卷八七七，第 41 册，第 62 頁。

㉚ 曾棗莊、劉琳主編《全宋文》卷一七七〇，第 81 册，第 221 頁。

㉛ 曾棗莊、劉琳主編《全宋文》卷二四〇九，第 111 册，第 239 頁。

㉜ 蘇轍著，陳宏天等點校《蘇轍集》第 2 册，中華書局，1990 年，第 858、868 頁。

㉝ 蔡絛記學士之獨貴曰：“唐制：北門學士在内朝樞密使班……故中外文武百寮，罔有不隸尚書省班屬御史臺者，獨學士待制不隸外省班，自屬閤門，號稱内朝官，又曰西班官。則儒者清貴，其爲世之榮如此……因奏請第摹‘玉堂’二字，榜於翰苑之正廳，且爲儒林之榮。制曰可。於是賜上牌，燕近臣，館閣畢集，天子寵賚非常，有逾故事，爲一時之光華云。”見《鐵圍山叢談》卷一，第 19—20 頁。

高麗義天與宋教禪律各宗的深度交流

——以宋麗沙門詩文贈答唱和爲史料*

吕肖奂

高麗義天入宋,主要出於宋華嚴宗晉水淨源的力邀,因此與華嚴宗交流最多,對發展宋麗華嚴宗以及提升其地位作出了巨大貢獻①。而作爲高麗祐世僧統,義天的眼界並不局限於華嚴宗,他在考察大宋教、律、禪現狀時,對天台宗、律宗、雲門宗以及法相宗都主動瞭解參悟,甚至拜師求教求法,一年多時間達到"五宗窮妙理"②境界,回國後爲高麗教、禪、律發展作出貢獻。而宋代教、禪、律各宗也抓住皇室禮遇高麗王子僧統的機遇,在傳授同時積極發展。

一、慈辯從諫當面傳法與天台宗的再次輸出

五代十國至宋初,天台宗藉高麗沙門諦觀(生卒不詳)攜帶的經卷而恢復往日興盛,誠如《佛祖統紀》卷首所云:"會昌之厄,教卷散亡,外、琇、竦三師,唯傳止觀之道。螺溪(義寂,919—987)之世,賴吴越王求遺書於海東,而諦觀自高麗持教卷用還於我。於是祖道復大振,四明中興,實有以資之也。"③ 諦觀之外,高麗義通(927—988)於後晉時赴天台師事義寂,學有所成,被尊爲天台宗十六祖。

高麗諦觀和義通爲宋初天台宗中興作出很大貢獻,而高麗的天台宗却後繼乏人,儘管智宗(? —1019)是高麗前期禪教雙弘的知名高僧,但他更偏重永明延壽的法眼宗,天台宗到義天時代已經衰落漸至於寂寂無聞。義天入宋主要是爲了華嚴宗,但華嚴宗在宋却並不盛行,甚至需要依附天台宗而生存。因此,義天在京師拜華嚴有誠爲師後,有誠首先跟他探討的就是華嚴宗與天台宗的異同。隨後義天到江浙一帶求法,更是瞭解到天台宗的實力④,所以他在拜見華嚴淨源之後,還主動向天台宗名僧大德學習求法。

(一) 慈辯從諫對義天的講論規勸與爐拂傳法

被尊爲天台十九祖的慈辯從諫(1035—1109)⑤,是高麗義通的傳法弟子四明知禮

---

* 本文爲國家社會科學基金項目"東亞漢文化圈外交唱和詩歌整理研究"(項目號 18BZW052)階段性成果。

(960—1028,山家)的法孫,也是繼有誠、淨源後第三個向義天親傳法脉的導師。

據林存《仙鳳寺大覺國師碑》"師在本國,聳聞慈辯高誼之日久矣"[⑥],則義天在高麗時已經像知曉淨源一樣瞭解從諫;釋志磐《慈辯從諫法師》記載却稍有差異:"義天僧統自高麗來求法,郡以師應命。"[⑦]則從諫爲師是出於官方安排,而非義天自求。這個看似矛盾的記載,其實也不矛盾,正如義天拜見在高麗已經得其傳法的淨源,也是先自求,然後得到官方許可一樣,有個先後順序。

因爲入宋前就已經久聞大名,所以義天"既至杭,特請慈辯頌天台一宗經論,每與主客(楊傑)及弟子聽受"[⑧],義天尊師好學,成爲從諫的忠實聽衆信衆,樂不思蜀。而高麗王室却催促不已:"義天慕法留滯中國,朝廷以其國母思憶,促其歸。師諭之曰:'高僧道紀負經游學,以母不可舍,遂荷與俱,謂經、母皆不可背,以肩横荷。今僧統賢於紀遠甚,豈爲經背母,使憂憶乎?'"[⑨]作爲出家人,義天對佛法的熱愛超越普通的人倫情感,這當然更符合佛法要求,但是慈辯從諫却希望義天學習南北朝時期高僧道紀,道紀是將佛教業報理論和儒家孝道思想結合的高僧[⑩],吸納儒家倫理促進佛教日益本土化、世俗化,天台宗因而解决了人倫情感與佛法的衝突問題。義天接受了從諫的勸告,决定歸國。

"義天於是有歸志,乃求爐、拂傳衣。"[⑪]從諫接受義天請求,在其歸國前舉行傳法儀式,並以書狀和七言詩偈傳達:

> 手爐、如意傳高麗祐世僧統法師,因成七言律詩四韻奉呈,伏惟采覽。大宋傳天台教觀慈辯大師從諫上。
>
> 醍醐極唱特尊崇,菡萏花奇喻有功。吾(一作五)祖昔時唯妙悟,僧王今喜繼高風。
>
> 芳香流去金爐上,法語親傳犀柄中。他日海東敷衍處,智燈千焰照無窮。[⑫]

從諫首先稱揚天台宗的祖師的功績以及天台宗經典《妙法華蓮華經》之高妙,特别指出天台祖師(或特指五祖灌頂)對"妙悟"的强調,"妙悟"本是禪宗追求的宗風,從諫偶參雲門宗的法雲善本,可能受到禪風薰染,認爲天台宗有涵蓋禪宗之意;從諫稱義天爲"僧王",關注其王子出身及僧統身份,相信義天能够繼承天台宗風;從"犀柄"看,"如意"應該是拂子的别稱,金爐以及犀柄如意都是講演經書時可以使用的道具,淨源海外傳法給義天時用的也是手爐和棕拂,可見天台宗與華嚴宗傳法器物及方式基本一致。最後一句期望義天在海東高麗發揚光大天台宗,使天台宗之燈焰永不熄滅。

義天接受從諫傳法之後,在即將離宋前拜謁天台山時,於智者大師塔前許下宏願:"今已錢塘慈辯大師講下承稟教觀,粗知大略。他日還鄉,盡命弘揚。"[⑬]回高麗後,義天與從諫仍有書信往來[⑭],並得到高麗國王及太后支持,極力弘揚天台宗,將天台宗法脉再次回傳到朝鮮半島。

(二) 辯才元淨的面見首唱與義天歸國的追憶追和

從諫傳法之外,義天在杭州時,還隨着楊傑前往龍井山拜訪了天台宗另一法師辯才元淨(1011—1091)。元淨與從諫一樣也有高麗法緣,他是寶雲義通弟子遵式之法孫,是蘇軾等人特别尊崇的法師[15],此時元淨年事已高,退居龍井,但在僧俗界聲望依然極高。楊傑後來應元淨之請,追憶當日游覽經過:"元豐八年秋,余被命陪高麗國王子祐世僧統訪道吴越,嘗謁師於山中,乃度風篁嶺,窺龍井,過歸隱橋,鑒滌心沼,觀獅子峰,望薩捶石,升潮音,憩訥齋,酌冲泉,入寂室,登照閣,臨閑堂,會方圓庵,從容論議,夕而後還。"[16]元淨當日作詩感謝義天大駕光臨:

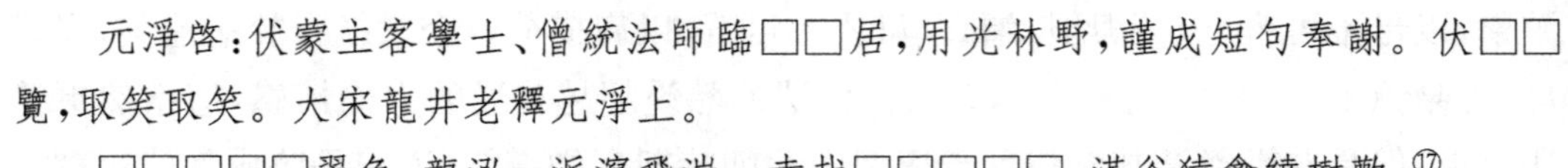

> 元淨啓:伏蒙主客學士、僧統法師臨□□居,用光林野,謹成短句奉謝。伏□□覽,取笑取笑。大宋龍井老釋元淨上。
>
> □□□□□□翠色,龍泓一派瀉飛湍。幸哉□□□□□□,滿谷猿禽繞樹歡。[17]

雖然字句殘缺,但可以看出這是一首描述龍井林野的山水悟道詩。

義天當時並未和酬,但他歸國之後,與元淨有書信往來[18]。義天後來在高麗三角山(今首爾北漢山)香林寺講天台十不二法門,結束後訪息庵,聯想到元淨的訥庵(訥齋),追和元淨詩偈云:

> 講徹香林訪息庵,崎嶇松徑撥煙嵐。當年龍井攀高論,見景思人恨不堪。[19]

多年之後追憶當年,義天眼前是杭州龍井一樣的風景以及元淨法師漸老時達到的那種超然物外的境界。元淨並未舉行傳法儀式,但他對義天的影響也像從諫一樣深遠。

(三) 義天與明智中立之關係

除了從諫、了元,義天還與天台宗另外一位大師明智中立(1046—1115)[20]有過交集。晁説之(1059—1129)《景迂生集·宋故明州延慶明智法師碑銘》云:

> 元祐間,高麗祐世僧統義天者,聰明瑰偉之士。初爲嘉興源公而來,才濟海岸,見師升堂,聞未嘗聞,咨嗟失色,且歎曰:"中國果有人焉!"既而,義天接談辯者累夕,傾其所學,欲折其鋒,竟不得毫髮。[21]

這段記述因爲不够嚴密而引起異議。首先是時間節點,晁説之説義天在明州登岸後就見到明智中立法師,一些人接受這個説法[22],但根據《高麗大覺國師文集》義天詩文以及今人考證,義天入宋是從密州登陸[23],離宋時纔到明州。而離宋之前,義天已經完成了所有求法過程，拜見明智中立時自然有足够的心理準備、知見基礎，不至於"聞未嘗聞，咨嗟失色"。

其次是義天見明智時前倨後恭的態度，與其入宋後一貫謙虚有禮的態度不一致。義天在見明智前已經拜師從諫、拜訪元淨，對天台宗有相當深入的理解並打算回國弘法，那麽面對天台宗沙門不可能倨傲無禮。何況明智是廣智尚賢法孫，聲名顯赫，此時正繼神智鑒文主持四明延慶寺，義天奉聖旨暫住此寺[24]，事前對明智自然有所瞭解，作爲住持的座上賓，豈敢對住持有所輕視？

義天欽佩明智的學識口才，與其"接談辯者累夕"，相互切磋天台宗則很有可能。只是無論義天還是明智，怎會有意"欲折其鋒"？明智中立與慧辯從諫、辯才元淨都屬於天台宗山家派，在宗教觀念思想上並不對立，明智與從諫的海外弟子似乎也没有必要互相挑釁以便令對方折服。倒是義天並未像接受從諫爐拂傳法一樣拜明智爲師，證明義天更欽佩從諫。

根據"（義天）禮辭源公，行至天台。登定光佛隴，觀智者大師親筆願文，禮於塔前，誓傳教於東土，楊公志之，沙門中立立石"[25]，則明智中立見證了義天在天台山的發願經過，並爲楊傑記録的誓文立石碑紀念。這是義天與明智中立的交集。

晁説之晚年自稱"天台教僧"，受明智影響，因而在爲明智作碑銘時頗有擡高傳主之嫌。另外華夷之辨在元祐更化時期及其後愈演愈烈，晁説之與惠洪[26]一樣有很强烈的褒華貶夷的觀念。

（四）沙門惟勤對義天的頌揚

三位大師之外，天台沙門惟勤以書狀和長詩讚頌義天，代表着天台宗普通僧人對義天的認知：

> 惟勤啓：謹熏毫滌硯，課成五言唐律詩二十二韻，少紀僧統法師□□之美。繕寫，恭用持詣賓次陳獻，伏惟法慈少賜采覽，幸甚幸甚。大宋講天台教苾蒭惟勤上。[27]

書狀如此謙恭懇切，表達出惟勤對僧統法師的敬仰之情。而長詩更從各個角度褒揚義天：

> 善逝韜光後，流通寄四依。經郛羅衆帙，法網下重圍。至道無南北，衰時竟是非。
> 真猷丁像季，俗論雜希微。主諾勞名匠，扶持藉大機。何緣生佛子，垂跡誕王扉。[28]

惟勤將王子義天的誕生置於佛教發展的大背景之下，稱之爲"佛子"，以論説義天生逢佛教衰亂之時，天賦其中興教宗的特殊使命。的確，從王子到僧統，義天拋棄塵世間的榮華富貴而遵循天命，成爲真正的"佛子"：

> 祥夢□□□,神鋒覺世稀。指胎曾可類,乘象或堪幾。性淨捐金屋,根醇别綺闈。力將摧愛戀,智欲報恩輝。統衆權宜大,提綱理有歸。七情思猛破,一賜教遐飛。㉙

在高麗義天不僅是"統衆"的僧統,而且個人著述提綱挈領,成爲高麗僧衆的最高領袖,但爲了更高的境界,義天仍然不畏驚濤駭浪毅然入宋求法:

> 萬里朝天闕,千潯渡海沂。翠螺分島嶼,玉斗掛珠璣。禹鯉擎舟大,莊觀駭浪肥。㉚

入宋之後,義天不僅得到皇帝和皇太后的禮遇恩澤,"帝心加眷眷,皇澤沛霏霏",還到江浙一帶拜師修行:

> 自魏辭龍陛,游吴逢馬帷。旋聞賢首教,良效聖傳衣。重道心彌謹,尊師禮不違。四方咸景伏,百座敢興譏。晝講欽神光,晨齋茹蕨薇。祇園皆稽首,吾教荷英威。㉛

義天接受華嚴淨源的傳法之後,尊師重道,謹言慎行,在江浙一帶聲名卓著,令人敬仰。

從汴京與華嚴有誠談天台華嚴之辨,到杭州拜從諫爲師接受其傳法並拜訪元淨、再到明州天台接談明智,由此,義天對天台宗有了更全面的瞭解,這爲他日後振興高麗天台宗奠定了基礎。義天歸國後的元祐四年(1089)十月二十五日,高麗仁睿太后創建國清寺㉜請義天主持,義天重振天台宗宏願得以實現,天台宗因義天及王室的推崇而在高麗再度振興。

不少人認爲義天入宋主要是爲了天台宗,如《三國遺事》卷三云:"本朝宣宗代,祐世僧統義天入宋,多將天台教觀而來。"㉝而實際上義天是華嚴宗出身、是應華嚴宗淨源之邀而入宋,對宋及高麗的華嚴宗影響更大。義天融通的視野讓他接受了天台宗,所謂"七祖繼傳今晉水,五時㉞仍習舊天台"㉟。華嚴宗一直是得到王室關注的教宗,在高麗發展態勢良好,而天台宗則是在義天求法之後纔受到王室的重視中興起來。

義天"五宗窮妙理"的五宗之一是"慈恩相宗",慈恩相宗又叫法相宗、唯識宗、瑜伽宗,由玄奘弟子圓測(西明)傳道證,圓測與道證皆新羅人,道證回新羅後傳法給太賢,太賢將其發揚光大而被稱作"海東瑜伽之祖",法相宗一度十分興盛,但在新羅中後期受到華嚴宗與禪宗衝擊,到高麗時期已然衰落。義天入宋後跟哪些法師研習過法相宗,留下的相關文獻很少,無法考知。遍學各宗之後,義天批判圓測及其法相宗的唯識論,而以天台宗的"圓融三諦"爲中心,吸取各家所長建構了自己的佛學思想體系。

二、律宗元炤傳法與義天受戒

律宗因傳持和研習戒律而得名,由唐初南山道宣(596—667)開創,在唐代頗爲盛行。

因爲教、禪各宗沙門都需要遵循律宗的戒律威儀，所以深受教、禪特别是教宗關注，與教宗關係更加密切。

(一) 律宗中興與元炤傳法唱和

律宗在晚唐五代一度衰微，北宋初、中期，經允堪（？—1061）以及稍後的元炤（一作照，1047—1116）積極努力而促使律宗再度興盛。義天入宋求法之時，正值元炤主持杭州法慧寺[36]，義天前去受教。元豐八年十二月二十八日，元炤律師升座，發揚律宗綱要，義天深受教益，"矍然避席作禮，請所著書，歸遼東範本流通"[37]，表達回高麗後通過印刷傳播元炤著述《四分律删補羯磨疏》而弘揚其律宗的意願。

元炤因此爲義天授大乘菩薩所受持的戒律[38]，並傳以衣鉢，且作書狀和詩偈云：

> 道具二事奉施祐世僧統，因成短頌，伏惟采覽。大宋法慧寶閣沙門元炤上。
> 聞説裁成應法衣，敢將盂賜助威儀。君看宿覺歌中道，不是標形虛事持。[39]

"道具二事"即法衣和鉢盂（與華嚴宗天台宗爐拂不同），屬於律宗傳法的器物，元炤稱其爲"奉施"，是授戒傳法客氣説法。元炤在詩偈裏讓義天體會"一宿覺"即永嘉玄覺（665—713）禪師《永嘉證道歌》中所説的道理，以證明法衣、鉢盂並非是徒有外在形式的無用之物。永嘉玄覺是得到禪宗六祖認可的禪師，而元照有調和律、教、禪三學之意，尤其希望曾經呵佛罵祖的禪宗也能講究叢林清規以及戒律。

義天和酬元炤的這首詩偈，是現存的唯一一首入宋後當場次韻的詩偈：

> 某伏蒙寶閣炤律師辱示佳篇，仍以道具爲貺。因抒拙詩，用申紀德：
> 内密圓修外糞衣，三千細行炳威儀。已顛大表今還樹，應是南山再秉持。[40]

義天首先將"道具二事"與元炤的内外兼修成就聯繫起來講，"内密圓修"是指元炤惠賜的鉢盂内密藏着元炤圓滿的修行，"外糞衣"是説元炤惠賜的糞掃衣（即百衲衣）彰顯着佛法大義，元炤内外兼修，認爲戒律威儀是教禪立身的根本，尤其注重以佛門的各種細節行爲彪炳佛教戒律威儀。後兩句更指出元炤將已經顛仆的華表再次樹立，復興了南山道宣的律宗。

義天對元炤正在振興的律宗第一時間就做出反應，顯示出"佛子"的宗教敏鋭以及僧統發現新成果的直覺能力。神宗哲宗時期是律宗中興期，義天的到來可謂正逢其時。

(二) 西湖律師冲羽長詩讚頌義天

與義天之師華嚴淨源往來密切的冲羽，自稱"大宋西湖講律臨壇僧"，是親近教宗的律

宗中人,他稱頌義天不遺餘力:

> 冲羽啓:冲羽謹課成古詩一章二十韻,詣方丈,祗候呈獻祐世僧統法師。伏惟尊慈少賜清覽,野情不任惶恐之至。大宋西湖講律臨壇僧冲羽稽首。㊶

書狀充滿對"祐世僧統法師"義天的崇敬,而其長詩更有感情有文采細緻地表達其崇敬的原因:

> 清凉有嫡嗣,含華道彌豐。識符雞足印,學振馬鳴風。證悟機難測,該明世莫窮。九經探壼奥,三藏備淹通。㊷

冲羽稱頌義天是華嚴四祖清凉澄觀(737—838,三祖法藏賢首弟子)之嫡傳,其識見契合雞足山迦葉菩薩心印,其學問足以重振馬鳴、龍樹之風。義天精通儒、釋兩部經典,是高麗佛教的優秀傳人。

> 擺脱丹墀貴,高棲千奈宫。龍樓曾掛念,鳳閣任凌空。旃檀陰寂寂,薝蔔香濛濛。帙散狻猊座,花紛寶地紅。四衆皆擎職,百辟盡輸忠。前追吼石彦,下顧栽蓮公。㊸

這位傳人出身高貴,却棄富貴如敝屣而自願獻身佛門;僧統在高麗佛教界已經功德無量享有衆星拱月般聲名,與前賢聖僧比肩,但他却不滿足於現狀,而像善財童子一樣入宋求法。冲羽對義天入宋過程經歷描述詳細:

> 因思善財跡,駕筏出膧朧。萬頃洪波上,千尋碧浪中。輕生真爲法,星斗認西東。渡海躋皇宋,國富民且豐。金門謁天子,賜賚禮尊崇。一覿晉水師,超邁若冥鴻。辯博才精贍,德粹解淵冲。升堂剖心要,印推如世雄。靈襟足已矣,法喜樂融融。聖代刊僧史,千古豈磨音。㊹

義天不畏艱險來到大宋,不僅朝覲天子而且拜見淨源,異國師徒朝夕對談契合心印,這一切功德定會讓淨源義天師徒留名青史。沙門德懋也認爲,以義天的佛學造詣,"得旨定知歸繫表,轉輪真子更誰同"㊺。

《高麗大覺國師文集》外集卷十收録了有誠、淨源、元照、從諫、善聰、惟勤、冲羽的詩歌,這七位可以考知分别屬於華嚴、天台、律宗。其餘四位沙門即辨真、德懋、守明、守真的詩歌也收録其中,如果按編集分類的凡例,則這四位可能也屬於教宗。他們對義天遍參諸教宗而深造有得不吝讚美,如"圓融妙證一重觀,次第精研五教宗(即華嚴宗)"㊻;"七祖繼傳今晉水,五時仍習舊天台"[47];"塵含法界重重網,芥納須彌一一毛"[48];"唐朝遍問諸禪髓,海國曾挑幾劫燈"[49]等等都誇讚義天在教宗、律宗上學有所得,造詣頗深。

這些沙門對義天的心智品行也讚不絶口,如"敷榮道種芳千葉,瑩淨心珠絶點埃"[50];"滿眼喧嘩閑富貴,片心潔白敵霜冰"[51],在教宗沙門看來,義天絶對是品行高潔、學際天人的高僧。

正當宋教宗、律宗中興時期,高麗僧統即時到來的深入交流,促進了雙方佛教互利共榮。

三、禪宗對義天是"屈道隨俗"還是"不徇時宜"

因爲高麗義天主修教宗,所以宋教宗及與教宗聯繫緊密的律宗對義天的到來十分歡迎,傳道授法交流,詩文中充滿熱情,没有任何異議。禪宗則稍有不同,因爲教、禪在宋、麗都既衝突又共存,義天偏重教宗的修行確實影響到禪宗對他的態度。

統一新羅及高麗的禪宗幾乎與唐宋禪宗發展同步:早在慧能之前,就有新羅僧法朗入華師事四祖道信;高句麗僧智德入華師事五祖弘忍;法朗的弟子神行入華學習弘忍—神秀一系的禪法。慧能之後,朝鮮半島的入學僧更多,據不完全統計,在禪宗發展各階段,入華學習的海東禪僧總數達七十多人,居佛教各宗學僧之首。這些人大都學成回歸本國,將不同歷史階段各具特點的禪法傳入朝鮮半島,後來發展爲"禪門九山"。[52]新羅後期及高麗前期,禪宗對華嚴宗衝擊頗大,後來二宗互相借鑒,形成共存並勝局面。[53]禪宗在高麗不只在民間山野盛行,也受到王室重視,高麗王室努力融合教禪二宗。禪師智宗自宋開寶三年(970)返高麗至圓寂,四十九年間備受高麗五代君王優待[54]。智宗傳入高麗的主要是永明延壽的法眼宗兼及義寂的天台宗。作爲王子僧統,義天儘管主修華嚴宗,但也知曉智宗與王室的關係,瞭解法眼宗和天台宗發展狀況,對禪、教這些宗派都不陌生。

(一) 圓照宗本贈義天詩偈對《禪林僧寶傳》故事之反證

義天入宋後,在京師主動拜見圓照宗本(1020—1099),到鎮江金山寺以及明州又拜見連蘇軾都欣賞不已的佛印了元(1032—1098)和大覺懷璉(生卒不詳),深度接觸"達摩禪宗"中的雲門宗,頗有收穫,在禪宗上也頗有造詣。

留存的相關文獻對義天與禪師之間的關係記載較少,稍晚出的臨濟宗沙門惠洪(1070—1128)在其編撰的《禪林僧寶傳》裏記述稍詳細,其間宗本與了元禪師對義天都很不客氣,甚至有些鄙視或挑釁,像是禪宗有意對抗這位教宗、律宗都熱烈歡迎的王子僧統。

義天於元豐八年(1085)七月二十四日到相國寺慧林院,參拜雲門宗六祖宗本(1020—1099)。[55]宗本深受神宗信任,於元豐五年(1082)受詔爲慧林院第一代主持,此一奉詔入京被視作禪宗受皇帝朝廷重視的標誌性事件。義天拜訪宗本,出於僧統的職責,更出於對神宗的感恩與崇敬。[56]

《仙鳳寺大覺國師碑》云,義天"後日詣相國寺,參圓照禪師宗本。圓照升堂説法,繼而説偈"[57]。宗本爲義天專門"升堂説法"的具體情況,《仙鳳寺大覺國師碑》以及當時文獻無更多記載,稍後惠洪《禪林僧寶傳》卷十四云:

> 高麗僧統義天以王子奉國命使於我朝,聞本名,請以弟子禮見。問其所得,以《華嚴經》對。師曰:"《華嚴經》三身佛,報身説耶?化身説耶?法身説耶?"義天曰:"法身説。"本曰:"法身遍周沙界,當時聽衆何處蹲立?"義天茫然自失,欽服益加。[58]

義天既然以"弟子禮"見宗本,兩人間的對話就應該是宗本"升堂説法"的具體内容。惠洪根據什麽文獻描述得這麽詳細,不得而知。惠洪筆下的宗本,首先對義天傳習的華嚴宗經典《華嚴經》提出發人深省的問題,這種當頭棒喝的接引學人方式,符合禪宗呵佛駡祖精神,也符合由"德山棒、臨濟喝"發展而來的雲門宗風[59]及臨濟宗風。精通禪宗與文學的惠洪描述出的對話的確能够復原當時場景。或許宗本這樣是要顯示出名僧大德的水平。

但這個對話中的宗本顯然有些居高臨下,帶着禪師對教宗的一些傲慢,不太符合歷史的上宗本形象。蘇軾曾批評宗本云:"稷下之盛,胎驪山之禍;太學三萬人,嘘枯吹生,亦兆黨錮之冤。今吾聞本、秀二僧,皆以口耳區區奔走王公,洶洶都邑,安得而不敗?殆非浮屠氏之福也。"[60]蘇軾眼中的宗本,與法秀(1027—1090)一樣並非清高脱俗的高僧大德,他們汲汲奔走於"王公"之門,趨炎附勢,怎麽可能對"王事"以及外來的王子僧統如此咄咄逼人,不留情面?

惠洪自己在談到當時禪宗概況時亦云:"禪宗學者自元豐以來,師法大壞。諸方以撥去文字爲禪,以口耳受授爲妙。耆年凋喪,晚輩蝟毛而起,服紈綺,飯精妙,施施然以處華屋爲榮,高尻罄折王臣爲能,以狙詐羈縻學者之貌而腹非之。上下交相欺誑,視其設心,雖儈牛履豨之徒所耻爲,而其人以爲得計。於是佛祖之微言,宗師之規範,掃地而盡也。"[61]這幾乎是爲蘇軾所云作注脚。宗本畢竟是神宗以及皇室朝廷認可的官方僧人,在神宗過世後的情境中,真的可以不顧及義天的身份,而像對待普通僧人一樣犀利提問而令其陷入迷茫尷尬境地?很值得懷疑。

而且宗本反問及追問的語氣,與其詩偈的極力稱揚褒讚頗有些齟齬。宗本的詩偈表明,他是非常在意義天身份及其入宋行爲的人:

> 誰人萬里洪波上,爲法忘軀效善財。想得閻浮應罕有,優曇花向火中開。[62]

宗本稱揚義天不遠萬里遠渡重洋,像《華嚴經》中善財童子一樣捨身求法,這一行爲即便在閻浮提小千世界(娑婆大世界一部分)也是極爲罕見的事情,如同優曇花在火裏開放那樣非比尋常。如果義天真如惠洪《禪林僧寶傳》中所説的被棒喝得“茫然自失”，怕是擔不起這樣極致的稱頌。

且作爲僧統，義天對禪宗並没有太多的敵意，而是有相當瞭解，因此宗本即便是對義天棒喝，義天也不至於“茫然自失”。惠洪未免帶着個人情感以及宋優越於高麗、禪宗優越於教宗的心理，杜撰式補充了這個當時文獻缺失的細節。

（二）佛印了元六首詩偈對僧統寵施的答謝

《禪林僧寶傳》中宗本與義天的對話，相對於了元（1032—1098）與義天的會面而言，還顯得比較含蓄。

義天由京師赴杭州途中，經過鎮江金山時還參拜雲門宗另外一個大師佛印了元，《仙鳳寺大覺國師碑》云：“過金山，謁佛印禪師了元。稀世之遇，如夫子見温伯雪子，目擊而道存。”[63]這個記載顯然是從了元寫給義天的第二首詩偈中來而：“伯雪當年遇仲尼，不勞言語只揚眉。這回隔海如相見，一炷名香宴坐時。”[64]了元詩偈將他與義天相見宴坐不語，比作《吕氏春秋》卷十八《精諭》中孔子見温伯雪子，表明聖賢及智者之間不需要言語交流就能够互相瞭解、心意相通，不需言傳就能意會。很少有人能做到這樣傾蓋如故、心有靈犀。這樣的相見，的確比其他沙門相見要更有禪意、要平等得多。這位對蘇軾都不特别客氣的了元，真正體現了禪宗平等對待僧俗衆的精神，表現出雲門宗風。平視王侯纔是真正的叢林儀軌，但日益世俗化的佛教制度却越來越曲“徇時宜”。因此，了元顯然比同宗的宗本以及其他釋子更能堅守佛門平等思想。

而惠洪《禪林僧寶傳》卷二九《雲居佛印元禪師》却有另一種描述：

> 高麗僧統義天，航海至明州，傳云義天棄王者位出家，上疏乞遍歷叢林問法受道。有詔朝奉郎楊傑次公館伴，所經吴中諸刹，皆迎餞如王臣禮。至金山，元床坐，納其大展。次公驚問故，元曰：“義天亦異國僧耳，僧至叢林，規繩如是，不可易也。衆姓出家，同名釋子，自非買崔盧以門閥相高，安問貴種？”次公曰：“卑之，少徇時宜。求異諸方，亦豈覺老心哉？”元曰：“不然。屈道隨俗，諸方先失一只眼，何以示華夏師法乎？”朝廷聞之，以元爲知大體。[65]

這個記載中，了元鄙視吴中其他僧人因其王子出身、僧統身份而禮敬義天，因此特别有意識地據床而接納義天所行大禮，以表明自身不同流俗的節操，有自我標持之嫌。了元與義天兩人之間的確没有對話，但從他與楊傑討論佛門應該如何對待異國王子僧人的禮儀、談及出身貴賤以及華夷之辨問題時，則突出的是了元非常自覺以“華夏師法”表達佛門不事王侯以及不“屈道隨俗”的態度，一切顯得很刻意，完全不是大德開悟境界後的自然流露。

但了元真的不顧及義天的王子出身以及僧統身份嗎？從了元“高麗僧統寵施焚爐、袈裟、經帙,置於座右,如對慈容。因成山偈六首爲謝。大宋金山長老佛印大師了元上"這首書狀以及六首詩偈[66]看,了元其實非常在意義天的出身和身份,第一首首句就是"高麗祐世獻焚爐",這個"焚爐"因爲義天"高麗祐世"的身份而提升了自身價值,顯得格外名貴;第三首"海外名衣得自誰? 逾城王子丈夫兒。龍章舊换曾無價,合是金剛座上披",則直接説明義天就像是逾城出家而後悟道成佛的釋迦牟尼,因此他寵施的袈裟是"海外名衣",這無價之寶只適合披在須彌座上的佛菩薩身上。第五首"經棋横鋪錦繡堆,水窗黄卷爲君開"更是描寫義天寵施的"經帙"如經棋上横放的錦繡堆一樣華麗珍貴。六首詩偈表達的都是對"高麗僧統寵施焚爐、袈裟、經帙"極其珍視甚至受寵若驚般的感激。

這位蘇軾都佩服的詩僧,的確要比被蘇軾鄙視的宗本要善頌善禱而不露痕跡,更比華嚴宗、天台宗以及其他宗派沙門詩偈要詩意盎然,表面上看基本没有誇讚稱揚義天的辭彙,且帶着禪宗的啓悟開示,如"藥山(惟儼)只要閑遮眼,正眼何曾遮得來"[67],但實際上却對王子僧統畢恭畢敬,充滿褒揚。

惠洪《冷齋夜話》卷十云:"南還海岱,逢佛印禪師元公出山,重荷者百夫,擁其輿者十許夫,巷陌聚觀,喧吠雞犬。"如此大陣仗的排場洋溢着濃厚的富貴氣、世俗氣,足以證明了元並不像早期禪僧那樣排斥物質欲望和世俗享受,也證實了元非常在意物質世界以及僧俗人物身份。[68]

惠洪談到雲門宗概況時,認爲雲門宗在當時靠"曲徇時宜"纔赢得了朝廷及上層社會的歡迎,談到雲門宗具體人物如宗本、了元時也不假辭色,既然如此,説明宗本、了元平時並未表現出超出本宗一時惡風而與衆不同的德操,那麽他們爲何只在對着異國王子僧統義天時纔"不徇時宜"? 這顯然是惠洪的華夷觀、教禪觀、禪派觀造成的。

在禪宗内部之爭中,惠洪站在臨濟宗立場批判雲門宗;在教禪之爭中,惠洪站在禪宗的立場上批判華嚴宗、天台宗等教宗;在涉及華夷問題時,惠洪則站在華夏立場鄙視高麗等夷狄教禪。處於北宋末期華夷意識越來越强局面下的惠洪,在其《禪林僧寶傳》中常常表現出華夏優越、禪宗優越的意識,所編撰的沙門故事,與沙門自己的詩文及其他文獻記載,常常出現較大的矛盾衝突,而呈現出明顯的虚構性和個人色彩。

(三) 大覺懷璉"升堂説法"與贈别詩頌

出於對禪宗的尊重,義天離宋之前還到明州阿育王山廣利寺拜謁了雲門宗另一位大師大覺懷璉(生卒不詳?),懷璉禪師像宗本一樣"升堂説法,甚契本來"[69],且作詩偈送别:

> 短頌送雞林僧統。大宋阿育王無覺子懷璉上:
>
> 咄咄囫囫,上下東西絶四維,聞者誰能生重貴,維有雞林僧統師。
>
> 不愛日東大寶位,剃除鬚髮服袈裟,指天指地歸法戲。
>
> 呵呵呵,東溟大船安波濤。[70]

七言雜體加上感歎詞，使得這首詩不同於其他詩歌，而很有禪宗詩偈口語化風格，但實際上該詩偈除了最後一句是祝義天一帆風順外，其他都在褒揚義天出身高貴而能放棄王位皈依佛門，從内容及主題上看，與其他教宗沙門的詩偈也没有太大區别。[71]

從義天行“弟子禮”以及禪宗大師“升堂説法”且寫詩偈看，禪宗與義天之間有師徒傳法之事實，却並未舉行衣鉢傳授儀式，這一點與教宗、律宗爐拂、衣鉢傳法有所不同。也就是説儘管義天也窮極“達摩禪宗”之妙理，但並未專門拜禪師爲師。可見義天的參修還是以教宗爲主，對禪宗只是旁涉。

宋、麗的教宗與禪宗既有衝突也有融合，並非水火不容，這在義天的五宗並學遍參中也得以體現。雲門宗其實也像華嚴宗、天台宗、律宗一樣熱情禮貌對待高麗祐世僧統，並無太多的傲慢無禮，因爲禪宗到北宋時期已經像教宗一樣世俗化，逐漸放棄佛門平等禮儀而遵從世俗等級禮儀。

作爲高麗佛教界領袖僧統，義天對各宗派相容並蓄，融通的視界與努力，使他在十四個月的短時間内達到“五宗窮妙理”的境界，且將五宗再次傳播到高麗；大宋僧俗兩界對王子僧統義天的到來表示出極高的熱情，以世俗以及宗教最高禮儀款待義天，宋麗五宗有了最高層次的現場交流，促成雙方宗教乃至社會文化的互惠互利共榮局面。

（作者單位：四川大學中國俗文化研究所）

---

① 詳參拙作《淨源與義天：宋麗華嚴宗的互動及共榮——宋麗宗教交流成果之一》，《世界宗教文化》2022年第6期。

②《大宋主客員外郎楊傑詩》“孰若祐世師，五宗窮妙理”自注云“朝廷恩許，僧統所至參問，遍見知識。故一年之間通達賢首性宗、慈恩相宗、達摩禪宗、南山律宗、天台觀宗，無不得其妙旨”。義天等撰，黄純豔點校《高麗大覺國師文集》，外集卷一一，甘肅人民出版社，2007年，第160頁。《高麗大覺國師文集》内集23卷（第2—105頁）是義天作品，外集13卷（第106—179頁）是與義天相關的僧俗作品。下引版本同。因引用此書較多，故以下注脚僅標注卷數和頁碼。

③ 宋釋志磐、釋道法校注《佛祖統紀校注》卷八，上海古籍出版社，2012年，第201頁。

④ “元祐元年前後，神照本如和南屏梵臻法嗣大多健在，廣智尚賢三世亦正值盛年，台宗在兩浙勢力依然强勁”，張良《異域之眼：元祐元年前後的北宋佛教界——以高麗僧統義天入華求法爲視角》，《福建師大學報》2018年第3期。

⑤ 釋志磐《佛祖統紀》卷一三《慈辯從諫法師》（四明知禮—南屏梵臻—慧辯從諫）。

⑥《高麗大覺國師文集》外集卷一三，第176頁。

⑦ 釋志磐《佛祖統紀》卷一三《慈辯從諫法師》，第311頁。

⑧《高麗大覺國師文集》外集卷一三，第176頁。

⑨ 釋志磐《佛祖統紀》卷一三《慈辯從諫法師》，第311頁。

⑩ 詳參《續高僧傳·道紀傳》。又,方廣錩《讀〈續高僧傳·道紀傳〉》,《佛教文化研究》2015年第1期。

⑪ 釋志磐《佛祖統紀》卷一三《慈辯從諫法師》。又,《仙鳳寺大覺國師碑》云:"師欲登道,慈辯大師從諫著詩一首,贈手爐、如意。"義天即將歸國之時接受從諫師徒傳授儀式。

⑫《高麗大覺國師文集》外集卷一〇,第150頁。

⑬《高麗大覺國師文集》卷一四,第55頁。釋志磐《佛祖統紀》卷一三《慈辯從諫法師》記載稍有差異:"及詣智者塔,誓之曰:'已傳慈辯法師教觀,還國流通,乞賜冥護。'既歸,乃建刹立像,尊爲始祖。"

⑭《高麗大覺國師文集》外集卷七《大宋沙門從諫書》四首,第135—136頁。

⑮ 詳參蘇軾《東坡全集》卷九一《祭龍井辯才文》。又,沈遼知杭州時,將曾爲觀音道場、禪寺的上天竺寺,改作教院,請元淨主持。

⑯ 詳參《咸淳臨安志》卷七八《龍井延恩衍慶院》引文,且云"師異日遣其徒丐文,以紀其本末。余既與之記,又繫之以詩十三章云"。辯才元淨元豐二年駐錫龍井。

⑰《高麗大覺國師文集》外集卷一一,第157頁。

⑱《高麗大覺國師文集》外集卷六有《大宋辯才大師元淨書》二首,第133頁。

⑲《高麗大覺國師文集》卷一九,第81頁。

⑳ 釋志磐《佛祖統紀》卷一四。

㉑ 晁説之《景迂生集》,景印文淵閣四庫全書本。《佛祖統紀》卷一四因襲晁説之碑銘之説。

㉒ 如黄啓江以及黄夏年、樸永焕《高麗義天來華在何處登陸》均認爲義天在明州登陸先拜明智爲師。詳參黄夏年《高麗義天與天台宗慈辯和明智二師》,《佛教研究》2006年第1期,第304—312頁。

㉓ 如《靈通寺大覺國師碑》《仙鳳寺大覺國師碑》均云"初抵密州界",即在密州登陸。又,劉暢《宋神宗哲宗時期中朝詩歌交流繫年》,收録在趙季、劉暢編撰《中朝三千年詩歌交流考論》,南開大學出版社,2016年,第115—158頁。

㉔《高麗大覺國師文集》外集卷七,第139頁。

㉕《高麗大覺國師文集》外集卷一二,第168頁。

㉖ 釋惠洪《禪林僧寶傳》,詳見下文禪宗一節。

㉗《高麗大覺國師文集》外集卷一〇,第152頁。

㉘ 同上書,第152頁。

㉙ 同上書,第152—153頁。

㉚ 同上書,第153頁。

㉛ 同上。

㉜ 參看崔鳳春《海東高僧義天研究》,廣西師範大學出版社,2005年,第28—30頁。

㉝ 一然《三國遺事》,岳麓書社,2009年,第284頁。

㉞ 五時:華嚴時、阿含時、方等時、般若時、法華涅槃時。

㉟《沙門德懋詩》,《高麗大覺國師文集》外集卷一〇,第151頁。

㊱ 據"大宋法慧寶閣沙門元炤上"(《高麗大覺國師文集》外集卷一〇,第151頁)署名可知。元炤晚年被稱作靈芝元炤,據宋潛説友《咸淳臨安志》卷七九《靈芝崇福寺》:"在湧金門外,太平興國元年建,本吴越王故苑,芝生其間,舍以爲寺,遂號靈芝。大中祥符初賜今額,元符初律師元照重修。"元豐末元祐初,元炤尚未到靈芝寺。

㊲ 釋志磐《佛祖統紀》卷二九。

㊳ 釋志磐《佛祖統紀》卷二九。菩薩戒,又稱大乘戒、佛性戒、方等戒、千佛大戒。元炤尚有《大宋沙門元炤書》二首,存一(《高麗大覺國師文集》外集卷三,第118頁)。此外律宗擇其有《大宋律教沙門擇其書》四

首,存二(《高麗大覺國師文集》外集卷四,第 122 頁)。

㊴《高麗大覺國師文集》外集卷一〇,第 150 頁。

㊵《高麗大覺國師文集》卷一七,第 69 頁。

㊶《高麗大覺國師文集》外集卷一〇,第 154 頁。

㊷ 同上。

㊸ 同上。

㊹ 同上。

㊺ 同上書,第 151 頁。

㊻《大宋沙門德懋詩》,同上書,第 151 頁。

㊼ 同上書,第 151 頁。

㊽ 同上書,第 152 頁。

㊾《大宋沙門守長詩》,同上書,第 155 頁。

㊿《大宋沙門德懋詩》,同上書,第 151 頁。

(51)《大宋沙門守長詩》,同上書,第 155 頁。

(52) 詳參遲俊《羅末麗初九山禪學思想研究》,延邊大學碩士論文,2013 年。

(53) 詳參金相鉉著、敖英譯《新羅華嚴思想史研究》第六章第一節"華嚴宗與禪宗的矛盾與共存",社會科學文獻出版社,2014 年。

(54) 智宗於宋開寶三年(高麗光宗二十一年)回高麗後,光宗(949—975 在位)視之爲"羅什如秦,摩騰入漢",待以殊禮,請住金光禪院,先後加署"大師""重大師"尊號,賜摩衲袈裟等物。景宗(975—981 在位)封智宗爲"三重大師",賜與水晶念珠。成宗(981—997 在位)初年,智宗遷住積石寺,號"慧月",後又被請入宫演法,並賜摩衲蔭脊。穆宗時(997—1009 在位)累加封號爲"光天遍照至覺智滿圓默禪師",賜繡方袍,並以佛恩寺、護國外帝釋院爲其住持之所。顯宗即位(1009),授與"大禪師"稱號,請住廣明寺,加法號"寂然"。顯宗四年(宋真宗大中祥符六年 1013),顯宗親至該寺拜智宗爲"王師",並加賜法衣等。越三年(1016)又加號"普化"。顯宗九年(宋天禧二年 1019),智宗自廣明寺遷往原州賢溪山居頓寺,不逾月即圓寂於寺,終年八十九歲,贈謚"圓空國師"。

(55)《高麗大覺國師文集》外集卷一三,第 176 頁。

(56) 詳參拙作《王子僧統入宋:上國的恩許與禮遇》,未刊稿。

(57)《高麗大覺國師文集》外集卷一三,第 176 頁。

(58) 惠洪《禪林僧寶傳》卷一四《慧林圓照本禪師》,文淵閣四庫全書本。

(59) 德山宣鑒之棒,經過雪峰義存、雲門文偃、德山緣密,發展成涵蓋乾坤、截斷衆流、隨波逐浪三句。

(60) 蘇軾《東坡志林》卷四,文淵閣四庫全書本。

(61) 惠洪《石門文字禪》卷二六《題隆道人僧寶傳》,文淵閣四庫全書本。

(62)《高麗大覺國師文集》外集卷一一,第 159 頁。

(63)《高麗大覺國師文集》外集卷一三,第 177 頁。

(64)《高麗大覺國師文集》外集卷一一,第 156 頁。

(65) 惠洪《禪林僧寶傳》卷二九,文淵閣四庫全書本。

(66)《高麗大覺國師文集》外集卷一一,第 156 頁。

(67) 曹洞宗開山藥山惟儼反對沙門讀經書,認爲經書會遮蔽正法眼,了元則認爲具有正法眼的人不會被包括經書在内的任何東西遮蔽,以此來頌揚義天寵施經帙的價值。

(68) 此節參考張良《異域之眼:元祐元年前後的北宋佛教界——以高麗僧統義天入華求法爲視角》(《福建師範

大學學報》2018 年第 3 期)一些觀點而有所辨析。

⑲《高麗大覺國師文集》外集卷一三,第 177 頁。

⑳《高麗大覺國師文集》外集卷一一,第 156 頁。

㉑《高麗大覺國師文集》外集卷一一收録詩歌比較複雜,天台宗辯才元淨詩歌在其中,楊傑之後僧俗詩人皆有;但前面以禪宗沙門爲主,懷璉、了元、宗本可考的三位禪師詩歌外,還收録了法圓、宗喜、慧清詩歌,這三位可能都是雲門宗或其他禪門的禪僧,他們的詩歌也是對義天稱頌備至。

南宋制科與黨爭

梁燕妮

宋代制科起源於漢代的察舉制，它通過薦舉與考試相結合的方式將道德、政事、文學俱優者納入官僚體系。仁宗天聖七年(1029)規定，應制科者須先獲得近臣薦舉，再向朝廷提交五十篇賢良進卷；若賢良進卷通過審查，考生可參加秘閣試；秘閣試通過，則可參加御試。一般來説，制科中選者所獲得的待遇較爲優厚，選人可由此改官，京朝官可由此提升官階或改善差遣，布衣可由此入仕，甚至有可能越過選人階段而直接進入京官之列。然而，制科發展至南宋，"詔舉賢良"的傳統逐漸變爲虚應故事，"優嘉進用"的原則日趨淡化，有時候制科甚至捲入黨爭，成爲權力博弈的工具。

關於宋代制科與政治生態之關係，王德毅、祝尚書等學者曾作過專門討論，但主要著眼點都在北宋。[①]其實，南宋的制科事件也值得注意，透過其中的來龍去脉，我們可以看出當時的政治動向。

一、"破朋黨、明紀綱"：李垕制科事件中的權力制衡

李垕字仲信，丹棱(今四川丹棱)人，李燾長子，中乾道七年(1171)賢良方正科，授左文林郎、瀘川節度使推官。淳熙初，爲秘書省正字兼國史院編修官，累遷著作郎，後被彈劾罷官。李垕是南宋制科發展史上爲數不多的中選者之一，但其應試經歷頗爲曲折。

乾道三年(1167)，虞允文爲四川宣撫使，薦李垕於朝，未果。乾道五年(1169)春，吏部尚書汪應辰以文行俱佳爲由薦李垕應制科，並繳進李垕的賢良進卷。[②]此年冬季，禮部聲稱"李垕詞業乞送兩省，侍從參考訖"[③]，請求孝宗下發考試通知。孝宗遂下旨要求李垕於次年三月參加召試。然而，這份詔命遭到了左正言施元之和起居郎兼權中書舍人林機的反對，林機稱：

> 制舉所以待非常之才，渡江以來，從臣亦嘗論薦其人，若劉度、祝鑑是也。然皆寢而不報，蓋事體至重，不可輕也。今復此舉，必依祖宗典故，勿使論者可得而議其失，則國家可以示公，而垕得此名亦無忝矣。謹考舊制，具本人詞業繳進，送兩省、侍從參

考,分爲三等,次優以上召赴閣試,糊名考校,無一人獨試者。今垕詞業未經參考,而又獨試一名,恐非典故。今所有録黄未敢書行。④

林機一方面强調制科考試必須謹守法度,建議孝宗謹慎擇才,另一方面懷疑李垕在没有其他競爭者的情況下越過進卷考評環節而徑直進入召試階段,這既不符合制度傳統,也有失公平。

施元之以相似的理由反對李垕應試:

祖宗制科之設,自有典故。今李垕詞業雖除付後省,未有許令參考繳奏指揮,遽有召試中書之命,即是未應前後典故,兼國子監看詳明言合送兩省、侍從參考,況將來閣試六論,本朝典故亦須三、四人以上糊名考校,無一名獨試者。乞重此非常之科。且以垕詞業令有司公共參考來上,俟相繼有一、二人,然後俾之就試,庶幾有得賢之實,無倖進之譏。⑤

從施元之的話中可以得知,李垕的賢良進卷實際上並未經過兩省、侍從之官的評閲,禮部當初所謂的"參考訖",其實只是一種説辭而已。進而言之,禮部之所以允許李垕繞開進卷評審環節,主要是因爲當時報考人數過少,禮部想要簡省考試程序。但出乎意料的是,此舉竟招致林、施的反對。兩人所言似乎始終是在維護制度的公平性,他們也並未直接批評任何人,孝宗聞後却下詔令汪應辰、李燾避嫌,並要求其他的兩省、侍從之官對李垕進卷展開考評。從孝宗的行爲來看,他已然領會了林、施二人的言外之意。

據《宋史·孝宗紀》、《汪應辰傳》,四川宣撫使吴璘於乾道三年(1167)五月甲寅薨,此後,汪應辰接管四川宣撫司;汪應辰因治理有聲而受孝宗嘉奬,除吏部尚書,不久後兼翰林學士並侍讀。⑥想來,他薦舉李垕應制科時應當仍在翰林院供職。作爲侍從官之一⑦,他很有可能成爲賢良進卷的評委。《李燾傳》記載,李燾於乾道五年(1169)遷秘書少監兼權起居舍人,後兼實録院檢討官。⑧可見,李燾在李垕報考時同樣居於侍從之列,所以也有資格擔任進卷的評判官。林、施二人共同聲稱李垕在並未接受進卷審查的情況下就獲取了考試資格,真正目的在於指責汪、李利用職務之便爲李垕大開方便之門。此處姑且不論林、施是否曾與汪、李有過私怨,僅就觀點本身的邏輯來説,其實有一定的合理之處。李垕作爲考生,與評判官的交情却非同一般,既有父子關係亦有世交之誼,這自然容易引起旁人對考試公平性的質疑。當林、施一再强調李垕進卷"未經參考"時,向來忌憚朝臣結黨的孝宗必然會懷疑汪、李濫用私權扶植同黨,所以他才聽取了林、施的意見,責令考試部門按慣有程序展開考核,不得徇私。

此事並未就此平息。《建炎以來朝野雜記》稱,孝宗撤銷汪、李的評判資格後,轉而發現林、施"握手私語","乃大怒之"。⑨雖然如今已無法確知兩人"私語"的具體内容,但從孝宗的反應來看,他可能將懷疑的目光轉移到了林、施身上。在孝宗看來,他們很可能是假借自己之手來對汪、李實施打擊,自己雖然阻斷了汪、李扶持後輩的意圖,却等於是爲林、施掃除了政敵,另一波黨派勢力已經在醞釀之中。

左相陳俊卿得知李垕應試受阻,便告訴孝宗元祐時期曾有制科獨試一人的情況,林、施日前所言可能别有用心。孝宗在接到陳俊卿的上奏之後,立即令其追查此事。調查結果的確如先前所料,“機與諫官施元之密謀,以是沮應辰,而對上又不以實”[10]。孝宗因而下詔:“林機、施元之身居出納言責之地,朋比相通,可並放罷。”[11]

乾道六年(1170)夏,李垕進卷經過評審,獲得“次優”的成績,孝宗令其八月下旬參加召試。與此同時,李燾即將外任,陳俊卿因故罷相,朝中虞允文獨相。李燾與陳俊卿交好,但陳俊卿曾因近習問題與虞允文意見不合:前者一向反對近習干政,後者則態度曖昧,甚至有時候支持近習的所作所爲。陳俊卿曾多次舉薦汪應辰爲執政,但孝宗並未批准,甚至藉故調離汪應辰,從而更加親信虞允文。[12]就當時的局勢而言,一旦李燾、陳俊卿等人離朝,李垕便失去了最有力的支持者。可能正是因爲考慮到這一層因素,李燾擔心虞允文將趁機阻止李垕應試,遂主動請求延緩考試:

> 制舉獨試一人,雖有潁贄、林陶、李孜、高志寧、錢彦遠、吴奎、趙彦若、謝悰故事,而垕涉學荒淺,恐不足當此異恩,别致人言,乞候將來更有進卷合格當召者,許令同試。[13]

或許是從林、施日前的攻擊之中吸取了教訓,李燾此時主動表示制科不宜獨試一人,並希望孝宗允許李垕等到來日報考人數增多時再參加考試。這樣的説辭其實是爲了保護李垕免受政治紛爭。不過,孝宗並未同意此番請求。

經過了先前的風波,李垕本人已無意在這樣敏感的時期應試,故而請求隨父出朝,侍奉左右。孝宗見狀,只好表示應允,並將考試時間延後。

乾道七年(1171),孝宗下詔開科取士,虞允文提醒孝宗,李垕目前已獲得召試資格,此次應當許其應考。於是,孝宗令李垕九月赴試。李垕最終通過了層層考核,考入第四等,獲制科出身。

縱觀李垕事件之始末,雖未與重大時事有直接關聯,却反映出孝宗朝的政治風向。孝宗對皇權始終高度警惕,故而十分忌憚朝臣結黨,他曾經不止一次地向旁人訴説革除朋黨之弊的决心:“朕欲破朋黨、明紀綱耳”[14],“朝廷所用,止論其人賢否如何,不可有黨。如唐之牛、李,其黨相攻四十餘年不解,皆緣主聽不明,所以至此。文宗乃言:‘去河北賊易,去朝中朋黨難。’朕嘗笑之。爲人主但公是公非,何緣爲黨”[15]。所以,無論林機、施元之或汪應辰、李燾,一旦有結黨跡象他都會大力抑制。在此情形下,虞允文表現得謹小慎微,既避免開罪於孝宗,也不願與同僚起正面衝突。他並未將自己與陳、汪的政治矛盾延續到李垕應試的問題上,對於李垕,他倒是頗爲盡心的。《朝野雜記》謂:“雖虞公數論林、施不當罪,復以郡處之,然卒獨試,虞公力也。”[16]可見,在皇權與士權的相互博弈之中,虞允文的做法是極力爲兩者尋求平衡點。

二、“謬舉得罪”與“陳首免罪”:李塾制科事件中的近習與反近習之爭

李燾似乎對制科有一種强烈的情結,他本人没有機會應試,轉而將希望寄託在李垕和李塾身上,命其專心備考。[17]李垕考中之後,李塾也前來應考。

李塾字季修,李燾第四子,李垕之弟,李壁之兄。李壁《周文忠公行狀》稱:“壁之先君文簡(按:李燾)辱交於公(按:周必大),同德比誼,獨相知心。仲兄著作(按:李垕)、季兄賢良(按:李塾)皆從公游,蒙待以國士,而壁自幼亦荷公期予甚過。”[18]可知李氏一家與周必大交往密切。正是基於這層關係,周必大成爲李塾的舉主之一。據《宋會要輯稿》,淳熙二年(1175)閏九月十八日,翰林學士王淮、兵部侍郎兼直學士院周必大同薦李塾應制科。[19]周必大有一份《同王内翰薦李塾試賢良劄子》,這便是當時薦舉李塾的奏狀:

> 臣等伏見布衣李塾博聞强記,經史百氏之學無所不通,議論英發,有補治體,而敏識特操,蜀士所推。蓋塾,眉山人也,與其兄垕素師慕蘇軾、蘇轍之遺風,是以俱有志於此。求之流輩,未易多得。臣等叨直翰苑,稽諸故實,所宜薦聞,以備采擇,今保舉堪應賢良方正直言極諫科。伏望聖慈特降指揮,令有司檢會累次詔旨施行,庶幾異材繼出,彰中興得人之盛。取進止。[20]

淳熙四年(1177)三月,周必大向朝廷遞交李塾的賢良進卷,並附上《繳進李塾詞業狀》:

> 右,臣昨任敷文閣待制侍講日,曾同翰林學士王淮保舉李塾堪應賢良方正直言極諫科。後來王淮除簽書樞密院事,禮部檢會李塾詞業,欲令周某取索繳進。准尚書省劄子,備奉聖旨,依禮部所申。今來取到李塾詞業五十篇,計一十册,謹隨狀繳進以聞。伏候敕旨。[21]

文中説明了舉薦李塾的經過,並提供了李塾進卷的基本信息。結合舉狀和繳進詞業狀來看,作爲舉主的周必大,事先已經對被舉人李塾的學業、品行進行了初步審查。然而,這層保舉關係却爲日後的政治風波埋下伏筆。

李塾進卷送達朝廷後,隨即進入評審環節。淳熙四年(1177)三月八日,吏部尚書韓元吉向孝宗彙報進卷評審結果:“臣等衆參考得李塾、姜凱、鄭建德、馬萬頃詞業,爲次優。”[22]

可知包括李塾在内的幾位考生都通過了進卷評審。

八月十九日，李塾等人參加秘閣試。二十六日，考生所作試論尚在評審之中，監察御史潘緯曾就評判標準的問題向孝宗提出意見，他說：

> 制舉以待非常之才……舊制試論於經史諸子正文及注疏内出題，今已權罷注疏。皆所以誘其來也。竊謂應是選者，一繳進詞業，二試六論，三對制策。所謂繳進策論共五十篇，類多燈窗著述之文。策限三千字以上，雖曰無所不問，以考博通之識，亦豈無平日備對之語？唯是六論於注疏命題，人以爲難。況此一場謂之過閣，乞尤當加意。今引試有日，若據令再於注疏出題，亦已何及。如依舊制以四通以上爲合格，則與應進士舉一場試經義五篇者何異？臣愚欲六題皆通方爲合格之選，則其得之也榮。㉓

潘緯認爲，賢良進卷和御試對策都有可能存在"平日備對之語"，無法體現應試者的真實水平，而注重正確率的秘閣試却可以起到淘汰作用，因此應當加强秘閣六論的考核力度。一般來説，秘閣試的題面出自經史正文或注疏，考生須準確交代題面出處，方爲合格；答出四道或五道，則稱"四通"或"五通"。自高宗紹興二年(1132)以來，秘閣試一直以"四通"爲合格。在此，潘緯希望提高評判標準，以"六通"爲合格，從而淘汰水平不佳者。雖然這番建議有一定道理，但孝宗並未完全採納，他將合格綫設定爲"五通"，不用"六通"之議。㉔

二十七日，中書舍人兼侍講錢良臣向孝宗彙報考試結果："今考到試卷内，多有不知題目出處，又引用上下文不盡，止有僅及二通者。"㉕可知包括李塾在内的考生們無一滿足"五通"的要求。

事實上，李塾此番考試失利的原因並非完全在於評判標準過高。據《朝野雜記》記載，對於此次考試，近習的態度是"恐制策之或攻己也"，故而"共摇沮焉"。㉖他們擔心考官藉策題引導輿論攻擊自己，故而想方設法阻撓李塾應試。《朝野雜記》又稱："是時，舍人錢師魏素與周(按：周必大)、李(按：李燾)諸人異趨，且承嬖近旨奏言：'制舉甚重，須稍難其題。'御筆因差師魏考試，故所命皆暗題云。"㉗可知近習授意中書舍人錢師魏提高秘閣試的難度，以此沮抑李塾，致使其在秘閣試中落選。不過，李塾本人並非近習最終的攻擊目標，周必大、李燾等反近習型士大夫纔是其頭號敵人。這些人具有擔任御試考官的資格，一旦他們掌握了出題權，近習專政問題很可能會成爲本次考試的重點，考生爲了中選也會配合題意而對近習展開猛烈抨擊。也許正是考慮到這一點，近習決定主動出擊，阻斷李塾參加御試的可能。

此處需簡單交代近習群體與士大夫之間的衝突。孝宗時期不斷有近習插手政事，朝臣由此與近習形成嚴重對立。龍大淵、曾覿、張說、王抃、甘昪是當時有名的近習，其中，龍、曾爲潛邸舊人，張說爲外戚，王抃爲小吏出身，做到知閤門事，甘昪爲内侍。他們倚仗孝宗的信任而擴張權勢,引起朝臣强烈不滿。以龍、曾爲例。孝宗尚爲建王時,二人爲建王府内知客。紹興三十二年(1162)六月,孝宗即位,以龍大淵爲樞密院副都承旨,曾覿爲帶御器械,幹辦皇城司。不久,右諫議大夫劉度上書曰"潛邸舊人,待之不可無節度"[28],但孝宗不予理會。次年,劉度再次發起彈劾,稱龍、曾二人"輕儇浮淺,憑恃恩寵,入則侍帷幄之謀,出則陪廟堂之議,摇脣鼓舌,變亂是非"[29],請求孝宗將其罷免。孝宗只好讓步,决定除龍大淵知閤門事,曾覿權知閤門事。但此番措置屬於明降暗升,故而給事中周必大、金安節同上繳駁狀,以示反對。對此,孝宗繼續以皇帝之尊出面維護,他令二相陳康伯、史浩向周、金傳達意見,責怪周、金二人爲人煽動,又稱"在太上時,小事不敢如此"[30]。如此一來,孝宗便成功轉移了矛盾焦點,周、金只好請求歸家待罪。孝宗見狀,又故作大方地稱二人無罪可待。周必大隨即請求在外宫觀。至此,其他反近習者也相繼出朝,龍、曾二人依舊侍奉左右。此後,二人倚仗孝宗庇護,不僅一再升遷,更是公然結黨營私,交通賄賂,黨同伐異。朝臣自然無法容忍這樣的行爲,所以不斷發起彈劾。直至龍、曾先後病死,這場風波纔稍稍平息。後來又有其他近習干擾朝政,他們有時甚至破壞了政務運行機制。

李塾之事發生在淳熙初年,此時士大夫與近習之間已勢同水火。《皇宋中興兩朝聖政》記載:

> 是月(按:淳熙五年九月),陳俊卿入對。時曾覿以使相領京祠,王抃知閤門事,樞密都承旨甘昪爲入内押班。三人相與盤結,士大夫無耻者争附之,於是鄭鑑爲館職,袁樞爲宗正簿,因轉對,數爲上言之。俊卿判建康,因過闕入對,宣出賜茶,論覿、抃招權納賂,薦進人材,而皆以中批行之,此非宗社之福。且曰:"陛下信任此曹,壞朝廷之綱紀,廢有司之法令,敗天下之風俗,累陛下之聖德。"上感其言,因是稍疏覿,於是覿亦覺爲上所疏。七年,疽發背死。[31]

《大事記》亦記載:

> 曾覿、龍大淵、王抃、甘昪四人,憑恃恩寵,招權納賄。然四凶之寡,不能以勝元、凱之衆,故曾覿、龍大淵之始用事,雖劉度、張震、胡沂、周必大、金安節諸公争之而未勝,而終以陳應求一言而去。曾覿再至,與王抃、甘昪爲姦,雖劉珙、張栻、龔茂良、鄭鑑、袁樞争之未勝,而曾覿復以俊卿一言而去,王抃以趙汝愚一言而去,甘昪以朱熹一言而去,於此見孝宗之英明,塵翳終不能以滓太清也。於此見乾、淳君子之多,稂莠終不能以害嘉禾也。[32]

可見,終孝宗一朝,反近習的呼聲不絶於耳。

李塾秘閣試失敗後,周必大向孝宗呈交了一份待罪劄子:

> 臣昨任敷文閣待制日，曾同王淮薦舉眉州布衣李塾堪應制舉。後來王淮爲執政，其李塾詞業係臣繳進。緣止蒙恩召試，今聞李塾所試六論率不應格，無以副陛下孜孜求士之意，罪無所逃。欲望聖慈特賜絀責，以懲謬舉。取進止。㉝

文中交待了自己與李塾之間的保舉關係，繼而對李塾應試不中格表示遺憾，請求孝宗降罪。對此，孝宗並不打算深究，他在接到周必大的劄子之後便下旨放罪。宋代的薦舉制度除了要求"同罪保舉"，還含有"陳首免罪"的條例，允許舉主通過"陳首"來免除連帶之責。㉞所以，薦舉制度對舉主的合理保護應該是孝宗不願追責的第一層原因。

不過，薦舉制度中的保護原則並非絶對有效，宋代政治史上時常出現舉主因被舉人犯罪而受到牽連的情況。例如景祐三年(1036)的王蒙正事件。當時，江南東路轉運使蔣堂向朝廷舉薦部吏兩百人，曾有人以"謬舉得罪"相勸，但蔣堂並未接受。後來被舉人之一王蒙正因犯賄賂之罪而被貶，蔣堂則因負有連帶責任而被降爲越州知州。㉟再如發生在慶曆年間的滕宗諒事件。滕宗諒曾受范仲淹舉薦，升爲天章閣待制、環慶都部署、經略安撫招討使、兼知慶州。㊱後來，陝西四路都總管兼經略、安撫、招討使鄭戩告發滕宗諒曾在涇州濫用公款，監察御史梁堅亦上章彈劾。㊲作爲滕宗諒曾經的舉主，范仲淹爲其上章申辯。㊳但滕宗諒還是一再遭貶，范仲淹本人也飽受臺諫的攻擊。

以上不厭其煩地援引史事，是爲了説明孝宗寬恕周必大的深層原因。保舉之法的實行，固然在一定程度上保證了人才品質，有時却爲黨爭留下空間。若被舉者經朝廷考核後被認定爲學行不佳，舉主很可能要擔負起"舉非其人"的罪名，上述諒事件便具備了這樣的發展脉絡。在淳熙四年的制科事件中，周必大與李塾之間的保舉關係爲近習的攻擊提供了口實，一旦李塾落選，作爲舉主的周必大就會面臨"失舉之罰"。儘管未必是重罰，但若真正實行，便足以説明孝宗對近習的偏倚，近習日後也足以憑此而更加有恃無恐。不過，事情向着反面發展。孝宗對皇權極爲敏感，他雖然親信近習、防範朝臣，却也不會任由近習肆意打壓朝臣，他更希望雙方互相牽制，自己由此大權在握。所以，他最終選擇寬恕周必大。此種寬恕，與其説是在朝臣與近習之間的調和，不如説是對皇權的維護，它表面上順應了薦舉制度中"陳首免罪"的原則，實際却是皇權獨尊的表現。從李垕事件到李塾事件，孝宗的行爲都是基於振作皇權的目的，無論朝臣或近習，凡是有交結朋黨以擴張權勢的跡象，他都會嚴加壓制。

三、"兩臺諫共彈三秀才"：何致制科事件中的朝局分化

除以上兩例外，南宋制科發展史上還有一件事值得注意，它雖然算不上重大的政治事件，却折射出朝堂格局的分化。

開禧元年(1205)，轟動一時的"慶元黨禁"已經逐漸平息。隨着寧宗韓皇后的去世，韓

侂胄失去了最有力的政治靠山,再加上先前發動黨禁,不得人心,因此在朝廷中的處境愈發艱難。在此情形下,他决意發動北伐戰爭,希望藉戰功以鞏固自身權位。收復失地自然是南渡以來朝野上下的最大心願,但對於此次出兵北伐,許多人是持謹慎態度的。爲了給北伐計劃營造輿論氛圍,韓侂胄利用科舉來高倡恢復之聲。本年禮部奏名進士毛自知,因在御試對策中"首論宜乘機以定中原"而被擢爲狀元。[39]同年的制科考試也以和戰觀定去留。考生何致在賢良進卷中對北伐計劃略有微詞,故而被韓黨黜落。不過,此事還夾雜着韓黨内部的私人恩怨。

何致,字子一,永康青城人。他先是由郡守陳纘薦於吏部尚書劉德秀,深得劉德秀喜歡,後來又由劉德秀、禮部侍郎李壁、工部侍郎劉甲共同舉薦應制科。不過,當時的其他考生因故無法應考,所以朝廷下詔令何致服闕待試。何致急於就試,故而先後請求李壁、陳纘,希望他們給以召試機會。經過何致的一番極力催促,陳纘只好將其應考意願轉達於劉德秀。最終,韓侂胄不得不請寧宗降下内批,同意何致的報考請求。但制科獨試一人是否合理向來頗有爭議,權中書舍人易祓認爲不應獨試,故而繳還内批。生性急躁的何致因此惱羞成怒,出言攻擊易祓。

侍御史鄧友龍得知後,希望藉此大作文章。據《齊東野語》記載,此前,章良能將由學士院補外,鄧友龍與宇文紹節同爲右史,兩人均有機會頂替章良能的位置,但丞相謝深甫却把機會留給了宇文紹節,鄧友龍因此對宇文紹節、謝深甫心生怨恨。宇文紹節入學士院供職不久,鄧友龍便上奏彈劾他和謝深甫。爲了平息這場爭端,寧宗令謝深甫去位,鄧友龍亦被命出朝外任。[40]在何致事件上,他希望藉機對謝深甫實施報復。當時,謝深甫之子謝采伯、謝棐伯在省試中通過作弊而獲得高等,此事爲他人所知,但懾於謝深甫的丞相高位,無人膽敢揭發。[41]於鄧友龍而言,何致事件是揭發謝氏二子、連帶攻擊謝深甫的最佳契機。因此,他向易祓提出建議:"司諫(按:易祓此時已改任左司諫)始入言路而亟讎一布衣,何示人以不廣,不若更論二謝。如致事,友龍得論之。"[42]此語表面上看是爲了維護易祓的聲名,實際上想藉易祓之手清除謝深甫的勢力。次日,兩人分别面見寧宗,易祓請求奪去謝深甫二子的進士出身,鄧友龍摘出何致進卷中"詆誣聖賢"之處作爲攻擊的口實,請求取消其考試資格。最後,謝氏二子被從進士榜中除名,何致也不得參加制科考試。時人謂此事爲"兩臺諫共彈三秀才"。

何致進卷現已不存,但《宋會要輯稿》録有鄧友龍的奏章,其中透露出進卷的部分内容:

> 應賢良方能直言極諫科何致,初不知其爲何如人,但繳進詞業,詳觀所撰二十五篇,其間歷詆伊尹而並及於湯,凡五六百言。謂湯有心自王,而摯説之以伐夏救民;謂太甲不明,既放又復之,使一切惟己之聽。其始負堯舜之道,而終爲天下開陵犯之端。夫伊尹有商名臣,孔子定書,孟氏垂訓,紀述稱讚,照映今古。致本何人,敢於詆誣,庸非持心浮薄,而輕於立論者乎?[43]

從鄧友龍引用的幾句話來看,何致似乎是反對韓侂胄主政的。所謂"太甲不明,既放又復之,使一切惟己之聽",很可能暗指韓侂胄在紹熙内禪中擅自廢立君主,繼而總攬大權;"湯有心自王,而摯説之以伐夏救民"、"其始負堯舜之道,而終爲天下開陵犯之端",意在批評韓侂胄蓄意北伐並非完全爲了家國大義,如若失敗將會招致國家傾覆的危險。

值得注意的是,當鄧友龍向易祓提出由自己來負責阻止何致應考的建議時,他其實並没有找到攻擊何致的充分理由。《朝野雜記》載:"致之從鑽來也,蓋亦嘗登侂冑之門,伯允(按:鄧友龍)無以爲罪,故摘致進論中言'伊尹始行堯舜之道,而終爲天下開陵犯之端'之語,以此激之。"㊹由此可知,鄧友龍其實是爲了一己之私而對何致進卷作斷章取義式的理解。何致既然在韓黨的大力舉薦之下報考制科,則不太可能公然違拗韓黨的主政方針;他進卷中的那幾句話雖然表露出對韓侂冑的些許不滿,但這未必是整部進卷的真實意圖。

何致事件的微妙之處在於,它反映出看似强勢的韓侂冑集團内部其實猶如一盤散沙。鄧友龍早年從張栻學,入朝爲官時正值黨禁,爲求自保,遂抛棄先前的學術取向。後來他因無法入職學士院而與謝深甫、宇文紹節有隙,被外調後,一直伺機還朝。他在邊地接觸了專事陳説利害的"跳河子",得知金國國力不支,遂向韓侂冑通報,暗示用兵之意。㊺可以説,北伐計劃的發端實在於鄧友龍,但他的真正目的並非在於收復失地,而是希望藉此機會獲得升遷。易祓亦非忠正之士。《齊東野語》記載,蘇師旦將要建節,學士院無人願意爲其草制,易祓時爲樞密院檢詳文字,因與蘇師旦交好而願意承擔此項工作,遂在制詞中極盡阿諛之能事,後來便因此而被擢爲左司諫。㊻在北伐問題上,易祓也是支持者。衛涇在一份奏狀中指出:"侂冑竊弄威福,怨嫉既多,密圖兵柄,以固其位。鄧友龍倡用兵之議,易祓和之,更互表裏,專務詭隨。"㊼可見易祓加入韓黨、支持北伐的真實目的亦是求取個人名利,與出於家國大義而主張對金用兵的仁人志士絶不相同。至於謝深甫,他雖未在何致事件中露面,却是導致何致落選的主要原因。黨禁期間,他身爲御史中丞,對趙汝愚和陳傅良進行大力彈劾,爲韓侂冑專權掃清了最大障礙。韓皇后去世之後,韓侂冑本想扶持柔婉易制的曹氏繼承后位,謝深甫却支持與韓侂冑不睦的楊氏。《宋史》稱:"初,深甫爲相,有援立楊太后功,太后德之。理宗即位,議擇中宫,太后命選謝氏諸女。"㊽他可能預感到没有政治靠山的韓侂冑即將失勢,故而轉入楊氏陣營;而楊氏後來步步高升,便不忘報答他的援立之恩。現有資料並未記載謝深甫在開禧北伐期間的行動,想必他並未加入作戰計劃,在用兵問題上他不見得會表示支持。他先前没有援引鄧友龍進入學士院,可能是因爲不想與韓氏一黨繼續合作,而這恰恰爲鄧友龍的報復埋下了伏筆。鄧友龍、易祓聯合攻擊何致和謝深甫二子,基本目的當然是維護他們藉以升遷的北伐計劃,更深層的原因則在於發洩私恨。可以説,韓侂冑集團是一個因利益而結成的群體,他們原先因反對趙汝愚、朱熹等道學型士大夫而互相認同、彼此配合,但當道學勢力被排擠出朝堂之後,他們不再具有共同的目標,甚至出現了内部矛盾,所以原先的凝聚力便很快瓦解。

何致事件正是發生在這樣的政治環境之中。在北伐計劃幾乎一觸即發的情況下,何致進卷中的某些反對意見被伺機報復的鄧友龍順勢利用,他本人也因此成爲了政治鬥爭的犧牲品。

四、結　　語

在宋代科舉史上,考生藉策論抨擊時政、考官藉取士之權以擴充黨派勢力的現象並不罕見。制科的目的是選拔"非常之才",選取而來的士人將會獲得超資拔擢的機會和更爲寬廣的升遷空間,或許正因如此,制科纔容易與黨爭交織在一起,成爲權力較量的工具。當黨爭中的一方掌握取士大權之後,便希冀藉此網羅政治同道,從而擴充後備力量;反過來,對於持有異見之人,也將竭盡所能清除出局。黨爭主體的排他性政治文化性格造就了取士原則上的黨同伐異之色彩,考生也不得不對政治風向有所因應。南宋制科取士人數極少,主要原因之一就在於黨爭因素的介入。

(作者單位:復旦大學中國語言文學系)

① 王德毅《宋代賢良方正科考》,《"國立"臺灣大學文史哲學報》1965年第14期;祝尚書《宋代科舉與文學考論》,大象出版社,2006年;祝尚書《宋代科舉與文學》,中華書局,2008年;祝尚書《唐宋制科盛衰及其歷史教訓》,《北京大學學報(哲學社會科學版)》2010年第5期。

② 脱脱等撰,中華書局編輯部點校《宋史》卷三八八《李燾傳》,中華書局,1985年,第11915頁。

③ 李心傳撰,徐規點校《建炎以來朝野雜記》甲集卷一三"乾道制科恩數",中華書局,2000年,第255頁。

④ 同上書,第255—256頁。

⑤ 同上書,第256頁。

⑥《宋史》卷三四《孝宗紀》,第640頁;卷三八七《汪應辰傳》,第11880—11881頁。

⑦ 關於宋代侍從官的具體内涵,可參王宇《試論宋代"侍從"内涵與外延的變化》(《浙江學刊》2011年第2期)。

⑧《宋史》卷三八八《李燾傳》,第11915頁。

⑨《建炎以來朝野雜記》甲集卷一三"乾道制科恩數",第256頁。

⑩ 朱熹《少師觀文殿大學士致仕魏國公贈太師謚正獻陳公行狀》,《晦庵先生朱文公文集》卷九六,朱傑人、嚴佐之、劉永翔主編《朱子全書》第25册,上海古籍出版社、安徽教育出版社,2002年,第4471頁。

⑪《建炎以來朝野雜記》甲集卷一三"乾道制科恩數",第256頁。

⑫《宋史》卷三八三《陳俊卿傳》,第11788—11789頁。

⑬《建炎以來朝野雜記》甲集卷一三"乾道制科恩數",第256—257頁。

⑭ 同上書,乙集卷六"臺諫給舍論龍曾事始末",第605頁。

⑮ 佚名撰,孔學輯校《皇宋中興兩朝聖政輯校》卷五四,中華書局,2019年,第1216頁。

⑯《建炎以來朝野雜記》甲集卷一三"乾道制科恩數"注,第258頁。

⑰《宋史》卷三八八《李燾傳》,第11915頁。

⑱ 李壁《周文忠公行狀》,《廬陵周益國文忠公集》附録卷三,周必大撰,王蓉貴、[日]白景順點校《周必大全集》,第 3 册,四川大學出版社,2017 年,第 1929 頁上。

⑲ 徐松輯,劉琳、刁忠民、舒大剛等點校《宋會要輯稿・選舉》一一之三二,第 9 册,上海古籍出版社,2014 年,第 5488 頁。

⑳ 周必大《同王内翰薦李塾試賢良劄子》,《奏議》卷五,《廬陵周益國文忠公集》卷一三八,《周必大全集》,第 3 册,第 1332 頁上。

㉑ 周必大《繳進李塾詞業狀》,《奏議》卷六,《廬陵周益國文忠公集》卷一三九,《周必大全集》,第 3 册,第 1342 頁上。

㉒《宋會要輯稿・選舉》一一之三三,第 9 册,第 5489 頁。

㉓ 同上書,第 5489 頁。

㉔ 同上。

㉕ 同上書,第 5490 頁。

㉖《建炎以來朝野雜記》甲集卷一三"制科六題",第 258 頁。

㉗ 同上書,第 258—259 頁。

㉘《宋史》卷四七〇《曾覿龍大淵傳》,第 13688 頁。

㉙《建炎以來朝野雜記》乙集卷六"臺諫給舍論龍曾事始末",第 603 頁。

㉚ 同上書,第 604 頁。

㉛《皇宋中興兩朝聖政輯校》卷五六,第 1290 頁。

㉜《皇宋中興兩朝聖政輯校》卷五六注引《大事記》,第 1290—1291 頁。

㉝ 周必大《舉李塾賢良不應格待罪劄子》,《歷官表奏》卷三,《廬陵周益國文忠公集》卷一二四,《周必大全集》,第 2 册,第 1194 頁下。

㉞ 關於保任之法的實行,可參胡坤《宋代薦舉改官研究》,上海古籍出版社,2019 年,第 40—53 頁。

㉟ 李燾撰,上海師範大學古籍整理研究所、華東師範大學古籍整理研究所點校《續資治通鑑長編》卷一一九景祐三年八月條,中華書局,2004 年,第 2800 頁;《宋史》卷二九八《蔣堂傳》,第 9913 頁。

㊱《長編》卷一三八慶曆二年十一月辛巳條,第 3322—3323 頁。

㊲ 同上書,卷一四三慶曆三年九月丁亥條,第 3456 頁。

㊳ 同上書,卷一四四慶曆三年九月戊子條,第 3456—3459 頁。

㊴ 佚名編,汝企和點校《續編兩朝綱目備要》卷八,中華書局,1995 年,第 149 頁。

㊵ 周密撰,張茂鵬點校《齊東野語》卷一一"鄧友龍開邊",中華書局,1983 年,第 203—204 頁。

㊶《宋會要輯稿》選舉五之三二,第 9 册,第 5357 頁。

㊷《建炎以來朝野雜記》乙集卷一五"開禧召試制科",第 774 頁。

㊸《宋會要輯稿・選舉》一一之四〇,第 9 册,第 5492—5493 頁。

㊹《建炎以來朝野雜記》乙集卷一五"開禧召試制科",第 774 頁。

㊺《齊東野語》卷一一"鄧友龍開邊",第 204 頁。

㊻ 同上書,卷一一"蘇師旦麻",第 200 頁。

㊼ 衛涇《論朝議大夫易祓朝請郎太常少卿兼權吏部侍郎兼侍講朱質朝奉大夫林行可乞賜鐫斥狀》,《後樂集》卷一一,清文淵閣《四庫全書》補配清文津閣《四庫全書》本,第 18a 葉。

㊽《宋史》卷二四三《理宗謝皇后傳》,第 8658 頁。

南宋初期鎮撫使置罷考

陳巧鋭

建炎元年(1127),宋高宗趙構於南京應天府繼位。面對金軍的强大軍事壓力,高宗一行不得不漸次退往長江以南,並以東南一隅爲基礎,整頓宋朝的半壁江山。到建炎三年(1129)秋季,金兵再次大舉南侵,此時高宗行在位於杭州,沿江邊防布置爲"杜充守建康,韓世忠守京口,劉光世守九江"①。然而,宋軍一觸即潰,杜充北上降敵,金軍輕易地突破了長江防線,高宗迫不得已逃亡海上。此時,被稱作"金人、土賊、游寇"的"三大兵患"②持續威脅着南宋政權的統治。高宗君臣在内外交困之下不得不尋求新的政策以解決危機,其中一項便是由時相范宗尹主導的鎮撫使政策。

鎮撫使政策是南宋所獨有的,③其持續時間並不長,自建炎四年(1130)開始到紹興五年(1135)最後一任鎮撫使解潛罷任爲止,大約持續五年。作爲一種短暫存在的特殊制度,鎮撫使政策的實質是"藩鎮政策"④的復活,在極力實行强幹弱枝政策的宋代,這樣的矛盾是十分值得注意的課題。日本學者山内正博曾詳細地對鎮撫使成立的背景、效果及消亡過程進行了討論,認爲鎮撫使制度是南宋面臨嚴重内憂外患時對危機的一種應對措施,在政權逐漸穩固之後,便失去了其存在的意義,並代之以張、韓、岳等成長起來的武將勢力。⑤黄寬重對此有進一步的探討,指出鎮撫使的罷除是由於南宋守勢戰略目標的達成,並闡述了宋廷對鎮撫使的種種控制及防範政策。⑥

需要指出的是,先賢的研究多側重於鎮撫使這一政策的現實意義,即穩定南宋政權的各類作用。就這點而言,類似内平盜賊、外禦强敵等作用,往往只是某一鎮撫使的個人作用,無法説明鎮撫使的共性。鎮撫使要發揮何種作用,即便是流竄、叛變等負面作用,主要還是取決於該鎮撫使的性格、身份等因素。實際上,鎮撫使的共性方面,還有值得注意的問題。例如,寺地遵對於鎮撫使政策的總結,主要是南宋政權放棄直接在江北駐軍,回避與金正面對決的軍事緩衝意義。⑦除此之外,山内正博還將鎮撫使的消亡從時間上分爲三個時期,由此指出其消亡的順序是自淮東向西的,這已對鎮撫使的共性有了一定的涉及,可惜未將二者聯繫起來並對各個地區加以説明。⑧因此,本文試圖在前人研究的基礎上,以鎮撫使在淮東、淮西及京湖三個地區的空間、時間差異爲切入點,探究這一制度在運行與停止的過程中,中央與地方勢力的此消彼長,進而探討南宋初期軍政勢力擴展的邊界及鎮撫使的歷史意義。

一、守江控淮:鎮撫使的設置

鎮撫使的設置有較爲特殊的歷史背景。早在靖康元年(1126),李綱就已經提出了將河北之重鎮建爲藩鎮的建議。⑨此後,胡舜陟、朱勝非等朝臣,馬擴等義軍領袖均提出過類似建議,只是所提出建鎮的地點不斷南移。到建炎三年(1129)閏八月南宋政府"確定以江南爲基本地域"⑩,即以江南地區作爲南宋政權的核心地區,那麼如何保衛這個地區自然成爲高宗君臣首要考慮的事項。最初,宋廷的考慮是放棄防守淮南地區,只於沿江一線措置防守。⑪但是此"棄淮防江"的戰略並未收到良好的效果,如時人曾稱:"靖康嘗防河矣,建炎又防江矣,而群騎長驅,超邑越都,如踐無人之境。"⑫至於高宗一行則不得不倉皇逃往海上以躲避金兵的追擊。

建炎四年(1130),金兵在追擊無果的情況下北撤,高宗君臣則開始重新考慮防守政策。其中最大的轉變在於除防江以外,嘗試對江北地區進行控制。五月甲辰,高宗接受范宗尹的建議,實行藩鎮之策,亦即鎮撫使制度:

> "今日救弊之道,當稍復藩鎮之法,亦不盡行之天下,且裂河南、江北數十州爲之,少與之地,而專付以權,擇人久任,以屏王室。"群臣多以爲不可。宗尹曰:"今諸郡爲盜據者以十數,則藩鎮之勢駸駸成矣,曷若朝廷爲之,使恩有所歸。"上决意行之,遂以爲相。⑬

范宗尹所云,指出了此時宋廷實行藩鎮之策所面臨的形勢,即藩鎮的狀況已經成爲了事實,朝廷不如予以承認,或者説不得不予以承認。換言之,實行鎮撫使制度的地方,基本都是宋廷不能實際控制的地方。"時江北、荆湖諸路盜益起。大者至數萬人,據有州郡,朝廷力不能制。盜所不能至者,則以土豪潰將或攝官守之。皆羈縻而已。"⑭建炎四年(1130)五月乙丑日,宋廷開始任命第一批鎮撫使(見表1)。

表1

第一批鎮撫使統計表			
姓名	管域	所屬地區	身份
翟興	河南府孟汝唐州鎮撫使兼知河南府	京西北路	土豪
趙立	楚泗州漣水軍鎮撫使兼知楚州	淮南	軍卒
劉位	滁濠州鎮撫使兼知滁州	淮南	土豪
趙霖	和州無爲軍鎮撫使兼知和州	淮南	攝官

(續表)

第一批鎮撫使統計表			
姓　名	管域	所屬地區	身份
李　成	舒蘄鎮撫使兼知舒州	淮南	軍卒(賊)
薛　慶	承州天長軍鎮撫使兼知承州	淮南	盜
吴　翊	光黄州鎮撫使兼知光州	淮南	攝官
李彦仙	海州淮陽軍鎮撫使兼知海州	京東東路、淮南	軍卒(潰將)

資料來源:《建炎以來繫年要録》卷三三、《宋會要輯稿》"鎮撫使"條。

同年六月,宋廷又開始除授第二批鎮撫使(見表2)。

表2

第二批鎮撫使統計表			
姓　名	管域	所屬地區	身份
陳　規	德安府復州漢陽軍鎮撫使兼知德安府	湖北	官
解　潛	荆南府歸峽州荆門公安軍鎮撫使兼知荆南府	湖北	官
程昌寓	鼎澧鎮撫使兼知鼎州	湖北	官
陳求道	襄陽府鄧隋郢州鎮撫使兼知襄陽府	京西	官
范之才	金均房州鎮撫使兼知均州	京西	官
馮長寧	淮寧順昌府蔡州鎮撫使兼知淮寧府	京西	攝官

資料來源:《建炎以來繫年要録》卷三四、《宋會要輯稿》"鎮撫使"條。

就上述兩次任命來看,首先,第一批鎮撫使中,除翟琮外全部位於淮南地區。這正代表着宋廷經過"棄淮守江"戰略的失敗後,嘗試重新控制淮南地區的努力。其次,當時的淮南地區,正處於金兵鐵騎蹂躪之下。因此,宋廷的考慮空間並不多,大致是因其所在之地,就地任之。淮南地區鎮撫使的身份不僅有軍卒、攝官,也有盜賊、土豪,宋廷一概將其任爲鎮撫使。如李成的任命,是因其"引衆在舒州,即以成爲舒蘄鎮撫使兼知舒州"⑮。李彦仙的任命,是因其"在東海縣,即以彦仙爲海州淮陽軍鎮撫使兼知海州"⑯。並且,也不論其是否有能力對受任地區進行鎮守,如趙霖雖爲和州無爲軍鎮撫使兼知和州,其實"寓治水寨,未入城"⑰。

另一方面,第二批任命的六位鎮撫使,不但全部位於京湖地區,並且出身均爲官員。其中,陳規、解潛、程昌寓三人在鎮撫使制度實行以前就已經鎮守當地,如陳規"在郡四年,屢破郡盜。傍郡皆失守,惟德安一城獨存"⑱。解潛爲知荆南府,程昌寓本爲權湖北安撫使,而引部在鼎澧間。陳求道與范之才二人則較爲戲劇,二人本爲京西南路轉運副使,被任命爲鎮撫使時,鎮守襄陽的京西制置使程千秋已經敗亡,其地被桑仲所控制,朝廷還尚未知曉。[19]而離襄陽更近的張浚在數月前即已派王以寧爲京西制置使,"使圖桑仲"[20]。結果無論是朝廷委任的陳求道、范之才還是張浚委派的王以寧均未實際掌控京西,京西各郡除王彦鎮守的金州外其餘全部被桑仲攻破。

綜上所述,雖然鎮撫使的設置時間不一,目的不同,但只有這兩次是宋廷對鎮撫使的大規模任命,這兩次的任命代表着宋廷對於鎮撫使政策的最初考慮。僅就這兩次來看,淮南地區的鎮撫使更屬於時人眼中的流寇軍賊,而京湖地區則是將本能直接控制(當時宋廷所認爲)的地方官員改任爲鎮撫使。淮南地區的任命十分容易理解,即其地盜賊横行,"朝廷力不能制"。[21]但當時的京湖地區,特别是京西南路各州均在官員的控制之下,將其設爲分鎮地並改任鎮撫使,似乎有更深層次的考慮。寺地遵在討論鎮撫使制度時,指出鎮撫使的最大作用,在於建炎四年(1130)後,宋金之間抑制了直接對決,各自設置了軍事上的緩衝地帶。[22]那麽,京湖地區從宋官改任鎮撫使,即從宋廷的直接統治轉變爲間接統治,是比淮南地區本就無法實際控制的情況更具有説服力的。除此以外,該地區此後的事態發展,也表明當時決定的分鎮地區,即使尚在朝廷官員的控制之下,也已經處於失控的狀態。這並不是説江南的所有地區都處於宋廷的實控之下,但在來自北方的壓力下,對於接壤中原的淮東、淮西、京湖地區的不同安排,是宋廷所首要考慮的。下文將分地區對此進行論述。

二、歷經血戰:淮東地區鎮撫使

建炎四年(1130)五月,完顔兀朮所率領的金軍焚建康府而去,欲沿運河北歸,在楚州與鎮撫使趙立發生了激烈的戰鬥。五月以後,金兵攻圍楚州的戰鬥進入第二階段。[23]圍繞楚州保衛戰,整個江淮防區一片混亂。鎮撫使方面,趙立以孤軍鎮守楚州,扼金軍歸路。海州淮陽軍鎮撫使李彦先"以舟師策應趙立"。[24]七月,以岳飛爲通泰州鎮撫使[25](此時,整個淮南地區名義上已經全部歸屬於鎮撫使統轄。見圖 1)八月,承州天長軍鎮撫使薛慶爲支援趙立,與金軍戰於揚州城下,却由於郭仲威不肯協助出戰而戰死。[26]此時楚州已危在旦夕,宋廷亦明白這一狀況,除下令劉光世匯合淮南諸鎮邀擊外,還想派張俊去援助楚州。結果,張俊不願意前往,劉光世則遷延不行。李彦先往援,黄寬重已指出,是二人之私人關係所致。[27]其餘諸鎮除薛慶自發前往外,自始至終,只有岳飛遵照了朝廷命令。[28]然而强弱差距顯著,楚州最終陷落,不但趙立戰没於楚州,李彦先也隨之戰死。

自建炎四年(1130)五月至九月,以楚州保衛戰爲中心,李彦先、薛慶、岳飛三位鎮撫使先後往援。雖然最終以失敗告終,但趙立的楚州保衛戰沉重打擊了金人入侵,展現了鎮撫使在淮南地區屏蔽江南的作用,這一作用超出了宋廷對鎮撫使的期望值。趙立的英雄事跡,也獲得了很高的評價。[29]

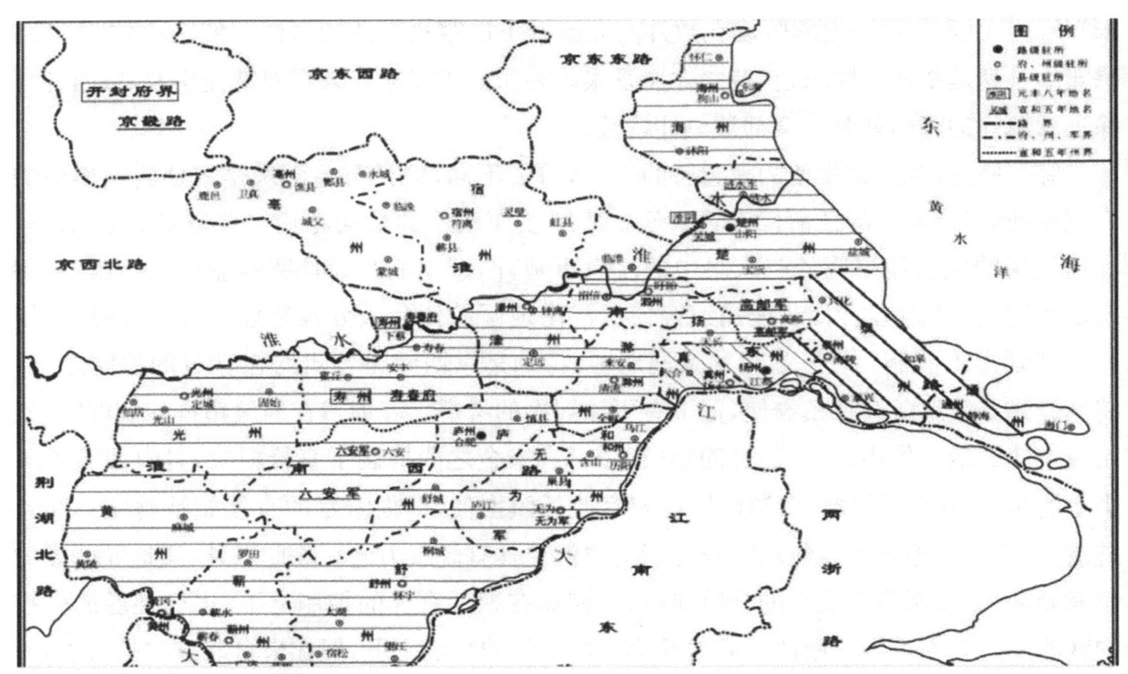

圖 1　建炎四年(1130)七月淮南分鎮示意圖㉚

(説明:橫線爲五月受任鎮撫使,斜線爲六月,粗斜線爲七月。本圖僅對鎮撫使轄區做大略示意,對原圖描繪年份行政區劃未作改繪。)

楚州保衛戰的混亂局勢結束後,鎮撫使方面,薛慶、趙立、李彦先均已戰死,其地處於完全失控的狀態。而金軍尚有左監軍完顔昌留在淮東地區,十一月,通泰鎮撫使岳飛在完顔昌的攻擊下渡江。次年,完顔昌敗於張榮,便自楚州渡淮而去。完顔昌北去後,淮東處於戰後勢力的真空時期,由此便率先開始整合的進程。淮東地區的整合或以紹興元年(1131)三月以後劉光世在淮東地區的經營爲標誌:

> 武寧軍節度使、開府儀同三司、浙西安撫大使、兼知鎮江府劉光世兼淮南京東路宣撫使,揚州置司。尚書省言:"金已渡淮,而鎮、揚等州未盡有人鎮守,舒、蘄盜賊盤踞。又春耕是時,百姓未能復業。田畝荒閑,宜措置屯田,以足兵食,全藉威望大臣措置。故有是命。"光世迄不行。㉛

宋廷以劉光世兼淮南京東路宣撫使,揚州置司,欲以劉光世逐漸控制淮東諸地。劉光世雖然在宋廷的屢次催促下不赴揚州之鎮,但隨後任命其統制官祝友知楚州、㉜徐宗誠知泗州,㉝通州、真州等地亦由劉光世遣人知州。㉞真揚鎮撫使郭仲威,則在五月爲劉光世所執,其所屬兵馬被劉光世合併。㉟淮東是分鎮地區中整合最快的地區,其最後一位鎮撫使是滁濠州鎮撫使劉位之子劉綱,在是年八月改任兩浙東路兵馬副鈐轄。江淮地區宋廷令鎮撫使之子繼任的,僅此一例。不得不考慮其繼任時間在建炎四年(1130)六月,當時金人未去,楚州被圍,宋廷對鎮撫使的態度還並未轉變,故令其繼任。劉綱繼任後,於同年九月便逕自渡江,對宋廷令其之鎮的命令充耳不聞,後改任宋官。㊱因此,滁濠實際上並無鎮撫使直接管轄。無論如何,至紹興元年(1131)八月,淮南東路鎮撫使已全部被罷除,淮東所屬分鎮地界此後也未再除鎮。㊲

三、羈縻賊寇:淮西地區鎮撫使

相較於淮東,宋廷對淮西地區的控制更加薄弱。其地因此盜賊充斥,所任鎮撫使除趙霖外,李成、李伸以及張用等均爲巨寇。對於淮西地區及李成等人,宋廷更多是寄希望於"羈縻而已"。㊳建炎四年(1130)五月,李成爲舒蘄鎮撫使、吴翊爲光黄鎮撫使、趙霖爲和州無爲軍鎮撫使(見表1)。廬壽鎮撫使李伸任期不詳,但大致處於同一時期。㊴最初的淮西地區,便分爲此四鎮。此後,吴翊棄城而走,死於軍中,朝廷在無法控制光黄二州的情況下,以李成爲光黄舒蘄四州鎮撫使。㊵因此,淮西地區便只存在三鎮。廬壽鎮撫使李伸在建炎四年(1130)十一月被和州無爲軍兵馬鈐轄王亨擒獲,㊶王亨自擒獲李伸後,一直在廬壽二州。朝廷因無力控制此地,後即令王亨權廬壽鎮撫使司公事。㊷李成在建炎群盜中屬於影響較大的一類,史稱其"乘金人殘亂之餘,據江、淮六七州。連兵數萬,有席捲東南之意。"㊸後宋廷會大軍討之,爲張俊所破,遂歸降劉豫。㊹紹興元年(1131)五月,將李成驅趕過江後,宋廷以吕頤浩、朱勝非、劉光世三人共同宣撫淮南。㊺劉光世已如上述,淮西在此後也開始了整合。

但是,淮西並不是如淮東一樣迅速地整合,這正是因爲當時宋廷對淮西地區的控制還十分薄弱,淮東、淮西兩路在是否繼續任命鎮撫使的問題上由此便存在着截然不同的情況。是月,張用繼李成之後被任命爲舒蘄鎮撫使,張用本爲巨盜,關於此次任命的原因,史稱"朝議欲討李允文"㊻,章誼則認爲是爲與李成彼此相制。㊼八月,"利州觀察使湖東馬步軍副總管孔彦舟爲蘄黄鎮撫使,兼知黄州。用張俊奏也。時彦舟在鄂州,舟多糧富。俊恐其盤據要地,故奏用之"㊽。無論是張用還是孔彦舟,在舒蘄光黄四州範圍内的鎮撫使任上,均體現了宋廷因時制宜的鎮撫使任命態度。至紹興二年(1132)六月,孔彦舟叛降僞齊,原因之一是"韓世忠連破湖湘群盜,順流東歸,彦舟疑其圖己"。孔彦舟叛去後,舒蘄光黄四州已無巨寇,而宋廷在沿江的江東、江西之勢力均已擴展,故時任江西安撫大使的李回遂任命"本司右軍統領李玠以所部知黄州"㊾。這樣,宋廷實際控制區域便延伸到蘄黄一帶,而蘄黄等州此後也不再任命鎮撫使。

兩淮地區統合的完成,或當以最後一任廬壽鎮撫使胡舜陟改任淮西安撫使爲標誌。廬州作爲淮西最重要的、也是離大軍駐屯的江南最遠的軍事防禦重鎮,將其納入控制意味着對淮西地區的全面掌控。如李綱對於兩淮防禦就曾談到:"今朝廷欲爲守備,則當於淮南東西及荆襄置三大帥,屯重兵以臨之。東路以揚州,西路以廬州,荆襄以襄陽爲帥府。"[50]紹興三年(1133)正月,由於劉光世遲遲不肯赴揚州之鎮,宋廷任湯東野爲淮東安撫使,知揚州。次月,將時任廬壽鎮撫使胡舜陟改任爲淮西安撫使。以此爲節點,兩淮地區除本爲文官的和州無爲軍鎮撫使趙霖外,已無其他鎮撫使。九月,宋廷重新對沿江布防進行安排:

江東宣撫使劉光世爲江東淮西宣撫使,置司池州。淮南東路宣撫使韓世忠爲建康鎮江府淮南東路宣撫使,置司鎮江府。神武前軍統制、荆南府潭鼎澧岳鄂等州制置使王𤫉爲荆南府岳鄂潭鼎澧黄州漢陽軍制置使,置司鄂州;神武副軍都統制、江西制置使岳飛爲江南西路舒蘄州制置使,置司江州。[51]

此時,淮西唯一的鎮撫使趙霖亦已罷去,兩淮地區的鎮撫使已全部罷除。淮東、淮西兩地各有帥府,沿江大帥則兼有宣撫之責,這代表着宋廷對兩淮地區的重新掌控。由兩淮地區鎮撫使置罷的不同之處,也可以看出宋廷對鎮撫使的任命存在實際地域控制的界限,即對鎮撫使的是否再任,取決於是時是否能够掌控該地域。

四、各自爲戰:京湖地區鎮撫使

前文已提到,京湖地區的首批鎮撫使,除馮長寧爲攝官外,其餘均爲宋官,這體現了宋廷最初以宋官分鎮鎮守此地的初衷。宋廷任鎮撫使之前,張浚宣撫川陝,以程千秋爲京西制置使,李允文爲京西南路提點刑獄公事,且"假千秋便宜"。[52]當宋廷任命陳求道爲襄陽府鄧隨郢州鎮撫使時,不但京西各城早已爲桑仲占據,[53]陳求道也已被張浚責爲單州團練副使,忠州安置。[54]金均房鎮撫使范之才未能之鎮而卒,而當時均、房二州也爲桑仲所破,守臣逃遁,惟金州還在王彦的鎮守之下。[55]這宣告了宋廷欲以陳求道、范之才二人,張浚欲以程千秋、王以寧二人掌控京西南路的想法全面失敗。

建炎四年(1130)八月,宋廷既無法控制該地區,不得不承認即成之事實,以桑仲爲襄陽府鄧隨郢州鎮撫使。張浚則只得對金州的防禦進行安排:

知樞密院事、宣撫處置使張浚言:"金房兩州,東連襄郢,西控川蜀,道途險阻,最爲冲要。今措置將金、房兩州割屬利州,仍添差精鋭軍馬前去屯駐,與興、洋等州互相照應,關防守禦。勘會金、房州已係分鎮去處,昨差范之才充鎮撫使,身亡,未曾差人。"詔令張浚一面選差有風力官充鎮撫使,仍先次之任訖,具名聞奏。[56]

十月,鎮守金州的王彦血戰大敗欲入蜀的桑仲,他指出金州在川陝與京湖交界的重要性:"方今金人在陝右,桑仲在安康,則四川腹背受敵,奈天下何?"[57]次月,張浚遂承制任命王彦爲金均房州鎮撫使,知金州。[58]相比宋廷任命知均州的范之才,知均州到知金州的變化，也體現了二者的不同定位。另外，王彦的軍糧來源大多依靠蜀地：

初，陝西都統制吴玠戍河池縣，同都統制王彦戍金州。二鎮皆饑，而利夔路制置使兼知興元府王庶過爲守備，閉石門仙人關，塞褒斜路，商販不通，玠、彦病之。因訴於宣撫處置使張浚。[59]

另一個與王彦情況類似的是解潛，張浚巡撫川陝時，"上令康國諭浚遣西兵屯荆南，以爲行都聲援"[60]。於是，以關師古將兵兩千五百人隸屬於解潛，並任命其知荆南府。此後，宋廷遂任命解潛爲荆南府歸峽州荆門公安軍鎮撫使。然而，宋廷雖想以荆南府控扼上流，但解潛由於荆南府殘破，移治宜都。宜都[61]相比於荆南府更靠西，其作用更多是控制經三峽出入蜀地的門户。在解潛口中，經常將之稱作"蜀口"，且解潛很有可能也依靠來自四川的糧草：

荆南鎮撫使解潛言："横已還鎮，而四川總領財賦趙開遏糴，將士饑餓。望下湖南、北濟師，保護蜀口。"乃詔宣撫司應副軍食。[62]

解潛轄區以南的荆湖北路，是鍾相、楊么等農民起義軍的根據地。孔彦舟在擊破鍾相後，被宋廷任命爲辰沅靖州鎮撫使。宋廷意圖以孔彦舟與鼎澧鎮撫使程昌寓二人控制該路西部的數州之地。然孔彦舟四下流竄，宋廷對他的任命甚至無法追上其流竄的速度：

利州觀察使、新除辰沅靖州鎮撫使孔彦舟爲鼎澧辰沅靖州鎮撫使，兼知鼎州。召澧鼎鎮撫使程昌寓赴行在。朝廷聞彦舟引兵至益陽縣，故改命之。時彦舟已據長沙，而行在未知也。[63]

此後孔彦舟流竄至鄂州，被任命爲蘄黄鎮撫使，上文已有説明。而程昌寓也未赴行在，雖從鎮撫使改任，但仍留鼎州鎮守，其作用與在鎮撫使任上無二。[64]因此，湖北西部的鼎澧辰沅靖數州事實上只有程昌寓在此。另一方面，京西南路以北的京西北路、商虢陝等州的鎮撫使，大致可分爲兩系。一系是翟興系，即河南孟汝唐州鎮撫使翟興及其繼任者翟琮，另有其部將董先、董震二人，先後權商虢(陝)州鎮撫使[65]；另一系是淮寧順昌府蔡州本地鎮撫使，因其地一直處於無法實際控制的狀態，宋廷向來是因事即設。如馮長寧受任鎮撫使因其"自言招集忠義軍十餘萬，大破敵兵"[66]。范福則是在馮長寧降僞齊後權任鎮撫使，後同樣棄城遁走。在范福之後，土豪李祐等繼續守城，遂又以李祐爲鎮撫使。[67]李祐何時離任已不詳於史，此後的牛皋任鎮撫使是李横北伐之時以便宜任之，與前任鎮撫使相比，已相隔兩年有餘。[68]

因此,京湖地區的鎮撫使大致可分爲三類:第一類是在宋廷的意志之下安排並有所成績的鎮撫使,即陳規、程昌寓二人;第二類是在張浚的承制安排下鎮守蜀口的鎮撫使,即王彦、解潛二人;第三類則是隨事特設,在無法控制該地的情況下,以鎮撫使之職爲羈縻之法,承認該地既成事實的鎮撫使,即翟興系鎮撫使、淮寧順昌府蔡州本地鎮撫使、桑仲系鎮撫使(桑仲、霍明、李横)以及孔彦舟。

紹興三年(1133)夏四月,宋廷召還鎮守德安七年的鎮撫使陳規:

> 庚寅,徽猷閣直學士、安復鎮撫使陳規爲顯謨閣直學士、知池州,兼沿江安撫使。規守德安七年,賊不能犯,至是召還入對。首乞罷鎮撫使。又言:"諸將跋扈,請用偏裨以分其勢。"上皆納之,遂以右通直郎、鎮撫司幹辦公事韓之美爲直秘閣、知德安府,仍以安、復二郡隸湖北帥司。自是不復除鎮撫使矣。[69]

若兩淮地區統合的完成以胡舜陟任淮西帥爲標誌,那麽對京湖地區的統合或可以陳規的改任爲先聲。陳規受任鎮撫使時,已守德安四年。[70]他的轄區爲德安府、復州、漢陽軍,正好處於自鄂州向西整頓京湖的前衛地區。直轄此地後,置司鄂州的荆南府譚鼎澧黄州漢陽軍等州制置使王𤫩遂負擔起整合荆楚地區的任務,開始進行剿滅楊么的軍事行動。然而,當年十月,襄陽鄧隋郢等州鎮撫使李横棄襄陽南奔,[71]其地爲已投降僞齊的李成所占據。在李横之前,權商虢陜州鎮撫使董先、蔡州信陽軍鎮撫使牛皋及河南鎮撫使翟琮亦已失地南奔。京西南路及其北部地區遂出現巨大的防禦空當。紹興四年(1134)三月十三日,宋廷令岳飛出師收復襄陽等六郡,[72]岳飛遂率領岳家軍以每戰必克的姿態將其地收復。至此,京湖地區僅有金均房鎮撫使王彦、荆南等州鎮撫使解潛兩人而已。二人轄區位於分鎮地的最西部,臨近川陜。到紹興五年(1135)四月,王彦、解潛二人先後罷除鎮撫使之任,南宋初期的鎮撫使制度也由此宣告結束。

五、結　　語

紹興五年(1135),王彦與解潛二人相繼從鎮撫使改任,鎮撫使制度也由此宣告結束。實際上,此時的鎮撫使制度早已名存實亡。上文提到,山内正博在其《南宋鎮撫使考》一文中,將鎮撫使的消亡分爲了三個階段:一階段爲建炎四年(1130)末至紹興元年(1131)初;二階段爲紹興二年(1132)至紹興三年(1133);三階段爲紹興五年,並由此指出鎮撫使的消亡是從東向西逐漸延伸的。[73]但是,僅從時間上來考察,難以説明鎮撫使消亡的具體狀態。而以空間作爲觀察的視角,則可以大致判斷南宋勢力擴展的時間節點,建炎四年是南宋政府真正在江南地區穩固的時間點。淮東地區基本整合在紹興元年八月,淮西地區在紹興三年二月,京湖地區則在紹興五年四月。對於某個分鎮地實質情況的判斷,關鍵點在於宋廷在某位鎮撫使或戰死或離鎮或罷除後，是否還會繼續任命鎮撫使。這樣，以某個時間段作爲標準，便略爲寬泛了。鎮撫使能够再任的地區，多是還未能控制的地區。當其地可以被政府掌握後，便不再除授鎮撫使，而在其州其路設置知州、帥司以實際控制。可以看到，鎮撫使或被消滅，或逃亡，或戰死，或被廢除，雖然消亡的方式多種多樣，但在上述一點上存在着共性。因此，分鎮地整合的過程恰與宋廷立國東南的國勢對應，自東向西而行。鎮撫使分鎮地存在的時間，也大致按照從東往西的順序逐漸增加。最後卸任的鎮撫使，恰是位於分鎮地最西端的王彦、解潛。[74]在鎮撫使完全罷除後，南宋的基本疆域便大致形成。

若以以上觀點而言，以鎮守地方、羈縻流寇等意義來概括鎮撫使制度是不够的。這些意義只能代表某一個鎮撫使存在的意義，無法説明整個鎮撫使制度的共性。同樣是紹興五年，京湖地區整合爲岳家軍的防區，南宋的屯駐大軍也正式形成。[75]五支屯駐大軍中，除四川屯駐大軍吴玠所部以外，其餘四支都不同程度吸收了鎮撫使的部隊。就防禦格局來看，駐扎江南，控制江北的情況持續了不短的時間，這與鎮撫使罷除後，沿江三大帥實控江北的狀況是一致的。因此，鎮撫使的罷除或消亡與南宋從東向西軍事防禦部署的完善具有一致性。此外，更爲細節的邊界形成或許也可以通過鎮撫使的置罷來觀察。例如，當時擁有"便宜行事"權的川陝宣撫處置司與宋廷是事實上的兩個政治中心。[76]但無論是川陝宣撫處置司所在的川陝防區抑或是宋廷所在的江淮防區，其戰略重心都是防禦來自北方的進攻。這勢必導致在南宋初期軍力財力不足的狀況下，其側向的擴展也有邊界。川陝京湖交界處的王彦、解潛，爲張浚所安排，特别是王彦，其作用更多是保護蜀口，其作戰也更多是協同川陝宣司。而京湖江淮交界處，則是宋廷任命的鎮撫使陳規。此數鎮均僅足以自保，由此便形成了京湖地區北爲桑仲系鎮撫使占據，南爲鍾相、楊么等勢力盤踞的狹長政治真空形態。桑仲自不必言，接替桑仲擔任鎮撫使的李横在棄地南奔時曾道："我有烏合之衆，所至自謀衣食，人皆謂我爲賊。萬一諸郡不見納，奈何？"[77]其不被宋廷及地方官員信任顯而易見。紹興四年(1134)岳飛收復襄陽六郡，對此戰績，宋高宗本人也未曾料到。[78]這正代表着當時宋廷還未完全做好收復京西南路，統合京湖地區的準備。無論如何，在岳飛向北收復襄陽六郡，向南平定鍾相、楊么叛亂之後，這一狹長政治真空纔終於被填補。此後，負責京湖地區防禦的屯駐大軍長期以鄂州爲大本營，却要負責防守廣闊的防區，這也是京湖防區許久未能解决的隱患。[79]而這一隱患的形成與上述指出的在鎮撫使時代便已存在的疆域邊界有着無法分割的關係。

除此之外，還有兩點需要説明。其一是來自外界的形勢變化，在鎮撫使設置的同一年，金朝也扶持劉豫建立了傀儡政權僞齊。[80]於是，宋金雙方在黄河以南、長江以北的廣闊腹地上各自實行間接統治，作爲實質上的軍事緩衝地帶。對於宋廷來説，僞齊的建立是其逐漸弭平盜賊，並將原本實行間接統治的分鎮地納入直接統治的重要外在原因。將鎮撫使視作一個整體，除與南宋中央政權的關係外，金朝、僞齊均無法長期涉足分鎮地區，這也是當時宋金雙方實力變化的觀察窗口，這一點還俟專文對其進行探究。其二是鎮撫使制度實行時期南宋自身軍事實力的變化,據學者的統計,僅以張、岳、韓、劉四大將爲代表,建炎三年(1129)至四年(1130)間,四人的兵力總計爲三萬。至紹興二年(1132)時,激增至十二萬三千。到紹興五年(1135),已增長到十八萬。[81]四大將的兵力增長,除剿滅江南盜賊以外,吸收鎮撫使兵力也是其重要的來源。鎮撫使是介於朝廷直轄武將與民間武裝的中間勢力,[82]由於其成分複雜,往往同時擁有以上三種性質,個體之間差異顯著。將其作爲觀察南宋立國期的窗口,還值得更多的關注。

(作者單位:廈門大學歷史與文化遺産學院)

---

① 李心傳撰,胡坤點校《建炎以來繫年要録》卷三一,建炎四年正月辛未,中華書局,2013年,第714頁。

② 《建炎以來繫年要録》卷四二,紹興元年二月乙卯,第905頁。

③ 脱脱等撰《宋史》卷一六七《職官志》,中華書局,1985年,第3966—3967頁。

④ 參[日]寺地遵著,劉靜貞、李今芸譯《南宋初期政治史研究》第三章第三節"范宗尹的藩鎮策",復旦大學出版社,2016年,第75—80頁。

⑤ [日]山内正博《南宋鎮撫使考》,《史淵》六四,1955年,第91頁。

⑥ 黄寬重《宋廷對民間自衛武力的利用與控制——以鎮撫使爲例》,《南宋地方武力——地方軍與民間自衛武力的探討》,國家圖書館出版社,2009年,第111—156頁。

⑦ [日]寺地遵著,劉靜貞、李今芸譯《南宋初期政治史研究》,第79頁。

⑧ [日]山内正博《南宋鎮撫使考》第四章"鎮撫使の消滅",第84—90頁。

⑨ 李綱撰,王瑞明點校《李綱全集》卷四六《備邊禦敵八事》,岳麓書社,2004年,第1640頁。

⑩ [日]寺地遵著,劉靜貞、李今芸譯《南宋初期政治史研究》,第74頁。

⑪ 其理由可參張行剛《南宋初年沿江防禦相關問題研究》,西北大學碩士論文,2017年,第27—29頁。

⑫ 孫覿撰《鴻慶居士集》卷三八《宋故資政殿大學士王公墓誌銘》,景印《文淵閣四庫全書》,第1135册,臺北商務印書館,1986年,第414頁。

⑬ 《建炎以來繫年要録》卷三三,建炎四年五月甲辰,第755－756頁。

⑭ 同上。

⑮ 《建炎以來繫年要録》卷三三,建炎四年五月乙丑,第768頁。

⑯ 同上。

⑰ 《建炎以來繫年要録》卷三四,建炎四年六月庚辰,第784頁。

⑱ 《建炎以來繫年要録》卷三四,建炎四年六月庚辰,第782頁。

⑲ 《建炎以來繫年要録》卷三四,建炎四年六月庚辰,第783頁。

⑳ 《建炎以來繫年要録》卷三二,建炎四年三月己酉,第732頁。

㉑ 《建炎以來繫年要録》卷三三,建炎四年五月甲辰,第756頁。

㉒ [日]寺地遵著,劉靜貞、李今芸譯《南宋初期政治史研究》,第80—81頁。

㉓ 王曾瑜、賈芳芳《南宋民族英雄趙立和楚州保衛戰》,《四川師範大學學報》2013年第4期,第134頁。

㉔ 《建炎以來繫年要録》卷三七,建炎四年九月戊辰,第840頁。

㉕ 岳珂編,王曾瑜校注《鄂國金佗稡編續編校注》,中華書局,1989年,第111頁;《建炎以來繫年要録》卷三

五，建炎四年七月庚申，第 801 頁。

㉖《建炎以來繫年要録》卷三六，建炎四年八月庚辰，第 813—814 頁。

㉗ 黄寬重《南宋地方武力——地方軍與民間自衛武力的探討》，第 135 頁。

㉘ 鄧廣銘《岳飛傳》，收入《鄧廣銘全集》第二卷，河北教育出版社，2005 年，第 75 頁。

㉙ 此圖據《中國行政區劃通史・宋西夏卷》圖 30 改繪。李昌憲《中國行政區劃通史・宋西夏卷》，復旦大學出版社，2017 年，第 213 頁。

㉚ 参《南宋民族英雄趙立和楚州保衛戰》，第 131—138 頁。

㉛《建炎以來繫年要録》卷四三，紹興元年三月辛亥，第 919 頁。

㉜《建炎以來繫年要録》卷四三，紹興元年四月乙亥，第 926 頁。

㉝《建炎以來繫年要録》卷四三，紹興元年四月己卯，第 927 頁。

㉞ 通州爲康淵、泰州爲張榮、真州爲史康民，均爲劉光世奏請。

㉟《建炎以來繫年要録》卷四四，紹興元年五月丙午，第 941 頁。

㊱《建炎以來繫年要録》卷三七，建炎四年九月庚子，第 827 頁；卷四四，紹興元年五月癸亥，第 946—947 頁。另外，滁濠位於兩淮交界，但該鎮治所位於滁州，故算入淮東。

㊲ 趙立的部下程括在趙立戰死後權鎮撫使，楚州陷落後亦死。代薛慶知承州王林，各學者之文將其歸入鎮撫使，然其實恐未領鎮撫使。按王林知承州時，天長軍、盱眙軍廢爲縣，王林僅知一承州而已，諸書亦未稱其爲鎮撫使。見劉琳等點校《宋會要輯稿》方域六之一五，上海古籍出版社，2014 年，第 9388 頁；《建炎以來繫年要録》卷三七，建炎四年九月辛酉，第 837 頁。

㊳《建炎以來繫年要録》卷三三，建炎四年五月甲辰，第 756 頁。

㊴ 黄寬重《南宋地方武力——地方軍與民間自衛武力的探討》一書中標明李伸受任日期爲建炎四年九月，然筆者並未找到出處。山内正博《南宋鎮撫使考》一文中也對李伸受任日期存疑（見表 A，第 68 頁）。按《相山集》卷二九有“區區一隅之地，東有張琪、南有邵青、西有李成、北有李伸，合其兵數十萬，環布四境”之語，而李成以八月準備渡江南侵，故李伸受任或应在八月以前。王之道撰《相山集》卷二九《故武節大夫陳文叟墓誌》，景印《文淵閣四庫全書》，第 751 頁。

㊵ 具體日期，據李心傳小注所云不詳於史，見《建炎以來繫年要録》卷三六，建炎四年八月丙戌，第 818 頁。

㊶《建炎以來繫年要録》卷三九，建炎四年十一月戊午，第 871—872 頁。

㊷《建炎以來繫年要録》卷五一，紹興二年二月丙戌，第 1063 頁。

㊸《建炎以來繫年要録》卷四〇，紹興四年十二月乙未，第 884 頁。

㊹ 脱脱等撰《金史》卷七九，中華書局，1975 年，第 1783 頁。

㊺《建炎以來繫年要録》卷四四，紹興元年五月丁酉，第 935 頁。

㊻《建炎以來繫年要録》卷四四，紹興元年五月戊戌，第 936 頁。

㊼《歷代名臣奏議》卷二三九，文淵閣四庫全書本，第 4885 頁。

㊽《建炎以來繫年要録》卷四六，紹興元年八月丙寅，第 974 頁。

㊾《建炎以來繫年要録》卷五五，紹興二年六月壬寅，第 1131 頁。

㊿ 李綱撰，王瑞明點校《李綱全集》卷七八《奉詔條具邊防利害奏狀》，第 794 頁。

51《建炎以來繫年要録》卷六八，紹興三年九月乙亥，第 1341 頁。

52《建炎以來繫年要録》卷二七，建炎三年閏八月乙巳，第 638—639 頁。

53《建炎以來繫年要録》卷二九，建炎三年十一月丁未，第 669 頁。

54《建炎以來繫年要録》卷三四，紹興四年六月庚辰，第 783 頁。

55 同上。

(56)《宋會要輯稿》方域五之一八,第 9361 頁。

(57) 徐夢莘撰《三朝北盟會編》卷一四二,建炎四年九月二十日己未,上海古籍出版社,2019 年,第 1033 頁。

(58)《建炎以來繫年要録》卷三九,建炎四年十一月丁巳,第 871 頁。關於王彦生平及鎮撫使任上之功績,可參拙文《〈宋史・王彦傳〉補正》,《宋代文化研究》第三十七期,2021 年,第 370—394 頁。

(59)《建炎以來繫年要録》卷五三,紹興二年閏四月壬子,第 1103 頁。

(60)《建炎以來繫年要録》卷三二,建炎四年三月己酉,第 733 頁。

(61) 今湖北省宜都市,屬宜昌代管。

(62)《建炎以來繫年要録》卷六四,绍兴三年四月丁亥,第 1258 頁。

(63)《建炎以來繫年要録》卷三八,建炎四年十月丙子,第 852 頁。

(64)《建炎以來繫年要録》卷四一,紹興元年正月乙卯,第 893—894 頁。

(65) 此系以其活動範圍而言亦可稱洛陽地方系。對翟興等人的活動,部分可參黄寬重《洛陽群豪——兩宋之際洛陽地方武力的國家認同》,《政策・對策:宋代政治史探索》,臺北聯經事業股份有限出版公司,2012 年,第 121—138 頁。

(66)《建炎以來繫年要録》卷三四,建炎四年六月庚辰,第 784 頁。

(67)《建炎以來繫年要録》卷四六,紹興元年八月乙酉,第 979 頁。

(68)《建炎以來繫年要録》卷六三,紹興三年二月庚戌,第 1243 頁。

(69)《建炎以來繫年要録》卷六四,紹興三年四月庚寅,第 1260 頁。

(70)《建炎以來繫年要録》卷一,建炎元年正月壬寅,第 24 頁。

(71)《建炎以來繫年要録》卷六九,紹興三年十月癸卯,第 1204—1205 頁。

(72)《鄂國金陀粹編續編校注》卷五《朝省行下事件省劄》,第 1209 頁。

(73) [日]山内正博《南宋鎮撫使考》第四章"鎮撫使の消滅",第 84—90 頁。

(74)《建炎以來繫年要録》卷八八,紹興五年四月丁未,第 1696 頁。

(75) 粟品孝等著《南宋軍事史》,上海古籍出版社,2008 年,第 27 頁。

(76) 關於便宜行事的問題,可參何玉紅《"便宜行事"與中央集權——以川陝宣撫處置司的運行爲中心》,《四川大學學報(哲學社科版)》2007 年第 4 期,第 26—36 頁。

(77)《建炎以來繫年要録》卷六九,紹興三年十月癸卯,第 1205 頁。

(78)《建炎以來繫年要録》卷七九,紹興四年八月癸未,第 1326 頁。

(79) 陳希豐《南宋京湖戰區形成史——兼談岳家軍的防區與隱患》,《中山大學學報》2020 年第 2 期,第 96 頁。

(80) 較近的系統研究可參胡文寧《偽齊政權研究》,西北大學博士學位論文,2014 年。

(81) 據[日]山内正博《南宋建國期の武將勢力に就いての一考察:特に張・韓・劉・岳の四武將を中心として》表 D,《東洋學報》1955 年第 38 卷,第 299 頁。

(82) 民間勢力如當時淮南地區存在的山水寨,參黄寬重《兩淮山水寨——地方自衛武力的發展》,《南宋地方武力——地方軍與民間自衛武力的探討》,國家圖書館出版社,2009 年,第 157—185 頁。

入室操戈:楊時的新學批判

劉成國

神宗熙寧年間,以王安石爲首的荆公新學由一家之私學升爲官學,開始引起宋學中其他流派的側目。特别是程顥、程頤兄弟,始終將王安石視爲最主要的思想對手,予以批評指摘。[①]哲宗紹聖以後,新學逐漸淪爲政治高壓、黨派傾軋的意識形態工具。許多親炙程氏的弟子或再傳,都經歷過徽宗年代嚴酷的黨錮學禁,其讀書應舉"非《三經》《字説》不用"[②]。他們深悉新學末流之弊,踵武其師,繼續批判新學,深刻影響到兩宋之交的政治文化和思想版圖。楊時是其中的代表。

一

楊時字中立,號龜山先生,福建南劍州人,《宋史》卷四百二十八有傳。神宗熙寧九年(1076),楊時登進士第,調官不赴,至穎昌、洛陽從學於程顥、程頤。之後歷知瀏陽、餘杭、蕭山三縣,皆有惠政。蔡京當國,召爲秘書郎,遷著作郎。欽宗即位後,楊時兼國子祭酒,上疏抨擊王氏新學,乞追奪王安石的王爵,毁去孔廟配享之像。高宗即位,除工部侍郎兼侍讀,旋以龍圖閣直學士提舉杭州洞霄宫,以本官致仕。卒,年八十三,謚文靖。

楊時"始宗安石,後得程顥師之"[③],深得器重。程門中他獨邀耆壽,成爲道學南漸的重要傳人,尤其"長於攻王氏學"[④]。兩宋之際新學、程學興衰嬗替過程中,他是首屈一指的功臣。[⑤]

楊時對新學的批判,以徽宗宣和六年(1124)爲界,前後頗有不同。前期比較隱晦含蓄,綿裏藏針;後期則明目張膽,大張旗鼓。風格之變,表現出楊時深沉的心機、高明的策略。早在神宗元豐年間,楊氏便與程顥一起推敲新學之弊,因應舉時曾修習新學,故能盡知其短:

> 楊時於新學極精,今日一有所問,能盡知其短而持之。……伯淳嘗與楊時讀了數篇,其後盡能推類以通之。[⑥]

之後哲宗紹聖、徽宗兩朝,新學成爲朝廷的意識形態,元祐學術遭禁。楊時歷仕州縣,仕宦不顯,對新學的批評僅囿於私人講學場合,比較隱晦。或稱王安石爲"荆公",或隱其名,基本針對某一具體問題進行非議。如:

或曰:"聖人所以大過人者,蓋能以身救天下之弊耳。……此三人者(昔伊尹之任,伯夷之清,柳下惠之和),因時之偏而救之,非天下之中道也,故久必弊。至孔子之時,三聖人之弊各極於天下,故孔子集其行而大成萬世之法,然後聖人之道無弊。其所以無弊者,豈孔子一人之力哉?四人者相爲終始也。使三聖人者當孔子之時,皆足以爲孔子矣。"

曰:"何不思之甚也?由湯至於文王之時,五百有餘歲,其間賢聖之君六七作。其成就人才之衆,至其衰世尤有存者。使伊尹有弊,當時更世之久,上之爲君、下之爲臣,皆足以有爲,獨無以革之乎?由周至於戰國之際,又五百有餘歲,文、武、周公之化,不爲不深。使伯夷之弊至是猶在,則周之聖人所謂一道德以同風俗者,殆無補於世,而獨俟一柳下惠邪?況孔子去柳下惠未遠,若柳下惠能矯伯夷之清,使天下從之,其弊不應繼踵而作。而孔子救之,又何其遽也?且孔子之時,荷蕢、荷蓧、接輿、沮、溺之流,必退者尚多也,則柳下惠之所爲,是果何益乎?故爲聖人救弊之説者,是亦不思而已矣。夫伊尹固聖人之任者,然以爲必於進,則不可也。湯三使往聘之,然後幡然以就湯,不然,將不從其聘矣,則伊尹之不必進可見。伯夷固聖人之清者,然以爲必於退,則不可也。方其辟紂居諸海濱以待天下清,聞西伯善養老者則歸之,則伯夷之不必退亦可見。若柳下惠,孔子蓋以爲'直道而事人',孟子亦稱其'不以三公易其介'矣,亦豈以同爲和乎?由是觀之,其弊果何自而得之邪?若曰孔子之道所以無弊者,四人者相爲終始,使三聖人當孔子之時,亦皆足以爲孔子。此尤不可。孟子曰:'伯夷、伊尹不同道。'又曰:'自生民以來,未有盛於孔子。'而伯夷、伊尹不足以班之。而其所謂同者,得百里之地而君之,皆能以朝諸侯、有天下,行一不義、殺一不辜而得天下,皆不爲而已。彼爲任、爲清、爲和,一節之至於聖人者也,其可以爲孔子乎?夫以三人爲聖者,孟子發之也,而孟子之言,其辨如彼。今釋孟子之言,安得彊爲之説乎?雖然,此孟子之言也。學者於聖人,又當自有所見;自無所見,縱得孟子之旨,何與吾事?"⑦

此爲楊時荆州教授任上所言。"或曰"以下,指王安石的名篇《三聖人》。王氏指出,聖人的偉大,皆因他們能"以身救天下之弊"。伊尹、伯夷、柳下惠三人,都根據時勢之需挺身而出,或勇於仕進,或清介自守,或和同世俗,以矯正時俗之弊。至孔子時,這三人面臨的時弊集中體現出來,於是孔子"集其行而大成萬世之法,然後聖人之道無弊"。楊時則陳述伊尹、伯夷、柳下惠的事跡,予以批駁:"故爲聖人救弊之説者,是亦不思而已矣。"他認爲,這三人或任、或清、或和,只能堪比聖人之"一節"。王氏誤解孟子所言,"强爲之説"。王、楊的分歧,反映了不同的聖人觀。前者强調聖人不僅是道德之至,而且必須根據不同的時勢,建立功業。後者所謂的聖人,則象徵着人倫之極至、道德之圓滿。[8]

又如:

> 問:"伊尹五就湯五就桀,何也?"曰:"其就湯也,以三聘之勤也;其就桀也,湯進之也。""然則何爲事桀?"曰:"既就湯,則當以湯之心爲心。湯豈有伐桀之意哉?其不得已而伐之也。人歸之,天命之耳。方其進伊尹以事桀也,蓋欲其悔過遷善而已。苟悔過遷善,則吾北面而臣之,固所願也。若湯初求伊尹即有伐桀之意,而伊尹遂相之,是以取天下爲心也。以取天下爲心,豈聖人之心哉?"[9]

此條針對王安石來討論伊尹的出處。王氏認爲,伊尹五就湯五就桀,皆爲拯救生民之苦:"正在安人而已,豈可亦謂之非純臣也?"[10]楊時則以爲,成湯之所以舉薦伊尹仕桀,是希望伊尹輔佐夏桀悔過遷善,自己可以繼續"北面而臣之"。顯然,楊氏以忠君之意,消解了王氏評論中以民爲本的權變思想。

其他,如曰"世之君子,其平居談道甚明,論議可聽,至其出立朝廷之上,則其行事多與所言相戾,至有圖王而實霸,行義而規利者"[11];"世儒所謂理財者,務爲聚斂;而所謂作人者,起其奔競好進之心而已"[12];"大抵今之説詩者,多以文害辭。非徒以文害辭也,又有甚者,分析字之偏傍,以取義理"[13],等等。或指摘王氏言行不符、圖王行霸,或批評新法淪爲聚斂之術,或譏諷《字説》支離解經。所指皆爲王安石,而不言其名,以"君子""世儒""世所謂某某才"代之。

以上修辭策略,也貫穿於楊時對王氏經注的批評:

> 或者曰:"'高明所以處己,中庸所以處人。'如此,則是聖賢所以自待者常過,而以其所賤者事君親也,而可乎?然則如之何?"曰:"高明即中庸也。高明者,中庸之體;中庸者,高明之用耳。高明,亦猶所謂至也。"

此處反駁王安石解《中庸》。"高明即中庸",指《中庸》的名言"極高明而道中庸":

> 故君子尊德性而道問學,致廣大而盡精微,極高明而道中庸。温故而知新,敦厚以崇禮。

孔穎達疏曰:

極高明而道中庸者,高明,謂天也。言賢人由學,極盡天之高明之德。道,通也,又能通達於中庸之理也。⑭

據孔疏,則"極高明"與"道中庸"均指聖人的道德修爲,既極高明之德,又通中庸之理。王安石早年注解《禮記》"子曰:中庸其至矣乎!民鮮能久矣"句,本來贊同中庸爲"德之至"。⑮嘉祐年間,他引用"極高明而道中庸"來注釋《洪範》"無偏無陂,遵王之義。……於帝其訓"句,有所改變:

卒曰"無反無側"者,及其成德也,以中庸應物,則要之使無反側而已。路,大道也。正直,中德也。始曰義,中曰道、曰路,卒曰正直,尊德性而道問學,致廣大而盡精微,極高明而道中庸之謂也。⑯

前二句意謂君王成就道德後,再以"中庸"的準則來應對外界人事。細繹上下文,"及其成德"即"極高明","正直,中德也"即"中庸",指中等之德。此時,"極高明"與"道中庸"已被區分爲前後兩階段,且有物我、高下之別。這種區分,至熙寧年間王氏父子訓釋《尚書》"王懋昭大德,建中於民,以義制事,以禮制心,垂裕後昆"五句時,被確定下來。夏僎評曰:

王氏乃謂:"'懋昭大德'所以極高明,高明所以處己;'建中'所以道中庸,中庸所以待人。"⑰

按此解釋,則君主修養德行與治理民衆,分別遵循"高明"與"中庸"兩種不同標準。

推敲王氏原意,"中庸所以待人"或即指"以中人爲制"。此語出自《禮記·表記》鄭玄注:

子曰:仁之難成久矣,人人失其所好,惟君子能之。是故君子不以其所能者病人,不以人之所不能者愧人。是故聖人之制行也,不制以己,使民有所勸勉愧耻,以行其言。注曰:"以中人爲制,則賢者勸勉,不及者愧耻,聖人之言乃行也。"⑱

鄭玄指出,聖人制定行爲準則時,不以自己爲標準,而以中人爲據。這樣制定出的準則,就容易推行下去。换言之,聖人以高標準要求自己,以中人標準要求他人。王安石借鑒鄭注,用以闡述政治原則:君主治理天下、制定政策時,當面向中人爲對象,而非具備高尚人性的君子、聖賢。人群中絶大部分都是中人,根據他們的欲望、需求、特點制定出的政策,容易貫徹實施。此即王安石以翰林學士越次入對時,鼓勵神宗爲政應當取法堯舜的重要理由。即,堯舜之治並不像世俗以爲的高不可及。相反,"堯、舜所爲,至簡而不煩,至要而

不迂,至易而不難";"聖人經世立法,以中人爲制也"[19]。早在《上仁宗皇帝言事書》中,王安石便闡述過這一政治原則:

> 先王以爲衆不可以力勝也,故制行不以己,而以中人爲制,所以因其欲而利道之,以爲中人之所能守,則其志可以行乎天下而推之後世。[20]

如此看來,王氏注釋"王懋昭大德,建中於民",或許引用了《中庸》"極高明而道中庸"的名言——"群經互解"之法,他一貫重視[21],闡述他的君主觀:君主應當先成就極高明的德行,成爲聖人;然後以普通人的標準、以"中德"(中等之德),來要求民衆或制定政策。或以賞罰驅之,或以利欲誘之,或以教育成之,等等。這雖然違背他之前"中庸之爲至德"的解釋,將"極高明"與"道中庸"斷爲二截,分别指向不同對象,却闡明自己的政治哲學,使經典焕發新意。

對此,程顥極爲不滿,曾駁斥道:

> "極高明而道中庸",非二事。中庸,天理也,天理固高明。不極乎高明,不足以道中庸,中庸乃高明之極。(原注:伯淳)[22]

這條語録缺乏語境,看似突兀,實則正針對王氏而言。程顥强調"極高明""道中庸"的同一性——二者均爲德性修養的至高境界,維護此句語序的連貫性。相比之下,楊時的批評沿襲其師,並惡意闡述王氏之説:

> 或者曰:"'高明所以處已,中庸所以處人。'如此,則是聖賢所以自待者常過,而以其所賤者事君親也,而可乎?"

王氏本謂以較低的標準來要求衆人,楊氏却解讀成"以其所賤者"侍奉君親,暗諷王氏侍奉君親不忠不孝。然"中庸所以待人",林之奇《尚書全解》卷十又引作"用人"[23],胡安國引爲"接物"[24]。異文足以顯示出,王氏所謂以中庸之道所"處"、所"用"之人,决非指"極高明"的聖賢君主。楊氏的曲解,可謂用心叵測,而又隱晦甚深。

二

徽宗宣和六年(1124),楊時憑蔡京父子的舉薦出任秘書郎。七年(1125),升著作郎,上殿面對時奏乞擱置熙豐、元祐之爭:

堯、舜曰"允執厥中",孟子曰"湯執中",《洪範》曰"皇建其有極",歷世聖人,由斯道也。熙寧之初,大臣文六藝之言以行其私,祖宗之法紛更殆盡。元祐繼之,盡復祖宗之舊,熙寧之法一切廢革。至紹聖、崇寧抑又甚焉,凡元祐之政事著在令甲,皆焚之以滅其跡。自是分爲二黨,縉紳之禍至今未殄。臣願明詔有司,條具祖宗之法,著爲綱目,有宜於今者舉而行之,當損益者損益之。元祐、熙豐姑置勿問,一趨於中而已。㉕

疏中對熙豐、元祐及紹聖、崇寧間的政事均提出批評,認爲幾十年的反覆,導致新舊兩黨相互傾軋,縉紳受禍。爲今之計,應當走出熙豐、元祐之爭,根據時勢損益祖宗之法,執行大中之政,以挽危局。此言不無見地。然而,靖康元年(1126),隨著金兵入侵、蔡京失勢,元祐黨禁解除,楊時的政治姿態突然轉變。二月十八日,時任國子祭酒的楊時上疏彈劾蔡京,乞罷王安石配享,並追奪王爵:

蔡京用事二十餘年,蠹國害民,幾危宗社,人所切齒。而論其罪者,莫知其所本也。蓋京以繼述神宗爲名,實挾王安石以圖身利,故推尊安石,加以王爵,配饗孔子廟庭。今日之禍,實安石有以啓之。

謹按,安石挾管、商之術,飾六藝以文奸言,變亂祖宗法度,當時司馬光已言其爲害當見於數十年之後,今日之事,若合符契。其著爲邪説,以塗學者耳目而敗壞其心術者,不可縷數,姑即一二事明之。昔神宗嘗稱美漢文惜百金以罷露臺,安石乃言:"陛下若能以堯、舜之道治天下,雖竭天下以自奉不爲過,守財之言非正理。"曾不知堯、舜茅茨土階,禹曰"克儉於家",則竭天下以自奉者,必非堯、舜之道。其後王黼以應奉花石之事,竭天下之力,號爲享上,實安石有以倡之也。其釋《鳧鷖》守成之詩,於末章則謂:"以道守成者,役使群衆,泰而不爲驕;宰制萬物,費而不爲侈,孰弊弊然以愛爲事?"《詩》之所言,正謂能持盈則神祇祖考安樂之,而無後艱爾。自古釋之者,未有泰而不爲驕、費而不爲侈之説也。安石獨倡爲此説,以啓人主之侈心。後蔡京輩輕費妄用,以侈靡爲事。安石邪説之害如此。

伏望追奪王爵,明詔中外,毁去配享之像,使邪説淫辭不爲學者之惑。㉖

疏中將蔡京蠹國害民的責任,追溯到王安石,認爲正是王氏變革祖宗法度、發起新法,纔導致今日面臨覆亡之禍。楊時進而指出,王黼以應奉花石綱爲名盤剥天下,蔡京等"輕費妄用,以侈靡爲事",皆因王安石倡導在前。他奏乞追奪王安石的王爵,毁去孔廟配享之像,並明詔中外,以正王氏之罪。

楊時此舉,不無投機之嫌。羅家祥分析道:

> 他既出於"荆舒之學",又受蔡京之薦,除了以極端言行痛詆王安石,進行反戈一擊、表示與蔡京劃清界限,别無良策劃歸"君子"之列。㉗

此疏上後,太學中一片譁然,"士之習王氏學取科第者已數十年,不復知其非,忽聞以爲邪説,議論紛然。諫官馮澥力主王氏,上疏詆時"㉘。楊時被罷祭酒之職。儘管如此,欽宗仍部分接受了楊時建議,王安石從孔廟配享降爲從祀。新學的官學地位,遭到撼動。㉙

之後,楊時傾全力撰寫《三經義辨》《神宗日録辨》《字説辨》等著作,並糾合其他洛學弟子,全面清剿新學。首先,抨擊王安石"力學而不知道",否認儒學傳承中王氏的正統地位:

> 朝廷議更科舉,遂廢王氏之學。往往前輩喜攻其非,然而真知其非者,或寡矣。某嘗謂王金陵力學而不知道,妄以私智曲説,瞽瞽學者耳目,天下共守之,非一日也。㉚
>
> 王氏末年溺於釋、老,又爲《字説》,此爲大戾。夫知道者,果且有大戾乎?且王氏奉佛,至舍其所居以爲佛寺,其徒有爲僧者,則作詩以獎就其志,若有羨而不及者。夫儒、佛不兩立久矣,此是則彼非,此非則彼是。又佛之去中國不知其幾千萬里,正孟子所謂"鴃舌之人"也。王氏乃不會其是非邪正,尊其人,師其道,是與陳良之徒無以異也,而謂知道者爲之乎?夫所貴乎知道者,謂其能别是非、審邪正也。如是非邪正無所分辨,則亦烏在其知道哉?然以其博極群書,某故謂其力學;溺於異端以從夷狄,某故謂其不知道。……以王氏之博物洽聞,某雖窮日夜之力以終身焉,不敢望其至也。若以知道如王氏而止,則某不敢與聞焉。㉛

楊時承認王安石博極群書,己所不能,但認爲王氏"不知道"。這沿襲二程對新學的整體評價,顯示出洛學門人對儒學正統的爭奪。不同的是,二程主要立足於心性儒學,批評王氏對儒道的認知停留在"對塔説相輪",缺乏主體的道德踐履。楊時則將王氏晚年奉佛,視爲他"不知道"的主要表現,㉜從而自比孟子,將王氏貶爲楊、墨、陳良等異端。在此之前,新學獨享官學之尊已有多年,王氏則配享孔廟,獲朝廷正式認可繼承儒家道統。㉝楊時瞅準欽宗即位後清理蔡京集團、廢除元祐黨禁的政治契機,毅然掀起反王的大旗,成爲兩宋之際清理新學的前驅。

楊時所謂"至舍其所居以爲佛寺",指元豐七年(1084)六月王安石大病癒後,將半山園舍爲佛寺,爲神宗延壽。所謂"其徒有爲僧者,則作詩以獎就其志,若有羨而不及者",指詩人俞澹欲出家爲僧,王氏爲其置辦祠部度牒。前者在宋代士人的日常生活中甚爲尋常,後者則堪稱文人雅事,黄庭堅即有詩詠之。㉞楊時居然將此視爲王安石"不會其是非邪正"溺於異端的罪證,誠可謂欲加之罪何患無辭。他列舉新學援佛入儒之例,如《字説》釋“空”字：

> 無土以爲穴，則空無相；無工以穴之，則空無作。無相無作，則空名不立。

楊時辨曰：

> 作、相之説，出於佛氏，吾儒無有也。佛之言曰：“空即無相，無相即無作。”則空之名不爲作、相而立也。工穴之爲空，是滅色明空，佛氏以爲斷空，非真空也。太空之空，豈工能穴之邪？色空，吾儒本無此説，其義於儒釋兩失之矣。㉟

王氏先將“空”字拆解爲“穴”“工”兩個偏旁，然後引用佛經中語，强調必須有工作穴，有所作爲，“空”字方能成立，故曰“無相無作，則空名不立”。這符合王氏一貫强調的利用禮樂刑政等各種制度，來行有爲之政的思想。只是佛教中，“作”指因緣聚合，“相”謂現象，“作”是“相”成立的原因(因)和輔助條件(緣)。“空”則指萬物因緣湊合而成，缺乏自性。“作”“相”是暫時的、相對的，而“空”則是永恒的、絶對超越的。王氏强調“無相無作，則空名不立”，將“作”“相”與“空”錯誤地理解爲相互依存的對等關係，並不符合佛教的原義。楊氏指出，王氏所言，即爲佛氏中的斷滅空：“斷滅空者，滅色明空。如穿井除土出空，要須滅色也。”㊱這並非即色即空的真空。同時，儒家中並没有“色空”之類術語，故王氏的解釋“於儒釋兩失之”。㊲

的確，王安石援佛入儒時，對一些佛教概念、教義的運用存在着誤讀。㊳可楊時本人同樣氾濫佛教，受其影響不謂不深。南宋黄震評論道：

> 龜山氣象和平，議論醇正，説經旨極切，論人物極嚴，可以垂訓萬世。使不間流於異端，豈不誠醇儒哉！乃不料其晚年竟溺於佛氏。如云：“總老言：‘經中説十識，第八庵摩羅識，唐言白淨無垢；第九阿賴耶識，唐言善惡種子。’白淨無垢，即孟子之言性善。”又云：“龐居士謂‘神通並妙用，運水與搬柴’，此即堯、舜之道在行止疾徐間。”又云：“《圓覺經》言作、止、任、滅是四病。作即所謂助長，止即所謂不耘苗，任、滅即是無事。”又云：“謂‘形色爲天性’，亦猶所謂‘色即是空’。”又云：“《維摩經》云‘真心是道場’，儒佛至此，實無二理。”……如此數則，可駭可歎。㊴

楊時認爲，自性清淨的庵摩羅識(佛性)即孟子之性善；作、止、任、滅四病即《孟子》中“助長”“不耘苗”“行所無事”；《孟子》中“形色爲天性”猶“色即是空”。這種術語間的機械格義，表明他援佛入儒、調和儒釋的程度，較之王氏有過之而無不及。“流於異端”“溺於佛氏”，黄震倒不算苛評。㊵可見，楊時批評王氏晚年溺於佛教，不過五十步笑百步，實乃一種攻擊的策略,以此將新學"異端化"。

其次,撰《神宗日録辨》《王氏字説辨》《三經義辨》,全面批駁王氏新學的經典著述。楊時被罷國子祭酒後,考慮到新學傳習已久,難以僅憑政治之力徹底清除,於是致力撰寫以上三書,試圖對新學釜底抽薪:

> 荆公黜王爵,罷配享,謂其所論多邪説,取怨於徒多矣。此《三經義辨》蓋不得已也。如《日録》《字説》亦有少論著。然此事不易爲,更須朋友參訂之也也。粗已成書,更俟審詳脱稿,即繕附去也。[41]
>
> 近因閲《三經義》,見有害理處,略爲之著論,以正王氏之失。蓋嘗論之於朝,去其王爵,罷配享,後生晚學,未必知其非也,姑欲終此一事。書成,未脱稿。[42]

《神宗日録辨》主要就王安石《日録》中的若干議論及新法進行批駁。如熙寧三年(1070)三月五日,孫覺等上疏言青苗法稱貸取利,乞罷制置三司條例司及青苗法。王安石於神宗面前據理力爭:"覺言今法則以爲掊利,言周公之法則以爲欲民勤生節用,不妄稱貸。若説今法之意如説周法,則今法何由致人異論? ……此可謂私憂過計也。"對此,楊時反駁道:

> 今兼併之家能以其資困細民者,初非能抑勒使之稱貸也,皆其自願耳。然而其求之艱,其出息重,非迫於其急不得已,則人孰肯貸也? 今比户之民概與之,豈盡迫於其急不得已哉? 細民無遠慮,率多願貸者,以其易得而息輕故也。以易貸之金資不急之用,至期而無以償,則荷校束手爲囚虜矣。乃復舉貸於兼併之家,出倍稱之息以還償官逋。明年復貸於官,以還私債,歲歲轉易無窮已也。欲摧兼併,其實助之。興利之源,蓋自兹始。而莘老之比作俑者,亦不爲過論也。余以爲青苗利害,不在願與不願,正在官司以輕息誘致之也。孟子曰:"徒善不足以爲政,徒法不能以自行。"青苗其意乃在取息而已。行周公之法而無仁心仁聞,是謂"徒法"。然則周公法、今法,安得不爲異?[43]

楊時比較兼併之家出貸與官府出貸的區别。他指出,官府以輕息出貸,會引誘民户輕率舉貸;及逾期難還,再舉貸於兼併之家以還官貸,從而陷於以貸還債的惡性循環。官府出臺青苗法,本欲摧抑兼併,最終却助長兼併。青苗法的弊端,不在於民户是否自願,而在於官府推行此法的原意,本爲逐利取息。由此,他從批判法度的具體弊端,轉向推行法度的動機——無仁心仁聞,進而將弊端根源追溯至王氏新學:

> 古人修身齊家治國平天下,本於誠吾意而已,《詩》《書》所言,莫非明此者,但人自信不及,故無其效。聖人知其效必本於此,是以必由也。……觀王氏之學,蓋未造乎

此。其治天下,專講求法度。如彼修身之潔,宜足以化民矣,然卒不逮王文正、吕晦叔、司馬君實諸人者,以其所爲無誠意故也。明道嘗曰:"有《關雎》《麟趾》之意,然後可以行《周官》之法度。"蓋深達乎此。……然則法度雖不可廢,豈所宜先?[44]

"有《關雎》《麟趾》之意,然後可以行《周官》之法度。"程顥即如此批評王安石及新法。《關雎》《麟趾》是《詩經·周南》中首尾兩篇,《詩序》以爲《關雎》言周公之化,《麟趾》爲"《關雎》之應"。"《關雎》《麟趾》之意",即周公治理天下的用心、意圖。程顥之言語焉不詳,楊時則將此闡述爲《中庸》的"誠"。他認爲,王安石本人雖修身純潔,治理天下却缺乏誠意。王氏之學則專講求法度,忽略治國之法應當以正心誠意爲前提。誠,即至誠惻怛、仁民愛物之意。[45]王氏治理天下,只講求法度,忽略德性修養,從而使得各項新法由於執行者缺乏仁愛之意,淪爲剥民之政。追根究底,即王氏錯誤理解"誠"的内涵。《神宗日録辨》載:

上(神宗)因問:"誠則明矣,明則誠矣,何謂也?"余(王安石)曰:"能不以外物累其心者,誠也。誠則於物無所蔽;於物無所蔽,則明矣。能學先王之道以解其心之蔽者,明也。明則外物不能累其心,外物不能累其心,則誠矣。人之所以不明者,以其有利欲以昏之。如能不爲利欲所昏,則未有不明也。明者,性之所有也。"

誠者,天之道也,非外物不能累其心者所能盡也。告子之不動心,豈利欲能昏之哉?然而未嘗知義也。未嘗知義,非明也。然則所謂明者,非物格知至,烏足與此哉!荆公自謂能不以外物累其心,故其言每以是爲至。蓋以其未嘗知天道故也。[46]

"誠則明矣,明則誠矣"出自《禮記·中庸》。《中庸》在北宋特爲帝王所重,真宗、仁宗均視爲帝王心術、治國大法。神宗拈出這兩句相詢,洵非偶然。王安石回復道,"誠"指事過境遷、不以外物爲悲喜的一種灑脱的心靈境界。"明"則指本性中的一種心理能力,平時受到外界利欲的昏蔽;若能學習先王之道,袪除利欲的誘惑,便能恢復"明"的本能,不受外在遮蔽。楊時不以爲然。他指出,所謂的"明",必須要經由格物至知的功夫纔能獲得。又《孟子》曰:"誠者,天之道也;思誠者,人之道也。"[47]"外物不能累其心",僅指後者而言,尚非天之道。由於王安石割裂天人,故於"誠"的工夫與境界,理解均有偏差不足。新法之所以淪爲殘民的弊法,此爲根本原因。

《三經義辨》《字説辨》專門指摘王安石解經釋字中的錯誤。二書久佚,其説猶存十之一二。[48]今略加徵引,以窺一斑。如《周禮·天官》"以八則治都鄙。……六曰禮俗,以馭其民。"俗即禮,指長期形成的禮節,故鄭注曰:"禮俗,昏姻喪紀,舊所行也。"賈疏曰:"六曰禮俗以馭其民者,俗謂昏姻之禮,舊所常行者爲俗,還使民依行,使之入善,故云以馭其民。"[49]王安石注曰:

> 禮則上之所以制民也,俗則上之所以因乎民也。無所制乎民,則政廢而家殊俗;無所因乎民,則民偷而禮不行,故馭其民當以禮俗也。[50]

王氏將"禮俗"一分爲二,釋爲兩種不同的統治方式。君主用禮來制約民衆的性情,具有强制性;用俗來順應民衆的性情,具有趨應性,二者並用以馭民。楊時不以爲然:

> 五方之民皆有性也,其安居、和味、宜服、利用、備器,不可推移。先王修禮以節其性,因之以達其志、通其欲,爲之節文,道之使成俗也。以是馭之,故無殊俗。離而二之,則非矣。[51]

楊氏認爲,民衆皆有内在相同的本性,體現在飲食、起居、利用等各方面,不可改變。先王制禮來節制這種本性,使其暢達通順,長期以往便成爲人們共同遵守的社會習俗。俗,是制禮以節性的表現。將二者分析爲兩種並列的統治方式,並不正確。

《詩經·周南·桃夭》表彰后妃之德,《小序》認爲:"桃夭,后妃之所致也。不妬忌,則男女以正,婚姻以時,國無鰥民也。"[52]《詩經新義》釋曰:

> 禮義明,則上下不亂,故男女以正;政事治,則財用不乏,故婚姻以時。[53]

二者比較,《新義》未否定《小序》之旨,却格外强調男女以正、婚姻以時緣自禮義、政事、財用之功,由此將詮釋重點,由内在之德轉向外在客觀的禮儀制度。婚姻必須彩禮。《新義》由此牽扯出"財用不乏"之義,雖在《桃夭》文本中並無跡象,亦勉强可通,體現出新學重視制度、理財之旨。楊時反駁道:

> 蓋男女以正,婚姻以時,此乃是不妒忌之所致,非緣政事之治也。后妃能躬行於上,則周南之國皆聞風而化。故《周官》媒氏會男女之無夫家者,此乃政事然也。越王之時,女十五而嫁、男二十而娶者,此亦政事然也。惟其出於風化,故有不待政令而人樂從之矣。[54]

楊氏恪守《小序》,認爲桃夭之盛,乃后妃之德所致,非政事命令使然。他之所以如此嚴格區分二者,反映出洛學與新學以制度治理天下、以道德風化天下的分歧。

《字説》是王安石晚年最重要的著述,徽宗朝流行於科場中,影響廣泛。楊時意識到此書在新學中的地位,直斥其非:"某觀王氏之學,其精微要妙之義,多在《字説》。"[55]"故王氏末年溺於釋、老,又爲《字説》,此爲大戾。"[56]《字説辨》收集《字説》中二十幾個字詞,予以批判。如"同"字,《字説》曰:

"彼亦一是非也,此亦一是非也",物之所以不同。冂一口,則是非同矣。

楊時辨曰:

"此亦一是非,彼亦一是非",非冂其一口所能同也。"防民之口,甚於防川",川壅必潰矣,何同之有?"唯君子爲能通天下之志",乃能同也。同、異之名,不爲是非而有也。如樂統同,禮辨異,同姓異姓之類,何是非之有?[57]

王氏將"同"字拆分爲冂、一、口三個字元,然後引用《莊子·齊物論》名言,來説明萬物之不同,皆因是非紛紜缺乏統一的價值標準;繼而將冂、一、口的意義拼湊起來,解釋"同"的意義便是統一衆口、杜絶異議。楊氏反駁道,這種解釋類似於防民之口。價值標準之"同",只有溝通、通達天下人的情志纔能實現,强行禁止則難以做到。另外,同與異之名並不依賴是非價值觀而存在。

又如"忠"字,《字説》曰:

有中心,有外心。所謂忠者,中心也。

楊時辨曰:

心無中外。以忠爲中心,無是理也。《禮器》曰:禮,"以多爲貴者",以其外心也;"以少爲貴者",以其内心也。蓋用心之有内外耳,非心有内外也。[58]

王氏將"忠"字拆爲中、心兩個字元,指出心有中、外之分,"忠"字即中心。這强調"忠"之品行發自内心之意。楊氏則指出,心作爲思維器官,並不分中外,而僅有用心於内、用心於外之别。"以忠爲中心",不通。

由上可見,楊時指摘《字説》,主要集中於它對每個偏旁的意義理解不當,從而導致錯誤解讀文字的意義。比如"籠"字,本爲形聲字,"龍"字表音無義。《字説》則曰:"從竹從龍。内虚而有節,所以籠物。雖若龍者,亦可籠焉。"楊時辨曰:"龍非可籠之物也。"[59]這種批駁,不同於南宋後學者(如朱熹)普遍批評《字説》不曉"六書",專以會意之法來解釋形聲、象形等漢字,其實仍然沿襲《字説》之弊。朱熹指出:

《周禮》"六書",制字固有從形者,然爲義各不同,却如何必欲説義理得!龜山有辯荆公《字説》三十餘字。荆公《字説》,其説多矣,止辯三十字,何益哉?又不去頂門上下一轉語,而隨其後屑屑與之辯。使其説轉,則吾之説不行矣。[60]

楊時不曉得《字説》的根本錯誤,出於解字方法不當,却只糾纏每個字元的意義;且辨析之字僅有三十餘個,意義不大。這也表明,楊時雖批判新學,其實並未完全擺脱早年所受新學影響。[61]另外,他指責王安石解"空"字援佛入儒、溺於異端,可批駁分辨時,同樣蹈其覆轍。如"天、示"二字,《字説》曰:

> 一而大者,天也;二而小者,示也。天得一而大,地得一而小。

楊時引入道教"四大"概念——道、天、地、人,辨曰:"夫域中有四大,而地居一焉,何小之有?"[62]佛、老均爲儒家勁敵,何以王氏援佛便淪爲異端,而楊時引道却自居正統?以五十步笑百步,道學家之强詞奪理詭僻不通,往往類此。

《三經義辨》多不中理,發明甚少,經學價值不高,流傳有限。傳統以爲,"二書(《三經義辨》、王居正《三經辨學》)既行,天下遂不復言王氏學"[63],未免誇張其辭。朱學博考察此書的版本流傳,認爲它"對王學的打擊有限"[64]。儘管如此,《三經義辨》畢竟獲得高宗認可,爲紹興前期的反王運動提供學術資源:

> 上曰:"楊時之學,能宗孔孟,其《三經義辨》甚當理。"[65]

此書撰寫過程中,"楊時藉此聚集了一批學者力反王氏新學,使新學的生存及傳播環境更加惡化"[66]。《三經義辨》作爲一根特殊的政治紐帶,將志同道合的程學傳人凝聚到楊時周圍,匯成南宋初期聲勢浩大的清理新學浪潮。

三

綜上所述,楊時遵循程顥、程頤的基調,將新學納入程學獨特的天人合一、萬物一體的心性視域中,予以激烈批判。[67]宋代的制度儒學與心性儒學兩派的分歧,得以全面呈現。由於徽宗朝曾歷任州縣地方官,親身接觸過新法執行過程中的種種弊端,真切體驗到徽宗、蔡京集團以新學爲意識形態幌子、厲行黨錮學禁的殘酷政治生態;再兼以欲遮掩曾受蔡京推薦而升遷的尷尬,楊時較之二程更爲變本加厲地批判新學。他不僅系統批判新學的代表作《三經新義》,即便二程認可的《易解》,也斥爲"只是理會文義,未必心通"、"不濟事"[68]。至於《字説》,二程原本未置可否,他却百般挑剔,詆爲異端邪説。王氏新學,幾乎遭他全盤否定。

適逢兩宋之際的政治巨變,楊時挺身而出,將徽宗、蔡京集團禍國殃民的責任,歸咎到王安石及新學,動摇了新學的官學地位,王安石從孔廟配享降爲從祀。南渡以後,他的批判迎合了高宗"最愛元祐"的政治導向,以及朝野上下將王安石視爲北宋滅亡罪魁禍首的社會心理,産生廣泛的社會影響。[69]他登高一呼,陳淵、王居正、胡安國、廖剛、朱震等洛學傳人相繼批判新學,形成一股强大的"反王"思想潮流。從此後,程學的聲勢逐漸勝過新學。在新學與程學此消彼長的競爭中,楊時是一個重要的轉捩點,故朱熹讚揚道:"嘗歷考一時諸賢之論以求至當,則唯龜山楊氏指其離内外,判心跡,使道常無用於天下,而經世之務皆私智之鑿者,最爲近之。"[70]

楊時對王氏新學的批評,具有較深的學理基礎,能够剖抉到新學的理論核心之弊。他繼承二程,於新學之外提出另外一種儒學模式,爲士人開闢出一條通往崇高精神世界的修德之路——通過格物致知、正心誠意的心性修養,改變氣質,實現個體的道德完善。北宋後期,他們的學説逐漸産生廣泛影響。許多士人就是在新學炙手可熱、元祐學術之禁異常嚴峻時,改師程學。如朱熹的老師劉勉之:

> 時蔡京用事,方禁士毋得挾元祐書,制師生收司連坐法,犯者罪至於流徙。名爲一道德者,而寔以鉗天下之口。先生心獨知其非是,陰訪河洛程氏之傳,得其書藏去。深夜,同舍生皆熟寐,乃始探篋解帙,下帷然膏,潛抄而默誦之。聞涪陵譙公天授嘗從程夫子游,兼邃《易》學,適以事至京師,即往扣焉,盡得其學之本末。既而遂厭科舉之業,一日,棄録牒,揖諸生而歸。[71]

"科舉之業",即研習新學。曾幾何時,"一道德同風俗"的政治文化理想,已經蜕變爲徽宗、蔡京集團鉗制異論、打擊元祐黨人的專制手段。懷揣真誠的學術理想、以追求儒學真諦爲目標的一些士人,如劉逸之,毅然放棄新學轉習程學。

另有一些士人爲應科舉,不得不修習新學,可内心自有真正的學術取捨。據胡寅自述:

> 某年十六七(政和年間),見先君書案上有河南語録、上蔡謝公、龜山楊公《論語解》,間竊窺之,乃異乎塾之業。一日,請諸塾師,曰:"河南、楊、謝所説,與王氏父子誰賢?"塾師曰:"彼不利於應科舉爾。將趨舍選,則當遵王氏。"[72]

王安石父子與程頤、楊時、謝良佐等,皆曾爲《論語》作注解,前者流行三舍之中。塾師很清楚,"遵王氏"只是應科舉、升三舍的權宜之計,並不意味着前者的學術價值高過後者。實際上,由於缺乏真誠的信仰,很多士人憑新學入仕後往往入室操戈,反攻新學。如欽宗朝少宰吴敏:

> 吴元中丞相在辟雍,試經義五篇,盡用《字説》,援據精博。蔡京爲進呈,特免省赴廷試,以爲學《字説》之勸。及作相,上章乞復《春秋》科,反攻王氏。[73]

以攻擊蔡京得名、與陳瓘並稱“二陳”的陳師錫，則坦言道：

吾輩在學校時，應舉覓官，析字談經，務求合於有司，不得不從其説。至於立朝行已，則是是非非，烏可私也？[74]

新學只是應試的工具而已，入仕後無論政事、學術，均不應據以爲準。

新學與程學的消長趨勢，徽宗政、宣年間已經初露端倪。陳瓘《責沈文貽知默侄》曰：

予元豐乙丑夏，爲禮部貢院點檢官，適與校書郎范公醇夫同舍。公嘗論顔子之不遷不貳，惟伯淳有之。予問公曰：“伯淳誰也？”公默然久之，曰：“不知有程伯淳耶？”予謝曰：“生長東南，實未知也。”時予年二十有九矣。[75]

陳瓘字瑩中，福建南劍州沙縣人，《宋史》卷三百四十五有傳。元豐二年（1079），陳瓘以新學應舉，高中進士甲科第二名，調湖州掌書記、簽書越州判官。元豐五年（1082），他在京城任禮部貢院點檢官，居然從未聽聞程顥之名。可見，其時程學的影響微乎其微，遠遠不能望新學之項背。然而至政和三年（1113），早年服膺新學、奉王安石爲聖人的陳瓘，當致書侄孫陳淵傳授治學心得時，已通過楊時之言領悟到程學之奥。他鼓勵陳淵，善始善終，恪守師學，“漸之能謀其始，而篤之使有成”[76]。另據朱弁《曲洧舊聞》卷三載：

崇寧以來，非王氏經術皆禁止，而士人罕言。其學者號伊川學，往往自相傳道。舉子之得第者，亦有棄所學而從之者，建安尤盛。[77]

嚴酷的黨錮學禁未能阻止程學的傳播。徽宗末年，至少福建一路，程學已奠立起牢固的社會根基，爲地方士人接受。[78]這爲南渡後洛學的崛起，創造了有力的條件。

從長時段來看，楊時對新學的批評，意義深遠。本來，新學與程學分别代表宋代儒學復興中兩種不同的思想趨向。新學重視官僚制度體系的改革，而程學更加强調士人的心性修養，將個體德性的完善視爲社會秩序的基礎。楊時系統性地批判新學，凸顯出二者的本質分歧。新學關於天道、人性、聖賢人格等諸多論述，本來以制度爲指向，却被强行納入理學以成德爲目標的話語模式中比較。隨着南渡後理學崛起，理學話語逐漸成爲思想史的主流範式，新學獨特的問題意識、思想語境被湮没。於是，以理學爲主體的思想史建構中，新學的獨立性被取消，淪爲被理學超越的對象——理學代表了儒學内聖外王的最高階段；新學雖有外王的制度建構，却因心性方面的不足，淪爲宋代儒學演進中一個尚未完全成熟的環節。

（作者單位：華東師範大學中文系古籍研究所）

---

① 夏長樸《介父之學,大抵支離——二程論王安石新學》,《王安石新學探微》,大安出版社,2015年,第209—150頁。

② 吴曾撰、劉宇整理《能改齋漫録》卷一二,戴建國主編《全宋筆記》第五編第4册,大象出版社,2019年,第96頁。

③《宋史》卷三七六《陳淵傳》:"楊時始宗安石,後得程顥師之。"中華書局,1977年,第11630頁。

④ 黎德靖編:《朱子語類》卷一三〇,中華書局,1986年,第3099頁。

⑤ 夏長樸稱楊時是一個"徹頭徹尾的反王學者"。《安石力學而不知道——楊時論王安石新學》,《王安石新學探微》,第255頁,他將楊時的批判,歸納爲四點:力學不知道;支離;心跡常判而爲二;不知事君道理;論聖人不妥。第259—292頁。其他相關研究,可見彭國翔《楊時三經義辨考論》,《近世儒學史的辯正與鉤沉》,中華書局,2015年。土田健次郎著、朱剛譯《道學之形成》,上海古籍出版社,2000年,第420—450頁。

⑥《河南程氏遺書》卷二上,王孝魚點校《二程集》,中華書局,2004年,第28頁。

⑦ 楊時撰、林海權整理《楊時集》卷一〇,中華書局,2018年,第244—245頁。

⑧ 夏長樸有更詳盡分析。他認爲此條"應是楊時評王最著力也最有見解的部份,徹底指出了王安石理論上的弱點。"《安石力學而不知道——楊時論王安石新學》,《王安石新學探微》,第299頁。

⑨《楊時集》卷一〇,第246頁。

⑩ 魏泰撰、李裕民點校《東軒筆録》卷九,中華書局,1983年,第99頁。

⑪《楊時集》卷一〇,第261頁。

⑫ 同上書,第263頁。

⑬ 同上書,第272頁。

⑭ 鄭玄注,孔穎達疏《禮記正義》卷五,《十三經注疏》,中華書局,1980年,第3546頁。

⑮《禮記集説》卷一二五:"臨川王氏曰:孔子歎此中庸爲德之至,而當時之人鮮能久之。語亦曰:'中庸之德至矣乎,民鮮久矣。'蓋孔氏重傷政化已絶,天下之人執乎一偏,中庸之道所以不能行也。"《王安石全集》第1册,復旦大學出版社,2016年,第176頁。

⑯ 王安石著、劉成國點校《王安石文集》卷六五《洪範傳》,中華書局,2020年,第1132頁。

⑰ 夏僎《尚書評解》卷一〇,清武英殿聚珍版叢書本。

⑱《禮記正義》卷五,《十三經注疏》,第3560頁。

⑲ 王稱撰,孫言誠、崔國光點校《東都事略》卷七九《王安石傳》,齊魯書社,2000年,第2275頁。

⑳《王安石文集》卷三九《上仁宗皇帝言事書》,第649頁。張呈忠十分重視"以中人爲制",認爲這是王安石政治思想的人性基點。詳細闡述,可見《"以中人爲制"——王安石政治思想的人性基點與制度理念》,《政治思想史》2017年第4期。

㉑《王安石文集》卷七四《答吴孝宗書》,第1295頁。

㉒《河南程氏外書》卷三,《二程集》,第367頁。

㉓ 林之奇《尚書全解》卷一〇,影印文淵閣四庫全書本。

㉔ 胡寅撰、容肇祖點校《斐然集》卷二五《先公行狀》,中華書局,1993年,第554頁。

㉕《宋史》卷四二八《楊時傳》,第12739頁。

㉖ 同上書,第12741—12742頁。

㉗ 羅家祥:《楊時與兩宋之際的王氏新學》,《宋代政治與學術論稿》,華夏文化藝術出版社,2008年,第76頁。清代蔡上翔指出,楊時"不攻蔡京而攻荆公,則感京之恩,畏京之勢,而欺荆公已死者爲易與,故舍時政而

追往事耳”。《王荆公年譜考略》卷二四,《王安石年譜三種》,中華書局,1994 年,第 585 頁。

㉘《宋史》卷四二八《楊時傳》,第 12742 頁。

㉙ 夏長樸將楊時此舉視爲“程頤批評王學以來,道學家在行動上的首次勝利”。《安石力學而不知道——楊時論王安石新學》,《王安石新學探微》,第 256 頁。

㉚《楊時集》卷一七《與吴國華》,第 467 頁。

㉛《楊時集》卷一七《答吴國華書》,第 470—471 頁。

㉜ 二程認爲:“今異教之害,道家之説則更没可辟,惟釋氏之説衍漫迷溺至深。……然在今日,釋氏却未消理會,大患者却是介甫之學。”《河南程氏遺書》卷二上,《二程集》,第 38 頁。

㉝《宋大詔令集》卷一五六《故荆國王安石配饗孔子廟廷詔》:“天降大任,以興斯文,孟軻以來,一人而已。”中華書局,1962 年,第 584 頁。

㉞ 劉成國著《王安石年譜長編》卷七,中華書局,2018 年,第 2132 頁。

㉟《楊時集》卷七《王氏字説辨》,第 143 頁。

㊱ 宗密《注華嚴法界觀門・真空觀》,石峻等編《中國佛教思想資料選編・隋唐五代卷》,中華書局,2014 年,第 396 頁。

㊲ 此承成瑋兄賜教,謹此致謝!

㊳ 黄庭堅《山谷集》卷三〇《跋王荆公禪簡》:“荆公學佛,所謂吾以爲龍又無角,吾以爲蛇又有足者也。”

㊴ 黄宗羲著、全祖望補,陳金生、梁運華點校《宋元學案》卷二五,中華書局,1986 年,第 951 頁。

㊵ 朱熹即多有批評。《朱子語類》卷一〇一:“游、楊、謝三君子初皆學禪,後來餘習猶在。”(第 2556 頁)“龜山佛氏之説多。”(第 2558 頁)

㊶《楊時集》卷二〇《與胡康侯書》其一〇,第 553 頁。

㊷《楊時集》卷二〇《與胡康侯書》其一一,第 554 頁。

㊸《楊時集》卷六《王氏神宗日録辨》,第 120—121 頁。

㊹《楊時集》卷一一,第 309—310 頁。

㊺ 馮友蘭指出:“二程所謂《關雎》《麟趾》之意,就是至誠惻怛之心。”《中國哲學史新編》下卷,人民出版社,2001 年,第 96 頁。《河南程氏外書》卷一一:“或問:‘貞觀之治,不幾三代之盛乎?’曰:‘《關雎》《麟趾》之意安在?’”《二程集》,第 411 頁。

㊻《楊時集》卷六,第 113 頁。

㊼《孟子注疏》卷七,《十三經注疏》,第 5919 頁。

㊽ 程元敏《三經新義輯考匯評》輯有若干條。又可見朱學博《楊時〈三經義辨〉輯考》,《古籍整理與研究學刊》2007 年第 5 期。

㊾ 鄭玄注,賈公彦疏《周禮注疏》卷二,《十三經注疏》,第 1390 頁。

㊿《三經新義輯考匯評——周禮》卷一,《王安石全集》第 2 册,第 49—50 頁。

(51) 陳友仁《周禮集説》卷二,明刻本。

(52) 毛亨傳、鄭玄箋、孔穎達疏《毛詩正義》卷一,《十三經注疏》,第 586 頁。

(53)《三經新義輯考匯評——詩經》,第 15 頁。

(54) 同上。

(55)《楊時集》卷一七《答吴國華》,第 471 頁。

(56) 同上書,第 470 頁。

(57)《楊時集》卷七《王氏字説辨》,第 145 頁。

(58) 同上書,第 147 頁。

⑲ 同上書,第 150 頁。

⑳《朱子語類》卷八六,第 2222 頁。

㉑ 朱學博指出,《三經義辨》"也有受王學浸染之痕跡"。《楊時〈三經義辨〉新考———兼論其對王安石〈三經新義〉駁正》,《孔子研究》2017 年第 6 期。

㉒《楊時集》卷七《王氏字説辨》,第 151 頁。

㉓《宋史》卷三八一《王居正傳》,第 11737 頁。

㉔《楊時〈三經義辨〉新考———兼論其對王安石〈三經新義〉駁正》。《三經義辨》版本流傳,可見彭國翔《楊時三經義辨考論》,《近世儒學史的辯正與鉤沉》,中華書局,2015 年,第 1—22 頁。

㉕《宋史》卷三七六《陳淵傳》,第 11630 頁。

㉖ 羅家祥《楊時與兩宋之際的王氏新學》,《宋代政治與學術論稿》,第 87 頁。

㉗ 土田健次郎指出,楊時"從程學的立場出發,成就了對王學的全面批判"。土田健次郎著、朱剛譯《道學之形成》,第 444 頁。

㉘《楊時集》卷一三,第 380 頁。

㉙ 羅家祥指出:"楊時的詭激言行成爲政治資本,受到了急於收攬人心的宋高宗的垂青和重用。"《楊時與兩宋之際的王氏新學》,《宋代政治與學術論稿》,第 82 頁

㉚《晦庵先生朱文公文集》卷七〇《讀兩陳諫議遺墨》,朱傑人等點校《朱子全書》第 23 册,上海古籍出版社,2002 年,第 3384 頁。

㉛《晦庵先生朱文公文集》卷九〇《聘士劉公先生墓表》,《朱子全書》第 24 册,第 4191 頁。

㉜《斐然集》卷一九《魯語詳説序》,第 403 頁。

㉝ 陸游著,李劍雄、劉德權點校《老學庵筆記》卷四,中華書局,1979 年,第 45 頁。

㉞ 陳師錫《與陳瑩中書》,《宋文鑒》卷一二〇,中華書局,1992 年,第 1672 頁。

㉟ 陳瓘《責沈文貽知默侄》,《宋文鑒》卷一二七,第 1783 頁。此信的思想史意義,王建生有詳盡分析。《北宋晚期理學傳承剪影》,《集美大學學報(哲社版)》2019 年第 2 期。

㊱《宋文鑒》卷一二七,第 1783 頁。

㊲ 朱弁撰、孔凡禮點校《曲洧舊聞》卷三,中華書局,2002 年,第 123 頁。

㊳ 政和四年(1114),吕本中賦《别後寄舍弟三十韻》曰:"惟昔交朋聚,相期文字盟。筆頭傳活法,胸次即圓成。……莫以東南路,而無伊洛聲。"可見程學自相傳授的狀況。韓酉山校注《吕本中詩集校注》卷六,中華書局,2017 年,第 468 頁。

陸游晚年復出修史評議

朱迎平

南宋寧宗嘉泰二年(1202)六月,七十八歲高齡的陸游應召復出,赴京修史。此時,他返鄉退居已十二年,正式致仕也已三年。這在陸游平靜的晚年生活中掀起了一陣波瀾,也成爲影響他終身命運的一件大事。本文擬梳理陸游復出修史始末,探析其中緣由,並評議其對陸游人生的影響。

一、復出修史始末

《宋史》陸游本傳載:"嘉泰二年,以孝宗、光宗《兩朝實録》及《三朝史》未就,詔游權同修國史、實録院同修撰,免奉朝請。"①《南宋館閣續録》卷九:"(實録院同修撰)陸游(嘉泰)二年五月以直華文閣提舉佑神觀權。"又:"(同修國史)陸游二年五月以直華文閣提舉佑神觀權。"②《建炎以來朝野雜記》甲集卷四"孝宗光宗實録":"嘉泰二年,詔寶文閣學士傅伯壽、直華文閣陸游同修,蓋專以委之。先是,和州布衣龔敦頤者,元祐黨人原之曾孫也……淳熙末,洪景盧領史院奏官之。後避光宗名,改頤正。朝廷以其有史學,嘉泰元年七月,賜出身,除實録院檢討官,蓋付以史事。未幾,而頤正卒,乃外召傅、陸還朝。"③這幾則記載將陸游復出修史的前因後果基本交代清楚:孝宗、光宗兩朝《實録》在嘉泰元年七月由實録院檢討官龔頤正負責修撰,但"未幾而頤正卒",故朝廷於次年五月詔傅伯壽、陸游繼續專任修史。傅伯壽時任寶文閣學士,陸游已致仕,故爲復出,以直華文閣原職提舉佑神觀,兼實録院同修撰、兼同修國史的身份入職,並免奉朝請。

《劍南詩稿》卷五三載有陸游修史完成返鄉之時所作《予以壬戌六月十四日入都門癸亥五月十四日去國而中有閏月蓋相距正一年矣慨然有賦》詩一首,詩題準確載録了陸游入都修史和出都返鄉的日期,前後恰是一年整。陸游這一年中的行跡,少有其他記載,主要留存在其所作的詩文之中。考《劍南詩稿》卷五一《入都》詩起至卷五三《出城》詩止,陸游所作詩篇共二百一十二首;又《渭南文集》中明確作於這一年中的文章有三十二篇,包括賀表、謝表、功德疏九篇,奏劄、奏狀四篇,賀啓、謝啓五篇,序跋十二篇,記二篇,主要是與朝廷及同僚間的應對之作。以下主要依據這些詩文作品梳理陸游在復出修史期間的行跡和思想。

陸游在《入都》詩中云:“葵莧登盤酒可賒,豈知扶病又離家。朝行打岸濤頭惡,夜宿垂天斗柄斜。不恨山林淹歲月,但悲道路困風沙。鄰翁好爲看耕隴,行矣東歸一笑嘩。”④詩中表現的是路途的艱辛和對前程的迷惘,並自嘲了未來“東歸”時的情景。緊接着的《開局》詩云:“八十年光敢自期,鏡中久已鬢成絲。誰令歸踏京塵路,又見新開史局時。(自注:予三作史官,皆初開局)舊吏僅存多不識,殘編重對只成悲。免朝愈覺君恩厚,閑看中庭木影移。”⑤詩篇主要抒寫自己“三作史官”的感慨和年近八十“重對殘編”的傷感。由此,陸游在京城六官宅開始了他的修史生涯。

寧宗於慶元初登基時,陸游已奉祠家居。此次進京,是與這位新皇帝首次交集,陸游雖然歷仕三朝,資歷頗老,但應對得仍十分小心謹慎。開局之初,陸游即呈上《除修史上殿劄子》。奏劄總結北宋真宗時撰修《太宗實録》和《太祖實録》的經驗,指出“當時命令重,刑賞必,尊君體國之俗成”,因而從朝廷到郡國,各種資料“重編累牘,如水赴海,源源而集。然後以耳目所接,察隧碑行述之諛辭,以衆論所存,刊野史小説之謬妄,取天下之公,去一家之私,而史成矣”,並説明兩朝實録都是“九閱月而奏書”。⑥陸游在歷述前賢修史艱難的基礎上,希望此次修史同樣得到朝廷各方面的支援,並實際上提出了“九閱月奏書”的時間目標。此後,上呈寧宗的還有慶賀寧宗聖節(生日)的《瑞慶節功德疏》(七首)、《瑞慶節賀表》和稱謝除官的《除寶謨閣待制謝表》,無論頌聖還是稱謝,陸游都表達得恭敬而得體。對朝廷執政的各位宰執,陸游也不敢怠慢,《修史謝丞相啓》《賀謝丞相除少保啓》《賀張參政修史啓》等均是其例。

兩年前的慶元六年(1200),專權朝廷的韓侂胄曾手書請陸游爲其南園作記,陸游遂撰成《南園記》,巧妙地闡發韓氏先祖名相韓琦“許閑”“歸耕”之志,提醒韓氏應“志忠獻之志”。⑦陸游入朝後,自然避不開與韓侂胄的交往,陸游同樣表現得恭敬而得體。入朝不久,正逢韓侂胄生日,陸游循官場慣例,作《韓太傅生日》祝壽詩,鋪敘生日宴會的豪華風光,稱頌韓“身際風雲手扶日,異姓真王功第一”⑧,詩中只是空洞浮泛的讚頌之詞,並無阿諛獻媚之態。嘉泰三年四月,韓侂胄邀請包括陸游在内的部分官員游覽南園,韓再次請陸游爲園中景點閱古泉作記。陸游將《閱古泉記》寫成了一篇精緻的游記文,並再次勉勵韓侂胄發揚先祖遺烈,表達了自己復歸故里的願望。此時陸游已完成修史工程,即將東歸,文章同樣寫得不卑不亢,確是“無諛辭,無侈言”的記文佳作。

入局修史半年後,陸游接連得到了兩次除授。先是嘉泰二年十二月獲除秘書監,陸游有《恩除秘書監》詩,中云:“才藝荒唐癡獨絶,功名蹭蹬老如期”,“扶上木天君莫笑,衰殘不似壯遊時。”⑨秘書監是掌管圖籍國史的機構秘書省的最高長官,是唐宋文人垂涎的館職的巔峰,但陸游一生癡絶,功名蹭蹬,雖“三作史官”,但都是職位低下,直到年近八十,纔被“扶上木天”⑩,已是衰殘之身,早已不是心高氣盛的壯年時期。對於這份“洪恩”,陸游知道只是虚名,他感受更多的却是沮喪和自嘲。次年初,陸游又獲除寶謨閣待制,陸游先有《舉曾黯自代狀》,不允後接受除命,先後上《除寶謨閣待制謝表》和《謝丞相啓》《謝費樞密啓》。唐宋館、閣的待制官,也是典守文物的榮譽職位,寶謨閣收藏宋光宗的御制,嘉泰二年纔設置,陸游應是首任待制,同様是十分的榮耀。陸游在《謝表》之末稱"臣敢不口誦訓辭,心銘德澤。入預甘泉之筆槖,儻効微勞;歸尋杜曲之桑麻,終祈洪造"⑪,表達了修史完成即歸故里的願望,因爲他明白,再高的榮耀,對於年近耄期的自己,都已經毫無意義了。

陸游以高壽再次進京,同齡的朋輩多已作古,不免生出凄涼之感,"舊吏僅存多不識,殘編重對只成悲",成爲陸游心情的真實寫照。他更有一首《嘆老》詩云:"鏡裏蕭蕭白髮新,默思舊事似前身。齒殘對客豁可耻,臂弱學書肥失真。漸覺文辭乖律吕,豈惟議論少精神。平生師友凋零盡,鼻堊揮斤未有人。"⑫形象寫出了自己齒殘臂弱、缺乏自信、師友凋零、無人切磋指正的悲涼心境。陸游在史局也交了一些新朋友,如秘書丞朱敬則,與之"日相從甚樂"⑬,後陸游爲之作《心遠堂記》、《萬卷樓記》;樞密院判官李大方字允蹈,乃蘇門李廌之孫,陸游誤記其送酒數量,作《李允蹈判官送酒四斗予答書誤以爲二斗作小詩識愧》稱:"堪笑放翁昏至此,乘壺誤寫作朋樽。"⑭但深交的畢竟是少數,陸游常常只能在回憶故交中尋求安慰,如《贈陸伯政》《獨坐有懷杜伯高》《夢韓無咎如在京口時既覺枕上作短歌》等諸篇均是。"車馬滿長安,誰肯顧衰朽?"⑮是陸游在京城的真實感受。

陸游是傑出的史家,他"三作史官",參與過《高宗實録》的編撰,有豐富的經驗,又親歷和熟悉孝宗、光宗兩朝史事,撰修兩朝實録本應駕輕就熟,並非難事。但陸游畢竟年近八十,精力、體力、視力都已衰退,因而這項工作對於他也絶非易事。陸游懷着"扶衰又秋晚,何以報吾君"的責任感⑯,仍努力恪盡職守,完成使命。"書生事業無多許,二寸毛錐老未休"⑰"細書付吏謄初稿,和藥呼兒對古方。陋巷閉門常謝客,高齋掃地獨焚香。"⑱"重重汗簡擁衰翁,百里家山夢不通。"⑲"三日敗一筆,手胝視芒芒。吏來督日程,炙冷不及嘗。"⑳這些詩句形象地刻畫出陸游的修史生涯。當然,勞績之餘,還是有休暇時光,陸游常常在久别的臨安城内外漫步,《初寒偶出》《游張園》《乍晴出游》《出東城並江而歸》《立春後十二日命駕至郊外戲書觸目》《西湖春游》等均是。兹以《與兒輩泛舟游西湖一日間晴陰屢易》一律爲例:"逢着園林即款扉,酌泉煮筍欲忘歸。楊花正與人爭路,鳩語還催雨點衣。古寺題名那復在,後生識面自應稀。傷心六十餘年事,雙塔依然在翠微。"㉑回顧前塵往事,感慨物是人非。

陸游此次復出修史,因年事已高,獲准攜幼子子聿(即子遹)陪侍。子聿年方二十四五,平日最得晚年陸游的歡心。陸游讓他時時陪伴左右,照顧起居,還不忘教其讀書、寫詩、做人,並對其寄託了深深的期望。以"子聿"入題的詩就有多篇,如"鐘鳴豈復夜行時,文字相娱賴此兒"㉒;"更當與稚子,晨暮事鉛槧"㉓。"載筆敢言宗《史》《漢》,閉門猶得讀《莊》《騷》。"㉔《示子聿》更諄諄告誡:"我死汝應傳缽袋,勉持愚直報明時"㉕,明確要求子聿傳承其衣缽。其間陸游還爲子聿藏書《國史補》作有跋文稱:"子聿喜蓄書,至輟衣食,不少吝也,吾世其有興者乎!"㉖從能够承襲家族藏書傳統的子聿身上,陸游看到了家世復興的希望。

陸游修史期間所作二百餘首詩歌貫穿始終的主題是"思歸"二字。入京的第四首詩《贈陸伯政》即云:"早晚皇恩許歸去,相呼同卧石帆雲。"[27]隨後的《自局中歸馬上口占》又云:"安得公朝閔枯朽,早教歸卧舊茅庵。"[28]可見"歸去"是陸游入都開局時即已下定的決心。此後《憶三山》《懷故山》《獨立思故山》《思歸示子聿》《思歸示兒輩》《入春念歸尤切有作》《春晚懷故山》等詩篇絡繹不絶地在陸游筆下流淌出來,表達"思歸"主題的作品總計約七十首,占到此時期詩歌總數的三分之一。"明年史成許歸去,父子相逐歌年豐。"[29]"殘史有期成汗簡,修門即日掛朝衣。人生念念皆堪悔,敢笑淵明歎昨非。"[30]寫於史成將奏的嘉泰三年四月一日的《跋韓晉公牛》中寫道:"今行且奏書矣,奏後三日,不力求去,求不停輒止者,有如日。"[31]更是用賭咒發誓的形式表達了自己堅決歸去的決心。從早期的嚮往期盼到最後的立誓速歸,陸游"思歸"的心情可謂越來越迫切。

嘉泰三年四月,"業大事叢"[32]的兩朝實録撰修工程終於告竣,比原先預估的"九閲月"略延長了近兩月。《建炎以來朝野雜記》乙集卷十一"傅陸修史舉代":"嘉泰初,朝廷以中興史未成,召傅景仁龍學於泉南,起陸務觀華文於既老,皆以京祠專領史事。已而,景仁除簽書樞密院事,老病不能拜,力辭,乃以爲資政殿學士出守。時務觀年且八十,復引年,遂以次對領秘書監,俄復致仕。"[33]據文意,傅伯壽在修史期間即已另有任命,故修史工作後期實由陸游負責完工並上奏,這與工程延期應也有關係。十七日,陸游正式上奏《孝宗實録》五百卷、《光宗實録》一百卷。次日,以進書畢,上《乞致仕劄子》,請求守本官致仕。聖旨不允,陸游再次上疏"特賜開允"。[34]最終得敕,除提舉江州太平興國宫,陸游作有《受外祠敕》《上章納禄恩畀外祠遂以五月初東歸》二題共六首,後題其五云:"此身惟有一躬耕,乞得餘年樂太平……歷歷歸途皆勝事,江亭先聽棹歌聲。"[35]即將脱離樊籠、回歸故園的激動心情溢於言表。寧宗批准陸游外祠,却未同意其致仕,陸游已顧不得等待批准致仕的詔命,便於五月十四日動身去國返鄉,他在雨中告别館閣同僚,結束了這整整一年的入都修史經歷。他無限感慨地賦詩云:"三百六十日,扶衰得出都。略無新伎倆,仍是舊形模。世事蠻攻觸,人情越事吴。勿言蓴菜老,艤棹醉湘湖。"[36]强烈表達了逃脱是非之地、回歸田園生活的喜悦之情。

陸游修史的結局要到次年纔最終揭曉。先是嘉泰三年秋,陸游的職階由原先文臣階官第十二階的中大夫晉升爲十一階的太中大夫,陸游有《辭免轉太中大夫狀》和《轉太中大夫謝表》。至嘉泰四年初,陸游第三次上奏請求守本官致仕,終於獲得批准,正式以太中大夫充寶謨閣待制的身份再次致仕。陸游上《謝致仕表》《致仕謝丞相啓》表示感激之情,八十老翁復出修史的事件至此落下帷幕。

二、復出緣由探析

通過對陸游晚年復出修史始末的上述梳理,我們可以作如下歸納:(一)在整個過程中,朝廷給予陸游較高的禮遇和待遇,包括允許免朝請、攜幼子陪侍,晉升職務、職階,批准再次致仕等;(二)陸游最終回歸致仕狀態,但職位由原來的中大夫直華文閣提升爲太中大夫寶謨閣待制,待遇有所提升;(三)陸游的主觀態度始終較爲矛盾,在整個過程中處於被動狀態:接受修史任命到入局初期,並未表現出奉召復出的興奮、進取之心,但也不敢或不願拒絶,還是如期赴任;修史開始不久即産生思鄉欲歸之情,且隨着時間推移不斷加强,愈加迫切;修史過程中雖然也有枯燥、孤獨、精力不支等煩怨情緒,但還是認真規劃和實施了繁重的修史工程,直至竣工上呈;實録上呈後的次日即連續請求致仕還家,在未得批准的情況下毅然去國返鄉,且表現出脱離樊籠般的輕鬆愉悦。

根據以上歸納,我們進一步探討復出修史的緣由,即陸游的晚年生活中爲什麼要經歷這麼一場貌似矛盾的風波? 不少學者對這一問題發表過意見,其中表述得最爲全面的當屬邱鳴皋先生的《陸游評傳》。該書第四章認爲陸游之所以應召入都,有四方面的原因:一是性格務實,要幹事,朝廷有召,不敢以老病辭;二是晚年猶冀立新功,嚮往"垂死成功亦未晚";三是慶元黨禁開始解除,政治環境稍稍寬鬆;四是對孝宗懷有知遇之恩,正是知恩圖報機會。[37] 這些理由自有其根據,但似仍未完全令人信服地解答這一問題。考察陸游從淳熙十六年末罷歸至嘉定二年末去世全部二十年的晚年生活,其中的有些説法還是值得推敲。筆者認爲,陸游復出修史的緣由,還是應從朝廷的需要和陸游的態度兩方面進行深入探究。

朝廷的需要方面,可以從修史的客觀需求和當時政治形勢的要求兩方面考察。唐宋以降,由史臣編撰已故帝王一朝政事爲實録,已成爲定制。《孝宗實録》應在光宗時纂修,但因光宗在位僅五年,故未能實現。寧宗登基當年,即下詔纂修孝宗、光宗兩朝實録,但因無專官負責,訖慶元末仍無所成就。嘉泰元年七月由實録院檢討官龔頤正主持纂修,但"未幾而龔氏卒",二年五月就召傅伯壽、陸游專任修史。傅氏"慶元黨禁"中投靠韓侂胄,深得信任,同時也有纂修《高宗實録》的經歷;陸游則於高宗、孝宗、光宗三朝均曾任史官,參加過《高宗實録》的纂修,有豐富的經驗。召請傅、陸二人主持其事,則大致如同今日派官員分别從政治和業務兩方面把關,在當時無疑是深思熟慮且十分恰當的組合。

再從當時的政治形勢着眼。嘉泰初,專權朝政多年的韓侂胄開始調整高壓政策,逐步放鬆黨禁,營造和諧氛圍。嘉泰二年二月,朝廷追復趙汝愚資政殿學士,標誌着"慶元黨禁"正式解除。隨後,陸續恢復徐誼、陳傅良、周必大等人官職,又追贈朱熹華文閣待制致仕,追謚曰文,新的政治局面開始形成。此時召請高齡的著名詩人、前朝史官陸游出山,應是一個頗具標誌性和影響力的舉措。其實,陸游淳熙十六年末被劾罷官還鄉後,作爲前朝老臣,還是得到朝廷關照的。他擔任提舉建寧府武夷山冲佑觀的祠官之職,兩年一任,延續了四任共八年,明顯打破了祠官不超過兩任的常規。他於慶元五年正式致仕後,又於六年春被除直華文閣[38]、賜紫金魚袋,隨後就有韓侂胄請其爲南園作記。這些都説明,陸游很早已受到韓侂胄的關注,雖然他並無任何依附之心和舉動,但也並没有堅決拒絶之意。

恰在此時,朝廷產生了纂修兩朝實録的需求,因而陸游被召復出,就完全是順理成章的了。

那麼陸游此時的態度如何呢? 陸游是否有重新復出的願望呢? 這可以從政治、經濟、家庭三方面探討。

在政治上,這主要是陸游對"慶元黨禁"和韓侂胄的態度問題。陸游自淳熙十六年末被劾還鄉後,開始還有忿忿不平的怨怒之情,待逐步平静下來以後,就開始了他的醉酒吟詩的田園隱逸生活。祠禄官雖不必任事,但仍在仕籍,領取俸禄。慶元五年,陸游下决心掛冠致仕,徹底脱離官場,回歸平民生活。其《致仕後述懷》稱:"彈冠紹興末,解組慶元中。灩澦危途過,邯鄲幻境空。閑傳相牛法,醉挾鬥雞翁。冲雨歸來晚,山花滿笠紅。"[39]詩篇回顧自己從紹興末至慶元中四十年的仕宦歷程,經歷過灩澦灘般的官場危途,破滅了邯鄲夢似的功名幻境,終於回歸到相牛鬥雞、冲雨插花的普通老農身份。對於七十五歲的陸游來説,此刻絶無東山再起、再回朝廷的任何念想,他看穿了朝廷的苟安、官場的腐朽,他知道自己畢生堅持的收復中原的理想已難在此生實現。説陸游晚年仍"冀立新功",恐與其思想並不相合。

陸游歷來是一個感情充沛的詩人,而非迷戀權勢的政客。他一向討厭政治領域鈎心鬥角的黨爭。其祖父陸佃曾從王安石學經學,後來却被列入元祐黨籍,故陸游常自稱"元祐黨家"。陸游認爲北宋的"元祐黨爭"爲金兵入侵創造了條件:"黨禁久不解,胡塵暗神州。"[40]作於紹熙五年的《歲暮感懷》寫道:"在昔祖宗時,風俗極粹美。人材兼南北,議論忘彼此。誰令各植黨,更僕而迭起。中更夷狄禍,此風猶未已。"[41]在總結歷史經驗的同時,更是敏鋭地感覺到黨爭之風又在沉渣泛起。由於身處山陰鄉間,陸游並未捲入隨即展開的"慶元黨爭",他不傾向於任何一方,基本上置身事外。

南宋道學傳播發展迅速,朱熹更成爲領袖人物。但陸游對於侈談心性的道學理論並無興趣,對於道學之徒聚衆結社從不參與,對道學家不談恢復大計也頗有不滿。他崇奉儒家經典,强調身體力行,並力主抗金復國。因此,雖然他與道學集團中的朱熹、周必大等仍保持着朋友關係,有的還較爲親密,但並不認同他們的政治主張,也不參與其活動,加之早已離京還鄉,因而在黨爭中只是一個遠遠的旁觀者。朱熹晚年却對陸游多存戒心,怕他"跡太近,能太高,或爲有力者所牽挽,不得全此晚節"[42],實際上這只是朱熹站在道學立場上對陸游的猜忌而已。對於道學集團的另一領袖趙汝愚,陸游曾在淳熙七年因被其彈劾而罷職,但後來並未因此耿耿於懷,對於趙氏在黨爭中失敗被迫害至死,仍表示了同情。

陸游與韓侂胄本無交集,並非敵對關係。但隨着韓氏逐漸專權,控制朝政,作爲一名正直的士大夫,陸游主動與權勢者保持着距離。韓侂胄通過批准越規奉祠、擢升職位等方法欲拉攏陸游,陸游應是能感覺到的,但也無理由拒絶。因此,在韓氏請陸游爲其南園作記時,陸游很難推辭,也不願得罪,他用一篇"無諛辭,無侈言"的文章既巧妙地應對了韓氏的要求,也保持了自己的獨立和尊嚴。

嘉泰二年五月朝廷正式召陸游進京之時,陸游應是經過激烈的思想鬥爭。其實,前此朝廷裏早已有請陸游出山修史的傳言,朱熹在給學生的信中曾兩次提及:"放翁近報亦已掛冠,蓋自不得不耳。近日人自日邊來云:今春議和者欲起洪景廬與此老付以史筆,置局湖山,以就閑曠。已而當路有忌之者,其事遂寢。"又:"近聞復有載筆之招,不知果否?"㊸陸游"亦已掛冠"在慶元五年五月,故此二書必在其後即慶元五、六年間。這一消息連朱熹都已聽聞,作爲當事者的陸游應該不會毫無所知。但最終傳言未成爲事實,"當路忌之者"爲誰?"忌之"的原因何在?陸游心中應起過波瀾,也有過不悦,但在詩文中似未有透露。此次正式詔命下達,朝廷的意圖究竟是什麽?"忌之者"的態度爲何改變?陸游心中的狐疑恐難以消解。在這樣的情況下,説陸游躊躇滿志,準備大幹一番,藉以實現理想,對於一位年近八十的老者,恐怕是不符合實際的,與陸游回鄉十餘年的總體思想傾向也難以契合。入朝之後必然面臨黨爭的局面,這方面陸游是决不願捲入的,好在此時朝廷已解除了黨禁,政壇對立已在緩解,這令陸游稍感寬慰,當然對於這種解禁的前景和效果,陸游應還是懷疑的。陸游知道,召其修史是用其所長,而爲孝宗撰修實録,對陸游則頗有吸引力。孝宗在紹興末賜其進士出身,使其得以一展才華;後雖黜落多年,但入蜀八年後還是孝宗召其東歸;歷經坎坷後孝宗又派其出守嚴州,親加勖勉,任滿後再令入朝,並在退位前將其擢爲禮部郎中。報答孝宗的知遇之恩,是陸游一直的心願,此次纂修實録,應是難得的好機會。此時的陸游,總體上應是有所疑慮,有所期待。

總之,從政治上着眼,陸游並無重新入仕的願望,又厭惡黨爭的烏煙瘴氣,他可以以老病爲由謝絶;但另一方面,朝廷黨爭的形勢正趨緩和,報答孝宗的心願有機會實現,因而奉命復出,在陸游思想上也没有太大的障礙。因此,促使陸游最終復出的,恐怕還有其他方面的因素。

陸游復出修史的經濟因素,歷來似未受關注,其實,這或許是陸游當時不得不考量的一個方面。陸游晚年的詩歌中,常能讀到慨嘆貧窮的詩句,真實情況究竟如何呢?陸游返居山陰後的經濟收入,主要是他的祠禄。紹熙三年冬,陸游再次奉祠武夷山沖佑觀時所作的《拜敕口號》詩云:"黄紙如鴉字,今朝下九天。身居鏡湖曲,銜帶武夷仙。日絶絲毫事,年請百萬錢。(自注:祠俸錢粟絮帛,歲計千緡有畸)恭惟優老政,千古照青編。"㊹這裏透露了陸游八年奉祠生涯的待遇是"年請百萬(千緡)錢"(包括錢幣及糧食、服飾等實物補貼)。年收入百萬錢看起來不少,問題是山陰陸氏是一個大家族,陸游共七個兒子,除五子子約入贅餘姚吕家,其餘六子多已成婚,且出仕較晚,家中連同僕役童子,人口總計不少。他在詩中曾言"得飽豈復擇,百口同飯糗"㊺,百口之數或有誇張,但陸游作爲一家之長,經濟上壓力頗大,這應是事實。陸游家中雖也有些田産,但似數量不多,每年收取些租米,略可供全家口糧;還在山陰别業開闢蔬圃、藥圃,陸游親自種菜種藥,補貼家用。

當慶元五年五月陸游不再請祠禄、正式致仕之時,有《五月七日拜致仕敕口號》稱:"剡曲東歸日醉眠,冰銜屢忝武夷仙。恩如長假容居里,官似分司不限年。一劄疏榮馳廄置,兩兒拜扶望雲天。坐糜半俸猶多愧,月費公朝二萬錢。"㊻可見致仕後的待遇一年僅有二十四萬,約是原來祠禄的四分之一。這樣,陸家的經濟更爲拮据了。該年秋,陸游甚至只能叫兒子放下書本出去收租:"吾兒廢書出,辛苦幸庶幾。夜半聞具舟,憐汝露濕衣。既夕不能食,念汝戴星歸。"㊼慶元六年末陸游作《歲暮貧甚戲作》稱:"得米還求澗底薪,始知天地有窮人。年開八秩寧賒死,官及三兒不救貧。藥盡無如醫偃蹇,囊空那辦酒逡巡。柳條萱草添愁思,不似尋常見早春。"㊽"貧甚"的現實使陸游看不到希望。嘉泰二年春陸游復出前,又有《春來食不足戲作》詩云:"飢卧誰能羨屬饜,高懷飽食豈容兼。分司禄在終難取,(自注:監卿致仕,當得分司禄,須自請乃給,遂置之)束帛恩深獨不沾。(自注:頃有赦令,賜致仕者粟帛羊酒,郡獨格不行)衰謝形容無藥駐,賓士日月欠膠粘。兒童拍手看醉翁,山杏溪桃簇帽檐。"㊾分司官的待遇要本人申請纔能領取,臨時賞賜粟帛羊酒的補助政策郡裏却拒不執行,陸游已到了斤斤計較這一點物質待遇的田地。重新出仕修史無疑將改變這種經濟困境,這是此刻陸游不得不掂量考慮的一個方面。

與家庭經濟狀況相關聯的還有一個諸子蔭補的問題。蔭補是宋代官宦子弟入仕的重要途徑,雖然他們也可參加科舉爭取更好的前程,但蔭補使他們獲得了入仕的保底資格,因而不肯輕易放棄;而作爲官員的父親,也一定千方百計要爲兒子爭取這一進入仕籍的機會,作爲多子之父,這個責任就更重了。陸游家世中,祖父陸佃七子,父親陸宰四子,以及陸游自己七子,都是通過蔭補進入仕途的。陸游十二歲以門蔭補登仕郎,科舉不利,三十四歲纔開始出仕,三十八歲被賜進士出身。陸游七子中,除五子子約出贅且早夭外,長子子虡、次子子龍較早地以陸游所獲郊恩分别補常州比較務和將仕郎,三子子修慶元五年以陸游致仕補通仕郎(上文引慶元六年詩"官及三兒不救貧"即指此)。則至嘉泰二年,陸游還有三子未獲門蔭資格,這自然是年近八十的陸游最爲焦慮之事。他知道自己的時日已經不多,而參與修史以重新踏入仕途,顯然是爭取更多蔭補機會的一條捷徑。從這一角度看,這或許是陸游不顧年高體衰,毅然重新出山,復出修史的重要動因之一。

綜合上述,陸游晚年復出修史的緣由,從朝廷角度看,既是纂修兩朝實録的需求,也是營造和諧政治氛圍的需要。從陸游角度着眼,政治上雖無意重新出仕,也不願捲入政治紛爭,但解除黨爭減輕了其顧慮,也可以此達成報恩孝宗的心願;經濟上是家族的財務危機亟待解決,復出是難得的捷徑;家庭中數子的蔭補問題亟需落實,修史是極好的機會。筆者認爲,多重因素的疊加,尤其是後兩方面因素的壓力,促使陸游最終作出了應召出山的選擇。

三、復出結局評議

陸游復出修史的結局如何呢?從朝廷方面看,孝宗、光宗兩朝《實録》形成了總計六百卷的定本,完成了這項歷時九年的浩大修史工程;請出年近八十的前朝老臣主持修史,展現了朝廷消弭黨爭隔閡、團結各方力量的善意。可惜陸游在後一方面並未積極配合,他既未發表過支持朝廷政策調整的正面意見,也未主動與韓侂胄建立更密切的聯繫。他在修史期間基本上不問政治,他的二百餘首詩中也不見過去詩篇中經常出現的力主恢復的内容,似乎在刻意回避這一問題。從陸游最後堅決而急切的返鄉舉動看,在與朝廷和韓侂冑的接觸中,陸游似感覺到黨爭的陰影並未消散,自己已無力應對如此複雜局面,不如趕快離開此是非之地。陸游在回歸山陰後所作的《初歸雜詠》中說:"癃老入朝元是錯,期年決去已爲遲","老入鵷行方徹悟,一官何處不徒勞!"[50]從中也可見到他離京時的内心世界。

從陸游的角度著眼,一年的修史時間,使他經歷了從致仕到復出到再次致仕的過程。陸游的狀況恢復原樣,他的職級則由中大夫直華文閣擢升爲太中大夫寶謨閣待制。這産生了兩項後果:

一是家庭的財務危機得到了緩解。雖然再次致仕後仍領半俸,但由於職級的提升,半俸的數量也有所增加。作於開禧二年冬的《力耕》詩載:"力耕歲有一囷米,殘俸月無三萬錢。"[51]由"月費二萬錢"到"月無三萬錢"(略少於三萬),則全年應有三十餘萬,比復出前約增加了三分之一。再加之子坦、子遹等兒子又相繼出仕,減輕了家族的負擔。這樣,陸游的家庭經濟危機趨於緩解。

二是諸子的蔭補問題得到了解決。這方面的結果或超出陸游的預料。嘉泰三年初,陸游擢升寶謨閣待制,同年冬,四子子坦以父待制日郊恩補承務郎。[52]再至嘉泰四年春,七子子遹以父再次致仕獲得蔭補資格。陸游在《謝致仕表》中稱:"至於特捐異數,增賁衰門,顧令么微,獲被榮耀……賤息何能,亦忝及親之禄。"[53]又《致仕謝丞相啓》云:"而況從中明降於德音,任子特逾於常制。桑榆已迫,俾華垂白之年;豚犬何能,遽有拾青之幸。里閭歎息,門户敷榮……故推餘澤,俯及衰門。重念稚兒,雖非異禀。善和之書幸在,敢虚棄於光陰;太常之第可收,尚仰酬於長育。"[54]對這種"逾於常制"的恩典,表達了深切感謝,甚至希望丞相"長育"提攜幼子。這樣,陸游復出修史,一下子解決了二子的蔭補問題,這應是出乎意料的。後六子子布亦因父遺表恩補從仕郎,這樣,陸游七子全部得入仕籍[55],可謂宋代任子制度的最大受益者之一。但另一方面,由於他接受了朝廷"逾於常制"的恩典,也給後人落下了話柄。

因此,從朝廷和陸游兩方面來看,復出修史都應是雙方得益的一樁好事。陸游無論在對待修史的公事上,還是在應對韓侂冑的拉攏上,都表現得光明磊落,坦坦蕩蕩,體現了無偏無黨的君子品格;他在個人待遇上有所提升得益,也是他付出辛勤勞動應得的酬報,折射出一位父親、一位家長對家庭的盡心盡責,同樣光明正大,無可非議。這本來只是滚滚歷史洪流中的一段小插曲。然而,隨即而來的"開禧北伐"和韓氏失敗,却使這段小插曲重新進入人們的視野,陸游也爲此付出了沉重的代價。

開禧二年正式發動的"開禧北伐",由於準備不足、指揮失誤及朝廷内主和派抬頭等原因,僅堅持了一年多就歸於失敗,韓侂冑被殺,以史彌遠爲首的主和派依靠楊皇后爲靠山,掌控了朝政,次年與金國簽訂了"嘉定和議"。史彌遠專權後,對主戰派進行了大肆圍剿。畢生堅持抗戰恢復的陸游對於"開禧北伐"當然是支持的,並投注了極大的關注,但八十老翁已很難有什麽具體的抗金舉動。即使這樣,陸游也未能幸免遭受無情打擊。嘉定元年春,陸游落職寶謨閣待制的職務,並被取消了半俸的待遇,陸游上《落職謝表》,並有《半俸自戊辰二月置不復言作絶句》詩稱"力請還山又幾年,何功月費水衡錢?君恩深厚猶慚懼,敢向他人更乞憐"[56],表現了不向主和派摇尾乞憐的意志。北伐失敗和自己最後一次落職,對陸游精神上的打擊是致命的,他又頑强地堅持了一年多時光,終於走完了八十五歲的生命之旅,而將"北定中原"的夙願託付給了子孫後代。

那麽,陸游落職的罪名究竟是什麽呢?保存在周密《浩然齋雅談》之中由其外祖章良能所撰陸游落職寶謨閣待制時的制詞云:"山林之興方適,已遂掛冠;子孫之累未忘,胡爲改節?雖文人不顧於細行,而賢者責備於《春秋》……豈謂宜休之晚節,蔽於不義之浮雲。深刻大書,固可追於前輩;高風勁節,得無愧於古人?時以是而深譏,朕亦爲之慨歎。"[57]看來,時人"深譏"的關注點仍在陸游復出修史前後的所謂"改節"行爲。稍後陳振孫在《直齋書録解題》卷十八《渭南集》題解中亦稱:"及韓氏用事,游既掛冠久矣,有幼子澤不逮,爲侂胄作《南園記》,起爲大蓬,以次對再致仕。"[58]而事實是陸游並未有任何屈從於韓侂胄的"改節"行爲,因而這只是當時主和派爲打擊主戰派尋找的藉口罷了。他們把陸游視爲韓黨,不惜對這位八十四歲的老人窮追猛打。隨着理學思想從南宋後期開始統治朝廷的意識形態,道學家對陸游及其晚年復出修史的評價就成爲定論,甚至寫入正史,社會上編造出許多更爲離奇的傳言軼事像污水一樣潑灑在陸游身上,造成了陸游晚年"變節"的冤案。

其實,歷代有識之士早就對此公案發表了不同看法,元人戴表元在《題陸渭南遺文抄後》中云:"余早聞好事者説,謂放翁晚歲食貧,牽於幼子之累,賴以文字取妍韓氏,遂得近臣恩數,遍官數子。此説既行,而凡異時不樂於放翁之進與忌其文辭者,同爲一舌以排之,至於死且百年,同時爭名角進之人亦已俱盡,宜有定論,而猶未止,蓋其事可傷悲者焉。渡江以來,如放翁,可謂問學行義人矣。諗其放阨而不傷,困蹇而能肆,不可謂無君子之守。"[59]戴氏明確不認同"好事者"説法,肯定陸游有"君子之守",爲"問學行義人"。清人趙翼亦謂,陸游在京"甫及一年,史事告成,即力辭還山,不稍留戀,則其進退綽綽,本無可議"[60]。

的確,陸游在晚年復出修史事件中,進退綽綽,光明正大,無可非議。耄耋之年的陸游,已無力也無意"治國平天下"的偉業,却執著地在"修身齊家"的儒者本分上竭盡最大的努力。七十八歲高齡復出修史,既是一幕生命的奇觀,也是一曲父愛的讚歌,爲陸游的晚年人生塗上了一抹悲壯的亮色。

(作者單位:上海財經大學中文系)

---

① 《宋史》卷三九五《陸游傳》,中華書局點校本,1985 年,第 12058 頁。

② 《南宋館閣續録》卷九,中華書局點校本,1998 年,第 383、360 頁。

③《建炎以來朝野雜記》甲集卷四,中華書局點校本,2000 年,第 110 頁。

④《入都》,《劍南詩稿》卷五一,中華書局點校本《陸游集》第 3 册,1976 年,第 1265 頁。

⑤《開局》,《劍南詩稿》卷五一,《陸游集》第 3 册,第 1265 頁。

⑥《除修史上殿劄子》,《渭南文集》卷四,《陸游集》第 5 册,第 2009 頁。

⑦《南園記》,《放翁逸稿》卷上,《陸游集》第 5 册,第 2500 頁。

⑧《韓太傅生日》,《劍南詩稿》卷五二,《陸游集》第 3 册,第 1275 頁。

⑨《恩除秘書監》,《劍南詩稿》卷五二,《陸游集》第 3 册,第 1282 頁。

⑩《唐六典》:"内閣諸司舍惟秘書閣最宏壯,穹窿高暢,謂之木天。"

⑪《除寶謨閣待制謝表》,《渭南文集》卷一,《陸游集》第 5 册,第 1977 頁。

⑫《歎老》,《劍南詩稿》卷五二,《陸游集》第 3 册,第 1287 頁。

⑬《心遠堂記》,《渭南文集》卷二一,《陸游集》第 5 册,第 2178 頁。

⑭《李允蹈判官送酒四斗予答書乃誤以爲二斗作小詩識愧》,《劍南詩稿》卷五二,《陸游集》第 3 册,第 1277 頁。

⑮《小飲》,《劍南詩稿》卷五三,《陸游集》第 3 册,第 1305 頁。

⑯《史院書懷》,《劍南詩稿》卷五一,《陸游集》第 3 册,第 1267 頁。

⑰《秋思》,《劍南詩稿》卷五一,《陸游集》第 3 册,第 1267 頁。

⑱《九月初作》,《劍南詩稿》卷五一,《陸游集》第 3 册,第 1268 頁。

⑲《求月桂》,《劍南詩稿》卷五一,《陸游集》第 3 册,第 1267 頁。

⑳《今日史課偶少暇戲作五字》,《劍南詩稿》卷五二,《陸游集》第 3 册,第 1278 頁。

㉑《與兒輩泛舟游西湖一日間晴陰屢易》,《劍南詩稿》卷五三,《陸游集》第 3 册,第 1303 頁。

㉒《子聿欲暫歸山陰見乃翁作惡遂不行贈以此詩》,《劍南詩稿》卷五二,《陸游集》第 3 册,第 1288 頁。

㉓《思歸示子聿》,《劍南詩稿》卷五三,《陸游集》第 3 册,第 1293 頁。

㉔《書志示子聿》,《劍南詩稿》卷五三,《陸游集》第 3 册,第 1294 頁。

㉕《示子聿》,《劍南詩稿》卷五一,《陸游集》第 3 册,第 1270 頁。

㉖《跋子聿所藏國史補》,《渭南文集》卷二九,《陸游集》第 5 册,第 2266 頁。

㉗《贈陸伯政》,《劍南詩稿》卷五一,《陸游集》第 3 册,第 1266 頁。

㉘《自局中歸馬上口占》,《劍南詩稿》卷五一,《陸游集》第 3 册,第 1266 頁。

㉙《縱筆》,《劍南詩稿》卷五二,《陸游集》第 3 册,第 1279 頁。

㉚《東軒花時將過感懷》,《劍南詩稿》卷五三,《陸游集》第 3 册,第 1302 頁。

㉛《跋韓晉公牛》,《渭南文集》卷二九,《陸游集》第 5 册,第 2267 頁。

㉜《婺州稽古閣記》:"時方修孝宗、光宗兩朝實録,業大事叢,而奏篇有程。"《渭南文集》卷二〇,《陸游集》第 5 册第 2163 頁。

㉝《建炎以來朝野雜記》乙集卷一二,中華書局點校本,第 693 頁。

㉞《乞致仕劄子》二,《渭南文集》卷四,《陸游集》第 5 册,第 2010 頁。

㉟《上章納禄恩畀外祠遂以五月初東歸》其五,《劍南詩稿》卷五三,《陸游集》第 3 册,第 1307 頁。

㊱《予以壬戌六月十四日入都門癸亥五月十四日去國而中有閏月蓋相距正一年矣慨然有賦》,《劍南詩稿》卷五三,《陸游集》第 3 册,第 1309 頁。

㊲ 邱鳴皋《陸游評傳》,南京大學出版社,2002 年,第 226—227 頁。該書對陸游復出前後背景有詳盡評述,可參看。

㊳ 華文閣收藏宋孝宗御制。陸游作爲孝宗朝老臣身份被授予此職。

㊴《致仕後述懷》,《劍南詩稿》卷三九,《陸游集》第 3 册第 1006 頁。

㊵《北岩》,《劍南詩稿》卷一〇,《陸游集》第 1 册第 269 頁。

㊶《歲暮感懷》其九,《劍南詩稿》卷三一,《陸游集》第 2 册第 833 頁。

㊷ 朱熹《答鞏仲至》第四書,《朱子大全集》卷六四。

㊸ 朱熹《答鞏仲至》第五、第十七書,《朱子大全集》卷六四。

㊹《拜敕口號》,《劍南詩稿》卷二六,《陸游集》第 2 册第 712 頁。

㊺《中夜睡覺兩目每有光如初日歷歷照物晁文元公自謂養生之驗予則偶然耳感而有作》,《劍南詩稿》卷四七,《陸游集》第 3 册,第 1175 頁。

㊻《五月七日拜致仕敕口號》,《劍南詩稿》卷三九,《陸游集》第 3 册,第 1001 頁。

㊼《九月七日子坦子聿俱出斂租穀雞初鳴而行甲夜始歸勞以此詩》,《劍南詩稿》卷四〇,《陸游集》第 3 册,第 1036 頁。

㊽《歲末貧甚戲作》,《劍南詩稿》卷四四,《陸游集》第 3 册,第 1122 頁。

㊾《春來食不足戲作》,《劍南詩稿》卷五〇,《陸游集》第 3 册,第 1240 頁。《宋史・職官志》十:"景祐三年詔曰:'致仕官舊皆給半奉,而未嘗爲顯官者或貧不能自給。……其大兩省、大卿監、正刺史、閤門使以上致仕者,自今給奉,並如分司官例。'"

㊿《初歸雜詠》其五、其六,《劍南詩稿》卷五三,《陸游集》第 3 册,第 1313 頁。

51《力耕》,《劍南詩稿》卷六九,《陸游集》第 4 册,第 1642 頁。

52 均據《山阴陸氏族譜》,下同。《宋史・寧宗紀二》:"(嘉泰三年十一月)乙亥,祀天地于圜丘,大赦。"

53《謝致仕表》,《渭南文集》卷一,《陸游集》第 5 册,第 1978 页。

54《致仕謝丞相启》,《渭南文集》卷一二,《陸游集》第 5 册,第 2082 页。

55 陸游五子子約恩補承務郎應由岳父吕參議職務獲得。

56《半俸自戊辰二月置不復言作絶句》,《劍南詩稿》卷七五,《陸游集》第 4 册,第 1769 頁。

57 周密《浩然齋雅談》卷上,《文淵閣四庫全書》本。

58 陳振孫《直齋書録解題》卷一八,上海古籍出版社,2015 年,點校本,第 541 頁。

59 戴表元《題陸渭南遺文抄後》,《剡源集》卷一八,《文淵閣四庫全書》本。

60 趙翼《甌北詩話》卷六,人民文學出版社,1963 年,第 95 頁。

吕祖謙的“通融”之學

——從其兩通佚簡談起

王汝娟

吕祖謙(1137—1181),字伯恭,婺州(今浙江金華)人。初以蔭補入仕,後於隆興元年(1163)舉進士,復中博學宏詞科。乾道二年(1166)末,丁内艱,居明招山,專意於著述及講學,四方之士爭趨之。至乾道五年(1169)除太學博士,累遷國史院編修、實録院檢討、著作郎等。作爲理學名家,吕祖謙與朱熹、張栻並稱爲“東南三賢”,嘗與朱熹同輯《近思録》。其一生著述頗豐,僅今存世者,即有《東萊吕太史文集》《吕氏家塾讀詩記》《東萊博議》《少儀外傳》《大事記》《歷代制度詳説》《書説》《易説》《古周易》《麗澤論説集録》等多種,編有《宋文鑑》《古文關鍵》等,是“婺學”的開創者和特出代表。宋寧宗時,謚曰“成”,故後世稱吕成公。景定二年(1261),與張栻一同從祀孔廟。

一、追念大慧:吕祖謙致可庵禪師的兩通佚簡

統觀吕祖謙著述,廣泛涉略經學、史學、理學、文學等,他在這些領域的成就,學界已有諸多研究,自毋庸贅述。而常爲人們所忽略的是,吕祖謙與佛教禪宗也有深入交涉。此在其詩文集等各類著述中並無端倪,而見於《大慧普覺禪師年譜》卷末所附的吕祖謙兩通書簡:

> 祖謙悚息上啓。大慧入般涅槃法門,山摧梁壞,四海道俗失所師仰。自領遺問,私心慘怛,迨今未已。竊惟師資之重,其何以堪?此道墜地,任是責者,實在可庵,必將勉爲衆出,續佛慧命,固不可專於獨善也。至禱至禱。杖錫今尚留塔下,或徑爲歸福唐,冀望一報。益遠道論,敢冀以時珍重。不宣。祖謙悚息上啓可庵禪師侍者。
>
> 祖謙有少香燭,託賢公爲爇於塔下。或賢公偶出,煩可庵爲爇之也。祖謙。①

在這兩通書簡之後,還附有一段劉震孫作於淳祐十二年(1252)的跋語:

> 成公,學夫子者也,顧於大慧尊尚如此,夫豈無所爲而然哉?方賊檜擅國,挾虜要君,滅棄綱常,戕毒忠義,天下之士敢怒而不敢言。大慧於此時,乃能犯不測之禍,陳義切責,瀕死靡悔,風概凛凛,實紫岩、横浦一輩人,此其有關於世道甚大,宜公重惜其亡而不能已也。豈惟成公,蓋文公朱先生初年亦嘗訪之徑山,後有偈寄公云:"徑山傳語朱元晦,相忘已在形骸外。莫言多日不相逢,興來常與精神會。"嗚呼!是未易與俗人道也。承天老智朋得成公真跡,刻石置山中,爲書其後。淳祐十二年立秋日,渤海劉震孫。②

大慧宗杲(1089—1163),臨濟宗楊岐派高僧,倡"看話禪",歷住徑山、育王等大刹,紹興末年受賜"大慧"師號,孝宗賜號"佛日大師",謚號"普覺",其座下龍象輩出,開大慧派,是兩宋之際傑出的宗教領袖。《大慧普覺禪師年譜》爲大慧弟子祖詠所編,今有寶祐元年(1253)徑山明月堂刊本(國家圖書館藏)。卷末所附的這兩通書簡,未見於吕祖謙文集及其他著述;《全宋文》第214册雖予以收録,題作《與可庵禪師書》,然作者誤署爲"釋祖謙",小傳云:"祖謙,孝宗時僧人。"③近年整理出版的《吕祖謙全集》中亦失收。④劉震孫跋語既稱"成公",並述及乃"承天老智朋得成公真跡","承天老智朋"即南宋的介石智朋禪師,嘗住持承天寺、淨慈寺等,其法系爲:大慧宗杲—佛照德光—浙翁如琰—介石智朋,屬大慧三世法孫。因此據劉震孫跋語,書簡作者"祖謙"爲吕祖謙無疑,《全宋文》當改收至吕祖謙名下,《吕祖謙全集》當補收。

至於這兩通書簡的寫作對象"可庵",從書簡内容及語氣來推測當爲大慧宗杲的弟子。《嘉泰普燈録》列大慧宗杲法嗣七十五人,其中有"福州雪峰可庵然禪師",可知可庵然嘗住持福州雪峰,然有目而無傳;陳貴謙撰《月林觀禪師塔銘》言及"師往來雲蓋、溈仰者四季,復歸雪峰鼓山。時可庵然、尤溪印,俱在閩中。師歷扣與之爭鋒,然自以爲未足"⑤,故可庵與月林師觀(1143—1217)大致生活於同時。又,明《續傳燈録》《續燈存稿》列"可庵然禪師法嗣一人　如如居士顔公",如如居士即顔丙;顔丙之名亦見於《禪燈世譜》,列爲"雪峰慧然"之法嗣。據此則知可庵禪師法名爲慧然。可庵慧然之生平細故已無考,我們可知的是大慧的不少著述如《正法眼藏》《禪林寶訓》《大慧普覺禪師普説》等皆由其參與編集:《正法眼藏》卷首大慧題云"予因罪居衡陽,杜門循省外,無所用心。間有衲子請益,不得已與之酬酢。禪者冲密、慧然隨手抄録,日月浸久,成一巨軸。冲密等持來乞名,其題欲昭示後來,使佛祖正法眼藏不滅,予因目之曰《正法眼藏》"⑥;《禪林寶訓》卷三收録了署"可庵集""可庵記聞"的大慧語録、事跡共八則⑦;《大慧普覺禪師普説》署"參學慧然、藴聞録,小師祖慶校勘"⑧,等等。由此可見,慧然當具有較高的知識和文學水平。

二、理學之外:隆興元年的吕祖謙

從内容看,吕祖謙的這兩通書簡作於大慧宗杲圓寂之後。他對大慧的敬重與悲悼之情在字裏行間表露無遺,在大慧生前兩人應有交往。然而在《大慧普覺禪師年譜》以及吕祖謙詩文集、《年譜》[9]等作品中,對二人交往之事俱無記載,唯雲卧曉瑩的筆記《雲卧紀譚》中嘗述及二人因緣:

> 待制韓公子蒼,與大慧老師厚善。及公僑寓臨川廣壽精舍,大慧入閩,取道過公,館於書齋幾半年。晨興相揖外,非時不許講,行不讓先後,坐不問賓主,蓋相忘於道術也。故公詩有"禪心如密付,更爲少淹留"之句。公因話次,謂少從蘇黄門問作文之法。黄門告以熟讀《楞嚴》《圓覺》等經,則自然詞詣而理達。東坡家兄謫居黄州,杜門深居,馳騁翰墨,其文一變如川之方至。後讀釋氏書,深悟實相,參之孔老,博辯無礙,浩然不見其涯,故爲其載於墓誌。隆興改元仲夏,東萊吕伯恭登徑山,謁大慧,爲兩月留。大慧語及韓公得斯論於蘇黄門,伯恭亦謂聞所未聞也。[10]

曉瑩記述了隆興元年(1163)仲夏,吕祖謙上徑山拜謁大慧宗杲,並居兩月之久,與大慧談論文章之事。此事在其他典籍中俱未見載,故而彌足珍貴。曉瑩是大慧宗杲的嗣法弟子之一,據曉瑩同門遯庵宗演所言,曉瑩在大慧被流放衡州和梅陽時,一直都在老師身旁隨侍,所以對祖詠編《大慧普覺禪師年譜》的訛誤具有權威發言權:"後得江西瑩《雲卧書》,亹亹譏其闕失,與昔所聞果若符契。……雲卧侍師於衡、梅,可謂親聞飫見與。"[11]在大慧暮年,曉瑩亦伴於其師左右,隆興元年八月大慧於徑山示寂時,他參與了喪事辦理:"愚是時於喪,司職在掌記。"[12]故而其筆記中關於隆興元年仲夏大慧去世前不久與吕祖謙交往兩月的記載,應該是真實可信的。

那麼在隆興元年仲夏拜謁大慧宗杲前後,吕祖謙還有什麼其他行跡呢?其《年譜》"孝宗隆興元年癸未"條載:

> 春,試禮部。四月十二日賜進士及第,改左迪功郎。又中博學宏詞科。六月七日特授左從政郎,改差南外敦宗院宗學教授。[13]

可知是年春夏,吕祖謙正在準備進士科以及博學宏詞科考試,且兩科全部高中。進士科與博學宏詞科考試地點均在都城臨安,大慧所住徑山亦在臨安,這對於吕祖謙在應考之暇向大慧問學是一個極爲便利的條件。是年吕祖謙甫二十七歲,尚是初出茅廬的年輕舉子;而大慧已然蔚爲尊宿大德,廣交張九成、張浚、吕好問、曾開、李邴、汪藻、湯思退等名公巨卿,很可能是由於這個原因,故在大慧《年譜》中,對吕祖謙來訪一事不予置筆。

至於是年吕祖謙是出於何種目的而上徑山拜謁大慧,我們已不得而知。不過可以確知的是,吕祖謙家族歷代皆與佛禪之學淵源甚深:早在其七世祖吕夷簡,就於景祐元年(1034)擔任譯經潤文使,四年(1037)夏奉敕編成《景祐新修法寶録》;五世祖吕希哲著《吕氏雜記》,則"喜言禪理,每混儒墨而一之"[14];曾祖吕好問,建炎中從開封遷居婺州,爲大慧宗杲方外友及護法,大慧得以爲朝廷賜紫衣及師號,即是由吕好問上奏,"于時賢士大夫往往爭與之(大慧)游。雅爲右丞吕公舜徒所重,奏賜紫衣,號佛日大師"[15];伯祖吕本中,亦與大慧交誼篤厚,大慧親述曾與之晤面,"近至江西見吕居仁",[16]兩人多有尺牘往來[17]。吕祖謙之曾祖、伯祖皆與大慧情誼匪淺,可謂世交,那麽至第四代吕祖謙,去拜見大慧這位先人故舊亦是情理之中的事。

三、"通融"之學:理學家的多維面相

《宋史·儒林傳·吕祖謙》云:"祖謙之學本之家庭,有中原文獻之傳。長從林之奇、汪應辰、胡憲游,既又友張栻、朱熹,講索益精。"[18]《宋元學案》卷五一列"東萊學案",全祖望按語曰:"小東萊之學,平心易氣,不欲逞口舌以與諸公角,大約在陶鑄同類以漸化其偏,宰相之量也。惜其早卒,晦翁遂日與人苦爭,並詆及婺學。而《宋史》之陋,遂抑之於儒林。然後世之君子終不以爲然也。"[19]言下之意是吕祖謙理當廁身於《道學傳》而非《儒林》。我們在吕祖謙的各種著述中,似乎看到的是一個純粹的理學家的形象,而難以找到明顯的佛禪印跡。甚至與吕祖謙甚爲相熟的朱熹亦屢言:"今金溪(陸九淵)學問真正是禪,欽夫伯恭緣不曾看佛書,所以看他不破,只某便識得他。試將《楞嚴》《圓覺》之類一觀,亦可粗見大意。釋氏之學,大抵謂若識得透,應千罪惡,即都無了。"[20]"伯恭亦嘗看《藏經》來。然甚深,不見於言語文字間。"[21]意謂吕祖謙不曾看或雖看過些佛書,然流於浮淺,以致看不破"只是禪"的陸九淵之學[22],其"言語文字間"自然亦不見佛禪之跡。然而通過吕祖謙在徑山參訪大慧宗杲的實際經歷,我們可推知朱熹所言有悖事實:若吕祖謙對佛書無有興趣、乏於深究,何以會逗留徑山兩月之久?此外,吕祖謙之著述中雖然没有直接述及佛禪的篇章,但實際上佛禪於其思想並非全無漸染,因爲吕祖謙畢生致力的道學,本身即是儒、釋、道融合的產物,甚至"道學"一詞也是來自佛教;又如吕祖謙曾批評朱熹"但恐專意外攘,而内修處工夫或少耳"[23],所謂"外攘"即指朱熹的排擊佛教等舉動,所謂"内修處工夫"簡言之即宋儒所推崇的"内聖",亦與禪宗提倡的"明心見性"的自我修行有相通之處,"若開悟頓教,不執外修,但於自心常起正見,煩惱塵勞常不能染,即是見性","自修性是功,自修身是德"。[24]誠如前人研究所言,"吕祖謙雖然没有像其祖先那樣'學佛''溺禪'和提倡儒佛融合,有時還對佛、道二教有所抨擊,但仍留有受佛教影響的痕跡,如謂'知此理,則知百年之嫌隙可以一日解,終身之蒙蔽可以一日通,滔天之罪惡可以一念消'(《吕東萊先生遺集》卷十四《易説·家人卦》)就很接近於禪説"[25],"和吕公著、吕希哲、吕本中等人稍有不同的是吕祖謙並不公開'溺禪',也没有明確提出儒佛同源説,但這並不意味着吕祖謙對佛學根本不感興趣而漠然處之。恰恰相反,吕祖謙佛學造詣絲毫不比其先人遜色,在其學術思想中流露着嚴重的佛學之成分"[26]。

吕祖謙除了在學術思想上受到佛禪影響之外,在文學上亦未嘗不受其沾溉。他編有類書《詩律武庫》前集十五卷、後集十五卷,在每個門類下羅列故實,以備作詩之用,“用是爲詩戰之具,固可以掃千軍而降勍敵”㉗。書名曰“武庫”,固然有受宋代“以戰喻詩”風潮的影響㉘,但同時也讓我們不由聯想到大慧宗杲的《宗門武庫》。據筆者所知見的各典籍以及各種書志著録,以《武庫》命名者僅此二書而已。大慧宗杲的《宗門武庫》係禪宗古德言行録的纂輯,書成後屢爲後人稱引,如南宋志磐《佛祖統紀》卷四五,南宋趙與旹《賓退録》卷一、卷五,明瞿汝稷《指月録》卷二四、卷二六、卷二九,明達觀真可《紫柏老人集》卷一〇,清汪師韓《上湖詩文編·紀歲詩編》卷一,等等。《詩律武庫》亦不唯後人詩歌創作時所取材,還多爲後世選本、注疏等所採擇,如清宋邦綏《才調集補注》即多處以《詩律武庫》注解《才調集》中的詩歌。

在文章方面,吕祖謙傾心於三蘇之文,前引《雲卧紀譚》中記述大慧向吕祖謙言及韓駒向蘇轍“問作文之法”,蘇轍告以熟讀《楞嚴》《圓覺》等釋家經典云云,“伯恭亦謂聞所未聞也”,似對蘇轍言論饒有興味。吕祖謙還擇取五百餘篇三蘇文章,“編各分體,加以點抹,於題下標注本意”㉙,成《東萊標注三蘇文集》五十九卷㉚,文體區劃詳致井然,標注扼要中肯,足見其對三蘇文章的熟稔。此招致了朱熹的不滿和痛陳:“渠又爲留意科舉文字之久,出入蘇氏父子波瀾,新巧之外更求新巧,壞了心路,遂一向不以蘇學爲非,左遮右攔,陽擠陰助,此尤使人不滿意。”㉛究觀朱熹對蘇文的排斥,除了藝術上的“新巧”之外,還在於思想上的“出入於佛老”,譬如對蘇轍,朱熹即直截指責:“吾弟乃謂其躬行不後二程,何其考之不詳而言之之易也!二程之學始焉未得其要,是以出入於佛老。及其反求而得諸六經也,則豈固以佛老爲是哉?如蘇氏之學,則方其年少氣豪,固嘗妄抵禪學,如《大悲閣》《中和院》等記可見矣。及其中歲,流落不偶,鬱鬱失志,然後匍匐而歸焉,始終迷惑,進退無據。”㉜既然如此,那麼吕祖謙對三蘇文的傾慕,當不乏其文章間出入佛禪的因素在。

如上所述,佛禪對吕祖謙這位理學家的濡染,儘管並非顯而易見,但仍在其思想、文學等方面隱約透漏出絲縷形跡。關於吕祖謙治學的特點,金人李純甫概括爲“通融”:

> 論至於此,儒佛之説爲一家。其功用之殊,或出或處,或嘿或語,便生分别,以爲同異者,何也?如劉子翬之洞達,張九成之精深,吕伯恭之通融,張敬夫之醇正,朱元晦之峻潔,皆近代之偉人也。想見方寸之地,既虚而明,四通六辟,千變萬化,其知見只以夢幻死生,操履只以塵垢富貴,皆學聖人而未至者。其論佛老也,實與而文不與,陽擠而陰助之,蓋有微意存焉。唱千古之絶學,掃末流之塵跡,將行其説於世,政自不得不爾。㉝

李純甫的這段言論,出自其《鳴道集説》。“李屏山平日喜佛學,嘗曰中國之書不及西方之書。又曰學至於佛則無所學。釋迦贊云:‘竊吾糟粕,貸吾粃糠。粉澤丘軻,刻畫老莊。’嘗論以爲宋伊川諸儒雖號深明性理,發揚六經、聖人心學,然皆竊吾佛書者也。"[34]《鳴道集説》"列周、程、張、邵、朱、吕、蔡諸儒之説而條辨之。末附自作文數篇,大旨出於釋氏,殊爲偏駁"[35]。我們固應對李純甫出於自身佞佛立場的發言持審慎辯證態度,但其言論中亦不乏有資取鑒之線索。上引該段是爲駁斥《安正忘筌》宣稱佛教"施於中國,猶軒車適越,冠冕之胡,决非所宜"之論而發。李純甫對宋代的幾位理學家——劉子翬、張九成、吕祖謙、張栻、朱熹的爲學特點作了概括,認爲他們或"洞達",或"精深",或"通融",或"醇正",或"峻潔",皆本於會通儒、佛,對兩家之出處語默無軒輊分别之心,對佛老"陽擠而陰助"。李純甫認爲"道冠儒履,同入解脱法門;翰墨文章,皆是神通游戲"。[36]吕祖謙之"通融",突出表現在其文筆縱横捭闔、暢達無拘,"東萊文章深受蘇文影響,以暢達縱逸爲宗";即使是爲場屋舉子示範軌轍的《東萊博議》,亦"突出展現了東萊的博辯技巧,在遣詞造語方面極富創造性。從材料、意境、詞語及章句而言,辭格使用之豐富讓人眼花繚亂。摹狀、引用、比喻、誇張、設問、復疊、反復、對偶、排比、層遞、倒裝等手法,在《博議》當中可謂所在皆是","不過《博議》重在隨事立論,不以義理爲宗,因而文筆縱肆之際於經義未必一一相合。朱熹曾不滿東萊文字'太尖巧',譏其'輕儇',實則有混淆説經文字與集部文章的嫌疑。説經只需内容明確清晰,形式平穩質實,屬於消極修辭;而文章則强調感受,需要動用一切手法來增强對内容的體驗,屬於積極修辭"。[37]此外上文所引全祖望在《宋元學案》中對吕祖謙的評價之語"平心易氣,不欲逞口舌以與諸公角,大約在陶鑄同類以漸化其偏,宰相之量也",以及《宋史》本傳所言"祖謙學以關、洛爲宗,而旁稽載籍,不見涯涘。心平氣和,不立崖異"[38],這種"有容乃大"的襟懷氣度,大約與其"通融"亦不無關聯。

(作者單位:復旦大學出版社)

① 祖詠《大慧普覺禪師年譜》卷末附,吴洪澤編《宋人年譜集目　宋編宋人年譜選刊》,巴蜀書社,1995 年,第 195 頁。

② 祖詠《大慧普覺禪師年譜》卷末附,吴洪澤編《宋人年譜集目　宋編宋人年譜選刊》,第 195 頁。

③ 曾棗莊、劉琳主編《全宋文》第 214 册,上海辭書出版社、安徽教育出版社,2006 年,第 271 頁。

④ 黄靈庚等編《吕祖謙全集》,浙江古籍出版社,2008、2017 年。

⑤ 陳貴謙《月林觀禪師塔銘》,《月林師觀禪師語録》卷末附,《卍續藏》第 69 册,第 352 頁。

⑥ 宗杲《正法眼藏》卷一上,《卍續藏》第 67 册,第 557 頁。

⑦ 淨善重集《禪林寶訓》卷三,《大正藏》第 48 册,第 1031、1032 頁。

⑧ 宗杲《大慧普覺禪師普説》卷一上,《卍正藏》第 59 册,第 789 頁。

⑨ 見宋刻元明遞修本、《續金華叢書》本《東萊吕太史文集》附録卷一。

⑩ 曉瑩《雲卧紀譚》卷上"大慧寓韓駒齋"條,《卍續藏》第 86 册,第 664 頁。

⑪ 宗演《大慧普覺禪師語録跋》,祖詠《大慧普覺禪師年譜》卷末附,吴洪澤編《宋人年譜集目　宋編宋人年譜選刊》,第 194 頁。

⑫ 曉瑩《雲卧庵主書》,《雲卧紀譚》卷末附,《卍續藏》第 86 册,第 682 頁。

⑬《年譜》"孝宗隆興元年癸未"條,《東萊吕太史集》文集附録卷一,黄靈庚等編《吕祖謙全集》,浙江古籍出版社,2017 年,第 683 頁。

⑭ 永瑢等《四庫全書總目》卷一二〇《吕氏雜記》提要,中華書局,1965 年,第 1038 頁。

⑮ 張浚《大慧普覺禪師塔銘》,《全宋文》第 188 册,第 146 頁。

⑯ 宗杲《答曾侍郎(天游)》,《大慧普覺禪師語録》卷二五,《大正藏》第 47 册,第 917 頁。

⑰ 如《答汪内翰　第一書》("近收吕居仁四月初書")、《答吕舍人(本中)》(四通)等,見《大慧普覺禪師語録》卷二七、二八,《大正藏》第 47 册。

⑱ 脱脱等《宋史》卷四三四,中華書局,1985 年,第 12872 頁。

⑲ 黄宗羲撰,全祖望補修,陳金生、梁運華點校《宋元學案》卷五一,中華書局,1986 年,第 1652 頁。

⑳ 黎靖德編、王星賢點校《朱子語類》卷一二四,中華書局,1986 年,第 2973 頁。

㉑ 黎靖德編、王星賢點校《朱子語類》卷一二二,第 2955 頁。

㉒《朱子語類》卷一二四:"吴仁父説及陸氏之學。曰:'只是禪。'"(第 2978 頁)

㉓ 吕祖謙《與朱侍講元晦》,《東萊吕太史集》别集卷七,黄靈庚等編《吕祖謙全集》,第 368 頁。

㉔ 慧能《壇經》,《大正藏》第 48 册,第 350—351、352 頁。

㉕ 侯外廬等主編《宋明理學史》,西北大學出版社,2018 年,第 319 頁。

㉖ 潘富恩、徐餘慶《吕祖謙評傳》,南京大學出版社,1992 年,第 15 頁。

㉗《詩律武庫》宋刊本卷首牌記。宋刊本國内已佚,唯日本静嘉堂文庫有藏。另有永康胡氏退補齋刻《金華叢書》本,今存。亦有觀點認爲《詩律武庫》係書賈託名吕祖謙之作(如《續文獻通考》卷一八六、《四庫全書總目》卷一三七等)。

㉘ 關於宋人的"以戰喻詩",詳參周裕鍇《以戰喻詩:略論宋詩中的"詩戰"之喻及其創作心理》,楊國安、吴河清主編《第七届宋代文學國際研討會論文集》,河南大學出版社,2013 年,第 541—550 頁。

㉙ 彭元瑞《天禄琳琅書目後編》卷一一《東萊標注三蘇文集》,清光緒刻本。

㉚ 有觀點認爲此書係坊肆僞託吕祖謙之名以謀利(如潘宗周《寶禮堂宋本書録》等)。黄靈庚先生點校《東萊標注三蘇文集》(收於《吕祖謙全集》)"點校説明"云:"三蘇各有文集之足本傳世。然此選本究出於何人,不可詳知。觀其選文之標準及其所選文章之内容,則頗注重論道、論史、闡發儒家道學之旨者,而於正面涉及釋、老内容以及舒暢性情、描述女色之什皆一概排斥不録,蓋視三蘇文章之學與孔孟、韓柳、二程互爲聲氣者,則當出自吕祖謙之手。明楊士奇、清繆荃孫皆謂'東萊所選',可謂有識。故筆者以爲此《標注三蘇文集》之什,蓋祖謙所自爲選編、自爲標注者。"其説可信。

㉛ 朱熹《與張敬夫》,《全宋文》第 245 册,第 73 頁。

㉜ 朱熹《答程允夫》,《全宋文》第 246 册,第 175 頁。

㉝ 李純甫《鳴道集説》卷五,國家圖書館藏明抄本。

㉞ 劉祁《歸潛志》卷九,清武英殿聚珍本。

㉟ 永瑢等《四庫全書總目》卷一二四《鳴道集説》提要,第 1067 頁。

㊱ 李純甫《鳴道集説》卷五,國家圖書館藏明抄本。

㊲ 吕祖謙著、慈波整理《東萊博議彙校評注》,浙江古籍出版社,2022 年,前言第 8、9 頁。

㊳ 脱脱等《宋史》卷四三四,第 12874 頁。

王安石《字説》補輯

郭　畑

《字説》是王安石《三經新義》之外的另一重要著作，該書雖未得到趙宋朝廷的官方頒行，但在當時影響很大，也曾經盛行科場。宋神宗死後不久的元祐元年（1086）閏二月，舊黨重要人物劉摯就建議科舉考試禁止"引用《字解》"[①]，元祐四年六月正式"詔令自今科場程試，毋得引用《字説》"[②]。然而，宋哲宗親政紹述後，却於紹聖元年（1094）六月就迫不及待地解除了引用《字説》的禁令。[③]北宋末年，政治風向開始朝不利於新黨的趨勢發展，宋欽宗即位後的靖康元年（1126），很快便有臣僚建議恢復元祐法，重新禁止科考引用《字説》。[④]由此可見，《字説》的禁否可以説是新舊兩黨在科舉陣地上鬥爭的焦點之一，也因爲此，《字説》在南宋崇尚元祐的風氣中遭到政治和學術思想的雙重否定，影響漸弱，流傳漸少，終以至於徹底散佚。

由於《字説》一度流行很盛，其消散也經歷了一段不短的時期，所以不時被它書引用，也因此得以留下一些片斷。近代以來，陸續有學者留心《字説》的輯佚，湧現出了如劉銘恕《王安石〈字説〉源流考》、張壽《〈字説〉輯佚》、胡道靜《熙寧〈字説〉鉤沉》、張宗祥《王安石〈字説〉輯》、胡雙寶《王安石〈字説〉輯佚》、朱瑞熙《王安石〈字説〉鉤沉》、徐時儀《王安石〈字説〉考論》、黄復山《王安石〈字説〉之研究》、張鈺翰輯《字説》等不少的輯佚成果。[⑤]筆者也檢得幾條爲諸輯所遺者，筆之於此，以爲王安石研究之一助。

1. 扊扅：門關謂之扊扅，或作剡移。

北宋郭茂倩《樂府詩集》卷六〇《琴曲歌辭》録百里奚妻《琴歌三首》之題注有云："《字説》曰：'門關謂之扊扅，或作剡移。'"[⑥]

2. 義：義者，我也。

北宋末江澂《道德真經疏義》卷八《上德不德章第三十八》"上義爲之而有以爲"條疏義曰："惟其立我，故《字説》曰：'義者，我也。'惟其制事，故《書》曰：'以義制事。'"[⑦]按：董仲舒《春秋繁露·仁義法》云："仁主人，義主我也。故曰仁者人也，義者我也，此之謂也。"《字説》應是本自於此。

3. 虚:虎在丘則虚(即"虗"),丘虚則人不敢進。

元劉惟永《道德真經集義》卷七《不尚賢章》釋"不尚賢,使民不爭。不貴難得之貨,使民不爲盜。不見可欲,使心不亂。是以聖人之治,虚其心,實其腹,弱其志,强其骨,常使民無知無欲,使夫知者不敢爲也。爲無爲,則無不治矣"章,引南宋趙實庵《老子解》云:

> 虚其心者,虚有四説焉,三説非,一説是。一曰如太空之虚,二曰如空谷之虚,三曰如虎在丘之虚,四曰以一爲虚……《字説》曰:"虚在丘則虚,丘虚則人不敢進。"夫王者之事,以天下爲一家,不獨親其親,不獨子其子,皆欲愛利之,至於四海,咸使歸向,豈特如虎之在丘,絶物爲虚邪?此三也……⑧

按:其中引用《字説》"虚在丘則虚,丘虚則人不敢進",明顯有因字形相近而出現的傳抄之誤,所以一些輯佚《字説》的學者雖然注意到該書,但均未輯録此條。細究之,前文既已列舉四説,其"三曰如虎在丘之虚",則《字説》原文當作:"虎在丘則虚(即"虗"),丘虚則人不敢進。"而其後"夫王者之事"云云,則是趙實庵的批駁。

4. 武:止戈爲武;花:草木之化;教:人者専於孝,而有文者謂之教;完/寇:元者太初之中氣,能固其元,則爲完固之完,殘其所完,則爲寇。

南宋陳郁《藏一話腴・外編》卷上云:

> 熙寧末年旱,詔議改元,執政初擬"美成"。上曰:"羊大帶戈,不可。"又擬"豐亨",上曰:"亨字爲子不成,惟豐字可用。"改元"元豐"。因考《字説》云:"止戈爲武。花者,草木之化。人者,專於孝,而有文者謂之教焉。元者,太初之中氣,能固其元,則爲完固之完,殘其所完,則爲寇矣。"昔人有是説也。今言命者有曰:"丑爲破田,戌爲負戈,丙丁爲平頭,辛卯甲申爲懸針。"亦取《字説》。常以滕强恕命考之丙戌、丙申,丙戌、丙申平頭矣,官至侍從而無子。金輝命考之,甲午、辛卯,甲午、辛卯懸針矣,故初爲海寇,三遭决配,後爲都統制,贈武義大夫。二官人之命且若是,況朝廷一年號之重乎?《字説》亦不可不考。⑨

按:南宋周煇《清波雜誌》卷九《説食經》條云:"王荆公解'美'字從羊、從大,謂羊之大者方美。"⑩可與引文中釋"美"字爲"羊大"相應證。南宋袁文《甕牖閒評》卷四:"《字説》云:'戍則操戈,役則執殳。'"⑪而引文中以"戌爲負戈",蓋"戍""戌"字形相近,一爲"操戈",一爲"負戈"。根據這段記載,除去明確爲《字説》所釋的武、花、教、完、寇諸字外,尚可窺見《字説》對美、成、亨、丑、戌、丙丁、辛卯甲申、丙戌、丙申、甲午、辛卯等字詞的解釋,且可窺見《字説》在宋代的影響。

5. 筥。

元代王禎《農書》卷一五《農器圖譜集之八・蓧蕢門・筥》:"《字説》云:'筐、筥,一器也,特方圓之異云耳。'"⑫

6. 礳:從石從靡,礳之而靡焉。

元代王禎《農書》卷一六《農器圖譜集之九・杵臼門・礳》:"《字説》云:'礳從石從靡,礳之而靡焉。'"⑬

7. 天地人、壬、妊、坯、胎、娠、懷、男女

南宋陳自明《婦人大全良方》卷一〇《胎教門・孕元立本章第五》於注解中引用《字説》達六條,《凝形殊稟章第六》也引用《字説》一條,⑭ 明代薛己《薛氏醫案》卷三四抄録了《婦人大全良方・胎教門》,⑮ 兹列舉如下:

① 四庫本《薛氏醫案》引《字説》云:"始而生之者,天地也;育而克之者,人也。"點校本《婦人大全良方》作"始而生之春,天地也;育而充之者,人也",似不若《薛氏醫案》明暢。⑯

② 四庫本《薛氏醫案》引《字説》云:"壬,一陽也,二陰也。陽既受始,陰壬之而謂之妊。"《解》曰:"壬,陽水之干也。位在亥子之間,陰至亥極矣。陽復受始,而謂之妊,於壬至子,然後生。"點校本《婦人大全良方》作"陽水之壬也"、"陽復受胎",似誤。⑰

③《字説》:"坯未成爲器,猶坯也。"⑱

④《字説》:"元胎既食於母,爲口以焉。"⑲

⑤《字説》:"女娠以時動。"⑳

⑥《字説》:"心所懷,則身依焉,目隸焉。"㉑

⑦《字説》:"陰窮於十,圍之者男;陽窮於九,方之者女。九有變也,女方之不足;十無變也,男足以圍之。"《解》曰:"男有家,所以圍陰於外;女有室,所以方陽於内。《易》曰:'婦人正吉,從一而終也。夫子制義,從婦凶也。'圍圓也,君道也,夫道也。圓則可以製儀而行仁。方也,臣道也,婦道也。方則從一而已。男從圍與規,從夫同意;女從仁與臣,從仁同意。"㉒

按:引文中所謂"《解》曰",應是注解《字説》之書,但北宋解《字説》者多家,不詳爲何人所解。

8. 麐(麟):麐之來也,光華不可正視,從鹿,從文。

明胡應麟《少室山房集》卷三《樂府三十首・擬漢郊祀歌十九首・朝隴首》有"游白麟"

之句，自注云："《字説》：'麐之來也，光華不可正視，從鹿，從文。'"㉓

按：《舊唐書》卷三七《五行志》載："元和七年十一月，龍州武安川畬田中嘉禾生，有麟食之，復生。麟之來，一鹿引之，群鹿隨之，光華不可正視。使畫工就圖麟及嘉禾來獻。"㉔此條記載也見於《唐會要》卷二九《祥瑞下》，文字有小異。㉕《字説》"麐之來也，光華不可正視"的解釋，應是本之於此。

（作者單位：重慶大學人文社會科學高等研究院）

① 李燾《續資治通鑑長編》卷三六八，元祐元年閏二月庚寅條，中華書局，1995 年，第 8859 頁。

② 徐松輯，劉琳、刁忠民、舒大剛、尹波等校點《宋會要輯稿・選舉三・貢舉雜録》，上海古籍出版社，2014 年，第 5311 頁。

③ 同上書，第 5315 頁。

④《宋史》卷一五七《選舉志三》，中華書局，1977 年，第 3669 頁。

⑤ 劉銘恕《王安石〈字説〉源流考》，載《師大月刊》1933 年第 2 期，收在劉盼遂《文字音韻論叢》一書，北平人文書店，1935 年，近又收在劉長文編《劉銘恕考古文集》，河南人民出版社，2013 年，第 903—917 頁；張壽《〈字説〉輯佚》，載《河北博物院畫刊》第 133、135、137、139 期，1937 年 3—7 月；胡道靜《熙寧〈字説〉鉤沉》三卷，似未刊行，見其《夢溪筆談校證・引言》所述，古典文學出版社，1957 年，第 21 頁；張宗祥輯，曹錦炎點校《王安石〈字説〉輯》，福建人民出版社，2005 年；胡雙寶《王安石〈字説〉輯佚》，載《古籍整理與研究》1987 年第 2 期，總第 3 期，收在其《漢語・漢字・漢文化》一書，北京大學出版社，1998 年；朱瑞熙《王安石〈字説〉鉤沉》，載《撫州社會科學》1987 年第 3 期；徐時儀《王安石〈字説〉考論》，載《辭書研究》1992 年第 4 期；黄復山《王安石〈字説〉之研究》，見《古典文獻研究輯刊》七編第 13 册，臺北花木蘭出版社，2008 年；張鈺翰輯《字説》，見王水照主編《王安石全集》，復旦大學出版社，2017 年，第 1 册。

⑥ 郭茂倩《樂府詩集》卷六〇，第 1347 册，臺灣商務印書館景印文淵閣四庫全書本，1987 年，第 537 頁。

⑦ 江澂《道德真經疏義》卷八，見《道藏》第 12 册，文物出版社、上海書店、天津古籍出版社，1988 年，第 470 頁。

⑧ 劉惟永《道德真經集義》卷七，見《道藏》第 14 册，第 162 頁。

⑨ 陳郁著，趙雄國整理《藏一話腴・乙集》卷上，見《全宋筆記》第七編第五册，大象出版社，2015 年，第 36 頁。

⑩ 周煇著，劉永翔校注《清波雜誌校注》卷九《説食經》條，中華書局，1994 年，第 404 頁。

⑪ 袁文著，李偉國整理《甕牖閒評》卷四，見《全宋筆記》第四編第七册，大象出版社，2008 年，第 172 頁。

⑫ 王禎著，王毓瑚點校《王禎農書》卷一五《農器圖譜集之八・蓧蕢門》，農業出版社，1981 年，第 265—266 頁。

⑬ 同上書，第 86 頁。

⑭ 陳自明著，余瀛鰲等點校《婦人大全良方》卷一〇《胎教門》，人民衛生出版社，1992 年。

⑮ 薛己《薛氏醫案》卷三四，臺灣商務印書館景印文淵閣四庫全書本，1987 年，第 763 册。

⑯《薛氏醫案》，第 795 頁；《婦人大全良方》，第 310 頁。

⑰ 同上。

⑱《婦人大全良方》，第 310 頁。

⑲ 同上書,第 311 頁。

⑳ 同上。

㉑ 同上。

㉒ 同上書,第 312—313 頁。

㉓ 胡應麟《少室山房集》卷三,第 1290 册,臺灣商務印書館景印文淵閣四庫全書本,1987 年,第 23 頁。

㉔《舊唐書》卷三七《五行志》,中華書局,1975 年,第 1370 頁。

㉕ 王溥《唐會要》卷二九《祥瑞下》,上海古籍出版社,2006 年,第 625 頁。

王安中早期仕宦行實考

鮑睿涵

王安中，字履道，號初寮，後人輯有《初寮集》詩文八卷，其中詞一卷。周必大評價王安中"制誥、表章、詩文，大率雅重温潤，而時發秀傑之語"①，其較高的文學才華也在北宋晚期特有的歷史環境中使他獲得了千載一時的機遇。因深受徽宗皇帝的賞識，王安中得以在較短的時間内屢獲提拔，最終躋身宰臣之位。王安中在進入升遷的快車道後歷任多職，但幾乎每一次轉官都没有遵循過制度與慣例，客觀上爲我們詳細瞭解他的这段履歷造成了困难。同時，王安中初入政坛之後的宦跡尚存較多的疑點，學界對此作出的結論也莫衷一是。因此，本文拟在前人的基礎上稍作辨證，以期對王安中的早期爲官事跡作出進一步的説明。

一、王安中釋褐後的首任官職

《宋史·王安中傳》云："王安中字履道，中山陽曲人。進士及第，調瀛州司理參軍。"②據周必大《跋初寮王左丞贈曾祖詩及竹林泉賦》，王安中於元符庚辰（1100）年中舉之後，"調瀛州理掾，未赴而母裴夫人卒"③，由此可知王安中因母服并未上任瀛州司理參軍一職。④鄭國武《王安中詩文研究》⑤、張琪《宋代王安中政治生涯研究》⑥均認爲王安中於崇寧三年（1104）左右在大名元城縣簿任上，按照服喪三年的慣例，該職務似乎應爲王安中釋褐後首次擔任的官職。然而，這種看法與王安中《服闋謝河間帥張顯謨啓》一文相抵牾，今兹録全文如下：

頃鍾禍罰，奄抱憂哀。見其冠之欒欒，遽兹終制；與之琴而切切，宛劇餘思。當其林壠之初營，以及几筵之有奉。隻鷄來奠，首煩使者之行；涸鮒見濡，屢拜仁人之賜。士窮德易，淚盡血隨。永言荷春之非常，重以違顔之積久。嚮風結想，引脰增勞。逖惟裳訟之間，歡致蘭羞之養。神明協相，休祉駢臻。恭以某官學綜九家之流，器凛萬夫之表。英辭高論，每出廣平之鐵心；勝算沈機，莫測征南之武庫。自閫以外，如山而維。堯廷陟明，豈有稽於三考；漢守爲相，要何待於八年。即膺夢卜之求，遂處鈞衡之任。某粗存殘息，詎復壯心。再拜天孫，莫捐少巧。三揖窮鬼，已擾半生。向固非因，免以游梁;今蓋欲得,當以報漢。雖廩人繼粟,庖人繼肉,敢忘卵翼之勤;方伯氏吹壎,仲氏吹篪,終借門墻之重。正謀轉食,益阻登閎。第覬燕頤,以符注倚。⑦

標題中的"張顯謨"指的是張近,王安中寫這封信的目的是爲了感謝張近對他的薦舉。"服闋"就是守喪期終了的意思,文章開端的"頃鍾禍罰,奄抱憂哀"明確了王安中剛剛經歷過喪母之痛,我們因此可以判斷王安中寫這封信的時候還没有得到過起復。"游梁"典出《史記·司馬相如列傳》,司馬相如"會景帝不好辭賦,是時梁孝王來朝,從游説之士齊人鄒陽、淮陰枚乘、吴莊忌夫子之徒,相如見而説之,因病免,客游梁"⑧。因而文中的"向固非因,免以游梁"説的是王安中因爲母喪的緣故而未能實現自己的從政理想,"今蓋欲得,當以報漢"則表達出他迫切出仕的意願,"正謀轉食"同樣傳遞出了這一層含義。所以,王安中在寫這篇文章的時候正好處在服喪期滿、將要外出做官之際。

據王安中代張近所寫的《河間詔書記》可知,張近於"崇寧乙酉春",也就是崇寧四年(1105)的春天"蒙恩擢帥高陽",王安中是在這之後得到了張近的舉薦,從而寫下這篇謝啓。王安中返鄉守孝數月之後,"輒去隨宦臺山"⑨,周必大在《初寮先生前後集序》中書:"公尋登第,闢初寮於精舍,日夜讀書著文。年二十有七,游五臺,爲《竹林泉賦》"⑩,周氏又記録其曾祖在這期間拜訪王安中的經歷:"其考孝孫宰代州之五臺縣,先生端憂侍傍。曾大父游臺回過之,先生年纔二十九……蓋崇寧癸未歲也。"⑪可知他在崇寧二年(1103)的時候仍在五臺縣生活。王安中除喪期滿之後很可能没有立即得到起復,他在這段時間曾前往無極,師事晁説之。《曲洧舊聞》卷七載:

元符間,晁以道爲無極令,時安中已登進士第,修邑子禮,用長牋見以道。自言:"平生頗有意學古,以新學竊一第,固爲親榮,而非其志也。願先生明以教我。"以道曰:"子之志美矣,然爲學之道,當慎其初。能慎其初,何患不遠到。"安中乃築室屏絶人事,榜之曰初寮,又自號初寮居士。⑫

關於晁説之知無極縣的時間,張劍《晁説之年譜》依照多條史料,推爲崇寧二年⑬,而非《曲洧舊聞》所記載的"元符間"。王安中在居鄉數月後前往五臺縣,築室初寮,閉關讀書,至少在崇寧二年時仍過着這樣的生活。待晁説之成爲無極縣令後,王安中很可能在返鄉的途中順道拜訪了他。這樣説來,王安中很難如一些學者認爲的那樣,在三年喪期結束之後立刻出仕大名,而更有可能的是直到崇寧四年(1105)春,受張近舉薦以後,方纔結束了自己的待選狀態。

汪藻曾云:"張幾仲帥高陽,開幕府,孫勰志康、王安中履道、趙鼎臣承之、霍安國子磐實從,皆一時之望也。"⑭從中可知,王安中在張近鎮守高陽關路(河間)期間充任了他的幕職官。王安中也在《賀張都運啓》中明確向張近表示過"某叨佐下藩"。此外,王安中在《瀛洲武堂記》落款處寫下:"大觀元年三月十五,將仕郎、充高陽關路安撫都總管司管勾機宜文字王某記。"⑮故在大觀元年(1107),王安中擔任的官職是充高陽關路安撫都總管司管勾機宜文字。同樣在《河間詔書記》裏,王安中代張近寫下"臣謹按高陽置帥,歲在慶曆戊子,距今六十年矣。親詔再留,蓋自臣始"⑯,按慶曆戊子(1048)之後的六十年大約在大觀二年(1108)左右,也就是説在這一時間王安中還在張近幕中。

學者認爲王安中在崇寧年間試吏大名的依據主要来自《耆舊續聞》一段記録:

> 王安中履道初任大名府元城縣簿,吉甫一見奇之,未知其有文也。會熙河奏捷,履道代爲賀表云:"方叔壯猷,顧自嗟於老矣;皋陶賡載,尚希讚於康哉。"蓋能發其微也。⑰

文中的"熙河奏捷"應指崇寧二年王厚、童貫等人發兵熙河、攻取河湟一事⑱,此時的吕惠卿(吉甫)也剛好在知大名任上,鄭國武和張琪都因此推斷王安中在崇寧三年左右履職大名。然而,這段記載並無旁證,賀表中的文字亦不見於史、集。再看王安中《到北京問候河間帥張顯謨啓》,從"逖瞻舊府,未報厚恩"⑲、"但縻畢萬大名之都,邈絶河間雅奏之地"⑳兩句可推斷,王安中在大名做官的時間應晚於在張近幕上時。同樣可以佐證這點的還有趙鼎臣《秉之兄受代還京師余送行次甘陵雨三晝夜不止十二日乃雪平地幾尺木壓而折者十三四十五日既别秉之於南郭賦其事以寄王履道王時在大名》㉑一詩的標題,大觀初年,趙鼎臣之兄趙鈞臣(字秉之)在知河間縣任上㉒,也是王安中與趙鼎臣同佐張近幕府的時候,而這首詩應是在趙鈞臣爲官河間期滿之後所作,按標題所述,王安中"時在大名",亦説明王安中在大名的宦跡要晚於他在高陽的時期。

結合以上幾點,王安中應是在崇寧四年(1105)春除母喪之後於高陽關路擔任幕職官,在大觀二年(1108)左右的時候仍在其任上。此後,王安中纔去了大名。因此筆者認爲王安中不大可能在崇寧三年(1104)時擔任大名元城縣簿一職,《耆舊續聞》的記載應有舛謬。

二、大名還是相州?

王安中能够在政和年間平步青雲離不開當時徽宗寵臣梁師成的提携。關於這點,宋人在筆記中有如下記載:

> 王履道初自大名府監倉任滿至京師,茫然無所向。會梁師成賜第初成,極天下之華麗,許士庶入觀。履道鬘兩角,以小籃貯筆墨徑入,就其新堂大書歌行以美之,末云"初寮道人",擲筆而出。主隸輩見其人物偉勝,詞翰妙絶,衆目叵測。時方崇尚道教,直以爲神仙降臨,不敢呵止,亟以報師成。師成讀之,大喜,即令物色延見。索其它文,益以擊節,薦之於上。不數年,登禁林,入政府,基於此也。㉓

王履道,政和初爲相州司録,秩滿入京相守韓純彦深知之。會其弟粹彦赴闕,乃蔡條婦翁。時條父京當國,純彦以王囑弟曰:"兄差遣不須遽,且以王司録爲先。"……既到京師,除宗子博士,最爲閑慢,大不愜。所居在封丘門内一寺,寂寂不聊,欲丐外任。或曰:"寺外某秀才乃梁太傅客,梁令渠延納士大夫之賢者,勿惜一訪之。"王即與偕往。秀才邀入小齋,見列書畫數十卷軸,悉爲跋識其尾而退。王素習坡公翰墨,而梁自言爲公出子,秀才如獲至寶,卷置諸篋,立馳馬造梁第示之。次日有旨,除佐著作,蓋梁已因上直薦之矣。[24]

從以上兩則材料來看,王安中經由梁師成"後門"走上升遷之路可謂是板上釘釘之事。然而二者對王安中秩滿之前所任何官的記載却有大名府監倉和相州司録兩種説法,出入較大。張琪主要依據王安中《相州右獄壁記》一文指出政和四年(1114)王安中"正在相州司録任上"[25],細觀此文,確有貌似合理之處:

政和二年,詔書深惟元豐董正治官之義,稽古六職,分建曹掾,視地輕重爲多寡,於是相具曹而不備掾。相有右獄,實前司户參軍所治,而獄在州院久廢。明年三月,建安黄敦書始至,喟然曰:"曹事惟爾長,予將雍容諷議,以佽助爾,其敢不專予犴獄之治。"……聖朝重熙,人知率德,而郡綱嚴密,多出忠獻魏國韓公之舊。今太守公實嗣世德,清通簡要,能盡下所長,顧官於是邦者,初無甚難不可任之責,惟廑身從事皆能。[26]

其中"曹事惟爾長,予將雍容諷議,以佽助爾,其敢不專予犴獄之治"似黄敦書對王安中所語。然而與其他史料相互參證,仍有諸多抵牾的地方。政和三年(1113),恰逢徽宗朝廷曹掾改革之際。相州"具曹而不備掾",按照此次的改革方案,掾官不全之州的司録參軍原則上要由"差承務郎以上簽判,次知縣,次經任監當"選出,要麽便索性不置[27],而從未有過以上履職的王安中顯然不符合被任命的條件。同時,"曹事惟爾長"形容的應爲居曹官之首的士曹[28],亦非《夷堅志》中的"相州司録"。因此,這句話應是王安中記録黄敦書與時任士曹官的交流之語。

再者,《夷堅志》稱當時的"相守"爲韓純彦,然考史籍,未見韓純彦有過這段履歷。又《宋史》中云:"時治守相州,請祠。肖胄因乞補外侍疾,詔除直秘閣、知相州,代其父任。"[29]可知王安中"今太守公實嗣世德"或指的是韓治。[30]因此,《夷堅志》中的錯誤記載可能本於對《相州右獄壁記》一文的附會。

相比之下,政和年間王安中在大名的宦跡則要清晰許多。除了上引《揮麈録餘話》的記述外,主要還有:

原　　文	出　　處
王履道左丞，政和初監大名府崇寧倉門[31]	《夷堅志》卷第十四
煇在番江，於初寮孫稷處得公自監大名倉，洎被遇登兩地、建節帥燕……[32]	《清波雜志》卷六
王安中履道任大名監倉日，喜營妓路瑩[33]	《陶朱新録》
王安中從梁子美辟置大名幕中，時有妓籍一小鬟名冠河朔[34]	《可書》
政和中，有密薦於上者，自監大名倉，累擢掌内外制……[35]	《郡齋讀書志》卷第十九《别集類下》
政和四年二月十二日……監大名倉門王安中同行[36]	《濬縣志》卷二十二《濬縣金石録卷上》

通過表格中的内容基本可以斷定，王安中曾在大名做過監倉。《可書》提到的梁子美，字才甫，政和初年爲大名府尹。[37]王安中有《謝梁都運奏舉堪充幕職官啓》[38]一文，應是王安中在梁子美薦舉自己之後寫的謝啓。政和六年(1116)，梁彦深逝世後，王安中受梁子美之託爲其撰寫了墓志銘，有"某頃官大名，見寧遠歲時訊季父起居"[39]之句。又王安中代梁子美爲周之美所撰寫的墓志銘中稱："政和初，余主北門筦籥……明年十二月二十三日，君卒於官，其孤以其喪歸，請余銘其墓。"[40]可知王安中至少在政和二年(1112)年末的時候還在梁子美的幕府。此外，王安中还有多篇替梁子美捉刀的文章，如《祭張樞密文》《祭宋龍圖文》等。

王安中在大名時與梁子美賓主相得，唱和頗多，其中有《聞青守梁元彬移帥定武作詩寄賀諸梁》《和梁才甫贈定帥元彬》等作品[41]。梁元彬係梁子野，據《宋會要·瑞異一》："政和二年九月二日知定州梁子野奏……"[42]及《宋會要·職官六八》："(政和)二年三月八日，知定州王漢之落職，提舉杭州洞霄宫"[43]所知，梁子野應在政和二年三月之後移帥定州，而王安中於此時也應在大名任上。此外，《濬縣志》所録石刻文字可見於今大伾山摩崖石刻之林。

大伾山石刻"政和四年二月十二日……監大名倉門王安中同行"

憑此,可以基本斷定在政和四年(1114)二月十二日之時,王安中的官職是"監大名倉門"。再從他筆下題爲《予行爲魏倉監門忽得前監倉官詩人江南彭少逸詩因次韻時彭以遺火失官》之詩可以看出王安中是在彭少逸因火災被免官之後,增補爲監大名倉。後來,王安中在《回謝北京梁太尉啓》中書:"擢自禁林,進居政路,罄忱辭而靡讓,獲寵渥以增慙。惟中臺喉舌之司,實並釐於百職;而二丞綱轄之任,乃參翊於萬微……出幕六年,遂玷機衡之列。"㊹"擢自禁林,進居政路"指的是"(宣和元年十一月戊辰)王安中自翰林學士承旨、知制誥除中大夫、尚書右丞"㊺之事,宣和元年(1119)的年末倒推六年大約是在政和三年(1113)年末、政和四年年初的這一時間段,與上文所述并不衝突。

今存王安中著作中有《上姚伯壽書》一文:

> 魏於河漳之間……日者尹正虛席,天子屢顧廷臣,求可付者,獨得公於八座之近……某得以不肖之軀,託在抱關之隸,於是學問名字,初不能少自著見於世,而依詩書以便慵,寓翰墨以神拙,俛眉承睫,以偷升斗之得者,正有賴於朝夕之庇。又其來魏之久,終更且近,因敢綴緝舊聞,以誦之於贊見之際。㊻

從"某得以不肖之軀,託在抱關之隸"來看,王安中此時的身份正符合上文提到的"監大名倉門"。此外,這篇文章的上書對象應是即將上任的大名府尹,據《宋史》卷三百四十五"姚祐字伯受,湖州長興人……加龍圖閣學士,爲大名尹"㊼可知,"姚伯壽"應是"姚伯受之誤"。吴廷燮的《北宋經撫年表》將姚祐知大名府的時段定爲政和四年到政和六年(1116)㊽,王安中應是在姚祐上任之前撰寫的此書,而政和四年也正是王安中"終更且近",任期將滿之時。

綜觀而據,王安中應是在政和初年受梁子美的舉薦轉任大名,在彭少逸遺火失官後,成爲了大名監倉,而政和四年也是他任職期滿,行將離魏返京的時間。

三、初入京城的王安中

雖然王安中入京後的仕途軌跡有基本綫索可循,但還是存在不少疑問。學界在介紹他的這段履歷時,主要引用了李之亮的《宋代京朝官通考》一書㊾,李之亮的結論是,王安中在政和四年(1114)任著作郎㊿,政和五年(1115)任秘書少監[51],政和六年(1116)任中書舍人[52]。然而,李著對這些結論並無具體的考察,也未附有相應的文獻依據。張琪則注意到了王安中的秘書少監之任只持續了一個月左右,故認爲王安中在"政和六年任秘書少監和中書舍人的可能性比較大"[53]。由於王安中在這一時期躥升速度太快,相關的史料記載却寥寥可數,學界對它的討論還不够清楚,也仍有可以商榷的地方。

王安中初入京城後大體經歷了從宫學到秘書省再到任職中書舍人的歷程。這點可以從他《謝除中書舍人表》《辭免中書舍人奏狀》和《謝中書舍人啓》三篇文章中看出：

臣某言：秘府高華，方蒙親擢；掖垣清切，亟荷超除……叨再命於九重，每紆宸翰；閲兩遷於一月，遂陟禁塗。[54]

竊以代言西掖，職峻地清，每難潤色之才，必極儒學之選。臣性資甚樸，文氣弗高，昨蒙聖知，試以書命，擢貳秘府，曾未閲月，再紆宸翰，遂寘從班。[55]

頃由宫學，來列道山，方窺未見之書，遽有非常之遇。自天承詔，給札試言，顧疑骫骳之詞，趣就須臾之頃。謂塵燕覽，必觸大呵。次第兩遷，邂逅幾月？以諸生之樸學，當内史之贊書。[56]

這三封奏表都簡要交待了王安中入京後的任職經歷。由《謝啓》"頃由宫學，來列道山"可知，王安中就職秘書省之前曾擔任過宗子學博士一職。《謝表》所述"秘府高華""擢貳秘府"點出了他在任中書舍人之前的官職是秘書少監。《奏狀》裏的"曾未閲月"表明王安中從秘書少監被提拔到中書舍人的間隔時長還不滿月，《謝表》中的"閲兩遷於一月"亦説明了這點。同時，依據王安中的自述，正是徽宗對其"試言"的滿意和破格提拔，讓他能够快速升爲秘書少監。《夷堅志》對這段史實有着更爲詳細的記載：

（王安中）既到京師，除宗子博士……王素習坡公翰墨，而梁自言爲公出子，秀才如獲至寶，捲置諸篋，立馳馬造梁第示之。次日有旨，除佐著作，蓋梁已因上直薦之矣，蔡不預知。一日在局，蔡使人招至府，不相見，而命一老兵引趨長廊後小書院，出黄袋文書付之，乃試外制三題也。凡合用筆墨紙硯，糊匣翦尺，壓刀硯滴，一一畢備。旋又具饌甚腆，舉所餘送其家。文既就而無由可達，覺窗外有窺者，謂爲老兵。呼之，急隱避，蓋蔡也。少焉老兵來取，然後導以出。明日，御筆除中書舍人。蔡持之不下，而奏言，自來未有小著遷侍從者，於是改秘書少監。纔四旬，竟申前命。[57]

遵循《夷堅志》的説法，王安中在初到京城時被授予宗子學博士一職，後經梁師成的引薦轉除著作佐郎。《宋會要・職官十八》："（王安中）政和中以文學知名，除宗學博士，有密薦於上者，除著作佐郎"[58]，《宋史》中則稱王安中"歷秘書省著作郎"[59]，張琪認爲"著作郎"或是對"著作佐郎"的一種"過呼"，或是王安中確實擔任過這兩個職務[60]。在徽宗皇帝想要將王安中升爲中書舍人時，蔡京認爲著作佐郎不能一步跨越这么大，故改授王安中爲秘書少監。過了四十天，又"竟申前命"。

《夷堅志》雖稱是蔡京"使人招（王安中）至府"，但從"黄袋文書"、"明日，御筆除中書舍人"可以看出,這次測試王安中的幕後主使就是徽宗本人。《雲麓漫鈔》卷五云:"至唐置翰林學士,以文章侍從;本朝因之。翰林學士司麻制批答等,爲内制;中書舍人六員,分房行詞,爲外制云。"[61]宋代承襲唐代,中書舍人負責外制的寫作。"試外制三題",當是徽宗有意試探王安中是否能做中書舍人一職。只不過因爲蔡京的阻攔,徽宗暫且擱置了這一任命。再看上引的《謝中書舍人啓》,其中"頃由宫學,來列道山,方窺未見之書,遽有非常之遇"説的應是王安中剛從宗子學博士調任著作佐郎不久便碰上了"自天承詔,給札試言"的"非常之遇",也就是他從著作佐郎到秘書少監的升官經過。"次第兩遷,邂逅幾月?以諸生之樸學,當内史之贊書"反映的信息正是他從著作佐郎到中書舍人一共經歷過兩次轉官,中間相隔不過數月,這與《夷堅志》的記載基本吻合。因此,王安中應該没有擔任過著作郎,《宋史》中的説法或爲一種"過呼",或是史官行文之誤。

政和五年(1115)四月八日,宋徽宗親臨秘書省視察,(四月)十三日,"詔秘書省職事官並見在省職事官各轉一官,選人比類施行,轉不行人回授有官有服親人吏。專知官各轉一官,有资各轉一资,無官資可轉,依條例比换支賜。以駕幸推恩也。"[62]正如上文所述,王安中政和四年(1114)二月的時候還在大名任上,初到京師後還做過宗子學博士,我們可以由此推斷他在這次徽宗駕幸秘書省的時候還在秘書省任職,故而他應該憑藉這次推恩實現了一次轉官。此外,由於他任秘書少監一職緣於上文提到的徽宗對其專門的考察,所以徽宗視察秘書省時王安中應該已經是秘書少監了,這次駕幸推恩很有可能就是王安中從秘書少監升任中書舍人的契機。

再看王安中《辭免轉官回授第一劄子》:

> 臣伏蒙聖恩,以《哲宗皇帝寶訓》成書,將轉一官回授者。成編甫上,信賞惟行,曾是罔功,敢忘懇避。伏念臣頃從隱約,親被簡知。初寘掖垣,遂兼史事;中繇憲府,入直詞禁。猥叨申命,寖閲歲時。[63]

劄子中的這段話基本總結了王安中的升遷之路。"初寘掖垣,遂兼史事"説的是他一就任中書舍人,便兼修國史之事。又,王安中自谓"政和六年,某同修國史"[64],可知他在政和六年(1116)時已任中書舍人、兼差修國史,參與修撰《哲宗皇帝寶訓》。[65]加之王安中在政和五年四月十三日之後應該已經出任中書舍人,他兼修國史的時間也當在這之後不久。《宋會要·職官五五》載:"(政和)七年七月十四日,御史中丞王安中奏。"[66]在這時,王安中已經轉任御史中丞,同年九月,"御史中丞王安中爲翰林學士"[67]。以上過程正符合"初寘掖垣,遂兼史事;中繇憲府,入直詞禁"。綜上,王安中入京的時間當在政和四年(1114),進京後,歷任宗子學博士、著作佐郎,在政和五年(1115)三月左右經徽宗試書後轉任秘書少監,一個月左右的時間又升爲中書舍人、同修國史,到了政和七年(1117)九月又經御史中丞晉升到翰林學士。

結　語

王安中在徽宗一朝的爲官經歷頗爲傳奇。起先，他在元符三年(1100)中舉之後被授職瀛州司理參軍，但因服母喪而未成行。在這期間，他隨宦五臺縣，筑初寮，後又前往無極，以晁説之爲師。至於王安中的母親何時去世，他又應在何時按照制度起復，我們今天已無從知曉，但可以肯定的是，王安中的仕途起步時間至少要在崇寧四年(1105)之後。

崇寧四年(1105)春天，王安中受張近舉薦，入其幕府，大觀元年(1107)時爲高陽關路安撫都總管司管勾機宜文字，直至大觀二年(1108)左右仍在張幕之中。政和初年，王安中又經梁子美的保舉，轉任大名。在大名，王安中仍然充當的是守臣的幕職官，彭少逸遺火失官後，王安中接替他成爲大名監倉，於政和四年(1114)秩滿返京。入京之後，王安中先是擔任宗學博士一職，没過多久，他走了徽宗寵臣梁師成的門路，並受到梁的賞識與拔擢，進入秘書省，轉任著作佐郎。政和五年(1115)年三月左右，王安中通過徽宗的親自考核，升爲秘書少監，不到一個月的時間，又從秘書少監躍升爲中書舍人、同修國史。之後他又轉任御史中丞，政和七年(1117)九月，王安中又由御史中丞遷爲翰林學士。

王安中的升遷小史既可以補足我們對於北宋文官選任制度的瞭解，讓我們看到常規之外的個案與特例，也能够幫助我們能够更好地去理解王安中所創作的文學作品。王安中得以在短短幾年時間連升數職，一是其本人具備了較高的文學才華，能够勝任撰寫制誥之用，同時更離不開徽宗皇帝的賞識和信任，而這兩者又都是徽宗一朝政治文化的産物。徽宗希望通过這些文臣的作品來展現皇權的神聖與偉大。也正因爲如此，在王安中的詩詞當中，我們多能看到他與徽宗君臣相得以及誇耀徽宗文治武功、再現徽宗一朝太平景象的讚頌，這中間固然有時代背景的影響，但無疑也是他個人獨特經歷的體現。

(作者單位：華東師範大學中文系古籍研究所)

① 曾棗莊、劉琳主編《全宋文》卷五一一八《初寮先生前後集序》，第 230 册，上海辭書出版社、安徽教育出版社，2006 年，第 151 頁。

② 脱脱等撰《宋史》卷三五二《列傳第一一一・王安中》，中華書局，1985 年，第 11124 頁。

③ 曾棗莊、劉琳主編《全宋文》卷五一二三《跋初寮王左丞贈曾祖詩及竹林泉賦》，第 230 册，第 240 頁。

④《宋才子傳箋證》、張琪亦指出這點，傅璇琮、張劍主編《宋才子傳箋證》，遼海出版社，2011 年，第 594 頁；張琪《宋代王安中政治生涯研究》，河北大學碩士研究生論文，2020 年。

⑤ 鄭國武《王安中詩文研究》，福建師範大學碩士研究生論文，2010 年。

⑥ 張琪《宋代王安中政治生涯研究》，河北大學碩士研究生論文，2020 年。

⑦ 曾棗莊、劉琳主編《全宋文》卷三一五八《服闋謝河間帥張顯謨啓》，第 146 册，第 339—340 頁。

⑧ 司馬遷撰,裴駰集解,司馬貞索隱,張守節正義《史記》卷一一七《司馬相如列傳第五十七》,中華書局,1982年,第2999頁。
⑨ 曾棗莊、劉琳主編《全宋文》卷三一五八《初寮詩序》,第146册,第342頁。
⑩ 曾棗莊、劉琳主編《全宋文》卷五一一八《初寮先生前後集序》,第230册,第150頁。
⑪ 曾棗莊、劉琳主編《全宋文》卷五一二三《跋初寮王左丞贈曾祖詩及竹林泉賦》,第230册,第240頁。
⑫ 朱弁撰,張劍光整理《曲洧舊聞》卷七,大象出版社,2019年,第288頁。
⑬ 張劍《晁説之年譜》,《淮陰師範學院學報》2004年第5期。
⑭ 曾棗莊、劉琳主編《全宋文》卷三三九二《承議郎通判潤州累贈朝議大夫趙君墓誌銘》,第157册,第363頁。
⑮ 曾棗莊、劉琳主編《全宋文》卷三一五九《瀛州經武堂記》,第146册,第355頁。
⑯ 曾棗莊、劉琳主編《全宋文》卷三一五九《河間詔書記》,第146册,第349頁。
⑰ 陳鵠録撰《耆舊續聞》卷六,大象出版社,2019年,第273頁。
⑱ 黄以周等輯注《續資治通鑑長編拾補》卷二一,中華書局,2004年,第747頁。
⑲ 曾棗莊、劉琳主編《全宋文》卷三一五七《到北京問候河間帥張顯謨啓》,第146册,第319頁。
⑳ 曾棗莊、劉琳主編《全宋文》卷三一五七《到北京問候河間帥張顯謨啓》,第146册,第320頁。
㉑ 北京大學古文獻研究所《全宋詩》卷一三〇九,第22册,北京大學出版社,1995,第14865頁。
㉒ 曾棗莊、劉琳主編《全宋文》卷三三九二《承議郎通判潤州累贈朝議大夫趙君墓誌銘》,第157册,第363頁。
㉓ 王明清撰《揮麈録餘話》卷之二《王履道詠梁師成賜第》,大象出版社,2019年,第325頁。
㉔ 洪邁撰《夷堅志・夷堅支丁》卷第十《王左丞進用》,中華書局,2006年,第1047頁。
㉕ 張琪《宋代王安中政治生涯研究》,河北大學碩士研究生論文,2020年。
㉖ 曾棗莊、劉琳主編《全宋文》卷三一五九《相州右獄壁記》,第146册,第357頁。
㉗ 黄以周等輯注《續資治通鑑長編拾補》卷三一,中華書局,2004年,第1037—1039頁。
㉘ 張晨光《論宋徽宗曹掾官改革》,《文史》2020年第1期。
㉙ 脱脱等撰《宋史》卷三七九《列傳第一三八・韓肖胄》,中華書局,1985年,第11690頁。
㉚ 據趙鼎臣《榮事堂記》:"宣和元年秋七月,相州守臣韓治以疾求去",可知韓治知相州的時間應在政和時期。又《揮麈録餘話》:"李處邁,邯鄲之孫。政和初,以直秘閣知相州。"綜合來看,王安中赴京時的相守是韓治的可能性較大。
㉛ 洪邁撰《夷堅志・夷堅乙志》卷一四《大名倉鬼》,中華書局,2006年,第307頁。
㉜ 周煇撰《清波雜志》卷第六《上元二詩》,大象出版社,2019年,第65—66頁。
㉝ 馬純《陶朱新録》,大象出版社,2019年,第212頁。
㉞ 張知甫撰《可書》,大象出版社,2019年,第172頁。
㉟ 晁公武撰、孫猛校證《郡齋讀書志校證》,上海古籍出版社,2011年,第1030頁。
㊱《濬縣志》卷二二《濬縣金石録卷上》,清嘉慶六年刊本。
㊲ 王安中代梁子美所撰《故簽書大名府判官廳公事周之美墓誌銘》中云:"政和初,余主北門筦籥",其中北門當指大名。又:《語石　語石異同評・卷三・典章一則》稱:"政和元年,梁子美守北京大名府,以柳書何進滔德政碑磨治改刻五禮碑並大樂碑,立於皇城儀門。"
㊳ 曾棗莊、劉琳主編《全宋文》卷三一五六《謝梁都運奏舉堪充幕職官啓》,第146册,第311頁。
㊴ 曾棗莊、劉琳主編《全宋文》卷三一六一《南陽伯梁公神道碑》,第146册,第376頁。
㊵ 曾棗莊、劉琳主編《全宋文》卷三一六一《故簽書大名府判官廳公事周之美墓誌銘》,第146册,第381頁。
㊶ 北京大學古文獻研究所《全宋詩》卷一三九二,第24册,第16000頁。
㊷ 劉琳、刁忠民等點校《宋會要輯稿・瑞異一》,第5册,上海古籍出版社,2014年,第2603頁。

㊸ 劉琳、刁忠民等點校《宋會要輯稿·職官六八》,第 8 册,第 4886 頁。
㊹ 曾棗莊、劉琳主編《全宋文》卷三一五七《回謝北京梁太尉啓》,第 146 册,第 317 頁。
㊺ 脱脱等撰《宋史》卷二一二《表第三》,第 5526 頁。
㊻ 曾棗莊、劉琳主編《全宋文》卷三一五六《上姚伯壽書》,第 146 册,第 297—298 頁。
㊼ 脱脱等撰《宋史》卷三五四《列傳第一一三·姚祐》,第 11163 頁。
㊽ 吴廷燮撰《北宋經撫年表　南宋制撫年表》卷二·大名府路·四年(一一一四),中華書局,1984 年,第 125 頁。
㊾ 鄭國武和張琪都主要依據該書來作爲斷定王安中轉官時間的依據,但只有張琪對李之亮所稱王安中任秘書少監的時間提出了懷疑。
㊿ 李之亮《宋代京朝官通考》第 4 册,巴蜀書社,2003 年,第 462 頁。
51 同上書,第 356 頁。
52 同上書,第 2 册,第 98 頁。
53 張琪《宋代王安中政治生涯研究》,河北大學碩士研究生論文,2020 年。
54 曾棗莊、劉琳主編《全宋文》卷三一五一《謝除中書舍人表》,第 146 册,第 202 頁。
55 曾棗莊、劉琳主編《全宋文》卷三一五一《辭免中書舍人奏狀》,第 146 册,第 195 頁。
56 曾棗莊、劉琳主編《全宋文》卷三一五六《謝中書舍人啓》,第 146 册,第 307—308 頁。
57 洪邁撰《夷堅志·夷堅支丁》卷第十《王左丞進用》,第 1047—1048 頁。
58 劉琳、刁忠民等點校《宋會要輯稿·職官十八》,第 6 册,第 3495 頁。
59 脱脱等撰:《宋史》卷三五二《列傳第一一一·王安中》,第 11124 頁。
60 張琪:《宋代王安中政治生涯研究》,河北大學碩士研究生論文,2020 年。
61 趙彦衛撰《雲麓漫鈔》卷第五,中華書局,1996 年,第 75 頁。
62 劉琳、刁忠民等點校《宋會要輯稿》職官十八,第 6 册,第 3480 頁。
63 曾棗莊、劉琳主編《全宋文》卷三一五〇《辭免轉官回授第一劄子》,第 146 册,第 185 頁。
64 曾棗莊、劉琳主編《全宋文》卷三一六一,第 146 册,第 371 頁。
65 曾棗莊、劉琳主編《全宋文》卷三一五〇《辭免轉官回授第一劄子》,第 146 册,第 185 頁。
66 劉琳、刁忠民等點校《宋會要輯稿·職官五五》,第 8 册,第 4504 頁。
67 黄以周等輯注《續資治通鑑長編拾補》卷三六,第 1155 頁。

朱翌年譜

凌郁之

詩人朱翌，一生交游甚廣，享譽甚著，胡寅稱其"經綸今賈誼，詞賦昔相如"(《斐然集》卷三《酬新仲見和》)，洪适稱其"良筆媲遷、董，大册落常、揚"(《盤洲集》卷五一《與朱舍人書》)，張孝祥稱其"道德高一世，文章追在昔"(《于湖居士文集》卷三五《與宣城守》)，汪藻稱之爲"詩仙"(《浮溪集》卷三一《朱新仲自韶州寄靈壽杖并詩次韻答之》："詩仙寄我海南州。")，楊萬里稱之爲"詩伯"(《誠齋集》卷二三《朱新仲舍人灊山詩集其子輒叔止見惠且有詩和以謝之》)。吕本中嘗薦之於趙鼎，遂因鼎黨而遭貶斥，乃與南渡後之文學、政事頗多關涉之重要人物，而《宋史》無傳。陸心源《宋史翼》、傅璇琮主編《宋才子傳箋證·朱翌傳》(張劍撰)，對其生平有簡要勾勒。南京師範大學鍾振振先生《全宋詞朱翌小傳輯補》(《華中師範大學學報》二〇〇九年第二期)、北京大學張劍先生《朱翌及其家族事跡考辨》(《漢語言文學研究》二〇一一年第二期)，對其生平作了部分考證，但其一生之出處行藏，尚多沉埋待發之覆。今全面勾稽史料，循年譜之舊例，勒成一編，庶幾可補太史氏之闕云。

朱翌，字新仲。舒州桐城人。

洪邁《容齋四筆》卷一三《二朱詩詞》謂朱翌之父載上"舒州桐城人"，又其《夷堅甲志》卷一〇《龐安常鍼》謂"朱新仲祖居桐城"云云(原注："新仲説。")，洪邁係朱翌同時人，所記又得自朱翌，其説理應可信。朱翌自稱"桐鄉朱翌"(見其所作《章貢紀功碑》《宣城新建貢院記》，《全宋文》卷四一四九)。周必大《文忠集》卷五二《朱新仲舍人文集序》、張元幹《蘆川歸來集》卷一〇《休庵銘》亦皆稱"桐鄉朱公"。桐鄉即桐城，乃漢代之舊名。

朱翌之籍貫，别有數説。其一爲懷寧。李心傳《建炎以來繫年要録》卷一〇六："翌，載上子。載上，懷寧人。"《寶慶四明志》卷八《先賢事跡上》亦云："翌世家安慶府懷寧縣。"按《輿地紀勝》卷四六《淮南西路·安慶府》，慶元元年升舒州爲安慶府，領縣五(懷寧、桐城、宿松、望江、太湖)，治懷寧。可知朱翌在世之時尚未有安慶府，應仍稱舒州爲宜。懷寧乃州治之所在，稱其懷寧人，或以此耳。其二爲龍舒。《南宋館閣録》卷七《官聯上》："朱翌，字新仲，龍舒人。"《直齋書録解題》卷一一朱翌《鄞川志》敘録，稱"龍舒朱翌"。按：龍舒乃舒州、桐城、舒城之古稱，非宋代行政區劃之用名。其三爲灊山。朱翌《灊山集》(知不足齋叢書本，下同)卷一《方提幹有端石硯》詩有"灊山道人請歸治"之句,乃其自稱。樓鑰《攻媿集》卷七〇有《跋朱灊山(翌)自撰墓誌》。《延祐四明志》卷四《人物考》:"朱翌,字新仲,舒州灊山人。"按:稱翌"灊山人"固無不可,然須知非"灊山縣人"。宋無"灊山縣"。顧祖禹《讀史方輿紀要》卷二六《江南八・安慶府》:"灊山縣,本懷寧縣之清朝、玉照二鄉,宋置四寨,元至元中立野人原寨,至治三年始置灊山縣。"其四爲鄞。戴表元《剡源集》卷一四《朱尉開伯求葬親費序》有云:"紫微公新仲遂爲鄞人。"陸心源《宋史翼》卷二七本傳亦稱其"鄞縣人"。然戴云"世居桐鄉",陸云"世家安慶之懷寧",蓋皆以鄞爲寓居之所而非籍貫也。至於誤以桐城舊稱之桐鄉爲浙江之桐鄉,則不必辨矣。

考朱翌《簡宗人利賓》詩,既云:"昔時桐鄉漢九卿,家在淮南天一柱。"又云:"灊山山高灊水深,眼前誰作藩籬護。"(《灊山集》卷一)可知在其認識之中,桐鄉即灊山,灊山即桐鄉,貌似齟齬,實乃無妨。桐鄉者,用歷史之舊稱;灊山者,用地理之標識,皆非當時實際之行政區劃。"桐鄉漢九卿",朱邑也。《漢書・朱邑傳》:"朱邑,字仲卿,廬江舒人也。少時爲舒桐鄉嗇夫,廉平不苛,以愛利爲行。"朱氏以邑爲祖,此乃其自稱"桐鄉朱翌"之根據。

自號灊山道人。學者尊稱灊山先生。

朱翌《灊山集》卷一《方提幹有端石硯》詩有"灊山道人請歸治"句,乃自稱。樓鑰《攻媿集》卷七〇《跋朱灊山自撰墓誌》稱"灊山先生"。按:劉壎《隱居通議》卷一七《省事老人讚銘》、《延祐四明志》卷四《人物考》皆云號"省事老人",厲鶚《宋詩紀事》卷三九小傳、《宋史翼》卷二七本傳皆云號"灊山居士",然皆未詳所本。

父載上,嘗爲黄州教授,受知於蘇軾。

洪邁《容齋四筆》卷一三《二朱詩詞》:"朱載上,舒州桐城人,爲黄州教授,有詩云:'官閒無一事,蝴蝶飛上階。'東坡公見之,稱賞再三,遂爲知己。中書舍人新仲翌,其次子也,有家學。"事又見陳鵠《耆舊續聞》卷一。按:朱載上,《宋史》無傳。《繫年要録》卷一〇六:"載上,懷寧人,靖康司農少卿。"《宋會要輯稿》儀制一一:"秘閣修撰朱載上,靖康元年八月贈徽猷閣待制。"《四庫全書總目》卷一五七朱翌《灊山集》提要:"載上嘗從蘇軾、黄庭堅游。"按:其與黄庭堅交游,已無從考證。又按:《正德姑蘇志》卷三九《宦跡》三:"朱翌,字新仲,龍舒人,忠靖公勝非之孫。"此則大誤。朱勝非乃蔡人,非桐城人,又與朱翌同時代;然勝非確有孫名翌者。洪邁《夷堅志・支景》卷一《朱忠靖公墓》:"朱忠靖公,蔡人也。渡江之後,卜居於湖州。……乾道中,公次子侍郎夏卿亡,子翌用治命。"蓋二人恰同姓名而致誤。

哲宗紹聖四年(1097) 丁丑 一歲

是年,朱翌生。

朱翌《灊山集》卷一有詩,題云《歲乙丑余年四十有九矣,因誦太白"四十九年非,一往不可復"之句,次其韻》。"乙丑"爲紹興十五年(1145),則其生年當在紹聖四年丁丑(1097)。

徽宗政和四年(1114)　乙未　十八歲

作樂府,朱敦儒見而書諸扇。

陳鵠《耆舊續聞》卷一:"待制公(朱翌)十八歲時,嘗作樂府云:'流水泠泠,斷橋斜路梅枝亞。雪花飛下,全勝江南畫。白璧青錢,欲買應無價。歸來也,風吹平野,一點香隨馬。'朱希真訪司農公(朱載上)不值,於几案間見此詞,驚賞不已,遂書於扇而去。初不知何人作也。一日,洪覺範見之,扣其所從得,朱具以告。二人因同往謁,司農公問之,公亦愕然。客退,從容詢及待制公,公始不敢對,既而以實告。司農公責之曰:'兒曹讀書,正當留意經史間,何用作此等語邪!'然其心實喜之,以爲此兒他日必以文名於世。今諸家詞集及《漁隱叢話》皆以爲孫和仲或朱希真所作,非也。"洪邁《容齋四筆》卷一三《二朱詩詞》:"(朱翌)十八歲時戲作小詞,所謂'流水泠泠,斷橋斜路梅枝亞'者,朱希真見而書諸扇,今人遂以爲希真所作。"

政和六年(1116)　丙申　二十歲

入太學。

《灊山集》卷一《送硯與周宰》有云:"太學三年同寢食。"《寶慶四明志》卷八《先賢事跡上》謂翌"政和八年賜同上舍出身",則其六年當已入太學。

政和八年(1118)　戊戌　二十二歲

賜同上舍出身。

周必大《文忠集》卷五二《朱新仲舍人文集序》:"年二十二,登政和進士第。"《南宋館閣録》卷七《官聯上》:"朱翌,字新仲,龍舒人,嘉王榜同上舍出身,治《周禮》。"《寶慶四明志》卷八《先賢事跡上》:"朱翌,字新仲,政和八年賜同上舍出身。"

爲建康府溧水縣主簿。

《延祐四明志》卷四《人物考・朱翌》:"以太學生賜第,初爲建康府溧水縣主簿。"按:劉壎《隱居通議》卷一七《省事老人讚銘》謂朱翌"初仕汴京",蓋在爲溧水簿之後,第不知在京所仕何職。

宣和元年(1119)　己亥　二十三歲

爲江東安撫使王彦昭幕官,嘗代作《致語》《樂語》。

王明清《揮麈後録》卷八:"朱新仲少仕江寧,在王彦昭幕中,有代彦昭《春日留客致語》云:'寒食止數日間,纔晴又雨;牡丹蓋十數種,欲拆又芳。'皆《魯公帖》與《牡丹譜》中全語也。彦昭好令人歌柳三變樂府新聲。又嘗作《樂語》曰:'正好歡娱,歌葉樹數聲啼鳥;不妨沉醉,拚畫堂一枕春酲。'又皆柳詞中語。"按:王漢之,字彦昭,重和元年知江寧府事,兼江南東路兵馬鈐轄。明年十一月,就差江南東路安撫使。宣和四年九月,以疾力請,進職延康殿學士、提舉杭州洞霄宫。(程俱《北山小集》卷三四《延康殿學士中大夫提舉杭州洞霄宫信安郡開國侯食邑一千七百户食實封一百户贈正奉大夫王公行狀》)政和八年十一月改重和,明年二月改元宣和,則朱翌入王幕蓋應在宣和元年以後,四年九月之前。

宣和四年(1122)　壬寅　二十六歲

元宵,有懷都城詩,并簡胡俊民。

《灊山集》卷三有《元宵懷都城簡胡令俊民時胡連夕在告》詩。“俊民”蓋即“俊明”。胡唐老,字俊明,宿曾孫,事跡具《宋史》卷四五三本傳,本傳云:“崇寧間,與弟世將同登進士第,歷南京國子博士,知江陵縣,召爲秘書省校書郎。靖康元年,擢殿中侍御史。”則知其爲令,當在靖康元年前;又據詩中有云“郁郁卿雲密,葱葱瑞氣盤”,應尚在女真入寇之前。《光緒續修江陵縣志》卷一七《秩官·文職》“江陵縣知縣事”:“胡唐老,俊明,徽宗時任。”又《灊山集》卷二有《三衢胡定愍(凌按:胡唐老卒謚定愍。)祠》詩:“把酒論詩建業城,三年金石見交情。”蓋胡、朱在建業嘗共事三年。胡知江陵,當在建業之後。姑繫此。

宣和五年(1123)　癸卯　二十七歲

夏,陳與義偕五同舍集葆真宫池上,分韻賦詩,盛傳京師。新仲親見之。

《容齋四筆》卷一四《陳簡齋葆真詩》:“自崇寧以來,時相不許士大夫讀史作詩,何清源至於修入令式,本意但欲崇尚經學,痛沮詩賦耳,於是庠序之間以詩爲諱。政和後,稍復爲之,而陳去非遂以《墨梅絶句》擢寘館閣。嘗以夏日偕五同舍集葆真宫池上避暑,取‘緑陰生晝静’分韻賦詩,陳得‘静’字。……詩成,出示坐上,皆詫爲擅場。朱新仲時親見之,云京師無人不傳寫也。”按:白敦仁《陳與義年譜》(中華書局 1983)繫在是年。

建炎三年(1129)　己酉　三十三歲

有詩寄張燾,邀其南下。

《灊山集》卷一《寄張子公》詩:“政和聖人拜賢書,陛臚春曉傳天衢。集英殿下八百衆,一時如公此策無。萬口一詞期第一,擢之第三衆不懌。諸公貴人願相識,戒閽走馬要君入。君言不媚有藥石,國子先生乃例得。我亦跪起就穿執,妄意得蒙子公力。六年一别安宜北,憂患壓人氣不出。聞之減米符離日,首陽潄食用一律。嗚呼四海鳴鋒鏑,白晝豺狼恣吞吸。帝在奉天頗倉卒,絲綸政渴宣公筆。緘情遠附雪原鴒,願公來扈巡南蹕。平泉松菊凌霜碧,伐叛亭成燕賓戚。起居因書問晨夕,宜爲蒼生調鼎食。”按:張燾,字子公,鄱陽人,政和五年何㮚榜進士出身。(《南宋館閣録》卷八《官聯下》)“我亦跪起就穿執”云云,蓋彼時嘗從請益也。“帝在奉天頗倉卒”“願公來扈巡南蹕”,蓋在建炎三年高宗南渡之後。姑繫此。朱翌紹興九年(1139)所作《送吏部張尚書帥成都一百韻并序》云“翌從公游將三十年,蒙公之知最深”(《灊山集》卷三),則二人相交蓋在政和初。

建炎四年(1130)　庚戌　三十四歲

避地桐廬白雲源。與江端友等人爲文祭臨水之神。

胡翰《謝翱傳》:“江端友、吕居仁、朱翌避地(桐廬)白雲源。源,故方干所居,在釣臺之南,(謝)翱率其徒游焉。”(《晞髮集》卷九《附録》)任士林《謝處士傳》:“建炎四年,江端友、吕居仁、朱翌諸賢,爲文祭臨水之神,避地於此。”(《晞髮集》卷九《附録》)按:白雲源,在嚴州之桐廬,又名蘆茨源。《雍正浙江通志》卷一九《山川十一·嚴州府·桐廬縣》:“白雲源,《嚴陵志》:在縣西南四十里,一名蘆茨源。重山插天,林麓茂盛。……《名山勝槩記》:白雲源與釣臺對,乃唐處士方干之舊隱也。”《兩浙名賢録》卷五三《寓賢》:“朱翌,字新仲,龍舒人。……寓居桐廬,愛茨廬(凌按:“茨廬”當作“蘆茨”。)山水,遂闢地家焉。”又按:吕本中,字居仁。據王兆鵬《吕本中年譜》(載《兩宋詞人年譜》,文津出版社一九九四年版)及祝尚書《吕本中年譜》(《新宋學》第七輯),本中是年在湖南、廣東,任士林《謝處士傳》所云“爲文祭臨水之神”,殆無可能。

有《次韻江子我病起》《寄鸕鷀源方允迪、江子我》詩。

《灊山集》卷二《寄鸕鷀源方允迪江子我》:“世間豺虎正爭岐,隱去何妨九曲迷。懷人夢到北山北,卜鄰意欲西枝西。麥雲已有飽氣象,梅雨又煩詩品題。他日籃輿入源去,尚期趺坐對青藜。”又《灊山集》卷二《夜宿方允迪家雨雪大作》《次韻江子我病起》,蓋亦一時之作。按:“鸕鷀源”,當即“蘆茨源”。江端友,字子我,紹興四年卒於温州。(《繫年要録》卷七四)詩當作於此前,姑繫此。方元若,字允迪,政和五年何㮚榜進士。(《淳熙嚴州圖經》卷一)沈與求《龜溪集》卷三有《方允迪隱鸕鷀谷,江子我子之、劉希顔行簡,皆往依焉,爲此詩寄贈》詩,有云:“鼻祖名高詩格在,耳孫才傑宦情疎。”吕本中《東萊先生詩集》卷一五《方允迪挽詞二首》,有云:“已矣儒林老,今爲地下郎。空山留几杖,遺稿漫文章。”“豈止千人傑,俱爲一代英。云何卧丘壑,不使至公卿。”方允迪之爲人可見也。

有《三衢胡定愍祠》詩。

《灊山集》卷二《三衢胡定愍祠》:“把酒論詩建業城,三年金石見交情。羅池忽待中流泊,姑蔑應無劇雨傾。直道豈知人負我,英姿如在死猶生。鑪香銷盡叢祠晚,獨對西風淚臆横。”按:胡定愍,胡唐老也。《繫年要録》卷三〇:“建炎三年十有二月戊寅,徽猷閣待制、知鎮江府、兼浙西安撫使胡唐老,爲軍賊戚方所殺。……後贈唐老徽猷閣直學士,謚定愍。”《宋會要輯稿》儀制一一:胡唐老四年八月贈徽猷閣直學士。立祠蓋在此後不久。姑繫此。詩云“把酒論詩建業城”,可知宣和初二人已相識。(參見宣和元年、四年譜。)

嘗與錢端修諸公會飲興福院,有詩。

《灊山集》卷二《與錢端修諸公飲興福》:“積陰解盡可信眉,梵宇仍容款扣扉。山淨且無塵一點,湖平惟有鷺雙飛。杯行客惡思傳令,劫急棋爭看解圍。招隱不知誰好事,爲尋幽處著漁磯。”興福院,在嚴州。(《淳熙嚴州圖經》卷二《寺觀》)錢時敏,字端修,江寧人,莫儔榜同上舍出身,治《詩》,十年閏六月除秘書丞,十一年七月爲駕部員外郎。(《南宋館閣録》卷七《官聯上》)官至敷文閣待制,紹興二十三年卒。(《繫年要録》卷一六五)翌紹興十二年至二十三年在韶州,此詩蓋作於建炎、紹興之交。

方滋惠粟麥。

《灊山集》卷一有《謝方務德惠粟麥》詩,云:“甑塵不掃爨未烟,米盡自從仁祖索。玄英之孫陳義高,急遣樵青分粟麥。”方滋,字務德,桐廬人,事跡詳《南澗甲乙稿》卷二一《方公墓誌銘》。“玄英之孫”,即指務德。方惠米麥事,蓋在翌初來嚴州困頓之際。

紹興元年(1131) 辛亥 三十五歲

有《題翠波亭》詩。

《灊山集》卷二有《題翠波亭》。此詩蓋爲羅守道作。考劉才邵《𣝔溪居士集》卷一有《書翠波亭》詩,四庫本題下注:“案才邵《羅守道墓誌銘》(凌按:見《𣝔溪居士集》卷一二)有云:‘作堂與亭閣聚書教子,且曰所居頗有溪山之勝,欲得公詩以發揮幽致,因賦翠波亭以贈之。’蓋即此詩也。守道名安强,廬陵人。”《墓誌銘》謂守道紹興元年八月卒,翌詩當作於此前。

方滋有端石硯,翌攜歸。有詩。

《灊山集》卷一《方提幹有端石硯,池狹不能容水,予攜以歸,令匠者廣之。疑其不返也,書來見督。以詩解嘲》。按:方滋紹興元年爲浙西提舉茶鹽司幹辦公事(《繫年要録》卷四六,紹興元年八月己丑)。所稱“提幹”,指此。端石硯事,蓋在此際。

紹興四年(1134) 甲寅 三十八歲

作《嚴州知州題名記》。

《淳熙嚴州圖經》卷一《賢牧題名》:“宣和三年平方臘後知州名氏,有灊山朱翌所作題名記,列之左方。”同卷《碑碣》:“《知州題名記》,紹興四年,灊山朱翌撰。在大廳。”

有次韻常同詩。

《灊山集》卷二《次韻常子正》:“骨鯁當朝跡未塵,但知謀國不謀身。試看犀角龜文表,真是鸞臺鳳閣人。短別可堪馳夢驛,小詩聊爲寫情親。雪山滿眼寒潮急,憑仗歸鴻一問津。”按:常同,字子正。事跡具《宋史》卷三七六本傳。常同政和八年賜上舍及第(汪應辰《文定集》卷二〇《御史中丞常公墓誌銘》),二人係同年。汪應辰《常公墓誌銘》,謂常同紹興三年除殿中侍御史,十閱月而彈擊八十人,“臺綱大振,中外肅然”。四年,除起居郎、中書舍人、兼史館修撰。翌此詩“骨鯁當朝跡未塵,但知謀國不謀身”,當指常同在殿中侍御史任上勇於彈擊而言。“真是鸞臺鳳閣人”,蓋常同此時尚未除中書舍人也。《繫年要録》卷七七:四年六月,兼權中書舍人。可知此詩蓋在三年除殿中侍御史之後,四年兼權中書舍人之前。

有詩寄胡寅。

《灊山集》卷二《寄胡明仲》:“尺一催公想疾驅,盛傳今已過羌廬。紛紛眼底何時定,鬱鬱江南更久居。陛下不妨高枕卧,先生來草射聊書。銅駝可惜埋荆棘,會有人能爲掃除。"按:《繫年要録》卷七〇:紹興三年十有一月壬子朔,"胡寅知永州"。同書卷七四:紹興四年三月辛未,"直龍圖閣知永州胡寅試起居郎、右文殿修撰"。翌詩"尺一催公"云云,蓋當指此而言。

紹興五年(1135)　乙卯　三十九歲

清明時節,汪藻南遷,過嚴陵,翌有詩送行。

陳鵠《西塘耆舊續聞》卷一記蘇仁仲言:"南渡之初,朱新仲寓居嚴陵時,汪彦章南遷,便道過新仲,適值清明,朱送行詩云:'天氣未佳宜且住,風波如此欲安之。'"按:《繫年要録》卷八七:紹興五年三月丙申,"龍圖閣直學士、知撫州汪藻,提舉江州太平觀。時朝廷議銓量監司郡守,其資序已深,雖無顯過而才非所宜者,以祠禄處之。張致遠爲侍御史,嘗言:'藻素多玷闕,白簡具存,湖州之政,至今傳笑。法行自貴,始先罷藻,彼有歉於中者,將望風投劾而去矣。此亦銓量之至要也。'故藻遂罷。"《耆舊續聞》所言"南遷"當指此事。翌詩"天氣""風波",蓋亦有所譬云。

紹興六年(1136)　丙辰　四十歲

在嚴州。人日雨雪,有詩。

《灊山集》卷二《丙辰人日雨雪》:"此地從來僻,今朝自古陰。五年猶作客,一飯敢虚襟。春色豈終閟,晨光宜早臨。國香無恙否,抱雪秀深林。"按:"此地"當在嚴州。"五年猶作客",謂自建炎末避地嚴州白雲源至今也。

九月,有次吕本中韻。

《灊山集》卷三《次吕居仁九日群集韻》:"衣冠交上郡,氣象有中州。九日一尊酒,千巖萬壑秋。星方聚吴分,魚已躍王舟。即事感今昔,乃情無去留。憂時俱出力,濟勝合先謀。北望邊風凛,戎衣詎敢休。"按:吕之原唱見《東萊詩集》卷一五《嚴州九日坐上贈胡明仲常子正》,云:"今年得交舊,九日會嚴州。城角風雲暮,天涯景色秋。功名有長鋏,行李付扁舟。苦恨三年别,聊因一笑留。病添文字懶,老耻稻粱謀。活國須公等,吾生便可休。"胡寅,字明仲,是年四月知嚴州(《繫年要録》卷一〇〇)。王兆鵬《吕本中年譜》(載《兩宋詞人年譜》)繫在是年。

十月初八,爲敕令所删定官。

《繫年要録》卷一〇六:紹興六年十月壬寅,"左迪功郎方疇、左從事郎朱翌,并爲敕令所删定官"。是月乙未朔,壬寅乃初八日。按:翌爲左從事郎,當在今年十月前。《宋史》卷一六九《職官志九》"紹興以後階官",從事郎"係奏補未出身官人"。

十一月,有詩賀陳與義除翰林學士。

《灊山集》卷二有《賀陳内翰去非三首》。其一云:"聞道催宣召,傳呼入翰林。"按《繫年要録》卷一〇六:紹興六年十一月"辛未,中書舍人兼直學士院兼侍講陳與義爲翰林學士"。白敦仁《陳與義年譜》謂朱翌詩"當作於是時"。

紹興七年(1137) 丁巳 四十一歲

正月十日,張嵲游天竺有詩,翌次韻。

《灊山集》卷二有《次韻張巨山正月十日游天竺》。按:天竺寺,在杭州。(《方輿勝覽》卷一《臨安府·佛寺》)張嵲正月十日游天竺,未詳具體年份。《南宋館閣録》卷八《官聯下》:"張嵲五年八月除校書郎,七年三月爲秘書郎。"而翌蓋自上年九、十月始來臨安,則此詩或作於紹興七、八年。姑繫此。

二月,有《送王端材以宣諭屬官入川》詩。

《灊山集》卷二《送王端材以宣諭屬官入川》:"使星入蜀動佳占,幕府讃謀要子參。"按:王端材當爲川陜宣諭范直方之屬官入川。《繫年要録》卷一〇七:紹興六年十二月壬寅,"命右司員外郎范直方宣諭川陜諸州,及撫問吴玠一行將士。三省言:'頃遣宣諭五使,川陜獨不及,故命直方往勞軍,且察官吏能否。'上召見,賜御寶手曆而遣之。"同書卷一〇九:紹興七年二月甲辰,"右司員外郎、川陜宣諭范直方,乞金字牌旂榜二副,所過緩急招收盜賊。許之。……尋賜直方三品服遣行。"乃范直方受命在去年十二月,而出行在今年二月。

紹興八年(1138) 戊午 四十二歲

九月,爲秘書省正字。

《繫年要録》卷一二二:紹興八年九月丁巳,"左宣教郎朱翌爲秘書省正字"。是月甲寅朔,丁巳爲初四日。《南宋館閣録》卷八《官聯下》謂在十月。按:朱翌此次擢用,殆因吕本中之薦舉。《繫年要録》卷一四二:紹興十一年十一月丙申,"中書舍人兼實録院修撰朱翌罷,以言者論翌頃以諂事吕本中,薦之趙鼎"。考本中是年二月遷中書舍人,四、五月間嘗薦劉勉之、孫衍,七月高宗有本中附麗趙鼎之語,十月落職奉祠(王兆鵬《吕本中年譜》,載《兩宋詞人年譜》),趙鼎罷相亦在八年十月(《繫年要録》卷一二二),則本中薦翌於趙鼎,蓋即在此間。

陪董弅西湖觀競渡,有詩。

《灊山集》卷二有《陪董令升西湖閲競渡》詩。按:董弅,字令升,號朋溪居士,逌之子。(凌按:《梁谿漫志》卷一〇《伏波崔府君廟》作"棻"。)此詩中"太守行春如醉翁"之"太守",即指董令升。《淳熙嚴州圖經》卷一《賢牧題名》:"董弅,紹興七年十一月初三日以左朝奉大夫充徽猷閣待制知,紹興九年八月初五日罷任。"詩當作於紹興八、九年之間,姑繫於此。吴騫《拜經樓詩話》卷三:"朱翌有《陪董令升西湖觀競渡》詩,載《灊山集》,蓋弅守新定時也。"新定,即嚴州。"西湖"指嚴州之西湖。《景定嚴州續志》卷三《水》:"西湖在城南。"當即此西湖。

董弅創尋幽、競秀諸亭,有詩唱和。

《灊山集》卷三有《次韻董令升四詠》,分詠尋幽亭、競秀亭、性樂堂、玉泉。四景均在嚴州,紹興八年所建。《淳熙嚴州圖經》卷二《寺觀》:"玉泉庵,在仁安山之東麓,距城七里。……庵之西有泉,冬夏不竭,昔人甃石爲瀑流如噴玉然,故以名之。舊有屋相對名玉泉亭。紹興八年,移亭跨水上,即故基作性樂堂。……初入山,縈紆松徑,有亭當路,名曰尋幽,又自石磴而上,有亭名曰競秀,然後至庵。"紹興八年,正是董弅知嚴州之時。吴騫《桃溪客語》卷五謂朱翌有《陪董令升西湖觀競渡》詩、《次韻董令升尋幽亭競秀亭性樂堂玉泉四絶》,"疑皆令升守新定時倡和之作,蓋新仲紹興中嘗僑寓桐廬"。又《灊山集》卷二據《嚴州府志》録《競秀閣詩》,卷三又有《寄題競秀亭》二絶,蓋皆當時之作。

董弅建高風堂,刻范仲淹《嚴先生祠堂記》碑。翌有詩。

《灊山集》卷二《釣臺觀新刻范文正碑》有云:"載刻廟碑求琰琬,一新祠宇照滄浪。使君著意敦風俗,更作高堂榜卒章。"按:"使君",董弅也。汪藻《浮溪集》卷一八《嚴州高風堂記》:"紹興七年,吾友董弅令升爲是州,期年政成,乃爲堂於州治之左,日從賓客觴詠其上,而名之曰高風,以景慕子陵之賢,且立文正范公所述祠堂之碑於其旁。"此"范公祠堂之碑"即翌所云"范文正碑",皆指范仲淹撰《桐廬郡嚴先生祠堂記》(《范文正公集》卷七)。《景定嚴州續志》卷四《碑碣》有"范文正高風堂記碑"。汪藻《記》末署"紹興九年六月記",翌詩亦當作於此際。翌又有《范文正公畫像贊并序》(《灊山集·補遺》),殆亦一時之作。

有詩寄賀允中。

《灊山集》卷二有《寄賀子忱》詩。按:賀允中,字子忱,政和五年進士,入秘書省爲校書著作郎。靖康改元,選户部,不拜命,遂以某官致仕。"因自放於山水,至天台,愛其幽深,得地萬年山間,結茅種蔬,若無意當世者。"紹興八年,始得用爲江西安撫制置大使司參議官,九年入爲倉部郎。後拜參知政事,乾道四年卒。事跡具韓元吉《南澗甲乙稿》卷二〇《資政殿大學士左通議大夫致仕賀公墓誌銘》。據翌詩"那知半紀重相見,全似當時只話貧",應在紹興八年爲官之前。

有次韻劉才邵《早朝》詩。

《灊山集》卷二有《次韻劉美中早朝》詩。按:劉才邵,字美中,廬陵人。宣和二年,中宏詞科,遷司農寺丞。靖康元年,遷校書郎,"高宗即位,以親老歸侍,居閒十年。御史中丞廖剛薦之,召見,遷秘書丞",歷遷中書舍人。工部侍郎、權吏部尚書。事跡具柯維騏《宋史新編》卷一四〇本傳。據翌此詩"鬱鬱安能久居此,君王有意待還京",知其人尚在野。《南宋館閣録》卷七《官聯上》,劉才邵九年五月除秘書丞,此詩當作於此前;翌詩又有"秋入九天風露冷"句,當作於秋季。姑繫於八年。劉才邵原唱,見《檆溪居士集》卷三《早朝行宫奉呈諸同舍》。同卷另有《次韻朱新仲席上賦梅花影四首》《次韻朱新仲白菊三絶句》,二詩蓋當在本年之後。

十一月,向子諲致仕,有詩寄之。

《灊山集》卷二《寄向伯恭》:"雲路正看鳴劍履,君門何早挂衣冠。爲公試草薌林傳，歸日來紉九畹蘭。"按：向子諲，字伯恭。《繫年要録》卷一二三：紹興八年十一月癸卯，"徽猷閣直學士、右朝議大夫、知平江府向子諲，轉一官致仕。時金人所遣詔諭使將入境，子諲不肯拜敵詔，乃上章乞致仕。秦檜許之。"詩云"君門何早挂衣冠"，當指其致仕而言。

紹興九年(1139)　己未　四十三歲

四月，胡珵知嚴州，有詩送行。

《灊山集》卷二《送胡德輝》："抗章乞得清涼國，已是無心瑞錦窠。誰去自追戲下信，時來寧免禁中頗。三吴春盡天連海，四月梅黄雨壓蓑。倘有新詩求共和，莫辭一騎送羊何。"按：胡珵，字德輝，毘陵人。南渡初，李綱爲相，珵在其幕中。事跡具《宋史翼》卷一一本傳。《繫年要録》卷一二四：八年十二月癸酉，"館職胡珵、朱松、張擴、凌景夏、常明、范如圭上書極論不可和"。同書卷一二七：九年三月己丑，胡珵出知嚴州。"抗章乞得清涼國"，指此。

五月，邵博知果州，有詩送行。

《灊山集》卷二有《送果州邵公濟分韻得其字》。按《南宋館閣録》卷八《官聯下》："邵博，字公濟，河南人，八年十月因上殿，賜同進士出身。是年十月除，九年五月知果州。"

十月，張燾除知成都府，翌有送行詩一百韻。

《灊山集》卷三《送吏部張尚書帥成都一百韻》序云："己未九月，有旨謀成都帥。三省具所除人以聞，皆不許，止命選在廷從臣以往。衆未及對，上曰：'得一人矣，吏部尚書張燾，明練端方，可當一面，付以便宜，勿從中覆。且命退與公議，公見宰相，願行不辭。乃以十月六日制下。……既行，祖道西湖上，朝士咸爲賦詩。翌從公游將三十年，蒙公之知最深，故爲詩千字，敘公出處大概，且使蜀人知公不減前兩張太守也。紹興九年十月二十五日序。"按：《繫年要録》卷一三二：紹興九年十月癸丑，"權吏部尚書、兼史館修撰張燾，充寶文閣學士、知成都府，兼本路安撫使、四川制置司。"

十月，爲校書郎，仍兼實録院檢討官。

《繫年要録》卷一三二：紹興九年十月，"秘書省正字朱翌、范如圭并爲校書郎。翌仍兼實録院檢討官。"

與凌景夏、范如圭、張擴交游唱和。

《灊山集》卷二有《元日會凌季文家》詩。題下原注："伯達勸酒，僕不能滿觴，輒刳洞庭橘爲醆，壁間燈照，梅影如畫。雙頭荔，戲伯達云。"又，張擴《東窗集》卷四有《次韻朱新仲學士元日會飲館中同舍家》，所和即翌《元日會凌季文家》詩。按：《南宋館閣録》卷八《官聯下》："范如圭，字伯達，荆門人，李易榜進士及第，治《春秋》。九年十月除校書郎，十年九月主管台州崇道觀。"同書卷七《官聯上》："凌景夏，字季文，餘杭人，張成榜進士出身，治《書》。八年九月除著作佐郎，十年四月爲刑部員外郎。""張擴，字彦實，鄱陽人，蔡嶷榜進士及第，治《禮記》。八年十一月除著作佐郎，九年五月爲祠部員外郎。"此次四人相會，蓋在九、十年之間。

紹興十年(1140) 庚申 四十四歲

四月，奏乞詔天下廣行搜訪徽宗遺文，命史臣編類成帙，建閣收藏。除祠部員外郎。

《宋會要輯稿》職官一八："(十年四月)二十一日，詔實録院就編徽宗御製，令禮部行下諸路州軍搜訪送院。從檢討官朱翌之請也。"《宋會要輯稿》職官七："紹興十年，以徽宗皇帝御集成，詔特建閣，以敷文爲名，置學士以下官，在徽猷閣之下。高宗紹興十年五月十一日内降詔。……先是，紹興初，詔修《徽宗皇帝實録》。至十年，檢討官朱翌以'徽宗聖製來上者，時見一二缺而不録，則史官之罪也。願詔天下廣行搜訪，命史臣編類成帙，倣五閣之制，藏於無窮。'其後，吏部郎官周執羔又言：(略)并從其請。至是，學士院擬撰閣名來上，故降詔焉。"《繫年要録》卷一三五：紹興十年四月癸亥，"秘書省校書郎兼實録院檢討官朱翌守祠部員外郎。翌因轉對，乞搜訪徽宗御集，建閣如故事，詔學士院擬定，遂有是除。"

六月晦，省宿，用白樂天詩"無波古井水，有節秋竹竿"爲韻。張擴、劉才邵有和篇。

張擴《東窗集》卷一有《奉和朱新仲祠部六月晦日省宿，用白樂天詩"無波古井水，有節秋竹竿"十字爲韻》十首。劉才邵《檆溪居士集》卷一有《次韻朱新仲省宿十首》。兩者皆五律，用韻同，當是同時之作。擴稱朱翌爲"祠部"，指"祠部員外郎"也。擴詩有云："君年雖減我，文字稱祭酒。十篇亦奇偉，乞我未曾有。""十篇"即指朱翌之原唱。

八月，試秘書少監。

《繫年要録》卷一三七：紹興十年八月己丑，"祠部員外郎兼實録院檢討官朱翌試秘書少監"。

十二月，試起居舍人，仍兼實録院檢討官，多建言。

《繫年要録》卷一三八：紹興十年十二月，"丁亥，秘書少監朱翌試起居舍人，仍兼實録院檢討官。"熊克《宋中興紀事本末》卷五二：紹興十年四月，"實録院檢討官朱翌言：'作史之法，文有取於簡，事不貴於繁。'癸亥，上謂宰執曰：'史欲垂信萬世，事關治亂，乃當載之，豈貴繁也。'"

張嵲有江寧之行，翌有詩送行。

《灊山集》卷一《送張巨山》："天方六月暑，君有千里行。相從苦不款，惜别難爲情。發軫子胥山，落帆石頭城。……今代太史氏，昔者蘭臺英。……玉堂紫微省，待子來經營。"按：張嵲，字巨山，襄陽人，宣和三年上舍選中第。事跡具《宋史》卷四四五本傳。《南宋館閣録》卷八《官聯下》：嵲紹興十年八月以中書舍人兼實録院同修撰。《繫年要録》卷一三七：紹興十年八月己丑，嵲試中書舍人。而翌詩云"玉堂紫微省，待子來經營"，則當時尚未除中書舍人。此詩當作於紹興十年八月以前。姑繫於此。

"石頭城"指金陵。

紹興十一年(1141) 辛酉 四十五歲

四月,獲賜復古殿墨。

《宋會要輯稿》職官六:"(十一年四月)二十七日,詔賜復古殿墨,侍讀吴表臣、蘇符,侍講林特聘、程克俊、王鈇、李易,修注朱翌,各二十鋌。"

七月,試中書舍人,兼實録院修撰。

《繫年要録》卷一四〇:十一年七月壬寅,"起居舍人兼實録院檢討官朱翌試中書舍人,兼實録院修撰"。

轉左承議郎。

《繫年要録》卷一七〇:紹興二十五年十二月丙申,"責授左承事郎、將作少監、分司南京朱翌,復左承議郎,充秘閣修撰"。(參二十五年譜。)翌今年十一月罷中書舍人,責授左承事郎。(參十一月譜。)知其放罷前嘗爲左承議郎。其爲左承議郎,蓋在今年七月擢中書舍人之際。按:《宋史》卷一六九《職官志九》"紹興以後階官",自宣教郎至承議郎,中間須歷通直郎、奉議郎二階。有出身人超資轉,至奉議,並逐資四年一轉。即自奉議至承議,須四年。翌紹興八年爲左宣教郎,自紹興八年至今,恰四年。

《徽宗實録》成六十卷,翌預修功多。

《延祐四明志》卷四《人物考·朱翌》:"高宗南渡,爲秘書監屬。喜其材,俾預修《徽宗實録》。方是時,范冲領史局,翌以文辭進,删潤功居多。"《直齋書録解題》卷四:"《徽宗實録》一百五十卷,監修宰相湯思退等上。自紹興七年詔修,十一年先成六十卷。至二十八年,書成。修撰官歷年既久,前後非一人。"按《寶慶四明志》卷八《先賢事跡上》:"《徽宗皇帝實録》,翌所纂也。"蓋先成之六十卷,翌所纂居多也。

八月,乞祀韓厥。

《繫年要録》卷一四一:"(十一年八月丙寅)中書舍人兼實録院修撰朱翌,乞祀韓厥於祚德廟,仍就行在所權創祠宇。詔禮部討論,如所奏。"《中興禮書》卷一五二《吉禮》一五二《祚德廟》:"十一年八月二十六日,禮部言中書舍人朱翌奏:'謹按周穆王賜造父以趙城,由是爲趙氏,晉文侯始建趙氏於晉國,至景公三年,屠岸賈之亂,韓厥正言以扼之,而程嬰、公孫杵臼皆以死匿孤,故其後厥卒立趙武爲晉正卿,子子孫孫,至今不絶。我宋受命,爲天下君,傳序十世,至於陛下,赫然中興。光乎前古,然遐想千載之前,有功於我家者,陛下必思所以報也。三人者,在元豐時,即絳州建祠,封以爵號,今行在春秋祀嬰、杵臼,而厥不預焉,然不絶趙祀而卒立武者,厥也。今嬰、杵臼有祀而厥不預,恐未爲稱。臣愚謂宜載之祀典,使與嬰、杵臼并饗。'"《宋會要輯稿》禮二一:"十一年,中書舍人朱翌奏:'程嬰、杵臼雖存趙孤,然不絶趙祀而卒立武者,韓厥也。請以韓厥載祀典,與杵臼同宇。'下禮官討論。太常寺檢點《國朝會要》,絳州祚德廟,太平縣晉程嬰、公孫杵臼、韓厥祠在墓側。元豐四年封侯,賜額。崇寧三年,封韓厥義成侯。今討論,欲從所乞,於行在卜地,權創祠宇。”事又見《宋史》卷一〇五《禮志》。

嘗奏論:“信夷狄太堅,待虜使太厚,排衆論太切,姑息諸將太深,待大臣太嚴,立志太弱。”

《寶慶四明志》卷八《先賢事跡上》:“在朝敢言事,嘗奏論”云云。遂“忤權臣意,一斥十四年”。奏論當在今年十一月貶斥前。

十一月二日,罷中書舍人兼實録院修撰。

《繫年要録》卷一四二:十一年十一月丙申,“中書舍人兼實録院修撰朱翌罷。以言者論翌頃以諂事吕本中,薦之趙鼎,若以翌爲可恕,則小人之黨日熾故也”。是月乙未朔,丙申爲初二日。

十一月十三日,責授左承事郎、將作少監、韶州居住。

《宋會要輯稿》職官七〇:“(紹興十一年)十一月二日,中書舍人朱翌放罷。十三日,責授左承事郎、將作少監、分司南京、韶州居住。以臣僚言翌初由吕大(本)中薦之趙鼎,遂躋清貫,故有是命。未幾,又論翌附會范同,遂再有責云。”同書職官四六:“十一年十一月十三日,詔范同責授左朝奉郎、秘書少監、分司西京,筠州居住;朱翌,責授左承事郎、將作少監、分司西京,韶州居住。臣僚言:‘同當貳政之始,首爲遷葬之謀,驅役疲民,騷動州縣。州縣之吏,望風而迎。祭者絡繹於道,以朝廷執政之尊,而恃威怙權,蔑視百僚,無所不至,至於掩人主之雋功稱爲己,有勸人主之必殺,恣爲己私,陰結維城之戚,密通左右之臣,引用非人,植立黨與,必欲盡排異己者而中傷忠良,故如朱翌、邵大受之徒,皆以儇輕險躁之資,甘爲鷹犬厮役之態。同之所向,翌等必附之。翌等所言,同必行之。更唱迭和,共濟其姦。’故有是命。”《繫年要録》卷一四二:十一年十一月丁未(十三日),“范同責授左朝奉郎、秘書少監,筠州居住。時右諫議大夫万俟卨論:‘近會稽之民以李光鼓惑,遂至於紛擾者,累曰今聞同與朱翌、邵大受等,又往家焉。竊恐浮言横議,又益數光,萬一會稽藩輔爲之震動,則遠方聞之將如何?伏望將此三人重賜施行,天下幸甚。’詔左承議郎朱翌責授左承事郎、將作少監,韶州居住;左奉議郎邵大受除名勒停,化州編管。”

倡議建太學。

《寶慶四明志》卷八《先賢事跡上》:“南渡以來,建太學,載韓厥於祀典,皆翌發之。”按:《宋史》卷二九《高宗紀》:紹興十二年四月,“甲申,增修臨安府學爲太學”。則翌之建議,亦當在其十一年十一月放罷之前。

紹興十二年(1142) 壬戌 四十六歲

元夕前已到曲江,有《初到曲江》詩六首。

《灊山集》卷二有《初到曲江六首》。按:詩中既云“燈火光元夕,歌呼亦盡歡”,又云“老榕雖擁腫,六月十分陰”,蓋非初到一時之作。既云“元夕”,可知是年元夕之前已到曲江矣。

季子朱輔生。

樓鑰《攻媿集》卷一〇《送朱季公守封川》原注:“舍人居韶十四年。季公生於壬戌。”按:“舍人”指朱翌。朱輔,字季公,翌之季子。

卜居延祥寺。

《同治韶州府志》卷二六《古跡略》:“延祥寺,初在湘江門内,宋時廨宇壯麗,經樓有五百羅漢像,極精巧。朱翌舍人常寓此。”按:《灊山集》卷二《初到曲江六首》之一:“卜居依古寺。”當即延祥寺。又《灊山集》卷三《延祥寺手植竹有甘露》,亦即此寺。

有詩送范正國。

《灊山集》卷二《送范漕子儀》:“乃公乃祖帝王師,勳在周家日月旗。”“好去加鞭度梅嶺,及時功業繼前規。”按:范正國,字子儀,范仲淹之孫,純仁之子。紹興十二年十月,范正國由廣東轉運判官任代還(《繫年要録》卷一四七)。此詩蓋作於當時。(參張劍《朱翌及其家族事跡考辨》)

紹興十五年(1145)　乙丑　四十九歲

因誦太白詩,有感,次其韻。

《灊山集》卷一《歲乙丑,余年四十有九矣。因誦太白“四十九年非,一往不可復”之句,次其韻》:“南來不贏糧,隨身一竿竹。四年釣曹溪,溪水香可掬。求方駐隙駒,辟穀起黄獨。五十止欠一,何地可歸宿。今晨祖師前,一擲杯珓卜。去以六月息,來期七日復。往事一局棋,信手不必覆。吾生行休矣,自此生處熟。”按:詩云:“四年釣曹溪。”翌自十二年初到曲江,至本年恰四年矣。

紹興十六年(1146)　丙寅　五十歲

十月,游南華寺。

《灊山集》卷二《丙寅十月游南華》,有“五年四轉入曹溪”句。按:《同治韶州府志》卷二六《古跡略》:“南華寺,在城南六十里曹溪,爲嶺外禪林之冠。”

居曲江五年,歲暮有感。

《灊山集》卷一《予居曲江五年今歲又暮慨然有感》:“坐對研旁峰,卧閲屏上山。一事不挂心,萬病方窮源。吾君禮南郊,吾母望北還。一歲幾得書,五年闕問安。是自取之爾,尚復何所言。手種庭下梅,花開聊喜歡。繫日既無術,縮地良獨難。”

鄱陽三洪兄弟,時省覲真陽,過韶内謁,翌視如通家子弟。有《寄諸洪》詩。

洪邁《猗覺寮雜記序》:“(翌)在曲江五閏,久閉關謝客,正流落謫徙……邁與文惠、文安兩兄,時省覲真陽,歲必過韶,踵門内謁,先生視如通家子弟,引而館之,賜之詩,有曰:‘彭蠡春生萬頃湖,光明相映棣華柎。鵷雛鸑鷟俱爲鳳,乳酪醍醐總是酥。’忽忽五十年,仲子輒通守贛,刊此書,使爲之序。泰山毫芒,昔者竊聞之矣。”按:洪邁序末云:“慶元三年(1197)四月九日序。”上推“五十年”前,則在紹興十七年。《繫年要録》卷一五六:紹興十七年五月己巳,邁之父洪皓“責授濠州團練副使,英州安置”。邁

《序》所云"省覲真陽",指此。《宋史》卷三七三《洪皓傳》,皓"安置英州,居九年",不及內徙而卒。邁《序》謂"歲必過韶,踵門内謁",則紹興十七年至二十五年之間,翌與三洪之交往蓋不止一次。

紹興十八年(1148) 戊辰 五十二歲

元日到南華。初二日游曹源庵。有詩示同行。

《灊山集》卷二《戊辰元日到南華》:"清曉匆匆賀歲歸,又隨微雨渡曹溪。"又同卷《淵明以正月五日游斜川,時年五十。予以正月二日游曹源庵,年五十有二矣。慨然書示同行》,有云:"吾生大似僧行脚,好問真空覓住庵。"

十月,長子輶歸自廣州,得王承可舊詩一編,書其後。

《永樂大典》卷八九九載《灊山集》有《輶歸自五羊,得承可舊詩一編,書其後》,有云:"大兒南歸自五羊。"按:桑世昌《蘭亭考》卷六《審定上》:"《蘭亭修禊敘》真跡,陪葬昭陵,世所傳摹刻,皆唐人臨寫,雖工拙不同,要皆可觀。此其一也。紹興乙丑得之蔡直夫。白下潯叟。蘇緯觀。黄叔文觀。王安國。朱輶。戊辰十月廿六日觀於五羊郡齋。""白下潯叟"名下原注:"此是王承可。"《夷堅甲志》卷一一《張端愨亡友》:紹興十八年"廣帥王承可侍郎"云云。可知此次朱輶在五羊郡齋觀《蘭亭》,乃應王承可之召集也。王鈇字承可。

有《嶠南元夕時桃李盡花今歲游人甚盛示王守》詩。

《全宋詩》卷一八六六據《永樂大典》卷二〇三五四所輯朱翌詩。"王守"當是承可。

以《南遷詩》一編贈洪适。

洪适《盤洲集》卷五一《與朱舍人書》:"某比獲撰屨,辱賜《南遷詩》一編,一百有四首。自曲江過曹溪,抵東衡州凡三日,垂二百里,右手執帙,左手持轡,目注心存,哦誦乎齒吻,不知林巒之所歷,嚶哢之度耳也。昔屈大夫受讒於楚,長吟澤畔,《離騷》章句,上追《詩》雅,然桀、紂、羿、澆等事反復致詳,雲霓惡草之諷尤夥,後之廢放者,其寫悲寓懷之語,必含怨刺,雖韓退之爲時宗師,柳子厚文映古今,猶有《雙鳥》《訓狐》之詩,《宥蝮》《懟蟵》之文。中書丈人以贍學偉辭,爲甘泉望臣,良筆媲遷、董,大册落常、揚。遠徙曲江,八變寒暑,他人必憂懟亡聊,日夜企而望歸,我公乃買園葺亭,培薙自適。一編之詩,皆與諸郎快壻、邦人之可語者,投壺圍棋,登臨所賦,語工而意和,格高而辭樂,無鬱鬱不平之氣,芽於中而發於外也。其賢於人如是,夫豈久留此者耶!"按:文中"中書丈人""遠徙曲江"云云,知"朱舍人"爲朱翌。所云"八變寒暑",考翌紹興十一年貶韶州,十二年初到曲江,則此事當在紹興十八、九年之際。

有寄洪适詩。

《灊山集》卷二《寄洪倅景伯》:"潦倒羸疎老更癡,手摩枵腹逐兒嬉。處陰息跡真休矣,遇坎乘流一聽之。臘後春生須雁到,花前思發幸梅知。瀛洲學士滄洲興,妙唱一年漁父詞。"按:詩末原注:"洪近作《十二月漁父詞》。"即洪适《盤洲集》卷七八《漁家傚》。洪适，字景伯，皓子。适紹興十三年九月通判台州，旋坐免官，故此稱“洪倅”。拙撰《洪适傳》（傅璇琮主編《宋才子傳箋證》）：“洪皓自金歸，謫英州，适亦遭論罷。往來嶺南，侍親九載。”詩未詳確切之年月，姑附此。

紹興十九年(1149)　己巳　五十三歲

鄧提舉留詩南華，次韻。

《灊山集》卷二有《鄧提舉留詩南華予後五日入山次韻》。按：詩末原注：“是夕始雷雨，僕居曲江九年，今歲行脚，皆以南華多瘴罕至。”鄧提舉，《灊山集》卷二《送鄧清臣之行在》詩有“嶺海斷雲歸鴈底”句，或即此人。

紹興二十一年(1151)　辛未　五十五歲

有《次韻傅丈見寄》《湘江亭别程幹》詩。

《灊山集》卷二有《次韻傅丈見寄》，云：“一介遠勞詢近日，十年如此住南荒。”又卷二《湘江亭别程幹》，云：“十年頻望秀而巉，琴筑齊音和阮咸。”翌南貶至今十年，知爲本年作。傅丈、程幹，未詳。

紹興二十二年(1152)　壬申　五十六歲

因贛人之請，作《章貢紀功碑》。

朱翌《章貢紀功碑》：“紹興二十有二年七月二十三日，東南第六將校齊述，以八營四千人叛，脅制者二千人，附賊者又二千人。皇帝命龍神衛四廂都指揮使、忠州團練使李耕護殿陛之師致討。……等列功狀以聞。……桐鄉朱新仲屏居曲江，實憐章貢念諸公勠力一心，以克有成功，因贛人之請，爲書本末，刻石示後。”（《嘉靖贛州府志》卷一一《藝文》）

紹興二十四年(1154)　甲戌　五十八歲

十一月，《徽宗御集》書成。

《玉海》卷二八《聖文》“紹興徽宗御集”：“紹興二十四年十一月十七日（原注：“《繫年》作九月己巳，一作十月三十日壬午，誤。”），實録院奉詔編次《徽宗御集》，成，上之。初，檢討官朱翌言：‘四方以徽宗聖製來上，願詔史官編類，仿五閣之制，藏之無窮。’於是翰苑擬撰閣曰敷文。至是書成。”按：翌之建言詳紹興十年譜。

紹興二十五年(1155)　乙亥　五十九歲

十月，秦檜死。翌在韶十四年矣。

《繫年要録》卷一六九：紹興二十五年十月丙申，“檜薨”。陸游《渭南文集》卷二八《跋朱新仲舍人自作墓誌》：“秦丞相擅國十九年，而朱公竄峤南者十有四年。”自十二年初至韶州，至是恰十四年。陸心源《宋史翼》本傳謂“在韶十九年”，誤。

翌在韶十四年，遺事尚有可得而輯者。

買田潼溪。

《灊山集》卷二《買田潼溪》有云：“求田得處便成家。”又云：“祭罷土龍春雨應，穩

騎秧馬一鞭斜。”蓋嘗躬耕也。潼溪,在曲江。(《同治韶州府志》卷一三《輿地略·川·曲江縣》)

嘗寄汪藻靈壽杖,藻有詩答之。

《灊山集》卷二《以靈壽杖寄汪内翰》:“一枝靈木多堅節,千里逢人寄永州。賜出漢宫尊子夏,封當大縣慶邳侯。衡山雲散迎歸騎,湘浦春晴更順流。欲往從公無羽翼,請攜上座别愚丘。”汪藻《浮溪集》卷三一《朱新仲自韶州寄靈壽杖并詩次韻答之》,有云:“苔漬嵐侵幾百秋,詩仙寄我海南州。”

嘗訪紫微洞、書堂巖,作《涌泉亭記》。

《方輿勝覽》卷三五《韶州·山川》:“紫微洞。在州西南十餘里,紹興間,朱新仲自詞掖謫居曲江,遇父老指示始得此,洞可容数百人。”又同卷《井泉》:“大涌泉,在曲江南渡真水十里,余襄公作涌泉亭。後朱新仲記:‘自有天地,便有此泉。振高僧之錫而蠟騷人之屐多矣,若據石臨清,舉白盡醉,則自我輩始。’”《灊山集》卷一有《反大涌泉,入紫微洞,洞乃余尋出》詩,又卷二有《游紫微洞》詩。

以張九齡墓在法應祀,歲以爲常。

《同治韶州府志》卷二六《古跡略》:“唐丞相張文獻公九齡墓,在城西二十里武臨源(一名羅源)。紹興中,舍人朱翌白太守蘇泳,以公墓在法應祀,歲以爲常。”

嘗舉真率會。

《灊山集》卷二有《同郭侯、僧仲晚至武溪亭,議真率會》詩。武溪亭在韶州(《道光廣東通志》卷二二〇《古跡略·韶州府·曲江縣》),《灊山集》卷二有《頃入南華,僧仲有詩,爲次其韻,仲欲見予詩集》詩,可知僧仲爲南華寺僧人。

序王葆《春秋集傳》。

《直齋書録解題》卷三:“《春秋集傳》十五卷,監察御史王葆彦光撰。朱翌新仲爲作序。葆,周益公之婦翁也。其説多用胡氏。”張劍《朱翌及其家族事跡考辨》:“按王葆紹興二十四年十二月至紹興二十五年八月爲監察御史,知朱翌序當在謫居韶州時。”

常有曹溪、南華之游。

《灊山集》卷一《歲乙丑余年四十有九矣。因誦太白“四十九年非,一往不可復”之句,次其韻》:“四年釣曹溪,溪水香可掬。”卷二《丙寅十月游南華》:“五年四轉入曹溪。”《戊辰元日到南華》:“清曉匆匆賀歲歸,又隨微雨渡曹溪。”又,卷二《歸自南華》《南華具素飯烹茶》《南華道中》《丙寅十月游南華》《戊辰元日到南華》《鄧提舉留詩南華予後五日入山次韻》《南華卓錫泉復出》,卷三《南華五十韻》《南華書事四首》,皆居韶時期所作。

以“信天緣”名堂,有記。

《延祐四明志》卷四《人物考·朱翌》:“翌敦睦宗族。其父司農卿載上,貧幾不能葬。翌著文以示子孫,作《信天緣堂記》曰:‘朱子北游於瀛莫之境,徘徊於塘濼之上,覩二禽，有感焉。一類鵠，色正蒼，而喙長，凝立水際不動，魚過其下則取之，終日無魚終不易地，其名曰信天緣。一類鶩，奔走水上，不問草腐泥砂，啑啑然必盡索乃已，無一息少休，其名漫畫。信天緣若無能者，乃與漫畫均度一日無饑色，視漫畫加壯大。後三十餘年，屏跡荒縣，私自念少之時始官州縣，月俸錢萬二千，米石五斗，麥如米之數，十口之家取足；已而官朝廷，禄十倍之，然日食肉猶一臠，衣常百結，退視其室，其空如故。南來已老，内外食者四十人，婚姻賓客，伏臘不論，論其常，一歲錢千二百緡，米百八十斛，拱手端坐，炊煙屢絶。家人告曰：室罄矣，翁不卹何也。今幸營之，尚可支否？則俱爲餒鬼，懼無以應。呼使前曰：天生匹夫，一飯已定於未形，吾姑爲爾長，多圖未必得，坐視未必失也。世間豈有一門同日困於無飯者！天之所賦，自應不闕。子去轉告而朋，姑洗爾釜待之。行有餉子者矣。有老媪，北婦人也，在旁大笑曰：翁豈信天緣乎？曰：是。遂以名堂，書其説於壁。'"按：《記》云"南來已老"，則當作於貶韶時期。

著《猗覺寮雜記》。

洪邁《猗覺寮雜記序》："在曲江五閏，久閉關謝客。正流落謫徙，力不能多載書，人家又非一瓻可借，素手無挾，棲遲僧房，獨伥伥窮經考古，砭劑疵病，校量草木蟲魚，上撣騷雅，旁弋史傳，證引竺乾龍漢諸章，下及瑣録稗説，左掇右劘，悉爲吾用。識測意見，超閱衆甫。每一轉語就，學者爭先快覩。方惕若避謗，不肯輕爲人言，惟諸郎過庭，時得剽聽。善惡天定，然後始收拾彙次，緒成一編。"據邁《序》，《記》大抵在曲江時期所作，而其成書則在"善惡天定"即秦檜敗死之後。

既歸，朝廷憫其饑寒，計貶所十四年衣俸悉與之。

《延祐四明志》卷四《人物考・朱翌》："朝廷憫其饑寒，計貶所十四年衣俸悉與之。"按：此事當在北返之初。《宋史翼》本傳謂在"當初起時，朝廷憫其飢寒，計貶所衣俸悉與之。"

訪玄英舊隱有詩，兼懷方滋。

劉克莊《後村集》卷一七七《詩話》："朱新仲《題玄英舊隱》云：'五季浪拍天，不覆漁翁船。'語意甚新，不犯前人。"按：翌詩見《全宋詩》卷一八六六據《詩淵》所輯朱翌《題清芬閣》詩。清芬閣，即方氏清芬閣，在嚴州（董弅編《嚴陵集》卷五有刁約《方氏清芬閣》，卷六有朱彦《題方氏清芬閣》。），即《後村詩話》所云之"玄英舊隱"也。翌此詩又云："今代南海君，事事似諸父。何年繼昔游，秋山祠乃祖。""今代南海君"，指方滋知廣州而言。《南宋制撫年表》卷下：紹興二十一年二月丁未，方滋自知靜江府改知廣州，二十四年七月改知福州。此詩蓋朱翌自韶返嚴，重游玄英舊隱而作。姑繫此。

十二月，復左承議郎，充秘閣修撰。

《繫年要録》卷一七〇：紹興二十五年十二月丙申，"責授左承事郎、將作少監、分司南京朱翌，復左承議郎，充秘閣修撰。"

胡寅有《送朱翌赴召》詩。翌次韻。

胡寅《斐然集》卷一《送朱翌赴召》:"青松出澗底,志已棟梁具。平生飽霜雪,歲晚中尋度。屈伸諒有時,窮達係所遇。如君才與學,八面有餘裕。志修文自昌,身阨守愈固。已甘韞匱藏,寧願莫邪鑄。急趨冠蓋林,萬里便跬步。時來則卿相,慎勿負平素。霜繁千嶂晚,天潤三江注。倘遇子陵臺,爲我一回顧。"翌次韻見《灊山集》卷一《次韻胡明仲見寄》。據詩意,胡寅詩所云朱翌"赴召",當指十二月丙申(二十三日)復左承議郎充秘閣修撰事。

胡寅作《崇正辯》示之,翌有詩。

胡寅《斐然集》卷三《以崇正辯示新仲》:"不羨飛仙術,仍修謗佛書。知音鼓琴後,覆瓿草玄餘。龍象空相蹙,鳶魚只自如。更煩君印可,底處認吾廬。"朱翌和詩,見《灊山集》卷二《次韻胡明仲見寄二首》,題下原注:"胡示《辨正論》。"胡寅復次韻,作《酬新仲見和二首》,亦見《斐然集》卷三。有云:"自喜逢端友,初蒙賞異書";"經綸今賈誼,詞賦昔相如。"據寅詩"莫廣《離騷》意,行看直禁廬",此事當在二十五年十二月朱翌復官之前。

紹興二十六年(1156)　丙子　六十歲

作《寬賦堂記》。

《寶慶四明志》卷一二《鄞縣志卷一・公宇》:"寬賦堂:宅堂之左面東。紹興二十六年,令周升亨重建,取梅宛陵'願旨寬賦刑,越俗久罷憊'之句,摘字名之。桐鄉宋翌記。"

紹興二十七年(1157)　丁丑　六十一歲

七月,知嚴州。

《淳熙嚴州圖經》卷一《賢牧題名》:"朱翌,紹興二十七年七月十一日,以左朝散郎秘閣修撰知(嚴州)。紹興二十八年十一月初十日,改知宣州。"

張孝祥致書爲嚴陵朱俊乂求職位。

張孝祥《于湖居士文集》卷三五《尺牘・與嚴守朱新仲書》第三通:"某皇恐死罪,敢言之,惟先生哀憐幸聽。某伯父凡三人,長尚書,次嘗得官矣。建炎儆擾,尚書奉大母馮夫人渡江,諸弟悉從;次伯父既娶,獨顧松楸不忍去以死,惟餘一女於某姊也。馮夫人以其無父母,愛異它孫,嫁嚴陵朱氏,有子曰俊乂。……或有所謂醯局者,月得二三十千,使俊乂託其名而食其禄,以養其重親,以活其兄弟姊妹,以緩其旦莫溝壑之憂,以紓手足之念,則先生所以惠某者孰大於是。"

刻韓魏公、富鄭公、文潞公、范文正公四公帖,并贈張孝祥墨本。

張孝祥《與嚴守朱新仲書》第四通:"某伏蒙寵頒四公遺帖墨本,語意真切,字畫勁正,可以想見當時風俗之厚。先生刻之樂石,以表章之,其於學士大夫惠矣。而某遂拜賜,尤極欣荷也。"按:《景定嚴州續志》卷四《碑碣》:"《四公帖》:韓魏公、富鄭公、文潞公、范文正公。""四公遺帖墨本",指此。

紹興二十八年(1158)　戊寅　六十二歲

春,有書帖、詩文寄張孝祥。孝祥致謝。

張孝祥《與嚴守朱新仲書》第一通:"某比者還,便奉真帖并石刻二詩、《龍溪序引》,既再拜欽誦斯文之妙,三復卒業。又再拜曰:某何者,而先生乃欲教誨收拾,甚惠,而今而後,知不肖之身猶可自置於大君子之門,其不忍棄捐如此也。即日春事已晚,不審坐觀事物之變,台候何如?"按:朱翌寄張孝祥詩文蓋在上年底,而張孝祥此覆書乃在今年春晚也。張孝祥《與嚴守朱新仲書》第二通云:"某春晚嘗具記,謝石刻、序引之賜。"即指此。

八月,張孝祥有新除授,翌致函勉勵。

張孝祥《與嚴守朱新仲書》第二通:"某戇愚不學,資淺齒少,而今茲除授,乃先衆俊,朝夕惴懼。先生不憐而教之,復被褒借之辭,謹再拜辭避,不敢當也。"按:張孝祥此書所云"今茲除授,乃先衆俊"云云,蓋指今年八月癸巳試起居舍人,或九月辛巳兼權中書舍人。(均見《繫年要録》卷一八〇)"先生不憐而教之,復被褒借之辭",可知此間朱翌當有來書也。

十一月,知宣州。

《淳熙嚴州圖經》卷一《賢牧題名》:朱翌,"紹興二十八年十一月初十日,改知宣州"。洪邁《夷堅丙志》卷一〇《朱新仲夢》:"朱新仲待制翌,紹興二十八年守嚴州,夢至大山下,左右指云:'崑山也。'未幾,徙宣州。宣城獻地圖,有鄉名'崑山'者,謂前夢已應。又一歲,徙平江。"

張孝祥致書慰問。

《于湖居士文集》卷三五《與宣城守》:"屬者伏承報政輔郡,易鎮大府,遴選之久,及茲成命既放,士大夫雜然謂宜,而某獨有歎也。夫道德高一世,文章追在昔,而徒以良二千石視之,使狹厭施於一州,將若之何?宛陵於今最郡,涪公八十字蓋圖經也。倘未即來覲,暇日徜羊詠歌,真有足樂者,幸少安之。"按:韓酉山《張孝祥年譜》(安徽人民出版社,一九九三年)謂此書"似爲朱翌移寧國時所作",可從。

有書與周必大,必大有回啓。

周必大《文忠集》卷八七《回宣州朱舍人啓》:"政成嚴瀨,命易宛陵。前導後隨,紛千騎旗旄之衆;去思來慕,沸兩邦謡頌之聲。恭惟某官詞章爲王度之華,聞望作士林之冠,西省早資於獻納,南箕俄侈於簸揚。韓愈之訪曲江,屢形絶唱;子牟之存魏闕,愈勵孤忠。逮公道之宏開,宜左符之薦畀。郡守民之師帥,舍人士之典型。疊嶂岧嶤,阻奉謝公之樂;朵雲娟妙,喜披韋陟之書。欣幸居多,指陳罔喻。"

有詩寄洪适,适次韻。

洪适《盤洲集》卷四有《次韻朱宣州見寄》。有云:"十載蕭蕭麋鹿姿,那知出守得同時。”按《繫年要録》卷一七九:紹興二十八年四月,“左奉議郎洪适知荆門軍”,故云“出守得同時”也。

紹興二十九年(1159) 己卯 六十三歲

在宣城。改凌虚閣爲露香閣。

《光緒重修安徽通志》卷四六《輿地志·古跡三·寧國府》:“露香閣,在府治,下臨東池,葉清臣、孫錫皆有詩,舊名凌虚。紹興中,郡守朱翌易今名。”

度郡西地,建貢院。

《安徽金石略》卷三引《寧國府志》載朱翌撰《宣城新建貢院記》云:“宣城每大比,諸生較藝無定所,翌來守,度郡西地,命宣城宰吴君一能爲屋數十楹,將成,而翌移吴門。”

作《宣城書懷》詩。

《灊山集》卷三有《宣城書懷》長詩。首云:“高爽清涼郡,登臨佳麗都。”頌宣城地理風俗之美,又云:“兩旗歎潦倒,五馬忘崎嶇。嚴瀨猶如睦,崑山恐是蘇。深憐百口逐,只辦四方餬。旋磨魚千里,彌縫金十奴。何如今守馥,猶愧舊官呼。”“兩旗”“五馬”,指嚴州、宣州兩任。“嚴瀨猶如睦,崑山恐是蘇”,此“嚴瀨”“崑山”,皆在宣城,故云。

紹興三十年(1160) 庚辰 六十四歲

三月,知平江府。

《繫年要録》卷一八四:紹興三十年三月辛巳,“秘閣修撰、知宣州朱翌,知平江府”。《吴郡志》卷一一《題名》:“朱翌,左朝奉大夫、充秘閣修撰,紹興三十年三月到任。”

曾幾過蘇適越,有詩留别。

曾幾《茶山集》卷五有《適越留别朱新仲》《次蘇守朱新仲舍人留會稽之行韻》。前首有云:“長洲茂苑著身久,秦望鏡湖行脚宜。二浙中間纔一水,短書莫使寄來遲。”知此時翌在蘇州,而曾幾自蘇適越也。

建思政堂。

《吴郡志》卷六《官宇》:“思政堂,舊名東齋,紹興三十年郡守朱翌建,隆興間郡守沈度更名復齋。”

八月,復敷文閣待制。

《繫年要録》卷一八五:三十年八月壬子,“秘閣修撰、知平江府朱翌,知饒州周執羔,并復敷文閣待制”。范成大《吴郡志》卷一一《牧守題名》謂翌是年“九月除敷文閣待制”。

有“見慶次對之命”詩,曾幾有次韻。

曾幾《茶山集》卷四《次朱新仲待制見慶次對之命韻》:“典郡才能薄,趨朝氣力微。更堪持橐去,只合挂冠歸。六閤麗千尺,四松森百圍。公今有班綴,衰老借餘輝。”末原注:“唐待制班在四松之間。”此詩當在新除之際。

九月，詔提督海船。

《繫年要録》卷一八六：三十年九月己丑，“左武大夫、忠州防禦使、新淮南西路馬步軍副總管、兼知黄州李寶，改添差兩浙西路副總管、平江府駐劄、兼副提督海船。時浙西及通州皆有海舟，兵稍合萬人，詔平江守臣朱翌提督。言者請擇武臣有勇略知海道者副之。寶先除知黄州，未行，乃有是命。”

十二月，宣城貢院落成，爲作記。

趙紹祖《安徽金石略》卷三：“宋《宣城新建貢院記》。紹興三十年，朱翌，在宣城，佚。文載《寧國府志》。《記》略云：‘宣城每大比，諸生較藝無定所，翌來守，度郡西地，命宣城宰吴君一能爲屋數十楹，將成，而翌移吴門。通守俞君召虎嗣其事。太守凌君景夏實落成之。吴君使來求記。紹興庚辰十二月。’”

紹興三十一年(1161)　辛巳　六十五歲

二月，被劾，放罷。

《繫年要録》卷一八八：三十一年二月庚午（原注：“二月甲辰朔。”可推庚午爲二十七日。），侍御史汪澈言：“敷文閣待制、知平江府朱翌，本秦檜腹心之交，自選人拔擢，二年而至侍從，復叛檜而附范同，故檜怨之刻骨。自公道之行，朝廷愍其久竄嶺表，在拉拭之列。寖叨郡寄，所至不治。近差李寶往平江措置防扼海寇，翌漠然不顧，泛以武臣待之，使寶徒手無所施功，及其哀懇，亦略不介意。至煩朝廷又遣林安宅，國事安賴焉？望賜罷斥，以爲不治者之戒。”從之。《宋會要輯稿》職官七〇：三十一年二月二十五日，“敷文閣、知平江府朱翌，放罷。臣僚言翌在宣城，委政官屬，緣支軍人衣粮，幾至生變。故有是命。”

自平江歸，寓四明僧舍。

樓鑰《攻媿集》卷七四《跋從子深所藏書畫》：“紹興之末，蓮峰周貳卿歸自永嘉，灊山朱公舍人歸自平江，俱以次對，來寓四明僧舍。”《寶慶四明志》卷八《先賢事跡上》：“晚卜居於鄞。”

十二月，高宗視師江上，平江守洪遵獻翌向所積錢。有詔嘉獎。轉左朝議大夫。

《寶慶四明志》卷八《先賢事跡上》：翌在平江，“撙節浮費，積緡錢四十萬於平江。高宗皇帝視師江上，後守獻之，有詔嘉獎。”按：“後守”即洪遵。《吴郡志》卷一一《牧守題名》：朱翌“三十一年三月罷”，洪遵“三十一年五月到”。《繫年要録》卷一九五：紹興三十一年十二月壬子，“上泊姑蘇館”。癸丑，“上乘馬至平江府行宫”。洪遵獻錢，當在此際。《繫年要録》卷一九九：紹興三十二年五月“壬戌詔：視師江上，扈從一行官吏、軍兵、諸色人等，并轉一官。”洪适《盤洲集》卷二二《敷文閣待制朱翌左朝議大夫制》：“雖奉祠而養氣，蓋遷秩之應條。其服明綸，以暢榮問。”翌此次遷秩，蓋與高宗視師有關。

是年，洪适有謝啓。

洪适《盤洲集》卷五九《謝前平江朱舍人啓》末云：“未報雙魚，同作去吴之客；重瞻疊嶂，但思事楚之時。”按：題稱“前平江朱舍人”，應已在罷任平江之後；而又云“同作去吴之客”,考洪适二十九年九月知徽州,三十一年二月提舉兩浙西路常平茶鹽公事(洪汝奎《四洪年譜·文惠公年譜》,《繫年要録》紹興三十一年),所言“同作去吴之客”,應指其知徽州、翌守宣城而言。适書有云:“鞅掌之初,帡幪是賴。”知翌於适有獎掖扶持之恩。

嘗録何翁故事,授洪邁編入《夷堅志》。

洪邁《夷堅甲志》卷一〇《桐城何翁》條,末云:“翁與中書舍人朱新仲翌有中外之好,朱公嘗記其事,以授予云。”按:拙編《洪邁年譜》謂《夷堅甲志》蓋成書於紹興三十一年。

與周蓮峰、王伯庠唱和。

樓鑰《攻媿集》卷七四《跋從子深所藏書畫》:“紹興之末,蓮峰周貳卿歸自永嘉,灊山朱公舍人歸自平江,俱以次對,來寓四明僧舍。侍御王公(伯庠)年雖未及,而從二公游。完顔亮既平,周公賀表用‘萬馬救中原’對‘一驢載都市’,朱公問之,侍御適參坐,誦臧質傳中數十言,二公俱稱其强記,故倡酬之頻如此。周公之詩三,惟中篇及朱公一詩皆親筆,侍御皆使人代書,蓋至敬之地不敢縱筆也。”末云:“鑰少時俱及拜三公床下,撫卷惘然,豈復得此前輩人物乎。”按:《跋》云“完顔亮既平”,知爲三十一年十二月以後事。完顔亮被殺在十二月,見《繫年要録》卷一九五。姑繫此。

紹興三十二年(1162)　壬午　六十六歲

閏二月,除太平州,坐論列,未及施行。繼有潭州、泉州之除,皆不赴。

《宋會要輯稿》職官七〇:“(紹興三十二年)閏二月八日,知太平州湯鵬舉,令致仕。朱翌除太平州,新命更不施行。臣僚論鵬舉在任,作威福以恐官吏,於是朝廷以翌代之。翌亦坐論列,故有是命。”《寶慶四明志》卷八《先賢事跡上》:“自祠宫起知太平、潭、泉三州,皆不赴。”按:《延祐四明志》卷四《人物考·朱翌》:“久貶韶州,後召還,詔領嚴、宣、徽三郡,翌告老不赴。”此誤矣。所謂“告老不赴”者,乃太平、潭、泉三州。而太平之“不赴”,實因“坐論列”也。

孝宗隆興元年(1163)　癸未　六十七歲

撰餘姚縣放生池記。

《嘉泰會稽志》卷一〇《餘姚縣》:“放生池,在縣南,以東西各一百五十步立石爲界。隆興改元,知縣事王度始置。朱待制翌撰記。”

隆興二年(1164)　甲申　六十八歲

寧海令薛抗治縣圃,有詩寄之。

《嘉定赤城志》卷六《公廨門三》:“讀書徑,在縣圃西,面水,舊名風漪。隆興二年,令薛抗建。朱舍人翌寄詩,以‘出宰山水縣,讀書松竹林’爲韻,遂更今名。”按:《天台集續集别編》卷二有朱翌《翌名寧海縣圃之榭曰青雲,亭曰真愛,并以“出宰山水縣,讀書松桂林”爲十韻詩,以寄薛端尚知縣抗》詩。又載薛抗(字端尚)《縣圃十絶和朱待制》。其三云:“二亭巋然立,紫微爲題顔。朝暉射銀鉤,偉觀壓海山。”可知朱翌爲二亭題扁。其八云:“桐鄉文章伯,我欲執鞭從。明堂選擎天,雲壑卧老松。”可知薛令之傾慕。

家有《歐陽文忠公與裴如晦帖》，跋之。

周必大《文忠集》卷四七《跋歐陽文忠公與裴如晦帖》："右《歐陽文忠公與裴如晦帖》。……此帖藏紫薇朱公家，作跋在隆興二年。後三十三年，朱公之子輒字叔止攜以相示，既刻附《文忠公集》，又爲記其大略。慶元丙辰十一月五日。"

與曾幾等會於蓬萊閣。

曾幾《茶山集》卷一《紹興帥相湯公會五客蓬萊閣登望海亭屬某賦詩》，原注："徐稺山、朱新仲、王宣子、胡周伯及某。"按"紹興帥相湯公"，謂湯思退。思退紹興二十六年除知樞密院事，明年拜尚書右僕射，同平章事。二十九年擢左僕射。尋罷奉祠。隆興元年復召爲相，二年罷相，卒。事跡具《宋史》卷三七一本傳。湯會五客事，蓋在元、二年之際。姑繫此。

乾道元年(1165)　乙酉　六十九歲

九月，趙伯圭守四明，復放生池，翌作《廣生堂記》。

《寶慶四明志》卷一一《郡志十一・寺院》："乾道初，守趙伯圭建廣生堂，待制朱翌記之。"《至正四明續志》卷一一載朱翌《廣生堂記》："敷文閣直學士趙公伯圭，守四明，仁質慈厚……帥郡人挈水族，合誦經呪梵唄鐃鼓，縱之湖。……又刻朝廷條禁，列石湖四旁，命住持處真度滄洲閣後爲堂。……堂成，乞名於桐鄉朱翌，名之曰廣生。"末署："乾道元年九月記。"

乾道二年(1166)　丙戌　七十歲

《猗覺寮雜記》成書，求洪适作序。

朱翌《與洪相求序書》："某蒙寵示《隸釋》，略窺用心至到，古今未有，此學不傳久矣。……某嘗作一書，如詩話之類，辨證古今數百事，目之《猗覺寮雜記》。他日録以求教，倘以爲可，則望數字冠篇首，使信於人，且託以傳永久也。"按：朱翌《求序書》題稱"洪相"，考洪适乾道元年十二月拜尚書右僕射、同中書門下平章事、兼樞密使，明年三月罷。(周必大《文忠集》卷七七《洪适神道碑》)又篇首云"某蒙寵示《隸釋》"，知此序當在《隸釋》成書之後。洪适《跋丙申修改隸釋》云："《隸釋》成書十年矣。"自淳熙丙申上推十年，乃在乾道二、三年。姑繫於是年。

乾道三年(1167)　丁亥　七十一歲

知將終，自撰墓誌。周必大、陸游、樓鑰俱有題跋。

周必大《文忠集》卷一六《跋朱新仲自誌墓》："唐杜牧之以詞章名，仕至中書舍人，嘗典數郡，將終，自誌其墓。近世桐鄉朱公，一與之同，但壽過牧之耳。異哉！淳熙己未二月六日，舟過豫章，公之子輔出示此軸，敬題其後。"陸游《渭南文集》卷二八《跋朱新仲舍人自作墓誌》："秦丞相擅國十九年，而朱公竄嶠南者十有四年，僅免僵仆於炎瘴中耳。以此胸中浩然無愧。終，自識其墓，辭氣山立。向使公諂附以苟富貴，至暮年世事一變，方憂愧内積，惟恐聞人道其平日事，其能慨然奮筆自敘如此乎！慶元六年秋社日，笠澤陸某謹書。”樓鑰《攻媿集》卷七〇《跋朱灊山自撰墓誌》：“灊山先生少年以詞藻表見一世，士林傳誦，追配前良。銘中之文，如霜降水落，掃盡翰墨餘習，非飽諳世故、晚歲見道不及此，尚何疑於死生之際哉！”

是年卒。累贈少師。

《寶慶四明志》卷八《先賢事跡上》：“（朱翌）年七十，乾道三年卒，累贈少師。”按，翌紹聖四年生，乾道三年卒，壽乃七十一。周必大《文忠集》卷五二《朱新仲舍人文集序》：“公壽七十一。”是。

子可考者四：長子輶，次子軝，三子輅，四子輔，俱傳其家學。

長子輶。《永樂大典》卷八九九載《灊山集》有《輶歸自五羊，得承可舊詩一編，書其後》，有云：“大兒南歸自五羊。”知朱輶爲翌之長子。參前紹興十八年譜。仲子軝，字叔止。洪邁《猗覺寮雜記序》：“（翌）仲子軝通守贛。”周必大《文忠集》卷四七《跋歐陽文忠公與裴如晦帖》：“朱公之子軝字叔止攜以相示。”楊萬里《誠齋集》卷二三有詩，題云《朱新仲舍人〈灊山詩集〉，其子軝叔止見惠，且有詩，和以謝之》。張世南《游宦紀聞》卷三：“叔止名軝，舍人新仲之姪也。”誤。張劍《朱翌及其家族事跡考辨》以其爲長子，亦誤。三子輅，字叔暘。陳鵠《耆舊續聞》卷一：“新仲嘗以是誨其子輅叔暘云。”陸游《渭南文集》卷三二《曾文清公墓誌》：曾幾孫女，“次適通直郎、新通判揚州軍州事朱輅。”方回《瀛奎律髓》卷二四引曾幾《適越留别朱新仲》詩“朱陳嫁娶有佳期”句元注：“新仲次子已議定女孫，有姻期矣。”謂“次子”，未確。季子輔，字季公。樓鑰《攻媿集》卷一〇《送朱季公守封川》原注：“舍人居韶十四年。季公生於壬戌。”葉錢序其《溪蠻叢笑》云：“通守朱公，灊山先生之季子，風流博雅。”（《古今説海·説選九》）陸心源《宋詩紀事小傳補正》卷四謂其爲翌之“次子”，誤。周必大《文忠集》卷五二《朱新仲舍人文集序》：“公之子若孫，俱傳其家學。”

有詩集三卷、文集四十五卷。

《宋史》卷二〇八《藝文志》七《别集類》：“《朱翌集》四十五卷，又詩三卷。”周必大《文忠集》卷五二《朱新仲舍人文集序》：“其子軝等類公遺稿凡四十有四卷，將刻而傳之。”陳振孫《直齋書録解題》詩集類載朱翌《灊山集》三卷。《四庫全書總目》卷一五七《灊山集》提要：“蓋周必大所言即《宋志》之四十五卷，乃其文集；陳氏所云三卷者，則專指詩集。……今文集已不可見，詩集亦無傳本。”其詩，清四庫館臣據《永樂大典》輯《灊山集》三卷，鮑氏《知不足齋叢書》本《灊山集》、今人《全宋詩》復有輯補；其文，則有《全宋文》輯佚一卷。按：詩文集之外，翌有《猗覺寮雜記》，今存。《宋史·藝文志》總集類著録《五制集》一卷，《直齋書録解題》小説家類著録《鄞川志》五卷，皆佚。

（作者單位：蘇州科技大學文學院）

林光朝年譜

劉邦棟

林光朝(1114—1178),字謙之,號艾軒,興化軍莆田人。《宋史》卷四三三有傳。林光朝弱歲下第,從陸景端等游,講學地方數十年,影響頗大,開創艾軒學派,時人稱譽"首倡伊、洛之學於東南",尊稱"南夫子"。林光朝年五十中進士,反對近習,督捕茶寇,事功卓著。存《艾軒先生文集》九卷,《附録》一卷。

一、名　字　號

林光朝,字謙之,自號艾軒,興化軍莆田人,時人尊稱南夫子,曾講學於紅泉東井等地,故家在莆田縣之北三里,存有《艾軒先生文集》九卷,《附録》一卷。

《宋史》卷四三三:"林光朝,字謙之,興化軍莆田人。"①《文忠集》卷六三《朝散郎充集英殿修撰林公光朝神道碑》:"艾軒,公自號也。"②《後村先生大全集》卷九四《艾軒集序》:"於時朝野,語先生不以姓氏,皆曰艾軒。"③《艾軒先生文集》卷十《遺事》:"艾軒於時猶爲先輩,號南夫子。"④又同卷《謚議》:"四方之士,摳衣從學者,歲不下數百人。時論翕然,有南夫子之號。"⑤《遺事》:"東井書堂,郡東南二十里,工部侍郎艾軒先生林光朝講學之所。中書舍人張孝祥書額,有拜經堂。"⑥《八閩通志》卷四五:"東井書堂,在景得里縠城山下。宋艾軒林光朝倡道之所也。初,光朝族人國鈞創書堂於此,延光朝爲師,復置田以贍來學之士,學者空郡從之,時謂之'紅泉義學'。中書舍人張孝祥書額。"⑦《(弘治)大明興化府志》十五:"五侯山前有蒲弄草堂,或云金山草堂,縠城山有松隱、竹隱諸巖,皆艾軒與其徒講道之所。"⑧《艾軒集》卷五《圖經序》:"以縣之北三里有故家,爲林氏門安綽楔。"⑨《網山集》卷四《余府君埋銘》下注"艾軒葬麥堆"。⑩《艾軒先生文集》刊刻原委及現存狀況,詳見祝尚書研究,兹不附録。⑪

二、族　　家

曾祖南一。

《神道碑》:"曾祖南一。"⑫

祖繁。

《神道碑》:“祖繁。”[13]

父勉。

《神道碑》:“父勉,贈奉議郎。”[14]

母曾氏。

《神道碑》:“母恭人曾氏。”[15]《網山集》卷四《陳氏母林氏埋銘》:“艾軒母葬來寄山。”[16]

岳父鄭俠、林師説。

《四庫全書總目》卷一五九:“光朝爲鄭俠之婿。”[17]《西塘先生文集·墓志》:“公諱俠,字介夫……兩娶林氏,男一人,穎,蚤卒;女二人,長適吴敦孝,次適林光朝,皆舉進士。”[18]《艾軒集》卷九《林兵部墓志銘》:“公諱師説,字箕仲……女九人,長嫁右修職郎方木,次李恂㮚,次右從政郎傅湙,次右迪功郎蘇維,次陳驤,次莊褒,次爲小子某婦。”[19]

妻徐氏。

《神道碑》:“娶徐氏,封恭人。”[20]

謹按:據上述材料推知,林光朝當有妻三人,分别爲鄭氏、林氏、徐氏。鄭氏爲鄭俠次女,林氏爲林師説第七女。

六子。僅三子知姓名:宜季、能季、同季。宜季曾任漳州軍事推官、福清縣主簿。

《神道碑》:“六子,今存者宜季、能季。宜季,迪功郎,福州府福清縣主簿。”[21]《八閩通志》卷三三:“漳州,軍事推官,林宜季。”[22]《網山集》卷四《國子生林氏坎志》:“麥堆雙闕之西南隅,是爲艾軒先生中子同季之墓。”[23]

謹按:據文獻所載,林光朝之子當有三人:林同季、林宜季、林能季。周必大與林亦之記載不同,應是著文時間不同所致。周必大撰《神道碑》,下注“慶元三年”。林亦之卒年,《網山集序》:“年纔五十……生高宗丙辰,終孝宗乙巳。”[24]《兩宋名賢小集》卷一八一:“林亦之,字學可,福清人……淳熙十二年卒。”[25]《宋元學案》卷四七《艾軒學案》:“趙忠定帥閩,嘗以先生(林亦之)之行業上於朝。未幾卒,學者稱網山先生。”[26]趙忠定即趙汝愚,帥閩前後共兩次:淳熙年間和紹熙年間,皆知福州。《三山志》卷二十《秩官》:“(淳熙)九年七月,趙汝愚以朝奉郎、充集英殿修撰知。(淳熙)十一年五月,除寶文閣待制。(淳熙)十二年,汝愚移四川制置使。”[27]林亦之當卒於淳熙十二年。林亦之《國子生林氏坎志》所撰年月,當在淳熙十二年及之前,同季於此前已去世。周必大撰《神道碑》時,林光朝子僅存宜季、能季二人。

孫林文郁、林科斗。

《後村集》卷八九《修復艾軒祠田》:“曰文郁,先生孫也。”[28]《網山集》卷四《國子生林氏坎志》:“中子,字幼康,嘗補國子生。卒且三年矣。娶陳氏,其子爲科斗。”[29]

一女。婿南若礪。

《艾軒集》卷十《神道碑》:“一女,適太學内舍生南若礪。”[30]《隱居通議》卷一二《艾軒吟詠·生女》:“貧家生一女,蟋蟀催寒杵。富家生一女,煖風來玉樹。富家生女纔及笄,阿官門前築新堤。貧家不生女,飯牛小兒安得妻。荆釵玉珰各隨分,醉中之天無高低。”[31]

從子林成季。

林成季,字井伯,趙汝愚門客,與朱熹、張栻、吕祖謙等交游,曾搜集林光朝遺稿,作《艾軒家傳》。《艾軒集》卷六《示成季》,[32]林光曾與其論詩。《竹溪鬳齋十一稿續集》卷十三《跋忠定晦庵與井伯林僉判諸帖》:“井伯林公,艾軒先生猶子也。艾軒在時,客於忠定之門,所交多當世名勝,紫陽尤敬愛之。”[33]《晦庵先生朱文公别集》卷四《答趙子欽》:“友人林井伯,艾軒之從子也。”[34]《後村集》卷八九《修復艾軒祠田記》:“猶子成季字井伯,有賢名,忠定客也。”[35]同書卷一〇一《趙忠定公朱文公與林井伯帖題跋》:“當乾淳間,艾軒先生與忠定相君同館,井伯丈以艾軒猶子,爲忠定上客。所交皆當世名人,而於朱、張、吕三君子尤厚。”[36]《復齋先生龍圖陳公文集》卷十《艾軒林先生集序》:“初,先生諸孫成季裒其稿,不輕以示人。”[37]《八閩通志》卷五四:“林成季,光朝之從子。趙汝愚辟爲門客,終興國軍判官。”[38]《直齋書録解題》卷七:“《艾軒家傳》一卷,陳氏曰:‘莆田林成季述其季父工部侍郎光朝謙之事實。’”[39]

族孫林鈞。

林鈞,林成季之孫。《後村集》卷八九《修復艾軒祠田》:“諸孫曰鈞者,愬於計臺方公大琮……鈞,井伯孫也。”[40]《宋寶章閣直學士忠惠鐵庵方公文集》卷二四載《與林艾軒孫(鈞)》。[41]

從父林國鈞。

詳見“淳熙二年”條。《艾軒集》卷九《承奉郎致仕回年林府君墓碣》:“有女子六人,皆嫁士族,曰國子監主簿鄭耕老,次朱陟,次朱廉,次新知德慶府高要縣余武康,次鄭淳,次宋九。”[42]

朱廉,林國鈞之婿。《網山集》卷四《處士朱君埋銘》:“有處士諱朱廉者……所配承奉郎致仕賜緋魚袋林國鈞之女。”[43]

族人林充、林褒。

見“淳熙二年”條。

從子林浦、林愷、林恂、林怡、林忻、林總。

《艾軒集》卷九《承奉郎致仕回年林府君墓碣》:“孫男曰浦、曰愷、曰恂、曰怡、曰忻、曰總。”[44]承奉郎致仕回年林府君,即林國鈞。

林浦,林充之子,有子三人:林學古,林希古,林師古。《網山集》卷四《林東之埋銘》:“東之,諱浦,於工部侍郎故艾軒先生爲族子……大父諱國鈞,承奉郎致仕賜緋魚袋。父諱充,迪功郎南安軍司户參軍。娶顔氏,子男三人:學古,希古,師古。女二人,長嫁金紫光禄大夫余公諱毅之裔孫某。次未笄。"㊺《宋元學案補遺》卷四七《艾軒學案補遺》:"林浦……事艾軒能盡其情。"㊻《艾軒集》卷六《與東之》一:"司户兄葬事在甚時?"㊼因其父林充曾任司户參軍,且林浦曾從林艾軒游,通書對象當爲林浦。

林愷。《網山集》卷四《處士朱君埋銘》:"有處士諱廉者,以淳熙五年二月二十有三日無憾而終,越四年五月,其甥林愷修職郎永春縣丞之子來謁銘。"㊽

林恂,一作林恂如。《閩中理學淵源考》卷八《文節林艾軒先生光朝學派》:"林恂如,莆田人。少從林艾軒學……祖國鈞建紅泉學,延族子艾軒爲師焉。"㊾《宋元學案補遺》卷四七《艾軒學案補遺》:"林恂如,莆田人,艾軒弟子。"㊿

族外孫方之泰。

方之泰,字巖仲,莆田人。紹定五年進士。方大琮爲閩漕,辟幕府,遷知長溪縣。寶祐二年卒,年五十一。方之泰曾搜集林光朝遺文。《四庫全書總目》卷一五九:"(林光朝)平生不喜著書,既没後,其族孫同叔裒其遺文爲十卷,陳宓序之。後其外孫方之泰搜求遺逸,輯爲二十卷,刻於鄱陽,劉克莊序之。"[51]《後村集》卷九四《艾軒集序》:"先生没六十年,微言散軼。復齋陳公某所序者,僅十之二三。外孫方之泰訪求裒拾,彙爲二十卷。"[52]同書卷一〇一《艾軒繳新除殿中侍御史書黄奏稿》:"巖仲,艾軒之外孫也。"[53]同書卷一〇五《乾道學官詩卷》:"艾軒之後寖微,外孫方之泰字巖仲。"[54]同書卷一〇〇《益公親書艾軒神道碑後》:"今祠堂本,乃復齋陳公所書,而平園真跡藏外孫方之泰巖仲家。"[55]《竹溪鬳齋十一稿續集》卷十三《老艾遺文跋》:"兄,老艾外諸孫也。"[56]林希逸《鄱陽刊艾軒集序》:"余同舍方君巖仲,先生外諸孫也。"[57]

謹按:據《神道碑》,林光朝僅有一女,且嫁與南若勵。《後村集》卷一四七《方君巖仲墓志銘》謂"母林既孀且貧,拊而教之",[58]故方之泰當爲林光朝族外孫,母林氏爲林光朝族孫女。

族外孫方澄孫。

方澄孫,字蒙仲,莆田人。淳祐七年進士,官至秘書丞。景定二年卒,年四十八。《後村集》卷一〇五《乾道學官詩卷》:"艾軒之後寖微,外孫方之泰字巖仲,澄孫字蒙仲,繼擢科第,篤凱風寒泉之念,艾軒祀賴以續,書賴以傳。"[59]同書卷一六二《方秘書蒙仲墓志銘》:"蒙仲名澄孫,以字行……母林氏,艾軒族孫女。"[60]

曾族外孫方之性。

《竹溪鬳齋十一稿續集》卷十三《老艾遺稿跋》:"此卷是爲艾軒先生遺槁,曾孫白杜方君之性所藏也。"[61]

外諸孫徐山長、徐叔謙。

徐山長,字平父。《竹溪鬳齋十一稿續集》卷三《用韻送徐平父西上(徐釋之後艾軒外孫)》:"鳴鞭西上訪漁村,倒屣霜朝喜及門。豹隱頻年聊蓄鋭,龍飛今歲有殊恩。誦先朝賦知名祖，讀外家書見此孫。千載艾軒吾敬慕，袖中錦軸兩詩存。以老艾墨跡二俾予考其後。”[62]同書卷十三《跋艾軒讀〈離騷〉遺蹟》：“平父徐山長，其外大父井伯僉判也，於老艾爲外諸孫。”[63]同卷《跋忠定晦庵與井伯林僉判諸帖》：“叔謙、平父，皆艾軒諸孫也。”[64]

外族之侄陳得璋、王郎，姪婦孺人五十六姐。

《竹溪鬳齋十一稿續集》卷十三《跋忠定晦庵與井伯林僉判諸帖》：“陳君得璋，夫人以錦囊送此諸帖以代犀錢玉果，曰可抵千緡。非艾軒姪婦，安此語？聞者皆笑，而陳氏獨寶之。”[65]《艾軒集》卷七《祭王郎文》：“二月既望越浹日庚寅，叔某位林某以觴酒殽蔌，告汝秘教王郎、孺人五十六姐之靈。”[66]

謹按：林希逸稱陳得璋之妻爲艾軒姪婦。

近族子林澧。

林澧，字同叔。《復齋集》卷十《艾軒林先生集序》：“近族子同叔，搜羅略備，得詩文若干首爲卷。”[67]《閩中理學淵源考》卷十九《朱子興化門人並交友》：“林澧，字同叔，仙游人……朱文公嘉其操行，書問往復，相期甚厚。”[68]

三、林光朝事跡繫年

宋徽宗政和四年甲午(1114)，一歲

公生。

《神道碑》：“(淳熙)五年五月六日卒……享年六十有五。”[69]據此推知生年。

宋徽宗政和五年乙未(1115)，二歲

是年，友人宋棐、師長林霆中進士。[70]

林霆，字時隱，政和五年進士。林光朝曾師事同郡林霆。《宋史》卷四三六：“同郡林霆，字時隱，擢政和進士第，博學深象數，與樵爲金石交。林光朝嘗師事之。”[71]同書卷四四九：“霆字時隱，政和五年進士，敕令所删定官。詆紹興和議，不宜置二帝萬里外不通問，即挂冠出東門……莆人稱爲‘忠義林氏’。”[72]《閩中理學淵源考》卷八《文節林艾軒先生光朝學派》：“林氏俊曰：‘艾軒不獨道學倡莆，詩亦莆之祖，用字命意無及者。後付雖工，其深厚未至也。’按：先生嘗師事同郡林霆，林公深於象數之學者。所著有《易論》《詩書語録》《中庸解》等集。”[73]

宋徽宗政和六年丙申(1116)，三歲

宋徽宗政和七年丁酉(1117)，四歲

宋徽宗重和元年戊戌(1118)，五歲

是年，友人何大圭、方漸中進士。

何大圭，字晉之，廣德人。年十八登政和八年進士。林光朝曾有致詩。《閩詩録·丙集》卷九載林光朝《上何著作晉之》詩。[74]

方漸,莆田人,與林光朝交。《閩中理學淵源考》卷八《文節林艾軒先生光朝學派》:"方漸,莆田人。重和元年進士……平生清白,無十金之産。所至挾書自隨,積至數千卷,皆手自纂定。就寢不解衣,林謙之質之。"[75]

宋徽宗宣和元年己亥(1119),六歲

八月二十日,鄭俠卒,年七十九。

《西塘先生文集·墓志》:"以宣和改元己亥八月二十日卒於家之正寢,享年七十九。"[76]

宋徽宗宣和二年庚子(1120),七歲

宋徽宗宣和三年辛丑(1121),八歲

宋徽宗宣和四年壬寅(1122),九歲

是年,與陳士宏相識。

《艾軒集》卷八《惠安縣丞陳君行狀》:"毅夫生九齡,某得之群兒中。"[77]詳見"紹興三十年"條。

宋徽宗宣和五年癸卯(1123),十歲

三月十九日,鄭俠入葬。

《西塘先生文集·墓志》:"以宣和五年三月十九日葬於清遠里彌勒山之原。"[78]

宋徽宗宣和六年甲辰(1124),十一歲

宋徽宗宣和七年乙巳(1125),十二歲

徽宗内禪,欽宗即位,次年改元靖康。

宋欽宗靖康元年丙午(1126),十三歲

六月初四,友人范成大生。

宋高宗建炎元年丁未(1127),十四歲

趙構即位,改元建炎。

九月二十二日,友人楊萬里、王佐生。

宋高宗建炎二年戊申(1128),十五歲

宋高宗建炎三年己酉(1129),十六歲

宋高宗建炎四年庚戌(1130),十七歲

九月十五日,友人朱熹生。

宋高宗紹興元年辛亥(1131),十八歲

再下第,專心治學。

《古今合璧事類備要續集》卷一九:"弱歲再下第,不復以得失爲意,遂專心聖賢踐履之學。"[79]

從學陸景端。

陸景端，字子正，本海寧人，其後居吴，陸景端曾學於尹焞，林光朝曾從陸景端學。《宋史》卷四三三："（林光朝）再試禮部不第，聞吴中陸子正嘗從尹焞學，因往從之游。自是專心聖賢踐履之學，通《六經》，貫百氏，言動必以禮，四方來學者亡慮數百人。南渡後，以伊、洛之學倡東南者，自光朝始。"[80]《宋元學案》卷二七《和靖學案》："陸景端，字子正，本海寧人，其後居吴。父韶之任察官，以風流文采爲時所宗。先生學於和靖，學問精深，造履清白……晚年以和靖之學傳林艾軒，見於《宋史》艾軒傳，而失載其名。"[81]同卷："百家謹案：'……其後林拙齋之後有東萊，陸子正之後有艾軒，皆名世大儒。"[82]《宋元學案補遺》卷四七："梓材謹案：郭氏《福清儒林傳》言：光朝聞陸子正得程門尹氏之學，而又與之游，及吕、張、朱並鳴爲前輩，而號南夫子。歸莆以講於東井、紅泉間。閩之洛學，又其宗也。"[83]

宋高宗紹興二年壬子（1132），十九歲

是年，友人方擴中進士。

方擴，字端立，莆田人。《艾軒集》卷九《巴陵史君方公墓志銘》："紹興二年擢進士第。"[84]

宋高宗紹興三年癸丑（1133），二十歲

是年，友人張栻生。

十一月二十四日，祭祀鄭谿東。

《永樂大典》卷一四〇五〇《祭鄭公是文》："三年冬十一月乙亥，具位林某以巵酒一食，致酹於故秀異鄭氏谿東生之靈。"[85]

謹按：十一月乙亥，即十一月二十四日。林光朝生前經歷紹興三年、乾道三年、淳熙三年，唯紹興三年十一月有乙亥日。

宋高宗紹興四年甲寅（1134），二十一歲

是年，王蘋以趙鼎薦賜進士出身。

宋高宗紹興五年乙卯（1135），二十二歲

正月十八日，方岡卒。

方岡，字季山，莆田人。《艾軒集》卷九《左承事郎方君窆銘》："君諱岡，字季山，弱歲孤出，去兩學爲閩人……衝寒得疾，死於吴門。以手書一紙遺其母，道南望終訣，心骨斷折，出語不少亂。時紹興五年正月十有八日也。"[86]方氏族孫曾從林光朝學。又："門子有子諱慎言，右諫議大夫。其後子姓因官散處，有直下兩孫，大曰昨，次曰晦，從里人林某學。"[87]

四月二十一日，徽宗崩。

是年，友人鄭厚、樊光遠、陳昭度、曾旺、林大鼐中進士。

林大鼐，字梅卿，興化軍莆田人。登紹興五年進士。林光朝與其初識於逆旅，有挽詩。《莆陽文獻列傳》卷三九:"林大鼐,字梅卿,蘊九世孫也。登紹興五年進士……大鼐初識林艾軒於逆旅。艾軒方感暑疾,陽結胸滿累累然。枕席視之者,毛豎不自定,大鼐獨取藥囊曰:'一再生爲之執劑餌,無厭去意,士多義之。'"[88]《艾軒集》卷一載《吏部尚書林公梅卿挽詞》。[89]

宋高宗紹興六年丙辰(1136),二十三歲

宋高宗紹興七年丁巳(1137),二十四歲

二月十七日,友人吕祖謙生。

七月初二,方祐卒。林光朝作挽詩。

《宋寶章閣直學士忠惠鐵庵方公文集》卷三七《記後埭福平長者八祖遺事》:"福平諱祐,字天貺,一字平國……是生於治平三年,卒於紹興七年丁巳七月初二日。"[90]《艾軒集》卷一載《挽方天貺》。[91]

宋高宗紹興八年戊午(1138),二十五歲

初得歐陽修《詩本義》。

《艾軒集》卷六《與趙著作子直》:"《詩本義》初得之纔廿五歲,如洗滌腸胃。"[92]

是年,友人陳彌作、宋藻、方翥、李燾、陳俊卿、黄公度中進士。

是年,與方擴定交。

《艾軒集》卷九《巴陵史君方公墓志銘》:"我於公定交三十年。"[93]見"乾道三年"條。

宋高宗紹興九年己未(1139),二十六歲

是年,結識陳俊卿。

陳俊卿《艾軒祠堂記》:"予與艾軒游四十年,所謂三益之友。"[94]陳俊卿《祭林光朝文》:"四紀故人,心期默契。"[95]

謹按:林光朝卒年六十五歲,故推知在是年。

宋高宗紹興十年庚申(1140),二十七歲

二月,友人趙汝愚生。

《宋代蜀文輯存》卷七一《宋丞相忠定趙公墓志銘》:"公諱汝愚,字子直,太宗皇帝之元子,漢恭憲王元佐八世孫也……紹興十年二月丙申,公生於嘉興之崇德縣。"[96]

宋高宗紹興十一年辛酉(1141),二十八歲

讀《詩本義》,有所悟。

《艾軒集》卷六《與趙著作子直》:"讀之三歲,旋覺得有未隱處。"[97]

宋高宗紹興十二年壬戌(1142),二十九歲

七月二十二,林積仁卒。林光朝爲其作行狀。

《艾軒集》卷八《左中大夫秘閣修撰贈光禄大夫林公行狀》:"以十一年至南海,明年七月癸丑,以疾不返,年七十有二。"[98]

是年，尹焞卒。

尹焞，字彦明，一字德充。曾師事程頤，傳陸景端，再傳林光朝。《和靖先生年譜》："（紹興）十二年壬戌十一月初五日，先生卒，年七十二。"[99]《宋元學案》卷二七《和靖學案》："陸景端，字子正……學於和靖，學問精深，造履清白……晚年以和靖之學傳林艾軒。"[100]

是年，友人陳知柔、陳士宏、林栗中進士。

林栗，字黄中，一字寬夫，福州福清縣人。紹興十二年登進士第，曾知南劍州，林光朝有詩送别。據《八閩通志》卷三四載，林栗曾知南劍州。[101]《宋史》卷三九四："知興化軍，又移南劍。"[102]《艾軒集》卷一載《送别奉常林史君黄中易守延平》。[103]

宋高宗紹興十三年癸亥(1143)，三十歲

林光朝曾至莆田藤蘿、蟹井等地。此後周游莆田各地山川。

《艾軒集》卷五《圖經序》："莆之爲邦，壤地褊迫……我生三十年，嘗一日捫藤蘿，直至蟹井；又嘗走金谿，得蒲弄一席地，東望海上，遠山出没；又嘗走石門觀九鯉湖。髮少齒落，纔得一問津於石所麥斜、寒遠無人之處。及由銅鼎矚大飛，其秀傑之狀過於他山。莆之大略唯是耳。"[104]

宋高宗紹興十四年甲子(1144)，三十一歲

宋高宗紹興十五年乙丑(1145)，三十二歲

是年，友人鄭耕老中進士。

鄭耕老爲林光朝從父林國鈞之婿。林光朝曾與其通書，《艾軒集》卷六《與鄭耕老》："聞令弟竟至此，爲之傷涕累日。相去小遠，未及拊棺一哭之，當候湘鄉還時，併一往耳。"[105]《水心文集》卷十五《奉議郎鄭公墓志銘》："先人（鄭耕老）殁於乾道壬辰……君兄弟益自力，鄉論多甲乙，送之，至再舉三子云……君之卒，年六十五矣。"[106]鄭耕老當有兄弟數人，名字、生卒年皆無可考。依書信語脉，鄭耕老之地或在湘鄉（湖南），距林光朝較遠。鄭耕老卒於乾道八年，此書當撰於此前。

宋高宗紹興十六年丙寅(1146)，三十三歲

是年，弟子卓先拔鄉解，從林光朝游。

卓先，字進之。少從林光朝游。紹定二月卒，年八十四。《後村集》卷一四八《卓推官墓志銘》："初，艾軒林公有重名，學子雲集門下，高弟甚重。君居其間最幼，諸老生往往避席。十五拔鄉解……年八十四，以紹定己丑二月某日卒……君卓氏，諱先，字進之。"[107]《閩中理學淵源考》卷八《文節林艾軒先生光朝學派》："卓先，字進之，莆田人。少從林艾軒學。"[108]

宋高宗紹興十七年丁卯(1147)，三十四歲

宋高宗紹興十八年戊辰(1148)，三十五歲

是年，友人龔夢良、王佐、朱熹中進士。

宋高宗紹興十九年己巳(1149),三十六歲

宋高宗紹興二十年庚午(1150),三十七歲

六月一日,作《五芝亭記》。

《艾軒集》卷五《五芝亭記》:"紹興二十年春,太守陸公命其堂曰'三瑞',蓋從邦人之請,且紀事也。四月之吉,乃與客登堂,合樂張飲。是日也……時六月丙午朔也。"[109]

謹按:太守陸公,即知興化軍陸涣。陸涣,字仲約,政和二年进士。據李之亮考證,陸涣紹興十八年以朝奉大夫知興化軍。[110]

宋高宗紹興二十一年辛未(1151),三十八歲

是年,孝子郭義重以特科奏名。

郭義重,字處仁,興化軍人。《宋史》卷四五六:"郭義,興化軍人,早游太學,以操尚稱。"[111]《莆陽文獻列傳》卷四四:"郭義重,《宋史》卷無'重'字,蓋誤。字處仁……紹興二十一年,始以特科奏名補官右迪功郎、潯州司法參軍,調德慶州録事參軍。"[112]《艾軒集》卷五《書〈餘慶集〉古賦後》:"郭孝子義重嘗游錢塘。"[113]同卷《郭氏旌表門閭記》:"余於是吊先生於廬下,先生杖而起,且曰:'義重事親,有所不足。'"[114]當以郭義重爲是。

是年,友人林之奇、蔣雝、劉夙,門人黄芻中進士。

蔣雝,字元肅,仙游人,與林光朝同知名,號"莆陽十先生"。《莆陽文獻列傳》卷三八:"蔣雝,字元肅……與林光朝同時十人俱知名,號'莆陽十先生'。"[115]

黄芻,字季野,少從艾軒學。《八閩通志》卷七一:"門人黄芻,字季野,志行高古,同游士自劉夙、劉朔、林亦之而下,皆推讓焉。"[116]《艾軒集》卷九《處士朱君墓銘》:"某之徒有黄芻者,君一見即灑然向之。"[117]同書卷七載《代祭黄懷安季野文》。[118]

是年,與龔夢良定交。

《艾軒集》卷九《龔肖之窆銘》:"某於肖之定交且二十一年。"[119]

謹按:見"乾道七年"條,龔夢良卒。故推知在是年。

宋高宗紹興二十二年壬申(1152),三十九歲

宋高宗紹興二十三年癸酉(1153),四十歲

是年,朱熹來訪。

《朱子語類》卷一三二:"某少年過莆田,見林謙之、方次榮(编者按:當作方次雲)説一種道理,説得精神,極好聽,爲之踊躍鼓動!退而思之,忘寢與食者數時。好之,念念而不忘。及至後來再過,則二公已死,更無一人能繼其學者,也無一個會説了。"又:"論林艾軒作文解經,曰:'林成季井伯爲艾軒作墓銘,諱艾軒著書。但云幸學,講《中庸》《九經》及某篇,是艾軒所著。此是有形諱不得底。嘗見《九經口義》,先説一段冒子,全與所講不干涉。其説是言"巍巍乎惟天爲大,唯堯則之"。"巍巍乎,舜禹之有天下而不與焉!"人看時,都理會不得。某却曾見他口說來,乃是說道:"巍巍乎者,世上有恁地大底事,惟天有之,惟堯則之。下面又說個'巍巍乎'者,言此大事,只是天與堯有之,舜禹都不與此。"蓋是取奉光堯,不知却推倒舜禹。"又云:"在興化南寺,見艾軒言曾點言志一段,'歸',自釋音作'饋'字,此是物各付物之意。某云:'如何見得?'艾軒云:'曾點不是要與冠者童子真箇去浴沂風雩,只是見那人有冠者,有童子,也有在那裏澡浴底,也有在那裏乘涼底,也有在那裏饋餉饁南畝底。曾點見得這意思,此謂物各付物。'艾軒甚密其說,密言於先生也。"[120]

謹按:束景南考證:朱熹於此年經莆田,訪艾軒林光朝、方翥、陳俊卿。[121]故且從此。

十二月十九日,林師說卒。

林師說,字箕仲,仙游人。《艾軒集》卷九《林兵部墓志銘》:"紹興二十三年十二月癸酉,大夫林公卒。"[122]

宋高宗紹興二十四年甲戌(1154),四十一歲

六月六日,林光朝祭奠陳季時。

《艾軒集》卷七《祭陳撫幹季時文》:"甲戌之歲六月癸未朔越六日戊子,同郡林某謹以盤饗致祭於友人故撫幹季時五兄之靈。"[123]

是年,友人楊萬里、范成大、姚述堯、范端臣、張孝祥中進士。

范端臣,字元卿,人稱蒙齋先生。林光朝晚年曾致書范端臣,表達讀書心境與讀書方法。《艾軒集》卷六《與范國禄元卿》:"回視五十年,所得實歷爲幾許文字……取《周頌》一二篇,除了注脚,空江好夕,琅琅誦一遭,使靈均聽之,安得不解脱也!"[124]

張孝祥,字安國,世稱于湖先生,曾書林光朝講學書堂門額。《艾軒集》卷十《遺事》:"東井書堂,郡東南二十里工部侍郎艾軒先生林光朝講學之所,中書舍人張孝祥書額。"[125]

謹按:張孝祥任中書舍人在紹興二十八年九月二十五日。《建炎以來繫年要録》卷一八〇:"(紹興二十八年九月)辛巳,起居舍人張孝祥兼權中書舍人。"[126]李裕民考證張孝祥卒於乾道五年六月。[127]林光朝乾道五年後離莆任官,輾轉多地。故書額一事當在紹興二十八年至乾道五年之間。

宋高宗紹興二十五年乙亥(1155),四十二歲

九月二十七日,友人林孝謹卒。

林孝謹,字彦信。《艾軒集》卷九《朴軒處士埋銘》:"某在髫孺時,鄰人父兄能道說石門寢處食飲之節。年更長,得一見處士樸軒,且與言,日中不能去……處士於莆田爲林氏,諱孝謹,字彦信……紹興二十有五年,年六十二矣,九月辛未,以疾卒。"[128]

謹按:林孝謹有二子:林復,林蒙。林復曾從林光朝學。《艾軒集》卷九《朴軒處士埋銘》:"有子二人,曰復,曰蒙……以來歲葬於縣之平洋村。其子復嘗學於林某,因泣曰:'遠日既得卜,將託之文辭。'"[129]此篇《埋銘》當作於紹興二十六年。

宋高宗紹興二十六年丙子(1156),四十三歲

是年,友人黄公度卒。

林大鼐《故尚書考功員外郎黄公墓志銘》:"(紹興二十六年)八月二十四日卒於位,年四十八,官至朝散郎。惜哉!公姓黄,諱公度,字師憲,世爲興化軍莆田人。"[130]黄公度曾有詩寄林光朝,《知稼翁集》卷上《寄林謙之(光朝)》:"冰壺玉麈逼人寒,忽漫過逢豁肺肝。千載有人扶古道,一時傾蓋盡儒冠。不妨我輩詩腸在,要取他年酒量寬。萬卷白頭成底事,販屠之輩任艱難。"[131]

作《朴軒處士埋銘》。

謹按:見"紹興二十五年"條。

宋高宗紹興二十七年丁丑(1157),四十四歲

是年,友人李遠、陸琰中進士。

陸琰,字倫琬,侯官人。《艾軒先生文集》卷五《圖經序》:"太守鍾離公以淮海之雋,有古昔之聞,嘗出河朔,涉燕薊,所歷爲甚多。其於治郡,如治劇邑,窮日之力爲不足,以火繼之。公之退然自下,非緣斲削,每以我爲知言者,我有慚色。偶一日道人物山川,且欲按圖而求之。以縣之北三里有故家,爲林氏門安綽楔。出南郭可五里,端明蔡公有舊第,熟視雙闕者,不覺斂容。過蔡公之門,或立馬低回不忍去。公以南北通途數里中乃得此,若求之井邑聚落,所得又益多,此《圖經》所由出也。前時書未成,公屬我敘其大略,不敢辭。是書訪之名山,酌之故老,取之佚人,得之殘牒、遺編、續稿、舊志。論次先後,惟出一手,乃爲軍學教授長樂陸琰也。"[132]《圖經》一書乃陸琰訪求名山、故老,取之舊志而成。鍾離松乾道三年知興化軍,具見"乾道三年"條。《圖經序》應作於乾道四年或稍後。

宋高宗紹興二十八年戊寅(1158),四十五歲

正月,樊光遠任福建提點刑獄公事。林光朝受賜新刻御書,致書道謝樊光遠。

《建炎以來繫年要録》卷一七九:"(紹興二十八年正月)乙亥左承議郎、知興化軍樊光遠爲福建路提點刑獄公事。"[133]同書卷一八三:"(紹興二十九年十月)己未,左朝奉郎、福建路提點刑獄公事樊光遠特降一官。"[134]同書卷一八七:"(紹興三十年十二月)戊申,左朝奉郎、知嚴州樊光遠奏。"[135]《艾軒集》卷六《與樊憲茂實》,言及"頒示御書新刻"事。[136]

謹按:樊光遠紹興二十八年任福建提點刑獄公事,紹興二十九年降一官,紹興三十年已知嚴州,故林光朝受賜新刻御書當在紹興二十八、二十九年之間,致書樊光遠當在其間。"頒示御書新刻"一事説明,林光朝講學地方,名聞在外。

宋高宗紹興二十九年乙卯(1159),四十六歲

十一月十九日,祭祀考妣。

《永樂大典》一四〇五〇《祭墓文》一、二、三,其《三》:"紹興二十有九年十一月既望，越三日丁酉，某諸孤敢以魚菽之典，昭告於考君承事、妣太孺人墓下。”[137]

宋高宗紹興三十年庚辰(1160)，四十七歲

二月四日，友人陳士宏卒。

六日，哭陳士宏。

十日，祭奠陳士宏。

三月五日，陳士宏靈車東下。

三月八日，下葬。林光朝與友人前往祭奠。

陳士宏，字毅夫，莆田人。《艾軒集》卷八《惠安縣丞陳君行狀》：“毅夫諱士宏，以左宣教郎知泉州惠安縣丞，歲二月四日卒於官，年四十有七。”[138]卷九《惠安丞陳君墓銘》：“三十年二月六日，林某哭其友於來寄之原，蓋其屬棺已再夕矣。”[139]卷七《祭陳縣丞毅夫文》：“三十年春二月庚戌朔，越浹日，林某以斗酒一食，且百里致之故友人惠安丞君毅夫之靈。”[140]卷七《祭陳縣丞毅夫文》：“三十年春三月庚辰朔，越五日甲申，靈車東下，越四日丁亥，及堩。林充、李喬、林某、趙伯韶、伯達、劉洵直、方秉白、劉夙、盧篆哭之於里門，徐壽仁齒且長，敬酌酒以酬於柩下。”[141]

鄭厚去世，年六十一。林光朝有文相弔。

四月十三日，祭奠鄭厚。

鄭厚，字景常，又字景韋、叔文，號湘鄉先生、溪東先生，鄭樵之兄。興化軍莆田縣人。鄭厚長樵四歲，卒於紹興三十年。[142]李俊甫《莆陽比事》卷三：“鄭厚，字景常，一字叔文，號湘鄉先生(以官終湘鄉令故云)……厚嘗考試福州，一時名士如林之奇、陳誠之、鄭鍔、李樗之、孟仲叔季皆在選中人，謂三山名士一網打盡。表所居曰名賢坊。”[143]《永樂大典》一四〇五〇《代祭鄭湘鄉父文》。[144]《艾軒集》卷七《祭鄭湘鄉叔友文》：“林某、趙伯達、方秉白、劉朔以四月既浹，越三日丙辰，哭湘鄉先生之柩於西郭，以杯酒盤饗敬酹之。”[145]

謹按：林光朝、鄭厚、陳知柔(休齋)與蘇子翙皆有交。蘇子翙當在鄭厚前去世。《艾軒集》卷七《代祭蘇子翙文》：“嗚呼！艾軒道子翙爲後來孤出者，湘鄉以爲然，休齋得子翙文，以此語爲然。”[146]

十月，子孫奉方岡及夫人雙柩合葬。林光朝作窆銘。

《艾軒集》卷九《左承事郎方君窆銘》：“君諱岡，字季山，弱歲孤，出，去兩學爲聞人……以三十年冬十月奉雙柩合葬於松山之原。”[147]

是年，門人楊興宗、劉朔中進士。

楊興宗，字似之，長溪人。少師事鄭樵，後執經艾軒之門，曾與艾軒同任試官。《閩中理學淵源考》卷八《文節林艾軒先生光朝學派》：“楊興宗，字似之，長溪人……興宗少師事鄭夾漈，後執經林謙之之門……歷遷校書郎，與林謙之同校文省殿。”[148]

是年,林光朝致書陳伯壽。

《艾軒集》卷六《與陳伯壽》:"久欲作伯壽書,爲不忍發語,此心愧負,如或墜失。先大夫於宇宙中爲第一流輩……先大夫嘗語人:'我與謙之未相面,已定交於文墨中。'……異時伯壽纔數歲,不獲以尺紙道悲甚之意,嘗欲一出永嘉,以斗酒敬酹國子先生之墳。經歷家艱,埋伏丘壟,過十年如轉臂許,老矣無他念,不知更可哭之荒榛野草之旁否?得書,聞欲遠遠一來,甚善,不料得尊夫人能爲此數月割遣否?惠然肯來,當不出仲月,及秋而還,亦不至多時客食耳。如或牽掣不果來,劉司户復之不出一二月到永嘉,便到先大夫墓下。以某故於伯壽無隱情,此爲屋下人,若朝夕從之游頗好耳。"⑭⑨

謹按:陳伯壽大父曾與林光朝交識。陳伯壽大父去世後,林光朝致書慰問,回憶二人交識之事。劉朔"不出一二月到永嘉",或指中進士赴温州司户任。故繫於此年。

宋高宗紹興三十一年辛巳(1161),四十八歲

宋高宗紹興三十二年壬午(1162),四十九歲

三月七日,鄭樵卒,年五十九。林光朝曾與鄭樵有書信一封。

鄭樵,字漁仲,自號溪西逸民,居夾漈山,世稱夾漈先生,興化軍莆田人。著録頗豐,以《通志》顯於世。《八閩通志》卷四五:"夾漈先生草堂,在府城西北廣業里夾漈山之陽,宋鄭樵隱居著書於此。因自號浹漈……又有修史堂在本里薌林寺内。"⑮⓪

謹按:林光朝與鄭樵往來問學時日較久,關係密切,且鄭樵之子或從林光朝學。《艾軒集》卷六《與鄭編修漁仲》:"某前數年間夾漈有説,便心開目明,第恨無成書可驗耳……示喻石鼓刻,已釋然……二姪謹畏可喜,惕前時習懶,今亦稍入繩墨,然所見俱不俗,要之當有所至。"⑮①

五月十三日,朱廷實入葬。

《艾軒集》卷九《處士朱君墓銘》:"處士朱君廷實……三十有二年夏五月己酉,以君之夫人許氏之柩來,遂以掩其壑。"⑮②

謹按:林光朝與朱廷實交游甚早。《艾軒集》卷九《處士朱君墓銘》:"某來白石,君一日過門。及去,整冠不解帶,語家人曰:'子林子必然過我。'某以他客日向昳,君見我來無減容……'嘗卜壽藏於先父之壟,他日以語我,慭從先父母之命,得一埋骨處,使終然形影若不相離去。今且礨石結甌矣,前有通隙袤數步,可以立兩楹,將謁名於吾子。'……吾嘗以是名之,轉臂二十年,殆日昨日也。"⑮③

秋間,林光朝致書丘文昭。

《艾軒集》卷六《與丘左司文昭》:"某違離之久,耿耿不去心。涉秋多暑……某不謂夾漈六兄僅至此,海内所同惜。執事綢繆骨肉之交,惟夾漈爲當之。公侯胸中如空谷,何物着不去,然相看到頭白者,今爲幾人,乃朋友一闕失,何可復得之!寢門之慟,今已數月,一歷丘隴,哭之如新喪,奈何奈何!"⑮④

謹按：據書云，丘文昭當與鄭樵所交甚厚，且言及鄭樵去世事，表達惋惜之情。“今已數月”“涉秋多暑”，鄭樵三月去世，此書作於此年初秋。

宋孝宗隆興元年癸未(1163)，五十歲

是年，友人吕祖謙、劉綽、曾撙中進士。劉彦奇曾薦送劉統從學於林光朝。

《艾軒集》卷九《右承務郎致仕劉君墓銘》：“右承務郎致仕劉君彦奇，其先自麻沙徙於莆……有子曰統，凡三與薦送；曰綽，於隆興元年擢進士第，調福州永福縣尉……吾於綽爲曲江同年，且將爲同僚。”[155]同書卷五《泮林討古集序》：“子曾子人品爲甚高，由宜春過湘潭，終於廬陵，凡歷三州教授……子曾子發，字信道，南豐人。其子樽，嘗於吾敘同年。”[156]

林光朝及進士第，調袁州司户參軍，未上。

《神道碑》：“五十方奏名，則有命焉……隆興元年調袁州司户參軍，未上。”[157]陳俊卿《艾軒祠堂記》：“年五十始擢太常第。”[158]陳俊卿《祭林光朝文》：“年且半百，纔得一第。”[159]《宋史》卷四三三：“孝宗隆興元年，光朝年五十，以進士及第調袁州司户參軍。隆興元年(原“乾道三年”，今改)，龍大淵、曾覿以潛邸恩倖進，臺諫、給舍論駁不行。張燾(原“張闡”，今改)自外召爲執政，鋭欲去之，覺其不可摇(原“拙”，今改)，遂以老疾力辭不拜。”[160]

謹按：《宋史》卷四三三“乾道三年”誤，當爲“隆興元年”，“張闡”當爲“張燾”，“拙”當爲“摇”。[161]《建炎以來朝野雜記》乙集卷六《孝宗黜龍曾本末》：“乾道三年……張子公外召爲執政，鋭欲去之，覺其不可摇，乃力辭老病不拜。”[162]據《宋史》卷三八二：“隆興元年，(張燾)遷參知政事，以老病不拜……後二年卒，年七十五。”[163]張燾卒於乾道元年，此條所記内容應爲隆興元年事跡。

十二月二十八日，林師説改葬席麻之原。

《艾軒集》卷九《林兵部墓志銘》：“隆興元年，乃改卜席麻之原，以十二月甲申葬。”[164]

郭氏新作門閭，郭彦莘求文於林光朝。

《艾軒集》卷五《郭氏旌表門閭記》：“隆興更元，新作門閭，彦莘於先生爲族子，屬某書其事，筆不下三年矣。”[165]詳見“乾道二年”條。

是年，致書盧仲蒼。

《艾軒集》卷六《與盧仲蒼》：“陳寺丞館地，恐不可就，聞破頭便作啓事見之，此爲大不着題……此五十年布衣受用，不可不使仲蒼知之。侍郎周丈不知曾見之否?”[166]《宋史》卷三八五：“孝宗即位，除兵部侍郎兼侍講，改同知貢舉兼權户部侍郎。”[167]

謹按：“侍郎周丈”，或爲周葵。林光朝致書盧仲蒼，勸其勿要求之急切。據“五十年布衣受用”語，此書或爲林光朝登第後所作。

致書王佐,論及進士及第與讀書之事。

《艾軒集》卷六《與王舍人宣子》一:"某來矣竊一第,言之慚人。不遠二千里,遺書爲問,交舊繫念如此。"[168]同卷《與王舍人宣子》二:"某覺得早衰,無他想,惟貪把書卷不減少年時,終日在案頭翻故書,以此爲實歷日子。然實歷殊不易得,往往爲俗事所分。讀書如飲啗,一日不得食,便如此空虈,三朝五日或不近書卷,虧耗自不少,每以此自警。前時所寄數種書甚善,一生停蓄來,唯此爲最。每一開書卷,便覺眼明,此爲一如意事也。某亦欲集聚偶然所見處,謂之《六經章句》,得十年定坐,以畢此心。然日過一日,擾擾不暫息,十年之期,無乃太自寬耳。"[169]

經三衢見徐存,致書楊次山。與李椚論學。

《宋史》卷四三三:"然(林光朝)未嘗著書,惟口授學者,使之心通理解。嘗曰:'道之全體,全乎太虛。六經既發明之,後世注解固已支離,若復增加,道愈遠矣。'"[170]《艾軒集》卷六《與楊次山》:"古人之所言,皆求之日用,日用是根株,文字是注脚,須見得日用處,注脚自可曉。"[171]《困學紀聞》卷八:"艾軒云:'日用是根株,文字是注脚。'此即象山'六經注我'之意。蓋欲學者於踐履實地用工,不但尋行數墨也。"[172]《艾軒集》卷六《與泉州李倅》:"某嘗看爲國以禮,其言不讓,是故哂之,蓋真實見得如此,是太虛中有此易簡之理。《論語問答》乃因事逐旋説出,若見得太虛中真實有此理,即《論語》乃其注脚耳。今人讀'亞飯干適楚,三飯繚適蔡,四飯缺適秦,鼓方叔入於河,播鼗武入於漢,少師陽,擊磬襄入於海',豈不甚曉?然不到錯了本文本意,却不知'吾道一以貫之',何嘗是兩樣説話。若俱從太虛中抽出,不應有一段難説,一段易曉。"[173]

謹按:《與楊次山》"某年近二十,未知龜山所以遺後來者爲何書,及隨計走都下,此説一歷耳。又二三年中乃得之"[174],當即林光朝弱歲赴臨安試時,聞龜山之學,見龜山之書,却不知龜山之學。落第後,從陸景端問學數年,纔知伊洛之學術、前輩淵源。

楊次山,字仲甫。楊時之孫。吕本中《楊龜山先生行狀》:"孫八:雲已膺鄉薦,航、崧、森今游太學,嶽與次山讀書鄉。"[175]

徐存,字成叟,號逸平。《宋元學案》卷二五《龜山學案》有傳。王梓材案語,徐存從學於蕭顗,蕭顗從學於龜山。[176]故徐存出於龜山、伊川一脉。《與楊次山》"某授徒三十年……龜山先生有一徒弟在永嘉,不知其存否。一在三衢,即徐成叟,某舊識之。前日過三衢,已八十餘"[177],據此推知,林光朝與徐存早識,或在弱歲赴臨安試時,隆興元年又赴試得見,而後致書楊次山言及此事。又據《與泉州李倅》"某三十年爲徒友所困"[178],兩書當作於同時,故繫於此年。

據束景南考證,李倅或爲李椚。林光朝致書,與其論《論語》。林光朝被譽爲"以伊、洛之學倡東南者,自光朝時",當時人稱"南夫子",林光朝從學於伊洛學脉又講學莆地數十年,影響較大。因林光朝生平不喜著書,故其留下的思想文獻較少,然又可據《文集》、傳記資料等瞥見一二。林光朝認爲太虚是具有本體地位的，函有萬物生化之理，强調日用踐履之學，認爲經典文字之妙用須與踐履中方能展現。

隆興二年甲申(1164)，五十一歲

五月，陳俊卿知泉州。林光朝有詩相致。

《艾軒集》卷一《送别陳侍郎應求知泉州》："某竊觀蔡公侍郎嘗大書於洛陽橋之上，侍郎過洛陽，當摩挲此石，彷佛爲同日事也。某送别到惠安道中，因以賦詩云。百片牙旗水面長，蔡邕題在刺桐鄉。十年杯酒開雲榭，一樣官銜過洛陽。我亦攜家緣送客，誰能掃地自焚香。野橋衝臘寒梅白，莫要登臨憶侍郎。"[179]《晦庵文集》卷九六《少師觀文殿大學士致仕魏國公贈太師謚正獻陳公行狀》："明年(隆興二年)五月，乃除寶文閣待制、知泉州。復以自請，提舉江州太平興國宫。"[180]

六月三十日，友人陳諤卒。

陳諤，字元昌，沙縣人，陳襄族子，以門第補官。《艾軒集》卷八《别乘陳公行狀》："别乘陳公爲古靈先生之族子也，以二年夏六月癸未晦不幸至大病，聞太守且來，遂捉衿，欲一出道。亟來問疾，無一語小亂。以是日卒。"[181]

七月，友人樊光遠卒。

《文定集》卷十一《吏部郎樊茂實墓志銘》："以隆興二年七月卒，年六十有三。"[182]

林光朝與劉朔薦對，論曾覿、龍大淵之罪。改左承奉郎、知永福縣。

《神道碑》："召對，改左承奉郎、知永福縣。大臣論薦不已，召試館職。"[183]《宋史》卷四三三："而光朝及劉朔方以名儒薦對，頗及二人罪，由是光朝改左承奉郎、知永福縣。"[184]《建炎以來朝野雜記》乙集卷六《孝宗黜龍曾本末》："林謙之、劉復之以名儒薦對，頗及二人罪，皆補縣。"[185]《葉適文集》卷十六《著作正字二劉公墓志銘》："孝宗既即位，望太平旦夕。虜講和未定，内庭設射馳毬，大雨水，蝗害稼，而曾覿、龍大淵挾聲勢，陰進退士大夫，皆相顧莫敢發口，發亦輒逐。時隆興二年七月也……著作復封上曰：'陛下引舊僚謀政事，得如張闡、王十朋可也。乃與覿、大淵輩觴咏唱酬，字而不名。罷宰相，易大將，待其言而後决乎？嚴法守，裁僥倖，自宫掖近侍始可也。'……疏入，亟求罷，留之數十不可。以爲湖北安撫司參議，不行。"[186]

謹按：據《著作正字二劉公墓志銘》，林光朝與劉朔薦對論龍、曾之罪當在隆興二月七月。朱學博"林光朝'以名儒薦對，頗及二人罪，由是光朝改左奉承朗、知永福縣'亦是隆興元年事"，[187]立論不穩。《宋史》人物傳記，或者《神道碑》《墓志銘》等有關内容，撰寫者常忽視掉時間點，而將前後數個時間黏連着一起敘述，亦使研究者誤認爲數件事或在同時，或有因果關係。

員興宗有書致。

《九華集》卷二〇《送林謙之序》："去年來南，或見謂曰閩之南有謙之林公者，言其言，性其性，務窮道之所由出也……謙之名某，興化處士也，邑人始强之，乃决進士科。今召擢爲永福令,從游學者細大千餘人。蓋寂寞之音,必將恃其徒萬有一焉繼之也。”[188]

謹按:書云“去年來南,或見謂曰閩之南有謙之林公者”,員興宗與林光朝結識於隆興元年,林光朝因論曾覿、龍大淵之罪而知永福縣,員興宗致書相送。

員興宗與林光朝曾一同觀讀《九華書》,員興宗對《文中子》有所見識,而後致書問學。《九華集》卷十三《與興化林文謙之》:“某再拜。自尊旆南歸,且數欲具書候動止……前此既辱遇顧,爲出所次《九華書》者,與老兄觀之。倉卒不能畢,且退又懼乎不醇也,静理年餘,日加剖擊,今則粗趨乎醇矣,於兄不當自隱也……《文中子》想已摘出,僕之書亦粗指出其本文,竄去其附益剽入之陋,如解縶緩轡而驥之,德力見矣。老兄以爲如何?切便見教,吾人枯槁汩没,又相與談寂寞之音,想爲世笑矣,勿廣勿廣。”[189]據“自尊旆南歸”,此當指林光朝任提點廣西刑獄後,書應作於乾道九年四月後。

八月二十一日,祭奠林積仁夫人。

《永樂大典》卷一四〇五〇《祭林龍圖夫人文》:“二年秋八月既望,越六日甲戌,族子具位某以千里一食,敬致祭於永嘉故龍圖夫人母母。”[190]

謹按:林龍圖,即林積仁,因其曾直龍圖閣。其母朱氏曾贈永嘉郡夫人。《艾軒集》卷八《左中大夫秘閣修撰贈光禄大夫林公行狀》:“父諱達,以公故,贈光禄大夫;母朱氏,贈永嘉郡夫人……朝廷議所以褒重之,遂命直龍圖閣。”[191]

八月二十八日,張浚卒。

九月二十一日,代祭張浚。

張浚,字德遠,世稱紫岩先生。政和八年進士,終生志在恢復,不主講和。《晦庵文集》卷九五下《少師保信軍節度使魏國公致仕贈太保張公行狀》下:“(隆興二年八月)二十八日,疾病……日暮,命婦女悉去,夜分而薨。”[192]《艾軒集》卷七《代祭張魏公文》:“一年秋九月既望,越六日癸卯,具位謹以牢醴之奠,敬致祭於故丞相、觀使、魏國公之靈。”[193]

作《豐登樓記》。

《艾軒集》卷五《豐登樓記》:“隆興二年自三月不雨,至於秋八月,二浙以水潦告,而閩人苦旱,天子爲之捐膳馳樂焉。左文林郎、三山陸楠適治是邑,以爲舞雩者吁嗟而求雨也……以五十之年一之樂郊。”[194]《八閩通志》卷七四:“豐登樓,在舊興化縣宣化橋之上,宋隆興二年縣令陸楠建,林光朝爲記。”[195]故知當在是年。

是年,胡銓除權兵部侍郎,書“著作之庭”。林光朝與其有詩相和答。

《宋史》卷三七四:“隆興元年……(胡銓)兼侍講、國史院編修官……二年,兼國子祭酒,尋除權兵部侍郎。”[196]《艾軒集》卷一《次韻呈胡侍郎邦衡》:“某竊觀侍講、侍郎先生大書著作之庭,其形摹濫觴發於小篆,豈八分未出已有此書。又蒙傳示銀杏兼簡之什，謹次韻奉和。聲教從今已遠覃，翩翩作者問誰堪。石經猶有中郎蔡，金匱曾誇太史談。至竟銀鉤并鐵畫，相傳海北到天南。諸生考古頭渾白，禹穴何時更許探。”詩下小字注：“胡澹菴詩：頭白經筵思漫覃，駸駸末路我何堪。八年還作玉堂集，一笑真懷銀杏談。敢説麕書譏聶北，聊因麟趾詠《周南》。梅開更得珠園去，紅粟寒梢試一探。”[197]《南宋館閣録》卷三：“著作之庭，禮部侍郎胡銓隸書，大理寺丞虞似良刻。”[198]

乾道元年乙酉(1165)，五十二歲

朝廷旌表郭氏。

四月三日，著文《郭氏旌表門閭記》。

《艾軒集》卷五《郭氏旌表門閭記》：“先生蚤時游太學，以操尚稱。年四十餘，客錢塘，聞母夫人之喪，徒跣走二千里，每一哭輒嘔血。家甚貧，無百錢儋石之儲，及治葬，雖故人有所饋，不肯受。聚土爲墳，而廬之於其旁，塋兆廣袤，不出三數丈。有甘露降，赫日當中，則霏霏來下，晶明膏潤，土脉欲動，乃如異時所聞者……是歲郡國白之朝，有旨旌表其閭……時乾道元年四月三日。”[199]是文與《宋史·郭義傳》[200]所載其人其事基本一致，故郭氏乃爲郭義重，又見“紹興二十一年”條。

八月二十一日，友人宋藻到任浙東提舉。

《會稽續志》卷二《提舉題名》：“乾道元年八月二十一日以右朝散郎到任，乾道三年四月初五日主管臺州崇德觀。”[201]《艾軒集》卷六《與宋提舉去華》，林光朝曾與其論《詩》。[202]

乾道二年丙戌(1166)，五十三歲

四月，宋棐卒。

二十七日，林光朝祭奠宋棐。

《艾軒集》卷七《祭宋待制材成文》：“二年夏四月庚子，林某等以清酒殽蔌之奠，致祭於故待制、甫陽開國宋公之靈。”[203]卷九《敷文閣待制開國宋公墓志銘》：“故敷文閣待制、莆田縣開國伯宋公年七十八，以疾終。來歲(乾道三年)十一月甲申，葬之南郭二十里……公諱棐，字材成。”[204]

十月二十日，代祭方翥妻劉氏。

《永樂大典》一四〇五〇《代方正字祭妻劉孺人文》：“元年冬十月丙申，左從事郎、新改差泉州學教授方翥以魚菽一食之祭，告亡妻孺人劉氏。”[205]

謹按：方翥爲紹興八年進士，從官三十年。《南宋館閣録》卷八《官聯》下：“方翥。字次雲，莆田人，黄公度榜同進士出身，治詩賦。三十二年十月除，隆興元年六月罷。”[206]《艾軒集》卷九《正字子方子窆銘》：“一第三十年，所書裁三考。有旨召對，除秘書省正字。凡九月，以風聞論事聽外補……所配爲劉氏，先數月而卒。”[207]《夷堅志》支戊卷第二《方翥招紫姑》：“莆田方翥次雲，紹興丁巳秋，將赴鄉舉……翥次年登科，然蹭蹬三十年，纔爲秘書省正字而止。”[208]以紹興八年，下推三十年，即乾道二年(1168)。

且據《代方正字祭妻劉孺人文》"吾彌年枕疾,手足無所用,每須一物來,便欲自齕,汝又何舍我而去耶",[209]方翥晚年卧床病重,由妻劉氏照顧,而劉氏於"元年冬十月丙申"受祭,方翥後劉氏數月而卒,故方翥當於乾道二年去世。林光朝爲其作窆銘。

林光朝與方翥關係甚密,有詩相贈,講學論道,意有所悟。《艾軒集》卷九《正字子方子窆銘》:"子方子長於我,先我而聞道,吾事之猶吾兄。"[210]同書卷一載《别方次雲》《直甫見示次雲乞豫章集數詩偶成二小絶因以自喻》。[211]《宋元學案》卷二九《震澤學案》:"方翥,字次雲,莆田人也,元寀之孫。由施廷先以事王信伯,遂有所得,艾軒謂其先我問道。"[212]《閩中理學淵源考》卷九《莆陽方氏家世學派》:"初,艾軒幼時,喜李白、石曼卿之爲人,又喜晉人風度不入俗調。先生曰:'此數人來孔門,恐一日著脚不得。'艾軒遂悟,以先生爲先問道,兄事焉。蓋龜山之學傳之王信伯,信伯傳之鹽官施廷先,先生與廷先居最久,而與林艾軒、陸子正友善。及歸,益與艾軒講明道理,以淑後進。"[213]

林光朝因方翥之故而與施廷先定交。施廷先,鹽城人,受業於王蘋,與林光朝交。《艾軒集》卷六《與楊次山》:"廷先,吾友也。廷先每説洞庭之野有一人吾所畏,當買舟同一見之。不及見此人,廷先死矣。傷哉廷先!每對人道説,必爲之出涕。廷先乃吾亡友方正字次雲之友,某以次雲六兄之故,遂定交。"[214]同書卷九《正字子方子窆銘》:"鹽官施廷先,吾與之定交。"[215]《宋元學案》卷二九《震澤學案》:"施廷先,字□□,鹽官人也。隱士德操之姪。(雲濠案:當作'族姪'。)德操與横浦爲講學友,而先生受業於王信伯,林艾軒嘗稱之。"[216]

是年,友人趙汝愚中進士。

乾道三年丁亥(1167),五十四歲

正月十日,友人陳昭度卒。

《艾軒集》卷九《西軒先生窆銘》:"谷目子陳子以三年春正月己酉窆之於天竺之野……子諱昭度,字元矩,以左奉議郎差知福州長樂縣。"[217]《竹溪鬳齋十一稿續集》卷十二《陳西軒集序》:"西軒陳先生,有道有文者也……與次雲、老艾、溪東、溪西爲同出。是蓋孟子所謂豪傑之士。艾軒一字不輕許人,獨謂公之學'不緣師授,其視横渠,爲同時獨曉者'。集中諸銘,獨次雲曰子方子、公曰子陳子而已。"[218]《宋元學案》卷四七《艾軒學案》:"陳昭度,字元矩,仙游人。與林艾軒,方次雲友善,自號西軒子。爲藤州教授,以致知謹獨教學者。"[219]《閩中理學淵源考》卷八《文節林艾軒先生光朝學派》:"陳昭度,字元矩,興化人……閑居讀書著文,十餘年不出,與鄉大夫林迪爲忘年友。艾軒林光朝、次雲方翥、正字劉夙兄弟皆嘗至其家登堂拜母,誼均兄弟。"[220]

正月,友人方擴卒。

二十日,祭方擴。

《艾軒集》卷九《巴陵史君方公墓志銘》:"春正月,巴陵郡守方公卒。公諱擴,字端立，於莆爲望姓……乾道元年，主管台州崇道觀。明年，公裁六十，以疾甚，頃刻即死。”[221]《艾軒集》卷七《祭方嶽州端立》：“二年春正月既望，越五日乙丑，同郡鄭耕老、林某、林褒、龔茂良、劉夙、劉朔以觴酒盤饗，敬致祭於故巴陵使君方公三兄之靈。”[222]

十一月十九日，宋棐入葬。

見“乾道二年”條。

十一月八日，方擴入葬。

《艾軒集》卷九《巴陵史君方公墓志銘》：“以三年冬十一月壬申葬公於八瀨之西原。諸孤哭而請銘，我於公定交三十年。”[223]

冬十二月，葉顒去世。林光朝祭奠，作挽詞。

葉顒，字子昂，仙游人。紹興二年進士。乾道三年卒，年六十八，謚正簡。《艾軒集》卷八《左正奉大夫守尚書左僕射同中書門下平章事兼樞密院使事南陽郡開國公食邑三千一百户食實封一千户授觀文殿學士致仕贈特進葉公行狀》：“乾道三年冬十二月，尚書左僕射、南陽郡葉公薨。公諱顒，字子昂。”[224]同書卷七《祭葉丞相文》：“年月日，具位林某及同郡二十有二人謹以牢醴，致奠於故相國南陽公之靈。”[225]同書卷一《丞相特進觀文南陽公挽詞》：“一相頻虚位。千齡要實才。廟謨從此定，邊鎖未應開。東閣嘗先到，西州重一哀。傳家惟儉德，何處著樓臺。”[226]

葉顒曾薦林光朝。《宋史》卷三八四：“顒首薦汪應辰、王十朋、陳良翰、周操、陳之茂、芮曄、林光朝等，可備執政、侍從、臺諫，上嘉納，又言‘自古明君用人，使賢使愚，使姦使盗，惟去泰甚。’”[227]

十二月一日，伯兄卒，出塗車。

九日，入葬。

《艾軒先生文集》卷九《鵲山碑陰》：“嗚呼悲哉！吾伯兄之死。三年冬十二月甲午，乃出塗車，越九日壬寅窆……鵲山爲六十翁，通國以爲長者，同此宇宙五十餘年……吾將以五月葬伯兄，又卜冬十二月壬寅。兄年十二三便能衣食一家，遇諸弟如父母於其子也。吾多遠游，或累月數歲，囊中所取給惟吾兄。白頭一命，三釜之想至此長絶。尚謂斗粟可以分剖而食之，及見伯兄，殆不過旬日。”[228]林光朝作挽詩三首，同書卷一《哭伯兄鵲山處士蒿里曲》：“竊觀之近古葬顯者則歌《薤露》，又有《蒿里》之曲，施諸閭巷，乃取鵲山號哭之聲作是曲。”[229]

是年，登對。

《艾軒集》卷二載《丁亥登對劄子》。[230]

是年，鍾離松知興化軍。林光朝與鍾離松有書言及伯兄之事。

《艾軒集》卷六《與鍾離守》一：“伯兄生長閭巷，本無可述，惟謹身節用，以全庶人之孝。其措心不欺，出語不雜，閭巷遠近，稱爲長者。同此宇宙五十餘年，未嘗有惡聲一到耳。以故託友人龔實之略書歲月。至於言行，可以爲一家教戒，則自書之。前時得南海所寄來,似於某稍假借,又未敢鐫出。辱誨函稠沓之問,惟知竦戄。"[231]

謹按:鍾離守,即知興化軍鍾離松。李之亮考鍾離松乾道三年知興化軍。[232]書云"以故託友人龔實之略書歲月……前時得南海所寄來",龔實之即龔茂良,曾記録林光朝伯兄事跡,並從廣東寄來。《(萬曆)廣東通志》卷十:"宋廣南東路經略安撫使,龔茂良,乾道三年任。"同書卷十九:"知廣州,龔茂良,乾道四年任。"[233]《(萬曆)新修南昌府志》卷十二:"乾道六年,龔茂良。"[234]《宋史》卷三八五:"會俊卿亦罷,除直顯謨閣、江西運判兼知隆興府。"[235]龔茂良乾道三年至五年間任職與廣東,故林光朝"前時得南海所寄來"成爲可能,《與鍾離守》一或作於乾道三、四年間。

乾道四年戊子(1168),五十五歲

是年,友人林多賜進士出身。林光朝曾與鍾離松有書言及林彖此事。

《宋會要輯稿》選舉九之一九:"(乾道四年)九月二十七日,賜興化軍仙游縣布衣林彖進士出身,添差興化軍軍學教授。"[236]《艾軒集》卷六《與鍾離守》二:"蒙示下林處士《省劄録》白本,此爲明時甚盛之舉,非史君貪賢嗜德,即希代之寶,何從發露,然於今爲三聘矣。古人賢者未嘗以不仕爲高,夫子所謂'長幼之節不可廢也,君臣之義如之何其廢之'。夫子此語,實無滲漏,自古隱者知此説爲未盡,欲潔其身而亂大倫,此道之所以不明也。萍齋於二千石爲舊交,在某分亦不薄,州郡致羔雁,敦迫上道,某亦欲以一紙趣李拾遺行矣。"[237]

謹按:《與鍾離守》二所云"林處士""萍齋",即林彖。此書論及士人隱逸與出仕之事。《宋史翼》卷三六載林彖"紹興初,簽樞徐俯嘗禮致之,弗就……隆興元年春,監司、帥臣列薦,召赴行在,以疾辭。其秋,丞相陳康伯、樞密黄祖舜令監司、郡守敦促之,復不起。會參政周葵知泉州,同郡林孝澤率數百人,以彖行義聞,葵上諸朝。乾道四年,詔再召不至,特賜進士出身,授迪功郎、添差興化軍教授,未一考而卒。自號萍齋"。[238]此傳言及林彖曾多次拒絶時人的推薦,與林光朝書中所言甚合。《與鍾離守》二當作於乾道三年,或四年初。書云"萍齋……在某分亦不薄",林彖當與林光朝所交亦厚。林賜進士第後,未及一考即去世。《艾軒集》卷七《祭林萍齋商卿文》云"解去褐衣,未及三月",[239]林彖當於此年秋去世。林光朝《祭文》亦作於此年秋間。

是年,傅自得再知興化軍。林光朝有詩相送。

《晦庵文集》卷九八《朝奉大夫直秘閣主管建寧府武夷山冲佑觀傅公行狀》:"通判泉州事……差知興化軍事……遂再除興化軍……公前治興化有惠愛,去之十有四年而再至。"[240]《艾軒集》卷一載《傅史君安道再有治莆之命取道城外還泉南得來書云已出十里》。[241]

謹按:由朱熹所作《行狀》可知,傅自得曾兩知興化軍。據李之亮考證,傅自得首知興化軍在紹興二十五、二十六年間,再知興化軍在乾道四年。[242]前後相距十四年,與朱熹《行狀》"去之十有四年而再至"語相合。林光朝此詩寫作背景當爲,傅自得受任知興化軍後，還家泉州，途經興化軍，取道城外，留林光朝書一封，林光朝領書後作此詩。

是年，兵部侍郎陳彌作言事。林光朝致書慰問。

《宋史》卷一五四："（乾道）四年，兵部侍郎陳彌作言。"[243]林光朝致書陳彌作。《艾軒集》卷六《與陳侍郎季若》："竊聞提宫以一疾遂不起，痛甚奈何……二十年中，侍郎有此賢兄……某年過五十，或可以斗粟，平生苦寒相倚依，有如吾伯兄，且不得共此斗粟。"[244]

謹按：林光朝致書，當是安慰陳彌作痛失兄長之苦。書云"有如吾伯兄，且不得共此斗粟"，林光朝伯兄於乾道四年去世。此書當作於此後，故且繫於此。林光朝曾代陳彌作作詩。《艾軒集》卷一載《代陳季若上倉使》《代陳季若上張帥》。[245]

乾道五年己丑（1169），五十六歲

四月十八日，祭奠方景子夫人。

《永樂大典》卷一四〇五〇《祭方漳浦夫人文》："五年夏四月甲辰，忝戚具位林某以杯酌殽蔌，敬致於故漳浦夫人親家婆之靈。"[246]

謹按：方漳浦，即方景子。《後村集》卷三四，有詩《送方漳浦》，下系"景子"。[247]

六月十九日，召試館職。

七月，入爲秘書省正字，兼國史編修、實録檢討官。

上《論治道疏》《論人才疏》。

《宋會要輯稿》選舉三一之二三："（乾道）五年六月十九日，詔左承事郎林光朝召試館職。"[248]《神道碑》："乾道五年七月，遂入秘書省爲正字，兼國史編修、實録檢討官。"[249]《南宋館閣録》卷八《官聯下・正字》："林光朝，五年七月除。"[250]《歷代名臣奏議》卷四九載《論治道疏》。[251]同書卷一四四《論人才疏》，下注"乾道中秘書省正字"八字。[252]《艾軒集》卷五載《召試館職策》。[253]

入館職，謝虞允文。

《艾軒集》卷六《除館職謝虞丞相啓》："昨蒙恩授秘書省正字，兼國史院編修。"[254]

七月經黄亭，留劄與朱熹。

林光朝留劄已佚。《艾軒集》卷六《與朱編修元晦》"去年過黄亭，只相隔得三二日"，[255]即朱熹《答林謙之》"伏奉黄亭所賜教貼"。[256]《晦庵文集》卷三八《答林謙之》即林光朝黄亭留劄答書。束景南考證：林光朝於六月由莆田赴詔，七月經黄亭時未能見朱熹，乃留劄而去。[257]顧宏義考證朱熹《答林謙之》撰於是年七月中。[258]朱熹《答林謙之》所云"比日伏想已遂對揚，從容啓沃"，[259]或指林光朝《論人才疏》《論治道疏》。

十二月，上《論修纂四朝國史次序奏》。

《歷代名臣奏議》卷二七七《論修纂四朝國史次序奏》，下注"乾道中編修官林光朝"。[260]《李燾父子年譜》："是月（十二月），林光朝上劄子論《四朝國史》。"[261]

是月,李遠任福建安撫使參議官,林光朝有詩送別。

《南宋館閣録》卷七《官聯上·著作佐郎》:"李遠,字器之,毗陵人……五年十二月爲福建安撫司參議官。"[262]《艾軒集》卷一載《石渠行送別福建參議李著作器之》。[263]

謹按:詩云"我來石渠五十六",故知當在是年。

是年,上劄子。

《艾軒集》卷二載《己丑擬上殿劄子》。[264]

乾道六年庚寅(1170),五十七歲。

二月二十五日,任考校、點檢試卷官。

《宋會要輯稿》選舉二十之二十、二一:"(乾道)六年二月二十五日,銓試、公試、類試……正字趙汝愚、林光朝……考校、點檢試卷官。"[265]

四月間,致書朱熹。

《艾軒集》卷六《與朱編修元晦》:"前此數得來書,每祝耕老有五夫便人去,令來取書。因循如許,言之愧甚。去年過黄亭,只相隔得三二日,所欲道者亦何數,唯耿耿。比承除書之下,此在公論以爲太遲,不知賢者出處自有時,直道之信,善類增氣。見教恭而安數語,乃是從根株上説過來,别後對此,如一對面語。但所謂與虞仲達及此一節,更記憶不上。是日説數件語,當不止此耳。林用中聞以館舍處之,得質正所聞,而求所未聞,甚善。復之到官已三月,偶痰唾中有血雜出,令人憂懸也。"[266]

謹按:所云"去年過黄亭",指乾道五年七月,林光朝乾道五年七月入爲秘書省正字途經黄亭,留劄與朱熹。又云"比承除書之下,此在公論以爲太遲,不知賢者出處自有時,直道之信,善類增氣",據黄榦《朱熹行狀》"五年,三促就職,會魏掞之以布衣召爲國子録,因論曾覿而去,遂力辭",[267]朱熹被授命爲樞密院編修官,因魏掞之事而力辭請祠。束景南認爲此書作於四月中,顧宏義認爲此書作於五月間。[268]二人所依據材料爲書云"復之到官已三月"[269],《南宋館閣録》卷八所載"劉朔,字復之。六年二月除,閏五月爲福建安撫司參議官"以及劉朔卒於六月等證據,然結論尚且不同。若依劉朔二月除、二月到任,則以束景南爲是;若依劉朔二月除、三月到任,則以顧宏義爲是。《水心文集》卷十六《著作正字二劉公墓志銘》:"再召對……正字極諫……上竦然。不以試除正字。"[270]劉朔除秘書省正字時在臨安,故當是二月除、二月即任,《與朱編修元晦》當繫於四月中,以束景南考證結論爲是。

四月,任實録院檢討官。

《南宋館閣録》卷八《官聯下·實録院檢討官》:"林光朝,六年四月以正字兼。"[271]

六月,劉朔卒於福建,與張栻、楊興宗、吕祖謙等人遣祭。

《水心文集》卷十六《著作正字二劉公墓志銘》:"著作諱夙,字賓之,弟正字諱朔,字復之……不幸正字年四十四,以乾道六年六月卒。"[272]《艾軒集》卷七《祭劉正字復之文》:“年月日,國子祭酒芮燁、左司員外郎兼侍講張栻、著作佐郎林某、校書郎楊興宗、太學博士吕祖謙敬爲故参議正字劉君復之一觴之酹,以錢引百紙爲壓祭錢,寄衢州官庫,又以四十紙變易輕賫,遣一力走墓下。伯恭謂可無數語?某亦何忍聞此,然終不可已……又復累月,此説今纔定。”[273]

謹按:劉朔曾師事林光朝,詳見“乾道七年”條。劉朔曾與林光朝以名儒薦對,見“隆興元年”條。《宋史》卷四三三:“光朝及劉朔方以名儒薦對,頗及二人罪,由是光朝改左朝奉郎、知永福縣。”[274]二人,指曾覿、龍大淵。《水心文集》卷十六《著作正字二劉公墓志銘》:“曾覿、龍大淵挾聲勢,陰進退士大夫,皆相顧莫敢發口,發亦輒退。時隆興二年也。”[275]《宋史》卷四〇〇:“著作郎劉夙上封事曰:‘陛下與覿、大淵輩觴詠唱酬,字而不名。罷宰相,易大將,待其言而後决。嚴法守,裁僥倖,當自宫掖近侍始。’……帝諭以二人皆潛邸舊人,非近習比;且俱有文學,敢諫諍,杜門不出,不預外事,宜退而訪問。”[276]

二十七日,友人李燾任湖北運副。

《李燾父子年譜》:“(乾道六年六月)廿七日,燾除直顯謨閣、荆湖北路轉運副使。”[277]《南宋館閣録》卷七《官聯上・少監》:“李燾,五年四月除,六年六月除直顯謨閣、荆湖北路轉運副使。”[278]林光朝有詩送别。《艾軒集》卷一載《送别湖北漕李秘監仁甫》。[279]

是月,林光朝任著作佐郎,兼司勳、司封郎官。

《南宋館閣臣録》卷八《官聯下・正字》:“林光朝,六年六月爲著作佐郎。”[280]《神道碑》:“六年,佐著作,兼司勳、司封郎官。”[281]

是月,趙汝愚除校書郎。

《南宋館閣録》卷八《官聯下・校書郎》:“趙汝愚,六年六月除,七月爲著作佐郎。”[282]《艾軒集》卷一載《次韻奉酬趙校書子直》。[283]

與張栻、吕祖謙相鄰居住,時時講論。

詳見杜海軍《吕祖謙年譜》。[284]

六月二十日,翟紱言事。林光朝曾致書。

《宋會要輯稿》方域一一之二二:“(乾道)六年六月二十日,權江南東路提點刑獄公事,兼權提舉常平茶鹽公事翟紱言事。”[285]《艾軒集》卷六載《與翟憲》。[286]

七月,趙汝愚除著作佐郎。

《南宋館閣録》卷七《官聯上・著作佐郎》:“趙汝愚,字子直,貫玉牒,蕭國良榜進士及第,治詩賦。七年七月除,八年五月知信州。”[287]

趙汝愚爲林光朝之友。《宋史》卷三九二:“汝愚學務有用,常以司馬光、富弼、韓琦、范仲淹自期。凡平昔所聞於師友,如張栻、朱熹、吕祖謙、汪應辰、王十朋、胡銓、李燾、林光朝之言,欲次第行之,未果。”[288]

十一月,黄鈞以太常少卿兼國史院編修。林光朝致書與其論《詩》。

黄鈞,字仲秉。《南宋館閣録》卷八《官聯下·國史院編修》:"六年十一月,以太常少卿兼,八年四月以秘閣修撰知廬州。"[289]《宋會要輯稿》選舉三四之二七:"(乾道八年四月)二十六日,詔太常少卿、兼國史院編修官、兼實録院檢討官黄鈞除秘閣修撰、知泸州。以鈞丐外,從所請也。"[290]《艾軒集》卷六載《與黄少卿仲秉》。[291]

九月,查籥以太府少卿兼國史院編修、實録院檢討官。林光朝曾與其論《詩》。

查籥,字元章。《南宋館閣録》卷八《官聯下·國史院編修》:"查籥,六年九月以太府少卿兼。"又:"實録院檢討官,乾道以後十九人:查籥,六年九月以太府少卿兼。"[292]《艾軒集》卷六載《與查少卿元章》。[293]

乾道七年辛卯(1171),五十八歲

七月,除著作郎。

《南宋館閣録》卷七《官聯上·著作郎》:"林光朝,七年七月除。"[294]《神道碑》:"七年,遷著作郎,兼禮部。"[295]

冬,上謝冬衣表。

《艾軒集》卷二載《禮部代宰臣已下謝冬衣表》。[296]

是歲,劉夙、龔夢良皆卒。

《水心文集》卷十六《著作正字二劉公墓志銘》:"著作諱夙,字賓之,弟正字諱朔,字復之……不幸正字年四十四,以乾道六年六月卒。其明年五月,著作年四十八,亦卒。"[297]

謹按:劉夙曾師事林光朝。《水心文集》卷十六《著作正字二劉公墓志銘》:"二公及夠蓋師中書舍人林公,事之終身。林公名光朝,莆人所謂艾軒先生者也。"[298]《宋元學案》卷四七《艾軒學案》:"(著作劉先生夙)偕其弟朔受業艾軒之門……乾道六年……先生以次年亦卒,年四十八。四方悲之如親戚,艾軒皆爲位而哭。"[299]

龔夢良曾從林光朝游。《艾軒集》卷九《龔肖之窆銘》:"肖之孤眇,從同郡子林子游……肖之死纔四十……從父昆弟茂良自官舍以書來治葬具,姑姐妹之子林復合雙棺窆之平洋之墟。某於肖之定交且二十一年,來趣銘,於是銘之。"[300]由《紹興十八年同年小録》知其中進士爲十七歲,[301]《窆銘》言其死纔四十,故推知卒於是年。

是年,權發遣知處州姚述堯言事。林光朝曾贈詩。

《宋會要輯稿》食貨三四之二九:"乾道七年,權發遣知處州姚述堯言事。"[302]林光朝曾有詩送别姚述堯知處州,《艾軒集》卷一載《送别姚國博知處州分韻得録字》。[303]

乾道八年壬辰(1172),五十九歲

正月九日,任試官。

《宋會要輯稿》選舉二十之二二:"(乾道)八年正月九日,命……著作郎林光朝、楊興宗,著作佐郎趙汝愚參詳。"[304]

四月二日，與楊萬里論詩。

詳見于北山《楊萬里年譜》。[305]

是月，虞允文薦林光朝任諫官，未成。

《宋史》卷三八三："（乾道八年）四月……上命選諫官，允文以李彦穎、林光朝、王質對，三人皆鯁亮，又以文學推重於時，故薦之，久不報。曾覿薦一人，賜第，擢諫議大夫。允文、克家爭之，不從。允文力求去，授少保、武安軍節度使、四川宣撫使，進封雍國公。"[306]

五月，爲國子司業，兼太子侍讀，史職如故。

《南宋館閣録》卷七《官聯上・著作郎》："林光朝，八年五月，爲國子司業。"[307]《神道碑》："八年，進國子司業，兼太子侍讀，史職如故。"[308]《宋史》卷四三三："乾道八年進國子司業兼太子侍讀，史職如故。"[309]《宋會要輯稿》職官七之二九："（乾道八年）五月七日，詔起居舍人劉季裴兼太子左諭德。國子司業林光朝兼太子侍讀，將作監陳騤兼太子侍講。"[310]《玉海》卷一二九："乾道元年八月九日建儲……八年，周操詹事，林光朝侍讀。"[311]

是年，門人陳士楚、友人陸九淵中進士。

陳士楚，字英仲，莆田人。曾從林光朝學。《八閩通志》卷七一："陳士楚，字英仲，莆田人。蚤從林光朝游。"[312]

陸九淵爲林光朝講友。《宋元學案》卷五八《象山學案》："祖望謹案：'……程門自謝上蔡以後，王信伯、林竹軒、張無垢至於林艾軒，皆其前茅，及象山而大成，而其宗傳亦最廣，或因其偏更甚之。'……艾軒講友，文安陸象山先生九淵。"[313]

乾道九年癸巳（1173），六十歲

閏正月六日，傅自得任福建路轉運判官。林光朝有詩相贈。

《宋會要輯稿》選舉三四之二九："（乾道九年閏正月）六日，詔尚書吏部郎中傅自得除直秘閣、福建路轉運判官。以自得求外，從其請也。"[314]《晦庵文集》卷九八《朝奉大夫直秘閣主管建寧府武夷山冲佑觀傅公行狀》："再除知漳州，奏事稱旨，留爲吏部郎中……然公素以吏事自喜，而銓曹守格法，無所施爲，遂請於朝，願竭力外官。上嘉其意，除直秘閣、福建路轉運副使。"[315]《艾軒集》卷一載《送别傅郎中安道持節閩中》。[316]

正月二十日，祭祀劉少裴。

《永樂大典》卷一四〇四六《祭劉左史少裴文》："維乾道九年春正月既望，越五日甲申，禮部尚書、太子詹事兼兵部尚書胡沂，吏部侍郎、太子詹事李彦穎，起居郎、太祖諭德留正，國子司業、太子侍讀林某，秘書少監，太子侍讀陳騤，以清酌殽蔌之奠，敬致酹於故庶子、左史舍人劉公之靈。"[317]

二月二十五日，林光朝任考試官。出《策問》三十八首。

《宋會要輯稿》選舉二十之二二："（乾道）九年二月二十五日，銓試、公試、類試，命監察御史陳舉善監試,國子司業林光朝、秘書郎蕭國梁、大理丞晏綬考試。"[318]《艾軒集》卷三《策問》:《策問》二十首。同書卷四《策問》:《策問》十八首。[319]

林光朝與張明府同游流香亭,並作詩。

《艾軒集》卷一載《奉題游洋張明府流香亭時以薦章數下涉秋月馬首且欲西矣因以寄意云》。[320]

謹按:據詩題,林光朝似因推薦而西行任職。林光朝一生西行任官,僅提點廣西刑獄一職。故此詩應作於任官前。

張明府,應是張棟。林光朝曾與張明府同游國清湖,國清湖與蒲弄草堂相近。《永樂大典》卷二二七一載《同張明府游國清湖》。詩中自注:"蒲弄,隔水一出也,向時得數椽之地,可以爲晚歲棲遲頓足之處,每目之爲蒲弄草堂云。"[321]國清湖,應在莆田縣。《莆陽文獻》卷三載《城山國清塘》。[322]

四月八日,除直顯謨閣、提點廣西刑獄。

《神道碑》:"九年請外,以直顯謨閣提點廣西刑獄。"[323]《宋會要輯稿》選舉三四之二九:"(乾道九年)四月八日,詔……國子司業林光朝除直顯謨閣、廣南西路提點刑獄公事。"[324]《宋史》卷三四:"(乾道七年三月)己卯,以明州觀察使、知閤門事兼樞密都承旨張説簽書樞密院事。左司員外郎兼侍講張栻言説不宜執政……(乾道八年二月)癸丑,以安慶軍節度使張説、吏部侍郎王之奇並簽書樞密院事……(乾道九年正月)乙亥,以張説同知樞密院事,户部侍郎沈夏簽書樞密院事。"[325]同書卷四三三:"是時張説再除簽書樞密院事,光朝不往賀,遂出爲廣西提點刑獄。"[326]

謹按:張説乾道七年三月簽書樞密院事,因張栻等人反對作罷。乾道八年二月,張説與王之奇並簽書樞密院事。乾道九年正月,張説同知樞密院事。林光朝"不往賀",《宋史》謂其"張説再除簽書樞密院事",應是"同知樞密院事"。張説與曾覿、龍大淵等人皆爲當時士大夫認爲是近習,林光朝對近習始終持反對態度。

上《陛辭劄子》。

《歷代名臣奏議》卷三四九《陛辭劄子》,下注"孝宗時廣西提點刑獄"。[327]當在淳熙元年。

八月十五日,道出南昌,有詩寄龔茂良、程大昌、劉焞。

《艾軒集》卷一載《八月十五日道出南昌寄龔帥實之兼呈程泰之劉文潛二漕》。[328]

謹按:龔帥實之,即知隆興府龔茂良。程泰之、劉文潛二漕,即江西轉運副使程大昌、江西運判劉焞。據李之亮考證,龔茂良乾道五年至淳熙元年皆知隆興府。[329]龔茂良淳熙元年十一月方入朝任參知政事。《宋會要輯稿》職官六二之三一:"(淳熙元年)四月五日江西安撫使龔茂良言事。"[330]《宋宰輔編年録校補》卷十八:"(淳熙元年)十一月戊戌,龔茂良參知政事。自禮部侍郎兼權吏部尚書除。"[331]

程大昌,字泰之,休寧人。《文忠集》卷六二《龍圖閣學士宣奉大夫贈特進程公神道碑》:“(乾道)七年,復徙江東運副,詔勿引嫌,公猶不自安,踰年乞祠,就徙江西路。”[332]故程大昌應在乾道八年任江西運副。

劉焞,字文潛,成都人。《宋中興題名》:“劉焞,(乾道)八年四月,除江西運判。”[333]《宋史全文》卷二五下:“(乾道八年六月)壬寅,新江西運判劉焞朝辭進對。”[334]又《宋會要輯稿》食貨五十之二五:“(乾道)九年十一月一日,江南西路轉運判官劉焞言事。”[335]故知,劉焞乾道八年四月除江西運判,乾道九年亦在江西運判任上。

周必大有劄子來。

《文忠集》卷一九〇載《與林謙之光朝運使劄子》。小字注:“乾道九年。”[336]

謹按:劄子云“龔丈報行李次南浦”“秋深猶書”“長者度幾日離豫章”,此劄子當是林光朝經江西時,周必大相致,當在八月下旬。

九月,提點廣西刑獄到任,上謝表,並謝梁克家。

《艾軒集》卷二載《廣西憲到任謝表》。[337]同書卷六載《除廣西憲謝梁丞相啓》。[338]《宋宰輔編年録校補》卷十七:“乾道八年二月辛亥,梁克家右相。自參知政事除兼樞密使。乾道九年十月辛未,梁克家罷右相。自左宣奉大夫罷爲觀文殿大學士知建寧府。”[339]

楊萬里有詩來。

詳見于北山《楊萬里年譜》。[340]

與范成大游水月洞,石湖爲銘。

詳見于北山《范成大年譜》。[341]

上《廣南兩路鹽事利害狀》。

《歷代名臣奏議》卷二七一《廣南兩路言事利害狀》,下注“廣西提點刑獄”。[342]

是年,致書薛居實。

《艾軒集》卷六《與薛守》:“某生長於莆,今且老矣,見向來二三君子皆以爲治……前番與潘太史君相約,以爲吾人乃數年相知,他時來鄉井,偶相值,却有去城市七八十里一處所,名‘麥斜’,可以讀書。終歲足跡,自不當到州郡,亦要先説破,恐他時却相訝。”[343]

謹按:據李之亮考證,薛居實乾道七年至九年間知興化軍。[344]書中言及莆地治事,“薛守”,或即薛居實。

結識戴敦常。

謹按:此時林光朝任廣西提點刑獄,當在靜江府(今廣西桂林),或在此時結識戴敦常。戴敦常去世,林光朝有挽詩。《艾軒集》卷一載《挽桂林戴别乘敦常》。[345]

淳熙元年甲午(1174),六十一歲

陳定病重,林光朝致書陳俊卿。

七月二日,陳定卒。

《艾軒集》卷六《與陳丞相應求》二:“忽聞師德以痼疾竟不起,殊令驚涕,人事不可料乃爾耳!"[346]《晦庵文集》卷九一《陳師德墓志銘》:"師德,莆田人,姓陳氏,名定。丞相信安公之第三子也……年二十有五,淳熙甲午七月己亥卒。"[347]《閩中理學淵源考》卷二九《承奉陳師德先生定》:"陳定,字師德……林光朝與之特厚。既長,與其兄守弟宓等,俱從學朱文公……卒年三十五。(原注:按:師德没在淳熙元年甲午,其受業於文公,以正獻公命。因託吴耕老以書先道其志,計年歲在甲午以前。)"[348]

謹按:《閩中理學淵源考》云"三十五",據《陳師德墓志銘》當作"二十五"。書云"頃嘗到東閣,其所發問,皆非舉子習尚。曾遣人來借書,未嘗及非聖之書"[349],陳俊卿自紹興至淳熙初年,多於臨安任官,陳定亦當隨父在臨安。林光朝應與陳定多有相見,此書所述二人交往事跡應是在臨安時。

三月三日,權發遣廣東路提點刑獄公事到任,上謝表。

《艾軒集》卷二《西易廣東憲到任謝表》:"臣某言:近准誥命,除臣依前直顯謨閣,權發遣廣東路提點刑獄公事,填鄭丙闕。臣已於三月初三日到任。"[350]《神道碑》:"淳熙改元,易使東路。"[351]

茶寇侵擾廣東,林光朝督軍力戰,進職一等。

上《乞曾添韶州屯駐軍兵制》。

《歷代名臣奏議》卷二二四《乞增添韶州屯駐軍兵制》"廣東提點刑獄林光朝",[352]故知當爲林光朝任廣東提刑時所作,此文乃有關平茶寇防軍兵事。《宋會要輯稿》兵一三之三一:"(淳熙元年閏九月)二十八日,宰執進呈:'昨茶寇自湖北入湖南、江西,侵犯廣東,已措置剿除,理宜黜陟。'上曰:'辛棄疾捕寇有方,雖不無過當,然可謂有勞,宜優加旌賞。汪大猷身爲帥守,督捕玩寇,不可無罰。廣東提刑林光朝不肯避事,躬督摧鋒軍以遏賊鋒,志甚可嘉。初謂其人物懦緩,臨事乃能如此,宜與進職。湖北提刑徐宅,盜發所部,措置乖方,宜加責罰。'於是詔江西提刑辛棄疾除秘閣修撰;廣東摧鋒軍統制路海、路鈐黄進掩殺賊徒,不致侵犯,海落階官,除正任刺史,進特轉行遥郡團練使;林光朝特進職一等;江西提刑錢佃軍前督運錢糧不闕,除秘閣修撰;前湖北提刑徐宅追三官;前江西帥臣汪大猷落職,送南康軍居住。"[353]

十一月十五日,龔茂良任參知政事。林光朝有書相賀。樓鑰代龔茂良回啓。

《宋宰輔編年録校補》卷十八:"(淳熙元年)十一月戊戌,龔茂良參知政事。自禮部侍郎兼權吏部尚書除。"[354]《艾軒集》卷六《賀龔參政實之啓》:"下坡無愧,欲觀南海之樓船;次對有加,蓋示江西之襟帶。亟從鳌席,進領容臺。未踰旬浹之間,已躐事樞之上。"[355]《攻媿集》卷六四載《代龔參政回廣東林提刑光朝啓》。[356]

致書范成大。

《艾軒集》卷六《與范帥至能》一:"某昨遣承局行,計程當已過蒼梧,忽觀敕目,竊審紫微舍人有節制全蜀之命,已專走賀牘。此行甚寵,料不容固辭。恐前旍已出湘潭,遂令去人徑自郴江下長沙,領近誨,乃知尚在桂林,欣慰之甚。某歲中兩至南海,覺得筋力殊不堪，若更宿留，恐厲毒之氣乘衰憊而來，却如何禁當得！反復思之，勢當乞祠禄，爲度嶺計。每見舍人處倉猝有甚深定力，萬里之行，想規畫已就，亦須牽船上峽否？若有一綫道可去，自不必起此想。某兩度飄海，作怔忪者數年，雖證候多端不可曉，然緣想在是耳。來書苦多病，聞之懸切，第以國事不應逡巡。越城舊隱在江東爲第一，然天下閑人，自應少看了錦官古跡，却歸來袖手亦未晚。退之一生辛苦，故有'尋思百計不如閑'之語。舍人於應酬紛拏中乃如無事，書卷且不廢，恐石湖一境不爲徒然耳。"[357]

謹按：《文忠集》卷六二《資政殿大學士贈銀青光禄大夫范公成大神道碑》："淳熙元年十月，除敷文閣待制、四川制置使、知成都府，稍鑿夔峽山路以避湍險，人以爲便。會復置宣撫使，以命樞臣，改公成都路制置使。未幾，廢宣撫司，公復專四路之寄。"[358]據于北山《范成大年譜》：淳熙二年正月二十八日，發桂林；六月七日，自桂林抵成都。[359]書云"忽觀敕目，竊審紫微舍人有節制全蜀之命，已專走賀牘"，當指林光朝得知范成大任命四川，故以書相賀。又"恐前旍已出湘潭，遂令去人徑自郴江下長沙，領近誨，乃知尚在桂林"，當爲范成大出廣西入湖南、經湖北而西入川蜀，林光朝遣人至長沙候范成大書信，此時范成大尚在桂林。此書當作於淳熙元年末或淳熙二年初。

是年，陳知柔循州任職，林光朝致書。

《艾軒集》卷六《與陳循州體仁》一："説《詩》兩項，善哉善哉，此爲第一義也。"[360]同卷《與陳循州體仁》二："願兄作郡使有實惠及人，若南來者稱道不絕口，即三十年之末交同受此沾丐也。最不可飲酒聚食客如衲僧，行却攜數卷之書以自隨，此爲却瘴第一法也，藥方無出此。臨發程，更須箋註一上乃可耳。"[361]

謹按：循州，隸屬廣南東路。林光朝與陳知柔書二封，其一論《詩》，其一則勉勵陳知柔行惠政，書云"願兄作郡使有實惠及人，若南來者稱道不絕口""此爲却瘴第一法也""臨發程，更須箋注一上乃可"，或是陳知柔剛得任命，而未啓程赴循州任。林光朝此時當在廣東提刑任上。故繫於此。

淳熙二年乙未(1175)，六十二歲

初春，楊萬里有詩來。

詳見于北山《楊萬里年譜》。[362]

謹按：楊萬里詩"夢中若個韶州路？庾嶺梅花正可憐"，[363]當指林光朝在韶州、大庾嶺追擊茶寇一事。此詩或作於淳熙二年初春。

致書林湘，有乞祠之意。

《艾軒集》卷六《與東之》二："科場又參差，此不可曉……比已遣人去乞祠，恐必可以出嶺。"[364]

謹按：書云"出嶺"，即離廣東，乞祠歸鄉。據此書語脉，林光朝勸告林湘以科考入仕應當慎重，且有乞祠歸鄉之意。此書或作於林光朝任官廣東，領兵督捕茶寇前。

五月,追擊茶寇至大庾。出淩江督捕茶寇,因中暑多生疾病。

《艾軒集》卷九《承奉郎致仕回年林府君墓碣》:"某於淳熙二年五月以提點刑獄逐捕來大庾,有旨移外計。"[365]《艾軒集》卷六《與范帥至能》二:"去年五月末,出淩江督捕,以暑暍多生疾。"[366]

謹按:回年林府君,即林國鈞。見"淳熙三年"條。據"淳熙元年"條,茶寇"自湖北入湖南、江西,侵犯廣東",韶州位於荆湖南路與廣南東路交接地帶,大庾即大庾嶺,位於南雄州,廣南東路與江南西路的交接地帶。林光朝督兵與茶寇戰於此地。

平息茶寇之亂。加直寶謨閣。

《宋會要輯稿》職官六二之一九、二十:(淳熙二年)閏九月二十八日,詔江西提舉辛棄疾、江西運副錢佃並除秘閣修撰,廣西提刑林光朝進職一等。以辛棄疾節制軍馬捕茶寇有功,佃軍前提督運錢糧辦集,光朝督捕有勞,賊不入境,故有是命。[367]《神道碑》:"二年,茶寇自荆湖剽江西,薄嶺南,其鋒鋭甚。公自將郡邑兵,檄摧鋒統制路海、本路鈐轄黄進各以其軍分控要害。會有詔徙公轉運副使,公謂賊勢方張,留屯不去,督二將遮擊,俘獲相繼,賊篤懼宵遁。上聞之,喜曰:'林某儒生,乃知兵也。'加直寶文閣。"[368]《宋史》卷四三三:"加直寶謨閣,召拜國子祭酒兼太子左諭德。"[369]

取道曲江,有詩致子欽。

《艾軒集》卷一載《前歲過真陽初識子欽今道出曲江不忍遽分手偶成長句以志兩處山川人物之勝亦少慰别來耿耿耳》。[370]

謹按:林光朝前歲途經揭陽,認識子欽。擊敗茶寇,回朝任職,子欽當送至曲江(即韶州),二人就此分别,林光朝作此詩。

到桐廬,有詩示林成季。

《竹溪鬳齋十一稿續集》卷二八:"艾軒《道桐廬有詩示成季》:'此是灘頭處士家,我從何日離天涯。木綿高張雲成絮,瞿麥平鋪雪作花。'"又曰:"此者言我自廣東被召而來,今忽到桐廬矣。木綿則離廣時所見,瞿麥則今所見也。蓋有感歎行李跋涉之意。初與處士無預其曰:'處士家但謂桐廬縣也。'"[371]知其"廣東被召而來,今忽到桐廬矣",當爲平息茶寇後,赴京進職時所作。桐廬,隸屬兩浙路嚴州。[372]

八月十三日,林國鈞卒。

九月,林褒來書。

《艾軒集》卷九《承奉郎致仕回年林府君墓碣》:"某於淳熙二年五月以提點刑獄逐捕來大庾,有旨移外計。及是事竟,自真陽到番禺,婚反之家,凶問沓來,爲之廢一食。又赴以吾族諸父致政承奉回年府君以秋八月辛酉卒,乃哭之贏牆之東。逾月褒以書來,酸痛滿紙,且屬我爲一碣……府君諱國鈞,字公秉,蚤時游場屋,率不合……適逢孝理之日,以其子嘗由里選,版授迪功郎致仕。是二子身爲布衣,而高堂已服命士之服。及爲九品官，以赦下聽加封承奉郎……充調南安軍司户參軍，褒爲建寧府司法參軍……以三年冬十月乙酉葬之……某自嬰孩時，聞城山之下有族祖，年且九十四，與吾曾大父、大父游，在族黨中情合而意通，此其最者。回年於族祖諸父行也，回年視我爲有恩者。”[373]

謹按：林國鈞，字公秉，號回年居士，莆田人。林光朝族人，與其有恩，曾建紅泉書堂延其講學。《宋元學案補遺》卷四七《艾軒學案補遺》：“林國鈞字公秉，莆田人。高宗朝版授迪功郎，加承議郎。嘗建紅泉義學，延族子艾軒爲師，以淑俊秀；置義田，以贍四方從學之士。”[374]《八閩通志》卷四五：“東井書堂，在景得里觳城山下，宋艾軒林光朝倡道之所也。初，光朝族人國鈞創書堂於此，延光朝爲師，復置田以贍來學之士。學者空郡從之，時謂之‘紅泉義學’，中書舍人張孝祥書額。有拜經堂，艾軒詩：‘黄石江平卿相出，幾人傳説拜經堂。’國朝翰林學士林文有《紅泉講道記》。”[375]

林國鈞子林充，字之美，乾道五年特奏名，曾任南安軍司户參軍。子林褒，字元美，隆興元年特奏名，曾任建寧府司法參軍。林光朝曾與林充、林褒講學於金山草堂。《艾軒集》卷六《與林之美》一：“金山草堂一件，懸心廿年。無力及此，不謂晚歲見此稱心事。然此意自某發之，摩挲好石，自不當後。從今到白頭，稍稍能拄杖，即年歲常輟數月，相伴在金山，以來寄爲終焉之想。以金山爲汗漫之游，他日兒童問我者，所謂蒲弄林六翁即我已。摩挲之意稍發露，兄以爲何如？”[376]同卷《與林之美》二：“蒲弄之役，千端萬的……相聚纔三十左右，今五十矣。”[377]《八閩通志》卷四五：“金山草堂在五侯山湧泉巖之西，林光朝嘗與其族人林充、林褒講學於此。”[378]《艾軒先生文集》卷五《金山草堂述事》：“四兄作屋數椽於金山之下，前有一水，謂之金豀，引水循除作方池。此山發於仙人臺，其最上層常有雲氣茫濛然。旁有烏齒石、雞冠石，又有石室，可容十許人。登高臨眺，並見海上數山，若蓮花之狀。草堂當中有一軒，榜之曰‘静俟’。每以酒食散比鄰，隨鼎分送，有八十來鼎，此所謂‘粔敉人情隨鼎送’。吾將老於蒲弄山，視金山爲鄰舍翁也。”[379]金山草堂，即蒲弄草堂，林光朝書“蒲弄林六翁”“蒲弄之役”，或爲講學金山草堂之事。《艾軒集》卷六《與林元美》，論及朱簡叔與還東井一事。[380]觀林光朝與林充、林褒三書語脉，或作於一時，且皆在及第（隆興元年）前。

林充曾與林光朝一同祭祀歐陽孺共。《艾軒集》卷七《祭歐陽孺共文》：“歐陽子孺以夏四月甲申葬之白石岫，柩且及堩，林充、林某等攬衣而哭之。”[381]

淳熙三年丙申（1176），六十三歲

二月二十五日，林光朝祭奠曾旺。

《艾軒集》卷七《祭曾經略文》：“維淳熙三年春二月辛丑，奉議郎、直寶文閣、廣南東路計度轉運副使林某以清酒牲牢之奠，敬致祭於經略、敷文曾公之靈。”[382]

九月六日,以中書舍人兼侍講。

二十一日,以國子祭酒兼太子侍讀。

上《輪對劄子》。

《宋會要輯稿》職官六之七十:"(淳熙三年九月)六日,以中書舍人林光朝兼侍講。"[383]《宋會要輯稿》職官七之三一:"(淳熙三年)九月二十一日,以國子祭酒林光朝兼太子侍讀。"[384]《歷代名臣奏議》卷三四九《輪對劄子》,下注"光朝直寶謨閣"。[385]

十月八日,林國鈞入葬。

十一月,范祖禹孫范仲芑卒,林光朝有祭文。

《文忠集》卷三八《經筵同僚祭范西叔仲芑侍講文》:"維淳熙三年歲次丙申十一月壬寅朔十九日庚申,朝散大夫、試尚書兵部侍郎、兼侍讀、兼直學士院、兼太子詹事、管城縣開國男、食邑三百户、賜紫金魚袋周某等謹以清酌庶羞之奠,致祭於故侍講諫議范公之靈。"[386]《艾軒集》卷七《祭范諫議西叔文》:"年月日,同年進士具位林某等敬致祭於故諫議、蜀郡范公之靈。"[387]

十二月十二日,林光朝兼左諭德。

《宋會要輯稿》職官七之三一:"(淳熙三年)十二月十二日,光朝兼左諭德。"[388]《神道碑》:"明年,召拜國子祭酒兼太子左諭德。"[389]

是年,門人林肅中進士。

林肅,字恭之,曾從林光朝游。《閩中理學淵源考》卷八《文節林艾軒先生光朝學派》:"林肅,字恭之,仙游人。淳熙三年進士,與傅蒙游林艾軒之門。"[390]

是年,友人林之奇卒。

《宋史》卷四三三:"淳熙三年,(林之奇)卒,年六十有五。"[391]

致書范成大。

《艾軒集》卷六《與范帥至能》二:"某自到湘南,首尾恰兩年,凡再易地,今復在收召之數,僥竊誤恩,何以論報！去年五月末,出淩江督捕,以暑暍多生疾。三十年來案頭黐坐,無一長進,從來不知兵,今乃以破賊聞,不能無慚色也。舍人節制全蜀,事權不爲分,上之所倚重者如是。忠武侯當倥偬之日,應接不少停,而天下視之常若廬中堅卧,何意於事功者。石湖依然,幸不必多念之。巫峽一帶煙雲澒洞,當不在人境中。小年時誦楚人之賦,每有歲月徜徉之想,所以牂柯一念,見之夢寐。今老且衰,此念稍釋,反復來教,唯耿耿。舍人涉太行以北,又望交州爲接畛,今乃卧護巴漢而經略中原,若不使一旅人。太史氏誇張所歷,似亦大無謂也。"[392]

謹按:據前考,范成大受命爲四川制置使,淳熙二年六月到任,此乃書"舍人節制全蜀,事權不分,爲上之所倚重如是"語義。書云"某自到湘南,首尾恰兩年,凡再易地,今復在收召之數",當指乾道九年赴廣西任經湘南,淳熙二年督捕茶寇又在湘南,因督捕茶寇有功,故召拜國子祭酒兼太子左諭德。此書當作於淳熙三年。

淳熙四年丁酉(1177),六十四歲

二月一日,下詔五日幸太學。林光朝訪高文虎具儀注。

五日,孝宗幸太學,命林光朝講《中庸》,賜三品服。

林光朝著文《幸學詔書記事》。

《宋會要輯稿》禮十六之三:"淳熙四年二月一日,詔車駕以是月五日幸太學,祗謁先聖。執經官差權禮部侍郎李燾講經,講經官差國子祭酒林光朝。仍講《禮記・中庸》'凡天下國家有九經'一段。"[393]《宋史》卷三九四:"孝宗幸兩學,祭酒林光朝訪文虎具儀注,文虎輯國朝以來臨幸故事授之。"[394]《宋史》卷三四:"二月乙亥,幸太學,祗謁先聖,退御敦化堂,命國子祭酒林光朝講《中庸》。"[395]《宋史》卷四三三:"(淳熙)四年,帝幸國子監,命講《中庸》,帝大稱善,面賜金紫;不數日,除中書舍人。"[396]《艾軒先生文集》卷五《幸學詔書記事》:"春二月乙亥,以大昕鼓衆,乃帥群後,合公卿、大夫、士之子、國之雋秀者設席於前,旁逮兩廡,命國子祭酒臣光朝講《中庸》。又以是日幸武學,行肅揖之儀。"[397]《皇宋中興兩朝聖政》卷五五:"上幸太學,釋菜於先聖,光朝以國子祭酒講經,賜三品服。"[398]《神道碑》:"四年二月乙亥,駕幸國子監,命講《中庸》,上大稱善,面賜金紫。"[399]《宋會要輯稿》輿服四之三二:"(淳熙)四年二月五日,詔:國子祭酒林光朝賜紫章服。以車駕幸太學,光朝講《禮記・中庸》篇,故有是賜。"[400]《玉海》卷一一三:"淳熙四年二月五日乙亥幸太學,幸崇化堂,命禮部侍郎李燾執經,祭酒林光朝講'中庸九經'一段,光朝釋行之者一謂一乃中庸。上曰:'深得聖人之旨,先儒未及。'"[401]《咸淳臨安志》卷一一:"乃以春二月乙亥,帥群后公卿、大夫、國之胄子、六卿之雋秀設席於前,旁逮兩廡,命國子祭酒臣光朝講《中庸》,又以是日幸武學,行肅揖之儀。於戲盛哉!獎勸多士,具於訓詞,此爲不刊之典。是宜勒之琬琰,以風動四方。臣光朝以是來白,蓋述太學諸生之請也。"[402]

二月十九日,詔除中書舍人,上表辭免。又上《乞將軍駕幸太學事刻之琬琰奏》。

《神道碑》:"(淳熙四年二月)己丑,除中書舍人,爲誥有古風。"[403]《艾軒集》卷二《辭免中書舍人表狀》:"備奉今月十九日聖旨,除臣試中書舍人,日下供職者。"[404]《中興禮書》卷一四一《乞將軍駕幸太學事刻之琬琰奏》,下注"淳熙四年二月十九日"。[405]

三月二十一日,沈瀛除知梧州。

二十二日,林光朝奏繳詞頭。

二十三日,沈瀛罷知梧州任。

沈瀛,字子壽,號竹齋,吳興人。紹興三十年梁克家榜進士。《艾軒集》卷二《繳奏沈瀛除知梧州詞頭》:"三月二十一日,三省同奉聖旨,沈瀛差知梧州,替張積躬。"[406]

謹按:《宋會要輯稿》職官七二之一七:"(淳熙四年)三月二十三日,新知梧州沈瀛罷新任,以臣僚言瀛昨爲樞密院編修,朋附干進故也。"[407]《詞頭》:"臣竊見沈瀛昨爲樞密院編修官,懦而無立,惟知干進,爲王質所摇動,王質唱之,沈瀛從而和之,此亦公論之所不容。前日沈瀛無故復來,見者切齒,謂如此等人幸而得祠禄,閉門自訟,豈應更求進？今若與之州郡,何以示勸懲。沈瀛得郡,則王質之輕儇狡險,且將攀緣而至矣。臣恐公論自此不立,爲害甚大,欲乞睿斷將沈瀛差知梧州指揮特賜寢罷,以爲浮躁不知耻者之戒。所有録黄,臣未敢書行。”[408]《詞頭》所言之事,蓋指《會要》“朋附干進故也”。

五月二十五日,謝廓然賜出身,除殿中侍御史。

二十六日,林光朝疑之,不肯書黄。

二十七日,林光朝改工部侍郎。

六月三日,除集英殿編修知婺州。

吕祖謙盛讚此舉。

《艾軒集》卷二《繳奏謝廓然賜出身除殿中侍御史詞頭》:“今月二十六日送到録黄一道:‘謝廓然可賜出身,除殿中侍御史。’此在公論,有所未安。”[409]《歷代名臣奏議》卷一四四《繳奏謝廓然賜出身除殿中侍御史詞頭》,下注“淳熙中光朝爲中書舍人”。[410]《神道碑》:“坐檄奏新御史除目,改權工部侍郎。請外,以朝散郎充集英殿修撰、知婺州,引疾提舉江州太平興國宫。”[411]《宋史》卷四三三:“是時,吏部郎謝廓然由曾覿薦,賜出身,除殿中侍御史,命從中出。光朝愕曰:‘是輕臺諫、羞科目也。’立封還詞頭。天子度光朝決不奉詔,改授工部侍郎,不拜,遂以集英殿修撰出知婺州。光朝老儒,素有士望。在後省未有建明,或疑之,及聞繳駁廓然,士論始服。”[412]《艾軒集》卷十《遺事》:“淳熙四年五月二十五日甲子,謝廓然賜出身,除殿中侍御史。廓然之命自中出,中書舍人林謙之疑之,不肯書黄。二十七日丙寅,謙之改權工部侍郎,謙之力求去。六月三日辛未,除集英殿修撰知婺州。謙之老儒素有士望,即在後省久未有建明,吕伯恭私惜之,謂所知曰:“未知此老若何收殺。”及是繳廓然除命,士論始服之。”[413]《東萊吕太史外集》卷五《答潘叔度》:“林謙之以繳新端除目,遷工侍,次第須決去就,此舉過江後未有也。平昔保任此老,果不負所期。可喜也。日來時事變更,疑畏者頗衆,然有心於避禍,終不若無心於任運耳。”[414]

謹按:謝廓然,字開之,臨海人。淳熙四年五月賜同進士出身。謝廓然賜出身,蓋以曾覿故。《宋史》卷三八五:“謝廓然賜出身,除殿中侍御史。廓然附會曾覿者也,中書省人林光朝繳奏,不書黄遂補外。”[415]

六月十三日,幸學詔書頒行諸路。

十九日,林光朝請刻訓辭於琬琰。

《玉海》第一一三:“六月十三日,以幸學詔書頒行諸路。十九日,光朝請刻訓辭於琬琰,以風動四方從之。”[416]

王希吕除直寶文閣。

《永樂大典》卷一三四九九《知廬州王希吕除直寶文閣再任制》:“西顧淮堧,莫尚總戎之重；北連邊瑣，蓋取折衝之遐。”[417]

謹按：據《宋代安撫使考》知，王希吕於淳熙二年至四年間任淮西帥臣（即知廬州）。[418]《咸淳臨安志》卷九二：“王仲衡希吕，淳熙二年爲起居舍人……後一月除淮西帥。”[419]《宋史》卷三八八：“方説之見用……出知廬州。淳熙二年，除吏部員外郎，尋除起居郎兼中書舍人。淮右擇帥，上以希吕已試有功，令知廬州兼安撫使，修葺城守，安集流散，兵民賴之，加直寶文閣、江西轉運副使。”[420]王希吕除寶文閣應在淳熙四年。

陳杞除軍器監主簿。

《永樂大典》卷一四六〇八《陳杞除軍器監主簿制》。[421]

俞澂除大理丞，徐存除大理丞，王夢若除大理司直。

《永樂大典》卷一三四九八《俞澂除大理丞徐存除大理丞王夢若除大理司直制》。[422]

謹按：《宋會要輯稿》職官七二之五：“（淳熙五年十月）二十七日，大理司直王夢若放罷。先是，大理寺卿賈選言夢若妄作不靖，傲慢凌轢，姦污彊暴，乞奉祠迴避。詔夢若與外任。後引援恩例，添差浙江提舉司幹辦公事，既而臣僚論列，故黜之。”[423]三人除授官任，應在淳熙五年十月二十七日之前。故繫於此。

上《乞考州牧侯伯入對之言奏》。

《歷代名臣奏議》卷二〇六《乞考州牧侯伯入對之言奏》，下注“中書舍人林光朝”。[424]

淳熙五年戊戌（1178），六十五歲

是年，黄汝嘉特奏名進士。

謹按：林光朝曾爲黄必達作埋銘，其子黄汝嘉、黄汝宅求之。黄汝嘉，莆田人，淳熙五年特奏名進士。永樂大典卷七六《黄必達埋銘》：“黄氏子汝嘉讀書城南，與其弟汝宅有所請於余曰：‘汝嘉不幸幼孤，是時汝嘉未齒，汝宅爲乳下兒也。昨來道旁得尋丈之虚，可以葬，先生肯爲之銘，則是若有所待也，此葬不爲緩。’一聞是語，愴焉於余心，使列其所從來。嘗道公死於官所，有子纔四歲，是爲用時。用時二十九而卒，件件自琢削，解爲場屋語。是用時不待父之教，汝嘉弟兄又不必用時教之，此其愴焉於余心者。用時娶方氏，諱必達。”[425]

二月二十日，祭祀王郎、孺人五十六姐。

《艾軒集》卷七《祭王郎文》：“二月既望越浹日庚寅，叔某位林某以觴酒殽蔌，告汝秘校王郎、孺人五十六姐之靈。烏乎。吾在嶺海，聞汝夫婦相將來歸。”[426]

得疾，提舉太平興國宫。

五月六日，卒。

五月十日，林亦之有祭文。

十月二十日，葬莆田縣麥堆原之北。

《宋史》卷四三三：“光朝因引疾提舉興國宫，卒，年六十五。”[427]《神道碑》：“五年，五月六日卒……享年六十有五,是歲十月二十葬本縣麥堆原之北。"[428]《網山集》卷五《艾軒先生成服》:"淳熙五年夏五月癸卯,門人林亦之以酒漿雞豚之奠,敬告於工部侍郎故艾軒先生子林子之靈。"[429]《八閩通志》卷七九《寺觀丘墓・興化府》:"林光朝墓,在府城西南厢接官亭。"[430]

陳俊卿、林亦之挽之。

陳俊卿《祭林光朝文》:"年月日,具官陳俊卿謹以酒殽之奠,告於亡友謙之侍郎艾軒林公之靈。"[431]《網山集》卷二載《挽艾軒先生侍郎四首》。[432]

謹按:林光朝開創學派稱艾軒學派,林亦之嗣林光朝講席。林亦之,字學可,號月魚先生。嘗從林光朝游,嗣艾軒講席。學者稱網山先生。《後村集》卷九五《網山集序》曰:"隆、乾間,南方學者皆師事艾軒先生,席下生常數百人,去而貴顯者相望。然自先生在時,言高弟必曰網山,後先生卒六十載。載學者論次先生嫡傳,亦必曰網山……網山林氏名亦之,字學可,福清人,一號月魚先生。"[433]同書卷一一〇《跋三處士相答》:"堂帖采網山讀《書》語,號文介先生。初,網山接艾軒嫡傳。"[434]同書卷九十《城山三先生祠堂》:"初,艾軒來水南,學者空郡從之,而紅泉東井之學聞天下。艾軒去,網山嗣講業……昔網山之事艾軒也,死則腰絰,祭則哭墓……網山月魚林氏名亦之,字學可。"[435]

林光朝艾軒學派傳承譜脉:林光朝—林亦之—陳藻—林希逸。《後村集》卷九十四《竹溪詩序》:"蓋先生一傳爲網山林氏,名亦之,字學可,再傳爲樂軒陳氏,名藻,字元潔,三傳爲竹溪詩……初,艾軒没,門人散,或更名它師,獨網山、樂軒篤守舊聞,窮死不悔。竹溪方有盛名,而一飲啄不忘樂軒。廟祀之,墓祭之,其師友之際如此,詩直其土苴耳……竹溪林氏名希逸,字肅翁,與網山、樂軒俱福清人,余與艾軒俱莆田人。"[436]《八閩通志》卷六十二:"林希逸,字肅翁,福清人,紹定間進士第四人。希逸師事陳藻,藻之學出於林亦之,亦之出於林光朝,其授受遠有源委,一時才名與莆人劉克莊相軋。而評者謂希逸理學實優之。"[437]

陳藻,字元潔,號樂軒。曾從林亦之學,嗣亦之講席。曾見艾軒,艾軒受拜,接之如孫。《後村集》卷九五《樂軒集序》:"初,網山既得師傳,嗣講席,户外之履幾半艾軒。於是網山之徒,又推樂軒爲高弟,一日待網山謁老艾,艾受其拜,接之如孫……樂軒陳氏,名藻,字元潔。"[438]《後村集》卷九十《城山三先生祠堂》:"横塘樂軒陳氏,初名某,因讀《詩・采蘋》有悟,改名藻,字元潔、艾軒固印證之。"[439]

淳熙七年庚子(1180)

五月六日,林光朝大祥,林亦之有文祭。

《網山集》卷五《艾軒先生大祥》:"七年夏五月五日,越明日丁巳,侍郎先生以是日大祥。祥事告已,門人林亦之敬以酒漿魚膾之奠,再拜哭酹於堂下。"[440]

淳熙十年癸卯(1183)

二月初二,艾軒祠堂告成。

《網山集》卷五《艾軒先生祠堂告成》:"淳熙癸卯二月丁酉日,故工部侍郎艾軒先生祠堂告成,門弟子近遠者至數百人。"[441]

六月十三日,陳俊卿作《艾軒祠堂記》,趙汝愚書《祠堂記》,朱熹題額。

陳俊卿《艾軒祠堂記》:"淳熙壬寅夏四月,永嘉林侯元仲來守……乃擇城南隙地爲屋十六楹,丹雘一新。像貌焕然,崇德尚賢,聞者興起。越明年二月丁酉,太守率諸生有事於祠下……六月丙午,少保觀文殿大學士醴泉觀察使申國公食邑八千九百户食實封三千八百户陳俊卿記,朝奉郎充集英殿修撰、知福州軍州事福建路安撫使馬步軍都總管賜金魚袋趙汝愚書,宣教朗直徽猷閣主管台州崇道觀朱熹題額。"[442]《網山集》卷一《謝林守(元仲)架艾軒先生祠堂》:"雙闕已嗟秋草邊,兩楹誰作麥堆前。幸逢皂蓋行春日,如見紅泉講道年。工部先生天下士,莆陽太守大夫賢。斯文直待斯人出,千載名聲與共傳。林守詩云:'原上卧龍無起日,柱頭化鶴見何年。'"[443]

(作者單位:北京大學歷史學系)

附記:本稿係筆者于山東師範大學歷史文化學院本科時習作,蒙尹承老師指導,山師圖書館樣本書庫及管理老師提供了便利的寫作條件,又經中國人民大學哲學院劉蒙露博士審讀,謹致謝忱。

---

① 《宋史》卷四三三,中華書局,1985年,第12862頁。

② 周必大《廬陵周益國文忠公集》卷六二《朝散郎充集英殿修撰林光朝神道碑》,四川大學出版社,2017年,第590頁。爲避免行文繁冗,原文徑稱《神道碑》。

③ 辛更儒《劉克莊集箋校》九四《艾軒集序》,中華書局,2011年,第3980頁。

④ 林光朝《艾軒先生文集》卷一〇《遺事》,《宋集珍本叢刊》第45册影印明正德刻本,線裝書局,2004年,第42—43頁。

⑤ 同上書,第48頁。

⑥ 同上書,第41頁。

⑦ 《八閩通志》(修訂本)卷四五,福建人民出版社,2006年,第55頁。

⑧ 《(弘治)大明興化府志》卷一五,清同治十年重刻本。

⑨ 林光朝《艾軒先生文集》卷五《圖經序》,第806頁。

⑩ 林亦之《網山集》卷四《余府君埋銘》,《宋集珍本叢刊》第62册影印清初抄本,第89頁。

⑪ 祝尚書《宋人别集叙録》卷一九,中華書局,1999年,第931—934頁。

⑫ 周必大《文忠集》卷六二《朝散郎充集英殿修撰林光朝神道碑》,第591頁。

⑬ 同上書,第591頁。

⑭ 同上書,第 591 頁。

⑮ 同上書,第 591 頁。

⑯ 林亦之《網山集》卷四《陳氏母林氏埋銘》,第 90 頁。

⑰《四庫全書總目》卷一五九,中華書局,1960 年,第 1368 頁。

⑱ 鄭俠《西塘先生文集》,《宋集珍本叢刊》第 24 册影印明萬曆刻本,第 640—642 頁。

⑲ 林光朝《艾軒先生文集》卷九《林兵部墓志銘》,第 39—40 頁。

⑳ 周必大《文忠集》卷六二《朝散郎充集英殿修撰林光朝神道碑》,第 591 頁。

㉑ 林光朝《艾軒先生文集》卷一〇《附録・神道碑》,第 44 頁。

㉒《八閩通志》(修訂本)卷三三,第 952 頁。

㉓ 林亦之《網山集》卷五《國子生林氏坎志》,第 95 頁。

㉔ 林亦之《網山集》卷首《網山月魚先生文集序》,第 59—60 頁。

㉕《兩宋名賢小集》卷一八一,《文淵閣四庫全書》本,第 1364 册,上海古籍出版社影印,1990 年,第 1472 頁。

㉖《宋元學案》卷四七《艾軒學案》,中華書局,1986 年,第 1474 頁。

㉗《三山志》卷二〇《秩官》,《宋元方志叢刊》第 8 册,中華書局,1990 年,第 7984 頁。

㉘ 辛更儒《劉克莊集箋校》卷八九《修復艾軒祠田記》,第 3799 頁。

㉙ 林亦之《網山集》卷五《國子生林氏坎志》,第 95 頁。

㉚ 林光朝《艾軒先生文集》卷一〇《附録・神道碑》,第 44 頁。

㉛ 劉壎《隱居通議》卷一二,《海山仙館叢書》本。

㉜ 林光朝《艾軒先生文集》卷六《示成季》,第 14 頁。

㉝ 林希逸《竹溪鬳齋十一稿續集》卷一三《跋忠定晦庵與井伯林僉判諸帖》,《宋集珍本叢刊》第 83 册影印清抄本,第 493 頁。

㉞ 朱熹《晦庵先生朱文公别集》卷四《答趙子欽》,朱傑人等主編《朱子全書》第 25 册,上海古籍出版社、安徽教育出版社,2010 年,第 4915 頁。

㉟ 辛更儒《劉克莊集箋校》卷八九《修復艾軒祠田記》,第 3798 頁。

㊱ 同上書,卷一〇一《趙忠定公朱文公與林井伯帖題跋》,第 4222 頁。

㊲ 陳宓《復齋先生龍圖陳公文集》卷一〇《艾軒林先生集序》,《宋集珍本叢刊》第 73 册影印清抄本,第 473 頁。

㊳《八閩通志》(修訂本)卷五四,第 355 頁。

㊴ 陳振孫《直齋書録解題》卷七,上海古籍出版社,2015 年,第 217 頁。

㊵ 辛更儒《劉克莊集箋校》卷八九《修復艾軒祠田記》,第 3799 頁。

㊶ 方大琮《宋寶章閣直學士忠惠鐵庵方公文集》卷二四《林艾軒孫(鈞)》,明正德八年方良節刻本。

㊷ 林光朝《艾軒先生文集》卷九《承奉郎致仕回年林府君墓碣》,第 36 頁。

㊸ 林亦之《網山集》卷四《處士朱君埋銘》,第 91 頁。

㊹ 林光朝《艾軒先生文集》卷九《承奉郎致仕回年林府君墓碣》,第 36 頁。

㊺ 林亦之《網山集》卷四《林東之埋銘》,第 92 頁。

㊻《宋元學案補遺》卷四七《艾軒學案補遺》,人民出版社,2012 年,第 1690 頁。

㊼ 林光朝《艾軒先生文集》卷六《與東之》一,第 13 頁。

㊽ 林亦之《網山集》卷四《處士朱君埋銘》,第 91 頁。

㊾ 李清馥《閩中理學淵源考》卷八《文節林艾軒光朝學派》,鳳凰出版社,2011 年,第 133 頁。

㊿《宋元學案補遺》卷四七《艾軒學案補遺》,第 1690 頁。

51《四庫全書總目》卷一五九,第 1368 頁。

52 辛更儒《劉克莊集箋校》卷九四《艾軒集序》,第 3981 頁。
53 辛更儒《劉克莊集箋校》卷一〇一《艾軒繳新除殿中侍御史書黄奏稿》,第 4226 頁。
54 同上書,卷一〇五《乾道學官詩卷》,第 4407 頁。
55 同上書,卷一〇〇《益公親書艾軒神道碑後》,第 4210 頁。
56 林希逸《竹溪鬳齋十一稿續集》卷一三《老艾遺文跋》,第 495 頁。
57 林希逸《鄱陽刊艾軒集序》,《艾軒先生文集》卷首,第 765 頁。
58 辛更儒《劉克莊集箋校》卷一五七《方君巖仲墓志銘》,第 6173 頁。
59 同上書,卷一〇五《乾道學官詩卷》,第 4407 頁。
60 同上書,卷一六二《方秘書蒙仲墓志銘》,第 6314 頁。
61 林希逸《竹溪鬳齋十一稿續集》卷一三《老艾遺稿跋》,第 494 頁。
62 同上書,卷三《用韻送徐平父西上徐釋之後艾軒外孫》,第 401—402 頁。
63 同上書,卷一三《跋艾軒讀〈離騷〉遺跡》,第 494 頁。
64 同上書,卷一三《跋忠定晦庵與林井伯僉判諸帖》,第 494 頁。
65 同上書,卷一三《跋忠定晦庵與林井伯僉判諸帖》,第 494 頁。
66 林光朝《艾軒先生文集》卷七《祭王郎文》,第 18 頁。
67 陳宓《復齋先生龍圖陳公文集》卷一〇《艾軒林先生集序》,第 473 頁。
68 李清馥《閩中理學淵源考》卷一九《朱子興化門人並交友》,第 304 頁。
69 周必大《文忠集》卷六二《朝散郎充集英殿修撰林光朝神道碑》,第 590—591 頁。
70 有關登科信息,詳見龔延明主編《宋代登科總録》,其載之甚詳,兹不附録,下不贅述。
71《宋史》卷四三六,第 12944 頁。
72 同上書,卷四四九,第 13223 頁。
73 李清馥《閩中理學淵源考》卷八《文節林艾軒先生光朝學派》,第 129 頁。
74 鄭傑《閩詩録·丙集》卷九《上何著作晉之》,清宣統三年刻本。
75 李清馥《閩中理學淵源考》卷八《文節林艾軒先生光朝學派》,第 136 頁。
76 鄭俠《西塘先生文集·墓志》,第 642 頁。
77 林光朝《艾軒先生文集》卷八《惠安縣丞陳君行狀》,第 26 頁。
78 鄭俠《西塘先生文集·墓志》,第 642 頁。
79 謝維新《古今合璧事類備要續集》卷一九,《文淵閣四庫全書》本,第 940 册,第 522 頁。
80《宋史》卷四三三,第 12862 頁。
81《宋元學案》卷二七《和靖學案》,第 1015 頁。
82 同上書,第 1004 頁。
83《宋元學案補遺》卷四七《艾軒學案補遺》,第 1680 頁。
84 林光朝《艾軒先生文集》卷九《巴陵史君方公墓志銘》,第 30 頁。
85 曾棗莊、劉琳主編《全宋文》卷四六八二,第 210 册,第 139 頁。
86 林光朝《艾軒先生文集》卷九《左承事郎方君窆銘》,第 34 頁。
87 同上。
88 鄭嶽《莆陽文獻列傳》卷三九,吉林大學圖書館藏明萬曆四十四年黄起龍刻本。
89 林光朝《艾軒先生文集》卷一《吏部尚書林公梅卿挽詞》,第 769 頁。
90 方大琮《宋寶章閣直學士忠惠鐵庵方公文集》卷三七《記後埭福平長者八祖遺事》,明正德八年方良節刻本。

㉛ 林光朝《艾軒先生文集》卷一《挽方天貺》,第769頁。
㉜ 同上書,卷六《與趙著作子直》,第6頁。
㉝ 同上書,卷九《巴陵史君方公墓志銘》,第31頁。
㉞ 同上書,卷一〇《祠堂記》,第45頁。
㉟ 曾棗莊、劉琳主編《全宋文》卷四六四七,第209册,第356頁。
㊱《宋代蜀文輯存》卷七一《宋丞相忠定趙公墓志銘》,北京圖書館出版社,2005年,第54頁。
㊲ 林光朝《艾軒先生文集》卷六《與趙著作子直》,第6頁。
㊳ 同上書,卷八《左中大夫秘閣修撰贈光禄大夫林公行狀》,第25頁。
㊴《宋人年譜叢刊》第6册《和靖先生年譜》,四川大學出版社,2003年,第3591頁。
⑩《宋元學案》卷二七《和靖學案》,第1474頁。
⑩《八閩通志》(修訂本)卷三四,第984頁。
⑩《宋史》卷三九四,第12030頁。
⑩ 林光朝《艾軒先生文集》卷一《送别奉常林史君黄中易守延平》,第772頁。
⑩ 同上書,卷五《圖經序》,第806頁。
⑩ 林光朝《艾軒先生文集》卷六《與鄭耕老》,第12頁。
⑩ 葉適《水心文集》卷一五《奉議郎鄭公墓志銘》,中華書局,1961年,第279—280頁。
⑩ 辛更儒《劉克莊集箋校》卷一四八《卓推官墓志銘》,第5842—5843頁。
⑩ 李清馥《閩中理學淵源考》卷八《文節林艾軒先生光朝學派》,第131頁。
⑩ 林光朝《艾軒先生文集》卷五《五芝亭記》,第804—805頁。
⑪ 李之亮《宋福建路郡守年表》,巴蜀書社,2001年,第254頁。
⑪《宋史》卷四五六,第13412頁。
⑪ 鄭嶽《莆陽文獻列傳》卷四四,吉林大學圖書館藏明萬曆四十四年黄起龍刻本。
⑪ 曾棗莊、劉琳主編《全宋文》卷四六五三《林光朝四・書〈餘慶集〉古賦後》,第210册,第37頁。此篇未見於明正德本《艾軒集》,而《全宋文》此篇下小字:"《艾軒先生文集》卷五。"
⑪ 林光朝《艾軒先生文集》卷五《郭氏旌表門閭記》,第804頁。
⑪ 鄭嶽《莆陽文獻卷一三莆陽文獻列傳卷七五》,吉林大學圖書館藏明萬曆四十四年黄起龍刻本。
⑪《八閩通志》(修訂本)卷七一,第990頁。
⑪ 林光朝《艾軒先生文集》卷九《處士朱君墓銘》,第37頁。
⑪ 同上書,卷七《代祭黄懷安季野文》,第20頁。
⑪ 同上書,卷九《龔肖之窆銘》,第40頁。
⑫ 黎靖德編《朱子語類》卷一三二,中華書局,1986年,第3177—3178頁。
⑫ 束景南《朱熹年譜長編》(增訂版),華東師範大學出版社,2014年,第166—168頁。
⑫ 林光朝《艾軒先生文集》卷九《林兵部墓志銘》,第38頁。
⑫ 同上書,卷七《祭陳撫幹季時文》,第17頁。
⑫ 同上書,卷六《與范國録元卿》,第7頁。
⑫ 同上書,卷一〇《遺事》,第41頁。
⑫《建炎以來繫年要録》卷一八〇,上海古籍出版社,2018年,第3170頁。
⑫ 李裕民《宋人生卒行年考》,中華書局,2010年,第230頁。
⑫ 林光朝《艾軒先生文集》卷九《朴軒處士埋銘》,第36—37頁。
⑫ 同上書,第37頁。

⑬⓪ 曾棗莊、劉琳主編《全宋文》卷四三八一,第 198 册,第 213 頁。
⑬① 黄公度《知稼翁集》卷上《寄林謙之(光朝)》,《宋集珍本叢刊》第 44 册影印舊抄本,第 451 頁。
⑬② 林光朝《艾軒先生文集》卷五《圖經序》,第 806 頁。
⑬③《建炎以來繫年要録》卷一七九,第 3136 頁。
⑬④ 同上書,卷一八三,第 3249 頁。
⑬⑤ 同上書,卷一八七,第 3345 頁。
⑬⑥ 林光朝《艾軒先生文集》卷六《與樊憲茂實》,第 7 頁。
⑬⑦ 曾棗莊、劉琳主編《全宋文》卷四六五八,第 210 册,第 137 頁。
⑬⑧ 林光朝《艾軒先生文集》卷八《惠安縣丞陳君行狀》,第 26 頁。
⑬⑨ 同上書,卷九《惠安丞陳君墓銘》,第 32 頁。
⑭⓪ 同上書,卷七《祭陳縣丞毅夫文》,第 17 頁。
⑭① 同上書,第 18 頁。
⑭② 吴懷琪《鄭樵年譜・鄭樵研究》,厦門大學出版社,第 2010 年,第 244 頁。
⑭③ 李俊甫《莆陽比事》卷三《湘鄉門人艾軒弟子》,清嘉慶宛委别藏本,江蘇古籍出版社,1988 年,第 121—122 頁。
⑭④ 曾棗莊、劉琳主編《全宋文》卷四四六五八,第 210 册,第 136 頁。
⑭⑤ 林光朝《艾軒先生文集》卷七《祭鄭湘鄉叔友文》,第 16 頁。
⑭⑥ 同上書,卷七《代祭蘇子芻文》,第 20 頁。
⑭⑦ 同上書,卷九《左承事郎方君窆銘》,第 34 頁。
⑭⑧ 李清馥《閩中理學淵源考》卷八《文節林艾軒先生光朝學派》,第 132—133 頁。
⑭⑨ 林光朝《艾軒先生文集》卷六《與陳伯壽》,第 11—12 頁。
⑮⓪《八閩通志》(修訂本)卷四五,第 55 頁。
⑮① 林光朝《艾軒先生文集》卷六《與鄭編修漁仲》,第 8 頁。
⑮② 同上書,卷九《處士朱君墓銘》,第 37 頁。
⑮③ 同上。
⑮④ 同上書,卷六《與丘左司文昭》,第 8 頁。
⑮⑤ 同上書,卷九《右承務郎致仕劉君墓銘》,第 34—35 頁。
⑮⑥ 同上書,卷五《泮林討古集序》,第 807 頁。
⑮⑦ 周必大《文忠集》卷六二《朝散郎充集英殿修撰林光朝神道碑》,第 590 頁。
⑮⑧ 林光朝《艾軒先生文集》卷一〇《附録・祠堂記》,第 45 頁。
⑮⑨ 曾棗莊、劉琳主編《全宋文》卷四六四七,第 209 册,第 356 頁。
⑯⓪《宋史》卷四三三,第 12862 頁。
⑯① 朱學博《〈宋史・林光朝傳〉勘誤三則》,《中國史研究》2015 年第 2 期,第 68 頁。
⑯②《建炎以來朝野雜記》乙集,中華書局,2000 年,第 607 頁。
⑯③《宋史》卷三八二,第 11762 頁。
⑯④ 林光朝《艾軒先生文集》卷九《林兵部墓志銘》,第 39 頁。
⑯⑤ 同上書,卷五《郭氏旌表門閭記》,第 804 頁。
⑯⑥ 同上書,卷六《與盧仲蒼》,第 12 頁。
⑯⑦《宋史》卷三八五,第 11835 頁。
⑯⑧ 林光朝《艾軒先生文集》卷六《與王舍人宣子》一,第 3 頁。

⑯⑨ 同上書,卷六《與王舍人宣子》二,第 4 頁。
⑰⓪《宋史》卷四三三,第 12862 頁。
⑰① 林光朝《艾軒先生文集》卷六《與楊次山》,第 11 頁。
⑰② 王應麟《困學紀聞》卷八,大象出版社,2019 年,第 346 頁。
⑰③ 林光朝《艾軒先生文集》卷六《與泉州李倅》,第 10 頁。
⑰④ 林光朝《艾軒先生文集》卷六《與楊次山》,第 10 頁。
⑰⑤ 吕本中《楊龜山先生行狀》,載《楊時集・附録二》,中華書局,2018 年,第 1146 頁。
⑰⑥《宋元學案》卷二五《龜山學案》,第 978 頁。
⑰⑦ 林光朝《艾軒先生文集》卷六《與楊次山》,第 10—11 頁。
⑰⑧ 林光朝《艾軒先生文集》卷六《與泉州李倅》,第 9 頁。
⑰⑨ 林光朝《艾軒先生文集》卷一《送别陳侍郎應求知泉州》,第 773 頁。
⑱⓪ 朱熹《晦庵先生朱文公文集》卷九六《少師觀文殿大學士致仕魏國公贈太師謚正獻陳公行狀》,第 4456 頁。
⑱① 林光朝《艾軒先生文集》卷八《别乘陳公行狀》,第 26 頁。
⑱② 汪應辰《文定集》卷一一《吏部郎樊茂實墓志銘》,《宋集珍本叢刊》第 46 册影印清抄本,第 111 頁。
⑱③ 周必大《文忠集》卷六二《朝散郎充集英殿修撰林光朝神道碑》,第 590 頁。
⑱④《宋史》卷四三三,第 12862 頁。
⑱⑤《建炎以來朝野雜記》乙集,第 607 頁。
⑱⑥ 葉適《水心文集》卷一六《著作正字二劉公墓志銘》,第 302—303 頁。
⑱⑦ 朱學博《〈宋史・林光朝传〉勘误三则》,第 68 頁。
⑱⑧ 員興宗《九華集》卷二〇《送林謙之序》,《宋集珍本叢刊》第 56 册影印清劉氏嘉蔭簃抄本,第 235 頁。
⑱⑨ 同上書,卷一三《與興化林文謙之》,第 274—275 頁。
⑲⓪ 曾棗莊、劉琳主編《全宋文》卷四六五八,第 210 册,第 135 頁。
⑲① 林光朝《艾軒先生文集》卷八《左中大夫秘閣修撰贈光禄大夫林公行狀》,第 24—25 頁。
⑲②《晦庵先生朱文公文集》卷九五下,第 4437 頁。
⑲③ 林光朝《艾軒先生文集》卷七《代祭張魏公文》,第 19 頁。
⑲④ 同上書,卷五《豐登樓記》,第 805 頁。
⑲⑤《八閩通志》(修訂本)卷七四,第 1083—1084 頁。
⑲⑥《宋史》卷三七四,第 11583—11585 頁。
⑲⑦ 林光朝《艾軒先生文集》卷一《次韻呈胡侍郎邦衡》,第 771 頁。
⑲⑧ 陳騤《南宋館閣録》卷三《儲藏・碑刻》,第 25 頁。
⑲⑨ 林光朝《艾軒先生文集》卷五《郭氏旌表門閭記》,第 804 頁。
⑳⓪《宋史》卷四五六,第 13412 頁。
⑳①《寶慶會稽續志》卷二《提舉題名》,《宋元方志叢刊》第 7 册,第 7117 頁。
⑳② 林光朝《艾軒先生文集》卷六《與宋提舉去華》,第 7 頁。
⑳③ 同上書,卷七《祭宋待制材成文》,第 15 頁。
⑳④ 同上書,卷九《敷文閣待制開國宋公墓志銘》,第 29 頁。
⑳⑤ 曾棗莊、劉琳主編《全宋文》卷四六五八,第 210 册,第 138 頁。
⑳⑥ 陳騤《南宋館閣録》卷八《官聯下・正字》,第 123 頁。
⑳⑦ 林光朝《艾軒先生文集》卷九《正字子方子窆銘》,第 32 頁。
⑳⑧ 洪邁《夷堅志》,大象出版社,2019 年,第 121—122 頁。

⑳⑨ 曾棗莊、劉琳主編《全宋文》卷四六五八,第 210 册,第 138 頁。
⑳⑩ 林光朝《艾軒先生文集》卷九《正字方君窆銘》,第 31 頁。
㉑① 同上書,第 773 頁。
㉑② 《宋元學案》卷二九《震澤學案》,第 1058 頁。
㉑③ 李清馥《閩中理學淵源考》卷九《莆陽方氏家世學派》,第 154 頁。
㉑④ 林光朝《艾軒先生文集》卷六《與楊次山》,第 10 頁。
㉑⑤ 同上書,卷九《正字方君窆銘》,第 31 頁。
㉑⑥ 《宋元學案》卷二九《震澤學案》,第 1058 頁。
㉑⑦ 林光朝《艾軒先生文集》卷九《西軒先生窆銘》,第 32 頁。
㉑⑧ 林希逸《竹溪鬳齋十一稿續集》卷一二《陳西軒集序》,第 480 頁。
㉑⑨ 《宋元學案》卷四七《艾軒學案》,第 1473 頁。
㉒⓪ 李清馥《閩中理學淵源考》卷八《文節林艾軒先生光朝學派》,第 134 頁。
㉒① 林光朝《艾軒先生文集》卷九《巴陵史君方公墓志銘》,第 30—31 頁。
㉒② 同上書,卷七《祭方嶽州端立》,第 15 頁。原文作“三年春正月”,而乾道三年、淳熙三年正月間皆無乙丑日,故三年或爲二年之誤。
㉒③ 林光朝《艾軒先生文集》卷九《巴陵史君方公墓志銘》,第 31 頁。
㉒④ 同上書,卷八《正奉大夫守尚書左僕射同中書門下平章事兼樞密院使事南陽郡開國公食邑三千一百户食實封一千户授觀文殿學士致仕贈特進葉公行狀》,第 21 頁。
㉒⑤ 同上書,卷七《祭葉丞相文》,第 15 頁。
㉒⑥ 同上書,卷一《丞相特進觀文南陽公挽詞》,第 769 頁。
㉒⑦ 《宋史》卷三八四《葉顒傳》,第 11821 頁。
㉒⑧ 林光朝《艾軒先生文集》卷九《鵲山碑陰》,第 38 頁。
㉒⑨ 同上書,卷一《哭伯兄鵲山處士蒿裏曲》,第 774 頁。
㉓⓪ 同上書,卷二《丁亥登對劄子》,第 775 頁。
㉓① 同上書,卷六《與鍾離守》,第 9 頁。
㉓② 李之亮《宋福建路郡守年表》,第 256 頁。
㉓③ 《(萬曆)廣東通志》卷一〇、一九,明萬曆三十年刻本。
㉓④ 《(萬曆)新修南昌府志》卷一二,明萬曆十二年刻本。
㉓⑤ 《宋史》卷三八五,第 11843 頁。
㉓⑥ 《宋會要輯稿》選舉九之一九,上海古籍出版社,2014 年,第 5443 頁。
㉓⑦ 林光朝《艾軒先生文集》卷六《與鍾離守》二,第 9 頁。
㉓⑧ 陸心源《宋史翼》卷三六,浙江古籍出版社,2016 年,第 956 頁。
㉓⑨ 林光朝《艾軒先生文集》卷七《祭林萍齋商卿文》,第 17 頁。
㉔⓪ 朱熹《晦庵先生朱文公文集》卷九八《朝奉大夫直秘閣主管建寧府武夷山冲佑觀傅公行狀》,第 4542—4545 頁。
㉔① 林光朝《艾軒先生文集》卷一《傅史君安道再有治莆之命取道城外還泉南得來書云已出十里》,第 773 頁。
㉔② 李之亮《宋福建路郡守年表》,第 255—256 頁。
㉔③ 《宋史》卷一五四,第 3593 頁。
㉔④ 林光朝《艾軒先生文集》卷六《與陳侍郎季若》,第 9 頁。
㉔⑤ 同上書,卷一《代陳季若上倉使》《代陳季若上張帥》,第 767、773 頁。

㉖ 曾棗莊、劉琳主編《全宋文》卷四六五八,第 210 册,第 135 頁。
㉗ 辛更儒《劉克莊集箋校》卷三四《送方漳浦》,第 1834 頁。
㉘《宋會要輯稿》選舉三一之二三,第 5852 頁。
㉙ 周必大《文忠集》卷六二《朝散郎充集英殿修撰林光朝神道碑》,第 590 頁。
㉚ 陳騤《南宋館閣録》卷八《官聯下・正字》,第 124 頁。
㉛《歷代名臣奏議》卷四九,上海古籍出版社,1989 年,第 669 頁。
㉜ 同上書,卷一四四,第 668 頁。
㉝ 林光朝《艾軒先生文集》卷五《召試館職策》,第 807—810 頁。
㉞ 同上書,卷六《除館職謝虞丞相啓》,第 1 頁。
㉟ 同上書,卷六《與朱編修元晦》,第 4 頁。
㊱ 朱熹《晦庵先生朱文公文集》卷三八《答林謙之》,第 1698 頁。
㊲ 束景南《朱熹年譜長編》(增訂版),第 415 頁。
㊳ 顧宏義《朱熹師友門人往還書劄彙編》,上海古籍出版社,2017 年,第 1467 頁。
㊴ 朱熹《晦庵先生朱文公文集》卷三八《答林光朝》,第 1698 頁。
㊵《歷代名臣奏議》卷二七七,第 3615 頁。
㊶《宋人年譜叢刊》第 8 册《李燾父子年譜》,第 5276 頁。
㊷ 陳騤《南宋館閣録》卷七《官聯上・著作佐郎》,第 124 頁。
㊸ 林光朝《艾軒先生文集》卷一《石渠行送别福建參議李著作器之》,第 768 頁。
㊹ 同上書,卷二《己丑擬上殿劄子》,第 776—777 頁。
㊺《宋會要輯稿》選舉二〇之二〇、二一,第 5645 頁。
㊻ 林光朝《艾軒先生文集》卷六《與朱編修元晦》,第 4 頁。
㊼ 黄榦《勉齋先生黄文肅公文集》卷三四,《儒藏》第 240 册,北京大學出版社,2018 年,第 536 頁。
㊽ 束景南《朱熹年譜長編》(增訂版),第 431 頁;顧宏義《朱熹師友門人往還書劄彙編》,第 1467—1468 頁。
㊾ 陳騤《南宋館閣録》卷八《官聯下・正字》,第 125 頁。
㊿ 葉適《水心文集》卷一六《著作正字二劉公墓志銘》,第 304—305 頁。
271 陳騤《南宋館閣録》卷八《官聯下・正字》,第 138 頁。
272 葉適《水心文集》卷一六《著作正字二劉公墓志銘》,第 301 頁。
273 林光朝《艾軒先生文集》卷七《祭劉正字復之文》,第 16 頁。
274《宋史》卷四三三,第 12862 頁。
275 葉適《水心文集》卷一六《著作正字二劉墓志銘》,第 302 頁。
276《宋史》卷四〇〇,第 13689 頁。
277《宋人年譜叢刊》第 8 册《李燾父子年譜》,第 5281 頁。
278 陳騤《南宋館閣録》卷七《官聯上・少監》,第 85 頁。
279 林光朝《艾軒先生文集》卷一《送别湖北漕李秘監仁甫》,第 767 頁。
280 陳騤《南宋館閣録》卷八《官聯下・正字》,第 124 頁。
281 周必大《文忠集》卷六二《朝散郎充集英殿修撰林光朝神道碑》,第 590 頁。
282 陳騤《南宋館閣録》卷八《官聯下・正字》,第 124 頁。
283 林光朝《艾軒先生文集》卷一《次韻奉酬趙校書子直》,第 771 頁。
284 杜海軍《吕祖謙年譜》,中華書局,2007 年,第 87 頁。
285《宋會要輯稿》方域一一之二二,第 9501 頁。

㉘⑥ 林光朝《艾軒先生文集》卷六《與瞿憲》,第 5 頁。
㉘⑦ 陳騤《南宋館閣録》卷七《官聯上・著作佐郎》,第 98 頁。
㉘⑧《宋史》卷三九二,第 11989 頁。
㉘⑨ 陳騤《南宋館閣録》卷八《官聯下・國史院編修》,第 133 頁。
㉙⑩《宋會要輯稿》選舉三四之二七,第 5923 頁。
㉙① 林光朝《艾軒先生文集》卷六《與黄少卿仲秉》,第 4—5 頁。
㉙② 陳騤《南宋館閣録》卷八《官聯下・國史院編修官》,第 133 頁;卷八《官聯下・實録院檢討官》,第 138 頁。
㉙③ 林光朝《艾軒先生文集》卷六《與查少卿元章》,第 5 頁。
㉙④ 陳騤《南宋館閣録》卷七《官聯上・著作郎》,第 90 頁。
㉙⑤ 周必大《文忠集》卷六二《朝散郎充集英殿修撰林光朝神道碑》,第 590 頁。
㉙⑥ 林光朝《艾軒先生文集》卷二《禮部代宰臣已下謝冬衣表》,第 777 頁。
㉙⑦ 葉適《水心文集》卷一六《著作正字二劉公墓志銘》,第 301 頁。
㉙⑧ 同上書,第 302 頁。
㉙⑨《宋元學案》卷四七《艾軒學案》,第 1474—1476 頁。
㉚⑩ 林光朝《艾軒先生文集》卷九《龔肖之窆銘》,第 40 頁。
㉚①《紹興十八年同年小録》,《文淵閣四庫全書》本,第 448—385 頁。
㉚②《宋會要輯稿》食貨三四之二九,第 6748 頁。
㉚③ 林光朝《艾軒先生文集》卷一《送别姚國博知處州分韻得録字》,第 767 頁。
㉚④《宋會要輯稿》選舉二〇之二二,第 5645 頁。
㉚⑤ 于北山《楊萬里年譜》,上海古籍出版社,2006 年,第 167 頁。
㉚⑥《宋史》卷三八三,第 11799 頁。
㉚⑦ 陳騤《南宋館閣録》卷七《官聯上・著作郎》,第 90 頁。
㉚⑧ 周必大《文忠集》卷六二《朝散郎充集英殿修撰林光朝神道碑》,第 590 頁。
㉚⑨《宋史》卷四三三,第 12862 頁。
㉛⑩《宋會要輯稿》職官七之二九,第 3221 頁。
㉛① 王應麟《玉海》卷一二九《官制・至道東宫官》,廣陵書社,2016 年,第 2418 頁。
㉛②《八閩通志》(修訂本)卷七一,第 974 頁。
㉛③《宋元學案》卷五八《象山學案》,第 1884 頁。
㉛④《宋會要輯稿》選舉三四之二九,第 5924 頁。
㉛⑤ 朱熹《晦庵先生朱文公文集》卷九八《朝奉大夫直秘閣主管建寧府武夷山冲佑觀傅公行狀》,第 4546 頁。
㉛⑥ 林光朝《艾軒先生文集》卷一《送别傅郎中安道持節閩中》,第 771 頁。
㉛⑦ 曾棗莊、劉琳主編《全宋文》卷四六五八,第 210 册,第 134 頁。
㉛⑧《宋會要輯稿》選舉二〇之二二,第 5646 頁。
㉛⑨ 林光朝《艾軒先生文集》卷三、卷四《策問》,第 780—803 頁。
㉜⑩ 同上書,卷一《奉題游洋張明府流香亭時以薦章數下涉秋月馬首且欲西矣因以寄意云》,第 772—773 頁。
㉜①《全宋詩》第 37 册,卷二〇五二,北京大學出版社,1998 年,第 23073 頁。
㉜② 鄭嶽《莆陽文獻》卷三,吉林大學圖書館藏明萬曆四十四年黄起龍刻本。
㉜③ 周必大《文忠集》卷六二《朝散郎充集英殿修撰林光朝神道碑》,第 590 頁。
㉜④《宋會要輯稿》選舉三四之二九,第 5924 頁。
㉜⑤《宋史》卷三四,第 651—654 頁。

㉖ 同上書,卷四三三,第 12862 頁。
㉗《歷代名臣奏議》卷三四九,第 4531 頁。
㉘ 林光朝《艾軒先生文集》卷一《八月十五日道出南昌寄龔帥實之兼呈程泰之劉文潛二漕》,第 771 頁。
㉙ 李之亮《宋兩江郡守易替考》,巴蜀書社,2001 年,第 192、319 頁。
㉚《宋會要輯稿》職官六二之三一,第 4738 頁。
㉛《宋宰輔編年録校補》卷一八,中華書局,1986 年,第 1226 頁。
㉜ 周必大《文忠集》卷六二《龍圖閣學士宣奉大夫贈特進程公大昌神道碑》,第 588 頁。
㉝ 何異《宋中興題名》,清光緒二十二年繆氏刻藕香零拾本。
㉞《宋史全文》卷二五下,中華書局,2016 年,第 2128 頁。
㉟《宋會要輯稿》食貨五〇之二五,第 7135 頁。
㊱ 周必大《文忠集》卷一九〇《與林謙之運使光朝劄子》,第 1789 頁。
㊲ 林光朝《艾軒先生文集》卷二《廣西憲到任謝表》,第 778—779 頁。
㊳ 同上書,卷六《除廣西憲謝梁丞相啓》,第 1—2 頁。
㊴《宋宰輔編年録校補》卷一七,第 1210—1216 頁。
㊵ 于北山《楊萬里年譜》,第 173 頁。
㊶ 于北山《范成大年譜》,上海古籍出版社,2006 年,第 169、190、191 頁。
㊷《歷代名臣奏議》卷二七一,第 3546 頁。
㊸ 林光朝《艾軒先生文集》卷六《與薛守》,第 4 頁。
㊹ 李之亮《宋福建路郡守年表》,第 257 頁。
㊺ 林光朝《艾軒先生文集》卷一《挽桂林戴别乘敦常》,第 769 頁。
㊻ 同上書,卷六《與陳丞相應求》二,第 3 頁。
㊼ 朱熹《晦庵先生文公文集》卷九一《陳師德墓志銘》,第 4201—4202 頁。
㊽ 李清馥《閩中理學淵源考》卷二九《莆陽陳氏家世學派》,第 386 頁。
㊾ 林光朝《艾軒先生文集》卷六《與陳丞相應求》二,第 3 頁。
㊿ 林光朝《艾軒先生文集》卷二《西易廣東憲到任謝表》,第 779 頁。
351 周必大《文忠集》卷六二《朝散郎充集英殿修撰林光朝神道碑》,第 590 頁。
352《歷代名臣奏議》卷二二四,第 2951 頁。
353《宋會要輯稿》兵一三之三一,第 8867 頁。
354《宋宰輔編年録校補》卷一八,第 1226 頁。
355 林光朝《艾軒先生文集》卷六《賀龔參政實之啓》,第 2 頁。
356 樓鑰《攻媿集》卷六四《代龔參政回廣東林提刑光朝啓》,《四部叢刊初編》影印武英殿聚珍本。
357 林光朝《艾軒先生文集》卷六《與范帥至能》,第 5 頁。
358 周必大《文忠集》卷六二《資政殿大學士贈銀青光禄大夫范公成大神道碑》,第 580 頁。
359 于北山《范成大年譜》,第 197—198 頁。
360 林光朝《艾軒先生文集》卷六《與陳循州體仁》一,第 8 頁。
361 同上書,卷六《與陳循州體仁》二,第 9 頁。
362 于北山《楊萬里年譜》,第 191—194 頁。
363 辛更儒《楊萬里集箋校》卷六《寄廣東提刑林謙之司業》,中華書局,2007 年,第 379 頁。
364 林光朝《艾軒先生文集》卷六《與東之》二,第 14 頁。
365 同上書,卷九《承奉郎致仕回年林府君墓碣》,第 35 頁。

㊸㊅ 同上書,卷六《與范帥至能》二,第 5 頁。
㊸㊆《宋會要輯稿》職官六二之一九、二〇,第 4731 頁。
㊸㊇ 周必大《文忠集》卷六二《朝散郎充集英殿修撰林光朝神道碑》,第 590 頁。
㊸㊈《宋史》卷四三三,第 12862—12863 頁。
㊸㊉ 林光朝《艾軒先生文集》卷一《前歲過真陽初識子欽今道出曲江不忍遽分手偶成長句以志兩處山川人物之勝亦少慰別來耿耿耳》,第 771—772 頁。
371 林希逸《竹溪鬳齋十一稿續集》卷二八《道桐廬有詩示成季》,第 630 頁。
372 李昌憲《中國行政區劃通史・宋西夏卷》,復旦大學出版社,2017 年,第 510—511 頁。
373 林光朝《艾軒先生文集》卷九《承奉郎致仕回年林府君墓碣》,第 35—36 頁。
374《宋元學案補遺》卷四七《艾軒學案補遺》,第 1685 頁。
375《八閩通志》(修訂本)卷四五,第 55 頁。
376 林光朝《艾軒先生文集》卷六《與林之美》,第 12—13 頁。
377 同上書,第 13 頁。
378《八閩通志》(修訂本)卷四五,第 55 頁。
379 曾棗莊、劉琳主編《全宋文》卷四六五六,第 210 册,第 86 頁。
380 林光朝《艾軒先生文集》卷六《與林元美》,第 13 頁。
381 同上書,卷七《祭歐陽孺共文》,第 18 頁。
382 同上書,卷七《祭曾經略文》,第 15 頁。
383《宋會要輯稿》職官六之七〇,第 3200 頁。
384 同上書,職官七之三一,第 3222 頁。
385《歷代名臣奏議》卷三四九,第 4532 頁。
386 周必大《文忠集》卷三八《經筵同僚祭范西叔仲芑侍講文》,第 353 頁。
387 林光朝《艾軒先生文集》卷七《祭范諫議西叔文》,第 16 頁。
388《宋會要輯稿》職官七之三一,第 3222 頁。
389 周必大《文忠集》卷六二《朝散郎充集英殿修撰林光朝神道碑》,第 590 頁。
390 李清馥《閩中理學淵源考》卷八《文節林艾軒先生光朝學派》,第 132 頁。
391《宋史》卷四三三,第 12861 頁。
392 林光朝《艾軒先生文集》卷六《與范帥至能》,第 5 頁。
393《宋會要輯稿》禮十六之三,第 880 頁。
394《宋史》卷三九四,第 12032 頁。
395 同上書,卷三四,第 663 頁。
396《宋史》卷四三三,第 12863 頁。
397 曾棗莊、劉琳主編《全宋文》卷四六五六,第 210 册,第 87 頁。
398《皇宋中興兩朝聖政》卷五五,江蘇古籍出版社影印《宛委别藏》本,1988 年,第 1687 頁。
399 周必大《文忠集》卷六二《朝散郎充集英殿修撰林光朝神道碑》,第 590 頁。
400《宋會要輯稿》輿服四之三二,第 2259 頁。
401《玉海》卷一一三《學校・淳熙幸太學》,第 2114 頁。
402《咸淳臨安志》卷一一《行在所録・學校》,《宋元方志叢刊》第 4 册,第 3454 頁。
403 周必大《文忠集》卷六二《朝散郎充集英殿修撰林光朝神道碑》,第 590 頁。
404 林光朝《艾軒先生文集》卷二《辭免中書舍人表狀》,第 779 頁。

㊺5 曾棗莊、劉琳主編《全宋文》卷四六五一,第 210 册,第 5—6 頁。
406 林光朝《艾軒先生文集》卷二《繳奏沈瀛除知梧州詞頭》,第 775 頁。
407 《宋會要輯稿》職官七二之一七,第 4976 頁。
408 林光朝《艾軒先生文集》卷二《繳奏沈瀛除知梧州詞頭》,第 775—776 頁。
409 同上書,卷二《繳奏謝廓然賜出身除殿中侍御史詞頭》,第 776 頁。
410 《歷代名臣奏議》卷一一四,第 1883 頁。
411 周必大《文忠集》卷六二《朝散郎充集英殿修撰林光朝神道碑》,第 590 頁。
412 《宋史》卷四三三,第 12863 頁。
413 林光朝《艾軒先生文集》卷一〇《遺事》,第 41 頁。
414 吕祖謙《東萊吕太史外集》卷五《答潘叔度》,《吕祖謙全集》第 1 册,浙江古籍出版社,2008 年,第 698 頁。
415 《宋史》卷三八五,第 11845 頁。
416 《玉海》卷一一三《學校·淳熙幸太學》,第 2114 頁。
417 曾棗莊、劉琳主編《全宋文》卷四六五〇,第 209 册,第 410 頁。
418 李昌憲《宋代安撫使考》,齊魯書社,1991 年,第 466 頁。
419 《咸淳臨安志》卷九二《紀遺四·紀事》,第 4206 頁。
420 《宋史》卷三八八,第 11900 頁。
421 曾棗莊、劉琳主編《全宋文》卷四六五〇,第 209 册,第 411 頁。
422 同上書,《俞澂除大理丞徐存除大理丞王夢若除大理司直制》,第 410 頁。
423 《宋會要輯稿》職官七二之五,第 4969 頁。
424 《歷代名臣奏議》卷二〇六,第 2709 頁。
425 曾棗莊、劉琳主編《全宋文》卷四六五七,第 210 册,第 121 頁。
426 林光朝《艾軒先生文集》卷七《祭王郎文》,第 18 頁。
427 《宋史》卷四三三,第 12863 頁。
428 周必大《文忠集》卷六二《朝散郎充集英殿修撰林光朝神道碑》,第 590—591 頁。
429 林亦之《網山集》卷五《艾軒先生成服》,第 96 頁。
430 《八閩通志》(修訂本)卷七九,第 1246 頁。
431 曾棗莊、劉琳主編《全宋文》卷四六四七,第 209 册,第 356 頁。
432 林亦之《網山集》卷二《挽艾軒先生侍郎》,第 78 頁。
433 辛更儒《劉克莊集箋校》卷九五《網山集序》,第 4017 頁。
434 同上書,卷一一〇《跋三處士贈答》,第 4553 頁。
435 同上書,卷九〇《城山三先生祠》,第 3834—3835 頁。
436 辛更儒《劉克莊集箋校》卷九四《竹溪詩序》,第 3997 頁。
437 《八閩通志》(修訂本)卷六二,第 643 頁。
438 辛更儒《劉克莊集箋校》卷九五《樂軒集序》,第 4020—4021 頁。
439 同上書,卷九〇《城山三先生祠》,第 3836—3837 頁。
440 林亦之《網山集》卷五《艾軒先生大祥》,第 96 頁。原文"祥事吾已",據文義,"吾"當爲"告",今改。
441 同上書,卷五《艾軒先生祠堂告成祭文》,第 96 頁。
442 林光朝《艾軒先生文集》卷一〇《附録·祠堂記》,第 44—45 頁。
443 林亦之《網山集》卷二《謝林守(元仲)架艾軒先生祠堂》,第 76 頁。

中國宋代文學學會理事會名單
(2023年第十二屆)

顧　　問: 曾棗莊　陶文鵬　楊海明　鍾振振
名譽會長: 王水照　莫礪鋒
會　　長: 王兆鵬
副 會 長: 蕭瑞峰　周裕鍇　沈松勤　諸葛憶兵
朱　剛　張　劍　胡傳志　劉成國
秘 書 長: 朱　剛(兼)
副秘書長: 戴　路
理　　事: (按姓氏筆劃排序)
王友勝　王利民　王德明　卞東波　方笑一　文師華　由興波
吕肖奂　伍曉蔓　李　貴　李朝軍　李德輝　吴河清　谷曙光
汪　超　林　巖　周劍之　侯體健　馬東瑶　馬茂軍　夏漢寧
徐　濤　高利華　高　峰　陳元鋒　孫克强　黄　海　曹辛華
許芳紅　張文利　張海鷗　張　毅　張　鳴　張興武　彭國忠
葉　曄　程　傑　曾維剛　費君清　楊理論　楊國安　楊慶存
路成文　慈　波　趙維江　管　琴　鄭永曉　熊海英　鄧子勉
鞏本棟　歐明俊　劉　石　劉京臣　劉　培　劉尊明　劉　蔚
錢建狀　謝　琰　譚新紅

稿　約

作爲中國宋代文學學會會刊,《新宋學》真誠期待學界同道的支持。本刊並不限於文學領域,其他有關宋代的歷史、哲學、語言、藝術、宗教等專題論文亦在刊登範圍,期待大家賜稿。玆將相關事宜奉告如下:

1. 本刊每年6月10日截稿,9月出版;

2. 本刊文章可長可短,字數五萬字以下即可;

3. 無論史實考訂還是理論闡述,只要言之有物,均屬盼賜之列;

4. 已故學者的遺稿、海外學者的譯稿以及具有學術含量的書評、綜述和學術史資料整理等并所歡迎;

5. 文稿請提供Word文檔,用繁體章節附注,無需内容摘要、關鍵字、英文摘要。投稿至郵箱(thenewsong@foxmail.com)即可,不必寄送紙本。其他格式請參考《新宋學》第十一輯。文稿并請注明真實姓名、所在單位及聯繫方式,如稿件寄達後三個月内未獲録用通知,作者可自行處理。

6. 稿件一經採用,優稿優酬并奉樣書。

《新宋學》編輯部

2023年9月

圖書在版編目(CIP)數據

新宋學.第11輯/王水照,朱剛主編.—上海:
上海人民出版社,2023
ISBN 978-7-208-18615-6

Ⅰ.①新… Ⅱ.①王… ②朱… Ⅲ.①中國文學-古
典文學研究-宋代-文集 Ⅳ.①I206.44-53

中國國家版本館CIP數據核字(2023)第191299號

責任編輯 倪文君
封面設計 夏 芳

新宋學(第十一輯)
王水照 朱 剛 主編

出　　版 上海人民出版社
(201101 上海市閔行區號景路159弄C座)
發　　行 上海人民出版社發行中心
印　　刷 上海新華印刷有限公司
開　　本 787×1092 1/16
印　　張 29.5
插　　頁 2
字　　數 600,000
版　　次 2023年10月第1版
印　　次 2023年10月第1次印刷
ISBN 978-7-208-18615-6/K·3335
定　　價 148.00圓